U0955119

姚雪垠

《李自成》出版五十周年纪念座谈会（1963—2013）

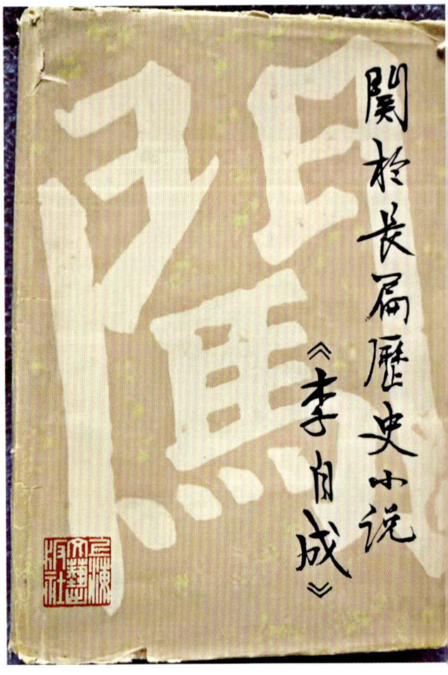

《李自成》部分版本

姚雪垠访日时演讲（1979年）

姚雪垠夫妇在为论文稿打字（1978年）

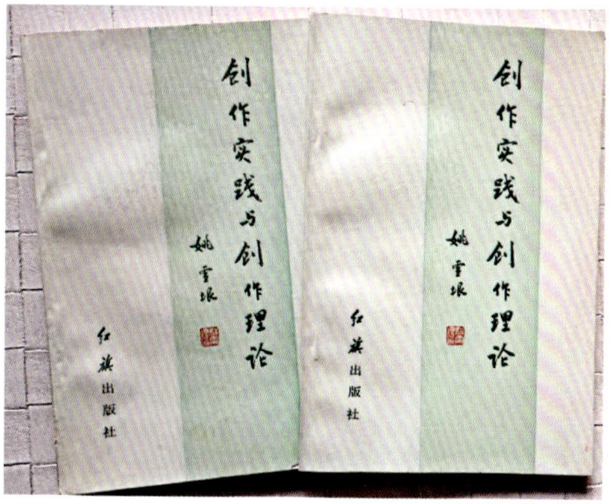

三卷论文与《创作实践与创作理论》小册子

姚雪垠拜访茅盾，谈《李自成》创作（1978年）

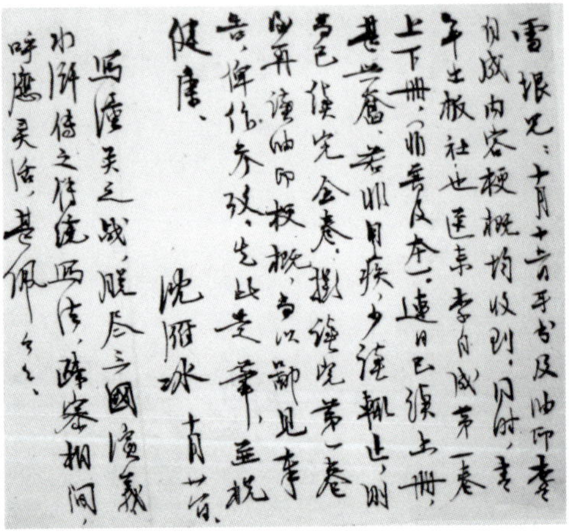

茅盾书信手迹（1974年7月12日）

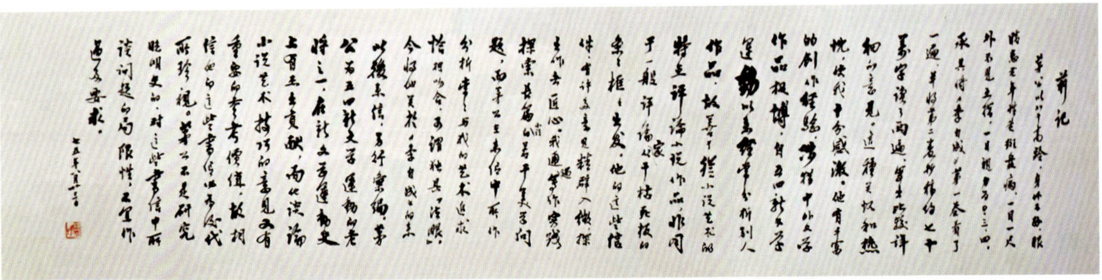

姚雪垠为“茅盾书简”（粘贴本）写的《前记》

论历史小说的新道路

——姚雪垠论文集

姚海天 编

上海科学技术文献出版社
Shanghai Scientific and Technological Literature Press

图书在版编目（CIP）数据

论历史小说的新道路：姚雪垠论文集 / 姚海天编．—上海：上海科学技术文献出版社，2020
ISBN 978-7-5439-8186-7

Ⅰ．①论…　Ⅱ．①姚…　Ⅲ．①姚雪垠（1910~1999）—文集②文学创作—文学研究—文集　Ⅳ．① I217.2

中国版本图书馆 CIP 数据核字（2020）第 182124 号

策划编辑：张　树
责任编辑：付婷婷　张亚妮
封面设计：留白文化

论历史小说的新道路：姚雪垠论文集
LUN LISHIXIAOSHUO DE XINDAOLU: YAOXUEYIN LUNWEN JI
姚海天　编
出版发行：上海科学技术文献出版社
地　　址：上海市长乐路 746 号
邮政编码：200040
经　　销：全国新华书店
印　　刷：常熟市人民印刷有限公司
开　　本：720mm×1000mm　1/16
印　　张：28.25
插　　页：2
字　　数：476 000
版　　次：2020 年 10 月第 1 版　2020 年 10 月第 1 次印刷
书　　号：ISBN 978-7-5439-8186-7
定　　价：98.00 元
http://www.sstlp.com

致读者

经过两个月时间的努力，于2020年春节前夕编就父亲姚雪垠的论文集。在即将交稿之际，将本书的有关情况向读者说明。

父亲为广大读者所熟知的是他的长篇历史小说《李自成》。父亲在文学园地中辛勤耕耘了70年，而《李自成》就耗去了他后半生的心血。父亲的前半生还写出了《差半车麦秸》《牛全德与红萝卜》《春暖花开的时候》《长夜》等小说，作品逾千万字，可谓著作等身。其实，当作家并不是父亲的初愿，他在青年时代更钟情于历史，梦想成为一个历史学家或文艺理论家，但1929年考入河南大学预科后因参加学潮而先被捕后开除，只好经常漂泊北平，靠“爬格子”维持生计。父亲说：“文章写多了就成了作家，而断了史学家的梦想。”但他对历史及文艺理论的浓厚兴趣始终未减。他在写小说的同时，一些理论性文章也常产出笔端，刊载于二十世纪三四十年代的河南、上海和北平等地的报刊，如《论大众文艺的风格》《论典型的创造》《论写作的学习过程》《文艺反映论》《怎样写小说》等，在文坛上小有影响。

《李自成》(第一卷）诞生于1957年的逆境中。父亲在遭遇错划“右派”陷于灭顶之灾后，利用写检查作掩护，在等待处理的8个月时间夜以继日地写出了第一卷40余万字的草稿。在下放农场劳动改造的艰苦日子里仍没有放下笔，利用午休和深夜笔耕不辍。1963年《李自成》(第一卷）幸运出版，在不宣传、不评介的境遇下，《李自成》靠自己的艺术双腿行走在千百万读者中间，在文坛引人注目。《李自成》(第二卷）于“文革”结束后的1977年出版，同时再版第一卷修订本，读者争相传阅，盛况空前。四年后的1981年第三卷推出，第四、五卷则于1999年父亲去世后面世。由于种种原因，从第一卷起笔到第五卷出版，前后历经了42年的漫长岁月，故有“四十二年磨一剑”之说。这在中外文学史上恐怕尚无先例。

早在抗战后期，父亲就有写作《李自成》的念头，但因生活不安定和思想准备不足而徒怀虚愿，但收集资料始终没有间断，并且在四十年代后期撰写了《明代的特务政治》和《崇祯皇帝传》，到了五十年代才使愿望变成现实。对此，父亲常说："没有（一九）五七年，很可能不会有《李自成》。这也是坏事变好事吧。"因为父亲最重视的是现代题材小说的创作，历史小说则视为"偏师"。正是1957年的特殊岁月才促使《李自成》的诞生。

在《李自成》动笔之时，父亲就坚守两条创作原则：一是"坚持历史唯物主义与辩证唯物主义反映论"；二是"坚持历史现实主义的创作方法，兼收一部分积极浪漫主义创作方法"。父亲说："以上两条是我创作历史小说的思想基础，是《李自成》写作成败的关键。"这方面他在论文中多有论述。

在几十年《李自成》的创作实践中，父亲对历史小说的若干理论问题进行了不懈的追求和探索。例如，在小说中如何用艺术笔墨拥护什么、歌颂什么、批判什么、揭露什么，小说的主题思想是什么，如何塑造李自成、崇祯等众多历史人物；李自成为什么会失败？明朝为什么会灭亡？其历史经验教训是什么？历史小说如何做到"古为今用"？在小说艺术上，历史科学与小说艺术的结合，小说语言、小说结构、小说悲剧、小说美学，中国风格和中国气派等，都是横亘在面前的一道道难题，需要去探索、去攻克、去解决，期望开辟出一条历史小说创作的新道路。在七十年代至九十年代，父亲常常放下紧张的《李自成》写作，先后撰写了多篇谈《李自成》创作方面的理论文章，并常应邀去大学和文艺单位作学术报告。甚至就一些历史和文艺理论问题，写了一些论争文章，不唯书、不唯上、不跟风，态度鲜明地阐明自己的学术观点。父亲更是常常通过给友人的书信阐述和探讨《李自成》的创作。特别是1974年至1980年父亲和茅盾先生互致书信近百封，就一些艺术问题请教亦师亦友的茅盾先生。茅盾先生在年迈体弱、视力很差的情况下，仔细读了《李自成》第一卷和第二卷抄稿（70万字的字迹潦草的抄稿读了两遍）以及8万字的《〈李自成〉全书内容概要》，并做了阅读笔记，然后就小说的人物塑造、艺术结构、小说语言、美学思想及其他文学艺术问题，用漂亮的茅体字给父亲回信44封，逐个单元进行精湛地分析和评论。这些书信都是珍贵的文学遗产，已由上海图书馆文化名人手稿馆收藏。

从二十世纪三十年代到九十年代，父亲写了近百篇论文，作了多场次的学术报告（或称演讲），本书选录了谈《李自成》创作的论文12篇，关于文艺方面的论文10篇，其中包括学术报告5篇。这些论文及学术报告，从不同角度，或简或繁，互有交叉地阐述了《李自成》创作上的追求和探索，或对一些文艺理论的认识和看法，或对祖国悠久文学史的推崇和弘扬。这些文章大都散见于多年前的报刊，或收入后来出版的22卷《姚雪垠书系》(中青版)和20卷《姚雪垠文集》(人文版)，也有少量论文结集于《关于长篇历史小说〈李自成〉》(上海文艺版)、《创作理论与创作实践》(红旗版)，现在一般读者已不容易看到。这本论文集的编选和出版，就是为一般读者阅读提供便利，为研读《李自成》的专家学者提供第一手文本。这也是出版本书的初衷。

《李自成》陆续出版以来，读者赞赏的同时也对小说中的历史和艺术问题提出了各种各样的疑问。其中最主要的是：小说把李自成写得那么好，他的部队纪律像八路军一样，但最后为什么会失败？而且失败得那么快？本书在《李自成为什么会失败？》等文中作了较翔实的回答，读者从中或许能够解疑释惑，得到答案。

父亲在本书收入的《从历史研究到历史小说创作》一文中这样写道：

> 根据我的认识，要做一个不辜负人民期望的历史小说家，应该具备三个条件：第一，他应该是一位有修养的小说艺术家，懂得长篇小说的美学；第二，他对于自己要写的小说题材是一位渊博而精深的史学家；第三，也应该是一位优秀的思想家，而不是在历史见解上随波逐流，人云亦云。这三种优越条件集于一身，方能写出比较成功的历史小说作品，无愧于我们文化悠久的伟大祖国和我们的伟大时代。我自己虽然已入暮年，达不到这种期望，但期望在我们的这个时代，会产生出这样的作家。

这也是父亲毕生的追求和抱负。《李自成》将继续经受时间的检验。

本书的出版得到了上海图书馆文化名人手稿馆的热情支持和帮助，《姚雪垠全集》编委陶新初同志帮助审阅了书稿，谨在此一并致谢。

姚海天

2020年1月22日

（作者系中国青年出版社原编审、姚雪垠之子）

目录

下 篇

上　篇

谈《李自成》的创作

《李自成》(第一卷)初版于一九六三年。现在趁第一卷修订重版和第二卷出版的机会，我将写作和学习上的一些问题向工农兵读者作个汇报。

中华人民共和国成立以后，我在马克思列宁主义、毛泽东思想教育下，下定决心写一部反映中国历史上农民战争的长篇小说。虽然写《李自成》这部小说的念头是在抗日战争时期出现的，但是直到中华人民共和国成立以后，我才树起“雄心壮志”，将写出这部书作为自己的一个奋斗目标，开始认真准备。

一部长篇历史小说的主题思想不是产生于作者有了写作动念之后的凭空构思，而是产生于他对历史作了认真的研究之后。只有经过对历史比较广泛和比较深入的分析研究，才能理解历史问题的全貌、内容和本质，以及历史运动的规律，从而能够比较正确地反映历史事变，写出历史的经验教训，塑造好历史人物。1949 年前我之所以对写《李自成》空有兴趣而不能认真着手做准备工作，不仅因为没有生活保证，而且首要原因是自己没有很好地学习马克思主义，运用这个科学武器去征服这一重大的历史题材，不明白应该写什么和怎么写。

伟大祖国的成立诞生了新的历史时代，给我这个旧社会来的知识分子提供了思想改造的条件，也提供了更多学习马克思列宁主义、毛泽东思想的机会。随着我在新的条件下不断地学习马克思列宁主义、毛泽东思想，我对接触过的历史资料有了新的认识，从而形成了《李自成》的主题思想。一旦主题思想初步形成，它一方面可以继续丰富和深化，另一方面也可以帮助我在继续准备的工作上打主动仗，并且增长了勇气，坚定了信心。

我在封建文化和资本主义文化中泡了半辈子，所走的道路是资产阶级的文艺道路。倘若用我原来的思想感情和遵循原来的写作道路去写农民革命战争小说，必然是南辕北辙。要用艺术笔墨拥护什么、歌颂什么、批判什么、揭露什么，必须先在我的思想感情中大破大立。单就写人物说，必须对李自成及其将领、士兵群众，包括孩儿兵、女兵和女将在内，怀着深厚感情，不然就没法塑造出大大小小的、各色各样的英雄形象，为他们写出可歌可泣的故事情节。任何一个小说作者，他对自己所写的英雄人物和故事情节不感动，不充满激情，他的笔墨不可能深深地打动读者，唤起强烈共鸣。我在写《李自成》第一卷和第二卷的过程中，常常被自己构思的情节感动得热泪纵横和哽咽，使我不得不停下笔来，等心情稍微平静之后再继续往下写。这种与农民起义的大小英雄同呼吸、共脉搏，时常为他们痛洒激动之泪的感情是哪里来的？是中华人民共和国成立后通过党给我的思想改造得来的，是在马克思列宁主义、毛泽东思想灌溉下产生和成长起来的。这是党给我的艺术新生命。没有这，我不可能将历史化为小说艺术。

党所给我的艺术新生命，当然也包括使我开始懂得文艺应该为谁服务和怎样服务的问题。就历史题材说，首先要解决“古为今用”的问题。

在阶级社会中，历史学从来都是阶级斗争和政治斗争的重要武器，为一定的阶级和政治集团服务。任何阶级都有各自“古为今用”的原则，通过历史著作和文学、艺术等不同手段反映出来。倘若不是在中华人民共和国成立后通过思想改造，有马克思列宁主义、毛泽东思想指明方向，而是继续按照我前半生的写作道路走，纵然勉强能够写出一部历史小说，它也只能为资产阶级服务，为资产阶级去巩固历史题材这一角阵地。这不是我的自觉目的，而是事实的必然。

以下谈论的问题，虽是举小说中的几个人物为例，但涉及的方面不少。有些是属于和同志们进行探讨，也是向读者汇报我所做的某些探索，请读者和同志们指正。

关于李自成

李自成是小说中的中心人物。我在塑造他的英雄形象时，在性格和事迹方面基本上是根据他本人历史原型，但也将古代别的人物的优秀品质和才干集中到他的身上，使他的形象更丰富，也更典型化。我也虚构了一些情节。为使李自成在小说中成为崇祯皇帝的主要对手，我将李自成在崇祯十三年冬天以前的重要性作了一些夸张。围绕着李自成的革命经历，我力争对于每个重要的历史问题都本着实事求是的态度进行科学研究，做到心中有数，然后在写作小说时跳出历史，努力争取正确地处理历史科学和小说艺术的关系。

第一卷中所写的潼关南原大战，较早的史料出自吴伟业的《绥寇纪略》卷六，为冯苏的《见闻随笔》卷上所承袭。戴笠的《怀陵流寇始终录》卷十一亦采取此说，但有异词。《明史》采入《曹变蛟传》中。这一说法在后来颇为流行，一直影响我国现代史学界有关李自成的一些著作。但根据我的研究，根本没有发生过这次战争。在写小说时，我抛开了作为历史科学研究的结果而采取了虚诞的流行说法，完全是从完成小说的使命着眼。采用这个传说，就能够使李自成和他周围的人物在小说中一出场就处于武装斗争的狂风暴雨、惊涛骇浪之中，通过一次全军覆没的严酷考验刻画他们的英雄形象。接着写李自成在革命低潮中，在全军覆没之后，不是灰心丧气、动摇观望，而是以百折不挠的精神惨淡经营，力图恢复，用一切办法推动新的革命高潮。一部长篇小说有主题、副主题，而每一卷也不妨有一个相对独立的主题。上边所说的对革命胜利的坚定信心和百折不挠精神，贯穿在第一卷中。采用潼关南原大战的虚诞传说就是为这一卷的主题思想服务。

采用传说和虚构情节，必须是在对历史作了科学研究之后，而且要遵守两个原则：第一，这样的情节在历史上虽非实有的，却是可能的，而且通过传说和虚构的情节能够更集中、概括和生动地反映历史的真实形势；第二，在艺术处理方面必须严格遵守革命现实主义与革命浪漫主义相结合的创作方法。虽是虚构的故事情节，却不能忽略细节描写的真实性。虚构的情节必须是在当时的历史条件下可能产生的、合乎情理的。任何情节倘若放在当时历史条件下经不住推敲，它的艺术效果就会减弱，或者完全丧失，甚至引起相反的效果。

从前一个原则出发，我敢于放开手写潼关南原大战。从真实的历史看，崇祯九年七月前闯王高迎祥被俘牺牲以后，经过一段斗争，李自成被推为闯王。但一则他在当时没有足够威望统帅高迎祥的旧部，二则官军的压力还很强大，所以在不到两年的奋战中，原属高迎祥的各队首领或死或降或散，到崇祯十一年四月间，李自成只剩下大约一千三百人，被洪承畴亲自督帅总兵曹变蛟、左光先、祖大弼和王洪，以及副将马科和贺人龙等围堵穷追。李自成将残部分为两支，自己率领三百人（其中有妇女儿童）在陇东南的大山中日夜奔走，迂回曲折，未被左光先追上，逃到汉中境内，几乎被官军消灭。崇祯十一年前后，陕西和中原地区的农民战争处于低潮，许多首领死了或投降了，有的伪降了。李自成确实陷于孤军作战，几乎被消灭，只是他几乎被消灭的地点不在潼关附近，而战争的规模也不像所传潼关南原之战那么大。以后一个原则说，我尝试运用革命现实主义艺术方法，力争真实地写出潼关附近的地理形势、三百多年前的大战情况、各种人物之间的关系、社会力量之间的关系，尽可能做到合情合理、经得起推敲。我也学习运用革命浪漫主义的艺术方法，但只是将这一艺术方法作为革命现实主义创作方法的补充，而不是基本。

关于李自成在崇祯十三年冬天进入河南之前曾经被围于“鱼复诸山”的说法，比潼关南原大战的传说还要流行。经过《明史》的《流贼传》整理采用，故事的前后脉络清楚，首尾完整。我国现代史学界在有关李自成的著作中也有部分采用。其实，这个故事缺乏事实根据。李自成在驰入河南之前实际是潜伏在汉水以南的郧阳山中，那里从崇祯十三年夏天到冬天是军事真空地带，有利于李自成息马深山，等待时机到来。在《李自成》第二卷中处理这个问题，我采用了自己研究的结论。我之所以这样处理是因为：第一，凡是需要依照历史的真实写出小说情节的，我都依照历史的真实；第二，鱼复山的故事说什么李自成的将士们纷纷出降，刘宗敏也想投降，李自成不止一次想自杀都被养子李双喜劝阻了。最后李自成没有别的办法，同刘宗敏步入一座野庙中打卦，他说倘若打卦不吉利情愿叫刘宗敏割下他的头去向官军投降。接着又讲刘宗敏同意这个办法，幸而连打三个吉卦，刘宗敏才发誓今后要死心塌地跟随李自成，杀死了自己的两个妻子。军中纷纷杀死妻子，随着闯王突围。这个伪造的故事歪曲和诬蔑了李自成及其将士，不但非抛弃不可，而且还要在第三卷中通过一个细节对这个历史谣言做出揭露和批判。

关于李自成到谷城会见张献忠的事，吴伟业是作为一个未必可信的传说，用双行小字夹注在《绥寇纪略》的正文里，从来不为史学家所重视。我根据那几句夹注写出李自成去谷城的一件“大事”，改造了传说的内容。我这样做，有利于表现李自成在全军覆没后如何想办法推动大局，同时塑造张献忠这个人物，写出他们之间的关系和高低之差，还写出当时历史形势的一些真实情况。明末的农民战争极其波澜壮阔，我不能孤立地写李自成。我写大西军作为大顺军的陪衬，写张献忠作为李自成的陪衬，在反映当时历史面貌上是必要的。

在写李自成这个古代农民英雄时，我对一些较为重大的理论问题进行了探索。现在我挑出三个有代表性的问题，向读者汇报我的粗浅认识。

第一个问题是关于写李自成有帝王思想。第一卷出版之后，有人说《李自成》是一株大毒草，其所持的一个主要理由是我写李自成有帝王思想，指责我歪曲了农民革命英雄的光辉形象。他们说，农民革命是反封建的，绝不会有帝王思想；他们革命成功后要建立的是农民政权，而不是封建政权。这论调虽倡自少数人之口，却有一定的代表性；因其貌似保卫农民革命英雄的光辉形象，故也有一定的迷惑力量。对待这个严肃的理论问题和尖锐的指责，我是怎样考虑的呢?

首先从一般的历史事实出发。从秦朝末年到清朝末年，我细数下来，很难找见一个农民英雄的领袖人物能摆脱帝王思想或皇权思想。他们或者是希望自己称王称帝，或者是拥护别人称王称帝，其下者只反贪官，不反皇帝。抛开历史常识去空谈历史是毫无意义的。

再看李自成本人所走的道路。李自成原是高迎祥的部将，继迎祥为闯王，到崇祯十六年春天建立正式称号为新顺王，次年正月改称大顺皇帝。这是历史的事实。又《延绥镇志》记李自成潜伏“商洛山中，昼则射猎，夜则读书，且观乾象，云：‘过此六月之厄，九五可期。’以勉慰群贼。高一功笑之。曰：‘西汉沛公，百战百败而得天下，汝知之乎？’”（引自乾隆年间修《商州志》卷十四）我看这记载也大致可信。我们谈论历史，只有权对历史事实给以历史唯物主义的解释，无权不承认历史事实。

最后从理论上看，凡是真正的农民起义，不仅仅停留于拉杆子[①]，做“草寇”，到了一定阶段，必然要考虑到通过武装斗争而夺取政权，即推倒旧江山，建立新江山，简单的说法是改朝换代。至于建立什么性质的政权，不是依照历史空谈家的主观愿望，而是依照历史的客观规律，即取决于经济基础。在明朝末年，我国的生产力和生产关系并没有发生质的变化，在长江下游的江南地区仅仅存在着资本主义的萌芽，因此我们不应该要求李自成和张献忠摆脱帝王思想，建立近代的民主共和国。至于说农民政权，那只是某些同志的善良奇想。不应该把某次农民起义时的一些乌托邦思想或不能成功的试验当作超脱于封建历史之外的政权实体。事实上，人类社会在社会主义国家出现以前，只有奴隶制政权、封建制政权和资本主义制政权，而没有另外存在过非封建性的农民政权。有人劝我不写农民英雄原来有帝王思想，而只写知识分子进入农民军之后使他们滋长了帝王思想。我认为，封建知识分子进入农民军之后，当然要以他们的政治哲学和世界观去影响农民军，但是这种影响只是外因，即一个辅助条件，而不是农民英雄产生帝王思想的根据，不能代替社会经济基础的决定作用。

---

① 杆子即土匪，拉杆子指组建土匪团伙。——编者注

帝王思想也就是皇权思想。马列主义的大师们对这个问题怎么看的呢？马克思在论到法国农民拥护拿破仑时写道："农民曾经是波拿巴主义者，因为他们以为大革命及其带给农民的利益是和拿破仑的名字分不开的。"（《法兰西内战》）这是说，法国农民拥护拿破仑，是因为他们把拿破仑看作是好皇帝。斯大林说："在说到拉辛和普加乔夫的时候，绝不应该忘记他们都是皇权主义者：他们反对地主可是拥护'好皇帝'，要知道这就是他们的口号。"（《和德国作家艾米尔·路德维希的谈话》）

第二个问题是天命观。有人说，农民革命英雄不应该有天命观，甚至也不要写他们有迷信思想。我明白这是好的愿望，也是一个善意的劝告，怕我歪曲了农民英雄形象。但是，我的原则是不写超时代的空想英雄。我们知道，封建社会的劳动人民虽然创造了灿烂文化，但是另一方面，由于不发达的小农经济，也由于科学文化的不发达，没法摆脱愚昧和落后。在封建社会中，各种各样的迷信思想、宿命论思想笼罩着各个方面，而天命观是其一。"革命"一词起源于上古奴隶制时代，意即新兴王朝上膺天命，革除旧朝的天命，在激烈的阶级斗争中，旧政权利用天命观欺骗和束缚人民思想，镇压革命，而革命人民也利用天命观鼓动革命。革命的和反革命的，都要做"真命天子"，代代如此。恩格斯说："对于完全受宗教影响的群众的感情说来，要掀起巨大的风暴，就必须让群众的切身利益披上宗教的外衣出现。"（《路德维希·费尔巴哈和德国古典哲学的终结》）对我国封建社会中的农民起义披着天命观和其他种种迷信的外衣，也应该作如是观。李自成进入河南后相信宋献策献的谶记；破洛阳后定的正式称号是"奉天倡义文武大元帅"；破襄阳称为新顺王，次年定国号为大顺（顺字的意思是"顺天应人"），又定大顺朝为"水德王"；将首相称为"天佑阁大学士"；从西安向北京进军时发布了一通诏书（又称檄文），第一句就是"上帝鉴观"；刚到北京就向新投降的明朝文臣询问关于"郊天"的问题；退出北京前一日匆匆在武英殿举行登基大典而命牛金星代行郊天礼等，都是历史事实。说他没有天命观，读者倘若问我对这些问题如何解释，我将无词回答。我只能在小说中不故意宣扬李自成的迷信方面，却不能写他是一个超越历史局限的人。他只是三百多年前的农民英雄，不是二十世纪的无产阶级英雄。

第三个问题是李自成反孔。批林批孔运动中，批孔是为了深入批林，进一步揭露和批判林彪反革命修正主义路线及其反动的思想根源，肃清孔孟之道的流毒。“江青反革命集团”接过批孔这个革命口号贩卖历史唯心主义，为其篡党夺权的罪恶阴谋服务，他们随意篡改历史，颠倒黑白，使得形而上学泛滥。对于李自成反孔的具体问题，我没有看见“江青反革命集团”的御用笔杆子所发表的论文中有一条能够经得起推敲的历史资料，相反的资料倒不少。马克思和恩格斯说：“统治阶级的思想在每一个时代都是占统治地位的思想。这也就是说，一个阶级是社会上占统治地位的物质力量，同时也是社会上占统治地位的精神力量。支配着物质生产资料的阶级，同时也支配着精神生产的资料，因此，那些没有精神生产资料的人的思想，一般是受统治阶级支配的。”(《德意志意识形态》) 这一光辉论点，他们在《共产党宣言》中又说了一次。儒家思想在我国的封建时代就是统治思想，摆脱它是很难的。我们今天站在无产阶级的立场上用历史唯物主义的武器分析和批判孔、孟，但不必否认在封建社会中不同的阶级利用孔、孟为他们的阶级斗争和政治运动服务。直到我国旧民主主义革命开始，才出现了洪秀全的坚决反孔。然而思想的觉悟取决于经济关系的性质，因此，生活在鸦片战争前的洪秀全并不可能摆脱宗教迷信思想的束缚。他虽说反对孔子，但他是将一种从殖民主义者传来的基督教的迷信和礼拜仪式加以改装，改为他的宗教，用来代替孔子，既不能从理论上打倒孔子，也不能使他利用的那一套宗教迷信在人民群众中间生根。后来他亲自删改“四书”，企图加以利用。我们再看看欧洲的历史，革命群众利用改造了的旧传统思想，即基督教异端，也可以证明中国农民革命利用孔子并不奇怪。

欧洲十五和十六世纪几次大规模的农民革命战争都利用经过改造的基督教，是历史的局限性，无损于革命的实质。

李自成所领导的是封建社会内部的阶级斗争，不但客观上不可能而且主观上也不会觉悟到需要改变封建社会的性质，所以迷信孔、孟和利用孔、孟就毫不奇怪。看看朱元璋的例子，岂不明白？举几件史实来证明李自成对待孔、孟的态度吧。崇祯九年，李自成打回米脂，驻军城外，呼知县边大绶到城上，对他说：“这是我的故乡，你不要虐害百姓！”于是李自成留下银子，叫知县修理文庙。崇祯十三年冬天到河南以后，因牛金星来到军中，李自成经常请他讲“经书”和《通鉴》。他曾经严格地执行一项政策：举人之流只要不是罪恶大的，一律不许杀害。他所建立的中央政权，六部尚书、侍郎和其他高级文官，绝大多数是进士出身的明朝官吏，此外有极少数不是明朝官吏但也是有科举功名的人。崇祯十六年十月他到了西安，聘请女诗人邓太妙为“后宫内师”，给他的妻、女讲授“毛诗”。在陕西举行考试，仍然考“经义”，只是废除八股，改为散文。在“江青反革命集团”控制的写作班子发表的有关李自成反孔文章中，将改八股为散文说成是反孔一证，是他们惯用的不老实手法。牛金星在华州考试诸生，所出题目是《孟子》三句。到北京以后，在短促的时间里举行三次考试，虽然各书所记试题有出入，但不外《论语》《孟子》和《易经》。还有，他在西安称帝之后，遵照儒家所宣扬的封建制度建立七庙，规定避讳的字……这一切史实因不合“江青反革命集团”的政治需要，都被他们抹杀了。（曲阜孔府原藏有李自成保护孔庙的文告，解放初期被鲁南文工团借去作为演《闯王进京》的道具用，后来该团解散，原物遗失。）李自成为进行革命和建立新的封建帝国而积极利用孔、孟和儒生、儒臣，这一点同朱元璋有相似之处。在考试制度上，他的显著贡献是打倒了极其束缚读书人思想的八股文，另外加了策论，必然在读书和考试方面带来务实的新风气，但也并没有超越封建思想的范畴。

马克思总结了一种历史现象的规律，告诉我们：“人们自己创造自己的历史，但是他们并不是随心所欲地创造，并不是在他们自己选定的条件下创造，而是在直接碰到的、既定的、从过去承继下来的条件下创造。一切已死的先辈们的传统，像梦魇一样纠缠着活人的头脑。当人们好像只是在忙于改造自己和周围的事物并创造前所未闻的事物时，恰好在这种革命危机时代，他们战战兢兢地请出亡灵来给他们以帮助，借用他们的名字、战斗口号和衣服，以便穿着这种久受崇敬的服装，用这种借来的语言，演出世界历史的新场面。”（《路易·波拿巴的雾月十八日》）马克思所讲的虽然是欧洲近代史，但李自成也不例外。

历史是按照自己的基本规律前进的。旧的占支配地位的传统思想不是随便可以被否定的，社会上必须具备对旧传统进行革命的客观条件。那些主观武断地说李自成反孔的人完全背离了马克思主义的一条基本原理：“物质生活的生产方式制约着整个社会生活、政治生活和精神生活的过程。不是人们的意识决定人们的存在，相反，是人们的社会存在决定人们的意识。”（马克思《政治经济学批判》序言）关于上层建筑的革命，它的规律只能是马克思所指出的：“随着经济基础的变更，全部庞大的上层建筑也或慢或快地发生变革。”（同上书）关于这一基本原理，马克思和恩格斯又说：“当人们谈到使整个社会革命化的思想时，他们只是表明了一个事实：在旧社会内部已经形成了新社会的因素，旧思想瓦解是同旧生活条件的瓦解步调一致的。（《共产党宣言》）在明末并没有这种情况，说李自成如何反孔，在史料上找不到什么根据。马克思说人类始终只提出自己能够解决的任务，因为只要仔细考察就可以发现，任务本身只有在解决它的物质条件已经存在或者至少是在形成过程中的时候，才会产生。”(《政治经济学·批判》序言）三百多年前的李自成没有替自己提出反孔的任务。反孔应该是资产阶级革命的任务，只是因为我国资产阶级十分软弱，不得不留给无产阶级去完成。我们不应该要求封建社会的农民革命来担起这一任务。而且无产阶级只能是对孔、孟进行科学的分析、批判，不是其他。

在两千多年的封建社会中虽然有各种各样的农民战争，各具特色，但又有共同的规律可循。历史现象不管多么复杂，总是一般规律存在于个别事物之中，而个别事物不能摆脱共同历史条件所决定的共同基本规律。拿李自成这个人物说，他是封建社会中领导农民起义的杰出人物，但他并不是超人。我不能忽略他的各种想法和具体活动都得受历史条件的制约，不能将那些只有现代人才能有的思想和行动强加到他的身上。他是历史上的悲剧英雄，我从他因没有建立稳固的根据地最终失败的悲剧中看见了黄巢的影子；他曾经建立了非常短暂的，仍然以孔、孟为统治思想的封建帝国，称为大顺皇帝，我又从他的身上看见了朱元璋的影子。

李自成尽管有以上的历史局限性，但是他打垮明朝将近三百年的腐朽封建统治，在一定程度上推动了社会生产力的发展，因而他仍然是我国历史上杰出的农民革命英雄。他坚贞不屈的光辉品质、艰苦朴素的生活作风、代表当时农民利益的革命行动，对后代都有启发、教育和鼓舞作用。

关于刘宗敏

在《李自成》这部小说中，我以对史料的分析研究为依据，突出地刻画刘宗敏。这位铁匠出身的农民英雄不仅是作战剽悍的武将，而且是大将之才。在大顺军内部也有左右两翼之分，而刘宗敏始终是左翼将领的代表，所以李自成始终将他看成最可靠的臂膀，使他居于最为重要而崇高的地位。早期，他在军中被称为“总哨刘爷”。这是一个亲切的称呼，不是官衔，但也表明他总领各哨（队）。从西安向北京进军时，他的官衔是“倡义提营首总将军”，用现代话说就是“前敌总司令”，可见在当时他是代李自成指挥全军。相传大顺朝重武轻文，实际是指刘宗敏的地位在所有文武群臣（包括首相牛金星）之上。我从这一认识出发，以饱满的热情塑造刘宗敏，使他的形象在一、二卷中逐渐丰满。然而我在小说中这样歌颂刘宗敏，同史学界曾经存在的一种看法，颇不一致，所以仅仅读了小说第一卷的读者已经常有人向我询问这个问题。

对刘宗敏的英雄品质和历史作用持否定态度的论点，不外乎一是指责他从吴襄家要去了陈圆圆，促使吴三桂叛变投清；二是指责他在北京逮捕了明朝的大批重要官吏，严刑追赃。

吴三桂的降清，确实是历史上的一个重大事件。我们对这个问题应该从吴三桂所代表的明朝关外"武将世家"同大顺军的阶级矛盾去寻找事变的根本原因。从这一阶级斗争的根本原因出发，我们再进而分析吴三桂家族在关外的社会关系，特别要考虑到他的舅父祖大寿和其他不少祖家的武将都早已投降了清方。在洪承畴降清之后，清太宗曾写信招他投降，又命豫王多铎、祖大寿、邓长春等人分别写信劝他投降，他或是不回答，或是态度犹豫，而没有断然拒绝，可见他留着余地。我们还应该从大顺军进入北京后的阶级斗争激化情况、关内外军事形势，尤其是大顺朝在军事上已经暴露的严重弱点以及李自成在一些重要政策上出现的问题进行分析。这样，就可以明白吴三桂叛降清朝的主要原因和次要原因，而不会再相信"冲冠一怒为红颜"的说法。姑且不论所传陈圆圆的事迹尚有种种疑问，即便确有陈圆圆其人其事，古人爱妾可以赠人、可以换马，像吴三桂那样地位和出身的大将，绝不会因为一个妓女陈圆圆被刘宗敏要去而不顾"千秋名节"、父亲和一家数十口的性命，叛降清朝。

至于刘宗敏向明臣追赃一事，是执行大顺军的一贯政策。李自成于崇祯十三年冬天进入河南以后即提出"随闯王，不纳粮"和"三年免征"的口号，他的军饷来源全靠向各地豪绅大户强迫征发以及攻破富裕山寨，镇压豪绅恶霸和大地主，抄没他们的财产。到北京后向明臣严刑追赃，是这一政策的继续。这一政策既为财政来源所依靠，也体现了农民革命的矛头所指和阶级斗争的大方向。但任何事物都有两面性，都会产生一个倾向掩盖另一个倾向。长久依靠这一政策去解决财政来源，必然会疏忽应该如何积极建立稳固的地方政权，恢复生产，以便迅速建立军事活动的经济基础，将财政来源的重点有计划、有步骤地转向比较合理的田赋征收。而且这一政策一旦不能掌握灵活性，就会产生对革命不利的作用。大顺军进入北京以后，严厉打击阶级敌人和追赃的基本精神应该继续保持，但是应该如何灵活运用以适应新的斗争形势，策略上的考虑不够。这个问题，不但不应该看成是刘宗敏一个人的责任，而且也不要认为他应该负大部分责任。他是奉大顺皇帝之命执行几年来的一贯政策，而不是他的个人活动。正因为他在大顺朝文臣武将中最为李自成所倚信，执行革命政策最坚决，所以李自成才将这一极其重要的任务交他兼管。据说在北京共筹到七千万两银子（在北京的军政费除外），都在山海关战役之前差将军罗戴恩运往西安。

这样，我把上述两个问题都放在具体历史形势之下，从各方面去进行分析，得出了对刘宗敏的新的看法。

关于李岩和红娘子

李岩（即李信）在小说第二卷出场，用了不少篇幅去塑造这个人物。他到底是什么地方人，到底是什么出身，目前都是还留着没有解决的疑问。他很可能不是杞县人，也可能不是李精白的儿子。至于红娘子破开杞县城救他出狱，可以断言绝无其事。野史中的红娘子，未必实有其人。我在小说中关于他的出身和红娘子救他出狱，完全依据不可靠的传说，而将历史的真伪问题放在一边。我的目的是要塑造李岩和红娘子这两个有代表意义的小说人物，问题的关键不在李岩是否是杞县人，是否曾经有红娘子救他出狱，而在于我们究竟应该如何评价这样的历史人物。

生活在明清之际的士大夫文人，根据传闻知道李岩是宦门公子出身，中过举，文武双全，因劝赈惹大户忌恨，锒铛入狱，被逼造反，投靠李自成，后来又被杀掉，于是对他产生了阶级同情。在他们所写的野史中，笔尖带着感情，美化和夸大了李岩对李自成的作用以及李岩在闯王军中的重要地位，另一方面，为吹捧李岩而贬低李自成及其部队。李岩正如其他许多进入大顺军的士大夫一样，这些人物只是被迫背叛了朱明政权而丝毫没有背叛他们自己的阶级。他们参加农民起义大军，既有积极的作用，也有消极的影响。

李自成本人及其部队的成熟，取决于本身的内在条件，即李自成和主要骨干的阶级出身、斗争经历及政治觉悟程度，在长期阶级斗争中广大群众的痛苦、希望、政治动向等对他们的推动力量，还有他们自己在走向成熟过程中所发挥的主观能动性。

李岩投入李自成军中，可以在某些方面起一定的推动作用，但是绝不会成为决定性作用。只有参加农民革命的人民群众创造农民革命战争的历史，而绝不会是一个出身于宦门公子的封建知识分子创造农民革命战争的历史，决定历史运动的进程。

当时天下扰攘、群雄纷起。李自成刚到豫西不久，李岩偏要从豫东到伏牛山中投他，可以证明在李岩的眼中李自成与其他众多的起义领袖不同，而且也可以证明李自成一到河南境内便开始执行了崭新的政治和军事路线，大获豫西百姓拥戴，促使李岩倾心相从。把李自成及其部队贬得很低，认为李岩去了后才使李自成不乱杀人，执行一些新的政策，同时改造了部队面貌，这种说法值得商榷。这是出于封建地主阶级的偏见，将历史颠倒。其实，要证明李自成及其老八队早就不同于其他各营起义领袖与部队，而李岩在大顺军中没有建立特殊功勋，没有受到特别重用，并不缺少史料。

野史说（为《明史》所采用）红娘子将李岩掳去，“强委身焉”，也就是强迫李岩要她做小老婆。我在小说中抛弃了这一流行的说法。如果我按照这一说法写，就要将红娘子写成一只“破鞋”、一个江湖上的女流氓。我必须从相反的角度着笔写她出身贫苦农家，不得已幼年学艺，弓马娴熟，武艺出群，虽然漂泊江湖，却不同于一般人心目中的乐户绳妓，她出身清白，性格坚毅豪爽，正气凛然。我努力将她塑造成在封建社会中饱受压迫和侮辱的妇女代表，真正够得上被称为农民革命军的“巾帼英雄”。倘若她品德不好，就不会在革命群众中获得威望和领导权威。尽管她是一个野史中“莫须有”的人物，但是我既然要写古代的妇女起义，就要以严肃的态度处理她同李岩的关系，通过她的故事写出封建制度下的阶级关系、阶级斗争。

关于崇祯和杨嗣昌

对于反面人物的思想、活动以及他们在阶级斗争中的作用，我也将其作为历史的复杂问题去分析和认识，避免用一个公式去解释生动、具体的历史现象。在这样的认识基础上，考虑小说的反面人物应该如何表现，才可以使我避免艺术处理的简单化、脸谱化。像“江青反革命集团”所倡导的那样用一种程式的和漫画的手法表现反面人物，虽然十分省力，贬得“痛快”，却违背了革命现实主义与革命浪漫主义相结合的创作方法。“江青反革命集团”所提倡的创作路子，只能导致写反面人物堕入公式化和概念化、粗浅和庸俗。他们满足于对反面人物的外表丑化，永远不能稍稍深刻地反映现实。对于反面人物，我们也必须写出典型环境的典型性格，严格遵循“两革”的创作方法，通过典型的生活细节写到性格的深处，反映阶级斗争的复杂面和深刻面。

从本质上说，崇祯是明朝政权的反动总头子，是农民起义的死敌，又是个“亡国之君”。但这还是停留在一般的、简单的认识，还缺少具体分析。而要在小说中写好这个人物，就不能使问题停留在表面的认识上。

关于崇祯的亡国，不但明朝的遗民，而且整个清代的封建士大夫评论他的时候都对其抱有同情。甚至他的敌人李自成在北伐诏书中也使用了“君非甚暗”的话。虽然这诏书是牛金星等文臣起的稿子，但李自成是大顺朝英明的开国皇帝，又有文化，诏书稿子必然经过他反复推敲，符合他的心意，才能批准发布。像朱由检这样生前连敌人也说他不是“甚暗”的昏君，亡国后长久获得本阶级的同情，原因是多方面的，不用在这里一一指出，需要指出最主要的一点是：朱由检不像一般的亡国之君。历代的亡国之君或是荒唐淫乱，或是任意胡作妄为，或是不理朝政，或是糊涂昏庸、懦弱、年幼无知，使得大权旁落等。崇祯则不然，他亲掌朝政，给人的印象是“宵衣旰食”“刚毅有为”，力图振作，与历代亡国之君还不完全相同。

明朝到了末年，政权已经十分腐朽，无论经济的、政治的还是军事的历史条件都为这个王朝奠定了必然灭亡的趋势。不管谁做皇帝，只能使亡国的时间延缓或加速，局部情况有所不同，但不能改变历史事变的基本方向。一方面，由于朱由检不同于一般的亡国之君，竭力挣扎奋斗，所以才使他的王朝能维持十六年之久。倘若他的哥哥朱由校不早死，继续统治江山，或者朱由检在十七岁以前夭亡，而按伦序由朱由崧（即后来在南京称帝的福王）继承皇位，都不会使明朝的江山支撑那么久。崇祯愈是像一个“有为之君”，愈显示历史的发展不以个人的意志为转移。另一方面，崇祯愈是像一个“有为之君”，愈能表现阶级斗争的复杂性，以及李自成对明朝的革命战争的伟大成就。至于崇祯性格中的各个侧面，如刚愎、自信、容易受蒙蔽又自作聪明、专断、多疑、悲观、凶暴、残酷、歇斯底里等特点交织在一起，有些是明代“绝对君权”的历史和制度形成的，有些是生活环境形成的。愈受到农民战争的沉重打击，他精神世界的种种矛盾和性格特点愈充分暴露。凡此都必须放在当时的典型环境和他的皇帝生活中去表现。要表现他生活中的典型环境而害怕描写他的皇帝生活，那他只能是一个抽象的人，而不能是具体的、有血有肉的人。在追求塑造典型的目标下，我要努力将崇祯写成一个生活着的人，而且是他这个人，并不是别的人，不是一般的人，也不是一般的亡国之君。

在杨嗣昌生前和死后，遭到很多封建士大夫的攻击，骂他误国，或骂他无能，主要的是指他主张增加剿饷、练饷，对清议和，以及最后代崇祯出京督师，对起义军作战失败。其实，不管当时有没有一个杨嗣昌，历史都要沿着崇祯必然“亡国”的轨道前进，没有人能够改变当时历史运动的总形势。换另外一个人担任杨嗣昌的角色，只能使崇祯的“亡国”或者加速，或者略缓，不能改变历史运动的必然方向。

在崇祯的众多朝臣中，杨嗣昌是比较精明和干练的，绝不是一个庸才。《明史》对他的评论有两句比较实事求是：“明季士大夫问钱谷不知，问甲兵不知，于是嗣昌得以才显。”杨嗣昌的出京督师是崇祯在不得已情况下打出的一张“王牌”。他和崇祯都不是庸才，而是他们本阶级的悲剧人物。

崇祯朝历史的基本矛盾是被压迫的农民阶级大规模武装起义同代表封建大地主的明朝政权的生死斗争。崇祯和杨嗣昌是统治集团的核心人物，处在历史基本矛盾的尖端。他们的一切心思和努力都是为摇摇欲倒的明朝政权做垂死挣扎，妄图使它能够生存下去。对他们来说，最紧迫的问题是挽救明朝不亡。明朝政权除了与广大人民的深刻矛盾之外，还由于中国暂时分裂为两个政权，产生了明朝与清朝的尖锐对立，从而迫使明朝长期陷于两面作战的困境。衡量缓急，明朝与农民起义军的战争是主要矛盾，而同清方的战争则属于次要矛盾，有可能用妥协办法使局面缓和一些时间。崇祯和杨嗣昌要同清方暗中议和，是出于形势所迫，出于维持明政权生存的目的和进行反革命战争的战略需要。杨嗣昌之后，第二个赞同崇祯派人与清方暗中议和的是兵部尚书傅宗龙，傅宗龙之后是兵部尚书陈新甲。陈新甲遵照崇祯的指示，对秘密议和一事积极进行，已经将条款议妥，不料秘密泄露，引起满朝大哗，于是崇祯为推脱自己的责任将他杀掉。试想，为什么接连三个在朝中负责军事的大臣都赞同与清方议和呢？可见，他们都是从实际的军事着眼，目的都是为挽救明朝摆脱两面作战的狼狈处境。

明朝政权不得不两面作战，明知道增加剿饷、练饷是饮鸩止渴，也非饮下这两杯鸩酒不可。单就这一个问题说，明朝陷于长期两面作战的困境是因，财政来源极度枯竭是果；财政困难是因，增加剿饷、练饷是果。增加剿饷、练饷又成了新因，其结果是加速明政权的瓦解和崩溃（实际上，这一问题的因果关系远比这复杂）。崇祯和杨嗣昌的这两次增饷措施原是希望维持明政权的生存，但事情偏向反面发展。这就是历史无情，不以人们的意志为转移。当时如果没有杨嗣昌，如果不增加剿饷和练饷，明朝的财政问题仍然只能用饮鸩止渴的办法去解决，只能用别的名目去加重百姓负担，其道路和结果实际上不会两样。

杨嗣昌督师失败，不能由他个人去担负这一重大的历史责任。从杨嗣昌出京督师到他兵败自杀，一年半的军事进程交织着许许多多偶然性事件，但是归根究底，都反映着一种必然性。由于明政权与广大人民的对立不可调和，于是形成了人心思乱，到处起义，使明政权在长江以北处处存在危机。在这一基本矛盾中，人民要造反，要革命，要推翻明政权，是矛盾的主导方面，是决定历史形势发展演变的真正推动力量。杨嗣昌虽然在朝臣中比较有才干，威望较高，获得皇帝的特殊信任，在督师期间曾作了很大努力，但他只能在一个短暂时间和局部战场上掌握主动权，而在整个历史形势中却处于被动地位。他所代表的是一个最反动腐朽的大官僚地主阶层，是以崇祯为总头子的、非常孤立、非常不得人心和非常虚弱的政治力量。他所运用的是非常腐败的政权机器和军事机器，而面对的是方兴未艾的农民武装革命，尤其是张献忠和李自成都不是容易对付的义军领袖，这是杨嗣昌在军事上必然失败的根本原因。

像杨嗣昌这样的人物，同他的对手张献忠和李自成相比，却是庸才，然而在崇祯的众多朝臣中他又不是庸才。小说中不将杨嗣昌写得无所作为，而是写他在崇祯的大臣中是一个拔尖的代表人物，拼他的全力尽忠于明王朝，曾在局部战场上一度掌握主动权，终于仍归失败，这样写，或许能比较深刻地反映历史的真相，反映当时封建统治阶级不可救药的内部矛盾和必败因素，同时反映当时农民革命战争不可抗拒的威力。

《李自成》头两卷中出现的人物很多，在这里不能一一分析说明我是在什么认识基础上进行人物形象的塑造，以后有机会准备再谈。

《李自成》第二卷的稿子大部分是一九六五年以前写成的，一部分是一九七二年以后补写完的，而这一年多来对全卷进行了反复修改。近若干年，野心家江青成了文艺界的大恶霸，完全背叛了毛主席的文艺路线，对文艺界实行法西斯专政。在创作方法上，他们故意不提恩格斯关于“典型环境中的典型性格”经典理论，不提毛主席的革命现实主义和革命浪漫主义相结合的教导，而大肆宣传江青种种不学无术的黑指示。他们大叫“三突出”是一切文艺创作的原则，连画山水，画一棵白菜，写几句抒情民歌，甚至说连杂技团演出的叠椅子等，都离不开“三突出”。“江青反革命集团”掌握了宣传机器，篡窃了文艺领导大权，江青被吹嘘为“文艺革命的旗手”。这样，“江青反革命集团”所宣扬的文艺谬论和创作方法，所提倡的恶劣文风，影响很广，流毒很深，形成了一股股令人窒息的力量。

在《李自成》第二卷补写完进行修改的过程中，我深深感受到“江青反革命集团”这股反马列主义思潮的压力。按照“江青反革命集团”的荒谬理论，对英雄人物只能写他们绝对的纯洁、先进、正确、光辉，不能写出任何缺点。依照这一“清规戒律”，只能写李自成如何革命，不能写他有帝王思想，有天命观和其他迷信思想和孔孟思想等。对于反面人物如崇祯和杨嗣昌等，只能如何写，而不能像现在这样写。尽管我时时担心小说出版后会挨棍子，然而我不能放弃我的责任和违背我的良心。我的责任是用长篇小说的独特艺术形式再现历史生活，达到古为今用的目的；我的革命良心（也就是是非感）不允许用我的作品为“江青反革命集团”所提倡的创作方法作宣传。在“江青反革命集团”气焰烜赫的岁月里也有不少同志悄悄对我说：“你要顶住！要对得起历史！”足见痛恨“江青反革命集团”荒谬论点的大有人在。

“江青反革命集团”所宣传的创作方法，不是要求从生活出发，而是要求从他们主观武断炮制的某些框框出发；不是要求文艺如何反映极其丰富多彩的历史或现实的生活内容，而是要求砍削历史的和现实的生活为这些框框服务。恩格斯关于典型化的理论和毛主席关于“两革”方法的教导，都是历史唯物主义和辩证唯物主义在创作问题上的光辉运用，而“江青反革命集团”所宣传的创作方法则是根植于唯心论的认识论和形而上学，是对马列主义和毛泽东思想的彻底背叛。

在《李自成》动笔写作之前和写作过程中，我不知多少次思索过历史题材如何古为今用的问题。据我的想法，历史小说为达到古为今用的目的，有三个重要方面：第一是作家在作品中深刻地反映历史事变的运动规律和经验教训，供今人借鉴，写出历史上的阶级斗争面貌，教育今人。第二是作家力求用无产阶级的立场观点，对历史人物爱憎分明，有褒有贬。读者从小说中懂得爱什么，憎什么，并从古代英雄人物身上得到鼓舞、启发和感染，加强献身革命事业的激情、勇气和决心，同时，也因为吸取古人的经验而增长智慧。第三是历史小说可以增强读者对于丑恶事物的憎恨，也是古为今用的一个重要方面，但是更重要的是正面英雄的教育和鼓舞作用。

一部好的历史小说，应该使读者得到许多有意义的历史知识，这也是古为今用的一个方面，它是形象的历史、历史的画卷。但它毕竟不是历史书，而是小说。

我认为，一个态度严肃的史学工作者或历史小说家，绝不应该把古为今用理解为可以由自己随心所欲地歪曲历史和编造历史以影射今天。这样以古喻今，纵然动机善良，也是不足取的。为什么是不足取的呢？因为这是背离了历史唯物主义的科学态度，使用和传播了历史唯心主义的错误方法，没法反映历史的本质和规律，反而向读者散布了错误的历史知识，将被前人歪曲了的历史重新来一次歪曲，也将尚未被前人歪曲过的历史进行一次歪曲。

“江青反革命集团”妄图利用评法批儒打倒我们敬爱的周总理和一大批党中央和地方领导同志，篡党夺权。他们随心所欲地篡改历史和解释历史，以古喻今，影射攻击。“江青反革命集团”将儒法斗争的简单框框硬套我国两千多年极其错综复杂的历史，是彻头彻尾的唯心主义、形而上学。“在历史科学中，专靠一些公式是办不了什么事的。”（马克思《哲学的贫困》）从西汉以后，我很难看见一个纯粹的法家，而儒家在各个时代绝不是铁板一块，没有分化。我不能在《李自成》这部小说中新造一条儒法两家的路线斗争，还是老实地写明末的阶级斗争，心安理得。

一九七六年十二月于北京

（原载《人民文学》1977 年第 5 期）

李自成为什么失败?

——兼论《李自成》的主题思想

一、从主题思想问题谈起

《李自成》出版以后，读者提出许多问题，有关于历史方面的，有关于艺术方面的。我这里只打算集中谈一个问题——李自成为什么失败？为什么失败那么快？

因为这个问题牵涉到《李自成》的主题思想。在谈李自成为什么失败时，也附带地谈一谈《李自成》的主题思想。这些年来，林彪、“江青反革命集团”把文学的基本理论搞得非常混乱，我在谈主题思想时，也对他们的谬论略作批判，澄清是非。

李自成为什么失败？为什么进北京后失败得这样快？当然，这两个问题是在《李自成》中要解答的问题，也是《李自成》这部书主题思想的重要组成部分。

一部长篇小说，特别像《李自成》这样的长篇小说，在处理主题思想方面，应和短篇小 说、中篇小说都有所不同。不同在什么地方呢？在于它比短篇小说和中篇小说所反映的历史生活和问题容量大得多，主题思想也要丰富得多。它不仅有总主题，还有若干侧重面不同的副主题。在长篇小说中，既要有统摄全书的总主题，像大树主干，也要有许多横逸斜出的枝干，也就是轻重不同的副主题，为总的主题思想服务。主题和副主题是有机关联的，它们之间体现着辩证关系，例如一个单元，甚至一章，你所表现的主题出了问题，就会影响到总主题的发展，所以一部长篇小说一定要牢牢把握总主题。但是，每个单元，每一卷，都要表现一个中心思想，这个中心思想和总主题的关系必须扣得紧。《李自成》这部小说写的是大悲剧，这个悲剧在中国封建社会历史上有代表性、典型性。因此，通过《李自成》这部小说不仅看到李自成领导农民起义成功和失败的规律，以及如何成为悲剧，也可以看到从秦朝末年到太平天国许多大大小小农民起义的共同规律。这个规律给了我们许多教育、许多启发，使我们认识封建社会的阶级斗争，认识农民运动为什么成功，为什么失败，这是一些客观的不以人们意志为转移的规律。李自成、张献忠只是明末农民战争大悲剧中一些英雄人物的杰出代表。

所谓悲剧，按我的理解就是英雄人物通过他的努力奋斗，不能扭转客观历史条件给他提供的形势。正如恩格斯说的："历史的必然的要求与这个要求的实际不可能实现。"如果运动的主要人物是庸庸碌碌的，他的失败便不是悲剧。因为他确实很杰出，很了不起，拼命地斗争，影响很深远，然而在某些关键问题上违反了客观规律，终致失败，这便是悲剧。历史上农民起义的悲剧英雄很多，李自成不过是一个代表。《李自成》的总主题就是要挖掘和表现这种既是具体的、特殊的成败经验，也具有普遍意义的规律。

《李自成》全书五卷有一个总主题，这是不待说的。但各卷都有一个中心思想，既是总主题的有机部分，也有相对的独立性。因为全书五卷是一部完整的小说，所以各卷的相对独立性是有限度的，不很鲜明，不能过分渲染。

拿《李自成》第一卷来说，它特别表现了革命英雄在极其不利的条件下，在失败之后应该抱什么态度。这在全书中是有机组成部分，但又是第一卷的中心思想。第一卷就是要写出革命领袖人物当全军覆没之后，不应该动摇妥协、投降、无所作为、灰心丧气，而应该坚贞不屈、百折不挠、奋发图强，将革命运动推向新的高潮。

第一卷开始写作是一九五七年秋天。当时我被错误地作为反党、反社会主义和反人民的右派分子进行批斗。反右斗争时，我受的精神打击和政治打击很大，十分痛苦，经常痛哭流涕，夜不成寐。就在这样令人几乎完全绝望的境遇中，我开始悄悄地写《李自成》第一卷，往往边写边哭。我当时没有想到此书能在我生前出版，我是想着，在我死后，形势变了，我的后人倘若将稿子拿出来交给党，必会得到肯定，就是我为党、为祖国、为人民做出的一点贡献。我从长远处看，对党、对人民、对历史的发展规律没有任何动摇，对马克思主义的哲学思想不曾因自己的遭遇而产生任何怀疑。这是我当时开始写《李自成》的主观条件，也是根本。因为有这个根本，所以我才有那样的勇气和决心在别人几乎不能想象的困难条件下"献身"于这一写作工作，并且坚持运用历史唯物主义的思想方法处理明清之际极其复杂的历史问题（包括对各种历史人物的分析研究），将我的激情倾注在农民革命的大小英雄人物身上。

当时我为写《李自成》，特意买了一个质量很好的皮面活页夹，用蝇头小字写在窄行活页纸上。听见脚步声，我便赶快将活页夹合起来。进来的人问我在写什么，我便回答说是在写检查材料，等他走后，我小心地打开夹子，赶快继续写。从一九五七年十月到一九五八年八月下放东西湖劳动之前，我不仅写完了第一卷，也将第二卷写出了一部分。当然那只是仓促写成的草稿，也是后来整理加工的基础。但这个“基础”非常重要，倘若没有它，后来的《李自成》就永远是一句空话。

去年美国作家安格尔·聂华苓夫妇拜访我时问道：“你从李自成失败写起，写他全军覆没后毫不灰心，用百折不挠的精神继续斗争，是不是也写了你在一九五七年的命运？”我爽朗地大笑起来，说：“你猜对了一半，还有一半没有猜到。我从李自成全军覆没写起，写他受到惨重挫折后的态度和精神状态，确实有我自己的命运在内，并非毫无关系。当时我不从李自成的出身写起，不从他开始起义的某一关键时候写起，而要从他全军覆没写起，这虽是出于小说结构的艺术要求，但也反映了我自己的思想感情，就这一点说，你是猜对了。但是有一点没有猜对。如果我自己的思想感情仅仅限在个人命运上，《李自成》今天影响不会这么大，这么感动人。‘文化大革命’期间，有些人曾经一度有过绝望甚至想自杀的念头，看了《李自成》后，改变了念头，增强了生活下去的勇气。我收到反映这类情况的信有好几封。有位教授，因下放到江西，感到一辈子没有前途了，就想自杀，后来看了《李自成》第一卷，就不再想了。第一卷所表现的李自成及其周围人物的那种思想感情，是出自历史揣摩和艺术虚构，但植根于现实生活，合乎情理，所以是感人的，能够获得许许多多人的共鸣。这种感情和千千万万人有着共同的血肉联系，远远超越我个人思想感情的范围，所以在读者中产生广泛的感染力。”

两位美国客人立刻表示同意，对我说：“对，世界上凡是比较引起人们重视的、能够站得住脚的好作品，作者的感情和社会上广大人民的思想感情都是有密切联系的。作者一般不仅写出了自己的，也写出了广大人民的思想感情。”

《李自成》这部小说是写一个大的悲剧，李自成是主要的悲剧英雄，还有众多的男女悲剧英雄，对崇祯皇帝我也是作为悲剧英雄来写。（请不要误解艺术上“英雄”一词的含义）

我们知道，在一定条件下，农民革命运动能够持续，能够发展，尽管困难重重，但它是有生命力的，是不可战胜的。一旦条件变了，过去的优点丧失了，悲剧的命运就不可避免。悲剧并不是突然出现的，它是在一个长时期的过程中孕育着的某些因素。在一定条件下，这些因素可以被克服，不至于产生悲剧；在另一些条件下，这些消极的因素会滋长，使运动以失败告终，成为悲剧。

《李自成》第一卷中的每个单元，许多章节，都是为写好李自成的大悲剧服务的。在潼关南原大战中，李自成及其将士们那么激昂慷慨、临危不惧，拒不投降，冲杀出来，是为这个大悲剧的主题服务的；李自成到谷城去见张献忠，冒着那么大风险来完成一个重大的战略任务，推动张献忠重新起义，也是为这个主题服务的；甚至包括较小的故事情节，如送郝摇旗走，杀自己的叔伯兄弟李鸿恩，也都是为这个大悲剧的主题服务。

第二卷要表现的中心问题（主旨、相对独立性的主题）是李自成继续在艰难斗争中接受考验，达到成熟。写他在商洛山中，全军将士十之七八生病，外有官兵压境，内有杆子哗变，还有地主武装进攻，在这样的情况下，不仅需要应付战争的极大勇气和才能，也需要政治方面相当成熟，以及获得贫苦百姓的真心拥护，方能克服困难，战胜敌人。这是个严重考验！到了鄂西，因欲联合张献忠失败，回顾了过去十年的奋斗历史，总结了经验教训，然后决定以后怎么办。进入河南以后，提出了适应人民需要的新政策和口号，群众热情响应，事业得到发展。这是历史上农民起义从受挫折到发展、壮大的规律。就在这发展中逐渐孕育着可能导致失败的因素，这也是运动的客观规律。我在第四十二章虚拟了李岩给李自成的书信，是为李自成后来的战略错误作一伏笔。

现在我可以将以上所谈的概括为一句话：如果是多卷的长篇小说，每卷都有一个中心主旨，可以称作相对的副主题，副主题一方面受全书总主题制约，一方面又为它服务，这就是总主题和副主题的关系。还有贯穿全书的副主题，如明清之间的民族斗争，张献忠和李自成之间的矛盾等，在结构上形成几条线交织进行。

《李自成》全书的主题思想是和写李自成大悲剧的因果关系密切联系的。关于这一复杂问题，不是一九五七年动笔时就完全认识清楚的，但也不是完全缺乏认识，应该说，当时只是一种粗略认识。

社会上常常有一种似是而非的看法，误将写作的课题、题材，同作品的主题混为一谈。我要写明末以李自成为主要英雄的农民战争，这只是我为自己选定的写作课题，是属于某种题材，而不是指小说的主题思想。主题思想不是凭空产生的，而是在我对于明末的阶级斗争、民族斗争，各种政治力量的互相关系以及各种重大的社会问题，经过初步研究，大体有了我自己的认识之后，才初步形成了《李自成》的主题思想。没有这个“初步认识”，我就不会动笔，没有动笔创作的起码条件。倘若事先不在多年中阅读许多资料，对各种有关的问题和人物进行过一定的分析研究，形成了我的初步认识，自成体系，就不会在我的头脑中产生《李自成》全书的总主题思想，也不会有某些比较重要的副主题思想。许多年来，由“长官”指定主题思想，即所谓“领导出思想，作家出技巧”的创作方法，是非常荒谬的。对社会生活（历史的、现实的）不经过一番调查研究便决定一部长篇小说的主题思想，即所谓“主题先行”，也是荒谬的。如果作家先有主题，然后动笔，那是有条件的，事先对要写的长篇内容有相当了解，是一个先决条件。

一部大部头长篇小说，它的主题思想在初步形成之后，还需要在写作过程中继续丰富，继续深化，直到最后将小说定稿为止。

现在，我应该将我的报告收缩到李自成为什么失败的问题上不再泛谈主题思想了。

单就我对李自成失败原因的认识，也是一个由粗到细，由浅到深的发展过程。这话要稍微谈远一点，郭沫若同志的《甲申三百年祭》发表后，不仅在史学界影响很大，在广大读者中也有很深的影响。以后出现的各种剧本，可以说都是以《甲申三百年祭》提供的历史见解为指导进行写作。我没有采用《甲申三百年祭》的各种见解，也不同意这本书对于史料运用的方法和态度，我走的是我自己的研究道路。但是我不是一开始就对一切历史问题都十分清楚，我的认识是逐步发展的。由上海文艺出版社出版的《关于长篇历史小说〈李自成〉》一书中，有一部分资料可以表明我对《甲申三百年祭》一书批判性认识的发展过程。我一方面在认识上逐步批判《甲申三百年祭》的论点，一方面逐渐形成我自己的一些论点，这些论点逐渐形成一套大体完整的看法。如果勉强说这是一个认识体系，它也是尚处于未最后完成阶段，还处在由粗到细和由浅到深的过程中。在《李自成》第一卷出版前后，也就是“文化大革命”之前的一个阶段，我对李自成失败的原因概括为若干条，这是我认识的第一阶段。经过“文化大革命”十年，我又读了些书，特别是我思考的问题多了，经历狂风暴雨般的阶级斗争和政治斗争多了，我的认识又向前发展了。现实的政治斗争、阶级斗争和复杂的社会动乱现象，启发我对古代历史的重新认识。可以说，我们可以借助历史加深认识现实，也可以借助现实加深认识历史。对现实政治斗争、阶级斗争的深入理解，可以作为一盏灯笼照亮许多模糊的历史问题。所以到“文化大革命”后期，我对李自成失败原因的认识进入了第二阶段。

今后我的认识是不是会继续发展呢？肯定会的。任何人只要不停止生活、学习和研究，他的认识也是不会停止的；直到最后去世，个人的认识才停止，由别人去继承和向前发展。我们的认识在一定阶段达到的所谓细、深、完整、全面、正确……都是相对的，也只有从相对性上看才有意义。从整个发展过程看，不断地由粗到细，自浅到深，由不完整到完整，蝉联发展。只要我发挥主观能动性，经常关心现实，关心政治斗争、阶级斗争，继续读书，研究历史，我的认识就会逐步向前，继续发展。为提高我对《李自成》中历史问题和历史人物的认识，必须从各方面找借鉴，经常挤出时间继续浏览中国古代和现代的历史资料，也浏览外国资料。外国的现代资料如各种人物传记，对我也有启发。现代中国和外国的复杂斗争，与我写《李自成》也有关系。有人劝我把时间稍微集中一点，两眼不看周围事，一心只写《李自成》。我说不行，如果我不关心现实，我的思想就会僵化，感情就会干枯，就写不好《李自成》。正因为我能够不断认识现实，不断认识历史，对明末清初许多问题才不断有新的理解。不要说我现在还只写成一部分，就是五卷全写完了，也不等于我工作完成了，我将依照新的认识继续修改。什么时候住到医院，医生通知说：“你已经完了，准备后事”，我就停止修改。一个作家应该严肃地对待自己的作品，特别是长篇小说，更应不断要求提高，要求深化，这是用艺术手段正确反映生活的必由之路。

同志们会问：“李自成为什么失败？”好，我现在就回答这个问题。

二、关于李自成的品质问题

《李自成》第一卷、二卷出版后，有很多人，包括很多有名望和有学问的人向我提出一个问题：“你把李自成写这么高，好像共产党员一样。既然那么好，他后来怎么会失败？我替你担心。”

我说：“请你不要担心。我的小说还没有写完，到第三卷你就清楚了。”

我对塑造李自成的英雄形象有两个基本态度。首先一个态度是：我将李自成写那么高，既有历史依据，也有我塑造他这个历史人物的一套想法，也就是我的认识和意图。因为要重视历史依据，所以我并没有而且坚决反对凭空瞎想。

首先谈我的历史依据。李自成同时代的封建士大夫们和修纂《明史》的史官们尽管骂他为“流贼”，也不得不称赞他具有超过一般起义群雄的优秀品质。总括起来，人们称赞他的优秀品质是“不好酒色，脱粟粗粝与其下共之”。称赞他“声色货利毫无动念。经夜不眠，图画大事，求其必中”。说他善用人才：“工驾驭，他寇莫及也”。说他善用兵：“幻变虚实，莫可测度”。说他喜欢读书，常由牛金星为他讲《通鉴》和《经书》。说他与部下商议事情时自己很少说话，倾听别人发言，最后他择其善者而从之。马世奇当面对崇祯说：“治献易，治闯难。盖献人之所畏，闯人之所附。”李长祥也是一个顽固地与农民军作对的士大夫，他评论李自成说：“百姓当他贼过，人畜巢卵靡有孑遗。即官兵过，亦不下贼。惟闯贼过，则家室完好，亩禾如故。百姓竞德之，竞多归附。”总之，明清之际地主阶级的人物既仇视农民军，又称赞李自成，这问题值得我们重视。李自成的敌对阵营已经给李自成的光辉品质做出了评价，难道我这个信仰马克思列宁主义的作家应该故意往这位古代革命英雄的脸上抹黑么？李自成与张献忠是两种类型、两种性格，不能要求同样写法。李自成的身上不具有张献忠的特色，他的性格要从其他方面去认识。认识他的性格要比认识张献忠的性格难。

其次，我的创作意图是要塑造一个封建社会后期农民革命的杰出英雄人物，而不是一般的英雄人物。他的光辉行事都没有超出封建社会所提供的历史舞台（或历史基础），许多故事细节都是古人曾经有的，我不过移用到李自成身上并在使用时加以改造罢了。关于这个问题，在这里不去详谈，免得离开我今天要回答读者提出的主要问题太远。我今天要回答的问题是：我将李自成写得那么好，他怎么会失败呢？

对于这个问题，我的看法是：农民革命运动的失败，领导人的品质起一定作用，但不是最后的决定因素。历史上的革命起义总是此起彼伏，失败者多，成功者很少。造成起义失败，或由于敌对力量过于强大，或由于内部叛变、分化，或由于战略战术失策，或由于政治错误，种种条件，互为因果。许多起义失败，都不是领导人的品质有严重毛病。经过艰苦卓绝的奋斗，最后失败了，成为令人同情的悲剧英雄，这种情况不论古代史和现代史都为我们提供了很多例证。例如孙中山，我们不能说他不是近代史、现代史转换阶段的伟大的人物，可惜他的革命事业失败了。可见历史的发展、运动的胜败，往往不为个人的品质所决定，而取决于各种客观和主观条件所起作用的总和。李自成的成功和失败是某些规律决定的，也就是说，在某些历史条件下他从失败走向胜利，在另外一些条件下，他从胜利的顶峰跌下来，陷于失败。在这种变化中，他的个人品质起相当作用，但不起最终的决定性作用。任何英雄人物的作用都要受到历史的、社会的、周围的种种条件所制约和影响。

我对于所谓品质的看法是：一切人的品质在一定环境条件下都是会起变化的。第一卷、第三卷写的是李自成在最艰苦环境条件下进行斗争，他必须惨淡经营，百折不挠、爱惜百姓、谦恭下士，发挥各种优点，才能自存；能够自存，才能够徐图发展。在这个阶段里，他的性格有阴暗面，也有弱点，但被克制下去。如果他在艰难困苦时就暴露许多品质上的弱点，便不是李自成，便不是历史上杰出的农民革命英雄，而他的事业就不会发展那么快。在第一卷、第二卷中，他的弱点还不到暴露的时候，其实在第二卷中也流露了一点，并不是完全没有写。到了第三卷，即破了洛阳之后，他的人马发展到几十万，正式称号定为奉天倡义文武大元帅，他身上的弱点就暴露得多了一些。就拿他定的正式称号说，就表现了典型封建时代的天命观和帝王思想，他宣传的起义是奉上天之命，是“奉天倡义”；“文武”是说他认为自己文武双全，既有文化，又会打仗。《尚书》中歌颂尧的文章中有两句话：“乃武乃文，乃圣乃神”，“文武”二字是从这里边取出来的。到这个时候，他的思想当然起变化，他对人的关系也会有变化，有些是自己主观上要求变化，有些是他周围的人非要他变化。我们也可以设身处地替李自成想一想，破了洛阳之后，革命形势发展很快，这个时候他不仅要考虑和处理全军的重大问题，整个中国的问题他也要考虑，许多人想见他，但不容易见到了。倘若有一个小百姓去求见他，他手下的人们会说：“你这点小事，不要找他。大元帅多忙，哪有时间见你？你去找高一功将军吧。”这位小百姓只好去找高一功将军，可是又有人会说：“高将爷要掌管全军粮草军辎，要统率中军营，你那点小事不要去找他。你找双喜小将爷吧。”双喜也会说：“我这么忙，哪有时间？”这样一堵墙一堵墙，就把李自成挡住了。这种情况古代如此，今天还是如此，这个规律是不以人们的意志为转移的。这是一种情况。

另外一种情况：凡是我接近的某个领导人，你最好莫接近，你一接近就可能对我不利，于是我就想办法不叫你接近他。有人就这样把一个领袖一层层封锁起来，这是古今常见的事实。这也是墙，有高墙、有矮墙、有篱笆墙、有砖墙，还有钢筋水泥墙。封建社会是讲究等级的社会，农民革命的阵营也不能摆脱其影响。一般情况是在农民革命初期或比较艰苦阶段，等级关系较随便，愈走向壮大和成功，等级愈严。太平天国革命开始时也有抽象的平等思想，但具体实行的封建等级制度，到南京后更加森严。许多人为抬高领袖的身份、地位、权威，以表现对领袖的爱戴和忠诚，会将领袖神圣化、绝对化，使领袖变得高高在上，甚至高不可攀，这就叫作对领袖的“尊崇”。那些身为领袖的人物，在成功的道路上，尽管有时也说些谦逊的话，做些谦恭下士的事，但是骨子里总希望别人将自己神圣化，神圣化很利于巩固他的统治地位。已掌握政权的封建皇帝固然都是如此，封建社会中准备夺取政权的农民英雄何尝不然？一切起义领袖们的所谓“奉天倡义”“奉天承运”“名应图谶”以及各种伪造的神话等宣传之词，就是自我神圣化。李自成不是超人的英雄，而是封建社会条件下产生的英雄，不能想象他到革命后期会一直像在第一卷、第二卷中那样与下级士兵、穷苦百姓联系密切。

第二卷写破了洛阳后，有人劝李自成称王，建立国号，有人不同意。老马夫王长顺喝醉了酒，从高夫人的院子里出来，碰见李自成，他问：“听说你要建国号称王了，有这件事吗？”李自成说：“你有什么看法？”他说：“我跟随你十多年，最知你待老部下有恩有义。可是我也想啦，一旦你建国改元，称王称帝，我再不会站在你面前称你一声闯王，随便吃喝，到了那个时候，闯王，即便你还没有忘记我这个老马夫，可是我的官职卑小，进不了宫门，再也见不到你同夫人了。就说有幸你会想起我，把我召进宫去，我还得离很远就三跪九叩，俯身触地，连抬起眼睛看看你都不敢。咳！有什么办法呢？自古以来皇家礼教森严，一道宫墙把亲生父子的骨肉恩情都隔断了，何况我这个老马夫？”王长顺说这几句话很有感情，说出了封建社会中人与人关系变化的一个规律。

史书上许多例子，农民起义领袖由于地位条件变化，品质中的消极面得到机会滋长。隋末的窦建德，是劳动人民出身，在起义初期非常好，到他率领几万人马，雄踞一方时，作风就慢慢变了。后来到洛阳去和李密合作，有人向他建议一个很好的战略，他不接受，结果全军覆没。

陈涉也是如此。陈涉起义以后不久，有一个从前在一起替人家种地的朋友去看他，他招待得很好。这个人时常对人大谈陈涉过去的佣耕生活。陈涉如今称了王，觉得面子上不好看，很不高兴，于是将这个一同吃苦佣耕的老朋友杀了。这个人一被杀，“诸古旧皆引去”，从此他的身边没有了亲密朋友。总之，陈涉后来变了，因为他要维护王的尊严。不但如此，他还用朱房和胡武等人主持侦察群臣的工作，他们“以苛察为忠”，对那些不喜欢的人，不必交给政府主管官吏审讯，自己就将他们治罪。陈涉很信任朱房、胡武这班人，诸将因此离心，也构成了他失败的一个原因。

事实上，随着李自成地位的变化，他同朋友的关系，同广大百姓的关系，都起了变化。崇祯十六年春天他在襄阳要称新顺王，怕贺一龙和罗汝才不服，设晚宴请他们二人。汝才以疾辞，一龙赴宴，言笑甚欢，五鼓就缚，当即杀掉。天明，李自成率二十骑驰入曹营，直进汝才帐中。汝才正在梳头，立即被斩，持其首向汝才部下宣布：“罗汝才反，元帅已下令斩了！”贺一龙与李自成并无显著宿怨，只因他同罗汝才关系较密，所以和罗汝才同时被杀。罗汝才虽然对李自成正式称王心中不服，但未公开反对，对他断然斩首，未必有正当理由。还有李自成率二十骑直入曹营，直入汝才帐中，将汝才斩首，竟无人敢阻拦，这也反映了两人之间的关系变化。自成是元帅，实际是“主公”地位，这地位在封建社会中对所有部下来说都是神圣不可侵犯的，具有至高权威。

李自成在困难时同百姓关系密切，后来发生了深刻变化。崇祯十六年十月间他进入西安，改西安为长安。在城中拆毁民居，大开驰道，每三日亲至渭桥大教场校射，身穿蓝布袍，张小黄盖，乘马，打黄龙旗。百姓只要望见黄龙旗，便赶快回避，回避不及的就俯伏地上，口呼“万岁”。原来同百姓的革命关系变化了。在他进北京以前，就将自己的名字改为“自晟”，同时规定了避讳的字，如避“自”为“字”，避“成”为“丞”，又改延安为“天保府”，米脂为“天保县”，处处趋向“神圣”化。历史博物馆有一幅“闯王进京”的油画，画的是北京群众拦着李自成的马头欢迎，自成向百姓拱手致意，就完全违背历史真实，宣传了错误的历史知识。实际情况是刘宗敏先进城，“军容甚肃”。初进城时，传谕百姓：“吾来安你百姓，毋得惊慌。你们须用黄纸写‘顺民’二字粘于额上，并贴门首，即不杀。”城中家家户户都在门上贴“顺民”二字，并于门口摆设香案，供香纸牌位，上写“永昌元年，大顺皇帝万岁”。百姓有的闭户不出，有的执香跪迎，在街上走的人都在鬓边插“顺民”二字。

李自成同广大人民之间的关系发生了如此巨大变化，毫不奇怪。他是封建社会的革命英雄，革命的结果必然重新建立一个封建朝代，而他是新朝皇帝。

有些人不讲历史唯物主义，不读历史文献，硬说他没有皇权思想，没有天命观，要建立的是所谓“农民政权”，未免太不实事求是了。

前边所举窦建德和陈涉的例子，只是说明一个人的地位改变后，他的作风、他与别人的关系也会在新的条件下起变化，品质中的弱点会暴露出来。李自成也不能逃此规律，这个问题在第二卷中逐渐表露。但是，李自成品质上的变化不曾掩盖他品质中光辉的一面，所以他后来的“突然”失败，原因很多。最主要的失败原因不在他的个人品质方面，那些打败他的人，不比他的品质好，而是镇压人民的凶手。

三、几种对李自成失败原因的误解

三十多年来，史学界和社会上对李自成进北京后突然失败，流行着如下误解：

第一种误解是有人将李自成失败的主要责任归于大顺军进北京以后的腐化。大顺军进了北京，是不是有腐化现象？有。有某种程度腐化现象，但不是严重的，更不是构成大顺亡国的重要因素。大顺军进入北京的仅仅几万人，在大顺军的全部人马中只是一小部分，而且腐化程度并不像野史说得那么厉害。山海关大战时，清兵和吴三桂合起来要比大顺军多，吴三桂军精兵四万人，进关时还率领很多关外老百姓，其中一部分可以参战；清兵到达山海关的大概有二万骑兵，后面还有后续部队。李自成六万人，所以清兵和吴三桂联合起来在人数上占优势。在装备方面，清方占优势，这个我后面还要谈。这场战役打了两天。头一天在山海关西边的石河滩上，大顺军与吴三桂军战斗非常激烈，一度攻进北翼城。休息一夜，第二天又打，双方正打得激烈，大顺军稍占优势，清朝的两万骑兵突然冲出，李自成无兵增援，便被打败了。虽然打败了，但不是溃不成军，李自成退到永平，停留一天多，敌人并未猛追。一则李自成没有溃不成军，二则清兵、吴三桂军损失也很大，所以敌人不能乘胜直追。如果说大顺军到北京后严重腐化，怎么会有这强的战斗力呢？所以从结果来说，大顺军在山海关大战中失败了，但从战斗表现来看，大顺军英勇顽强不减当年，充分表现了革命的高贵品质，证明他们进北京后没有严重腐化。纵然有某种程度的腐化现象，但不是大顺军失败的重要原因。

第二种误解是把大顺军失败的一部分重要责任推到刘宗敏身上，把刘宗敏骂得一钱不值。这是很大的历史误解。我在第一卷再版的《前言》中特别替刘宗敏“平反昭雪”，大概你们都读过了。他们派给刘宗敏的第一条罪状是说刘宗敏进北京后抓了许多皇戚、勋旧、大官追饷，用严刑峻法逼着他们拿出银子，不讲政策。崇祯十三年冬天李自成进入河南，提出“三年免征”和“随闯王，不纳粮”的口号。所谓三年免征，是他们自己占领的地方三年免征。所谓随闯王不纳粮，是说当义兵的不纳粮了，拥护革命的不向地主阶级及其政权纳粮了。征收钱粮是封建国家财政的基本来源，李自成需要大量军饷，还要放赈，钱从哪里来？军费政费从哪里来？——靠打贪官污吏、土豪劣绅。因此，进了北京，还是这个财经政策继续起支配作用。刘宗敏只是执行大顺军一贯的财经政策，沿袭旧的做法。刘宗敏是李自成最亲信的人，执行政策最坚决，最铁面无私，为人正派，因此他的地位在文武百官之上，所以李自成把筹饷这个任务交给他。大概在北京一共筹到了七千多万两银子（在北京的军政开支除外），其中大部分是来自追饷，一部分是大商人拿出的钱。这些钱是大顺朝的国库收入，化成银块运往西安去，并未落入刘宗敏的私囊。这个政策执行合适不合适，是不是进入北京后应该灵活一点，那是另一个问题，不能由刘宗敏负责。

刘宗敏的第二条罪状是说他把陈圆圆夺去了，激怒了吴三桂使其投降清朝。这事也是冤枉，他跟陈圆圆大概没见过面。陈圆圆是怎么回事？陈圆圆是苏州有名的妓女，被田宏遇买去了，于崇祯十六年四月间到了北京，这年秋天，田宏遇就病死了，以后陈圆圆的下落不清楚。可能被吴三桂的父亲吴襄买来送到宁远前方，给了吴三桂。崇祯十七年三月间，陈圆圆大概已经病死了。清朝初年诗人吴梅村写了一篇《圆圆曲》，在《圆圆曲》的影响下，随后还有人仿唐人传奇写了两篇《圆圆传》，一篇是钮琇写的，一篇是陆次云写的。然后正史、野史都采用《圆圆曲》的说法，《明史》采用它，《清史稿》也采用它。其实，吴梅村的《圆圆曲》是政治抒情诗，不是严格意义的纪事诗。崇祯亡国时住在北京的人们所写的野史中没写陈圆圆的故事，她的故事是后来出现的。陈圆圆故事互相矛盾，始终没有统一的说法。有的说是周后的父亲周奎买了陈圆圆，送到宫里以分田妃之宠，但崇祯没有要，退回去了。一说田妃的父亲田宏遇买去了。有的说周奎送进宫中，被田妃分配到田宏遇府中。有的说陈圆圆被李自成要去，有的说被刘宗敏要去。总之是传说纷纭，漏洞百出。周后虽有点妒忌田妃，但作为皇后她还算得宽容不妒忌。《李自成》第二卷中写的周后与田妃之间的关系是符合实际的。何况田妃从五皇子死后就患病，拖到崇祯十五年七月十六日病故，她死后九个月，陈圆圆才到北京。怎么会说周后用陈圆圆以分田妃之宠？何况明朝的宫禁森严，选妃必须选自清白良家成为“祖制”，谁敢把一个妓女送给崇祯皇帝？关于陈圆圆与吴三桂降清无关的问题，我已经写了一篇论文，将来准备发表，现在不详细谈了。

《圆圆曲》是政治抒情诗，它的写作目的不是记载真实历史，而是要抒发诗人的亡国之痛和对吴三桂的痛恨。“痛哭三军尽缟素，冲冠一怒为红颜”，这个事情根本没有。吴三桂投降，绝不是为一个妓女。吴三桂军队也从来没有给崇祯皇帝发过丧，戴过孝。吴三桂出身于东北武将世家，他是宁远人，他父亲吴襄是总兵官，他自己也做了总兵官，他亲舅父祖大寿也是总兵官，祖家总兵官有四个，至于副将、参将、游击有一大群。祖大寿投降清朝被重用，祖大乐也投降清朝，仍做总兵官，投降的还有许多副将、参将、游击。原来吴襄的一些部下，也投降清朝。这么一个社会关系，对吴三桂是有影响的。祖大寿等人投降之后，皇太极就叫他们给吴三桂写信，劝他投降。皇太极自己也给吴三桂两次写信招降，吴三桂只是不理、支吾，并没断然拒绝，他早就留下了后路。这事情发生在崇祯十五年、十六年之间，所以吴三桂的投降不取决于一个妓女，而是他家族和各种社会关系的影响。他的将士的家都在辽东一带，如果大顺军当时在北京的力量很强大，他不会降清。最初他打算投降李自成，走到半路发现李自成力量并不是那么强大，有些政策又使他感到害怕，所以他动摇了，又退回山海关，然后派人向清方求援。清方也不是因为吴三桂投降才进兵，清朝正在进兵，过了锦州才遇上吴三桂派来求援的人。由于吴三桂的求援，多尔衮才改变了进兵方案，加速前进，直奔山海关。

第三种误解是把责任归到牛金星身上，派给牛金星三条不是。第一条是说牛金星到北京后招收门生，坐着大轿拜客，坏得很。其实，招收门生是明清时代上层士大夫的社会风尚，既不是品质问题，更与大顺军的失败拉不上关系。拜客就是出去看朋友。他是宰相，出去当然坐大轿。第二条是说牛金星劝李自成登基。这个事情算不到他的账上，为什么呢？李自成起义夺取政权，结果必然做皇帝。北京是辽、金、元、明四朝的首都所在地，尤其重要的是明朝永乐十九年以后的首都。李自成及其部下认为李自成在北京正式登基就正统化了，牛金星是当朝宰相，他当然要完成这个工作。其实，从陕西来的文臣（包括牛金星在内）武将不十分急于为李自成搞登基，不管早晚正式登基，他们总是开国元勋，地位非常稳固。倒是在北京新投降的官僚们希望李自成赶快在北京正式登基，使他们变为“从龙之臣”，所以他们劝进最切。

第三条最严重，说牛金星杀了李岩（即李信）。李岩的问题现在基本上清楚了。且不说李岩这个人物的历史真伪，先谈谈牛金星杀他的责任问题。杀李岩决定权在皇帝，在李自成，而且这位皇帝不是糊涂昏君，是开国之主，事必躬亲。如果他不决定杀李岩，牛金星敢吗？牛金星没有杀李岩的权。如果说他说了坏话，这可能，但决定权在李自成。是李自成怀疑李岩兄弟，授意牛金星在酒宴上除掉他们。有人说错杀了李岩是大顺军失败的一个重要原因，于是更夸大了牛金星的消极作用。这问题需要说清楚。李岩和红娘子的故事被宣传得几乎“家喻户晓”，只是近三十多年来的事情，是郭沫若同志的《甲申三百年祭》在社会上产生巨大影响的结果。到底有没有李岩这个人？现在我们能够确凿知道的只是以下几点：第一，李精白是安徽阜阳城内人，并非河南杞县人。第二，李精白有两个儿子和一个女儿。长子麟孙，次子鹤孙，鹤孙早亡。麟孙改名栩，十分反动，于崇祯十五年九月被袁时中所杀。李精白另无儿子，故知李岩与李精白毫无关系。第三，李岩并非举人。明清之际的读书人都不曾在乡试题名录上看见过李岩的名字。第四，清代早期纂修的《杞县志》和《开封府志》（杞县隶属开封府）都否定杞县有李岩其人。第五，明清之际睢州人郑廉在其所著《豫变纪略》中否定杞县有李岩其人，所举理由不易驳倒。第六，据《杞县志》，崇祯十三年并无红娘子破城救李岩事，而且这一年也无别的农民军进入县境。

大顺军里可能曾经有一个李信，改名李岩，号称李公子。到底是怎么回事，因史料不足，目前尚不清楚。抱科学态度，不知道就是不知道，这案子等将来再去解决。

退一万步说，假若确有李岩，真像史书上所说那么有本领，有威望，我看，李自成给他两万精兵，放回河南，也是没有办法。为什么？曰：形势比人强。当时处处反对大顺朝，处处武装叛乱，大顺在各地建立的极其脆弱的新政权迅速瓦解，而清兵又很快过了黄河，在此形势下，李岩率领两万人马回河南何济于事！

以上所说这些关于李自成失败的原因，是《甲申三百年祭》发表以后将近四十年来比较流行的、深入人心的看法，我都不能同意。

四、我对李自成失败原因的看法

现在谈谈我对李自成失败原因的看法，与大家商讨。当然，我只能谈最重要的，而且也只能简单地谈，既不能全面分析，也不能详细引证。

李自成失败的许多原因中一个最根本的原因，就是毛泽东同志说的“流寇主义”。流寇主义就是不重视建立根据地，不重视建立政权。农民起义不要根据地，流动作战，这种战术在一定条件下很必要，因为在农民起义的一定阶段，在装备方面、作战经验方面都没有官军强，如果死守一地，一般都要失败，而且失败很快，所以流动战术在敌强我弱的条件下很有用处，陕北起义的各个农民起义领袖都是采取了这个战术。但是李自成后期，进入河南后，兵力迅速壮大，压过明军，便应当放弃这种战术。破了洛阳以后，他以河南作为舞台，一批一批地消灭明朝的有生力量，杀掉了两个总督，一个叫傅宗龙，一个叫汪乔年。到了这个时候，他不重视一边作战，一边建立根据地，建立政权，犯了战略上的严重错误。没有稳定的政权和根据地，就不能恢复生产，改善人民生活，满足人民乱久思治的愿望，也经受不住军事挫折。

民心的问题，也极为重要。我们不要光看老百姓在他刚进河南时响应他，还要看后来他如何失去民心。老百姓最关心的是如何生活，包括吃饭穿衣、生儿育女。我们讲唯物主义，如果光喊些空口号，不叫大家吃饱肚子、有衣蔽体、有屋容身，日久会失去民心，古今一理，都是如此。战争不断地进行，而没分出一只手建立政权，这是李自成的一个致命失策。如果那时候一面推进战争，一面实际占据一些地方，设官理民、恢复农桑、抚辑流亡，就会满足人民的迫切需要，不断获得人民的拥护。事物是辩证的，在一定条件下人心思乱，在另外条件下乱极思治。建国之道，应该乱中求治，以相对安定局面支持战争，为最后大治创造条件。倘若违背这一规律，长期使经济不能恢复，政治不能安定，人民不能生活，民心就不能归附。没有根据地，不恢复生产，就没有财政经济基础；没有财政经济基础，就没有支持战争的物质力量。战争的支持力量靠人力、物力，没有这个支持力量，战争不能胜利；胜利了，也不能巩固。

李自成于崇祯十三年冬天进入河南时，每到一地，提出“三年免征”的口号和政策，当时很有作用，但是日子稍久，这口号就变成空的。义军过后，并未留下革命政权，原来骑在百姓头上的明朝地方官吏和恶霸乡绅依然骑在人民头上，被杀的官吏空缺又填补起来，即便某县暂时没有知县，仍然存在压在人民头上的旧政权，这是一种情况。有时李自成派一个地方官，住在城内，而明朝的地方官住在山寨中，掌握着四乡的豪绅和地主，并且有地方武装，这是第二种情况。百姓的负担反而更重，生活更苦。李自成大军所过，传谕远近州县的明朝官吏和士绅献骡马、送粮食，并声言顺从者免于攻城。地方官吏和士绅所缴送的骡马、粮食从哪里来？当然分摊在百姓身上，这是第三种情况。李自成过于着眼和满足于军事斗争的步步胜利，而忽略了切实地“解民倒悬”，这是他的悲剧主因。现代史学界常有人喜欢称道李自成的均田口号，我认为是一种偏向。明代的所谓“均田”，有时指的是均赋。姑且不论李自成提出的“均田”是指什么，即使指的是均地，是唐初那样好的封建改良政策（并不是现代的“土改”），他也从来没有实行，没有在任何地方试行。看来他和他的左右文武压根儿没有将其作为一种必行的重大政策进行考虑，所以有关这一口号的史料特别少。我们评论历史上任何一次政治活动，应该多着眼于研究它的历史实践和实践效果，而不应该多着眼于某一个曾经出现过的空口号。

李自成后来遇到的对手是清朝政权，同他的做法恰恰相反。清朝初进关时已经有了一个包括东北和差不多整个蒙古的强大根据地，有了一个十分稳固的政权。多尔衮采纳了范文程、洪承畴等人的建议，对明朝官吏、武将、豪绅实行招降政策，每到一个地方立刻将政权恢复。官吏投降的，留任使用，同时发布命令，取消从万历到崇祯年间额外摊派的三大饷，笼络人心。凡是抵抗不服的，残酷镇压。

第二个失败的原因是北伐战略错误。李自成于崇祯十六年春天在襄阳建立政权，称新顺王，开始有了中央政权，同时建立地方政权。在讨论下一步用兵方略时，人们提出了三个意见：第一个意见是从襄阳顺流而下，占领南京，作为首都，然后利用江南的财富，北伐幽燕。李自成不同意，说太慢了。第二个意见是从河南过黄河，直取北京，这个建议太冒险，也被否决了。因为山东、陕西和山西都在明朝手中，驻有军队，孙传庭就在关中，如果大顺到北京不顺利，退无所归。第三个意见是从河南进潼关，占领西安，以关中作根本，然后出兵过黄河，占领山西，进取北京。讨论结果，决定采用这个战略。

近代历史学家有人认为这是个伟大的战略，我对这个问题有不同的看法。我对军事是外行，但我觉得，任何战略都有两重性，有它有利的一面，也有它不利的一面。当时如果先占领南京，以江南作根本，然后北伐，未尝不是好办法。朱元璋就是用这个战略，先把南京周围巩固起来，再往东南消灭方国珍，往西消灭陈友谅，往东消灭张士诚，然后北伐，结果成功了。虽然不快，但是稳固。当然，大顺军都是西北人，以骑兵为主，到江南也有不利的一面。那么先占领西安，然后第二步进攻北京，对不对？对的。但一切都不是死的，假如当时占领西安后，再占领山西，以长安为首都，用一两年的时间将已经占领的广大地区消化，经营安定，然后攻占北京，就较稳妥。我的这个想法，在小说第二卷我代李岩写给李自成的信中已经说得很明白了。因为保卫北京有左右两个臂膀，山西是右臂，山东是左臂，丢掉一条臂膀都不行，这是一方面。北京朝廷的开支，包括文武百官的俸禄、军队的开支，靠江南财富，通过运河北运。如果大顺军切断运河，北京朝廷和城内官民就会完全困死。所以我认为，占领西安，然后进攻北京的战略，从表面上看是不错，但具体运用上错了。

第三个失败的原因是李自成及其周围的人们对于当时整个形势没有看清楚。我们下棋要看两三步，一般会下棋的要看三步以上。他们应该预见到占领北京后形势有什么特点、什么变化，考虑好“应变”之策。但他们没有预先想到占领北京后，崇祯这个对手消灭了，可能面对的强敌是满洲。因为没有考虑满洲军队可能入关的问题，所以在军事上和政治上都缺乏必要考虑，缺乏应变准备。当时中国有两大矛盾，一个是农民军和明朝政权的矛盾，一个是以汉族为主的明朝政权和以满族为主的清朝政权的矛盾。李自成进了北京，明中央政权覆没，于是大顺政权与满洲势力便成为主要矛盾。当然内部还有明政权在南方的残余，但已降为次要矛盾。可惜李自成和周围的文臣武将都没有看到这一点，非常可惜。什么原因？倘若我们从表面看，可能归结为两个原因：一是长期以来，他们在黄河以南、长江以北活动，清兵几次进入长城，曾经深入到河北省南部，破济南、德州，从天津附近经过，返回辽东，这情形他们只听说，没有亲身体会，没有引起足够重视。二是进入西安后，胜利冲昏了头脑，到了北京，这种情绪更为滋长。那时大顺君臣们所关心的是如何举行登基大典和如何下江南，而没有考虑迫在眼前的军事危险，即清兵竟敢入关给予致命打击。一群明朝降臣上表献谀，助长了李自成的志得意满和麻痹思想。有人上表称颂他：“比尧舜而多武功，迈汤武而无惭德。独夫授首，四海归心。”有人上表说：“燕北既归，已拱河山而膺箓；江南一下，尚罗子女以承恩。”据说，这些谄谀文字都受到牛金星的称赞，谄谀者都授以高官。任何英雄人物，一旦在阿谀奉承中头脑不够清醒，没有不吃亏的。

但是，我们看问题不应该停留在表面，倘若往深处想，我们会更感到遗憾。明朝末年，满洲逐步强大，对明朝不断用兵，几次打败明军，几次进兵到北京周围，向南深入冀南，进入山东，这对以明朝为代表的汉族来说是一个非常严酷的现实，也是妇孺皆知的常识问题。像李自成这种经常“经夜不眠，图画大事”的人物不可能不知道，像牛金星、宋献策、顾君恩以及传说的李岩等人物不可能不知道，像刘宗敏等将领也不可能不知道。问题究竟出在什么地方？我认为问题出在李自成在新的历史形势中变成了一个头脑失去清醒的悲剧英雄。从他在襄阳建立新的政权开始，他已经杀了贺一龙和罗汝才，又继了新顺王位。前者使人害怕，后者使他自己居于至高无上的神圣地位。两种变化既不利于别人向他提供符合实际的有用意见，也使他失去了谦逊和平易近人的起义英雄本色。从这时起，一大批士大夫来到他的周围，其中多数是明朝的投机官僚，他们以传统的做官之道来新朝做官，有的居于显要地位，必然只顺着李自成的心意说话，歌功颂德。接着大顺军消灭了孙传庭，顺利进入西安，李自成传牌所至，望风归顺。军事的节节胜利使李自成变得更好大喜功、踌躇满志，认为千秋大业将成。文臣们都想着如何扶他正式登基，如何规取江南，如何做一些润色“鸿业”的盛事，所以在西安初行科举考试就出题《定鼎长安赋》。武将们都受了封爵，得了重赏。君臣上下，都不肯想着前途可能尚有挫折，他们不认为清兵敢再南下。纵然有人头脑清楚，但是大家都在李自成面前报喜不报忧，所以也不敢说实话了。据野史载：

> 自成入秦，凡秦人之为“贼”者无不访宗族、修坟墓。田见秀独不然。人问之，见秀曰：“如今天下在哪里？我要去认亲！”故旧有至者，密遗以金帛，促之去。及败后，刘宗敏宗族诛，坟墓发；见秀独不知其为何邑人，故免。①

看来这一段记载有相当真实性，可见像田见秀这样曾是李自成生死伙伴的亲信大将，已经对李自成的成功抱有殷忧，但不敢对自成说出实话。

条件变化后，李自成在周围人物的影响下变得很短视，头脑发昏，可以拿两件事说明其严重程度。第一件事是崇祯十六年十一月回米脂祭墓，带着群

① 《绥寇纪略》卷九《附记》。

臣，戎马万匹，旌旗百里。事先派李过修行宫于米脂城北，十分壮观。在故乡召集族人古旧，大宴三日，愿出来做官的跟他出来，不愿出来的赠金封爵。这是刚占领西安后不久的事，很像汉高祖还乡。第二件事是进入北京之后，他所考虑的问题只是如何举行登基大典、如何规取江南，而对于清兵即将来犯的严重局势毫无知觉。可见，他的后期同人民失去了密切联系，生活在文武群臣的包围之中，同他初入河南时有多大变化！

第四个失败的原因是兵力不足。李自成的人马号称有百万之众，实际没有。到底有多少？搞不清楚。为什么他没有一百万？因为部队人数和装备取决于经济财政条件。当时农村到处破产，生产没有恢复，政权不稳定，限制了他的养兵数量和装备情况。到北京时人马到底有多少？有人说二十万，实际没有，而是虚张声势。大顺军到北京的只有六七万人，去山海关作战的只有六万人马，北京城留下一万守城。因为李自成没有把清兵入关这个矛盾估计进去，也没有估计到吴三桂会成为死敌，所以进入北京人马很少。如果说真有二十万人马到北京，吴三桂大概不会降清，纵然吴三桂降清，大顺军在山海关不会战败，北京不会失守。倘若山海关不战败，北京不丢掉，河南和山西各地的反动武装不会那样纷起叛乱，摧毁大顺新建立的地方政权。后来李自成退到陕西，而陕西比较稳定，其所以守不住，兵力少和缺少粮食是重要原因。由于兵力少，大顺军无力出击，不能变被动为主动，只好等着挨打；由于粮食缺少，李过不得已放弃延安，李自成不得不放弃潼关、放弃西安，从商洛逃往湖广。

第五个失败原因是政治上的失策。我已经首先谈到李自成不重视建立根据地和建立稳固政权是其失败的根本原因，这里所谈的政治上的失策是根本原因的派生物。从崇祯十六年五月起，李自成开始称新顺王，向各地派遣州、县官吏，歼灭孙传庭，进入陕西以后，声势接近高峰，派遣州、县官吏更多。传牌所至，士民响应，将原州、县官或逐或捕或杀，欢迎新官上任。李自成因过去不注意建立政权，不曾通过实际工作考验和培训一批治理地方的干部，如今临时派出去的新官吏良莠不齐。其中不好的，只知征集粮饷、骡马，甚至要女人，在百姓中造成不好影响。加上没有强有力的武装保护，新政权不过是一种虚假现象，很容易被摧毁。新建的州、县政权提不出和不可能执行有利于抚辑流亡和恢复生产的政策，也没有力量惩治残害百姓的反动势力，所以新政权使广大人民感到失望，也使那些持观望态度的人们一遇风声变化就倒向大顺政权的敌人一边。

由于后期政治上的失策，不仅各处地方政权缺乏群众基础，极易被摧毁，而且李自成在抵抗清兵进攻时对广大人民缺少从前的号召力量。初进入河南时他在人民中的号召力是那样大，但清兵入关后他不能利用民族矛盾，竟失去号召力量，这是个悲剧性的历史现象。进入北京后，向勋、戚、大臣严刑追饷，这种措施是出于两方面的原因：一是出于对腐朽的朱明政权及其上层统治集团的切齿痛恨，二是出于解决财政困难的需要。但是这样做，欠缺策略上的考虑，操之过急。由于操之过急，猛烈打击的范围过大，在政治上发生了坏的作用。吴三桂的中途变卦，投降清朝，北京和畿辅的大地主、官僚迅速地倒向清朝，共同与大顺政权为敌，都与李自成到北京后在政治上的失策有关。

第六个失败原因是清兵（包括投降的汉族武装）比大顺军强大，完全掌握了主动权。清兵装备好，当时起重大作用的是骑兵和炮火，清兵掌握了压倒优势。清兵后方巩固，可以集中力量进攻，而大顺处处有敌，连襄阳这个根本重地也受到敌人的威胁和攻击。从汉中到广元一带又在同山西军相持，兵力分散。经过山海关之战、正定之战，大顺军连续失败，士气低落，将领伤亡也大，而清兵却保持着进攻的锐气。

第七个失败原因是大顺军粮饷困难。李自成退入陕西以后，本拟坚守，后因清兵攻破延安，只好匆忙地退出陕西。延安失守，是由于城中粮食缺乏。假若延安能够多守些日子，李自成能不能守住陕西？我认为也不可能。陕西在当时经过多年天灾和战乱，生产残破，人口大减，都未恢复。单就经济力量说，要支持对清战争是根本不可能的。

第八个失败原因是大顺朝的中央领导层很弱。从崇祯十六年起，有三次大批明朝士大夫投降李自成，有的是现任官吏，有的是解职乡绅。第一批是在襄阳时期投降的，第二批是在西安时期投降的，第三批是在初进北京时期投降的。在襄阳和西安投降的文臣成了中央文臣的主要成员，这一群士大夫的参加，对明朝的统治起了一定的瓦解作用，但对大顺的政治道路也起了一定的消极作用。我们看李自成进北京后，文臣们忙于准备登基大典，搞一套大顺礼制、演习朝仪等，而独不提醒李自成重视清兵的南下，就可以看出这班文臣的消极作用。李自成退出陕西后，发现了其中一些人的罪恶，予以惩办。清朝的情况相反，在皇太极在世时就有一个由满、汉大臣组成的文臣班子，包括汉族文臣范文程、宁完我、洪承畴等一批较有治国政治本领也懂得军事的人，进入北京后更扩大文臣阵容。这些人在多尔衮领导下一心一意地替清朝效忠办事，对清朝的建国和统一事业起了决定性作用。两相对照，这一历史现象并不奇怪。清朝从努尔哈赤手中就建立了中央政权，一直到顺治元年，辅佐皇帝的中央领导班子不断充实和完备，得力的人才日渐增多。大顺朝吃亏在直到崇祯十六年春天还没有建立政权，临时匆匆搭成班子，机构不健全，人也没有经过考验。

以上所列举的是李自成迅速失败的根本原因和由根本原因派生的较重大原因。当然，这里所谈的不是全面因素，而且提到的问题也无暇详细分析。有些比较复杂的问题，我今天都不谈了。

以上看法，谈出来与大家讨论，向你们请教。错误的地方，请给予批评指正。

（原载1979年10月21日至12月16日香港《文汇报》；后进行修订，收入《姚雪垠书系》第19卷，中国青年出版社2001年10月出版）

关于创作《李自成》的艺术追求和探索

今天跟大家见面非常高兴。我很少有机会跟同学们、年轻的同志们见面，像这样的机会，我是很希望有的。另外，虽然我现在不教书，但是我对教师的工作很重视。我们老一代的人都有教育年轻一代的任务，希望在我们有生之年，通过我们的讲话、我们的文章、我们的作品，对年轻同志有所帮助，又反过来从年轻同志身上汲取力量。我今天谈的题目，就是我对创作《李自成》的一些艺术追求和一些探索。

《李自成》是一部大部头的长篇小说，字数多、篇幅长，现在已经出版了第一卷、第二卷，前两卷有一百三十多万字，第三卷即将完成，大概有八十多万字，三卷合起来有二百一十万字，还有第四卷、第五卷。现在看来，可能要写到三百万至三百五十万字之间。在我写完第一卷的时候，有许多朋友劝我不要写这么长，担心到后面垮下去。过去有个一般性的规律，写三卷一百多万字的长篇小说，往往写第一卷最有劲，后两卷就垮些了。我现在写《李自成》要超过三百万字，我认为不会垮下去。为什么写这么长？我有几个想法，一个是我们中国是一个伟大的国家，有三千多年的文学史。古代一些不可考的歌谣且不谈，诗歌从《诗经》算起，经过屈原到杜甫以后一直发展下来，像大江大河一样。不管是诗、散文、小说和后起的戏曲，数量非常丰富，成就非常光辉。这样丰富、光辉的文学史，在许多国家是不可想象的。像俄罗斯在十七世纪还模仿法国，还看不到自己独立的文学道路。我国文学的黄金时代有好几次，战国时期是黄金时代，散文发达，诗歌发达，诗歌的代表作是屈原的作品。之后还有几次黄金时代，这里就不详谈了。我们要不要做一个好的子孙，对我们中国悠久、光辉的文化遗产多多地继承、吸收，不说发扬光大，我们继承它好不好呢？另外，我们国家人口众多，我们既然有这样悠久的历史，又有这么多的人口，我们写一部小说，从内容到形式庞大一些，和我们的祖国相称又有什么不可以呢？

我这次写《李自成》是打的有准备仗，从第一卷到第五卷、尾声，重大的故事情节、主要人物的发展，我都心中有数。《李自成》是根据历史发展来写的，从崇祯十一年冬写起，一直写到崇祯十七年李自成死，而尾声又在十八年之后。历史的故事奔腾澎湃，一浪跟一浪，纵然想垮，历史也不允许我垮下去。这一点与写现实题材有所不同，现实题材靠自己的构思和生活体会，而历史题材和历史本身发展有密切的关系。这是我为什么写这么长的第一个理由。

还有一个理由，我们中国是个社会主义国家，我不需等着稿费、等着米下锅，我可以精雕细刻，慢慢地一边构思一边写下去。如果是在资本主义国家，我就没有这样从容，得赶快写一本书，买米买菜应付糊口。这就充分肯定了我们有利的一面，当然我没有把“文化大革命”的情况估计进去。总之，从第一卷到第五卷，直到尾声，确实一个高潮接着一个高潮。所以我保证这部小说不会垮下去。

由于小说的规模这么大，过去没有经验。书中的人物很多，到底写了多少人物，现在还没有统计。到第三、四、五卷还会陆续有人物出现。包括的故事情节也很多，这些故事情节不是一个一个孤立起来的，它是整部小说的有机构成。像这样写，我们是没有经验的，也不好找借鉴。所以，在艺术方面，我们要做些新的探索。

怎样处理历史小说？今天我不向大家谈历史，只谈在艺术方面我是怎样追求的，追求什么，包含些什么东西。整个来说，文学，特别是小说，有它共同的美学要求，长篇小说也差不多。但现在一些中长篇小说的美学要求，用在《李自成》上未必能够解决问题。我今天偏重谈谈《李自成》这本书的美学要求，这个美学要求与内容有密切关系。《李自成》尽管是反映历史，但它是有计划、有目的创作。它是封建社会后期一部百科全书，说是一部百科全书，也不是样样都有。这个社会、这个历史阶段，它的各个阶级、各个阶层的互相关联、矛盾斗争、运动发展，统归一些主要人物贯串起来。通过这些人物，表现了那个时代不同阶层、不同地区的生活，包括他们的生活习惯、风俗、制度，所以一看，就是那一个时代。这是明末清初封建社会的后期，小说里要用一幅一幅历史生活的画面，把那个时代展现在读者的面前。这就是我的追求。

因为历史生活是复杂的，丰富多彩的，包括的面很多，历史故事也非常复杂，用什么办法、用什么艺术手法来解决这些困难？下面我谈谈我所采用的艺术手法。在谈艺术手法前，有几个小问题值得先提出来。

写明末的小说，要写的情节复杂得很，故事也复杂得很，光是大小战争就很多，斗争的力量也很多。在统治者方面，以崇祯为代表的是一个力量，这个力量的内部错综复杂，充满矛盾；以李自成为代表的是一股力量、一股势力，这个力量里头也充满矛盾。第一、二卷还没有多少矛盾，第三卷开始就多了，以张献忠为代表的其他农民起义力量，也构成了一股势力，还有清朝在关外，在第三卷正式上场，这又是一股力量。每一股政治力量里都有错综复杂的矛盾。第二卷里，有十几万字写宫廷生活，可以看出宫廷生活里的矛盾很多，皇帝与太监、皇帝与皇亲、皇帝与大臣、大臣与大臣之间，充满了斗争，斗到最后，把崇祯的五皇子也害死了。这部小说从内容上来说是复杂的，那么就要求从复杂里面透视清楚，繁而不乱，这是一个要求。

第二个要求，篇幅虽长，但要引人入胜。这部小说这么长，如果中间有一卷，或者有一个单元写松了，写垮了，这就不行。一部小说能让读者放不下，这不容易。《李自成》里战争场面很多，如果有一个战争场面重复了，这就失败了。古人写战争不怕重复，写一个武将在阵上斗三十、斗五十、顶多斗一百二十回合，士兵不动，这就不符合古代生活。《李自成》要走另一条道路，要使历史生活再现。第一至第五卷都有战争，要使这些战争写来不重复，这也是一个困难。

还有一个困难，故事情节百分之九十九都是虚构的，这点与《三国演义》完全不一样。《三国演义》有根据，根据见之于野史和《三国志》及裴松之所做的注。《三国演义》的许多情节在野史里就有，这是一个有利条件；第二个有利条件是从唐朝就开始有说三国故事的，到宋朝更形成了一个流派，说三分，属讲史一类。历代“说话人”不断地说，不断丰富，人物个性越来越鲜明。经过元代的戏曲又重新加以创造，到了元末明初就有人把前人的成果加以整理，写成《三国演义》，实际上这是一个集体创作，而且是经过长久历史形成的一个创作。这跟写《李自成》情况不一样，我是白手起家，不能光靠《明史》，《明史》顶多有二三千字，很多大事有的没记，有的几句话，很简单。许多人物个性不知道，高夫人个性不知道，张献忠、刘宗敏也只有几个字就过去了。这些事情说起来容易，做起来就难，一个个人物都得赋予不同个性。比如张献忠，只知道他“狡诈”，他日常生活的态度怎样，不清楚。像郝摇旗这个人物根本没有什么历史资料，只是李自成死了以后，才知道他带了几个人投降南明，后来在打清兵的时候牺牲了，别的故事不清楚。但我们要创造，根据什么来创造呢，就根据一点线索：他投降南明以后，后来到广西，跟广西的南明政权矛盾很深，有一次，他把南明皇帝赐给的衣服脱光，扔到炕上，屁股一拍就走了，我就根据这一点加以创造。高夫人的材料也很少，只知道李自成死了以后，高一功、李过到河南一带，当时要不要取消大顺国的国号有争论。这时高夫人出来说话，取消大顺国的国号；本来李过应继承皇位，但没有继承，与南明合作，以他们为主一起抗清，高夫人起了这个作用。就这一点说明高夫人说话算数。就根据这一点，把她塑造成镇定、有胆识、有智慧的形象，与穆桂英、樊梨花不一样。穆桂英也好、樊梨花也好，这些都是武将，要上马杀敌，武艺高强，高夫人也骑马，身挂宝剑，但从来不写她冲锋陷阵，不能作一个女将写。她的威望不是靠她的威武，而是靠她的正气、理智、智慧。把许多优点集中在她身上，你们说难不难呢？过去根本没有这个故事，人是空的，要把她塑造成有血有肉的、感人的形象，这就难吧。诸如此类很多，慧梅、慧英这些人物，史籍上也都没有的，要靠创造。

最难的是结构问题，这么一部大的小说，写成三百万至三百五十万字之间，如何才能写得结构完整，做到繁而不乱，采取什么办法呢？

我采取的是“大开大合、有张有弛”这八个字。有些人写中长篇小说一章一章地连下去，写《李自成》不行，因为这部小说不仅不是一个地区，也不仅是几个人，看到第三卷就知道，有北京的、有关外的、有农民军的，所在地方是东西南北中，如果一章一章地单独去处理，就会松弛、会乱。所以我采取一个单元一个单元地写，若干章构成一个单元，每个单元有一条基本线，这条线要过渡到另外一个单元。如第二卷可分十个单元，第二卷开始的时候，李自成如何保卫商洛山根据地，现在取名叫“商洛壮歌”（第一至十五章），在这个单元里，官军四面围攻，内部又发生叛变，还有地主武装与官军互相勾结起来，千钧一发，李自成大病刚好，勉强可以起来，就靠李自成的统帅才能和高夫人的指挥才能，才化险为夷，克服艰难的局势，用现在的话就是胜利地打破了包围，这十五章是一个单元。接着下面就是李自成派刘体纯赴开封找宋献策营救牛金星；也写到李岩，只有三章，也是一个单元。第一卷开头几章，写北京，以崇祯皇帝为中心，这个单元过了以后，一跳跳到潼关南原，就只写潼关大战。《李自成》就是一个一个大的单元，中间插进小的单元，联系起来。可能这个单元写到北京，那个单元写到陕西或河南，有的单元可能写到四川，有的单元可能写到沈阳，就是通过一个一个单元把整部小说结合起来，这是大开大合，是我摸索到的一个窍门、一个方法。

但单元也不能都紧张，都打仗。都紧张，又打仗，读者也紧张，所以经常有很紧张的，但有时锣鼓也稍微松一下，做到有张有弛有变化。例如第二卷前十五章，写商洛山壮歌，忽然下面写到开封，这就松弛一下，免得继续紧张。像这样有张有弛的手法，都贯串全书，这是结构方面的一个处理方法。

关于结构方面的一个原则是，单元独立，前后呼应。例如第一卷，一开始写崇祯皇帝在北京这个单元，清朝增兵在北京郊外，北京城里戒严，皇帝周围有人主张向清兵妥协，又有人主战，看起来这个单元是写在北京对清兵主战与主和的两派斗争。实际上崇祯皇帝想着潼关南原大战，他把潼关南原大战经常挂在心里，他认为李自成是心腹大患，是不是已把李自成消灭了，他在思念，这就由北京呼应到潼关大战。又如清兵继续深入，往河北以南，这就回应到卢象升阵亡那个单元，这就摆出清兵深入怎么办？卢象升怎么办？这就是前后呼应。所以尽管单元独立，但还是用呼应的办法，过去也叫前后照应，这也是根据大开大合来的。

过去评点小说和评点文章，有时用横云断岭的手法。我们画山水画，讲究虚实，远山要虚，近山要实，远山也不要画到底，中间一片白云把山腰盖掉，这叫横云断岭。山尽管断了，但在意象上还是连接下来，所谓意在笔外。《李自成》用这个手法很多，看起来这个故事断了，实际上它在发展。

还有一种办法是人隔千里，情节交融。例如第二卷的第五十一章，写崇祯在北京过春节；写到开封，以周王为中心过春节；而大家的注意力都集中在洛阳，又是在洛阳过春节。这样一章就写了三个大城市，变化三个人物——崇祯、周王、福王，相隔很远，但是又有联系。我把这种手法归纳为人隔千里，情节交融。这个手法是比较新的，现在在电影上也用，还形成一家，可在小说上用得比较少，也比较难，可以说这是继承古代传统，吸收一些优秀手法，这也属结构方面。

处理人物方面，有个基本原则，就是从历史生活出发。尽管是空想出来的，但必须符合当时历史生活，这个原则不能有任何动摇，也不能有任何偷懒。包括小说里的如何做弓箭、如何射箭、如何骑马，都要符合历史生活。第一卷写卢象升到昌平后，太监高起潜奉皇帝旨意到昌平看卢象升，高起潜想敲卢象升的竹杠，想要卢象升的名马，因为卢象升喜欢养名马、骏马。我虚构了高起潜在昌平郊外试马这个细节。有一个军事家来看我，问我是不是会骑马，我说会骑百十步，不全会，我是看书得来的，他才恍然大悟。要研究历史的生活，这一点我想多说几句。历史家和历史小说家有相同的地方，也有不相同的地方。相同的地方是都要用脑，都要研究历史，收集资料；不同的地方是历史学家只需要研究历史发展的规律，研究明末的经济史、政治史、军事史等，但对明末打仗的具体情节他可以不研究，崇祯皇帝和周后的宫廷生活他可以不管，更不需要研究文学史。可是做历史小说家就不同了，当时的经济情况以至生男育女、家庭负担、什么时候用铜钱、物价怎样，要了解；军事方面，仗怎样打，用什么武器也要了解；当时的风俗制度、宫廷生活、柴米油盐、衣食住行都要了解。因此，写历史小说，如果没有很广的知识面，没有一定的研究，要反映历史生活是不可能的，所以从生活出发并不简单。现在有些历史戏剧、戏曲、电影，就违背了历史生活，甚至把外国的生活搬到中国来，这是不恰当的。我们不能欺骗观众，要对得起观众。

从历史生活出发，从这个基本原则出发去写各种人物。到底农民英雄怎样生活，我们很难了解，但有一点是明确的，古代做一个武将跟今天不一样，今天越是文明的越靠机器，靠电子计算机指挥作战。做一个农民英雄则要靠武艺和力气，这非常重要。武艺不好可以当统帅，当指挥家，但当冲锋陷阵的将领就不行。可李自成、刘宗敏、张献忠，他们要冲锋陷阵，一定是气概非凡，武艺高强，跟现代不一样。我们加以夸张，他们就成了英雄传奇的类型，但是古代小说里有些离奇的、超人的英雄，我们摆脱了这种超人英雄，因为毕竟是人。第二卷第二十五章，写李自成救袁宗第。袁宗第引诱周山，告诉周山说可以投降，出卖李自成，杀掉李自成夫妇，向官军投降。周山信以为真，同袁宗第在山上见面，当时袁宗第突然挥鞭打死周山的一个亲兵，用左手把周山抓过来，现在看来带传奇色彩，实际上古人在马上抓敌将是不稀奇的。又如第一卷写潼关南原大战，刘宗敏开始死了两匹马，后来要换第三匹马时，落入陷坑，他在坑中抵挡敌枪，又跳出坑杀敌，这也是英雄气概和浪漫主义，带有英雄传奇的色彩，看起来很奇怪，实际上生活中都有，符合古人的英雄性格。这是创造典型的形象，把很多人的东西集中在一个人身上。只有一个原则，就是不塑造超人英雄，而是古代的武将可以办到的。大家看到的李自成射箭，一箭射到一块岩石上，火星乱迸，有巴掌大的一块石片飞落两尺以外，箭也从岩石上跳回来一尺多远，这说明李自成的力量猛。但是古代有的武将，把一块石头当成一只虎，一箭射过去，连箭杆甚至羽毛都射进了石头里，这个夸张太过分了，现在连机枪的子弹打到石头上都会弹回来。所以写英雄的传奇色彩不能超人化。第二卷写刘宗敏跃马渡汉水，那是可能的。这是我们写英雄人物的又一个原则。

写英雄人物要从历史生活出发，写反面人物也不能简单化。这些年来，我们不管看电影、看小说，一看就知道是坏人、好人。《李自成》这部书，写反面人物不简单化。有人说崇祯皇帝写得那么好，周后也写得较好，周后是总地主婆，你是站在什么立场来写的。但是，到今天看，我们是站得住脚的，批评我们的人都是把问题简单化了。我对崇祯这个家庭曾经做过认真研究。崇祯的性格非常复杂，他很聪明，也喜欢读书，字写得不错，还会音乐，辛辛苦苦地看公文看到半夜，这是一方面。另一方面，他主观、刚愎自用、怀疑多端，杀过几个宰相和大臣，杀了十几个总督。他和一般的亡国之君不同，一般的亡国皇帝或者昏庸不理朝政，或者信任太监，自己不当家，叫太监掌权，或者皇亲掌权，所以他与一般的亡国之君确实不一样。为什么崇祯亡国以后，从清朝到民国年间，许多人包括搞历史的，对崇祯带有同情心？可见他和其他亡国皇帝不是一丘之貉。因此，对这个人不能像“江青反革命集团”那样，简单用几笔漫画，简单用几句骂语、几句贬词，就解决问题。我们要对得起历史，对历史负责，要忠实反映历史。从政治上来说，他是反对农民革命的；从阶级地位来说，他是一个皇帝，代表当时的大地主贵族，是一个腐朽政权的领导。但他同时又不是一般亡国之君，而是“这个”皇帝。他有他的私生活，有他的感情，他是在他的那个环境里生活，他那个环境里包括皇亲、妃子、宫女、太监、钦差大臣，他在这里头是个活生生的人。这个活生生的人，就是崇祯。我写周后写得很简单，但通过两个细节，就把她的阶级本质揭露了。一个是她做寿，有一个小和尚焚身，有一个宫女以血写经。另外一个是她看见小太监和她的太子摔跤，小太监压在了太子身上，于是大怒，小太监为此而死。这些地方代表了她的阶级本质。但在一般的问题上不给予丑化，因为她是皇后，有皇后的权，又长得漂亮，她不漂亮不会选她当皇后。明朝有一个规矩，选妃子不能从大官僚家庭里选，不能从皇亲里选，要从家世清白的平民里选。这就是说，只有家世清白，而又长得漂亮，很温柔典雅的，才可能被选进宫里，周后就是这样的出身。因此不能把她写得很丑，也不能写得很坏，也就是从历史生活出发。袁妃这个人如果不美，不是很聪明，也不会选进宫里。田妃会弹琵琶、会绘画、会写字，她与皇后相互为用，这就是崇祯的家庭。所以写她们不简单化、不漫画化、不故意丑化她们。像杨嗣昌这个人，连明朝末年官场里的人都骂他，而且造谣中伤他。明朝末年有党锢斗争，互相造谣，我们不能上这个当。杨嗣昌很能干，比一般大臣能干得多，崇祯把他放出京，让他统帅大兵去打张献忠，这是崇祯打出的王牌。但他终究失败了，这不取决于他个人，而是他所指挥的军队代表非常腐朽的政权，他个人在历史形势下是无能为力的。包括第三卷写的洪承畴，有人骂他是汉奸，投降清朝，迎接清兵进关。但是像他那种人，幼读诗书，中了进士，做了官，由低级官做到高级官，当总督当了好几年，当时威信很高，不可能一下子就当汉奸。他被抓后开始想自杀，一直想自杀，后来绝食，最后才当了汉奸，这是写他当汉奸有个过程。要是“江青反革命集团”没打倒，这样写就会变成汉奸文学。总之，从历史生活出发，对反面人物不简单化，这是我对“江青反革命集团”那一套的有力回击。这也不仅是“江青反革命集团”如此，你们可以回想一下，中华人民共和国成立以后就有这个倾向：写英雄人物不能有毛病，不能有缺点，写反面人物唱一个调子、一个样。我们创作上的公式化、概念化以及教条主义、形式主义这一套，完全是反现实主义的。这个思潮从中华人民共和国成立以后就存在，不是“江青反革命集团”的创造发明。在十七年的时间中，《李自成》一直不能出版，说是没有列入批准的计划。我常常在大会、小会包括写文章都讲，把什么问题都推到“江青反革命集团”身上，很多理论问题解决不了。我们要认真地回顾一下历史，我们有些领导确实违背了马列主义、毛泽东思想的工作方法。直到今天我们才能认真地对待历史问题，对待文艺问题。这两三年来我们的成绩是可观的，我们的前途是无限光明，无限灿烂的。

现在谈谈李自成这个人物。第一、二卷出版后，有种论调，说第二卷不如第一卷，当然也有人不赞同。我认为第二卷比第一卷好。为什么有人说第二卷不如第一卷？主要原因是什么？多少年来我们写长篇小说都是沿着单线发展的道路，一部小说围绕一个中心矛盾，单线发展。三十年代茅盾同志写的《子夜》，曾经企图打破单线发展，他有几章写到农村里，但没有写下去，还是以吴荪甫为主线在上海发展。《李自成》用单线发展不能解决问题，为什么不能解决问题？因为我们希望这部书成为反映封建社会末期的百科全书，要使清朝的力量，明朝的中央力量和地方的矛盾，以及农民起义的矛盾，都要正面写进小说里去，单线发展根本不适合，单线发展不是《李自成》的气派。但是第一卷不能写得太复杂，写得太复杂，人物太多，我也驾驭不了。开始要小，中间要发展、要充实，结尾要有力量。《李自成》第一卷不能写得太开阔，写开阔了不好掌握，读者也不好接受。所以第一卷基本上单线发展，但实际上是两条线，即崇祯与李自成，以及崇祯与张献忠这两条线。写农民战争，以李自成为主，张献忠为副，崇祯皇帝也作为一个陪衬，这个面不能铺得太开。如果第二卷还是这样写，问题就大了，所以第二卷必须铺开，人物众多，场面复杂。有些人不习惯，他认为第二卷不如第一卷，你反问他第二卷开头十五章“商洛壮歌”，你喜欢不喜欢？他回答说喜欢；宋献策在开封，想办法救牛金星，包括李岩那一个单元也喜欢。一个一个单元都喜欢，但全部就不喜欢，这是什么原因？这是不习惯多线头的发展。我觉得第二卷比第一卷深刻得多。像第二卷里写宫廷生活，那么复杂、那么深，比第一卷深刻。再说这第二卷，有人说张献忠、郝摇旗写得好，李自成写得不好，还说李自成像个共产党员。那么李自成在哪个支部生活？还有人画了个漫画：李自成读马列的书。还有人担心把李自成写得这么好，那他怎样失败？我听了非常高兴。我认为如果写李自成给人家看，一看就看穿了，那我就算一个大失败了。正因为读者不知我怎么写，不知道哪个是好人坏人，而且看不穿，看不透——张献忠看透了，郝摇旗看透了，李自成看不透——那我就算一个成功了。对李自成到底怎么看？我觉得这个人物基本上是成功的，写得比较深。李自成最难写，而读者理解李自成这个形象也不容易。例如在商洛山，郝摇旗要走，李自成送给他银子、战马、武器。大家都欣赏郝摇旗的性格，他们忘掉了李自成的做法。人人都说郝摇旗在困难时逃走该杀，而李自成不杀他，而且抱怨他事先为什么不告诉一声，“你才四十几个人，马不全，别说遇到官军，就是遇到乡勇也吃不消”。尽管非常困难，李自成给他人马，还送他银子，作为买路钱，叫他不要伤害百姓。李自成这样处理，是超过一般人的，也超过对其他的亲兵大将，这是李自成最深的感情。在第二卷里，他病了也骑马出去，这是为了安定军心、民心。等到他知道在石门谷的杆子哗变时，手里没有兵，少数兵由高夫人带着防御武关进击，他身边只有二十个人，连老神仙也要求把他带去。李自成就这样去石门谷，这个气派，这个处理，正是他的境界。到了石门谷，坐山虎不让他进寨，刀枪挡住，后来门开了，李自成昂扬前去，坐山虎的人马刀枪只好往后退，最后分开。一夜之间就杀了坐山虎和他的党羽，拉回了丁国宝。在石门谷这危险的地方，他处理得妥当，可见他不仅是个战将，而且是个统帅，有政治头脑。他杀堂弟李鸿恩以整军纪，也说明这个问题。如果是张献忠，一定会踢李鸿恩一脚，骂几句就算了。所以理解李自成不是那么容易，如果李自成一写出来大家都理解了，那么我就失败了。而且李自成的性格在变化，到第三卷就表现出来。这里有个规律，农民起义开头很好，进了城就有变化。例如陈胜称王后就变了。李自成的变化，在第二卷里已埋下了伏笔。到洛阳后，有人建议在洛阳建都称王，有人反对，有部分人同意，高一功就不同意。老兵王长顺对李自成说：“我从起义就跟着你，天天盼望你大功告成，称王称帝。可是我又不想你现在就称王，这闯王的称号我已经叫惯了，一旦你建国改元，称王称帝，我再不会站在你面前称你一声闯王，随便吃喝。到了那个时节，即令你还没有忘记我这个马夫，可是我的官职卑小，进不了宫门，再也见不到你同夫人啦。”这是真的，地位变了，人和人的关系也变了。等李自成到了第三卷，正式称呼不叫闯王，叫“奉天倡义文武大元帅”时，他和周围人的关系变了，人们很难见到他，同他谈心就更难了。这不是一个人的问题，历史就是这样无情，李自成的变化，就反映了这个历史规律。

人物处理还有个问题，就是语言特色。这个问题我很注意。古人对话不能有现代语、现代词汇。我给自己画个框框，三百年前的人不能有现在的人说的话。我们现在叙述的问题，描写的问题可以现代化，但他们那时不能现代化，这是一个原则。那么现在书里会不会有现代化的语言？可能有。这里有两个原因，一个原因是书太大了，我们是现代人，有时照顾不到。另一个原因是预想不到的，“文化大革命”把一些制度破坏了，有些不经作者同意就随便改动。如第一卷写高夫人教女儿兰芝的常言道“女子无才便是德”，这本来符合三百年以前的思想情况，后来改成“我们是革命的人”。我看见了，若不改过来，我将会一辈子惭愧。又如李自成与张献忠在谷城那天晚上的会见，李自成对张献忠说的话很委婉，非常符合朋友之间的关系。后来我一看，变成了批评张献忠你这一方面错在哪里，那一方面又错在什么地方，红卫兵的语言也到了李自成的嘴里。所以会偶然出现这种情况，也许是我的手笔，也可能是在排清样时被改变了的。总之，不许古人的嘴里有现代人的语言，不然不是古人。这是一个要求，这是时代的特点。我们写宫廷的大臣对话，就不能完全用土话，因为这些大臣都是知识分子，应带有他们时代的特色和阶级烙印，这是关于语言方面的原则。

对长篇小说的艺术结构要注意下列的一些美学原则。这些美学原则要贯穿全书。第一个原则要变化多，丰富多彩。我很注意这个问题。每一个单元要变化多端，甚至每一章都要有变化。例如李自成到谷城见张献忠一章，情节忽而紧张，忽而轻松，不断变化。又如张献忠在鄂西摆鸿门宴请李自成，笔法变化很多，忽然写王吉元得到消息回来报信如何如何，又写到路上怎样中箭；也写到李自成游山玩水，变化很多。又如潼关南原大战，有时刀对刀，枪对枪，非常激烈，有时又转写高夫人，孩子兵；有时写打仗打得没喘气的机会，而对贺人龙，则写用钱财方式来瓦解他的攻势。总之，要富有变化，使小说的色彩很丰富，不单调，这是一个原则。

第二个是壮美和柔美交互出现。我曾经用一首七律来概括我对美学的追求。这首诗是这样的：

我爱长篇彩色多，缤纷世相入网罗。
英雄痛洒江山泪，儿女悲吟离乱歌。
方看惊涛奔急峡，忽随流水绕芳坡。
丹青写出风光细，不绘清明上汴河。

有时写出英雄争夺江山的慷慨激昂，有时又写出儿女之间的悲欢离合；有时如长江大河，惊涛汹涌，似千军万马奔腾而下，忽然一变，又像一道小溪流水，缭绕芳草如茵的小山坡。这五、六两句代表两种美学概念，前者是壮美，后者是柔美。第七、八句“丹青写出风光细，不绘清明上汴河”，这跟宋朝张择端的《清明上河图》不一样，他的画卷并没有反映出当时的政治斗争，而我们则要为农民战争服务。

第三是虚实结合，有虚有实。这里不多讲。

这四就是平淡中有风波。这点很重要，过去有句话“文似看山不喜平”。常常要奇峰突起，这样画面才美，文章才有气势，所以写《李自成》常用这个手法。举一个例，李自成从郧阳大山里出来以后，带了五十个骑兵走在前面，大队在后面，奔往河南进入淅川，到了荆紫关附近，没料到被官军发现，官军想夺取这五十匹战马，立即派三百名骑兵追赶。李自成来到一处岔路口，看见一家茅草饭铺，忽然听到马蹄声，判断出这支骑兵大约三百。要跑，来不及了，要打，又抵挡不住，怎么办？他就给了那个卖饭的男人一把碎银子，叫他赶快逃走。这里一般读者不会想那么深，实际上李自成叫这个男人逃走是有用意的，这男人不走，官军一到，问这个人刚才走的有多少人，如果告诉只有五十人，那么官军就会拼命追。这个人逃了，就不会有泄露机密的人了。李自成让这男人逃走后，叫几个亲兵留下，别的人先走。他叫一个亲兵下马去茅屋中将灶中的余火弄灭，大锅中添了一瓢冷水，再拿半瓢水浇在马屎上，自己带着三个亲兵，对着从荆紫关来的小路，控弦注矢，又吩咐亲兵把半袋子豆料倒在狭路口。这些做完了以后，官军快到了。李自成转过一个山脚，听见两边山上松涛澎湃，才抽了一鞭，奔驰而去。官军的骑兵到了，马看见豆子立即停下来吃豆，这就把时间耽误了。有一个官军的将领看见马屎，亲自下来用手试一试，如果是刚拉的就有点热气，一摸没有；锅里水也不热。这个官军将领有经验，说跑远了，追不上了。这些看起来是平淡的细节，实际上不平淡，它说明李自成在紧张时还是那么镇定、沉着，那么有智慧。

小说里还有很多风俗画和诗的情调。把风俗画的描写和诗的情调加在农民战争的小说里，就丰富了它的色彩，也缓和了战争的紧张气氛，既表现了过去的历史生活，又增加了浪漫主义气息。例如高夫人从郧西小山出来，到商洛山会师，走到山上，大写山上的自然风景，有一段写姑娘们如何高兴，慧英用左手射箭，射死一个鹰，这是有诗意的。还有一段现在高中课本选了，叫《虎吼雷鸣马萧萧》。不少的解释文章我都看了，但有一点没抓到我的创作意图。这一节之前很紧张，李自成几乎被张献忠杀害。他在天明之前对将士们的一段训话，等于总结过去的经验，展望未来。我写这一段的时候，用了许多丰富的笔力，常常有闪电，还有老虎的叫声，有时战马的叫声与老虎的叫声汇集在一起。火光照着李自成身上和马上的装饰品。李自成平静地说话，马上的铜饰在火光中闪闪发亮。这个训话的场面很壮美。后来经过一个地势平坦的山坳，这里清泉石上流，到处有花香，飞鸟刚刚醒来，在天空中飞叫着。弟兄们走了几十里，见有水喝，以为可以休息了，吴汝义去请示李自成，但李自成没开口，鞭子一挥，部队继续前进。这么写，前面全是壮美，后面加上风景描写就显出柔美，壮美里头突然加上柔美的东西，这就是艺术上的变化。这一段创作意图，一些语文教师都没猜到，你们是师范学院的学生，将来你们讲《虎吼雷鸣马萧萧》时，把这一点加上去。

一九八〇年六月十八日

（据在华南师范学院中文系所作学术报告的录音整理，

原载《华南师范学院学报》1980年第3期）

《李自成》大悲剧

一

我要讲的题目叫作《〈李自成〉大悲剧》。它是《李自成》这部小说思想问题的总结，也是《李自成》从第三卷、第四卷到第五卷故事发展的主要线索。对于这个问题，我想把历史分析和小说情节合在一起来讲，遇着需要我分析历史的时候，我就加以分析，或者加以叙述，但有很多部分是小说情节，不能作为历史来看。因为《李自成》这部书是文学作品，是通过艺术反映历史，和一般历史书的性质是不同的。

《李自成》是一部篇幅较长的长篇小说。新出版的第三卷分上、中、下三册，共九十六万余字，加上第一卷和第二卷，共约二百三十万字。接下来还有第四卷和第五卷。作为一部小说来看，过去还没有这么长的，所以创作中遇到的难题特别多，我的工作量也特别繁重。

我已经为《李自成》工作了多年，从动笔写就已有二十四年，但是前面的路还很遥远，全书才完成了三分之二！我好像一匹老马，拉着载重的马车，太阳已经西下了，还得艰难地向前赶路，不敢休息。我在北京住在家里，生活很像隐居。会议我不参加或极少参加，很少出去会朋友、看同志，将绝大部分的时间和精力都投入到这部书的创作上。第四卷和第五卷现在正在口述录音，力争在一九八五年全部出版。我今天所谈的重点放在第四、五两卷，要牵涉到一些历史问题。对于这些问题，因为时间关系，我不能全部解释清楚，只能大体上谈一谈。

为什么写《李自成》，《李自成》这部书有什么意义？这个问题包括的方面很多，我主要谈谈小说的主题思想。

写《李自成》这部书，是想通过这一次农民战争和民族战争，力求反映历史事变的本质和规律，再现历史生活的原貌。即不仅写农民战争，就是以李自成为代表的农民起义武装力量同以崇祯皇帝为代表的明朝封建统治势力之间的生死斗争，还要写民族战争，就是以汉族为主的明朝政权和以满族为主的清朝政权之间的生死斗争。现在我可以告诉大家：为什么第一卷一开始不是从李自成方面写起，而是从清兵进入北京附近，北京城戒严写起。我在开始写作时统观历史发展全局，考虑矛盾斗争性质的变化，要求在大的结构上首尾照应。小说写到第五卷后半部，崇祯亡国，李自成在山海关战败，清兵进入北京，明朝的残余势力和农民起义力量之间的矛盾下降为从属的地位，而以清朝为代表的满族武装力量和汉族的矛盾上升为主要的地位。所以我决定这部长篇小说从满族武装力量进入北京周围写起，经过历史的曲折进程，最后以满族统治中国大陆的全部领土为终结，首尾照顾，结构完整。

这部小说的主要悲剧英雄是李自成，但是也写到张献忠的悲剧，也写到崇祯皇帝的悲剧，还写了其他许多大大小小的悲剧人物。崇祯皇帝算不算悲剧人物，这个问题在理论上可能有争议。但我是这么看的：崇祯皇帝和历代亡国之君不一样。因为不一样，所以明末清初有许多人是称赞他的，而更多的是同情他的，连他的敌人李自成进攻北京之前发布的檄文中也对他不完全否定，有一句话是“君非甚暗”。明朝亡国以后的两百多年中，不仅地主阶级的读书人，也包括农民在内，对于崇祯皇帝的亡国怀同情的居多数。当然农民缺乏文化，是受戏曲的影响；可是为什么地主阶级稍有知识的人同情崇祯皇帝的亡国？除反映在清朝统治下汉族人民的民族情结之外，在他本人身上还有些什么特点？我认为历史上同样是亡国之君，情况千差万别。有的因为昏庸糊涂，荒淫无耻，不理朝政，亡国了；有的因为年幼无知，奸臣当道，亡国了。崇祯皇帝比较起许多亡国之君来，他不昏庸，也不荒淫、不糊涂。他十七岁登基，一登基就把当时垄断朝政的大太监魏忠贤杀掉了，把他哥哥天启皇帝的乳母，即跟魏忠贤狼狈为奸的客氏处死了。当时魏忠贤的党羽布满朝野，他该杀的杀，该贬的贬，该放逐的放逐。一天到晚起五更爬黄昏勤于治事，总想当一个中兴之主、英明皇帝，而结果被逼死煤山。所以这个人就他本阶级来说，他是这个阶级里的人才。但是事物的发展往往不以个人的意志为转移，整个历史形势造成了明朝非亡国不可。我常想，明末假如不是他当皇帝，而是像万历、天启这样的人当皇帝，可能支撑不了十七年，早就亡国了，因此他也是个悲剧人物。但是大悲剧主要扮演者是李自成。

二

李自成于崇祯十三年冬天进入河南，十四年正月攻克洛阳，杀了福王，使明末打了十几年的农民战争起了一个重大变化。从这以后就变为以农民起义的武装力量——主要是以李自成为领导的农民武装力量——居于优势，掌握了战场上的主动权，而明朝的力量逐步趋向崩溃。从崇祯十四年正月占领洛阳，到崇祯十五年九月开封被大水淹没为止，李自成不再流动作战，而是以河南为舞台，一次一次大规模地消灭了明朝的重兵。最大的一次胜利是朱仙镇之战，一仗击溃了明朝十七万人马，获得了一次空前的胜利。在这一年多的时间中，杀死了明朝两个总督（明朝的总督管几个省的兵力）：在河南襄城县杀死总督汪乔年，在项城县杀死另一个总督傅宗龙。三次大规模进攻开封，虽然不顺利，但是人马天天壮大，相传有五十万人马，我们打个五折计算，至少有二十五万能作战的部队，加上非作战人员大概近五十万。罗汝才也有略少于他的人马，跟他联合，奉他为主。两家合起来号称百万人马，这样的局面不能说不算大。小说第三卷就是写这个发展，可是在胜利发展的过程中，它的失败因素也逐渐滋长起来。

李自成因为第一次、第二次打开封都是强攻，没有打开，牺牲的将士很多，所以到了第三次围攻开封的时候，采取了围而不攻的办法，长时间把开封城包围起来。明朝官军十七万人马来救开封，到了朱仙镇，李自成就集中兵力消灭这十七万人马，用现在的军事词汇叫作“围点打援”。开封被围困了将近半年，城里人大批饿死，惨极了，一颗人头卖七钱银子，人吃人！最后官军从封丘坐船过河，在开封西北掘开了黄河南岸河堤，大水淹没了开封城，几十万人口的开封，最后活下来的只有几万人，整个开封淹毁了。如今我们看开封破破烂烂，与崇祯十五年九月十六日水淹开封有密切关系。我们这次到开封看了相国寺，相国寺的大雄宝殿、八角琉璃殿都埋在地下一米多深，八角琉璃殿这次修整抬高了一米六。从前不知道，也没有注意，这一回修整才发现埋在地下一米六，主要是那次黄河发水把它淤起来的。清朝黄河也淹过开封，但不如那次严重。李自成进攻开封的目的是想占领开封之后，建立临时中央政府，号召天下，然后第二步夺取明朝整个江山。开封淹毁了，占领开封的计划不能实现，就到了襄阳，把襄阳改为襄京，建立新顺政权，暂称为新顺王。他开始建立了较完整的文武官制，并且到处设官守土。在进北京之前，他几乎占领了半个中国：往南占领了湖南西北部和湖北，也就是西起常德府境内，东至黄冈一带；往西到了现在青海的东部，占领了西宁；往东到了山东境内和苏北一部分地方；加上整个河南，整个陕西（当时的陕西包括现在的宁夏、甘肃和青海一部分）。

李自成于崇祯十六年十月间进入西安以后，决定以西安作为首都，改名长安，不以北京作为首都。在西安临时以明朝的秦王宫为皇宫，于是大封功臣，公、侯、伯、子、男都封了，大行赏赐。这年十一月间李自成回米脂县祭祖，李过率戎马万匹先回，修道路、修行宫。李自成在故乡大宴乡党父老，封官赏银，俨然大功已成。这年十二月间，人马开始从韩城过黄河奔向北京。次年正月间，北伐主力军由他和刘宗敏率领，全部进入山西境内。除宁武一战外，沿路迎降，遂于三月十九日破了北京。经过四十天的光景，在山海关被清兵和吴三桂战败。从此节节失利，一蹶不振。第二年五月间，李自成随身的部队溃散，他逃到通山县九宫山下，被当地的地主武装杀死。

为什么开始有那么大的号召力量，崇祯十三年十月进入河南的时候，不过一千人马，几个月内发展到二三十万人马，破了洛阳，扭转了明末的农民战争局面，完全掌握了军事上的主动权，而且继续一个胜利接一个胜利，直到建都西安，几个月后破了北京，倾覆了明朝。既然形势这么好，为什么进入北京后失败得那么快？

三

有人说，李自成进入北京以后因为部队腐化，所以山海关一战打了败仗，以后节节败退。能不能这样下结论？进入城市，个别部分有腐化现象或一定程度的腐化，但不是失败的根本原因。因为李自成的部队进入北京的是少数，只有六七万人，绝大部分没有进北京，也许十分之八九没有到北京。纵然这少数部队腐化了，为什么不能以全力继续作战，转败为胜，或多支持几年？可见李自成的败亡不是部队腐化问题，至少腐化不是主要因素。其次，在山海关作战的时候，李自成的部队战斗力非常强。如果一个部队已经腐化了，为什么还有顽强的战斗力？看来这说法不合实际。

第二个说法，刘宗敏进北京以后，到处抓人要钱，不给钱就用酷刑拷打。所以认为大顺军失败在刘宗敏要钱太多。这是不是个原因？有部分原因，但不是主要原因，也不能由刘宗敏负主要责任。大顺军从崇祯十三年冬天进入河南，提出了“三年免征”“随闯王，不纳粮”的口号。“三年免征”，就是义军占领的地方，三年内起义军不征粮；“随闯王，不纳粮”，就是跟随着闯王造反，不向官府纳粮。那么，我们要想一想：李自成的部队后来发展很大，部队的给养从哪里来，军费政费依靠什么？打开洛阳，从福王府得到大批粮食和钱财，但是不能依靠这供养几十万人马，特别是在粮食方面。因此，虽说是“随闯王，不纳粮”“三年免征”，实际大军的给养和他建立政权以后的开支，仍然出在老百姓身上。当然出法有所不同，有一个一贯行之有效的方法，就是打击贪官污吏。到一个地方抓住贪官，或抓住有钱的劣绅，抄家要款项。是不是一般的中小地主也要受点连累？我想这是不可避免的。李自成没有建立牢固的地方政权，也没有来得及恢复生产，几年中就是靠这种办法维持大军。进入北京后还是照旧实行这种办法，对六品以上明朝官员一律追赃。原定对清官不追赃，实际做起来就过了线。这是大顺军财政收入的一贯政策，早期是基本合理的，后期基本是有害的。进入北京后仍然执行这一政策，便欠缺策略性考虑，很不妥当。但这不是刘宗敏一个人的责任，他是执行大顺军中的政策。为什么由他来执行？因为这个人执法比较严厉，在大顺军中的威望仅仅低于李自成，由他来执行比较能雷厉风行。所得到的银子没有下他自己的腰包，是作为大顺军的国库收入，由罗戴恩将军押运到西安的。有些历史著作，认为刘宗敏坏极了，这件事他要负大的责任。这是没有认真研究历史资料。

责备刘宗敏的第二件事，是认为刘宗敏不该把陈圆圆要去，激怒吴三桂叛变降清。这又是对史料没有作详细认真考察。首先从道理上就说不通，其次对文献资料是缺乏考究的。古人对于妻非常看重，你要是把他的妻子夺去，会认为是莫大的耻辱，这绝不行；你要是把他的妾夺去，一般没有关系，妾是买的，有时还送朋友；封建社会规矩，古人说：爱妾可以换马。我们年纪稍微大一点的人都知道，如果丈夫死了，妻要守寡的，妾不要守寡，随时可以卖给别人。吴三桂少年得志，性格倜傥，喜欢结交朋友，挥金如土。假若刘宗敏要陈圆圆确有其事，他会趁机同刘宗敏结个朋友，把爱妾送给刘宗敏。因为他的父母还住在北京，不会为一个妾来牺牲一家人的性命，也不会为一个妾就投降胡人（那时候对满族不认为是兄弟民族，叫“胡人”）。陈圆圆是一个江南苏州的妓女，崇祯十五年春天被田贵妃的父亲买到了，大概于崇祯十六年五月间被带到了北京，这一年的秋天（也许早一点）田贵妃的父亲病死了。吴三桂听说后，就让他住在北京的父亲把陈圆圆买去送到宁远（吴当时是镇守宁远的总兵官）。等到刘宗敏破北京，陈圆圆到宁远已经有半年以上了。史料见于《国榷》，是出自吴襄之口，没有传奇色彩，故流传不广。我相信这一史料。从大顺政权方面说，吴三桂的态度是一个至关重要的问题。大顺军进北京这一天，吴三桂到永平，以后短期驻军永平和玉田，举棋不定。随后决心与李自成为敌，退兵山海关。由于吴三桂对北京的威胁很大，迫使李自成一再推迟登基日期。到最后关头，李自成为让吴三桂妥协，竟然同意将崇祯的太子交给吴三桂。假若吴三桂反大顺是为妓女陈圆圆，大顺政权将陈圆圆送给吴三桂不就好了？难道一个妓女比崇祯太子的政治价值更高么？难道李自成和刘宗敏等人宁肯冒战败的极大风险而不肯放走一个妓女么？

有人说，李自成最后失败是因为杀了李岩。不应该杀这个人才，杀了以后河南的局面不可收拾了。这更缺乏历史根据。近四十年来李岩和红娘子的故事传得简直是家喻户晓。有没有这两个人呢？没有红娘子这个人，是铁板钉钉的。有人可能会问：既然没有红娘子这个人，你小说为什么写得这样生动呢？我写的是小说，我塑造的是艺术形象，来抒发我的思想感情。李岩有没有这个人，问题很多。起码可以肯定：（一）他不是杞县人；（二）他不是举人；（三）他不是李精白的儿子；（四）他在大顺军中的地位并不重要。首先第一个问题，清朝早期的《杞县志》否认有这个人。杞县属开封管辖，《开封府志》也否认有这个人。这怎么解释？也许修志书的人不愿意把他留在志书上，那么看看当时当地人怎么说？杞县的邻县睢州有一个人名叫郑廉，他十几岁时也被李自成的部队掳去过，后来又放回来了，到了中年的时候他写了一部专记明天启六年到清顺治二年河南民变的书——《豫变纪略》，他在书中否认曾经有李岩这个人。他的理由是：他的家距杞县只有一百多里，他的亲戚故旧在杞县很多，从来没有人知道杞县有个李信改名李岩。他在李自成的部队中也没有听说有个李将军是杞县人。他还说当时杞县并没有一个举人是姓李的，只有一个叫刘诏的举人。他还说，只有一个宋知县，崇祯四年就调走了，野史说崇祯十三年破杞县杀宋知县根本没这回事。我们再查一查《杞县志》，明末特别是崇祯年间的大事记，根本没有红娘子破杞县救李岩这件事情。崇祯十二年杞县境内不但没有红娘子起义，连别的农民军也没有进攻过杞县。崇祯十三年，杞县境内没有来过农民军，崇祯十四年也没有。可见杞县当时并没有被任何农民军攻破城，更不必说红娘子了。查遍当时开封府的府志和开封附近各县县志，也没有红娘子的影子。就是说，红娘子曾经准备攻开封，又曾破杞县救李岩，是根本没有可能的事。所以，红娘子是传说中的人物，李岩不是杞县人。其次，李岩不是举人。当时每一科乡试有一个“题名录”，全省各府州、县凡是考中的举人，名字都在上面，而明末的每科乡试“题名录”都没有李岩这个人。再次，说他是李精白的儿子，而李精白是兵部尚书。其实李精白根本不是河南人，而是安徽阜阳人。阜阳在明清时叫颍州，李精白是安徽颍州城内东门里边人。他也没有做过兵部尚书而是做过山东巡抚，挂的中央官衔是都察院右佥都御史，老百姓把他家称为“都堂李家”他有两个儿子，小儿子名鹤孙，早年病死了；大儿子原名麟孙，改名李栩，曾经组织地主武装跟农民军作战，崇祯十五年九月间在颍州城东北王老人集被袁时中骗去赴宴杀掉了。李精白并没有一个儿子名叫李信，改名李岩。所以许多野史和《明史》说李信改名李岩，在李自成军中多么重要，全是捕风捉影。

那么有没有一个人叫李信，或者叫李岩？可能有，情况不清楚，不能完全否定有这个人。作为历史科学，有多少证据说多少话，一切结论和论断应该从证据出发。这也是历史唯物主义的一个基本要求，不能随意推测，妄下结论。所以有人认为杀李岩成为闯王很快失败的原因，是站不住脚的。连有没有李岩这个人尚且搞不清楚，如何能说杀了他会影响大顺国的存亡！何况李自成在山海关一战失败后，地主武装到处反对他，河南已经到处叛变。假定确有一个人本领很大，给他两万精兵到河南，他能不能收拾局面？——绝不能，因为当时作战条件和现在不大一样，如果全省当时的地主武装组织都反对，显然对立面的兵力太强大了，两万人到河南就等于没入汪洋大海一样。以武器来说，双方差不多，都是弓箭刀矛，加上少数火炮。而小规模作战，以弓箭刀矛为主。在当时双方装备差不多的条件下，两万人进入河南，势必要被消灭在汪洋大海之中。何况，清兵很快就进入河南，这位“李岩”去河南更加不可能有什么作用。

上面这些说法都推翻了，那么李自成到底为什么会失败那么快？这是李自成大悲剧的根源所在，不能不回答这个问题。

四

李自成进入河南时，发展那么快，到处老百姓响应他，把他看成救星一样，是因为在以前他几次几乎被消灭了，处于非常艰苦卓绝的环境中，他和人民群众的关系也可以说是血肉关系，和他部下将士的关系也是非常亲密的。这一点，即使反对李自成的人，包括当时明朝朝廷的人都有共同印象。他的长处非常突出，不贪色、不爱财，脱粟粗粝，和部下同甘共苦，这些长处是很难得的。除此以外，他好读书，深谋远虑，明清之际的士大夫们说他“竟夜不眠，图谋大事”。他还有一个长处：在召开会议的时候，自己很少发言，让别人尽量发言，等到别人讲完以后，他“择其善者而从之”。这作为三百年以前的历史人物，应当说是具有光辉的品质吧！有人问我为什么把李自成写得那么高，好像共产党员一样；还有人嘲笑我：“李自成在哪个支部过组织生活呀？”其实，当时反对他的人，都肯定他有这么多长处，我们作为一个无产阶级的作家如何能骂他呢？这都是因为不了解历史的本来面貌所造成的误解。那么有人会说，既然这么好，那他为什么失败得那么快？这正是我们要研究的历史规律。一个革命运动的领导人，他的品质好，不能够保证他不失败。运动的成败，有它内在的规律。规律是各种复杂的因素形成的，个人的品质只是因素之一。成功有成功的规律，失败有失败的规律，个人的品质起一定作用，不起最后作用。譬如说，孙中山的品质非常好，很光辉，可是辛亥革命失败了。辛亥革命后他继续领导革命，都没有成功。可见优越的个人品质，不是成功与失败的最终决定条件。一次革命运动（或战争）成败的关键取决于许多因素，最主要的是敌对双方综合力量的强弱对比，斗争过程中的战略战术。最明显的成败因素是，如果革命派的政治路线和战略符合当时客观的形势需要，就会使革命发展、壮大、成功；违背了客观形势需要，就要失败，可能导致彻底失败。历史进程的因果关系常常是非常复杂的，我们现在简单谈一下李自成所犯的战略性错误。

崇祯十六年五月间，李自成在襄阳建立临时中央政权，讨论夺取全国政权的下一步用兵方略。有人建议从襄阳顺流东下，占领南京，以南京作为根据地，然后北伐。这个意见他不同意，认为太缓慢了。第二个提议是从襄阳出兵，穿过河南，过黄河直取北京。他也不同意，认为失之太急。他不同意是有道理的，因为当时明朝还有孙传庭统率的部队在陕西关中地区，如果进攻北京不能迅速取胜，容易被孙传庭拦腰截断或从背后打他，使进退失据，所以经黄河直趋北京是个险招。第三个建议是从襄阳出兵，攻占西安。关中地势险要，而陕西是李自成的故乡，可以立为根本，然后从西安入山西，攻北京，比较稳妥。李自成同意了这一战略。这一年十月间进入西安，第二年正月进入山西，主力部队出大同，经阳和、宣化，入居庸关，于三月十九日占领了北京。有些历史研究者认为这是伟大的战略，我看不见得。当时首要的大事是建立和巩固各地州、县政权，恢复生产，一则要有可靠的根据地，二则要满足人民乱久思治的迫切愿望，这是第一步，必须赶快做好。第二步，可以派部队过黄河占领太原，同时派部队开到山东截断运河，等山西、山东的局面稍稍稳定，然后进取北京。其实，只要截断运河，北京就会变成死城。因为明朝北京的粮食主要是靠大运河从南方运去的，如果在山东截断大运河，绝了粮道，北京就很难维持。靠海道运粮，风浪大，容易翻船，只能解决一小部分粮食。应该用两年的时间把已占领的山东、河南、湖北、山西等省份都安定下来，做巩固政权的工作，叫老百姓喘口气，恢复生产，让他们知道新朝廷跟他们的利益是一致的。如果这样做，纵然山海关打了败仗，各地也不会到处叛乱，还可以组织力量反攻。但是李自成没有这样做，而是一个战争接一个战争。老百姓在战乱中苦熬了十几年，仍没有恢复生产休养生息的机会。李自成不仅不重视使百姓恢复生产，而且大军的给养还要从老百姓身上出。这样他就由刚进入河南时所采取的一些符合民心的措施，走向了反面，丧失了民心。过去我们有些写历史著作的同志害怕说李自成丧失民心，因为那样议论农民革命英雄必然会挨棍子，划为右派。但历史是一门科学，要科学地总结历史经验，不然就无法想象为什么山海关一战失败了，河南是他活动最久的地方，而到处发生叛变？更不能想象当他初到河南，对明朝统治者作战的时候，老百姓应者如云，而当他跟清朝作战的时候，还有民族矛盾这样一个更有利的条件，为什么不能号召汉族广大人民群众跟“胡人”作战呢？症结就在于民心向背。民心背离，这是李自成失败的根本原因。

在这个根本原因之下，战略方针还有一个错误，就是李自成进北京带的人马太少。许多书上，包括明清正史《明史》和《清史稿》都说李自成到北京带领二十万人马。实际上没有这么多，大概七八万人马，也许不到八万。因为过黄河进军北京号称五十万人马，古人谈兵力都要夸大一倍，我们给打个折扣，算三十万人马。到临汾兵分两路，一路由大将刘芳亮率领，走晋南，过太行，从沁阳到安阳，由安阳北上，进攻保定。这是偏师，不是正师。这么一条线沿路过去总得有十万八万人马，沿途还要分散一些兵力。然后主力部队从临汾到太原。到太原后又分兵两路，少数的一支出娘子关，往保定跟刘芳亮会师，主力部队从太原北上，走忻州，出雁门关，到大同，由大同走阳和、宣化，进入居庸关，到了北京。沿路都要分散一些兵力。进到北京城大概有七万人，兵力是太少了。

李自成所领导的农民战争，经过十六个年头，进入到北京的时候，看上去是达到了胜利的顶峰，而实际也到了成败存亡的关头。他没有可靠的根据地，不像刘邦有汉中和关中以及陕洛作为后方，朱元璋有南京周围和江西、浙江一带地方作为依靠。没有可靠的根据地，支持战争所必需的财富和兵源就极不可靠。立国基础的土地和人民，都是空的。他攻占北京是军事胜利么？实际是远离后方（陕西），孤军深入，更准确深刻的说法是“悬军”深入。刘芳亮率领的偏师虽在保定，却不能对山海关决战有所帮助。看来李自成在十几年中不断打仗，却不明白当时的天下大势，不完全明白崇祯为什么在军事上失败，而他为什么胜利。特别严重的是，他不明白到北京以后，所面对的是一种新的军事形势，他没料到会在远离后方的不利形势下被迫以孤军进行决战。他开始明白了这是一生事业的胜败存亡关头，然而形势迫使他不能不走向陷阱，走向失败。等他亲自率领六万人马往山海关去时，一切都晚了。

五

崇祯十三年以后，李自成不断取得胜利，终于进了北京，但不应该认为他的兵力绝对强大。因为崇祯皇帝自始至终都陷于对外和对内两面作战，无休止地消耗国力，从全局观察，他所处的军事形势十分不利。这种形势给李自成造成了胜利的机会。单就关内局势看，各地农民起义，各家农民起义，尽管各自为谋，却在客观上起了互相呼应和互相支持的作用。所以李自成后期的胜利只能说明兵力相对强大，即在对崇祯作战的局部战场容易集中优势兵力。等到他占领了广大土地，又进了北京，兵力分散各地，面对着清兵和吴三桂关、宁精兵的联合大军，他的优势就不再有了。

李自成似乎不曾十分重视新兴的满洲力量，也没有料到他到了北京后必然要面对这支力量，并要同这支力量在不利的时间和不利的地方决战。现在我们简单地谈一谈满洲和吴三桂这两支敌对力量。

满族，从努尔哈赤开始脱离了明朝的羁縻，以十三甲起事，成为明朝边患。到了他的儿子皇太极（历史上称为清太宗），三十多年间力量扩充很大。

对于这支力量应该怎样看？我是肯定他们的功劳的，特别是清太宗的功劳。努尔哈赤，尤其是清太宗，从明朝方面说，他们是生死敌人；从中华民族的整体利益说，他们是杰出的英雄人物。到了清太宗这一代，完全把东北各部落统一起来，也将蒙古各部落统一起来，使满族由游牧为主的民族变为农耕为主的民族，由奴隶社会的末期进入封建社会，向汉族学习生产，学习文化，大大推动了我国东北地区的发展。

明朝的版图虽然远达黑龙江以北，乌苏里江以东，但是那里的社会组织仍然是很分散的部落形式，这就影响了政治统治的稳定。努尔哈赤初期，东北以女真族为主的各少数民族分散为一个一个小部落，一城一寨都称为“国”，互相纷争、掠夺，非常落后。蒙古也是分散为一个一个部落，没有统一。从努尔哈赤开始就逐渐用武力统一东北，到清太宗皇太极把蒙古和东北各部落的势力统一到一起。在长城以外，北到外兴安岭，西到新疆、宁夏边境一带，全部统一了起来。从中华民族的整个利益来看，他们是做出了重要贡献的历史英雄。

满族是女真族的后裔，我国的金朝是女真族建立的国家。在清太宗时代很想恢复金朝盛世的局面，即想往南打到淮河流域，越过黄河，在北京建都。他叫文臣把《金史》的《太宗本纪》翻译成满文，让满族贵族阅读。这个人很有本领，清朝入关前的开国规模是在他的手中建立起来的，他于崇祯十六年八月十九日突然病死了，死时只有五十几岁。他死了以后，多尔衮把他六岁的小儿子福临（即顺治皇帝）扶上了皇位，当时满族皇族也经过激烈斗争，我不用谈了。顺治的母亲就是《李自成》第三卷中写的那个长得很漂亮的给洪承畴送人参汤的满族贵妇人。当时摄政的并非多尔衮一人，可是多尔衮很快地排除了别人，把政权掌握在自己手里。多尔衮这个人也很了不起，十几岁带兵越过长城，进入河北境内，打到山东，二十九岁做了摄政王。他拿到政权以后，完全按照皇太极当时的战略，一心要进入长城，夺取北京。关于虎视眈眈的清朝情况，李自成如在梦中一样毫无警惕。对于李自成的这种状况我只有一个解释：胜利冲昏了头脑。大概李自成认为清朝这股力量可以欺负明朝，不敢碰他李自成，所以没有估计到这个真正的强敌会打进关来。

对待局势的变化，清朝方面很有准备，而大顺方面毫无准备。李自成在进军北京的战略上犯下的错误就是没有考虑到清兵可能入关，所以他带的人马不多。假若李自成有二十万精锐部队到北京，吴三桂可能不会叛降清朝。纵然战争不可避免，李自成有将近二十万人马投入决战，在山海关不会战败，山海关不战败，北京不会放弃。北京是一个历史形成的政治城市，从辽到金、元、明都是以北京为首都。老百姓看北京到谁手里，谁就准得天下。轻易把北京丢掉了，老百姓认为你根本没有资格坐皇位，所以促成了各州、县纷纷叛变。李自成就没有把这复杂的环境和历史条件分析进去，只带了大约七万人马到北京，而没有稳固的后方，也没有后援部队，这是战略上的一个大失策。

吴三桂这支部队，同沈阳的清政权既是作战的对手，又有复杂的社会联系。吴三桂的家，我称之为“关外武将世家”，他的父亲吴襄是总兵官，他自己也年纪轻轻就当了总兵官。他家的亲戚、朋友、同事，大多数是关外武将，特别是他的舅父祖大寿是很有名望的总兵官，祖大寿的兄弟祖大乐、祖大弼都是总兵官。总兵官是武一品，称为大帅。所以我称这个家族叫作“关外武将世家”。在洪承畴被清兵俘虏投降以后，祖大寿在锦州投降，大批将领跟着投降。吴三桂的亲舅舅祖大寿投降时，他的舅母左夫人仍住在吴三桂的宁远城里，可见其社会关系复杂得很。清太宗皇太极曾命已经降清的文臣武将，包括祖大寿、祖家兄弟和曾经是吴三桂父亲吴襄的同僚，以及与吴家有各种关系的人，都给吴三桂写信劝降。清太宗皇太极两次给吴三桂写信劝降。北京一度谣传吴三桂要投降清方，吴三桂为释崇祯之疑，让他的父母和一部分家人移居北京城内。所以崇祯亡国之后，吴三桂投降清朝，反对大顺，并不奇怪。倘若我们从吴三桂所代表的这一“关外武将世家”的社会关系、经济（财产）情况看，清方从皇太极以来所执行的颇为有效的招降政策，以及当时的军事形势、阶级斗争特点，李自成和大顺军在北京暴露的弱点等许多方面作综合考察，便不难明白吴三桂降清的真正原因，而不会再相信是为了一个妓女陈圆圆。

关于吴三桂降清的详细原因和经过，留待讲山海关大战时再讲，我在这里不多谈了。总之，吴三桂由于种种原因，于崇祯十七年二月奉到崇祯的诏书后不能火速去救北京，耽误了时间，等他从山海关到了玉田县，北京已经破了，他就停兵在永平和玉田一带开始准备自己的出路。他起初对李自成采取缓兵计，不说拒绝投降。等他知道清兵将要出动，决定要进入长城，就断然表示不向李自成投降，要报“君父之仇”，这时李自成的悲剧也就快开始了。这里我暂不谈李自成的悲剧，先谈崇祯皇帝的悲剧。

六

崇祯皇帝，我是作为一个悲剧人物来写的，他主观上总想做明朝的中兴之主，想留名千古，而结果亡国亡得很惨。崇祯皇帝有种种必然失败的因素构成亡国的条件，这已在小说的前几卷里逐渐写出来了。他苦苦挣扎，终究不可能挽回他的历史命运，因此酿成了悲剧。但是如果有些方面他不那样做，也许他的江山还可以多维持些年。但事物是非常复杂的，正是因为他的许多行动、许多决策是错误的，也包括他性格上的一些特点，如刚愎自用、多疑、独断、残暴等，也加速了他的悲剧。关于这些，我今天就不作详细分析了。

以上是偏重于历史方面讲的，下面谈一谈我怎样根据历史的进程来写崇祯皇帝的悲剧，然后再谈李自成的悲剧。

先谈崇祯皇帝。当大顺军到昌平的时候，崇祯还在假装镇静，在中左门召见考选官员。关于如何“安人心，戢狡谋，用兵足饷”等问题，这些官员们回答得非常不着边际。正在这个时候，忽然有个太监在御案上放了一个小封子。他打开一看，马上面如土色，话也没说，起身回宫了。进士们怕他还要问话，不敢离开。过了好久，太监传旨，说：“皇帝已经不再问话了，你们就退出去吧。”怎么回事呢？原来崇祯接到密报：李自成已经过居庸关，到达昌平了。

北京当时还有几万部队，崇祯就出动这几万部队在昌平和北京之间的沙河布阵，抵挡大顺军。率领部队的是襄城伯李国桢，是一个公子哥儿。看见大顺军来到，李国桢的部队不战自溃，所有大炮都丢下了。大顺军又得了许多大炮，没经过战斗就到了北京城下。守城的太监们要为自己留后路，在大炮中只装火药，不装炮弹，守城的人很少，平均两个城垛有一个太监或一个老百姓。崇祯的国库空了，无钱守城，大概每天每人只发两个烧饼，吃不饱，有怨言。李自成派一个投降的监军太监名叫杜勋的进城来见崇祯皇帝，劝崇祯皇帝让位。但是杜勋到了崇祯面前，不敢说叫他完全让位，提出让他跟李自成平分江山。崇祯当时很恼火，把椅子踢倒了，但是没有杀这个太监。按说应该杀掉，因为太监不管多么重要，都是皇帝的家奴，但是没杀。崇祯平时杀大臣毫不姑息，包括首辅大臣也处死过两个，对于总督、巡抚、总兵杀的就更多了。到现在连个太监都不能杀，可见他知道北京已经守不住了。这个太监又出城，到城头上他还跟守城的太监说：“我们不用怕。李王得了天下，仍然有我们的富贵在！”崇祯一向依靠太监，杜勋也是他重用的人，但得到的结果却是如此。

当李自成开始过黄河向北京进军的时候，崇祯皇帝采取了几个紧急的救亡措施：一个紧急措施是大封武将。吴三桂在这个时候被封为平西伯，南方的左良玉、刘良佐、黄得功、刘泽清、高杰都加官晋爵，而左良玉晋升为侯爵。第二个紧急措施是派太监监军。沿着大同、居庸关一线，派出亲信太监监军。杜勋正是在大同监军的太监，首先投降了大顺军。第三个紧急措施是派大学士李建泰往山西督师。李临走的时候，崇祯亲自率领太子和两个皇子永王、定王在午门楼上为李饯行。结果李建泰走到保定不敢前进了，后来在保定投降了大顺军。第四个紧急措施是崇祯下罪己诏，下了两次。

有两个重大对策在二月份进行了激烈争论，一是崇祯是否可以逃往南京，二是是否可以赶快调吴三桂救援北京。在崇祯的存亡关头，由于朝廷纷争，否决了南逃之议，耽误了调吴之策，对于崇祯的悲剧结局造成了无可改变的形势。

当时朝廷上有一部分大臣建议崇祯离开北京到南京去。明朝当时有两个京城：最早朱洪武建都南京，朱洪武死后他的孙子建文帝在南京坐了四年皇帝，被燕王朱棣篡位，就是明成祖，到永乐十八年的时候，北京城建成了，迁都北京，从此明朝始终就有两个京城。南京作为“留都”，也有六部衙门、都察院、国子监等机构和中央官员，不过真正掌权的官员是在北京。这时候有一些大臣建议请他到南京去，他起初也很动摇，想到南京去。可是有的大臣反对，以路途不安全为理由，认为不能离开北京。建议他逃往南京的大臣们看到这种情形，又建议护送太子先到南京去，意思是如果北京被李自成攻破，太子在南京还可以继承明朝皇统，不致亡国。结果又有人反对，崇祯也不同意，只好全家留在北京。他抱着“国君死社稷”的思想，等着将来自尽了事。而反对他到南京去的那些大臣，当李自成进北京后却首先投降。

就军事形势说，崇祯当时逃往南京虽然有许多困难，但不是绝对走不通。崇祯也曾经下命令做准备，结果又取消了。为什么说可以走通呢？因为大顺军的主力部队是往太原走，如果从山东南下，崇祯是可以逃得及的。尽管也有李自成的部队进入山东，但人数很少，其中有些是明朝的将领新降大顺的，崇祯所经之处，必然会有许多人怀着各种目的起而勤王。刘泽清可以勤王，甚至新投降大顺的董学礼也可以“反正”。在封建时代，勤王不仅是忠君的“美德”，而且是名正言顺的政治投机。一旦崇祯到了现在的江苏境内，驻在淮阴的明朝军队就可以迎接他。如果崇祯事先迅速下密诏通知南方，像史可法、高杰这些人会带着大军迅速北上来迎接他。我们在分析这个问题时，第一，不能把李自成的兵力估计过多；第二，不能忽略封建社会各阶级在“国变”时常常出现的复杂思想动态；第三，不要忽略驻扎在长江以北的武将们或者为着“君臣大义”，或者为着争取建立功勋，会争先恐后地出兵“迎驾”。

崇祯还有第二条路可走，就是从天津入海，绕过山东，在海州或别的地方登陆，虽然有风浪危险，但并非绝不可行。

南方基本上是完整的。倘若崇祯逃到南京，战争的发展必有很大曲折。也许清兵在华北同大顺军交战，而明军在淮北也同大顺军交战。种种变化，我不用推测了。

崇祯的真实思想是愿意逃走的。关于当时他的处境和复杂心理，将在小说中表现出来，今天先不详谈。北京内城将破的时候，他很想逃走，但是没有机会了。他有个妹夫叫巩永固，舅家表哥叫刘文炳，封新乐侯，崇祯把巩永固和刘文炳召进宫去，对他们说：“我现在准备御驾亲征，你们可以把家丁点起来，随我一起亲征。”我们不要从字面上理解“御驾亲征”的含义，古代“御驾亲征”有两种意义，一种是确实到前方指挥部队，一种是逃走也叫“御驾亲征”。巩永固一听就哭了，说：“皇上早该走没有走。我们祖宗的家法，皇亲驸马不能私养家丁。我纵然有家丁，人数很少，现在京城到处都是流贼，如何能保护御驾逃得出去呢！”他们相对哭了一阵，没有办法。可见如果有逃出北京的机会，他不是不想逃，只是在一个多月前由于一部分言官阻止，将他逃走的机会浪费了。

关于崇祯此后的精神状态和失常行为，以及如何逼周后自尽，如何送太子和永王、定王出宫，如何在宫中杀人，包括砍伤他的长女长平公主，砍死他的小女儿昭仁公主，以及如何同太监王承恩吊死在煤山脚下的槐树枝上等故事细节，都将在小说中表现出来。我今天着重讲造成他悲剧的各种历史条件（包括他的性格和作风），所以尽量省略了故事细节。

七

崇祯十七年三月十九日天明时候，北京内城的各门都被守城的太监头目和官员们自己打开了。首先进城的大顺军沿街传达刘宗敏的安民晓谕，命百姓在门额上贴一“顺”字，便不杀人。百姓起初关门闭户，随后将大门打开，用黄纸或红纸写一“顺”字，贴于门额，有的还写着“永昌皇帝万岁”字样贴在门上，有的在门口摆设香案，有的在帽子上贴一“顺”字以便在街上行走。半晌时候，刘宗敏率领大约一千骑兵从正阳门进城，队伍整肃。正午时候，李自成在牛金星、宋献策等一班文臣陪同下由德胜门进城。最有地位的太监王德化、曹化淳率领一群大太监在德胜门恭迎。围攻北京的两天，李自成本来驻在阜成门外，为什么绕道从德胜门进城呢？这是因为，李自成不是战斗中冲杀进城，而是在破城后和平进城，因此，他应该从什么方向和什么时辰入城，都得由宋献策按照五行迷信的道理择定，以求趋吉避凶。有的书上说他首先从西直门进城，忽然迎面来了一道黑气，宋献策认为不吉利，临时改由德胜门入城。我认为从德胜门入城是事先决定的，上述说法不可信。如果是原来择定从西直门入城，为什么王德化、曹化淳等不在西直门恭迎？

李自成进皇城时没走西长安门，而是绕了一段路从大明门进。这是因为，大明门是正门，他是皇帝身份，当然应该从正门进来。许多书上说他到了承天门（清代改名天安门）前，弯弓搭箭，祝祷说：“倘若我有天下，就一箭射中‘天’字”结果射中了一半，射在下方。宋献策、牛金星赶快为他圆场，说了句：“虽然射了一半，也有一半江山！”这话不合理。因为当时李自成肯定自己要一统天下，决不会想到他有半个江山，而宋、牛二人也决不敢当着他的面说他只有一半天下。那么为什么要射这一箭？我看，如果他确实射过一箭，射这一箭的目的，是以胜利者皇帝的身份，在进入被灭亡的朝廷皇宫时，要驱除邪气。

在李自成进城之前，已经有一队将士为他清宫，就是现在所说的安全搜查。他按照预定计划，住进武英殿。为什么不住进乾清宫？因为，第一，乾清宫是明朝亡国之君所住宫院，是个不吉利的地方；第二，他只是在北京的皇宫中暂时驻跸，并不把北京的皇宫看作他自己的皇宫。他已经决定在西安建都，将西安改名长安。因为李自成失败太快，来不及将北京改名，如果来得及，很可能将北京改名幽州。何以知之？三月十五日北京收到刘宗敏的一道檄文，上边写明：“十八日幽州会同馆”，可知大顺方面已经决定将北京改名为幽州了。当李自成住在北京期间，北京被称为“行在”，表示是暂时驻跸之地。由于轻视了北京在全国人民心目中的重要价值，不打算久驻，也导致战略和政治措施发生错误。

李自成到北京以后，最关心的大事有以下几项：（一）赶快筹备登基大典。从当年正月初一起，李自成已改年号为永昌元年，易服色，颁布避讳字，重定官制，如今只剩下正式登基了，所以到北京后就在百官中公布了《大顺礼制》和新的官制，择定四月初六登基（日期改动几次），每日由鸿胪寺领导百官演礼。（二）拷掠明臣追赃。（三）招降吴三桂。（四）对南方明朝武将招降。关于登基问题，新降明臣最为积极，不断上表劝进，但是由于对吴三桂的招降遇到波折，登基的事不得不一再推迟。吴三桂原来持观望态度，后来忽然回兵山海关，拒绝投降。关于吴三桂的态度变化和接着而来的山海关大战，我将在另一专题中去讲，这里只大概谈一下。

吴三桂屯兵永平一带，已经是进退失据。崇祯已死，大军粮饷没法解决，这种情况使他不能不持观望态度。等到他摸清楚李自成来北京的人马只有数万，也没有后继部队，又知道李自成在北京拷掠追赃甚急，失去"人心"（特别是官绅富户），可能也得到清兵在准备南来的消息，他反李自成的主意就基本拿定了。恰恰他得到误传，说他的父亲吴襄也被拷掠，于是他的态度就完全明确了。但是他知道他的兵力不能打败李自成，所以他继续采取缓兵计，一面向清方求援，又按照多尔衮的指示，将李自成向山海关引诱，使大顺军陷入圈套。

清朝方面，得到李自成破了北京的确报后，就调集人马，打算从长城某口进入。多尔衮在路上得到吴三桂请求援兵的信，就直向山海关进军。四月十九日，大顺军到达山海关西边，次日开战，战场在石河西岸，距山海关数里。大顺军的兵力稍多于吴三桂的关、宁军，但是关宁军是以逸待劳，有山海关作倚靠，城中百姓也参加助战。这一天战斗激烈，不分胜负，打了半日，至晚罢兵。

关于山海关之战，清初人所写的资料中有三点错误记述至今仍有影响，常被学术界同仁称引，在此顺便说明一下。第一，有的记载上说大战在一片石进行，这是不明地理的错误。长城在东端尽头处由北向南转，在山与海之间建筑临榆县城，城的东门就是山海关。一片石就是九门口，在山海关东北三十里处。开战的当天，有唐通的部队一百多人从一片石出去，大概是刺探性质，被经过一片石边的清兵消灭，此后在这里没有战斗。第二，说大顺军投入大战的是二十万人，实际出北京的是六万人。以六万人来说，不能不在永平留下一部分，所以投入战斗的大概是五万多人。第三，说大顺军将吴三桂包围起来，吴三桂突围出山海关去见多尔衮。实际上绝无此事，不仅李自成没兵力包围吴三桂，地理形势也是不可能的。吴三桂的布阵面向石河滩，战斗在石河滩和石河西岸进行，吴军的背后是临榆城（即山海关城）的西罗城。临榆城北边有一座北翼城，南边有一座南翼城，而南翼城南边是宁海城，接着是海边，名叫老龙头。吴军据有这样的地势，大顺军纵然再多许多，如何能够包围？在第一天大战激烈进行中，曾有大顺军数百人奔到西罗城旁边，被守城部队消灭。第二天大战时候，北翼城中有人起义，迎接大顺军少数人进去，迅速被消灭了。将来专讲山海关大战的题目时，我将要讲得具体一些，还要绘出一份草图。

当天晚上，清兵到了山海关城东的欢喜岭，多尔衮驻在威远堡。吴三桂率领几个将领和几个城中士绅去见多尔衮，向清朝投降，商量好第二天如何作战。清兵当夜大约有两万骑兵进入山海关城中。既然唐通的少数人马在一片石外遇到清兵，当然会迅速报告李自成。李自成已经知道清兵来到，却不从战场退走，大概他以为清兵只有少数来到，希望第二天同吴三桂进行决战，不等清兵大部来到就获得大捷，这是不明敌情，希望侥幸成功。所以李自成在山海关同敌人进行决战，不仅是犯了孤军深入的错误，而且犯了孤注一掷的错误。

第二天上午继续进行大战，主战场仍然在石河滩上，中心在石河西边的红瓦店，距山海关大约八里。大概由于知道清兵来到，李自成为防备陷于包围，从北山到海边都部署兵力。这样布阵是错误的，将本来不足的兵力分散太宽，没有纵深部署兵力，更没有保留充分的预备部队。大战进行了一半，忽然起了大风，飞沙走石，使战斗暂时停顿。大风过后，重新厮杀，满洲骑兵出现投入战斗。李自成的身边无补充兵力投入战斗，明白战局已经不可挽回，只好策马向永平退走，并下令退兵。当时指挥大战的是刘宗敏，已经负了重伤。在大的混战中，撤退的命令不容易很快下达到每个指挥作战的将领。将士们不接到命令，只好继续死战不退，据说有七座营垒都被清兵和吴三桂的部队攻破。大顺军在退出战场后又被追杀了二十里，死伤十分惨重。

李自成在永平府停留了两天。看来清兵和吴三桂的关、宁部队也损失不小，需要补充整顿，所以没有一直追到永平。起初，吴三桂施了个缓兵计，即提出条件，让李自成将太子归还给他。李自成派人去山海关见他，答应将太子还给他，要求停止战斗。按逻辑推想，李自成的信中必然以民族大义激劝吴三桂，要他共同反满。但史料缺乏，小说中将写出这一内幕。吴三桂已经投降清朝，受封为平西王，不敢也不能有所作为了。

李自成将吴襄杀死在永平西乡范家庄，带着残余人马奔回北京。大臣们“劝进”，李自成开始犹豫，说：“事情很紧，哪有工夫顾到这事！”刘宗敏考虑人心离散，厉声说：“若是不登基，就是想回到关中也不可得！”四月二十七日，李自成在武英殿登基，牛金星代行郊天礼。二十八日五更，李自成逃离北京。五月初三到了定州，被吴三桂的人马追上。谷可成指挥大顺军还兵拒敌，战败阵亡。初四，李自成亲自督兵还战，中了箭伤，伤势颇重，卧在民舍。百姓怨恨，携妻子逃走，夜间自焚庐舍，火光通天。大顺军一夕数惊，几次移营，只好赶快从固关退入山西。

山西、河北、山东、畿辅各地，听说李自成在山海关大败，丢掉北京，纷纷叛乱，使李自成在各地草草建立的地方政权迅速瓦解。李自成想守山西，已不可能，不得已从临汾渡过黄河，退到韩城，企图确保陕西。清兵（包括吴三桂）经过休整，分两路攻陕西。南路攻潼关，北路攻榆林，攻榆林的大军分一支南下攻延安。李自成偕刘宗敏守潼关，无力出击，完全被动。知道延安失守，李自成赶快将守潼关的人马撤退到西安。几天后放弃西安，走蓝田山路，经商州逃往河南，又从河南邓州到襄阳。妇女老弱在蓝田到商州的路上遇着雨雪，死亡很多。在襄阳立脚不住，逃往武昌，又从武昌往九江逃。沿途受清兵追赶，发生过多次规模不大的战斗，总吃败仗。牛金星父子在离开襄阳后就逃走了。刘宗敏和宋献策在武昌一带被俘，刘宗敏牺牲了。随后，李自成的叔父、妃子也都被俘。他知道往九江去不行，折回头往湖南逃，被清兵打散，逃到九宫山，被乡勇杀死。他溃散的部队分了几支，一支人数稍多，由郝摇旗率领，投降了南明湖广总督何腾蛟，改称忠开营。田见秀和张鼐也是一支，答应投降清兵，但又犹豫，受到清军夜袭，他们在混战中死了。

总之，李自成到后来既没有土地，也没有人民，被杀时似乎连一个卫士也不在身边，大概战马也没有了。这是进北京以后一年多的事情，这是他的大悲剧，然而并未结束。小说将提出许多值得深思的问题。

八

高夫人离开西安似乎同李自成分路走。李自成因为是仓促退出西安，而榆林、宁夏、固原、兰州、汉中的部队都没法集中。后来各处部队集合起来，由李过和高一功率领，高夫人在这支军中，由川陕边境退到湘鄂交界地方，也降了南明，称为忠贞营。几年之后，李过和高一功都死了，这支部队拥李来亨为首，到了鄂西兴山。郝摇旗、袁宗第、刘体纯等也辗转到了鄂西，继续抗清。十八年以后，他们经过长时间顽强战斗，才被消灭。当山寨被攻破时，李来亨全家自焚。这是全书的尾声。尾声三章打算提前发表，不详谈了。

一九八一年五月

（据在郑州大学所作学术报告录音整理修订，

收入《姚雪垠书系》第18卷，中国青年出版社2001年10月出版）

关于崇祯形象的塑造

去年春天，北京图书馆和首都图书馆就同我商量和大家见面，结果一直拖到今年春天，时间将近一年，现在才有机会来实现这个心愿。我今天讲的这个题目，是我自己在创作过程中总结的一点经验和体会。我不是搞理论工作的，理论水平不高，因此，可能讲得肤浅，也难免出错误。现在我就试着谈谈，谈错了请大家指正。

我讲的这个大题目下有三个小题目：第一个，我为什么要下力气塑造崇祯皇帝的形象；第二个题目，我怎样理解崇祯皇帝这个人；第三个题目，我从写崇祯皇帝过程中对现实主义创作方法的一些体会。前两个问题不打算多讲，重点放在第三个问题上，因为这关系到我们现在的创作理论问题和其他一些现实问题。

一

现在讲第一个题目，我为什么要下力气塑造崇祯皇帝的形象。

每一个作家在写作中都有主观愿望，能不能实现是另一个问题，而这个愿望的追求是必须有的。《李自成》是部长篇小说，动笔于一九五七年秋天，到现在二十多年了，如果没有追求，没有自己的一种目的，是很难坚持写下来的。但如果在这里让我回答，我为什么要写《李自成》这部小说？则这个题目太大。今天我就回答这一个小问题：为什么要下力气在《李自成》这部小说中，塑造崇祯皇帝这个形象？

我之所以要着力塑造崇祯皇帝的形象，这里有几个原因。首先，《李自成》这部小说，书名取“李自成”，是为叫着方便，避免过长过大，但内容绝不是只写李自成。曾经有人对我提出来，既然写李自成，何必又写那么多人？而且是详细地写了那么多人？尤其是从第三卷起，人物逐渐增多。这个原因是，当时我写《李自成》这部书时，有个打算，不仅仅是沿着一条线来单写李自成这个人，而是比较全面地（相对来说）反映中国明末清初（即十七世纪中叶）那一段历史时期封建社会的面貌，封建社会各阶层的动态、联系，各个政治力量、军事力量间的冲突。更概括地说，一方面写农民战争，另一方面写民族战争。我不敢说这就是百科全书式的描写，也不论《李自成》能否作为百科全书式的长篇小说。总之，从全面反映的历史面貌来讲，是比较复杂的。全书主要写了几股力量的代表人物，在农民起义军力量方面，是李自成领导的大顺军，还有“曹操”（即罗汝才）这股力量，到第三卷，“曹操”逐渐重要起来，另外还有个贯穿始终的张献忠。在明朝方面，写了农民战争的对立面，最主要的是崇祯皇帝。在清朝方面也写了几个人，第三卷中的皇太极（清太宗），第四卷到第五卷中着重刻画了多尔衮。这是我的意图，至于能否达到，那是另外的问题。总之，描写复杂广大的社会画面，是我在写这部书时尽力希望与追求的。假如《李自成》这部书不写崇祯皇帝，那么书的内容就会大大减少。因为写了崇祯皇帝，就可以反映出封建社会另外一个方面，而且是一个相当丰富的方面。不写崇祯皇帝这个方面，而单写农民战争一个方面，那么农民军也必然写不好，因为它没有对立面，或者只是简单的对立。因此，要写好农民战争，写好农民军，就必须在这部长篇小说中把农民军的对立面尽可能地写深一些，写全一点儿。这是我下决心写崇祯皇帝的一个原因。

小说一开始就写了清朝这股力量，即第一卷的开头，北京戒严，清兵进入北京，这和第五卷结尾，清兵进关，占领江南江北广大农村是前后呼应，首尾相照的。就是说，小说要反映这个历史情况，要写清朝的力量，也必然写崇祯皇帝。这三股力量——农民军的力量，明朝政府以皇帝为首的这股力量，以及清朝入关前到入关后以皇太极为首的力量，相互交织、斗争，成为这部书的一个概况。在农民军方面也写了几股力量，以及他们的关系和矛盾。这都是在写《李自成》这部书的时候所考虑到的。小说从反映历史方面、思想内容方面，都要求必须刻画好崇祯皇帝的形象。其次，我还有一个从艺术角度上的考虑。《李自成》这部书在艺术上追求丰富多彩。所谓丰富多彩，问题包括很多，内容有几个方面：既写了宫廷生活、大臣生活，又写了农村生活，一般中国老百姓的生活，第四卷中还要写江南地区的生活。各种生活都写进来，逐步都在展开，以各种内容来展现广阔的社会历史生活，尽可能将读者带到三百一十多年前的历史气氛中去。这是我在艺术上的追求。假如不写崇祯，必定有许多生活写不出来，朝廷的斗争、宫廷的斗争、宫廷与政治之间的关系，都写不出来。这又是我下力气塑造崇祯形象的一个着眼点。

再者，还有一个想法。每一个作家既然要创作，就总希望开辟一个新领域。我写的人应是新的，这段生活也是新的。这个新不新，关键在于过去的作品中有没有这样写过，或是写的有没有这么充分。这就是追求，就是探索。《李自成》这部书中写崇祯皇帝，写宫廷生活，这是一个新的探索。特别是在我动笔的时候（一九五七年）就曾想到，这部书能否在我生前出版是没有把握的，也准备好在我死后，由我的儿子、我的孙子拿出来献给党。

最后一点，我着力塑造崇祯皇帝的形象，也是出于一种对现实主义创作原则坚决维护的态度来进行创作的。要不要按照现实主义道路走，在今天不是问题。但在过去十七年中是个问题，尤其是在“文革”期间更是个问题。如果在“文革”期间，把反派人物作为典型来描写，详细刻画，那是不得了的事情。就是在五十年代，也不是那么自由的，现实主义经常受到干扰，写英雄人物不能写个性特点，写反派人物简单化，千篇一律。这是对现实主义的曲解。这种教条主义的倾向在五十年代相当流行。因此，在写《李自成》时，我并没有考虑到马上拿出来。我考虑，要坚决按照现实主义道路走，不管是反面人物还是正面人物，都要从生活出发，从现实主义基本原则出发，绝不搞简单化，绝不随便进行廉价的批判，而是力求写出人物内心的复杂和社会生活的复杂。当时我想过这样写是有危险的。后来还是拿出来发表了。这一点使我深深地感到，我们的党看问题还是清楚的。但是出版以后是否就没有问题了呢？不是的。书一出来，就有人提出来，不应这样写崇祯皇帝，这是同情地主阶级头子；不应该写卢象升阵亡的场面，这是为两手沾满鲜血的官僚树碑立传、涂脂抹粉。现在，我们对现实主义创作方法有了正确的理解，但也不是没有一点儿问题。我坚持把崇祯皇帝这个反面角色作为一个典型来详细描写，正是出于一种对现实主义道路坚决维护的态度。这在今天当然是能够肯定的了。第一个问题就简单讲这些。

二

第二个问题，谈一谈我如何看待历史上的崇祯皇帝。

首先要讲一下，今天是没有一个人会同情崇祯的，可是在明以后的封建社会，一直到民国年间，一般老百姓提起崇祯常常是同情的。景山公园的东山脚下，原来立着两块小碑，一面碑上就写着“明毅宗殉国处”，是民国年间立的，这几个字说明了当时的人们对崇祯的同情。我小时候在乡下看戏，戏中常演到崇祯，大家也都是同情的态度。

为什么崇祯能长期博得人们的同情，至少是多数人的同情呢？看这个问题不能简单化。“同情”二字包括的内容比较复杂。这要看到崇祯皇帝的性格特点和他所处的历史环境特点。崇祯的性格特点是早起晚睡，勤于政事，很少出去游玩。我们且不说这样的性格好不好，和许多亡国之君比起来，他是有特点的，而不是一般皇帝。一般亡国之君，荒淫愚蠢，不上朝，听任太监、外戚、权臣弄权，或是年幼无知等。我们就看看明朝的几个皇帝。明武宗是从不做事，光知道玩乐，玩到什么程度呢？当时江南有个宁王叫朱宸濠，叛变了，王阳明（王守仁）把朱宸濠抓起来，明武宗便御驾亲征，自称为总督军务威武大将军镇国公朱寿，前往南方，派许多军队把这个地方围起来，让王阳明把朱宸濠放了，他自己去抓。就是这么个人。还有一个嘉靖皇帝，多年不上朝，在宫中悠闲炼丹，崇信道教。另一个万历皇帝，也是长期不上朝，他的儿子明光宗继位后，做了二十九天皇帝就死了，就是因为他荒淫无度，暴病丧生。此后就是天启皇帝登基（明熹宗），他如果生在一般家庭，也许会有点创造，他的木匠活做得非常精巧。当了皇帝后终日玩乐，奸臣魏忠贤搞阴谋，他看不出来。魏忠贤把大权逐渐抓到手里，以皇帝为靠山，为非作歹。七年后，天启皇帝死了，崇祯继位。崇祯和那些亡国之君有所不同的是，他终日辛辛苦苦，起早贪黑，勤于政事，事必躬亲，甚至批公文时，不仅注清名字，连时间也具体注明，在某些方面表现得精明强干。作为一个亡国之君，他是不易的。崇祯这个人的性格还有一个特点，果断、有魄力。当然，他的果断、有魄力有另一面的东西，我们且不论及。作为一个皇帝来说，他登基那年十七岁，朝中政事一大堆。魏忠贤和另一姓客的，在朝中把持大权。满朝文武大臣基本都是魏忠贤一党，把反对派大臣下狱，整死，或贬官。到处为魏忠贤建立生祠（即人活着时就建立祠堂），歌功颂德，吹捧魏忠贤，甚至称他为“九千岁”。在这种情况下，十七岁的崇祯继位，不敢随便在宫中吃饭，怕魏忠贤害死他，并且也没有什么亲信党羽。但就在这种情况下，崇祯非常迅速地杀了魏忠贤，清除了魏忠贤一党，有的下狱，有的贬官，使明朝中央政权大变样。这件事充分说明了崇祯这个人的果断和魄力。这都是引起后人同情的原因。但过于果断又容易走向另一面，就是过于自信。他总认为自己是英明君主，甚至希望在他丧国自缢而死后，人们也要把他当作英明君主，一直到国家将亡时，他还自称：“朕非亡国之君。”相传在他临死的前一天晚上，太监王承恩陪着他一道饮酒时，还用手蘸着酒在桌子上写道：“文臣个个可杀！”这件事真否不敢说，但有可信之理，有艺术真实，崇祯认为他对亡国不负有任何责任，而是所有文臣的过错。还有一个传说，他吊死后，在衣袋里留下一封遗书之类的纸条，上面写着，自己无能再治理江山，无面目再见祖宗，让人们把他的头发打散遮住脸，流贼进城后，可以将他千刀万剐，不可伤害百姓。他留下这些话，是希望后人赞颂他热爱臣民百姓。也且不管这传说真不真，它反映了历史的真面貌，崇祯这个人就是这样死要面子。崇祯的性格除此之外，还非常多疑，几乎没有他相信的人。当时有一个特务机关叫“东厂”，就是皇帝一手控制的，专调查官员和百姓的事情，包括一些无足轻重的小事情，调查后向他直接禀报。他既多疑，就免不了专断，只要他做的事，即使是不对的，也绝不准更改。他的这种“多疑”对他政权的崩溃起了很大作用，举个例子，在他刚登基不久，大概崇祯二年，清兵打到北京城外，当时有个叫袁崇焕的武将，得知清军已跨过长城进攻北京，便率锦州兵日夜兼程赶来救援，在朝阳门外跟清兵对峙相击，有勇有谋，抵住清军不得进入。清兵便想了个主意，捉到一个明朝宫中太监，故意说袁崇焕投降了清朝，让太监听，然后就把太监放了。太监回去后，把听到的话告诉崇祯皇帝，崇祯听后，不管可信与否，立刻把袁崇焕宣进宫来抓起来下了狱。其实，这样的事稍一调查就可真相大白，况且朝中又有许多文臣武将知些实情，纷纷保袁崇焕，而崇祯不肯听任何人的劝谏，还是把袁崇焕杀掉了。从此后，朝中武将就没有一个带兵抗清像袁崇焕那样有勇有谋之人。这都说明了崇祯多疑、专断、刚愎自用、自以为是的个性特点。他的凶狠，虽说比不上朱元璋，但也相当厉害，在他坐江山的十七年里，杀了首辅两人，总督、巡抚就杀得更多，大臣也杀了不少。越是他的政权危急，他越是要杀，以巩固他的政权。但特殊的历史环境又形成崇祯十分复杂的性格，他凶狠、专断，又节俭清廉，这与当时国库空虚有关系。就以他不荒淫浪费这一面，对一个亡国之君来说，也容易引起人们的同情。总之，在他的性格及行为中，是有引起人们同情的原因。

另外还有一个客观原因：崇祯在三百年间普遍被人们同情，是与当时民族问题联系起来的。过去所谓的“正统”是指以汉民族为主体的政权，少数民族为主体的政权都不能算是“正统”。崇祯皇帝代表了以汉民族为主体的明朝政权，崇祯亡，就是明朝的灭亡。在今天看来，清朝进入中原后，满汉两个民族的斗争，是中华民族大家庭内部的斗争。但是，在过去看来就不同，汉民族由于长期受清朝统治，因而十分怀念汉民族的最后一个政权，也就把崇祯亡国和中国受清朝统治联系起来。也是出自这种民族感情，历史上的崇祯皇帝在某些方面便引起了人们的同情。不论是封建统治阶级的知识分子，还是一般老百姓，都同情他。各种戏曲宣传了这种思想，封建正统观念巩固了这种思想。包括崇祯皇帝的一些敌人也不认为他很坏。李自成在出兵北伐时曾发表一篇檄文，其中提到崇祯时，认为他也不是很淫乱昏朽，而把明朝的黑暗腐败的责任推到下面许多官僚身上。可见对崇祯的同情也包括当时的农民起义军领袖李自成。

以上这些都是站在历史角度看崇祯。我们写小说，自然有我们的观点。对崇祯性格形成的原因如何看，这一点很重要。崇祯性格的形成，有当时历史的传统以及具体历史环境几个方面。历史的传统，就是明朝政权和其他朝代的不同。明朝废弃宰相制以后，朝中一切大事都被抓在皇帝一人手中，这叫绝对君权，是中国封建社会进入后期时，各种矛盾错综复杂而产生的一种政治制度。只有皇帝一人说话算数，偶然有个别人权势很大，也是特殊现象。朝中的首辅不是宰相，有人认为明朝的首辅就是宰相，其实不然，首辅的权限很小。这种制度必然促使皇帝专断，自行其是。而皇帝也有三种办法来推行他的绝对君权。一种办法，利用特务，建立“东厂”。明朝建立特务机关，从明成祖就开始了。特务机关除“东厂”外，还有“锦衣卫”，也兼管特务。这两个机关，一个直接由太监执管，随时向皇帝禀报，另一个名义上受政府掌管（“锦衣卫”是政府机关），但也可以向皇帝直接报告消息，是皇帝的亲信组织。“东厂”和“锦衣卫”都可以随意捕人。第二个办法就是设诏狱。皇帝批个条子，不经司法机关，就可以把大臣下狱。当时的司法机关有三个，一个是刑部，一个是大理寺，还有一个是都察院。都察院是司法机关，也是督察机关。第三个办法是用廷杖。不管是多大官职、势力强否、岁数多大，都可使用廷杖，就是在皇帝面前，由锦衣卫执杖，有的当场打死，有的终身致残，后来又回避到后殿去打。这三种办法合起来使用，成为皇帝的法宝。这些东西，崇祯全部继承。他登基后，在乾清宫写了块匾（现已不存），上有四个字：“敬天法祖”，效法祖先的主要是统治臣民之法。在他执政时，东厂继续随意抓人，设监，施廷杖。小说第二卷中写黄道周受廷杖，正是反映当时这种情况。可见崇祯性格中的凶残是有历史渊源的，是对明朝绝对君权的继承。

崇祯的多疑，也有其原因。他从小在宫廷尖锐的斗争中成长起来，他的生母在宫中本没什么地位，不知怎么被他父亲看中，一夜皇恩，得了崇祯。生下崇祯不久，他母亲就在宫中妃子的争斗中莫名而死，崇祯是在宫中一个前朝姓周的老妃子抚养照料下长大的。他父亲明光宗做皇帝的时间很短，当时朝中有个郑贵妃，很有权势，为夺太子地位曾一度动了杀心。明光宗死后，崇祯同父异母的哥哥继位，就是明熹宗。崇祯尽管是信王，是皇帝之弟，也经常提心吊胆。相传，明熹宗死后，崇祯被遗诏宣进宫准备即位时，抚养他的周妃怕他被害，不敢让他吃宫中食品，亲自为他做了饼，崇祯怀里揣着饼子进了宫。到宫中不敢睡觉，把宝剑放在桌上，坐了一晚。第二天在朝上，群臣上朝宣布登基，他才放下心。在这种环境中，不能不形成他的多疑性格。

崇祯初当朝时，并不相信太监，亲手把前太监杀掉一批，赶走一批。但不久，他就感到非依靠太监不可。原因是明朝末年的政治斗争从万历年间开始日益激烈，宗派多起来，在朝在野的官僚各具力量，打派性仗，各自攻击，把明朝政权里里外外搞得一塌糊涂。在这种情况下，崇祯感到还算太监最可靠，因为他们总是皇帝的家奴。另外，在当时的具体历史环境中，还有一种情况，部队将骄兵惰，打仗必败。所以崇祯既不相信文臣，也不相信武将，这些疑虑，使他事事多心。有一年，崇祯到地坛行礼，事先动用了许多兵力，沿街站岗，两两对立，背对街心，沿街封门闭户，路上铺满黄沙，轿前轿后布满他的卫队。就这样出行也是极少。许多事情听“东厂”和“锦衣卫”的报告，更加滋长了他的独断专行、怀疑多端。况且，一当皇帝，万人之上，人人吹捧，同时又提心吊胆。崇祯在上面批公文，大臣们在下面两腿直颤，连周后也不敢随便多说一句话。据传周后上吊以前哭着对崇祯说：侍候皇上十八年，不敢说一句话，才有今日。意思是指崇祯十七年时，朝中曾有人建议崇祯离开北京到南方去，这事周后也向他提过，但崇祯一瞪眼，周后再不敢提及了。至于受宠于皇上的田妃，小说中曾有几个细节描写，田妃在新华门外骑马，她本是宫中细弱女子，却要把马骑得飞快，宁可摔下来，为取皇帝一乐。第三卷写田妃死，也说明了田妃在宫中只不过是一个牺牲品。她临死前，崇祯到宫中看她，田妃听说皇上驾到，忙让宫女将帐子挂起来，皇帝很想见她，但她坚决恳求，不让揭帐相见，而要求皇上宣见自己的妹妹。崇祯一见田妃的妹妹也很美，便立刻决定在田妃死后把其妹召进宫来。崇祯走后，田妃的妹妹问道：“皇贵妃为什么不肯揭帐？”田妃说，我们家荣华富贵，主要是皇帝喜欢我长得美，而且我懂得小心行事，处处要按皇帝心愿办事说话。现在我已病成这样，皇上看了会吃惊而忘记我从前的美貌。现在你既然就要进宫来，皇上也喜欢你，我们家的荣华富贵就可以保住了。下次皇上再进宫，我就可以揭帐见他一面了。可见像田妃这样地位的人也是如此小心地为保其地位而巧取皇上的欢心，那一般太监宫女更是如此。这就使无一人敢对皇上进一句逆言。看过溥仪写的《我的前半生》一书就知道，溥仪做了皇帝后，曾屙了一泡屎，差人送与家中，想开个玩笑，全家人伏地谢恩，打开包一看是大粪，也不敢说一个不字，还得欣然受之。像这种特殊的环境都是形成崇祯性格的原因。同时，他当时为保其统治，是两面作战，一面对清兵，一面对农民军。因此，他企图用出最大力量，在他生前不亡国丧权，这就形成他的果断而又刚愎自用、残酷无情。写小说一定要全面地历史地写出这些。

三

第三个问题，是我从写崇祯皇帝过程中对现实主义创作方法的一些体会。这个问题想多说一些。

现实主义创作方法的基础，不论是现实题材，还是历史题材，都是了解生活，真实地反映生活。对历史题材来说，要了解历史的广度和深度，这是基础，了解得不深，东拉西扯，随意虚构，不是现实主义。我用两句话概括这个道理，就是："既深入历史，又跳出历史"这是不容易的。小说家在反映历史生活方面，和历史学家有共同的地方，也有不同的地方。小说家和历史学家都得了解当时的重大历史事件和因果关系，以及事件运动的规律。我写小说，写崇祯皇帝，就要写崇祯所处的历史环境，同周围人的关系：纵的方面，同以前朝代皇帝的关系；横的方面，和大臣、太监以及后妃的关系，和清朝的斗争，和农民军的斗争。这些重大历史事件和历史关系，历史运动的基本规律等，是历史学家也要了解的，但历史学家却不需要知道宫中怎样吃饭，皇帝怎样睡觉，在什么地方批公文，以及后宫的管家婆做什么等。小说家则不然，除去以上大的方面以外，还要懂得当时的制度习俗，宫中穿戴、吃用、称呼，要懂得皇帝怎样生活，后妃怎样生活，皇帝喜欢什么等。崇祯很喜欢书法，近似唐太宗，这些都得知道。如果不懂这些琐碎生活，就不能真实描写生活细节。小说情节是虚构的，所谓真实，就是要使细节描写符合当时的生活真实。因此，小说家了解生活，一定要深、广。比如明代上朝时，午门外的大殿前各立着一排大象，由穿花衣的牵象人引着，听到静鞭响，大象便对对相立搭起鼻子，等待文臣们进殿上朝。如果不懂这些生活细节，上朝的气氛就写不出来。所以说，深入生活，了解生活，是现实主义的前提。

我们写小说，就是搞创造，要创造就必然跳出历史，虚构又必须令人信服。比如，我在第二卷中写崇祯让皇亲贵族捐饷失败一事，这件事连当时的朝中首辅也不知道。事败后，在一个凄风苦雨的夜晚，崇祯突然醒来，只听从南长街上随风雨飘来一阵女子打更的声音："天下……太平！……"这里的悲剧气氛很浓。这个细节是符合历史真实的，当时宫中侍女要跟太监读书，读不好的或被罚打板子，或被罚打更。当时，崇祯在各方面都遭到失败，天下扰扰已不太平，就要亡国了，这宫女在寒夜里"天下太平"的打更声，就引起了一系列的悲剧效果。这就是说，文学创作允许虚构，但必须有历史现实的依据，就是穿什么衣、吃什么饭，都是有根据的，否则虚构就不合理，就经不起推敲。总之，对历史资料掌握得很少，或者懂得不深，我认为是不能很好地运用现实主义创作方法的，因为这样不可能写出社会生活的大方面以及细微的矛盾关系，反映不出历史的真面貌。

当然，我们绝不是照抄历史，而是要在深入历史的基础上，跳出历史，这是个辩证的关系。我认为，小说家要学习历史唯物主义，而且是非常必要的。不懂得历史唯物主义，对于如何认识历史现象的本质，如何认识它错综复杂的因果关系，可以说是失去了一个武器。但反过来说，如果没有掌握许多历史知识，那么历史唯物主义方法也没有用武之地。因此，既要掌握历史唯物主义这个武器，又要掌握大量的历史资料，这个历史唯物主义才能真正发挥它的威力，发挥它先进思想方法的作用。

我们看一部作品，不管是现实题材，还是历史题材，一看就知道这个作家的功力深不深。当然功力深不深，包括各个方面。要看语言方面、艺术方面，以及生活方面深不深，真实不真实。我们要对生活了解得深，就拿写历史小说，写崇祯皇帝来说，对于崇祯皇帝所处的历史环境，大的方面有全国的环境，具体的有朝廷的环境，掌握的资料越多，了解得越深，创作上就越能够争取主动，获得更多的创作自由。从掌握资料，认识历史，到创作上发挥出主观能动性，这个道理同哲学上所讲的从"必然"到"自由"的发展规律是一样的。如果对历史没有真正的了解，就随便去写，语言不是历史人物的，思想感情不是历史人物的，风俗制度也不是历史的真实反映，这种做法是反历史主义的。反历史主义的作品不算是现实主义的作品，也不是哲学上的“自由”，因为这不是真正从必然王国到自由王国。不是对历史的真正认识，就没有真正的自由。这个问题很重要，不管别人怎样主张，我是始终按照这个要求努力的，至于努力的结果如何，是另外的问题。

人们常谈到，创作中一个重要问题是逻辑思维和形象思维的关系问题。在塑造崇祯皇帝形象的过程中，我是怎样考虑这个问题的呢？把握崇祯的性格，我是看了许多资料，然后归纳为几点，但光这几点不称其为文学，如刚愎自用、多疑专断，都是抽象的几个方面，把这几点作抽象的分析，这是历史学家的任务，而历史小说家不能只靠这几点。经过对大量历史资料的概括过程，得出崇祯皇帝的性格特点，这是个逻辑思维过程。而如何把这些性格特点等概念的东西，以真实的细节充分地反映出来，这就是个形象思维过程。小说家不但要用逻辑思维，而且还必须通过形象思维进行构思创造，这是更重要的。比如，我在《李自成》第二卷中写道，崇祯经常想占验前方对李自成作战的胜败。这件事是崇祯时时牵肠挂肚的，所以连下棋时也念念不忘。他同袁妃下棋，心里暗自设想，如果棋下赢了，就暗示前方对李自成作战取得了胜利。袁妃非常聪明，一开始下棋，先故意把崇祯杀得败不成阵，连旁边观棋的皇后和田妃都不免担忧害怕，皇帝真要败了，一定会大动肝火。而袁妃就在自己将胜时，故意把一个关键棋子让崇祯吃掉，然后就顺着败下去。聪明的袁妃知道，如果让皇帝轻易获胜，皇帝也不会高兴，必须狠狠地杀一阵以后，然后卖个破绽，让崇祯取胜。崇祯果然感到愉快。这个情节是虚构的，但这个虚构有来头，把崇祯下棋同前方战事联系起来。崇祯天天忧虑前方作战情形，那种焦躁心情、侥幸心理，是从历史资料中通过分析概括出来的，这是逻辑思维。而把这种焦急心情、侥幸心理反映在文艺作品里，就需要用形象思维，虚构出这样的下棋情节，把它表现出来。又如，崇祯皇帝喜欢别人对他溜须拍马，这是从史料分析中得到的，这是逻辑思维活动。为表现崇祯的这种虚假性格，我设计了这样一个细节：崇祯在后妃、宫女陪同下游宫，看到树上有只乌鸦，便要过弹弓，一弹射出去，乌鸦没打着，只打落几片树叶，但宫女们却都高喊“万岁，万岁”，这个细节所反映的崇祯性格的虚假，就不是概念，而是形象了。所以说，写小说的要素是形象思维。人物形象的塑造，主要靠形象思维来完成。

再一个问题，写人，必须把人物放在各种具体关系中来写。写崇祯皇帝，就要写他跟后妃的关系，而且一定要写好。因此，要想塑造好崇祯皇帝的性格，就必须写好周后、田妃以及袁妃的性格。如果忽略了这些性格的描写，那么崇祯皇帝的性格也就写不好，他就会变成一个脱离了现实生活的人物。另外，写崇祯的性格，还必须写他同太监的关系，同宫女的关系，因而要写好几个太监，写好几个宫女，不然，崇祯就会显得孤零零的。总之，一切脱离了历史环境及人与人之间关系的孤单单的形象描写，都不会成为现实主义的作品，它无法完成现实主义的美学任务。所以，我在小说里，也着重写了几个宫女、太监，如乾清宫的管家婆和几个宫女，通过写她们的心理变化来烘托崇祯的性格。

另外，还要写崇祯皇帝和大臣的关系，如果不写同大臣的关系，崇祯皇帝的悲剧性格也就写不出来。在大臣中，有他相信的大臣，像杨嗣昌，写他正是要写崇祯皇帝。写陈新甲，也是为写崇祯皇帝，在第三卷中，陈新甲被杀了，原因是崇祯下密诏命令陈新甲暗中和清朝谈和，陈新甲根据他的旨意和清朝割地谈和，这是为摆脱两面作战的状况，崇祯的这一考虑对明朝方面是有利的。但崇祯又是死要面子的人，所以，他准备在谈和成功后再放出风去，说清朝先向他要求谈和的。没料到陈新甲不小心泄露了机密。如果陈新甲当时把责任全部承当起来，崇祯大概不会杀他，但陈新甲却仗着崇祯有密诏为证，拒不认罪。而皇帝不管什么证据，想杀就杀。崇祯本来就唱高调，自称英明君主，现在暴露了求和之密，自然不会饶过陈新甲。这件事，表面是写陈新甲，实际是写崇祯。写杨嗣昌，又是如何表现崇祯呢？第三卷用了不少笔墨写杨嗣昌出京后一筹莫展，就是为写以崇祯皇帝为代表的军事机器和政权机器的腐朽。杨嗣昌最后的失败和自杀，烘托了崇祯的悲剧性格。这些例子说明，要写好崇祯皇帝，一定要处理好一系列的社会历史关系。

还有一个问题，就是写作过程中用的人物对比方法，也是为了塑造人物形象服务的。我在写《李自成》过程中，常常是这一单元写崇祯皇帝，那一单元又跳到写李自成。为什么这样写？ 从美学原则看，我有个主张，就是笔墨变化，丰富多彩，避免单调。另外还有个作用，就是将崇祯的性格和李自成的性格进行对照。特别是第三卷中，有两个单元，从崇祯写到皇太极，写到洪承畴，这里有许多关系。洪承畴和崇祯是君臣关系，洪承畴原来是对崇祯忠心耿耿，后来由于各种因素，加上别人的利诱，终于变成民族的叛徒。写洪承畴与塑造崇祯形象有什么关系呢？关系就是在崇祯亲笔写好祭奠洪承畴的祭文，并遣官到朝阳门外的祭棚致祭，却又传来前方消息：洪承畴降满。这确实是对崇祯的重重一击，达到了很强烈的艺术渲染效果。

在塑造崇祯皇帝形象时，还通过许多的特殊环境，如明清之间的民族矛盾，明朝朝廷和农民起义军的矛盾斗争，写了这些大的环境、斗争如何影响着崇祯的心理状态。小说中多次写崇祯在乾清宫里坐卧不安，写崇祯做梦等。本来皇帝晚上睡觉，是由太监拿着写有妃嫔姓名的牌子，由皇帝自己挑选。有一天，一个太监拿着牌子由崇祯挑选妃子陪夜，但崇祯心烦地摆摆手。这个小细节说明，复杂的矛盾斗争压得崇祯皇帝连跟妃子睡觉的事都无心顾及了。类似这样的宫廷生活，小说写了很多，在这些平常的生活中，都包含着重大的矛盾斗争，通过这些描写来塑造崇祯形象。把重大的政治斗争、军事斗争通过宫廷生活反映出来，又通过宫廷生活的描写反映出崇祯的心理变化。第一卷中有个细节，清兵围住北京，李自成又被围歼于潼关而尸首却未找到，崇祯很关心这事，所以连乾清宫中一盆冬天开放的稀有牡丹花都没有看见，可见他心急如焚。第二卷中写一个小宫女侍奉崇祯，崇祯突然发现她长得很美，便搂进怀中，但随即又想起忧烦的政事，于是又一把将小宫女推开，这就写出了崇祯那种反常的心理状态。这就是把军政大事同宫中生活琐细融合起来，真实细腻地写出人物心理的方法。

最后还有一个问题。我在塑造崇祯形象时，特别注意了崇祯性格的复杂化，避免简单概念化。如第一卷写崇祯召见卢象升，询问同满洲谈和之事，作为一个“英明之主”，向外族谈和是有损尊严的，因此不说这两个字，而是用“招和”这个词。当卢象升说道：“臣主战！”崇祯的脸唰地变得通红了。这说明他也有民族的自尊心，卢象升的话刺中了他的自尊心理，这都是崇祯性格的复杂性。在小说创作中，随时都应注意人物性格的复杂性，特别是重要人物的性格要有复杂性，绝不能简单化，这是现实主义创作方法的一个重要特点。我们常看到一些戏剧和小说，反派人物一出场，连儿童也可以辨别出来，因为他被简单化、公式化了。因此，我在写作中反复考虑到，像崇祯这样一个大国的皇帝，又是生活在那样复杂的社会历史环境中，他的性格也必然是充满着矛盾，是复杂的。这是我在塑造崇祯形象的过程中，一直遵循的一个原则。那么对崇祯有没有批判？有的。但这个批判不是表面的，而是通过艺术形象、艺术细节反映出来，也不能简单化。例如写他亡国自杀前，外城已破，清兵就要进宫，他逼迫周后和其他妃子上吊，并且亲手杀死一些妃子宫女，甚至亲手杀死自己的女儿。这一方面说明他的凶残，另一方面又说明他不愿自己的妃子宫女受敌人的侮辱，又有性格刚烈的一面。

我在写崇祯皇帝过程中，坚持了现实主义创作方法，但我也并不排斥浪漫主义。《李自成》中基本以现实主义为主导，但也有浪漫主义手法。运用浪漫主义，也一定要以现实主义为基础，要求每一个细节的真实，来真实地反映历史面貌。这种以现实主义的创作方法为基础，又吸收了浪漫主义的一些方法，不但使细节、情节更真实，而且更丰满，更充满激情。

我今天讲的压缩了很多，因为时间关系，就不再多讲了。

一九八一年三月十三日

（据在北京图书馆、首都图书馆和

《文献》丛刊编辑部联合举办的报告会所作讲演录音记录整理，

原载《当代文学研究参考资料》1982 年第 22 期）

创作体会漫笔

——《李自成》第五卷创作情况汇报

一

《李自成》第五卷从去年起重新构思，重新写。我不满意于已经写成的稿子（有两个单元已于三年前发表过），近一年来重新改写，目的是争取在前三卷已经达到的水平上有所前进。

我在北京极少出门，就是在今年四月中旬到六月初那样异乎寻常的日子里，我也没有停顿自己的工作。但是我的工作进度很慢。愈是年老，我对自己的要求愈苛。例如小说某一个人物的对话中用了一个从前读书人常用的词儿，也是我平日熟悉的词儿，这句对话已经写在稿纸上了，我会忽然问自己："这个词儿用得准确么？"我要对我的小说人物负责，对文学语言负责，同时也要对广大读者负责，于是我停下写作，翻阅有关辞书，查清了这一词儿的本来含义，还查出它最早出自《易·系辞》中的某一句话。《易经》这部书，一百年前是举人进士必读之书，但是在现代却只有研究上古思想史、哲学史的少数学者去读。我出生也晚，对《易经》是门外汉，只好临时抱佛脚，从架上取下《十三经注疏》，看见《系辞》是集中在《周易正义》第七、八两卷。我从第一句开始，逐句读下去，真是皇天不负苦心人，果然找到了我要寻找的那句原话，证明我对这个词儿的理解不误，在小说对话中用得恰当。直到此时，我的心才踏实了。

我这种对用字和用词的态度，在当代称为顽固派，但这种顽固态度是自觉自愿的。在治学态度和写作态度上，我属于老一代知识分子，至今我甘守旧风，不肯随流变更。这也是我写作进度较慢的一个原因。

还有，我认为只有做到对历史生活的真正懂得，才能在作品中真实地反映历史生活。历史文学的创作态度是否严肃，作家的修养是否够格，都要在这个问题上受到检验。

在目前正要完成的这个大单元中，正如创作前三卷的情况一样，由于我在学问上的素养不足，迫使我必须花费一些时间去解决一些知识性问题。例如，李自成于崇祯十七年（大顺永昌元年）三月十七日到达北京城外，驻跸于阜成门外，大概就是既有水木清华之胜又有亭台楼阁的钓鱼台地方。三月十九日黎明，大顺军破了北京内城。上午，李自成以大顺皇帝的身份进北京城，但不就近进阜成门，而是绕到德胜门，为什么？李自成东征吴三桂的六万大军在山海关被多尔衮和吴三桂的满汉大军杀得惨败，于四月二十六日率领七千残余骑兵仓皇奔回北京。他是从通州过来的，却不直接进朝阳门，而是绕道很远进德胜门，为什么？乾清宫是明朝皇帝办公和居住的地方，尤其崇祯登基后十七年间都住在乾清宫。李自成进了紫禁城后，不住皇帝应该住的乾清宫，也不住文华殿，偏住在武英殿，又为什么？这些历史现象会使细心的读者产生一些疑问，但在任何书上都找不到解释。我从李自成和宋献策等人的迷信思想中认识了这些问题，在小说的某些细节中加以说明。

历史小说必须依靠虚构而成为艺术，从而通过艺术反映历史。虚构的人物和情节以及细节描写，不是历史知识，但是虚构的部分之所以令人信服，必须符合历史知识，也就是说必以历史知识作为基础。作家所掌握的比较丰富的历史知识，对作家来说是进行创作的条件，写在小说中也为读者提供了历史知识。所以据我看来，比较好的历史小说，在一定意义上来说，也有向读者传授历史知识的作用。

传授正确的历史知识虽不是历史小说家的主要责任，也不是一部历史小说成败的主要问题，但是这个问题恰好反映了作家对读者的责任感，对作品的责任感，也反映了作家的史学修养。我在小说中通过艺术细节解释了李自成为什么绕道从德胜门进城和为什么要住在武英殿，一则替读者解决了心中疑问，二则增强了小说的历史感，三则使读者对封建时代的意识形态多一些了解。

李自成因为是以大顺皇帝的身份进皇城和紫禁城，所以他必须沿路警跸，从皇城的前门（南门）进去，而不能走近路从偏门或后门进入皇城，再进紫禁城。什么城门是皇城的正门？今天人们多认为天安门（原来称作承天门，顺治年间改今名）是皇城的前门，实则不然。常识有时不符合史实，不等于历史知识。在明清两朝，人们都知道皇城六门，不包括天安门，这六门是大明门（今中华门）、长安左门、长安右门、东安门、西安门、北安门（今地安门）。到民国年间，为便利交通和扩建马路，陆续拆除了长安左门和长安右门，又拆除了东安门和西安门，皇城的城墙也相继拆除。掌握了这一历史地理知识，对李自成进北京皇城的路线才会有准确地描写，也同时给读者一点真正的历史知识。我在小说中写李自成进北京并不像中国历史博物馆中曾经有的一幅油画那样：成群的北京市民拦在李自成的马前，热烈欢迎，而李自成在马上拱手答礼。我写李自成的“圣驾”在沿途戒严（警跸）的状况下，率领文武群臣，前后有护卫亲军保护，马前有黄伞和简单仪仗，进德胜门后直向正南，到今日称作西单的地方转路，由西长安街向东，然后向公生右门（公生左右门都在民国年间拆除）向南，转入有名的棋盘街（正阳门内），进大明门，通过千步廊中间的御道，到达承天门。

承天门是什么门？按历史，承天门不属于皇城城门，而是紫禁城的前门。按照明清地志，紫禁城有八门：承天门、端门、午门、左掖门、右掖门、东华门、西华门、玄武门（清代避康熙帝讳，改称神武门）。将天安门（即承安门）作为紫禁城的正门，而不是皇城的正门，这也是今日一般人的常识不等于历史知识的又一例。

总而言之，我在小说的写作进程中遇到了许多问题。有的军事地理问题的意义比以上两条更为重要，如三协的地理位置，它关乎多尔衮从沈阳出师后中途的战略变化，也关乎吴三桂由本来无意降清到被迫降清的一个军事上的关键问题。所谓三协，尤其重要的是所谓中协和西协，在《辞源》《辞海》和《中国地名大辞典》中都没有，我只好自己进行考证。

然而以上的种种例子，都不是写《李自成》的主要问题，都是枝节问题。要不要随时解决这一类枝节问题，只是考验我对写作的责任感，而不能决定《李自成》第五卷写成后的艺术水平和思想水平。

二

文学作品的写作称为创作，创作过程是作家创造性的精神劳动过程。历史小说是以特定的历史时代为背景、历史生活和事件的文字记载为素材、真实的和虚构的历史人物为骨架、小说中的各种故事情节和细节为肌肉，艺术地反映历史。作家首先要研究历史素材，但掌握了丰富的素材之后，不应是机械地或直观地反映历史，而是能动地即艺术地反映历史。《李自成》开始动笔于一九五七年秋天，到今年秋天已满三十二年。我在一九五七年动笔写《李自成》时，尽管刚刚受过暴风骤雨般的批斗，被宣布为“极右派”分子，日夜泪水洗面，心乱如麻，却能够根据我当时已经达到的修养（理论的和创作经验的）水平，为自己规定了若干条创作原则。虽然当时所拟的原则都较粗糙，但是对这些原则的坚持就产生了《李自成》所独具的历史小说的创作新方法，也就是我所孜孜追求的历史小说新道路。在一九五七年以后的多年中，通过对《李自成》的创作，我从实践到认识，又从认识到实践，反反复复的互相作用，促使我形成了关于历史小说创作的一套思想，或叫作理论认识。将近一年来，通过对《李自成》第五卷稿子的改写，使我对自己多年中形成的认识重新受到了检验，也得到进一步发展。我在一九五七年秋天开始写《李自成》时为自己拟定的创作原则如下：

第一条，坚持哲学上的历史唯物主义与唯物主义反映论。

第二条，坚持在历史唯物主义及反映论的哲学思想指导下的现实主义创作方法，兼收一部分积极浪漫主义创作方法。

以上两条是我创作历史小说的思想基础，是我从不动摇的信条，是《李自成》写作成败的关键，是产生《李自成》一书的思想性的源泉。

当《李自成》第一卷开始写作和出版时，中国文艺战线上所宣扬的现实主义创作方法受到教条主义倾向的严重干扰，不少人以简单化的公式看待无限丰富的现实生活和历史现象。在创作实践上，往往以夸张的笔墨歌颂正面英雄，而对于统治阶级的人物尽量少写，要写也只能用漫画的手法加以丑化。在一个相当长的历史时期，在我国的左翼文艺战线上，片面地和浮浅地强调文艺为政治服务，文艺是阶级斗争的工具，差不多将现实主义道路引进了死胡同。上述文艺观点，口头上提倡现实主义，实际上只能是对社会现实（对历史也一样）客观存在的种种复杂现象，凭着作家的主观需要，任意取舍，任意改造。我当时口不敢言，但心中认为，不论许多同志的口号如何叫喊，但是究其实际，或按其实质，这种思潮从哲学上说不是唯物主义，而是唯心主义；不是真正的现实主义，而是伪现实主义。我被错划为“极右派”分子之后，反而更加坚持一个信念：哲学上的历史唯物主义和唯物主义的反映论，是现代（或当代）文学现实主义创作方法的灵魂，而尊重社会现实是客观存在的社会现象（观察历史也是如此），是现实主义创作方法应有的起码态度。至于对十分复杂的社会或历史的客观现象如何解释，解释得是否正确，是否深刻，那要依靠作家的主观条件，作家的主观条件决定作家在反映客观社会时的主观能动性。历史小说家想要较好地反映历史，除认真地刻苦研究历史之外，别无其他捷径。像刘再复所谈的作家“精神主体性”以及作家对社会和历史有“巨大的超越力量”，十分抱歉，在我数十年的创作生涯中从来不曾有过。

基于以上认识，我在《李自成》第一卷中就甘做当时文艺战线上流行思潮的叛徒。所以第一卷刚出版，就遭到当时社会上颇有影响的一位“作家兼理论家”的猛烈抨击，认为《李自成》是一株“反党反社会主义的大毒草”。其理由是：第一，我对崇祯这个封建皇帝充满温情，写他是一个宵衣旰食、辛辛苦苦的官僚主义者，写后妃和宫女都很美，而对农民的美却不歌颂，连崤函山中一个五岁小男孩流鼻涕也不放过，丑化农民小孩。第二，李自成是农民革命英雄，农民革命成功后只能建立农民政权，绝不会再建立封建政权。批评者说我写李自成有帝王思想和天命观，是故意歪曲和污蔑李自成的革命英雄形象。第三，批评者说，卢象升曾任“剿贼总理”，率领军队同农民军作战，是一个两手沾满鲜血的反动人物，而我却将他写成反抗满族入侵的民族英雄。第四，我写牛金星很有经邦济世之学，一见李自成就受到十分尊重。这是写我主张一个上层知识分子到了革命阵营，不必经过脱骨换胎的思想改造就可以受到重用，是我借牛金星这个人物为自己鸣不平。这些论点，今天的一般读者都会感到十分浅薄和荒唐，但是在那个时代，这样的论点很有市场，是流行思潮的具体反映，足以将我口诛笔伐、打倒在地。倘若不是毛泽东同志在“文革”开始后及时指示保护我，我难免遭到毁灭性的灾祸。我现在重提这一旧案，是要借以说明，真正的历史小说创作，必然会遇到历史主义与反历史主义的斗争，历史唯物主义与形形色色历史唯心主义的斗争。

目前我正在改写《李自成》第五卷的前半部，即《李自成进北京》和《决定中国历史命运的大战》两个单元。这两个单元是《李自成》全书故事的高峰，也可以说是这部小说历史思想的集中表现。在前一个大单元中，从历史到艺术，我要处理以下问题，也就是过好以下难关：

（一）从五十年代迄今，一般人（包括史学界）都认为李自成进北京是他的光辉胜利，但是在《李自成》的第五卷中则写为李自成在政治上和战略上的严重失误，是李自成大悲剧的转折点，从此走上了迅速败亡之路。

（二）对崇祯的悲剧不能简单化。他当时可以避免亡国，而他竟然走上亡国之路，身殉社稷，正显出他的悲剧性特别深刻。另外，崇祯“御极”十七年，不是因荒淫昏庸而亡国，在他亡国时必然有许多人从死，为他殉节，也是为朝廷殉节，所以不能将他的死写得冷冷清清。

（三）吴三桂到底为什么坚决与李自成为敌，为什么投降清朝？几年前我曾在《评〈甲申三百年祭〉》中否认陈圆圆问题为吴三桂与李自成为敌和降清以及导致李自成失败的主要原因，那么，吴三桂的反抗李自成，不惜牺牲父母双亲和全家三十余口的生命，到底有什么政治的、军事的、思想的深刻原因？

我现在面对的难题就是如何在第五卷上半部中处理好这些复杂的历史问题。

三

在小说风格上，我从一开始就探索中国气派或所谓“民族风格”（请注意，我避免使用“民族形式”一词），我很同意已故美学大师朱光潜的说法，他在一封信中说我写《李自成》是“吸收了西洋小说的创作手法，植根于民族土壤”。

关于小说内容方面，我在写第一卷时就决定将《李自成》写成一部能够反映明清之际中国历史上各种主要矛盾纵横交错的、百科全书式的大部头历史小说。为实现这一追求，我采取了复线发展的小说结构。为使大小复线互相交织，头绪清楚，我依据小说故事依照单元为发展段落，然后以每单元统率若干章，每章统率若干节。这种大部头长篇小说的结构方法不是我创造的，早已为中外许多长篇小说所使用，我的新尝试只在于将复线发展的结构方法更加扩充和变化，并且提升为理论，贯彻于我三十年来对《李自成》的创作实践中，又将我长篇小说的结构理论加以概括，通过我的文章和书信公之于众。

从《李自成》第一卷动笔写作，我在长篇小说的情节进行上拟定了自己的美学追求。这一追求就是壮美与优美交互变化，而以壮美为主调。我又简化为两句话，“笔墨变化，丰富多彩”。后来有的评论家对《李自成》的这一美学特色，称为是阳刚与阴柔的变化之美。已故伟大作家茅盾先生在读过第一卷《潼关南原大战》一单元后深刻地感到这一美学特点，在给我的信中评论说：

> 以潼关南原之战为例，有时写短兵相接，有对写战局全面的鸟瞰，疏密相间，错落有致。义军分兵两路同时突围而略有先后，写了李自成一面，接着写高夫人一面，重点在李自成，而高夫人一面仍然声势不凡，而两面有时亦复衔接。如此布局，极见匠心。

又，茅盾先生在读完第二卷《商洛壮歌》一单元后，单就情节变化的美学特点，他在给我的长信中有这样一段评论：

> 整个单元十五章，大起大落，波澜壮阔，有波谲云诡之妙，而节奏变化，时而金戈铁马，雷霆震击，时而凤管鹍弦，光风霁月；紧张杀伐之际，又常插入抒情短曲，虽着墨甚少却摇曳多姿。开头两章为此后十一章之惊涛骇浪文字徐徐展开全貌，有山雨欲来风满楼之势。最后两章则为结束本单元，开拓以下单元，行文如曼歌缓舞，余韵绕梁，耐人寻味。

我在《李自成》中所表现的这一美学特点，已故美学大师朱光潜先生在他的文章中用一句最简单的话作概括，我认为十分深刻。他说这是"《李自成》的节奏感"。

第五卷是写大悲剧的高潮，虽然充满悲壮情调，但也力求做到有笔墨变化之美。

关于典型人物和典型环境的现实主义美学问题，我在开始写《李自成》第一卷时就十分重视。所以为塑造好崇祯皇帝的典型性格，就努力写出他典型的生活环境，包括宫廷生活和朝廷生活，形成所谓典型环境，包括环境中的各种有血有肉、有生命的男女人物，人物间的错综复杂关系，由人物活动产生的故事情节，人物和故事情节不能离开的具体的历史时代特色、典章制度、习俗礼仪、服饰用具、习用语言、文化陈设等。只有这一切都富有历史的真实性，才能烘托出人物的典型性。

在《李自成》这部历史大悲剧中有两大悲剧主角：一是李自成，一是崇祯皇帝。几年前发表的《崇祯皇帝之死》那个单元，虽然有些同志读过后表示欣赏，但是这一次也彻底重写，将其一小部分放在第五卷第一单元《北京！北京！》中重写，主要部分放在第二单元《李自成进北京》中重写。我对崇祯悲剧结尾的章节决定重写，为的是感到原来对崇祯皇帝以身殉国的典型环境写得还不够满意，改写是要在这方面将现实主义与浪漫主义相结合的优点更充分地发挥出来。

在写崇祯亡国的章节中，我不把崇祯的亡国和身殉社稷看作他一个人的悲剧，而是看作他所代表和互相联结的一个社会群体的大悲剧，一个封建阶层的大悲剧。在相当长的历史时代中不少人曾将崇祯的亡国看成是汉民族的大悲剧。否则，从清初到辛亥革命将近二百七十年间，有许多历史现象（包括民间对崇祯的亡国寄予深深的同情）将不好解释清楚。明朝立国二百七十六年，这样立国长久的封建帝国，遇到国亡君死的巨变，如果没有许多人跟着为皇帝殉节，那就不是封建社会了。崇祯亡国，许多人为他痛哭或为他殉节而死，这也是他所生活的典型环境。

在崇祯亡国时，北京有许多大臣自尽殉君，也有全家自尽的。我为小说中减少枝节，一般不正面去写，连懿安皇后和袁皇贵妃回到娘家自尽的故事，也作暗场处理。宫外，只简单写一下新乐侯刘文炳的全家自焚故事。我着重在皇宫以内，用浓墨重彩写崇祯自缢前后的全部过程，写周皇后在坤宁宫痛哭别夫别子，然后自尽。此外还浓墨重彩地写四个上层宫女，其中，乾清宫中的宫女头儿（宫中俗称“管家婆”）魏清慧、坤宁宫中的宫女头儿吴婉容，她们照料皇帝和皇后殉了社稷之后，按照预定计划，在黎明时候，也就是李过率领大顺军的清宫将士开始进紫禁城时，率领两三百宫女奔出西华门，跳入护城河中自尽，其中大部分临投水时害怕了，有的奔过护城河上的汉白玉桥，奔散在今日的府右街一带，逢人问路。

在上层宫女中还写了一位陪侍长平公主读书的费珍娥。她容貌很美，又是宫中才女，写一笔《灵飞经》体小楷。她事前同意比她年长的吴婉容和魏清慧的意见，三月十九日黎明，听到吴、魏二人的召唤，随着她们和大群宫女踉跄地奔出西华门，到了护城河边。她原是乾清宫皇帝身边的宫女，魏清慧同她的感情特别好，一向将她当妹妹看待。魏清慧拉着吴婉容准备纵身投水时，回头来不见了她，向乱纷纷宫女群中唤两三声，仍不见她的踪影，心中遗憾地说道：

“没想到，小费呀小费，你竟然是一个临大节贪生怕死的姑娘！”

费珍娥觉得徒死无益，在混乱中一横心跑进西华门，又跑回长平公主的寿宁宫，跳进她事先知道的一眼枯井。后来在吴汝义率将士第二次清宫时将她找到，她诡称自己是长平公主，希望不管自己死活使李自成不在北京城中搜查公主。但吴汝义很快就知道她不是公主，而是陪侍公主读书的宫女，名叫费珍娥。吴汝义因为李自成至今年近“不惑”，膝下无子，为大顺朝一件大事，皇后高桂英对此也很焦急，曾嘱咐宋军师和吴汝义等到北京后为皇上选一德容兼备的女子为妃，早生太子。吴汝义见费珍娥容貌甚美，又知道她在后宫中有女秀才之称，为崇祯帝后所宠爱，就将她献给李自成。李自成看见后果然动心，决定纳她为妃，但他不是一个好色之徒，没有将她马上留在寝宫，而是命宫女们护送她仍回寿宁宫暂住，等候诏旨。费珍娥已经当面得到李自成的允许，不但不搜查逃出宫中的长平公主，而且还要对公主优待终身，所以费珍娥的目标随之提高，决心刺杀李自成为崇祯帝后报仇。

李岩也受到高桂英的暗中嘱咐，到北京后留意为李自成物色一位才貌兼备的女子，以备后之选。当他奉命到慈庆宫清宫并处理懿安皇后出宫问题时，发现了张皇后的贴身宫女窦美仪不仅容貌很美，而且颇有学问。她不是一般宫女，而是张皇后身边的六品女官。李岩不同于吴汝义，不愿意落一个向皇上献美女之名，只将窦美仪的情况告诉宋献策，然后由宋献策告诉了李自成。李自成召见了窦美仪，十分满意，第二天晚上即命武英殿的宫女们将窦美仪迎进他的仁智殿寝宫居住，在宫中称为窦妃。但费珍娥要刺杀李自成的计划没有改变，她想着自己只有十七岁，而窦美仪已经二十一岁，所以李自成先纳窦美仪为妃，然后是她，窦美仪虽已住在李自成的寝宫，称为窦妃，却未册封，要等到李自成举行登基大典之后再加册封，到那时她也要受册封了。

当李自成正在文臣们的阿谀和颂扬声中享受着胜利的喜悦、等待着登基大典的时候，正副军师宋献策和李岩向他密奏多尔衮正在调动八旗兵马，即将南犯，同时他知道了吴三桂在山海关日夜备战，决不投降，只等满洲兵进犯北京。正在这节骨眼上，王长顺闯进宫来，向李自成面奏大顺军进北京以后军纪很快败坏，到处抢劫富户，奸淫妇女，妇女悬梁投井的每夜都有。对这种情况，李自成一直蒙在鼓里，到现在才明白了进北京以后的部队实情。在六万大顺军中，只有四支部队同从前一样：第一支是李过率领的守卫皇城的人马，约有五千之众。第二支是李双喜率领的御营亲军，只有二千人，驻守紫禁城。第三支是原来李岩的三千杞县子弟兵，自从李岩任副军师之后，交给李侔率领，进北京后驻守在天安门内外，如今不足二千五百人。第四支是罗虎一营，驻守通州，不但依旧纪律严明，而且罗虎采用戚继光的办法，每日操练人马，这一营有四千人，步骑各半。他在军营中处处以身作则，与士卒同甘苦，在练兵之暇，他还勤于读书写字，接待通州儒士，虽然只有二十二岁，却颇有名将之风。几年来他已经立了许多战功，本来应该给他封爵，但是在西安时李自成有意留下一批有功将领不给封爵，等到举行登基大典之后，再给一批将领封爵，罗虎就在其内。

李自成知道战争不可避免，除李过外，罗虎的一营人马是他最可靠的作战力量。罗虎尚未结婚，他决定将费珍娥赏给罗虎为妻。罗虎是个孝子，父亲随起义军阵亡后母亲守寡，他希望娶一个农村贫寒之家的姑娘好照料母亲，但李自成是皇帝，话已出口，并且已告知了费珍娥，不能更改。他有办法解决，在罗虎成婚前就封为伯爵，将他的母亲封为命妇，他和母亲在大顺朝都有了贵族身份。婚事就在向山海关出兵前二日举办，这是皇帝"赐婚"，一切由有关政府准备，务求隆重而豪华，使费珍娥对嫁给罗虎将军感到光彩。

费珍娥原来蓄意刺杀李自成，不料李自成中途变卦，命她与新封临汝伯、威武将军罗虎成亲，暗中感到委屈，但也没有办法，只好改变计划刺杀李自成的得力爱将。新婚之夜，平日很少饮酒的罗虎被贺客热烈劝酒，喝得大醉，送回洞房后，和衣便睡，发出鼾声。丫鬟仆妇们都退避厢房，伯府庭院中更深人静。费珍娥出于狂热的忠君思想，用准备好的利剪刺杀了罗虎，然后用同一把利剪自尽。在自尽前，她用颤抖的血手写了两句诗：

决意屠龙翻刺虎，
女儿有志报君王。

费宫人的故事被封建文人所称颂，最早是诗人袁枚写过一首《费宫人刺虎歌》，在他的诗歌作品中较为有名。民国年间，由梅兰芳主持，改编为京剧《刺虎》，是他主演的名剧之一。在《刺虎》一剧中，编剧者为费宫人起了个名字叫贞娥，在我的《李自成》第五卷改为珍娥。我为在小说中运用费宫人的故事，但赋予新的意义。在第一卷的《潼关南原大战》中就出现了孩儿兵罗虎这个人物，到李自成进北京时已经建立了许多功勋，成为李自成的一员爱将，颇不平凡，而年纪只有二十二岁。在小说中，我写罗虎的被刺身亡，对李自成的用兵计划影响很大，同时也是大悲剧中套的一个小悲剧。

在《李自成》第五卷前半部中，在上层宫女中除写了投河自尽的魏清慧、吴婉容、刺杀罗虎的费珍娥之外，还写了懿安皇后的女官、被李自成选为妃子的窦美仪，以及原是承乾宫中田皇贵妃的贴身宫女，后来成为李自成身边宫女头儿的王瑞芬。她们都是封建礼教盛行时代的女性，十岁以前进宫，在宫廷的教育和特殊的生活环境中长大。她们都有不同的个性，有不同的心态，都不是平凡庸碌之辈。但她们都是大悲剧中的小悲剧人物，前三人为明朝帝后殉节，后二人为战败的李自成殉节。前三人为崇祯的大悲剧作了烘托，后二人为李自成的进入大悲剧高潮作了陪衬。在第五卷中通过这五个上层宫女的活动和命运，帮助我反映出封建社会的复杂性，人物的复杂性，当然也助我在小说中实现“笔墨变化，丰富多彩”的美学追求。罗虎也是悲剧英雄，为李自成的大悲剧作陪衬。

我在历史长篇小说中进行“笔墨变化，丰富多彩”的美学追求，但是我不同意有些作家离开历史的可能性，随心所欲地进行虚构，而主张一切虚构都必须植根于历史生活。历史小说中的虚构是历史上可能产生的人物和故事，所以虚构中具有很大的可能性，通过虚构反映历史运动的本质，并予以艺术夸张。虚构是完成小说艺术的必要手段，反之，一切违背历史可能性的不合理虚构，只能导致小说情节的不合理，即艺术上的失败。所谓“笔墨变化，丰富多彩”这八个字，从一方面说，是我在长篇小说中着力的美学追求，但从根本上说，它的基础是植根于认识历史生活的深度和广度，不真正了解历史生活的丰富性，就没有长篇小说艺术的“笔墨变化，丰富多彩”。

四

历史小说的创作基础是历史知识。历史知识是科学，历史小说是艺术。先认识历史的“必然”，方取得艺术创作（虚构的）的“自由”。我常说一句话：“深入历史，跳出历史”。所谓“深入历史”，就是要求历史小说家兼作断代史或专题史的比较合格的史学家。而且就知识来说，应该具有更多的关于我国社会、历史、文化的知识，类似所谓“杂家”，能够在创作过程中左右逢源，而不是捉襟见肘，常常犯常识错误。就史学知识方面说，应该掌握有关方面尽量丰富的历史资料，再以历史唯物主义为指导，对资料进行认真研究，不但要理解历史的一般真相，而且要理解事件的来龙去脉，问题（事件）发生和发展变化的客观根据，各种互相推动和互相制约的主客观条件。还有，应该在历史唯物主义思想指导下，通过错综复杂的历史现象，认识历史现象的本质和真正意义，认识历史运动（事件和事变的发展变化）的深刻内在规律。到了此时，作家才能够将小说的故事写得深入，而不是只追求表面故事，也只是到了此时，才能够运用现实主义的创作方法。片面地为阶级斗争的需要，为满足主题思想的要求而写作的作家，是不愿在历史问题本身上下笨工夫的。对历史研究没有一定基础的人，或没有进入历史科学门径的人，既不能做到“深入历史”，也不能做到“跳出历史”，只能在历史小说创作的俱乐部中凑凑热闹，赚点稿费，实际上很难成为真正的历史小说家。

历史小说的思想性，只能产生于历史事件本身，产生于作家对历史事件的深刻认识，而不产生于作家的主观臆想或政治教条。没有通过对历史的深刻研究而获得的深刻认识，作家在历史题材上就没有独创的思想性。人云亦云地评说历史，或者将一般的历史知识敷衍成历史小说，这样的小说不管有没有艺术性，都谈不上有什么深刻的和独创的思想性，当然也不可能通过小说使读者认识历史的真实面貌，也不能使历史对今人提供真正的经验教训。

历史小说的思想性和知识性，不管多么深刻和丰富，都不能代替小说艺术。真正成功的历史小说必须是艺术，必须在艺术上是光辉的、能够感动人和处处引人入胜的。有的作家虽然有史学修养，写出的历史小说在思想性和知识性两方面都有可取之处，但在艺术上没有光彩，缺乏感人魅力，那只能算是“教授小说”，没有完成小说的艺术使命。

没有虚构就没有小说艺术。小说产生于历史生活，完成于艺术虚构，一切虚构的情节和细节，必须放在具体的历史环境中是合情合理的，处处经得起推敲。所谓艺术虚构，绝不是说作家可以随心所欲地驰骋想象，绝不是说作家凭自己的主观臆想可以对故事情节和大小人物胡编乱造。

虚构，是现实主义和浪漫主义小说所共有的创作方法。合情合理的虚构，不是削弱了现实主义，而是显示了现实主义的威力。只有通过小说中虚构的人物性格，虚构的故事情节和细节，才能表现出历史小说家的真正创造性，也就是所谓才华。但才华既有天赋条件，又有后天条件，而后天条件更为重要。历史小说家的创作才华更多地来自他对于所写的历史题材具有渊博的知识和深刻的理解。

对一个较有艺术成就的历史小说家来说，在他的作品中不仅应该有深刻的思想性，而且应该有辉煌的艺术成就，这样就不是历史题材的“教授小说”，而是小说艺术家的历史小说。这样的历史长篇小说，当然包含许多思想容量大的、令人难忘的典型人物和各种虽非巨大典型，却性格鲜明的大大小小的人物，同时也包含着许多令读者惊心动魄的和色彩缤纷的故事情节。一部历史长篇小说要得到这样的艺术效果，必须依赖许多光彩夺目的艺术虚构。所谓

“深入历史”，就是掌握历史的“必然”；而所谓“跳出历史”，就是要获得创作的“自由”。但是“自由”一词的含义永远是相对的，不是绝对的，世界没有绝对的自由，文学创作亦然。就历史小说家来说，他可以而且必须，在创作时有驰骋艺术想象的自由，有发挥创作才华的自由。但是，他的“自由”，第一，必须服从健康的艺术目的；第二，必须植根于历史生活，受作家自己的史学修养所制约。所以小说家的创作“自由”又是受制约的、有条件的自由。这是历史小说创作的一个规律，现实题材的小说也是如此，至于从西洋移植来的所谓“荒诞派”创作方法，不值一提。一九七四年春天，我给一位同志写信谈《李自成》的写作问题，后来这封长信收入《关于长篇历史小说〈李自成〉》中，于一九七九年秋由上海文艺出版社出版。在这封长信中，我写了下边一段意见：

> 历史小说是历史科学和小说艺术的有机结合。因此，历史小说家要深入历史，跳出历史。在深入与跳出的关系中，深入是前提，是根本。不能深入，便说不上跳出。要深入历史，就得用老老实实的科学态度去对待历史。这就是说，要下功夫收集历史资料，用历史唯物主义的思想方法去分析、研究史料，不仅要看到问题的一个方面，也要看到几个方面，几个方面的互相联系，互相作用。不可盲信历史资料，但必须重视历史资料。对历史资料要认真分析，辨别真伪，但不应随心取舍、任意割裂、断章取义、穿凿附会，以求得出符合自己主观愿望的结论。不尊重客观存在的历史资料，就不是起码的唯物主义者，就没法对历史问题进行实事求是的科学分析和研究，必然堕入历史唯心主义的魔道。

三十二年来，对历史科学和历史小说的有机关系和辩证关系，我没有动摇过；对以唯物主义思想为指导研究历史，我没有动摇过。我将写《李自成》所用的现实主义创作方法称作“历史现实主义”，表明它既遵守一般现实主义创作方法的传统，也有新的特点。在我看来，历史唯物主义的史学方法和历史现实主义创作方法是统一的。在“文化大革命”中，我对自己的信念也没有丝毫动摇。什么“崇祯代表儒家，李自成代表法家”这一类妄言谵语，在我的面前见鬼去吧。近十年来资产阶级自由化思潮泛滥，有人企图否定马克思哲学的科学地位和指导作用，有人提倡反现实主义的各种流派，我自“岿然不动”。问题的是非不在空言，不在宣传，最好在创作的社会效果上竞赛。作家们可以在不同的道路上写下各自的文学作品，让社会检验，让历史检验！

现在我必须说明：我为自己规定的历史小说创作原则，是产生于特定的个人条件和时代条件，形成多方面的综合因素，开拓了我自己的“历史小说新道路”。所以绝不能以我自己的原则为标准衡量中外古典历史小说，也不要求同代的历史小说作者都走我的道路。对于同代人来说，我提倡各人发挥各自的优势条件，百花齐放，至于我自己的创作经验和创作思想，仅能供一点点参考而已。

《李自成》进入第五卷，扑面而来的就是一些十分重大的历史问题，需要我科学地加以解决。在我为自己定的历史小说的创作原则中，解决历史问题的态度和方法，和我所说的“历史现实主义”的创作方法是统一的。那么，《李自成》第五卷一开始遇到了什么重大问题呢？简单地说有以下几个。

第一个问题：崇祯的亡国是不是必然的？

我认为虽然是必然的，但不是绝对的。从他在位十七年间所处的政治和军事总趋势看，他的亡国是必然的。但是事物发展的必然性不等于绝对性，在比较复杂的历史事变发展过程中，必然性中包含着一定的偶然性，绝对性中包含着一定的相对性。重大的历史事变是在错综复杂的矛盾中向前发展的，事变的发展就是历史的矛盾运动。愈是大的历史事变，其包含的矛盾因素愈复杂。在一片消极现象中，未必不存在积极因素；反之，在一片积极现象中，未必不存在消极因素。居于矛盾主动方面的领袖人物，如果忽略了自身的消极因素，反而因措施错误而任其发展，就可能由胜利转向失败，由矛盾的主动方面变为被动方面。倘若原来居于被动方面的领袖人物，能在危急中看见自己尚存在积极因素，及时利用，可能会起到意想不到的效果。比如说，当矛盾达到了将引起突变的关键时候，处于被动一方的领袖人物如果措施得当，有可能延缓或阻止突变的到来，使突变的性质或矛盾的形势发生变化。按照当时的复杂情况，崇祯可以不亡国，至少说历史条件中存在他不至于亡国的可能性。

当李自成的东征军尚在山西境内时，朝廷上有的大臣建议崇祯逃往南京。南京是明朝的“留都”，比一般所称的“陪都”规格高，一切中央行政机构齐全。假若崇祯下决心离开北京，只率领少数宫眷和主张南迁的大臣逃往南京，以他的威望和江南财富，加上民心未溃和长江之险，绝对不会亡国。如果说当时南北大运河已经不通，山东也不通，可以不走陆路，天津巡抚冯元彪已经准备了海船二百艘，在北京失守前十天派他的儿子恺章来京密疏，请求崇祯浮海南去，他亲自率一千精兵到通州迎驾。李自成快到北京城外时，冯元飚的奏疏没有呈递到皇帝面前，他的儿子恺章只好洒泪出京，驰回天津。

假若崇祯在李自成进居庸关之前半个月或十天离开北京，逃到天津，一边乘海船南下，一边命史可法率兵到淮阴迎接，几乎可以万无一失地逃到南京。李自成破北京之后，江南传说崇祯未死，正在逃往江南途中。这个传说不仅反映了明朝江南臣民的心愿，也反映了崇祯逃往南方的可能性。

假若崇祯从天津浮海南下，李自成不会孤注一掷，亲率六万人马打吴三桂，吴三桂一则寄希望于崇祯皇帝在江南中兴明朝，二则寄希望于李自成把注意力移向南方。李自成不会往山海关打他，他不会向多尔衮请兵，给多尔衮可乘之机，迫他投降清方，这是问题的一个方面。另一方面，多尔衮乘北京事变从沈阳统兵南下，这是他的既定战略，他原来没有料到吴三桂向他请兵“报君父之仇”，所以他的用兵方略是计划从中协或西协进入长城，直接奔往北京附近。人马走了四天，突然接到吴三桂借兵“复仇”的信，才修改了进兵方略，轻兵直趋山海关。假若崇祯从天津乘海船南逃，李自成不会去山海关同吴三桂作战，会在北京近处迎击清兵，胜败难说，至少不会全军惨败。以后的局面大概是大顺军与清军在华北接连作战，而崇祯趁机会在南京整顿兵马，巩固江防，经营淮北。我们撇开阶级感情，也不考虑以后中国历史将如何发展，只就我们所掌握的历史资料，分析崇祯面临亡国时的具体情况，以及他不能下决心放弃北京的各种原因。解决了这一复杂的历史问题，不仅使我们能够更进一步理解历史的事实与规律，也使我对崇祯的亡国悲剧看得更深。

关于崇祯亡国的悲剧，写在《李自成》第五卷第一、二两个单元中。

五

李自成建立的是什么性质的政权？在我国五十至六十年代，史学界对研究历史上历次农民起义和农民战争的问题很有兴趣，成了热门课题。由于这一时代风气，于是发生了关于农民起义后将建立什么政权的热烈争论。有人说农民革命成功后仍建立封建政权，有人不同意，说农民革命的性质是反封建的，绝不会再建立封建政权，当然是建立“农民政权”。然而“农民政权”是什么样儿，谁也说不清楚。我在《李自成》第一卷再版前言中阐述了自己对这个问题的看法，李自成的起义并没有超越封建社会内部的阶级斗争和武装斗争。他生长于封建小农经济十分落后的陕北地区，主要活动地方是闭塞的陕西、河南，所以他的政治理想和伦理道德观念始终没有超越封建社会的规范。

请回想一下，我从《李自成》第一卷到第二卷用了许多有声有色的故事情节塑造女将慧梅，是什么创作意图？到第三卷我写出《慧梅出嫁》和《慧梅之死》两个单元，结束了慧梅的悲剧。《李自成》一书是大悲剧套着小悲剧，小悲剧服务于大悲剧。李自成处理慧梅的婚姻，反映了他是按照封建社会的伦理规范办事，同时，慧梅虽然在农民起义的斗争中长大，建立了功勋，但是仍然跳不出封建社会的君权、父权、夫权的罗网，在慷慨悲歌中受制于封建的伦理道德规范，牺牲了爱情和性命。

在李自成身上，连当时在长江下游的江南已经出现的市民思想也没有，而只有封建思想和流寇思想。到了武装斗争的后期，他只能建立封建政权，不可能走另一条道路。关于他只能建立封建政权的问题，我在第四卷中已经通过小说艺术，一层层展开画面，而到第五卷《李自成进北京》一单元中表现得更为充分。

接着一个问题：李自成为什么突然失败？为什么从胜利的高峰突然跌进失败的深渊？

其实，李自成的失败，从表面看是突然的，从实质看并不突然。李自成失败于战略上和政策上都犯了致命错误，而这两种错误从前几年就已出现，并不是突然出现。从崇祯十四年攻破洛阳，纵横中原的时候开始，他的胜利在前进，而失败的因素也在发展。

请回头重读一下《李自成》第二卷第四十二章中李岩奔往伏牛山“投闯”的途中写给李自成的那封长信。李岩是我根据清初传说虚构的一个人物，当然这封信也是我的虚构。为什么我要虚构这封信？因为我在写第二卷时已经明确地考虑到李自成是一个悲剧英雄，一部《李自成》是一部多幕大悲剧，李自成是其中一个主要的悲剧英雄，而他的悲剧来自他的军事战略和政治策略的双双错误。我虚构李岩的这封长信，作为正确的战略和策略，对照李自成以后的失误。读者读完《李自成》，回头来思索一下这封信中所建议的战略和策略，会对李自成的失败加深惋惜。我虚构李岩的建议内容共有以下三点。

（一）占领洛阳，经营中原，然后逐步向外发展。信中明确建议：

“诚能以宛洛为后距，据形胜而驰骋中原，夺汴梁而囊括徐州，下襄阳而虎踞上游，则立国之基可定，而天下莫能与争锋矣。”

李自成没有按这一建议做，根本没有建立根据地。宛洛和中原只是表面上占领，实际上攻破一地后旋即放弃，政权未立，民心未服，处处存在着反动势力。

（二）第二步，在中原占领区恢复农桑、发展生产，然后向东边出兵山东，截断运河；往西边派兵进入潼关，再入山西。如此用兵，便将北京的左右臂全都砍断，成了死城。信中写道：

“迨中原根基稍固，农桑渐有恢复，兵食备足，然后命偏师东出临清，截漕运而明廷之咽喉绝，收山东而北京之左肱割；西入潼关，据关中而中原无西顾之忧，入山西而燕京之右臂折。”

（三）第三步，等到条件成熟，再派兵夺取北京。信中写道：

“然后将军亲率大军，渡河北伐，则孤悬坐困之京师可不烦巨战而得。”

倘若按照上述建议，李自成分三步占领北京，覆灭明朝，不但稳操胜券，而且立于不败之地。

在《李自成》第二卷中，李自成对李岩的这封信十分称赞，但后来在行动上并未采纳。到了崇祯十七年春天，李自成虽然几乎占领了长江以北的半个中国，但是在各地都没有稳固的政权。由于没有恢复生产，不能满足人民久乱思治的殷望，反使人民依然受着饥寒和兵戎之苦，不能不感到失望。李自成虽然占领了广大土地，实际上无土无民。这种情况就叫作“福兮祸所伏”，胜利的背后埋藏着极大隐患和殷忧，而李自成由于胜利冲昏头脑，对此并不理解。

崇祯十七年正月初，李自成率东征军渡过黄河，然后分兵两路，一路是主力军，由他自己亲自率领，由平阳到太原；一路是偏师，由刘芳亮率领，向东越过太行山，从怀庆、彰德向北，攻破保定，没有再向前进。李自成的渡河东征大军号称五十万，但依照我的估计，最多不会超过二十万；李自成攻占北京的部队是东征主力，号称二十万，实际上只有六万。几种野史上提到的这一数字比较可信。刘芳亮的偏师，也只有几万人，沿路必须在一些军事要地如怀庆、彰德等处，留下驻军，到保定后不过两三万人。因冀南三府到处有武装反抗，牵制了他的部队，所以他没有力量向北京前进。

山西省是李自成新占领的省，但只是路过，留下降将陈永福驻守太原，处处存在着对李自成的敌对势力，所以实际上讲，山西省的土地人民尚不是李自成的。李自成进入北京的六万人马是一支脱离后方的孤军，它的后方在西安，以当时最方便的路线计算是二千六百五十里。从军事上看，李自成进北京是犯了孤军深入的严重错误。在五十年代到六十年代初，史学界受到“左”的思潮影响，对农民军领袖的活动总是以颂扬为主，所以普遍地颂扬李自成攻破北京是光辉的胜利，而有人在史学论文中称李自成绕道长城以外进军北京是“伟大的战略”。我私心不敢同意，所以在《李自成》第二卷中虚构出李岩那一封贡献方略的长信。如今我正在完成小说第五卷前半部，即李自成大悲剧的开始部分，我仍然不同意曾在史学界流行的意见，坚信他孤军东征这步棋走错了。我感激历史唯物主义的治史方法指导我如何深入地研究问题，如何反映历史，走我自己认识历史和创作历史小说的道路。

假若李自成能够率领五十万人马东征，有三十万人马到达北京，另有十万人马驻守太原，五万人马控制保定，这两路人马随时可以驰援北京，以这样的军事实力和声势，再加上政策上不犯严重错误，吴三桂的父母和全家三十口已经成为人质，国家已亡，面对这一军事形势，他很可能不经过战争就率部投降，而多尔衮也不敢兴兵来犯。倘若如此，在中国历史上，继明朝之后可能是顺朝，而不是清朝。

李自成为什么只率领数万人马进北京呢？这是因为李自成的人马本来不多，所谓有“百万之众”，只是虚话。他全盛时期，在各地方新建立的政权都无兵保护，一直不能站稳脚跟，连襄阳这样大顺政权的军事重镇也受到郧阳和均州的敌人威胁。他往东略地，不是依靠兵力，而是依靠三个条件：他在连年胜利中获得的巨大声威；他的部下利用他的巨大声威对豫东和山东一带地方进行虚声恫吓；各地百姓对明朝的地方官吏极其不满。由于以上三种条件造成的有利形势，所以大顺政权只派很少人拿着招降的牌子前往，百姓响应，驱逐旧官，欢迎新官。在崇祯十六年冬到十七年春，正是李自成的胜利达到顶峰时，就已经暴露了兵力空虚和政权脆弱的两大致命弱点，为他随后不久的迅速失败和灭亡构成了一部分重要条件。

李自成是靠战争起家的，他当然知道“兵多将广”的重要。他的江山未定，为什么不大力扩充人马呢？这件事虽是根本大计，但要实现，不取决于他的主观愿望，而取决于他所掌握的社会经济力量，也就是武装力量的物质基础。在李自成的鼎盛时期，虽然占领了长江以北的差不多半个中国，但是处处农村残破，饥民成群。从崇祯十四年攻破洛阳以来，他忽略了建立政权、恢复生产。古人说："足食足兵"，意思是足食才能足兵。没有稳固的政权便不可能恢复和发展生产，不能恢复和发展生产便不可能建立稳固的政权，这二者互相依托，互为因果。生产不恢复，政权不稳定，就没有可靠的军粮来源，也没以田赋为主要支柱的财政收入，所以困难的财政经济条件限制了大顺军的数量和装备。

李自成往山海关去打吴三桂，只带了五六万人马，留下一万人防守北京，其中有一部分属于老弱。按当时路程，山海关距北京约八百里，李自成从北京出发，东征吴三桂，在军事上叫作"悬军远征"。当时北京城和四郊人心已变，盼望着吴三桂打到北京，辅佐明朝的太子登基。北京既不是李自成的后方，更不是他的根据地。从兵员说，李自成的东征军比吴三桂的关宁军略多，但不占绝对优势。从士气上，从地理条件上，从给养条件上，从人民的支援条件上，大顺军样样不如关宁军。由此可见，李自成东征吴三桂，纵然没有清兵出现，他也不会打败吴三桂，不可能迫使吴三桂投降，更不可能在山海关坚城之下停留，非赶快退兵不可。纵然没有清兵到来，李自成一退兵，后果就非常糟糕。所以，李自成东征吴三桂是犯了"孤注一掷"的战略错误。

他为什么会犯这样致命的战略错误？有形势上的逼迫，也有预判上的错误。他原想吴三桂会投降，不料吴三桂连父母和全家人的生命也不顾，坚决抵抗。他一定得到探报，知道清兵将要南下，他认为既然战争不可避免，他必须在清兵进入长城之前，将吴三桂打败，利用崇祯太子和吴三桂的父母都在他的手中，迫使吴三桂投降，然后回师北京，对付清兵。从局部看他的出兵，主动权在他手里；从整个形势看，他是在条件不利的情况下被迫出兵，主动权在敌人方面。他既没料到吴三桂的人马战斗顽强，更没有料到他正同吴三桂酣战时，多尔衮率领的精锐清兵到达山海关了。

六

半个世纪以来，史学界和一般知识界因受《圆圆曲》和《甲申三百年祭》的影响，认为李自成进北京是军事上的光辉胜利，而他的迅速失败则有三个原因：一是刘宗敏夺了陈圆圆，激怒了吴三桂；二是牛金星进北京后热衷于筹备登基大典和坐轿子出门拜客；三是杀了李岩。我一开始就不相信上述流行看法。

由于“左”的思潮在史学领域的影响，过去多少年中，大家讳言李自成后期的失去人心，讳言由于传统的封建正统观念，北京城中和四郊人民对李自成的敌视态度。好像李自成是农民革命领袖，广大人民当然拥护。其实不然。在封建社会，不同阶级的人都是皇权主义者，而且都有牢固的正统观念，这种牢固的正统观念使他们只能将李自成看成流贼。其次，大家讳言大顺军进北京后军纪败坏，讳言在北京的抢劫和奸淫。在“左”的思潮泛滥时期，很多人看见这类史料，简单地斥之为“地主阶级的造谣”，用盲目的阶级偏见对待客观史料，将自己应该注意的历史现象抛开，从而将应该有的思想路子封闭。在十分强调“无产阶级立场鲜明”的年代，很多人在有些重要历史问题上，只敢有现代流行的“阶级观点”，不敢有实事求是的治学态度。其三，将大批明朝的勋戚和文臣逮捕，拷掠追赃，甚至处死，也在北京大失人心，影响外地。这些被拷掠追赃的人们与其家族，在社会上有广泛的联系和声望，为了要钱，将这种人同时大批逮捕，酷刑拷打，直至打死，不能不在社会上发生极大的震动，特别在中上层社会（包括富商）造成恐怖气氛。像这样的事情，历朝开国皇帝都不会做，而独出于李自成创业建国之初，不能不使人们认为他毕竟是个流贼，不具开国帝王气象。

以上三项使李自成进北京后失去人心的事，可以分别来看。对人民中存在的顽强正统观念，李自成在短期内无能为力。但是军纪的迅速败坏，他完全可以阻止。野史上说李岩曾建议他将人马驻扎北城外，只派少数人马在城内维护治安，如果采取这种措施，数万将士不与居民混在一起，再加上严申军律，抢劫和奸淫的事件就可以大大减少。其所以让部队都驻扎北京城内，甚至混住在居民院中，其放纵部队的思想根源是封建帝王的传统思想。历代有雄才大略的皇帝，他们的目的在致力于建国创业或开疆拓土，而鼓励将士们获得高爵厚禄，攻克城市能获得“子女玉帛”之利。这种属于历代帝王的传统思想，在李自成身上也不能避免。至于拷掠追赃，在政策上犯了极大错误，同多尔衮所执行的对待明朝官吏政策恰恰相反。李自成进北京后本来应该先使一批上层明臣降顺，既减少了敌人，也将他们的力量加以利用，等大顺政权巩固之后，对这批人分别对待。李自成之所以采取了错误政策，是因为他一直没有在各地建立稳定的政权，没有恢复生产，财政没有来源，所以采取了“拷掠追赃”的错误政策，这是“流寇思想”的继续。在“文化大革命”中，我看见有人在文章中称颂李自成的“拷掠追赃”政策是表现了农民革命的阶级感情，其实这论点是站不住脚的。李自成此时已经不代表贫苦农民，他本人已经是大顺皇帝，他的许多有功将领有的封侯、有的封伯，形成了新朝的封建统治集团。在这一统治集团的另一个层次，是投降的大批明朝官吏，即所谓“从龙之臣”，既是封建官吏，也是上层地主。不看李自成地位的变化，笼统地说李自成成为大顺皇帝后仍代表农民阶级的利益，这只能是形而上学。

为了写好《李自成》第五卷的上半部，我不得不研究有关这一段历史的重大问题，作为我进行小说创作的基础。在这篇报告中，我只谈了一部分重大问题。还有吴三桂为什么坚决不投降李自成并且决心一战，多尔衮最初的南下战略及战略的两次变化，山海关大战的真实情况及吴三桂降清经过，李自成的败退山西，清朝的定都北京等内容，几年前都有初稿，因为我在艺术上仍不满意，所以还要重写。关于第五卷的写作情况将有几篇报告，所以在这篇报告中就不用谈了。

一九八九年九月十日

（原载《文艺理论与批评》1990 年第 1、2 期，个别文字调整后收入《姚雪垠书系》第 19 卷，中国青年出版社 2001 年 10 月出版）

从历史研究到历史小说创作

——从《李自成》第五卷的序曲谈起

一、引　言

从一九五七年秋天我开始写《李自成》第一卷，到今年满三十五年。我有自己的一套关于长篇历史小说的创作原则和长篇小说的美学思想，包括的方面很多，最根本的一个问题是历史科学与小说艺术的关系。我现在正在写第五卷中关于多尔衮如何率清兵入关的故事，也就是第五卷的序曲。我拿这一个小说单元为例，说明我如何先认识历史本身，然后进行小说创作。

根据我的认识，要做一个不辜负人民期望的历史小说家，应该具备三个条件：第一，应该是一位有修养的小说艺术家，懂得长篇小说的美学；第二，在自己要写的小说题材方面是一位渊博而精深的史学家；第三，也应该是一位优秀的思想家，而不是在历史见解上随波逐流，人云亦云。这三种优越条件集于一身，方能写出比较成功的历史小说作品，无愧于我们文化悠久的伟大祖国和我们的伟大时代。我自己虽然已入暮年，达不到这种期望，但我期望在这个时代，会产生出这样的作家。

作家能不能写出既有深刻思想性又有辉煌艺术性的历史小说？我的回答是肯定的。关于小说艺术性的各方面问题我今天不谈。在这篇论文中，我虽然无意多谈思想性问题，但在谈到作家对历史科学的修养问题时，不能不联系到历史小说家如何提高作品的思想性。

自从有史学以来，在这一知识领域中就有斗争。史学是在不同流派、不同史学家的互相驳辩、互相纠谬，也就是在学术斗争中发展起来的。在我的论文中，也顺便批评了曾经流行的历史观点。被我批评的史学家正是我青年时崇拜的前辈。西哲之言曰："吾爱吾师，吾更爱真理。"不敢与老师进行争鸣，所谓维护历史科学便成了一句空话。

前年，我在中国青年出版社出版的刊物《小说》上发表了一个较大的小说单元，题目是《李自成进北京》。这个单元曾经改写过两次，几年前发表若干万字作废了。我原来计划将《李自成进北京》作为第五卷第一单元，发表之后，我改变了计划，将它作为第四卷最后一个单元，而第五卷就完全表现清兵入关及征服全中国的民族战争。

《李自成》是一部复杂的“长河小说”。崇祯在这一单元中自尽殉国，结束了他的大悲剧。李自成同以崇祯帝为首的明朝统治政权长达十几年的战争，我们可以称之为明朝的内战，至此结束。紧接着的山海关大战，以及接着发生许多规模不大的战争，直到李自成死后许多年还在继续，都不再是明朝的内战，而是以满洲封建贵族为领导核心的清朝政权在征服全中国的过程中，同那些打着明朝旗号而进行反抗的汉族（也有少数民族参加）各地武装，所发生的断断续续的小规模战争，其性质都属于民族战争。李自成和张献忠的余部都在新的历史形势中卷进反满的民族战争之中。

在《李自成进北京》这一大单元结束的时候，写的是吴三桂驻军山海关，坚决与大顺政权为敌，对北京的威胁很大。李自成不听宋献策和李岩的谏阻，决定亲自率六万大军东征，打算在清兵可能南下之前，打败吴三桂，夺占山海关。当时清兵的行动，李自成不清楚，只是猜想清兵可能南来。写到李自成于阴历四月十二日上午离开北京时，这一个单元结束了。本来紧接着的单元应该写山海关大战，但是我将笔锋一转，写到远在盛京（即沈阳）的多尔衮和洪承畴等人的活动，另外写一个不到十万字的单元，题目是《多尔衮率清兵南下》，作为第五卷开始的单元，等于第五卷的《序曲》。为什么我要这样构思？其故有二，请待我略作解释。

首要的一个原因，这是第五卷开始的单元，而第五卷全部写满汉之间的民族战争，我必须将山海关大战和以后许多战争的性质，清楚地告诉读者。

读者大概记得，《李自成》第一卷一开始，清兵直逼北京郊外，北京戒严。明朝廷发生了对清主战与主和两派的斗争。继而清兵南下，深入冀中，主战派的卢象升孤军无援，在蒿水桥英勇牺牲。我三十五年前在《李自成》第一卷中用浓墨写清兵的这次南侵，对全书的宏观布局是为以后中国历史的空前巨变作个伏笔，也使这部大部头历史小说在整体结构上首尾呼应。我现在写《多尔衮率清兵南下》一个单元，也就是为《李自成》第五卷写一个“序曲”。我要在这一“序曲”中说明顺治元年（即崇祯十七年）四月间多尔衮率清兵南下是自从皇太极改后金为大清，改年号为崇德以来定下的国策，也是新兴的满洲政权发展壮大到一定程度时候必然产生的政治企图，而李自成进北京后的政治失策和军事上暴露的种种弱点，给多尔衮提供了实现率兵南下夙愿的极好条件。率清兵南下是多尔衮从沈阳出兵前的既定决策，中途改变路线，从山海关进来，则是一个偶然机会。从明朝中叶以后，经过清朝，数百年间，所谓出关入关的“关”，习惯上指的是山海关，即临榆县城的东门。清兵从山海关进来，在临榆县西郊的红瓦店一带，同吴三桂合兵打败李自成，这是多尔衮的偶然机遇。至于多尔衮必会率清兵（包括汉、蒙八旗）南下，必会进入华北，必会打败李自成而占领北京，则是历史的必然。

我通过第五卷的“序曲”(即《多尔衮率清兵南下》)，一是要向读者交代清兵南下这一重大事变的来龙去脉，比较复杂的历史因果关系，与陈圆圆这个人毫无关系。二是利用山海关大战爆发之前的这个机会，将三四个最有关键性的历史人物如多尔衮、范文程、洪承畴和年轻貌美的皇太后（顺治的生母）小博尔济吉特氏初步介绍给读者。他们在明清之际的中国历史大变化时期以不同的身份、不同的性格、不同的才能，对历史的进程起了不同的作用。

二、山海关大战的性质问题

一六四四年，即崇祯十七年，四月十二日，李自成亲自率领六万人马离开北京，往山海关征讨吴三桂，他只认为是同亡明的残余势力作战，不明白他的真正可怕的敌人不是吴三桂，而是新兴的满洲政权，就是建都在沈阳的清朝。这时在中国新出现的汉满两民族斗争的客观形势，满洲政权的领导集团都很清楚，但李自成如同坐在鼓里。在清兵入关，打败和消灭李自成的战争中，矛盾的主导力量（历史运动的主人）是清朝的摄政王多尔衮，而不是大顺国王李自成。至于吴三桂，他虽然置身于李自成的对立面，但他在当时的历史运动中并不是矛盾的主要方面，他在这次民族战争中扮演的只是一个配角，并且出他始料所不及地很快由主要配角降为非主要配角。事情的发展不取决于吴三桂和李自成双方的主观意志，而取决于当时汉满两民族战争的客观形势以及驾驭战争进程的非凡人才多尔衮及其左右谋臣。

在上一个大单元中，写李自成决计对吴三桂用兵的时候，宋献策和李岩反复谏阻，几次提到满洲的问题，但是在他们的思想中不可能将当时的历史形势认识清楚。宋献策这个人物，在历史上确有其人，至于李岩，很可能并无其人，至少说他不是河南杞县人，不是举人，也不是李精白的儿子，他的问题，到目前搞不清楚。我从前曾经写文章论证此事，批评《甲申三百年祭》的荒谬。《李自成》中的宋献策和李岩，他们栩栩如生的性格，围绕着他们的各种故事情节和细节，都出于我的艺术虚构。

“历史现实主义”创作原理，强调历史资料的确实性与历史文学创作之间的辩证关系。创作就是虚构，没有虚构就没有创作，也就没有小说艺术。史学著作必须写曾经确实出现过的事，必须写古人确实说过的话。历史小说则不然，它既可以写历史上确实曾经出现的事，古人确实说过的话，也可以写历史上可能出现的事，古人可能说过的话。写史学著作必须重视历史的确实性，而历史小说所重视的则是历史的可能性。确实性不能有虚构，可能性只能是出于推理、猜想，只能是虚构。虚构的基础是作家对历史的认识，通过艺术表现的手段，将作家对历史的认识传达给读者，而且使读者对历史认识更深刻，感受更强烈。历史小说的一切情节和细节产生于历史科学，归结为历史文学。

既然历史小说的各种故事情节可以由作家虚构，为什么我不在宋献策和李岩的口中说明满洲兵将要南下的目的和准备情况？我不能那样写。宋献策和李岩局限于他们所处的环境，不可能对辽东的情况知道很多。现实主义的历史小说家在进行虚构的时候，一方面有施展天才的自由，另一方面没有违背历史条件许可的自由。有许多人对五四运动以来的浪漫主义戏剧作家进行热情的吹捧，奉上“伟大作家”的桂冠，还有人学习外国传来的荒诞派写作手法，那是他们的自由，我不附和。我坚持走一条比较艰难的路，即我所探索的“历史现实主义”，它的基本精神是我反复强调的“历史科学与小说艺术的有机结合”；指导它的哲学思想是历史唯物主义，艺术风格上强调中国的民族传统，创作方法以现实主义的根本，容纳积极的浪漫主义。所有以上种种方面，我认为历史小说家最重要的一个任务是通过小说艺术写出历史事变的基本真相，它的运动规律，它所包含的错综复杂的因果关系，以及它向后人提供的历史知识和值得重视的经验教训。

作家写出一部小说，既要使作品具有深刻的思想性，也要在艺术上有完美性和独创性。思想性和艺术性在一部小说作品中必须浑然一体。作品的思想必须来自对所写小说题材的深刻理解，思想性包含于题材之内，表现于人物和情节之中，而不是从外边加进去的。这一成就，只能依赖于对历史的深入研究和真知灼见，别无他途。

三、为写好山海关大战，首先要敢于为历史科学而斗争

史学界有一种流行的错误观点，一谈到一六四四年的清兵入关，开辟了清朝对中国长达近三个世纪（二百六十七年）的统治，就认为起因于大顺军进了北京之后，刘宗敏将已经被吴三桂买去的妓女陈圆圆夺去，激起吴三桂的仇恨，向满洲借兵，甘心投降满洲，引狼入室。这种谬说在清初就有，吴梅村的名作《圆圆曲》在清代脍炙人口，使得这一谬说深入人心。到了现代，由于《甲申三百年祭》一文的发表，小册子印了多次，还选入高中课本，以及其他政治上的原因，遂使这一历史谬说以及李岩起义的故事，在全国家喻户晓。一九八一年我在《文汇》月刊发表了一篇《评〈甲申三百年祭〉》的论文，引起广泛注意，也引起了不少报刊持续半年以上对我的围攻。但遗憾的是没有一篇文章反驳我批评《甲申三百年祭》的实质性史学问题，有的参加围攻的文章并不具备应有的历史知识，甚至谈一些题外的话对我攻击。例如，说我在郭老生前不批评《甲申三百年祭》，而在郭老死后批评；说我在重庆时受到郭老的帮助，在郭老死后批评郭老。这些话都属于不实之词，其实一九七七年我写成的《〈李自成〉第一卷修订本前言》，在涉及李岩和陈圆圆的问题时就批评了郭老的错误意见。将这篇“前言”的打印稿寄给郭老，郭老当时已经生病，亲自用颤抖的笔迹给我一封回信，承认我的意见很对。至于抗战期间我在重庆时，虽然我对郭老很尊敬，但我在工作上和生活上从来没有请求郭老给我帮助，也无此需要。为我出于对史学的是非问题发表《评〈甲申三百年祭〉》而遭到毫无道理的围攻，我给党中央写了封万言长信，主要意见有三点：一是说我批评郭沫若生前学风缺乏严肃的治学态度，完全是学术上弄清是非的问题；二是指出对我进行不讲道理的围攻以保卫郭沫若的权威地位，不允许对郭沫若在学术上的错误进行争鸣，这是在社会主义时代出现的恶劣学风，客观上将郭沫若置于学阀地位，这种风气不利于我国学术的发展进步。附上我从《人民日报》等报刊上剪下的四篇围攻我的文章，作为这一股恶劣学风的例证。三是我认为郭老死后，党中央首先定下调子，称他是伟大的作家，接着有人称他是伟大的思想家，在文学理论上有如何杰出的思想以及在艺术构思上的史学依据，同时，也顺便说明我所提倡的“历史现实主义”的创作原则。当然，在《李自成》中有关清兵入关问题的各章，我只能通过我所塑造的主要人物和描写的故事情节，体现我的历史思想和对历史进程的认识，也就是说要通过小说艺术反映历

史运动的真实面貌和我理解历史的深度。

按照以《甲申三百年祭》为代表的流行看法，一六四四年清兵入关，产生了汉族受满族统治将近三百年的大悲剧，最主要的原因是刘宗敏进北京后霸占了妓女陈圆圆，激起了吴三桂的愤恨，于是吴三桂投降清朝，引清兵入关，打败了李自成，占领了北京，统一了中国。根据我的研究，吴三桂对李自成坚决不投降，不惜一战，具有十分复杂的政治和军事原因，与陈圆圆毫无关系。关于陈圆圆这个人物，我故意在《李自成进北京》的大单元中一字不提，这是因为，我认为她当时不在北京，早已到吴三桂身边了。在《多尔衮率清兵南下》这个单元中必须写出多尔衮决策南下，不是因为吴三桂的勾结，而是清政权的既定国策，是清太宗皇太极的一个遗愿，不管有没有吴三桂的降清，清朝都要向关内进兵，而大顺军的占领北京，和吴三桂的反抗李自成，这种新出现的历史形势给多尔衮提供了空前的有利条件，于是他选择了最恰当的时机从沈阳出兵。也就是说，他选择李自成向山海关出兵东征的时候，突然从沈阳率领精锐的清兵南下。

多尔衮原来没有料到，驻守山海关的明朝平西伯吴三桂会派人向他请求援助，所以多尔衮采纳谋臣之议，决定撇开山海关，打算从遵化和密云一带进入长城，进攻北京，并且截断大顺军东征部队的退路。李自成率领东征的是一支孤军，没有后方，没有增援，在兵法上叫作“悬军”，等于是“孤注一掷”，而留守北京只有一万人马，不是精兵。如果多尔衮率领数万精兵从遵化和密云一带进入长城，李自成腹背作战，同样必然大败，必然要放弃北京溃逃，整个败局就不可挽回。中华人民共和国成立以后，史学界有一种流行观点，把李自成进北京看成是他在军事上的“伟大胜利”，但我一直持相反看法。我认为，李自成所占各地都未立定脚步，生产未复，民心未服，从西安远征幽燕，占领北京，这是战略上的一大失误，也是大顺军的各种悲剧因素所起的综合作用，成了一个“新果”。李自成进北京，这果又变成了“因”，同许多新的因果关系互相作用，使中国的历史形势迅速酝酿，不依李自成及其左右群臣的意志为转移，而是依照因与果交互变化的历史规律向前发展，愈发展速度愈快，最后使李自成的大悲剧来一个飞跃发展。由于李自成进北京后，紧接着山海关大战的性质已经改变，多尔衮站在明处，掌握着中国历史进程的主动权。对这种新的形势，多尔衮心中清楚，李自成并不清楚。满洲割据政权酝酿多年向中原进兵，在关内建立清朝军事行动的条件迅速成熟，向胜利飞跃发展。此时明朝已亡，两种不同性质的飞跃结合出现，但是大顺政权还没有形成一个朝代，所以从历史的表面看就反映为“明清易代”的历史突变。

像“明清易代”这样的重大历史事变，包含着许多重要的历史因素，错综复杂，有其变化发展的必然规律。有些事看似偶然，实际是偶然的现象中含着必然。任何人不认真阅读历史资料，去粗取精进行研究，仅凭着不可信的野史传说，妄谈历史，这与历史科学精神和科学方法简直是南辕而北辙。不要说与马克思主义史学的光荣头衔沾不上边，连我国传统的治史方法也抛弃了。

以李岩和红娘子的传说为例，郭沫若当时在重庆很容易找到清代修的《杞县志》《开封府志》，也可以找到收入《三怡堂丛书》中的《豫变纪略》，但都不曾找来一看，却在《甲申三百年祭》中对李岩和红娘子大作文章。至于陈圆圆的问题，当时郭沫若不可能看见赵士锦的《甲申纪事》、谈迁的《国榷》，但《清史列传》这部书很容易见到，这部书编成的时间较早，《吴三桂传》被放在《逆臣传》中。假若吴三桂果然是为陈圆圆事怒而反闯，史臣们当然会写上一笔，以为诛心之贬，然而对陈圆圆事一字不提。《清史稿》成书于民国初年，主持史馆者均为清朝遗者，匆忙修成，较为芜杂，素为学者所讥评，在《清史稿》的《吴三桂传》中，写了陈圆圆事。我宁信《清史列传》，而不信《清史稿》。

吴梅村的七古长诗《圆圆曲》，如同白居易的《长恨歌》，只是政治抒情诗，以其抒情的辞藻感人，而不是严格的纪事诗。吴梅村是一个具有强烈民族感情的杰出诗人，他因为不曾为明朝尽节，被逼迫到北京作了短期的国子监祭酒（类似大学校长），终身内心痛苦，直至去世。对于清兵如何入关统治了全中国，他当然十分清楚，但是他没有一句话涉及清朝，只能将一肚子亡国之愤发泄到引清兵入关的吴三桂身上，于是写出了《圆圆曲》这一篇著名的、四百年来脍炙人口的抒情诗篇。吴梅村不仅是一位有杰出成就的大诗人，也留心时事和史学，他不可能不知道当崇祯亡国之后，吴三桂驻兵山海关并没有旗帜鲜明地号召“讨贼”以报君父之仇，恢复明朝江山，所以不存在“痛哭三军尽缟素”之事。吴梅村施展了高超的写诗技巧，写出对句“冲冠一怒为红颜”，这一转笔有万钧之力，将一腔愤怒倾泻到卖国贼吴三桂的身上。

按照事实，吴三桂花费一千两银子将陈圆圆从田家买到，随即带回宁远，并未留在北京。吴三桂是匆匆到北京向皇帝述职，随即赶回宁远。他回宁远并非前去打仗，而是回永久的驻兵镇守之地，他的众多将领和幕僚们的家眷都在宁远。他将一个妾带去宁远，丝毫不违犯军纪。吴梅村为使将陈圆圆留在北京的故事有一个理由，于是写了两句诗："恨杀军书抵死催，若留后约将人误。"我们稍有历史常识的，就知道这是不合道理的。

陆次云等的《圆圆传》中说刘宗敏到了真定，将陈圆圆抛下，于是陈圆圆又回到了吴三桂的手中。吴梅村的《圆圆曲》也是依照这一传说写的，吴梅村的诗句写道"蜡炬迎来在战场，啼妆满面残红印。"吴梅村毕竟是出自想象，缺乏现实基础。他忘记了两种情况：一是吴三桂的父亲吴襄不久前被李自成杀于永平附近的樊家庄，他的母亲和一家三十余口被杀于北京城内，在这样全家被杀的情况下，吴三桂纵然得到陈圆圆也不会多么快活。二是多尔衮承皇太极的作风，治军甚严，吴三桂新降清朝，更得小心翼翼，所以"蛾眉马上传呼进""蜡炬迎来在战场"，据我看来在当时不可能有此情况。我为了批判《甲申三百年祭》，在这里也顺便指出《圆圆曲》只是吴梅村的政治抒情诗，而非严格的纪事诗。

现在，为更深一层批判《甲申三百年祭》，同时说明李自成的大悲剧，我在下边分出一个小枝，谈一谈我塑造李岩这个人物在《李自成》中的创作意图。我要通过虚构的李岩来写出李自成过早地攻占北京及东征吴三桂之大大失策。

四、李岩这个小说人物在李自成大悲剧中的意义

六十年代之初，我在写《李自成》第二卷时开始塑造李岩和红娘子这两个小说人物。当时我已经知道，红娘子绝无其人，李岩的有无也查不清楚。明清之际，杞县的邻县睢州人郑廉写了本《豫变纪略》，坚决否认杞县有李公子名叫李信，改名李岩。清初的《杞县志》和《开封府志》，也都不承认杞县有李信其人。我继续探索，李精白也不是杞县人，而是颍州（今安徽阜阳）人，住家在旧阜阳东门内，他的住宅俗称为"都堂李家"。"都堂"是官衔，指李精白曾任山东巡抚时挂的是"都察院佥都御史"衔。李精白有两个儿子，一个病故较早，一个被袁时中杀死，他的儿子中并无李信其人。李信这个人物是怎样出现的？我只知道较早出现于吴梅村的《绥寇纪略》，后来被其他野史采用，最后被清代的官修《明史》所采用。研究历史，不管是对事对人，凡没有弄清的，不妨阙疑，等待以后发现新的材料，这是治学问的一个老实态度。可惜，《甲申三百年祭》的作者就缺乏这种严肃态度。

既然在六十年代之初我创作《李自成》第二卷时已经知道《绥寇纪略》《明季北略》《明史》等书中关于李岩的记载全不可靠，都是出于一个道听途说的传说来源，为什么我在小说中有声有色地塑造李岩和红娘子这一对人物，还塑造了许多与他们的故事有关的男女人物？

我的回答是，《李自成》这部书是历史小说，不是历史学术著作。真正的历史小说是语言艺术作品，植根于丰富历史知识，符合历史科学，但它是通过丰富多彩的虚构，完成小说艺术，同时反映历史的真实。历史小说的创作目的是通过虚构表现历史运动（事变）的真实情况，即历史演变的规律，各种复杂的因果关系、经验教训以及有用的历史知识等，同时由于它是艺术，也必须给读者提供美学享受。丰富的历史学问修养是创作历史小说的基础，历史科学的思想深度产生历史小说的思想性，而合情合理的历史虚构显示作家的学问基础、创作功力和艺术才华。我们既要明白一般的史学著作与历史小说在性质上的根本区别，也要明白这二者的互相联系。

从《绥寇纪略》到《明史・流贼传》，关于李岩的记载，我找不到可靠的史料根据，只能说这记载来自传说。但如何有此传说，我至今弄不清楚，只好阙疑。关于李岩与红娘子的故事，郭沫若不加考察，当作史实，在《甲申三百年祭》中大做文章，影响很广，所以我加以批驳，是为历史科学而斗争。另一方面，我明白其来源是野史传说，于是利用这一传说，努力塑造李岩和红娘子这两个小说人物。尽管人物的活动、对话、心态，以及李岩夫妇（汤夫人）所写的诗、词、书信等，全是我的虚构（代作），采用了不同风格，符合各人的身份和应有的文学修养。特别是小说人物李岩是有经济（经邦济世）之才、慷慨豪放的士大夫文人，所以他率领豫东子弟兵在奔赴伏牛山的路上给李自成写的长信，在文章风格上很自然地发挥了“陆宣公体”的特长，而他的贤妻汤夫人是出身于世代宦门的大家闺秀，虚构出她给刚出狱的丈夫李岩写的家书则是流行于闺秀中的六朝文风。他们的生活习惯、礼节、言语以及文风，都是植根于明末宦门士大夫之家生活的基础之上，都是合乎情理的。所以虚构的情节都能够令人信服，放在当时的历史生活中经得起推敲，这是“历史现实主义”创作方法的威力。

半个世纪以来，我国的广大知识分子或稍有历史兴趣的人，都误以为李岩在豫东杞县一带是家喻户晓的历史人物，其实绝非如此。原来的情况是，从清初在杞县和开封府就没人承认曾经有李公子这个人物，更没人知道有红娘子这么个起义的绳妓。我翻检清初人编撰的《杞县志》，在“大事纪”这一部分，崇祯十三年根本没有红娘子破城劫狱的事。自从郭沫若发表了《甲申三百年祭》，在中华人民共和国成立后连续发行许多版，还选入中学课本，从此李岩的名字及其故事才不仅在杞县，而是在全国家喻户晓。由此可见，史学家如果发表错误的史学著作，名望愈大，其淆乱历史的消极作用也愈大。我利用错误的历史传说，以无作有展开艺术虚构，大加丰富，塑造李岩和红娘子两个小说人物，在小说中比较成功，从而又扩大了错误传说的影响。所以我再次声明，《李自成》用的是“历史现实主义”创作方法写出的小说作品，并不是史学著作。

我在小说中努力编织李岩和红娘子的起义故事，作为大悲剧中一个重要的悲剧环节。我写出参加李自成起义部队的中上层知识分子，李岩这个典型人物很有历史深度，值得专门研究，可惜十几年来评论《李自成》的许多论文没有一篇论文涉及到这个人物的性格深度和在封建社会中一种上层知识分子的典型意义。我今天没有时间详谈这个小说人物的典型意义，只指出一个小说细节的历史深度，因为它与李自成的大悲剧很有关系。

当我写《李自成》第二卷时，史学界流行着两个观点，一是认为李自成进北京是光辉胜利，二是称颂自成率大军从大同、宣府、进居庸关攻破北京，是一个杰出的战略，免得明朝的“边兵”回救北京。我针对以上在当时史学界的流行观点，通过第二卷中虚构的李岩往伏牛投奔李闯王的故事情节，代李岩给李闯王写封长信，贡献了重要的、关乎成败前途的战略大计。遗憾的是，李自成虽然读了这封信以后连声赞好，但在实际行动上完全不采纳李岩的战略意见。倘若攻破洛阳后采纳了李岩的战略方针，不但李自成可以不失败，甚至当他日占领北京之后，会是另外一种形势，吴三桂会向李自成投降，而满洲兵未必有机会进关，更没有机会能轻易地定都北京，席卷中国。小说第二卷中这样一个重要情节，这样一封反映李岩战略思想的重要书信，评论《李自成》的许多文章中都不曾重视，不曾明白我的创作意图，不理解我在《李自成》中流露的史学思想。

李自成进了北京，从表面看是“伟大胜利”，然而从历史运动的实际或客观规律说，我们得到大为不同的认识。我们会看见进北京以后的真正形势，是李自成及其部队在几年的不断胜利中，内部孕育的各神弱点（失败的因素）不断积累和滋长，进入北京后得到了新的条件，迅速成熟，迅速暴露。好比山体滑坡，在突然滑坡之前，坡上的青草翠竹、房舍树木，依然如故，而深处下滑的运动能量却在逐渐增加，最后偶来一点客观力量影响，突然崩溃，势不可止。小说中写李自成不顾李岩的谏阻，决意亲率大军，踏冰渡河，东征幽燕，到北京以后，使大顺军驻扎城内，军纪迅速败坏，大失民心，又大规模拷掠追赃，搜刮金银，在政治上极大失败，被认为是流贼的本性未改。最后又不听李岩和宋献策的谏阻，“悬军”东征，等于孤注一掷。还有，李自成虽然已经占领了陕西、河南、山西各省，山东和湖广两省的各一部分，除陕西省是所谓桑梓之地，其余各地，既未建立稳固政权，也未恢复生产，派去的人往往只知要粮饷、要骡马、要女人，引起人心不服。所以任何有识之士心中都明白，倘若李自成在北京一带受到挫折，其所占各地必将闻风瓦解，处处成敌，无处可以立足。由此可见，李自成由攻破北京的军事“大胜利”忽然变为大失败、大悲剧，主要取决于内部的各种消极因素互相交织，造成一种总的失败形势，多尔衮利用了这一形势，率清兵进入关内，不但实现了皇太极与满洲贵族的多年心愿，而且大大超过了皇太极的梦想，统治全中国二百六十七年。郭沫若将中国历史上这一空前巨变的发生原因归于刘宗敏霸占妓女陈圆圆（实无其事），这与马克思主义的历史科学是相去甚远的。

五、吴三桂与清兵入关的关系

从清朝以来，有一种流传很广的说法：吴三桂原来已决定投降李自成，带着人马正在向北京走，知道他住在北京的父母和全家人都很平安，他很高兴，但忽然听说他买来的妓女陈圆圆被刘宗敏夺去了，不禁勃然大怒，立刻回师山海关，坚决要报此仇，派人向清朝乞师，投降清朝，引清兵入关。吴梅村有名诗句“冲冠一怒为红颜”，就是以这一传说为本。萧一山所著的《清代通史》采用了一些不可靠的野史资料，添油加醋，更不像话。

崇祯十五年春天，清军攻破松山，洪承畴被俘降清。随后，困守锦州的名将祖大寿也降了清朝。明朝在宁远附近的军事据点如杏山、高桥、塔山等城堡，在松山兵溃后也陆续被清兵占领。宁远是留在山海关外唯一的军事重镇，粮饷靠海上接济。皇太极百般向吴三桂诱降，吴三桂始终不理，只对他的舅父祖大寿回过一信，表示不降。吴三桂为表明他对明朝的忠心，将父母和家人三十余口送到北京居住。所以尽管吴三桂的舅父祖大寿及其祖氏家族的一批将领都投降了清朝，受到优待，还有吴襄的一些旧部或同事，也在清朝，至今我们没有发现任何史料，反映吴三桂在明亡之前利用这些社会关系同清方暗递秋波，为日后投降清朝准备。

当李自成的东征大军离开山西向北京进军时，明朝才考虑是否调吴三桂守宁远之兵回京勤王。赞成的意见认为：北京空虚，无兵守城，只有调吴三桂回京勤王才是唯一救急之策；反对的意见认为：祖宗之土，一寸不可失，如今放弃关外土地，凭空交给“东虏”，必将为千古罪人。在两种思想的争论中，崇祯举棋不定，耽误了时间。崇祯到最后不得已下了决心，但又命令吴三桂必须将宁远一带老百姓带进关内，不许遗弃。因此，吴三桂必须保五十万百姓扶老携幼，带着各种东西，每日只能走十余里，向关内迁徙。吴三桂到达山海关这一天，李自成已经进居庸关了。

这一长期流传的传说不实，还可以从当时有关的记载中得到证明。除了清代早期纂修的《临榆县志》及《永平府志》所记吴三桂据守山海关反对李自成的史事较为信实外，当时参与吴三桂守山海关对抗李自成这一行动的地方士绅佘一元有诗文记述此事，录入《临榆县志》，这是当事人的第一手资料，可谓实证。

大顺军不战而进居庸关，骑兵没有停留，轻装急进，在清河遇到李国桢率领的明朝京营兵，不经战争，全军溃降。大顺军于三月十七日到达北京城下，而吴三桂的关宁兵仍在七百里外。两天以后，吴三桂的少数前队人马进入玉田境内，北京已经失守了。吴三桂此后一段时间，驻军山海关，探听消息，观察局势，安置带进关内的众多难民，未有军事举动。吴梅村的《圆圆曲》中有一联脍炙人口的诗句：“恸哭六军俱缟素，冲冠一怒为红颜”，其实这一联佳句确是好诗，但非历史，不但没有“冲冠一怒为红颜”的史实，也没有“恸哭六军俱缟素”的举动，吴三桂并没有为崇祯发丧，进行遥祭，号召远近共讨以报君父之仇。直到四月十九日，大顺军快到山海关之前二日，吴三桂才召集关宁两镇将领及山海关当地士绅，在南郊演武堂誓师。二十日祭旗，斩细作一人，与诸将和绅衿歃血同盟。二十一日，大顺军就到山海关城的西郊了。

在李自成攻破北京之后，吴三桂没有号召远近官绅百姓为崇祯发丧，宣誓复明，这现象说明他的思想中有矛盾，在观望情势。他所不能不顾虑的是，第一，他的父母和一家三十余口都在北京，已成了李自成手中的人质。第二，他从宁远撤军之后，宁远迅即被清兵占领，依靠山海关一座孤城，既无退路，也无后援，面对哄传有二十万之众，锐气方盛的大顺军作战，形势对他极为不利。第三，他统帅的关宁两镇，顶多有三万人马，虚称五万，比相传有二十万众的大顺军弱得多。即令到北京的大顺军实际不到十万，东征的只有六万，也比关宁兵多，从兵力上说，他显然处于不利地位。第四，大概他从宁远撤退时带有觉华岛储存的粮食，但是崇祯已死，明朝已亡，再也没有接济了。由于军粮困难，不得不赶快向士民征敛，所以山海关本地人佘一元的《述旧事诗五首》咏此情况云："关辽五万众，庚癸呼如何！时势不容诿，捐输兼敛科。"从粮饷困难来说，吴三桂在山海关不能持久作战。第五，一些史料说，吴三桂携五十万辽东百姓入关。我估计不会有这么多，假若是二十万，分散在昌黎、乐亭、滦州、开平等处，尚未安置就绪，这是吴三桂身上的沉重包袱，万一战争失利，这数量庞大的父老乡亲将更加流离失所。

以上是吴三桂方面在与大顺军斗争中的主要弱点，这就使他不得不等待、观望，侦察情况，而不急于表明要为故君复仇"讨贼"的态度。

时间推动着事物的因果变化，到了四月上旬，李自成进北京以后各种失去人心的举措以及大顺军的纪律败坏、实力有限、孤军远来等种种弱点，尽皆暴露。吴三桂通过细作、通过百姓传言，当然知道北京和畿辅的士农工商人等原来不满意于明朝的政治腐败，对李自成抱着希望，这种思想曾经通过百姓和太监无心守城和欢迎大顺军入城的现象反映出来，但后来变成人民对李自成大为失望，反而人心思明。吴三桂当然会知道李自成对已经占领的地方是什么情况，以他的出身和政治观点，当然断定了李自成"诚赤眉、绿林、黄巢、禄山之流，天人共愤，众志已离，其败可立而待也"。这大概不是吴三桂一个人的看法，而是他周围文官武将们的共同看法，也是亡明的多数士民百姓的看法。政治上失去人心加上战略错误，这二者合在一起，是李自成突然转入大悲剧的主要原因。

吴三桂进关以后，主力部队驻扎在临榆城内城外，而他本人前进到玉田和永平一带。他的这一行动，史书无明文记载，我想不外有两个原因：一是便于了解北京情况，二是便于关内各县安置从宁远带进关的大批百姓。到了四月上旬，他对于李自成进京以后的情况完全清楚，也得到了李自成来进攻山海关的消息，于是突然回到山海关，坚决拒降，一面进行战争部署，一面派人向清朝摄政王请求援助。佘一元的《述旧事诗五首》咏此事经过，最为质朴："进至无终地，故主已升遐。顿兵不轻进，旋师渝水涯。遣人东乞师，先皇滋叹嗟。

墨勒方摄政，前期饬兵车。驰赴千余里，一战靖尘沙。”这几句诗在史料上可贵的是作者是当地的一位举人（入清中进士），亲身参加了吴三桂对抗大顺的活动，当时他自称为“关门举义”。按诗中所写，吴三桂率人马进至玉田和蓟县一带，知道崇祯已经殉国，只好顿兵不进，随后回师山海关城，遣人向清乞师。诗中的“先皇”指顺治皇帝，此诗写于康熙初年，所以称顺治为“先皇”，实际顺治当时才六岁，并不管事，这是一句因袭封建体制的空话。“墨勒”指多尔衮，多尔衮有墨勒根王的满语称号，即汉语的睿亲王。很值得注意的是“前期饬兵车”一句诗，这一句是说在吴三桂乞师之前，摄政王已经准备好率清兵南下，吴的乞师与多尔衮的南下，碰到一起了。

李自成进入北京之后，认为明朝已经灭亡，目前最大和最紧要的一件事是举行登基典礼。这时吴三桂的父母和一家三十余口住在北京，落入他的手中，成了人质，他认为吴三桂的降顺不会有什么问题，所以以牛金星为首的文臣们忙于各种筹备登基大典的活动。但是由于吴三桂率领数万精兵驻扎在山海关至永平一带，态度强硬，始终没有降顺之意，使李自成很不放心，不得不将登基的日子一再改期，终至取消，决计对吴三桂进行讨伐。这是一次决定两军胜败，也是决定中国历史命运的一战。李自成曾经派唐通和张若麟携带大批金银绸缎去山海关劳军，进行劝降，并带有吴襄给三桂的劝降家书。在吴襄的书信中，只字未提陈圆圆，倘若陈圆圆当时仍在北京，李自成为着大顺江山，毫无疑问会派官员，将她礼送至山海关，所以我一直相信谈迁在其所著《国榷》中记述的陈圆圆已去宁远。全祖望在《鲒埼亭集》外编第二十九卷中有几句话说得好：“吴逆进退失据，无可置辩。至谓其以陈沅故叛闯，则亦近乎下流之归。”关于许多人（包括郭沫若在内）强调陈圆圆的问题对吴三桂投降清朝的重要作用，我已经几次在过去的文章中进行驳辩，如今不再多谈。

吴三桂做出不投降李自成的决定，决心与李自成在山海关进行一战，很不容易。除军事上他有许多不利条件之外，还有他的父母和一家三十余口已经在北京成了李自成的手中人质。事情很清楚，他一旦反抗李自成，他的父母和在北京的一家人就会被杀，断无保全之理。他竟然下了决心，必有很大理由。我们反复读吴三桂决定反闯时给父亲写的书信，责备他父亲不能死节，反而向他劝降。这封信虽然出自他帐下的幕僚之手，但必然完全反映了他的心意，而且从信中引据历史典故得体、修辞严密来看，必定字斟句酌，不会是匆忙写成。这封信表明他为故君尽忠的决心，慷慨激昂，义正词严，毫无投机和侥幸思想。

吴三桂之所以在关键时候会有这种坚决思想，并不奇怪。在长期封建社会的伦理观中，忠与孝是两种最高的品德要求，不忠不孝，将会受普遍谴责和后世谴责，即所谓“将不齿于人类”。当忠与孝不能兼顾的时候，则是忠君第一，孝亲第二。吴三桂给父亲的家书中引用王陵和赵苞两人的史例，就是说明忠君大于孝亲的伦理规范。这一封建社会的伦理思想，在关键时候会显示出强大的精神力量，并且由精神力量转化物质力量。正因为他是为忠于故君而与李自成作战，所以才能获得关宁将士在艰难处境中的同心拥护，也获得山海关当地士绅们的拥护。如果他实际上是为爱妾被刘宗敏占去而战，纵然拿一个忠于故君的名义，必然欺骗不了任何人，就没人衷心拥护。

吴三桂既然决定凭借临榆县（所谓山海关是指临榆县城的东门）这一弹丸孤城对兵力强大于他的李自成作战，他所期望的援助只能是向清朝借兵，这是一个错误决策，但在当时又不能不作此决策。吴三桂毕竟是一个缺乏知识修养的武将，左右亲信也都是凡庸之辈，长期驻兵宁远与清兵对峙，对清朝的统治集团时时要进入中原，夺取明朝天下的宏图远略、阴谋诡计，毫不了解。按照吴三桂及其左右亲信们的想法，分为以下三点，十分简单明白地写在致多尔衮的书信中：第一点，本国遭遇大难，请邻邦派兵相救，此种事在史书上例子很多，对北朝（指清朝）说这是莫大的“义举”；第二点，消灭流寇之后，我朝将会重重地报答北朝，“岂惟财帛，将裂地以酬”；第三点，他要求清兵“直入中协、西协”，他吴三桂“自率所部，合兵以抵都门”。这第三点反映了吴三桂对清方毫不了解，认为多尔衮会重视他的建议，清兵会像往年一样，从中协或西协进入长城，不侵犯他在山海关和永平的防地。他认为他只是与清兵联合作战，会保持他大明关宁兵的旗号和完整建制。

从明朝隆庆年间戚继光调到北方以后，为防备蒙古余部，大修东段长城，增修敌台，将山海关至昌平以东划为三个“军区”，当时称作镇，在东边的称作山永镇，俗称东协；中间的称为蓟州镇，俗称中协；西边的称作密云镇，俗称西协。镇和协都是明清时期的军事术语，总兵官和副总兵（又称副将）在他们的防区内称为镇将。沿长城的每一协又划为四个小防区，共十二个小防区，三协由三位副将管辖。戚继光走后，三协制度废弛，但三协的名称一直沿用到清初。在崇祯年间，清兵共有四次南侵，有三次最为严重，威逼北京，深入畿辅，横扫山东，都是从中协和西协进入长城。所以就当时的一般看法说，吴三桂要求多尔衮派精兵援助，从中协或西协进入长城，也是合乎情理的。

吴三桂写信向清朝乞援时，丝毫不知道多尔衮要乘机南下夺取中原的政治野心和军事计划，也不知道多尔衮不等他派人前来乞援已经早有南下准备，此时已率大军从沈阳出发了，所以他在信中说："乞念亡国孤臣忠义之言，速选精兵……"他还相信，明朝分封各省的宗室众多，应该有如晋文公、汉光武这样的人物，为明朝中兴建立中兴大业。所以他是以明朝的"亡国孤臣"身份，向北朝请求派兵相助。从现存的史料看，他当时没有向清朝投降的动机。

虽然根据现存的可信史料，吴三桂起初只是向清朝借兵，并无降清之意，但是很快投降了清朝，并且放清兵从山海关进来，合兵战败李自成，接着清兵占领了北京，步步占领全国，这是铁的历史事实。历史事件的发展变化，各种因果关系互相交织，错综复杂。当时决定历史变化前进的有三种力量，一大主要矛盾，这一大主要矛盾是以新崛起的满族为主的清朝军事力量同以新占据北京的继崇祯之后代表汉族的李自成的军事力量，在这一主要矛盾中，清朝居于矛盾的主导方面，对事件的变化发展起决定作用。吴三桂在当时的复杂矛盾中不是主要方面，很快就变成了多尔衮手中的一个工具。不管有没有吴三桂，多尔衮都要率清兵南下，争夺北京和中原，而且当吴三桂派人向清方请求援助时，多尔衮已经在率领大军南下的途中了。

吴三桂在这一历史的大事变中，由立志做复兴明朝一大忠臣迅速堕落为遗臭千古的汉奸，既有客观原因，也有主观原因。除前边分析的他与大顺对抗的各种不利条件外，他还有一个致命的弱点，即他在政治上和军事上始终是一个缺乏远见和谋略的机会主义者。他在李自成进北京后，按兵不动，观望等待，不敢号召畿辅士民，对李自成"声罪致讨"，在政治和军事上都失去主动。当李自成向山海关进兵时，多尔衮也在向长城进兵，如果吴三桂不急于派人向多尔衮乞求援助，凭他自己的兵力，以坚城为依托，对抗李自成六万兵力，未必很快战败。几天之内，清兵即会从中协或西协进入长城，使李自成被迫回头与清兵在北京以东什么地方展开大战。即令说吴三桂侦探不灵，不能料到清兵会从中协或西协进入长城，但是也应该考虑到李自成悬军远来，既无后援，也不能就地筹粮，只利于速战速决，断不能屯兵于坚城之下，一两天不能取胜，必然赶快退走。吴三桂不依靠自己的力量，寄希望于多尔衮替他打败敌人，他坐收渔人之利，结果在多尔衮的压力下成了汉奸，成了多尔衮占领全国的一个工具，这是他的机会主义思想促成的结果。

六、多尔衮率清兵南下的必然性和决策

多尔衮率清兵入关，一战而败李自成，占领北京，随后将清朝的首都由沈阳迁到北京，开始了对中国将近三个世纪的统治。这样空前的巨大事变，我们绝不能从妓女陈圆圆身上找原因，以往的这类传说与吴三桂反抗李自成毫无关系。至于吴三桂向多尔衮的乞援，实际情况是当吴三桂派人去乞援时，清兵已在途中，与多尔衮率兵南下的重大决策并无因果关系。多尔衮原计划从中协或西协进入长城，其结果也是打败李自成，占领北京，吴三桂的求援，只是使多尔衮利用机会，改变行军路线，乘吴三桂之危，大军转向山海关，迫使吴三桂降清，同时占领梦想多年的山海关而已。

在中国历史上有一个通例，远的不说，只从盛唐以后来说。在北方的（长城以外）众多少数民族中，经过长期的历史演变，由于各种条件的促成，有一个民族从中崛起，统一相邻的诸部落，进入封建或准封建社会，成为军力强盛的新兴民族，建立了自己的政权，但在经济生产上和文化上是落后的，汉族地区的物质财富和精神文明为落后民族所艳羡。长城以南的汉民族政权或因政治腐败，或因分裂割据，给北方某个新兴的、军力强盛的少数民族政权提供了南侵的条件，进入长城，在北京一带建立了新的王朝，辽和金就是如此。蒙古族建立的元朝，也不脱离这一规律，但具体情况不同，蒙古兴起之后，先向西方进军，获得极大胜利之后，然后回师向东，灭西夏，灭金，再灭宋，建立元朝。

满族是女真族的后裔。金朝亡后，女真族留在长城以内的人逐渐被汉族同化，留在辽东各地的人分散成许多不相统属的小部落，经济和文化十分落后。明万历十一年（一五八三年）二十五岁的满洲爱新觉罗部首领努尔哈赤誓为父、祖报仇，以父亲留下的十三副铠甲、兵不满百开始起兵，势力渐强，统辖了辽东直至黑龙江一带的许多部落。万历四十四年（一六一六年），努尔哈赤称帝，建国后金，年号天命。

清太祖努尔哈赤于天命十一年（一六二六年）病逝，皇太极继位，次年改元天聪。皇太极在中国多民族大家庭历史上是一个杰出的英雄人物。满洲的经济、政治、文化各方面，在他的统治下得到了迅速发展。特别值得重视的是，他一反努尔哈赤的政策，不许将俘虏的汉人作为满族人的奴隶，而是将他们释放，作为自由民；如果家庭被拆散的，就使他们的家庭完聚；分给他们土地房

屋，使他们从事农业或各种工匠。坚持采用这一政策，使满洲的经济很快得到发展，从而对满洲的社会结构产生了积极影响，政权更加稳定。在努尔哈赤时代，满族社会开始由以民族为单位的部落社会向封建社会演进。由于皇太极利用被俘释放的大批汉人发展农业和手工业、商业，加上努力引进和学习汉族的封建文化和封建政治体制，使满洲社会向封建制的演进更快。

皇太极对于汉族的上层人物，实行一种十分高明的招降政策。皇太极对范文程重用，完全作为心腹谋臣，其依赖程度超过了一班在朝中的满族大臣。天聪七年（一六三三年）明朝叛将孔有德、耿仲明率眷属与一万余官兵从登州浮海来降，先派少数人在辽东半岛的盖州登陆，与清方（当时称后金）联系，自率大军到镇江上岸，受到极其隆重的接待。随后明朝镇守三处海岛的将领尚可喜也率部来降，同样受到隆重接待。孔、耿、尚三人都封了王，他们手下的将领也都升了官。

孔有德等率部来降之后，后金不仅增添了一部分兵力，得到了当时的先进火器（特别是大炮），更重要的作用有二：一是扩大了皇太极“民族政策”在汉人中的影响，二是促成建立汉军八旗的制度。

皇太极对汉人的招降政策十分高明，表现在许多方面。例如招降洪承畴的事件，人所共知，而洪承畴对清朝的统一中国确实起了重大作用。其余如对待祖大寿、张春等的政策，均为中国历史上少有，在此不必详述。

元朝灭亡以后，蒙古族内部分裂，但有些部落首领仍拥有相当强大的兵力，一直成为明朝的北部边患。到了万历年间，蒙古各部落的兵力衰落，给后金提供了分别征服蒙古的机会，并最终在皇太极手中次第完成，尤其漠南蒙古（即内蒙古）对后金最为重要，皇太极巧妙地通过军事的和政治的（包括联姻）手段，将漠南蒙古各地收归版图，并且建立了蒙古八旗。满族的起源本来在黑水白山之间，皇太极在巩固了松辽平原的基础之后，派遣一支人马深入黑龙江流域，东至海滨，扩大版图。将黑龙江流域土著部落的一部分迁到满洲内地，充实了人口，发展了生产，而对仍留在黑龙江流域的部落用朝贡方式建立了松散的隶属关系。皇太极对蒙古和黑龙江流域的征服，从近期看，扩大了后金的实力；从远期看，为后来康熙皇帝奠定中国的北方版图作了准备。

当时的朝鲜是明朝的属国，这是历史的政治因素和文化因素形成的两国关系。朝鲜受中国封建文化影响久而且深，也是东亚的一个文明古国，对新兴的后金抱着鄙视态度，视为夷狄，将努尔哈赤和皇太极称为虏酋。皇太极两次进兵朝鲜，以清除南进时来自东边的掣肘。皇太极即位之初，天聪元年，第一次派兵东征朝鲜，先陷平壤，随后包围汉城（首尔），迫使朝鲜国王李倧订城下之盟，约为“兄弟之邦”，向朝鲜勒索了大批财物。这次征服朝鲜，并未使朝鲜完全屈服，反而使朝鲜朝野增加了对后金的仇恨，双方的矛盾很快又表现得十分尖锐。皇太极于天聪九年（崇祯八年）十二月间，亲自率领大约十万人马以排山倒海之势侵入兵力脆弱的朝鲜，抢在他举行大清皇帝登基大典之前，于次年正月，攻破汉城，迫使朝鲜国王李倧彻底投降，断绝同明朝的一切关系，向大清纳贡称臣。

皇太极于这一年改后金国号为大清，改元崇德，于四月十一日举行了极其隆重的登基大典，宣布即位大清皇帝。他本来就是皇帝，在他的父亲努尔哈赤死后就继承了皇位，为什么又举行一次空前隆重的登基大典呢？这是因为，他已经确定了将要进入长城，与明朝争夺天下，使自己割据一方的皇帝变为统治四海的中国皇帝，所以才有此举。恰好，一年以前，他进击漠南蒙古察哈尔部一个敢于和他对抗的首领、成吉思汗的后裔、元顺帝的嫡系子孙林丹汗，其逃到青海境内病死，他的妻子和儿子投降，献上元朝留下的传国玉玺。得到这一颗玉玺本来是一个偶然事件，但在皇太极与当时一般人的思想中却不认为是偶然事件，而认为这是天命所归，他应当为中国之主。我们试看皇太极在四月十一日上午献给上苍的祝文，便可明白这次异常政治活动的真正意义。

> 惟丙子四月十一日，满洲国皇帝、臣皇太极敢昭告于皇天后土之神曰：臣以眇躬，嗣位以来，常思置器之重，时深履薄之虞；夜寐夙兴，兢兢业业，十年于此。幸赖皇穹降佑，克兴祖父基业，征服朝鲜，混一蒙古，更获玉玺，远拓疆土。今内外臣民，谬推臣功，合称尊号，以副天心。臣以明人尚为敌国，尊号不可遽称，固辞弗获，勉徇群情，践天子位，建国号曰大清，改元为崇德元年。窃思恩泽未布，生民未安，凉德惭怀，益深乾惕。伏惟帝心昭鉴，永佑家邦。臣不胜惶悚之至，谨以奏闻。

这封祝文，修辞谨严，确实反映出皇太极当时的心态。他认为自己已经征服了朝鲜，混一了蒙古，远拓了满洲的疆土，还得到了元朝的传国玉玺，所以现在接受臣民拥戴，“践天子位”，建国大清，改元崇德。既然他是“践天子位”，那就不再仅仅是满洲的割据之主。既然他认为“明人尚为敌国”，那就意味着下一步奋斗目标就是征服明朝，而明朝也只是目前存在（“尚为”）的敌国。

由以上分析，我们可以明白，到了公元一六三六年，已经做了十年后金国皇帝的皇太极，认为条件已经成熟，大肆渲染将后金国号改为大清，重新举行空前隆重的登基大典，表明是“践天子位”。这种极其重大的举动，也表明他已经决计要进入长城，取代明朝为中国之主。过去谈论明清之际历史的人们没有将皇太极的改国号和年号以及重新举行一次极其隆重的登基大典，同他确定南进中原的决策联系起来，所以都是泛泛看过，没有向深处理解这一历史现象的真正性质。皇太极登基大典的仪注中，有一项仪注是将同样内容的贺表用满、汉、蒙三种文字写出，由这三个民族的代表奉献给他，表明他不仅是满族的天子，也是汉人和蒙古人的天子。

皇太极在晚年，也就是崇德年间，经常谈论进入中原的作战方略，为左右亲信的王公大臣所熟闻。但当时他还没料想到会占领全部中国，而只是希望占领北京之后再占领中国北方数省，恢复金朝盛世的局面。他逝世之后，多尔衮以摄政身份执掌大权，积极准备实践皇太极的遗志，不管有没有李自成进北京，多尔衮迟早都要率清兵南下。李自成进北京，暴露了政治上和军事上的严重缺点，为多尔衮提供了迅速南下的机会。多尔衮经过一番周密准备，于顺治元年（崇祯十七年）四月初九（丙寅）从沈阳启程，这一天，李自成还在北京，不知道满洲方面的动静。四月十三日，李自成从北京启程，往山海关东征，而此时多尔衮率领南下清兵出沈阳走到第六天，于四月十五日（壬申）到达翁后（今阜新市境内），遇到了吴三桂派来乞援的使者。多尔衮原计划按照往年清兵南侵的路线，从中协或西协选择一个长城口子进入长城，但是遇到了吴三桂的使者以后，多尔衮突然改变主意，转向山海关进军，要乘机压迫吴三桂投降清朝，同时夺取山海关这一个梦想多年的战略要地。从松山战役以后，清方就多次向吴三桂诱降，吴三桂置之不理，乘此机会，迫使吴三桂投降，可以不费力获得数万人马。与吴三桂合兵，一战杀败孤军远来的李自成，可以收到事半功倍之效。皇太极多年希望夺取山海关，打开进入中原的康庄大道，都没办法，如今机会来到，竟然不费一矢，从吴三桂手中接管山海关，简直是出乎多尔衮的意料之外！

七、写历史小说的一个根本原则

前边花了许多笔墨，分析了一六六四年多尔衮率清兵入关和吴三桂投降清朝这一桩重大历史事件的基本情况和历史进程中所包含的错综复杂的因果关系。我的最终目的绝不是像许多专业史学家一样要说明历史事件本身，而是要回到历史小说的创作方法和创作原则，特别要回到《李自成》第五卷中《多尔衮率清兵南下》，避免盲目性，也就是说，在对历史问题的看法上不随着流行意见走，在长篇小说的美学追求或创作方法上，遵循我自己开辟的历史小说新道路。

我当时为自己定的一些关于写长篇历史小说的创作原则和方法，不是从别处借来的，也不是从五四新文学遗产中学来的，而是由当时我在文化修养方面所具备的综合条件自然形成的，尤其重要的条件是历史唯物主义的思想方法，是从中国古代和近代史学家学习到的严肃认真的治史态度和方法，还有近代的现实主义创作方法。在一九五七年秋天我开始动笔写《李自成》的时候，为自己定的创作原则和方法包括许多方面，而最重要的是为我自己确定历史小说的含义，是我写历史小说的根本原则。今天我写的这篇论文，在于说明多尔衮率清兵入关这一历史巨变的来龙去脉以及与此事有关的各种因果关系，然后解释我写历史小说的根本原则。

当我在三十五年前悄悄动笔写《李自成》的时候，我先有一些创作上的基本原则和长篇小说美学上的一些想法，指导我的写作。尽管起初的认识都很粗浅，但我很重视自己的独特认识，毫不动摇。随着创作实践向前进展，我的理论认识随之深化和提高。到《李自成》第一卷出版之后，我的一整套理论体系就基本形成了。

今天，我只以第五卷中《多尔衮率清兵南下》这一单元的创作思想，作为实例，向读者汇报我关于历史小说的一个最根本原则，即历史科学与小说艺术的关系。

我从现实主义的创作方法出发，进行《李自成》的写作，经过长时间创作实践，概括了自己的理论认识，提出了“历史现实主义创作方法”这一名词。从根本上说，生活是创作的源泉，写现实题材的作品如此，写历史题材的作品也是如此。文学创作，除首先深入理解生活外，别无他途。所不同的是，深入理解古人生活（即历史生活），不能依靠作家的亲身体验，亲眼观察，而是另有途径，必须多依靠丰富而广博的历史知识。关于“历史现实主义创作方法”所包含的许多具体问题，例如如何理解历史生活的途径和方法，丰富的现实生活与理解历史生活的关系等，今天都不去谈，今天我只谈历史科学与历史小说的有机关系这一个最为根本的问题。

自从一九六三年《李自成》第一卷出版之后，我一边继续写第二卷，一边总结已经获得的写历史小说的实践经验和理论认识，开始有意识地建立我自己关于历史小说的理论体系。关于历史小说创作原则的一个最根本问题，也就是历史小说的性质问题，我总结出一个认识，即我不断流露在给朋友的书信中、在关于历史小说的演讲和论文中反复言之的一句话：

> 历史小说是历史科学与小说艺术的有机结合，作家所努力追求的不是历史著作，而是艺术成果，即历史小说。

“文革”结束以后，历史题材真正得到解禁，一部分对历史有兴趣的作者有机会发挥各自的创作才能，于是出现了许多历史小说，其中有比较好的，但是欠缺历史知识的作品居于多数。许多历史小说，不管怎样宣传，只能蒙混文化层次较低的一般读者，而文化层次较高、对中国历史有较多认识的读者，对这样的作品不愿点头，甚至读不终卷。为什么呢？原因不外乎这些小说的作者们对历史的态度不严肃，没有认真研究历史，将历史小说的创作看得太容易。有的作品不但不能正确地反映历史，反而歪曲了历史生活，甚至犯了常识性的错误。如同写现实生活题材的作品一样，历史生活是创作历史题材的基础，任何历史小说作家，如果对历史生活和历史运动没有广博而深刻的认识，就不可能写出成功的小说人物和真实的生活细节，一句话，不可能有小说艺术。

我认为，要想做一个较有成就的历史小说家，除精通小说艺术之外，必须同时深入历史研究。不能深刻地掌握历史科学，就不可能在小说创作中反映出深刻的思想性。不掌握多方面的历史生活知识，就不可能写出大小人物生活环境和生活细节。小说艺术离不开虚构，人们常说一部小说中的什么人物在历史上确有其人，其实历史资料上确有的这个人物不等于小说中被描写得栩栩如生、性格丰满、生活情节曲折、给读者印象深刻的人物。记载于历史资料上的人物，文字都很简单，仅仅是简单的“提示”，而小说家将“提示”性质的记载变为性格丰满的小说人物，变为典型人物，这需要经过作家艰苦的和天才的精神劳动，也就是艺术虚构。艺术虚构的过程就是小说创作的过程，在一部长篇小说中，必须虚构大量的人物，这些人物不见于历史资料或仅有野史传说。即令大家常说《三国演义》是“七实三虚”，那所谓“实”也只是说在陈寿的《三国志》和裴松之的注中有简单的资料依据，不等于详细的历史描写，更不等于历史科学。所以所谓“七实三虚”中的“实”字不能固守本意，须从小说文学的一般创作规律去加以演绎。

愈是闪耀着艺术光芒、情节感动广大读者的历史小说，愈得力于作家擅长于艺术虚构的技巧和才华。但是不要忘记一个颠扑不破的基本原理：生活是创作的源泉。所以我们谈论历史小说家的创作才华，不能忽略历史小说家在这一基本原理上也丝毫不例外，不真正具备历史生活的丰富知识就不能写好历史小说。人们的天赋条件确有不同，有的作家确实记忆力很强，有的作家对接触的事务确实是比一般人敏感，而且形象思维能力很强，这就是通常所说的特殊天才。但是一个作家倘若没有丰富的生活知识作基础，天才就是空的，绝不能开花结果，不管是写现实题材的作家或是写历史题材的作家，创作的基本规律都是如此。

不论是现实生活或历史生活，都是宏观认识与微观认识相结合，相辅相成。重视宏观认识才能使作家从高处看问题，从大处看问题；重视微观认识，才能使作家从深处认识问题。一般说来，宏观认识可以打开作家的思路，能够对进入微观认识起指导作用；反过来，正确的微观认识能够验证、修订和充实宏观认识。因此，这二者不可偏废，应该使两条认识客观事物（问题）的道路综合利用，而长篇小说家更应如此。就我个人的经验来说，宏观认识有助于作家的逻辑思维，微观认识则是作家形象思维的直接土壤。只重视宏观认识，不能进入历史科学，也不能产生形象思维，重视微观认识才能够实事求是地解决历史上一个一个的具体问题。

历史小说家在写小说时，对其所处理的重大而复杂的历史题材必有宏观认识，在进行创作时才能够从全局着眼，考虑小说故事的结构布局，事变进程中的各种主要因果关系，以及由各种因果关系而表现的历史规律。借重对历史事变的宏观认识，不仅产生小说故事的结构布局，也决定如何处理小说中主要人物和许多大大小小次要人物的不同关系。大体说来，小说家对历史的宏观认识引导着小说故事的主要进程，也决定一部长篇小说思想性的高低。

所谓对历史的宏观认识，这“宏观”一词只有相对的意义，稍微具体言之，是有不同层次的。以《李自成》这部小说为例，对整个明清之际中国历史情况的了解是一种不可少的宏观认识，也是较大范围的宏观认识。因为有此宏观的历史认识，所以两种不同性质的战争交叉进行，既写明朝内部的阶级战争，也写明清之间的民族战争。第一卷一开始先写清兵进入北京附近，北京戒严，这是民族战争。到了第五卷，完全写民族战争，从整部小说的结构看，第一卷开始部分与第五卷互相呼应。这种关于整部小说的艺术结构，来源于我在35年前动笔创作的时候，我对中国明清之际的历史具有初步的宏观认识，以后每一卷或每一单元的历史进程，都有不同层次的宏观认识，不如此，便不能将小说继续写下去。不管小说的内容多么复杂，总保持脉络清楚。这个道理，写长篇小说都是如此，不论是写历史题材或现实题材，没有例外。

现在回头来谈一谈我从历史的宏观认识出发，对于《李自成》全部三百万字长篇小说的整个设计。在史学上，我一开始就否定了《甲申三百年祭》及其影响下的流行观点，我通过自己的努力，对历史进行研究，认识到李自成进了北京，崇祯自尽，明朝已亡，所以山海关大战的性质不再是李自成与明朝政府的战争，而是以满族贵族为核心并联合汉族和蒙古族封建统治势力所建立的清朝政权乘机南下，与汉族的各派武装进行的民族战争。吴三桂对抗李自成一事对满汉之间爆发民族战争起一种催化剂的作用，并不是历史事实的决定因素。吴三桂原来并不打算投降清朝，但是在客观因素和主观因素的共同作用之下，他很快投降，成为多尔衮手中的一个工具。不管有没有吴三桂这个人物，有没有他向多尔衮请求援助，多尔衮都必定率兵南下，只是不走山海关这条大道，而是从中协或西协进入长城，其结果也是战败李自成，占领北京，使清朝统治中国。

满族从努尔哈赤于万历十一年（一五八三年）起事，到万历四十四年（一六一六年）建立后金国。又经过父子两代将近三十年的奋斗，到一六三六年，皇太极改国号大清，改元崇德，完成了第一阶段的发展，开始向进入华北建国的道路上迈进。李自成的破北京，崇祯的亡国，吴三桂的反抗李自成和派人向清朝请兵，都是给多尔衮提供了向关内进兵的有利条件。从崇德元年起的皇太极到顺治元年清兵入关的多尔衮，历史依照它的宏观规律迅速发展。时势造英雄，皇太极和多尔衮都是在这一时势中出现的英雄人物，而李自成在新的历史形势中扮演了悲剧角色。

从皇太极到刚刚率兵进关的多尔衮，都没有梦想统治全中国。皇太极原来的梦想是以辽东为基地，进入北京，在华北和中原建立中国北部的清朝，恢复金太宗盛世局面。多尔衮进入北京之后，亲眼看见李自成不难消灭，又看见明朝的残余势力在南京拥立福王，政治上极其腐败，军事上四镇纷争，史可法无能为力，他不再以实现皇太极遗愿为满足。看见新出现的各种有利条件，加上清朝方面主观条件的新变化，多尔衮改变了原定目标，开始确定了既灭“流贼”，也灭南明，达到统一中国的用兵方略。

八、怎样写第五卷的“序曲”？

我将《多尔衮率清兵南下》这个单元看作是《李自成》第五卷的“序曲”，由这一单元引出整个第五卷满、汉之间的民族战争，只是在今天说来，由于历史的变化，仍然是中华民族的内部战争。

因为这个单元是作为第五卷的“序曲”来写，所以人物和故事力求简单。关于吴三桂这个人物，我放在下一个单元《山海关大战》中着力描写，到此时不让他正式出场，只作侧面介绍。在这一单元中，我安排的中心人物，首先是多尔衮，其次是洪承畴，再次是范文程。女性人物的出场是顺治的母亲，年轻、貌美、聪明能干的庄妃，现在已是圣母皇太后。当时清朝方面重要的亲王、贝勒及满汉大臣很多，都不必写，只让当时与多尔衮共同辅政的郑亲王济尔哈朗作一个配角，既可以衬托多尔衮的雄才大略和专权欲望极强的性格，也从侧方面反映爱新觉罗皇族内部的深刻矛盾。

洪承畴在这个单元中是要塑造的一个仅次于多尔衮的重要人物。在《李自成》第三卷中有《燕辽纪事》一个单元，内容的重点是写洪承畴的降清故事。这个单元先在刊物上单独发表，后来《李自成》第三卷出版，在广大读者中，特别是在文化层次较高的读者中受到称赏。我当时摆脱多年来极“左”教条主义的思想束缚，将历史上公认的民族叛徒、大汉奸写得有血有肉，思想的变化深刻而合乎情理，绝不简单化、不漫画化，不在表面上将反面人物的形象故意丑化。在“文革”末期（成稿于“江青反革命集团”覆灭之前）的历史条件下，敢于以这样态度塑造汉奸人物，是对当时统治思潮的叛逆行为，也是我坚持的历史现实主义创作方法的胜利。我考虑到洪承畴这个历史人物从二十四岁中进士开始步入仕途，虽然在前半生已经做了大官，但对中国历史并没有起重要作用，到降清后进入后半生，却在中国历史上起了重要的作用。这个人在处理政治和军事问题上表现得才华横溢、思路敏捷，在十分繁忙的工作中“心计目数，手答口授，自辨色至夜分不辍”（见《明季南略·洪承畴传》）。多尔衮决定率清兵南下时，他献了重要方略；清兵平定江南时，他坐镇南京统筹军务；清兵平定西南云贵各地时，又靠他先驻江西，后驻湖南，统筹军务。清朝，从皇太极的崇德年间开始，到入关后统治整个中国，政权的性质是以爱新觉罗皇族为核心的满族封建地主，联合蒙、汉的统治阶层进行统治。我要写出洪承畴是一个有本领的汉奸容易，要写出他的悲剧性格就比较困难，我必须从这一单元起，一步一步地从他的内心世界写出他的悲剧性格。

还有一个人物我不打算多费笔墨，但必须写好，写出她的心灵——那就是顺治的母亲，年轻的圣母皇太后。她在清朝入关之前和入关后复杂的皇室斗争中一定起过重要的幕后作用，所以康熙皇帝对她十分称颂，但是关于她的具体资料十分稀少。虽然关于“皇太后下嫁摄政王”我不相信，但是她如何在幕后既防止多尔衮从她的儿子手中篡夺皇位，又支持多尔衮建立统一中国的伟大功业；既同多尔衮在心灵深处蕴藏着秘密爱情，又不能使多尔衮对她有越礼之事，这一众复杂关系，要写好很不容易，在“序曲”中开始试笔。

一九九二年三月末

（原载《文学评论》1992 年第 4 期，补充少量内容和文字调整后收入《姚雪垠书系》第 19 卷，中国青年出版社 2000 年 10 月出版）

论历史小说的新道路

——当代中国历史小说的若干理论问题

第一章　历史小说在中国当代文学中的地位

人类社会历史永远在继承与发展的辩证轨道上前进，永无休止。当然，历史也有逆流，有短期的倒退现象，但前进总是永恒的，所以创造现代文明不能不重视历史的继承关系，也不能不回顾历史的经验和历史的文化积累，这是民族精神财富的巨大矿藏。二十世纪六十年代初，史学家吴晗提出“道德继承论”的问题，所持论点基本上是正确的，却遭到一阵围攻，成为“文化大革命”在思想战线上的一个“前奏”。按照反对“道德继承论”者的看法，社会主义社会的道德观与封建社会的道德观绝对不能有继承关系，而是一种全新的道德观，要与传统决裂。这种论点代表了当时盛极一时的极“左”思潮，而极“左”思潮与民族文化虚无主义是一对孪生姊妹。大家都看见了，在极“左”思潮的支配下，产生了“文革”，不仅国民经济濒于崩溃，而且民族文化受到不可补救的破坏，社会道德也遭到严重破坏，民族精神方面留下许多后遗症，至今还没有完全治愈。

为了建设我国的社会主义精神文明，我们必须立足现代，回顾过去，放眼未来，正确对待这三者的相互关系，便是我们所需要的历史态度。所谓“厚古薄今”，当然是错误的，而所谓“厚今薄古”，也不是辩证地看待历史与现代的关系。历史小说家就是要从古代与现代的、历史与现实的正确关系中评价自己的工作意义，决定自己的努力方向。

任何民族都爱护自己的历史，而且将民族感情同爱国主义精神融合在一起。在国家尚未消亡的当今世界，民族感情和爱国主义精神仍然是人民的最高道德标准之一。人民对本民族的历史生活和历史人物总是兴趣浓厚，并且以本民族的历史英雄人物和历史功业为骄傲，并从中吸取无穷的精神力量、吸取智慧，也吸取经验教训。既然历史对生活在今天的人民仍然十分有用，历史小说在文学艺术的大花园中就应该占有一席之地，使历史生活和历史人物为建设社会主义精神文明服务。

中华人民共和国成立以来，曾经长期存在过排斥和压制历史题材文学创作的现象，大概有两种情况：第一种是某些领导文艺的同志对于祖国历史和传统文化的无知，不自觉地陷入民族虚无主义；第二种是极“左”思潮的影响。在极“左”思潮的控制下，不仅历史题材的创作经常受到抑压和排斥，不能列入作家的创作计划，不能得到领导批准，更有甚者，在频繁的政治运动中，历史题材的文学作品往往首当其冲最容易被随意曲解，诬指为影射现实，加以“反党反社会主义”的罪名。在习惯于将文学附庸于政治的时代，不仅历史题材的文学作品容易受批判，作家也容易连带遭殃。灾难的“文化大革命”结束以后，历史题材获得了解放，历史小说才有了充分发展的机会，这一新情况标志着时代的重大变化。

一个民族，既能发展反映现实生活的文学，也能发展反映历史生活的文学，文学的繁荣就更为全面。特别在中国这样历史十分悠久的国家，这种文学发展道路更有必要。

但是，现实题材和历史题材的主次关系不能混淆。必须号召作家努力写人民的现实生活，必须以反映现实的文学创作为主流，这是我们发展社会主义文学的战略思想和基本原则。从文学同社会生活的联系看，或从文学对社会的积极作用看，当然应该如此。由于历史小说的特殊性质所决定，要成为一位涵养很深的历史小说家，需要有相应的条件才行，除掌握一般的语言艺术修养和懂得小说的一般美学问题之外，还要具有对历史和传统文化的丰富修养。事实上，我们只能要求广大中青年作家和有志于文学创作的青年努力深入生活，表现现代生活，而不能要求他们都去深入历史，都熟悉传统文化，从而准确地表现历史。发展社会主义文学，无此必要，也无此可能。写历史题材的小说家毕竟是极少数，实际上只能是极少数。不论将来社会主义教育如何发达，国民文化如何提高，也只有很少数人真正对本民族的历史和传统文化有较深的研究，能够达到创作历史小说的修养。关于这个严肃的问题，我将在后边继续说明我的论点。

发展我国的现代文学，应该以现实题材的创作为主，历史题材的创作为副，也可以说，前者是主流，后者为支流。这一原则，今天如此，将来也是如此。但是对于具体作品来说，成功或失败、杰出或平庸、不朽或速朽，不取决于题材是现实的或历史的，而取决于作品的思想性和艺术性。

我们今天是在共产党领导下，以马克思列宁主义为指导，建设我国的社会主义，这种时代精神和历史使命，决定了我们的文学性质和基本创作方法。凡是离开中国的社会文化土壤，盲目从国外引进一些新的花样，都是不会有生命力的。我国当代的文学作品必须成为社会主义的革命文学，而不能回头跟着资本主义国家的某些文学道路走。反映现实题材的文学应该如此，反映历史题材的文学也应如此。这是我们当前值得思考的问题。

如果希望我国当代的历史小说在繁荣昌盛的中国当代文学大花园中确能占有一畦之地，受到重视，进而在当代世界文学中受到重视，必须重视以下两个问题：第一，我国当代的历史小说必须是中国的，即走中国自己的创作道路；第二，必须具有当代性，即具有社会主义时代的精神和特点。

中国当代的历史小说，只有走中国自己的道路，才能受到我国广大读者的欢迎，也才能在世界文学中独树一帜，丰富世界文学；只有具有社会主义的时代精神和特点，才能算作是社会主义新文学的组成部分。

当代中国作家的作品是不是社会主义文学，不是取决于写的是什么题材，而是取决于作家的世界观和思想感情，以及与之相联系的创作方法。一九六二年，我国有人提出写中华人民共和国成立以后的生活是社会主义文学，写中华人民共和国成立以前的生活不能称为社会主义文学。这是一种极“左”思想的代表，当然是荒谬的。现实题材写出的作品当然应该称为社会主义文学，但是由于作者本身的条件，写出来的作品可能不是社会主义文学。甚至可能是反社会主义文学。如果作者具有工人阶级的先进世界观，能够运用历史唯物主义的哲学武器认识历史生活和历史人物，认识历史事变的深刻本质和发展规律，明白对历史人物歌颂什么、批判什么，而且能够写出历史生活的典型环境和典型性格，这样的作品就能够为社会主义服务，为建设社会主义的广大人民服务，当然就属于社会主义的文学范畴。是否是社会主义文学的历史小说家，不是以是否有党政画线，而是看思想实质。

反映历史生活的小说和反映现实生活的小说是相辅相成、互相结合的关系，而绝不是互相排斥的关系。要奠定历史小说在当代社会主义文学中的地位，关键问题不在历史小说的数量，而在质量。写现实生活的小说十分繁荣，数量众多，但能够经得起一定时间考验的毕竟是少数，能够传世的更少。在报刊上受到好评或得奖，并不能决定一部作品能否成为传世之作。当代人写当代生活和当代人物的小说，获得真正成功尚且不易，当代人写古代生活和古代人物的小说，想达到真正高水平当然更难。所以我们必须探讨关于历史小说创作的一些理论问题，努力掌握历史小说创作的成败规律，从而创作出在当代说来，思想性和艺术性二美兼备的作品，为当代历史小说开辟光辉的新道路。

第二章　当代历史小说的兴起是一次特定范围的文学运动

当我们讨论当代历史小说的发展道路和创作问题的时候，首先接触到的根本问题是历史小说的特殊性质，即如何理解历史和小说的关系。前者是科学，后者是艺术，如何将二者有机地结合起来，是当代历史小说家必须在理论上解决的重要问题。这个问题解决得愈好，我们就愈能理解当代历史小说的特殊性质，从而掌握历史小说成功的主要规律。

任何一种文学艺术运动都具有指导运动的基本认识或共同精神，也就是某种大致上互相呼应、互相联系的创作追求。在文学、艺术的发展史上，总是运动产生认识，认识上升为理论，回头来影响创作，也就是指导或引导创作。单拿文学史观察，有积极的运动，也有消极的运动，都和不同群体作家的精神状态和思想认识有密切关系，最终还是反映着特定时代的、特定阶级或阶层的，包括哲学观和文艺观在内的意识形态，而且还可以从经济、政治等各种社会生活的特殊条件找到根源。当然，最值得我注意的是带有积极意义的文学运动。

各种文学运动在历史上的影响大小、成就高低，取决于作家群体的创作成果。作家们不一定都写论文，宣布主张，但是每个作家都有自己的理论认识，认识的水平高低不等，直接影响他在文学创作上的追求。愈是自觉的文学运动，理论认识与创作实践活动的互相结合愈为密切；作家们在创作上的追求愈为自觉，愈能排除创作上的盲目性和糊涂观念。古代和现代的文学史上这种情况可以概括出一条规律，对推动当代中国历史小说的发展也是有用的。

我国当代的历史小说几乎是从无到有，在中华人民共和国成立后只出现过短篇历史小说，但是遭到压制不能发展，而后又遭到频繁的政治运动的波及，使作者受到了文字祸殃。然而各文明国家的文学史充分证明，历史的积累是各个民族不可代替的精神财富，表现民族历史的文学艺术是民族的需要，也是作家和艺术家们不可推卸的责任。民族需要历史小说，作家有写历史小说的热情，也是这个道理。一本历史小说可能是没有生命力的，但是民族和人民需要历史小说，这一社会现象却是有生命力的。正因为如此，宋元“说话人”有“讲史”一科，而随后发展为众多的历史演义小说。大概也由于同样原因，《李自成》在“反右派”狂风暴雨般的斗争中开始动笔，又在六十年代初那样十分艰难的条件下出版问世，在文艺的百花园中占领一度之地，并且由于各种因素的互相作用，经受住了狂风暴雨的“文革”。但最值得欣喜的不是《李自成》的出现、存在和继续出版，而是自从“文化大革命”结束以后历史小说的大量涌现。

在《李自成》开始写作的时候，我为当代历史小说的创作思考了一些基本原则。随着之后的创作实践，不断地丰富和加深认识，形成粗浅的理论体系。今天我没有必要详细谈我关于当代历史小说的理论体系，我只是提到这个问题，借以说明当代中国历史小说的兴起绝不是一次偶然现象或盲目活动；对个别作家来说，是有理论指导的创作活动。由于这种情况，我们更应该深入思考当代历史小说创作浪潮的历史意义。

现在还没有人指出当代中国历史小说的涌现是一次新的文学运动，大概只有我是这样看的。我是从文学史的角度看的，这一次出现的历史小说创作热，在创作态度和创作方法上既不同于历史上曾经流行过的历史演义小说，也不同于五四运动以来的历史剧，它有合乎逻辑的从萌芽到成长的过程。虽然目前历史小说作家们的思想情况、对小说艺术的见解以及对写历史小说的追求很不一致，但是他们都具有大体上共同的创作态度，即都愿意发掘历史题材的宝藏，填补五四运动以来几乎成为空白的历史小说阵地；他们全部或绝大多数人都受过新文学的熏陶，不愿重走历史演义小说的陈旧道路；他们不像现代历史剧常见的那种借古喻今，为某种政治思想做宣传的创作道路；他们愿意通过小说反映历史；他们基本上都在力求运用五四运动以来新小说的创作方法。

总之，我从当代历史小说的兴起中看到了许多作家之间存在着大致上的共同性，因而我指出这是一次特定范围内的文学运动。这里所说的运动，等于说是在当代中国已经出现和正在发展着的一种历史小说新流派。作为文学运动看，它既是当代社会主义文学革命运动的组成部分，也是填补五四新文学运动的一个空白。

倘若我们都能从文学史的观点上承认当代中国历史小说的兴起和繁荣是一次特定领域内的文学运动，我们更应该努力提高我们的创作水平和理论水平，不要辜负这一崇高的历史使命。不管我们是自觉地或不自觉地参与这一运动，将来的文学史家必将视我们为这一新运动的奠基人和开辟道路的人，并且从这一意义上评价我们的贡献大小。同志们勉乎哉！

第三章　出现当代历史小说运动的历史条件

在五四新文学运动中，较快兴旺起来的不是历史小说，而是历史剧。我们的历史剧作家并不缺乏对历史深感兴趣的人，有的人还是社会上公认的史学家，然而由于社会大动荡和革命政治斗争的需要，加上习惯于走浪漫主义的创作道路，还由于对待历史的态度不严肃，他们还不理解，也没有认真考虑历史和戏剧的正确关系。那时候的作家们受到当时历史条件的局限，还没有意识到应该如何解决关于历史文学的这一根本问题，他们并不是缺乏聪明才智，而是中国现代文学史还没有发展到解决这一问题的阶段。

二十世纪二十年代到三十年代出现的历史剧本或诗剧，作家只是借用历史人物的名字和一点儿故事因由，便发挥想象，用浪漫主义的创作方法写出作品，即所谓“借他人杯酒浇自己胸中垒块”。剧中人物发挥着现代人的思想感情，对话是现代人的说话口吻。作家并没有考虑如何表现古人，仅是急于表现自己。

大概从二十世纪四十年代初开始，出现了一种影响较大的历史剧，虽然仍旧是“借他人杯酒浇自己胸中垒块”，但是更直接地干预社会斗争，使用借古喻今、影射现实的办法使剧本创作为一个时期的政治斗争服务。由于这一派创作方法流行的时间较长，对政治斗争曾起过积极作用，在文艺界和知识分子中影响较大，使一部分文艺理论工作者和现代文学史编著者对这一派历史剧作家的功绩过分夸大，将他们的创作方法视为当然。在论述到这一派剧作家时，称他们为浪漫主义剧作家是有道理的，但是从作品的思想深度和艺术高度看，对个别作家称为伟大的作家则未免过誉。称赞这一批作品在当时政治斗争中的积极意义，对国民党反动派的战斗作用，这也是有道理的，但是评论家们和现代文学史家们独独不谈这些历史剧本是否反映了历史的基本面貌，反映的深度如何，以及是否写出了历史典型环境中的典型性格。许多评论文章和现代文学史的著作中，不仅表现出对历史剧认识上的历史局限性，而且反映出一种不实事求是、“看人戴帽”的学风。

然而文学史总是在向前发展。从宋朝“讲史”以来将近一千年间没有解决的关于文学如何反映历史这一根本问题，继续摆在当代作家的面前，同时也摆在广大读者的面前。如今有了解决这个问题的历史条件，随着国民文化的发展，较有历史知识的读者多起来，于是出现了如下情况：第一，那种脱离历史真实很远，随心所欲写成的历史文学作品，再也不能满足较有文化水平的读者要求了。第二，历史唯物主义已经为广大知识界所接受，在史学界和文学理论界扎下了根，这种新的情况影响一部分水平较高的读者从新的角度对历史文学作品的思想性和反映历史的真实性、深刻性提出了新的要求。

一部小说的命运不是取决于作家的主观愿望，而是取决于是否能满足读者要求。当代中国较有修养的读者由于历史知识水平的提高，又受了历史唯物主义哲学思想和现实主义文学思想的熏陶，大大不同于古代读者，他们逐渐厌弃了以借古喻今的创作方法为政治服务。历史是不以作家个人意志为转移的客观存在，不管以什么理由随心所欲地写历史人物和历史生活，违背历史的可能性和真实性，都是读者不同意的。近十年来出现了大量的历史电影和电视片，由于编导者不懂历史，往往一部历史电影或电视片一与观众见面，就引起纷纷指责，批评其谬误之处，就说明当代观众和读者的深刻变化。这只是历史知识日渐普及所引起的新变化，呼唤着新的历史文学创作道路和创作方法。

从二十世纪二十年代开始，辩证唯物主义和历史唯物主义的哲学思想就被中国的进步知识分子所接受，经过严峻的思想斗争和政治斗争的二十世纪三十年代至四十年代，这一哲学思想在进步知识分子中更加普及，更加深入人心。当代历史小说家倘若不尊重历史，便不可能运用历史唯物主义的哲学武器，便会落后于中国当代的哲学思想主潮。当代中国的哲学思想主潮，呼唤着新的历史文学创作道路和创作方法。

现实主义从五四运动以后便成为中国新文学的思想主潮，不但为绝大多数当代作家所遵循（对诗人不作同样要求），也已经成为广大读者欣赏小说的美学原则之一。现实主义的美学，要求小说家深刻地、忠实地、形象地再现历史，写出历史典型环境中的历史典型人物。当代中国的现实主义文学运动主潮，呼唤着新的历史文学的创作道路和创作方法。

我国当代的新历史文学开始出现于二十世纪五十年代末和六十年代初。当时对于历史剧同历史的关系问题已经作为一个创作原则问题被提出来，进行讨论。由于接着而来的政治运动，这一次讨论没有深入下去便终止了，但是起决定作用的是新创作道路的历史文学作品正是在这时候出现了。作品是文学艺术运动的实际成绩，其意义比任何热闹一时的理论讨论都重要得多。对中外历史上许多文学美术流派，不是看他们的宣传和讨论，而是看他们的作品，他们为历史提供的实际成绩。二十世纪五十年代末和六十年代初出现吴晗的剧本《海瑞罢官》和我的历史小说《李自成》第一卷。前者不一定是艺术上的成功，而是歌颂了敢说话的历史人物，深陷文网，在政治上引起轩然大波；后者在艺术上，在创作道路上产生了较深入人心的影响。我们不必评价这部历史小说的实际成就，但从当代历史小说运动看，无疑是一支嚆矢。

有一个历史现象，也许值得大家思考。在写剧本创作上开始走这条新道路的是吴晗，他是一位真正的史学家。我虽是小说作家，但我从青年时代起就对史学有兴趣，大概可以算是一个有志于史学研究而未能成家的人。假若我是一个对史学毫无根基的人，对中国古典文学也没有一定根基，单凭着写小说的经验，对写《李自成》盲目从事，且不说不会有出版机会（我当时的政治面貌是“摘帽右派”），纵然能够侥幸出版，不外两种结果：一是没人注意，起不到我所希望的作用；二是被别人任意无限“上纲”，给我加上“歌颂封建皇帝”和歌颂“两手沾满人民鲜血的卢象升”罪名，将我打倒在地。

《李自成》第一卷出版之后，在武汉曾受到恶毒攻击，而且恶意攻击者依仗着流行的“左”的教条主义所谓“理论”，加上疯狂得眼睛发红的嫉妒心理，强烈希望趁着“文化大革命”开始后极“左”思潮猖獗的机会，一下子将《李自成》打为“反党反社会主义的大毒草”。只是由于《李自成》本身的力量，这种肮脏卑下的企图未能得逞。毛泽东同志当时读完了《李自成》第一卷上册，在“文化大革命”开始后不久的一次党中央政治局扩大会议上主动地嘱咐一位列席会议的有关负责同志，要他通知武汉市委对我加以保护，让我将书写完。在没有法制和没有民主的那个时代，只有毛泽东同志说话算数。

从一九七四年起，“江青反革命集团”提出“评法批儒”的口号，更加疯狂地进行反党反人民活动，把全国闹得乌烟瘴气。在武汉的某些人，不敢公开禁止我继续写《李自成》，但他们可以利用各种方法使我没办法进行写作工作。在一九七五年秋天，我实在没有办法，写信请毛泽东同志支持我的创作计划。当时“江青反革命集团”的“批邓”尚未开始，由尚在主持中央工作的邓小平同志将我的信转交给毛泽东同志。① 毛泽东看了我的信，当即批交政治局，同

① 这是当时的传闻，后来中央档案证实转信的是胡乔木。——编者注。

意我的创作计划，要中央给我提供条件，让我将书写完。由于毛泽东的两次亲自干预和邓小平同志的帮助，在“文革”中挽救了《李自成》，保护了我本人，也使我的稿子、藏书和大量读书卡片未遭损失。到了一九七七年春季，《李自成》第二卷和第一卷修订本相继出版，不管同志们的意见如何，我所梦想的中国当代历史小说的新道路确立了。记得一九七七年香港《大公报》在报道《李自成》第二卷出版的消息时在大标题中使用“开辟了中国历史小说的新道路”字样。

我将当代中国历史小说的创作道路看作是特定文学艺术领域中的一次新运动，以上就是这一文学运动开始阶段的历史。

第四章 历史小说的性质

一、我如何认识历史小说与历史的关系

关于如何写历史小说的许多重要问题，时常萦绕心头，使我苦恼。在一九五七年秋季动笔写《李自成》第一卷时，我对于许多问题已经有自己的初步认识，决心既不走《三国演义》的道路，也不走《战争与和平》的道路，而是走我自己既有民族风格，又有社会主义时代精神的新道路。在《李自成》动笔以前，我的心头上摆着关于写长篇历史小说的种种问题，最根本的问题是如何解决历史与小说的关系，也可以说是历史小说在文学中的特殊性质。

从《李自成》动笔写作，到现在将满三十年；从第一卷出版到现在，将满二十三年。关于历史小说在文学领域中的特殊性质，我在开始动笔写《李自成》之前，分析了中国古典历史小说的往例，也考察了五四运动以来历史剧的近例，参照了西洋历史小说从浪漫主义到现实主义的创作道路，然后归结到一个核心问题，即哲学上的历史唯物主义与创作方法上的现实主义结合为一个历史文学观。加上其他关于长篇小说的美学思想，包括民族风格和民族气质的问题，形成我自己的创作思想。我用自己的理论认识指导《李自成》的创作，又在创作过程中不断检验和充实自己的认识，逐渐形成了我自己关于历史小说的认识体系。根据我写《李自成》的三十年实践经验，我认为一个作家在创作道路上不能盲人骑瞎马，应该有理论引路。理论愈能经得起检验，作家在创作道路上就愈有自觉性和主动性，愈有力量克服困难，从而少走弯路，使作品完成得更好。

许多年来，我将历史小说的特殊性质归纳为一句话，公之于世，但没有引起重视。现在我将这句话加以补充，使内涵更为明确，写在下边，希望同志们讨论，也算是抛砖引玉。

> 历史小说是历史科学与小说艺术的有机结合，所努力追求的不是历史著作，而是艺术成果，即历史小说。

这是我对历史小说性质的一个新提法，也是我对历史小说创作原则提出的总要求。这个要求比较高，也比较严。但是这只是我的个人认识，在百家争鸣的前提下，我愿意在这次讨论会上提到同志们面前，目的是寻求知音，引起批评和修正，但是我无意冒昧地要求作为当代历史小说家们的统一认识。这是我的个人主张，倘若引起批评和反对，我也欢迎。

历史和文学有机结合，在中国自古已有，不自今日始。司马迁的《史记》，实际上也是二者有机结合的产物。但《史记》毕竟是包含着文学价值的伟大历史著作，而不是含有历史成分的文学作品。成功的历史小说，是以历史知识为基础，形象地反映历史，而以辉煌的艺术成就征服读者，经久流传。

二、深入历史与跳出历史

历史小说家必须深入历史，跳出历史。

深入历史是以求达到历史科学，掌握历史的必然。跳出历史是以求获得文学创作的自由，完成小说的艺术使命。

一部容量较大的长篇历史小说，整个过程就是不断地深入历史，不断地跳出历史。深入与跳出交叉进行，并不截然分开，随着创作向前进，深入历史之后再跳出，跳出之后再深入。就二者的辩证关系说，深入历史是基础，是前提，先行于创作。没有深入历史作基础，就没有所谓跳出历史。不掌握历史的必然，就没有历史小说创作的自由。

深入历史是开发历史生活的肥沃土壤；跳出历史是在肥沃土壤上开花结果。

历史小说家不应该满足于写出粗浅的历史故事，不应该只写出表面的历史现象，不应该随意编造历史，不应该写作家所不真正理解的生活。仅仅有一知半解的历史知识，不是真正的历史小说家，绝不会写出好作品。

真正的历史小说家应该从认真研究历史出发，加上深厚的文学修养，能够准确地、深刻地写出历史的真实面貌，写出历史的本质，写出历史事件错综复杂的因果关系，还能够自由地驰骋历史生活的艺术想象。要达到这一标准，作家对于所写的历史题材不应该仅仅停留在一般常识（可惜有的作者连一般常识也欠缺）的水平。真正的历史小说家必须在历史上认真下功夫，不仅掌握丰富的历史常识，而且能够将常识上升为真正的历史知识，更进入历史科学知识。

对于任何要写的历史题材，小说家倘若不肯下一番功夫进行研究，缺乏丰富的知识和深刻的理解，只有写作的热情、勇气和自信，这样的创作活动实际是没有基础的，带有盲目性，绝不能正确地反映历史，必然要发挥主观随意性，歪曲历史生活和历史人物，糟蹋祖国历史。这一类反历史主义的例子，在当代的少数所谓历史小说有，在所谓“通俗文学”作品和历史影视片中更是经常出现，往往给人的印象是愈是不懂历史的人愈有创作的勇气。

不能深入历史，没有丰富的历史知识作基础，就不能运用现实主义创作方法。一般说来，历史小说家掌握历史知识的深度和广度，决定现实主义能够表现历史生活的深度和广度。当然，作家能否充分运用现实主义的创作方法，能否将历史生活、事件和人物写得较深，还取决于作家的哲学思想。

仅仅掌握丰富的历史科学知识，可以成为历史研究者或史学家，但不能成为历史小说家。历史小说家必须是语言艺术家，懂得小说的各种美学问题，善于运用小说的特有技巧，必须具有较高水平的文学艺术修养。历史小说必须是文学作品，具有较高的艺术成就。历史的真实性、作品的思想性，只能通过艺术表现出来，别无其他途径。作品的思想性不是附加于艺术之外，而是蕴藏于艺术之内。

历史科学和小说艺术本来是两条道路，两个不同范畴，但是真正的历史小说家必须兼具二长，将历史科学和小说艺术有机地结合为一。历史科学可以使作家更好地解剖历史，从而赋予小说较深刻的思想性，从思想上给读者启发、教育、历史知识和经验教训，但不一定感动读者。只有高超的小说艺术，能够使作品获得感动读者的巨大魅力。这就是说，历史科学家只善于逻辑思维，而真正的历史小说家既善于逻辑思维，也善于形象思维，前者使他成为学问家和思想家，而后者使他成为文学作家。

小说艺术之所以具有特殊的感人魅力，是因为作家使用艺术手段，生动地再现了历史生活并给予历史人物（不管是曾经有过的或虚构的）活跃的生命，因此将读者带进特定的历史环境和历史人物中间，如临其境、如睹其面、如闻其声、如亲历其事。历史小说虽不是历史知识读物或历史科学著作，但是丰富的历史知识和历史科学是历史小说家形象思维的源泉，开花结果的土壤。

第五章　历史小说家的双重身份

一、历史小说家应该以史学家要求自己

在上一节我集中谈论了历史小说的特殊性质，有一个问题已经是“呼之欲出”，即历史小说家的修养问题。在我看来，一个愿意争取较高成就的历史小说家应该具有双重身份：既是小说作家，也是史学家。当然，不能要求所有写历史小说的同志都达到史学家的水平，但希望作家们对提高自己的史学修养有一种自觉要求，中年历史小说家对此应该有一种迫切感。

我们可以观察和思考一下，在同一个时代会出现许多从事历史小说写作的人，而结果成就不齐，甚至差距很大。对产生巨大成就历史小说家的社会条件、历史条件和个人条件做一番仔细的综合考察，不仅对评论个别作家是有意义的，对推动一般文学创作水平的提高也是有意义的。从成功历史小说家的个人条件来说，除应该考察他们的文学艺术修养、哲学思想、努力情况、天赋才华条件等之外，有一个成功条件必须重视，即他们不仅是作家，也是真正的学问家、史学家，这是他们在同行中不同于一般历史小说家的优越条件。在争取巨大成就的道路上，侥幸的事情是没有的，完全偶然性的因素也是没有的。

写历史小说，尤其是写容量较大的长篇历史小说，倘若作者没有较高的史学素养，仅仅临时查阅很有限的历史资料，历史的常识尚不具备，匆匆上马，依靠胡编乱造，这样历史小说是写不好的，很难产出较高水平的作品。在当代兴起的历史小说浪潮中，这样的作者及其作品的命运大概只能是偶然的浪花一现，随即消失，无助于为当代的历史小说运动开辟道路，奠定基础。

真正的历史小说家，应该具有一定的史学素养作为创作基础，然后继续以史学家的治学态度和方法，围绕着要写的历史题材，广泛地收集资料，认真研究特定历史时代的各种社会关系和社会生活，以及风俗人情、典章制度……种种知识。如果是写大部头长篇小说，我不是说要作家等待各种知识具备之后才

能动笔，而是说历史小说家应该有相当好的学问基础，然后围绕某一历史题材而广泛收集资料，丰富知识，加深理解，即使创作进程之中，也仍然要继续收集资料，进行研究工作。小说创作进程与历史研究进程相结合，对创作大有好处。经过若干年的艰辛努力，到了长篇小说大功告成的时候，作家在特定的历史范围内，可以被称为历史学家而无愧色。前一阶段，创作与研究并进，两种努力，还只是“落霞与孤鹜齐飞”；后一阶段作家与学者混为一体，就是“秋水共长天一色”，达到了较高境界。

二、历史小说家的一个战略思想

作家在创作过程中，随时为弄清楚某一具体疑问而查阅和考证历史资料，十分必要，但这是战术需要，不是战略性工作。写大部头长篇历史小说的作家以严肃的治学态度和科学方法从事历史研究，以史学家的态度要求自己，锲而不舍，不惜耗费精力，占去许多写作时间，这不是战术，而是战略。这一战略不是要小说家准备日后改行做史学家，而是为了产生高水平的历史小说。我的这一要求很高，可能会有许多历史小说的作者不同意，甚至发生反感，但是我并不是对每个历史小说作者都作这样要求。有些作者由于研究史学的条件差，不但他们不能认识这一战略的重要意义，纵然有所认识，也不能实现。然而在我们伟大民族，并且在当前伟大时代，必然有少数历史小说家会有此战略眼光，有此阔大胸怀，愿意通过艰苦不懈的努力，登上高峰。

世界上有些史学家以其余力写小说、写剧本，但是他毕竟以史学家著称于世，他的主要贡献在史学。同样情形，有些历史小说家对历史有渊博知识和很深的研究，但是他毕竟以小说家著称于世，他的主要贡献在小说，他与一般史学家的不同之处不在对某一方面历史知识的渊深修养，而在他对史学研究外，还擅长形象思维，擅长用小说艺术的手段表现历史，不像一般史学家只能叙述、分析和说明历史。

凡是有较高成就的，能够经得起时间考验的历史小说家，必须对历史生活有比较深入的研究，不下于史学家，但是他的巨大成就在艺术，流传下去的是他的辉煌艺术。

就一般情况来说，小说家研究特定的历史课题，从事文学创作，必须对与这一课题有关的历史问题拥有十分丰富的知识才行。掌握的知识愈多愈好，这也是古人所说的“长袖善舞，多财善贾”。只有掌握了十分丰富的历史知识，才能算深入历史，在创作时才能够自由运用，左右逢源。倘若准备十分知识，小说中只用五分到七分，这样的情况最好。倘若处处知识不足，处处出现“捉襟见肘”的情况，创作的才华就大受限制，创作的“自由”（哲学意义上的）就没有了。

就一般情况来说，一位较有成就的历史小说家，不仅应该是特定历史课题范围内的史学家，而且应该比一般史学家有更丰富的杂学知识。比如说，研究某一范围的政治史、经济史、军事史或其他专史的学者，可以专精一个方面，做出研究成果，成为他的特殊贡献。但要成为好的历史小说家，必须掌握的知识领域广阔得多，倘若小说所写的是一个能够反映某一历史时代的重大题材，例如鸦片战争、戊戌变法、辛亥革命等题材，作家不仅应该广泛了解他所写的那个时代社会的、政治的、经济的、哲学思想等重要方面的基本情况，而且还必须了解各种典章制度、风土民俗、服饰器物、礼仪规范、文武建制、书简与各种公文程式和习惯用语、琴棋书画常识，可能旁及天文星象、宗教迷信以及医药卜筮等广泛的“杂学”知识，这类知识不一定为治专史的学者所需要，而较有成就的历史小说家则视若宝贝，成为他从事创作的知识基础。上述一切知识都属于一个民族的历史文化生活，清代史学家章学诚有一句名言：“六经皆史也。”我们可以仿照他的口吻说：“一切曾经出现过的精神的和物质的生活现象都是历史，人类已往的生活皆史也，已往的自然现象亦史也。”

就一般情况来说，历史小说家只有具备了包括“杂学”在内的相当渊博的历史知识，可以列入学者之林，他才有能力运用文学语言，具体地、生动地、形象地再现历史生活，能够写历史生活，才能写好历史人物。倘若不具备多方面的历史知识，就不会写出历史生活，而必然闹出许多笑话；不深懂历史生活，当然写不好历史人物，产生不了较有水平的小说艺术。

历史科学家对于宏观历史和微观历史都要重视。宏观和微观，相辅相成，结为一个整体。历史小说家兼有史学家的一面，他必须同样重视历史的宏观与微观的整体性和辩证关系。这不仅是掌握历史知识的必由之路，也是从事小说创作的必备条件。

历史的宏观和微观是互相密切结合的，二者的区分往往是相对性的，而且是处于运动变化之中。历史的宏观知识，包括横的方面和纵的方面。从横的方面来说，历史小说家要表现某一历史题材（包括若干历史人物、事件、整个运动），必须理解那个时代的历史全局，从宏大的、错综复杂的历史背景中理解和表现，才能将事件或运动的表面情况和内幕活动，各种互相作用的因果关系，现象和本质，以及历史变化的规律等反映得较全面、准确和深刻。尤其是近代史和现代史，由于东西列强的侵入中国，横向的宏观范围更为扩大和复杂，迫使作家更需要重视横向扩大历史知识的宏观领域。

即使是反映古代历史题材的历史小说，倘若作家的知识领域狭窄，也无法将历史写得较有深度和广度。在认识客观事物时，深度和广度总是相联系的，可以说没有广度就没有深度。倘若历史小说作者的史学修养不足，只求抓住一个方面，赶快写出一部作品，这个作品是写不好的。撇开艺术，单从知识结构方面来说，这样的作者不能认识历史各个重要方面的横向联系，便不能认识历史的真正面貌，当然就说不上能够对历史认识深刻。被认识了的历史的各方面不必都要在小说中写出来，但是有修养的历史小说家，对于不必写出来的历史情况也得认识。

再从纵向说，历史是人类社会活动的积累，具有不可割断的连续性。历史小说虽然只能截取一定阶段的历史事件和某些历史人物的活动作为题材，但是作者必须有一定的通史知识。有一定的通史知识，可以使作家看清楚历史的纵向联系，某些问题的历史规律，以及某些历史现象较深远的因果关系。作家有一定的通史知识，可以在小说细节中减少常识性的错误和笑话。对当代出现的历史小说，既要鼓励，也要敲警钟。为什么要敲警钟？因为作品中所犯常识性的错误实在不少。

微观的历史不能脱离宏观的历史，宏观中有微观，积微观而成宏观。没有微观的历史知识，宏观就变成空的，不过是笼统的历史概念；离开了宏观历史，我们的历史知识就会陷于琐碎片面，或在许多方面不能融会贯通，从全局看陷于无知，孤陋寡闻。

历史小说家如果忽略了宏观历史，就不能反映一次重大历史运动的全貌及其规律。如果忽略了微观历史，就不能写出生动逼真的艺术细节，就不能用细致的笔墨刻画人物，一句话，就不能运用历史的现实主义创作方法。要在典型环境中塑造典型性格，作家须具有十分丰富的属于微观方面的历史知识。

一部有相当规模的长篇历史小说，总是交替着使用写意手法与工笔手法，或者说大处着眼，细处落笔，总之，该粗疏处笔墨不妨简略，该精细处一定要描画入微。一部杰出的小说中总有许多艺术辉煌的章节读起来令人拍案赞赏，不能遗忘。没有这一类章节的长篇历史小说，便是艺术上的平庸之作，将很快被人遗忘，被时间淘汰。倘若作家没有很丰富的微观方面的历史知识，不是深懂具体的历史生活，艺术上真正成功的小说细节是不可能产生的。

优秀的历史小说家既然身兼小说家与史学家的双重身份，就应该具有治史的浓厚兴趣、治史的严肃态度和起码的治史方法。一位历史小说家，倘若对历史没有浓厚的研究兴趣，对历史没有实事求是的起码研究态度，不能继承前人积累的非常丰富的治史方法，不能以历史唯物主义作为灵魂，只是急于写出作品，误以为巨大的成就可以不经过艰苦的努力，可以不具备历史小说创作的深厚基础，则正如古人所说的“缘木求鱼”。

三、简谈提高史学修养之路

唐代杰出的史学家刘知几对史学家提出三个条件，我们只需作一些修订和补充，对历史小说家也很适用。他提出的三个条件是：史才、史学、史识。史才是叙述历史的文字能力，表现为史家的才华；史学是指掌握史料丰富，辨别真伪，考证精审；史识是指对历史事件和人物的认识深刻，有独到见解。清代著名史学家章学诚加了一条，叫作史德，章氏从维护封建社会正统思想的立场出发，要求史学家对修史抱有责任心和对待社会的责任心，即符合儒家标准的公正要求。

古人对史学家提出的以上四条要求，我们不妨移用到当代的历史小说家身上，但要按照我们的时代精神加以修订，补充和做出新的解释。我们对历史小说家要求的史才是指较高的语言艺术修养，掌握小说美学，真正成为一位小说艺术家；关于史学，我们解释为历史小说家应该有丰富的历史知识和“杂学”知识，是比较有学问的人；关于史识一条，我们认为好的历史小说家应该掌握活泼的、充满生气的马克思主义历史哲学，善于运用历史唯物主义的思想方法分析复杂而富于变化的历史。

章学诚所说的史德，我们可以解释为要尊重历史的客观性，反对为任何目的歪曲历史、篡改历史，肆意褒贬历史人物以迎合权势者之所好。这种情况，在古人称为“秽史”，在现代称为“风派”史学，并不少见。以“评法批儒”的观点解释中国历史，就是最流行一时的“风派”史学。在评价李白与杜甫时不惜犯许多常识性的错误，极尽歪曲之能事，以迎合领袖爱“三李”的心理。在谈论古史分期的文章中无端插入“叶公好龙”的典故，毫无根据地加以曲解，以迎合“文革”中出现的片面性口号“群众运动是天然合理的”。这些荒谬之论也暴露了某些史学家的缺乏史德，他们还肆意曲解历史，甚至颠倒历史，美其名曰“为历史翻案”。历史既是过去生活的客观存在，不能以今人的意志为转移，至于关于人物和事件的继续考证和订正、是非的重新评判，都以新出现的历史资料和科学的历史研究结果为依据，不该翻案就不要翻案，该翻案多少翻多少，绝不能形成一股“历史翻案风”，以做翻案文章炫耀“创见”。另外，“史德”对今天的史学家而言，还包含着在社会主义时代进步历史观的指导下，使历史科学能够对人类社会的发展进步起推动作用，对建设社会主义的精神文明有贡献，但这是历史科学本身的发展所提供的，并非曲解或篡改历史以适应今日之所需。

历史小说家既然兼有史学家的一面，史学的修养是小说创作成功与否的关键条件，所以我认为当代中国的历史小说家不仅应该善于利用我国极其丰富的历史资料，而且也应该利用历代史学家极其丰富的治史经验，加上中国的文学艺术遗产，同时吸收西洋史学和文学艺术作为借鉴，在马克思主义的历史哲学和文艺思想指导下，形成中国当代历史小说运动的康庄大道。我三十年来所孜孜以求，希望开辟一条现代的、具有中国特色的历史小说新道路，看来已经初露曙光了。

掌握马克思主义的历史哲学，不但是提高历史文学作品思想性的重要条件，也是深化历史现实主义创作方法所必需。可是有许多文学作者并不重视这个问题，表现为哲学思想的虚弱，对历史理解不深。二十世纪三十年代，从严峻的政治斗争环境中产生的进步作家曾经如饥似渴地学习马克思主义的基本原理，那样的热情和锐气，是我国新文学运动史上的宝贵传统，如今在许多人的心中淡漠了，这种思想情况显然影响了历史文学作品的质量。我不怕有人说我顽固，经常提醒同行们重视历史唯物主义的学习。写历史小说的同志在口头上承认历史唯物主义的重要性很容易，认真学习和运用并不容易，这是许多历史小说作者过不去的一关。

马克思和恩格斯生活在一百多年以前。现代生产力的大发展，阶级斗争的新变化，许多国家的共产党执政后的经验教训，国际共产党运动的经验教训，马克思和恩格斯都未见到，甚至没有料到，因此马克思主义必须发展和不断丰富，不应该成为封闭式的学说。但是马克思主义的许多基本原理仍然是不可动摇的，尤其马克思主义哲学，辩证唯物主义和历史唯物主义，在今天依然显出强大的生命力。

目前在我国，许多中青年不相信马克思主义哲学的现象相当严重，其中有国际的原因，有中青年本身的原因，还有一个重要原因是我们自己在中华人民共和国成立以后通过历次运动和政策措施以及提倡个人迷信等，严重地破坏了马克思主义哲学，败坏了它的声誉。我们常常打着马列主义旗号，公然以唯心主义代替唯物主义，以形而上学代替辩证唯物主义和历史唯物主义，以唯意志论代替事物的客观规律，以个人迷信代替依靠人民群众，以保护愚昧和落后代替重视知识和进步……可以说，我们从各个方面破坏马克思主义哲学，不仅在经济建设方面受到沉重惩罚，在精神文明方面也受到沉重惩罚。

为了重振马克思主义的声誉和提高学习马克思主义的热情，我国哲学界应该理直气壮地反省和批判中华人民共和国成立以后破坏马克思主义哲学的情况，向人民做出交代。然而历史条件还不成熟，短期内是不可能的，我们历史小说家只好背着沉重的历史包袱，努力做出运用历史唯物主义的榜样。

四、以李自成失败的问题为例说明历史唯物主义与历史唯心主义两种思想方法的差别

我绝不是盲目地崇拜历史唯物主义，我是根据自己多年的治史经验，证明历史唯物主义可以帮助我解释历史上的复杂问题。经过多年对史学界学风的观察和比较，既反对在处理历史重大问题时抛开历史唯物主义，也反对将历史唯物主义变成形形色色的教条主义、公式主义以及用“阶级分析”的死框框去解释生动复杂的历史现象，为历史人物和问题贴阶级标签，实际上是将马克思主义的哲学变成了形而上学。

拿吴三桂降清的事件为例，抛开历史唯物主义便不容易认识历史事变的复杂性，不能从根本上理解历史。历史的本质常常隐蔽在复杂的现象背后，而起决定性的因果关系往往是曲折的，而且诸因素之间互相联系。吴三桂不向李自成投降，宁肯变为汉奸，宁肯住在北京城中的父母和三十口家人被李自成杀掉，也决心同李自成在山海关决战，决心投降清朝，此事必有很重大而复杂的原因，应该进行深入研究。然而有的史学著作如影响很大的《甲申三百年祭》却将吴三桂的行动归因于刘宗敏夺去了妓女陈圆圆，实际上这是一个不可信的传说。陈圆圆在田宏遇病以后，被吴三桂用一千两银子买去，就到了宁远。将重大的历史问题归因于一个妓女，好像女人永远是“祸水”，这是脱离了历史唯物主义，做了封建文人野史的俘虏，根本不是历史科学。

再举一个例子。李自成进了北京，仅仅一个多月的时间，忽然从似乎是胜利的顶峰摔了下来，从此连吃败仗，短期内事业全毁，第二年五月初牺牲在湖北通山县的九宫山下，成了悲剧英雄。倘若我们要解释李自成迅速失败的原因，必须从李自成最后几年在政治上、战略上、财政经济情况上，以及群众同大顺军的实际关系上，分析李自成政权和部队的各种弱点，找出隐藏在胜利表面下的致败因素。在他的军事胜利向顶峰发展的过程中，各种致败因素也在发展。但是失败并非必然，倘若在适当的时候将致败的因素加以控制，整个形势是可以避免向失败发展的。然而李自成及其周围的文臣武将们被胜利冲昏了头脑，并没有认清当时的严峻形势和潜在的巨大危险，在政治上和军事上继续犯严重错误。

李自成所犯的主要错误是什么？我认为主要错误有以下几点。

第一，在所占领的地方没有建立稳固的政权，是李自成事业上的致命弱点和造成悲剧的主因。崇祯十三年秋天李自成进入河南，攻破山寨后开仓放赈，救济饥民，提出“三年免征”和“随闯王，不纳粮”的口号，确实赢得了饥民响应，从者如流。但这些都是临时措施，不是根本大计。人民需要安定生活，吃饭穿衣，生儿养女，家人团聚，而李自成不曾重视，只考虑战争。战争继续进行，军事不断胜利，但是占地而不守，不作政权建设，不肯设官理民，抚辑流亡，恢复生产。他本应该一方面使人民在实际生活上有复苏之乐，满足人民“乱久思治”的心愿；另一方面建立稳固的地方政权，将军、政费用的主要财政来源建立在正常的赋税上。可惜李自成没有这么做，他同罗汝才率领几十万人马每到一地向当地和附近州县征集粮草、豆料，又勒献骡马。粮草、豆料、骡马不是从天上掉下来的，当然被征收的主要受害者是农民和无权无势的中小地主。不但这样，在李自成后期，在河南有些地方，往往一个州县中既有李自成委派的州县官，也有明朝委派的州县官，李自成的州县官住在城内办公，明朝的州县官住在山寨办公（也有同城而居的），加上其他占据山寨的豪绅恶霸武装，都向百姓征粮征款。在山东还有李自成委派的州县官到任后除征集粮草和骡马外，还征集女人，更加失去民心。由于事实如此，所以在李自成后期，不但在新占领的山西、山东、河北各地没有得到人民的拥护，在中原地区也失去了人民的拥护。正是这个原因，当他在潼关同清兵作战时，竟不能用“民族大义”为题目，号召中原百姓随他抗击“胡人”。李自成在河南军事活动最久，河南却最没有抗清的武装斗争，甚至有些地方武装割据首领在清兵未过黄河时就派人乞降。反而在江南诸省，李自成未曾去过的地方，士绅和百姓在处于绝对劣势的情况下，纷纷起事，同清兵进行斗争。这个千真万确的历史事实值得史学界的同志们深思。那些用贴“阶级标签”的办法解释历史的人们，一口咬定李自成始终代表农民利益，竟没有考虑到这种严峻的历史现象。

关于从人民的利益去解释民心得失和政权存亡的道理，在纪元前三世纪就已经被孟子说出来了，可惜李自成不曾重视。孟子说：“桀纣之失天下也，失其民也；失其民者，失其心也。得天下有道：得其民，斯得天下矣。得其民有道：得其心，斯得民矣。得其心有道：所欲与之聚之，所恶勿施，尔也。民之归仁也，犹水之就下，兽之走圹也。故为渊驱鱼者，獭也；为丛驱雀者，鹯也；为汤武驱民者，桀纣也。”桀纣二字为儒家的习惯用词，并非实指，而是泛指那些不关心百姓疾苦的掌握政权的人，请不要误会我引用孟子的名言，认为我将李自成比成桀纣。我只是借用儒家提出的政治原理，解释当清兵入关之后，李自成在进行民族战争中为什么得不到人民拥护，同时也戳破那种贴“阶级标签”的历史唯心主义思想。

事实很清楚，看历史要看实质。许多人将李自成进北京看成是他的伟大胜利，加以歌颂，而我则视之为李自成在战略上的重大失算。李自成到了后期，占领了从长江南岸到北京周围，包括半个湖北、整个河南、整个陕西（包括今陕西、甘肃、宁夏、青海的主要部分），山西、山东的绝大部分，达到胜利顶峰。但是由于在各地没有建立稳固的政权，所以严格说来，既没有土地，也没有人民。

第二，在兵力不足的情况下，李自成只带了大约二十万人马，远离后方，进军幽燕，沿途不能不分散兵力，而仅以六万人马占领北京，在战略上已经犯了错误。然后又亲自率领不足六万人，“悬军”东征山海关，孤注一掷，贸然与强敌作战，又犯了不可挽回的极大错误。

我们可以另作设想。假若李自成能够率领三十万人马占领北京，军事上立于不败之地，吴三桂就不敢据山海关孤城悍然抗拒。当时吴三桂对于投降清朝并非思想上没有矛盾，而且他也没有把握清兵能及时赶到。假若李自成率领三十万人马到达北京，即使吴三桂悍然抗拒，李自成可以留十万人守卫北京，二十万人东征，虽然在山海关石河西岸开战的当天不一定能够将吴三桂的部队消灭，至少可以将吴兵的主力击溃，消灭大半，就容易迎击清军。当时随多尔衮到达山海关的只是清军的前队，我估计只有两三万人，大部队和大炮都在后边。第二天纵然清军参加战争，但因为主力未到，吴兵的元气已损，而大顺军的兵力居于优势，因第一天的胜利而士气更旺，绝不会在第二天的会战中失败。之后清军主力赶到，大顺军绝不会全军溃败，大部被歼；倘若李自成不能在山海关取胜，也可以有秩序地向北京撤退。北京既然有十万大军留守，事前可以在通州、宛平、昌平三个战略要地深沟高垒，布置炮火，以逸待劳。加上从山海关撤回的人马，在通州合力会战，有可能给予清军重创。只要北京不失，李自成的威望不但不会丧失，反而会更加提高，各地的叛乱不会起来。

为什么李自成仅仅率领大约六万人马进入北京呢？我认为有四个原因：（一）对形势估计错误。在胜利冲昏了头脑的情形之下，他认为灭亡崇祯的北京朝廷如摧枯拉朽，用不着多的人马。（二）他没有估计到吴三桂会坚决反抗，清兵会趁机南来。（三）他决定以西安（改称长安）为首都，不打算在北京久留。来北京只是为灭亡崇祯江山和他自己要在北京举行登基大典。（四）许多书上说他有精兵百万，实际是当时虚夸宣传。正如前边已经说过，由于所占领的地方除湖北德安府之外都没有建立稳固的政权，没有恢复生产，所以没法供养多的兵马。

第三，李自成进了北京之后，对明朝的官绅拷打追赃，用刑非常残酷。起初规定对六品以下官吏和清官不追赃，而实际做起来突破了界线，打击到六品以下和有清官声誉的人。另外大顺军在北京城内不是驻扎在兵营中，严格管理，而是有相当一部分散居民宅，抢劫财物和奸淫妇女的事无法禁止，军纪迅速败坏，妇女自尽的事很多。在中国历史上，起义军胜利进入京城，曾有过千古传诵的好榜样，如刘邦到了秦京咸阳，约法三章，还军灞上，非常受秦京父老拥护。大顺军进入北京城内所执行的错误政策与刘邦的做法成了对照，不但使明朝在北京的官绅大户人人恐惧，痛心疾首，与大顺朝形成誓不两立之势，也失去了一般士民的心，认为李自成依然是“流贼作为”。所以一经吴三桂的细作宣传，北京士民暗中纷纷制作白布头巾，准备为崇祯服丧。民心不服，与新政权失败的关系很大，不可低估。吴三桂的坚决反抗李自成，投降清朝，原因虽然复杂，但是李自成所暴露的各种弱点及其在北京所执行的错误政策，失去人心，大概是促成这一坏事发生和发展的重要原因。吴三桂出身于明朝关外的武将世家，是明朝政权的一个武装支柱，受了明朝封爵，同崇祯皇帝有君臣恩情，在他的观念中当然明朝是正统，而李自成是流贼。倘若李自成进北京后执行的政策如刘邦入咸阳那样，吴三桂同大顺的矛盾大概可以趋于缓和，可是李自成的错误政策只能使大顺政策同吴三桂的矛盾更趋激化。另外，李自成进北京后采取严刑拷掠，大规模追赃，打击面过大，既由于其农民意识起作用，缺乏政治远见，也由于几年来军政费用不能出自正规赋税，只能靠打击贪官豪绅。到北京以后所执行的错误政策并不是偶然现象，而是几年来老政策的延续，更加扩大化。

吴三桂的舅父是有名的总兵官祖大寿，已经投降了清朝。祖家一族的许多将领都投降了清朝，受到优待。清太宗皇太极曾经两次写信劝吴三桂投降，又命张存仁等写信劝降，吴三桂没有回信，也没有断然拒绝。虽然吴三桂与清政权有一些社会关系，但并非吴三桂投清的必然因素。直到李自成向山海关进军时，吴三桂两次向多尔衮求援，也没有露出投降清朝的意思，而是表现了一种军事机会主义。他希望清兵从蓟州附近和蓟州以西进入长城（这也是多尔衮原来拟定的进兵路线），帮助他打败李自成，恢复明朝江山，然后用土地和金钱报答清朝。多尔衮接到吴三桂求援的书信之后，立刻改变了原定的进兵路线，轻兵直趋山海关，先压迫已经进退失据的吴三桂投降清朝，允许加封为平西王，随即进入关内，与吴三桂合力打败李自成。

根据当时的具体情况，吴三桂投降清朝既非早有准备，也非绝对必然。假若李自成进北京后的政策稳健，善于收揽人心，又有雄厚的兵力，吴三桂未必抗拒，未必降清，北方的大官僚大地主未必跟随吴三桂投降清朝，形成强大的联合势力。

以上是我简单地分析了李自成方面存在的失败因素。而《甲申三百年祭》的作者并不考虑这些历史因素，将激起吴三桂反抗大顺的责任归到刘宗敏的身上，他写道：

> 而且把吴三桂的父亲吴襄绑了来，追求三桂的爱姬陈圆圆，“不得，拷掠甚酷”。虽然得到了陈圆圆，而终于把吴三桂逼反了的，却也就是这位刘将军。这关系实在并非浅显。

我们从这段论叙吴三桂反抗李自成的文字，看不见产生历史事变的较深刻的、真正的因果关系，而只看见吴三桂的背叛民族是为了争夺陈圆圆。这就是用历史唯心主义研究重大历史时常有的情况，不足为奇。而且，不仅作者的结论是完全错误的，连他阅读和引用史料的态度也是不足为训的。他注明所依据的史料是《明季北略》卷二十《吴三桂请兵始末》一条。这一条史料原文明明写道："先是十六年春，田皇亲游南京，挈名妓陈沅、顾寿而北。田还京病死，三桂使人持千金买陈沅去。自成入京，刘宗敏系吴襄，索沅不得，拷掠甚酷。"这段史料原文记载陈沅被吴三桂买走了，并没说陈沅留在京城，更没有说刘宗敏"得到了陈圆圆"。《甲申三百年祭》的作者说"虽然（刘宗敏）得到了陈圆圆，而终于把吴三桂逼反了的，却也就是这位刘将军"。这话从何说起？当然，刘宗敏夺得陈圆圆事出于其他野史，但是既然同《明季北略》相矛盾，为什么对矛盾撇开不管？这是对采用史料不够严肃的态度。

单分析李自成致败的因素还不够，我们还要看一看他的敌人方面，在双方力量对比中考察他必然败亡的道理。

以满洲人为主体，结合蒙古人和汉人，建立在关外的清政权，当时是一个充满朝气的新兴国家。经过努尔哈赤的草创阶段，又经过皇太极的十七年统治，不但统一了满洲诸部落，还统一了蒙古的绝大部分，臣服了东邻朝鲜。在满洲疆域内，政治稳定，使清政权向关内进兵，远距离作战，有坚强的后方根据地。由于皇太极的努力经营，吸收了汉族农耕和手工业的生产知识，同时吸收了汉族的封建文化，并且从奴隶制很快地转变到了封建制。满洲人绝大部分由游牧经济进入农业经济，定居下来。这样的社会结构变化不仅促进满洲新兴的封建制国家基础稳固和发展，而且便于建立独特的八旗制度，亦兵亦农，组织严密。与明朝社会形同一盘散沙的情况相比较，八旗制度在清朝入关前和入关之初，无疑是一种很有生命力和富于战斗性的军、政、民混合一体的社会结构。满洲帝国以满洲八旗为主体，又建立了蒙古八旗和汉军八旗，在崇祯年间就已经形成了一支使汉族不易对付的强大力量。皇太极凭借组织严密的八旗兵力，几次打进长城，深入畿辅、冀南和山东，不仅掳掠财物、破坏城市和农村，而更重要的是掳掠了大批男女回去，充实了满洲的人口，提高了满洲的农业和手工业的生产能力，也扩充了汉军八旗的作战兵力。当时的八旗军力远远优于明朝，也优于李自成最盛时。

从部队的主要装备讲，大顺军同明朝政府军相比较，骑兵居于优势；而同清兵相比较，则清军的骑兵更见优势。明朝中叶以后，火炮相当发达，其大炮制造水平同欧洲不相上下，比元朝大有进步。起初是聘请居住在澳门的葡萄牙人制造，后来也请西洋传教士帮助制造，到了明末，明朝人自己也会制造各种大炮和火铳，尤其是自己能够仿制当时射程最远，杀伤力最大，可以攻击坚城的红衣大炮。满洲人原来不会制造大炮，所以努尔哈赤于一六二六年攻宁远吃了大亏，不久逝世，明朝方面相传他是在宁远城下被袁崇焕的红衣大炮击中，伤重而亡。到了皇太极时代，满洲人不但学会了制造大炮的技术，而且经常在作战中俘获汉人工匠和明军大炮，所以在崇祯年间，明军已经失去了炮火的优势。反过来看李自成的部队，由于习惯于奔走流动作战，对发展大炮一类不便携带的重武器不感兴趣，不能与清兵相比。虽然李自成第二次攻开封时使用了许多大炮，猛轰开封城墙，但没有当时最先进的红衣大炮，实际上在这次攻坚战之后并没有改变不重视大炮的旧军事观念。在最后保卫陕西的生死决战时，大顺军在潼关城外居高临下，竟然没有使用大炮轰击敌人，反而受到清兵红衣大炮的严重威胁，破坏了守军的阵地和士气。另一支清兵进攻延安，被围的守将是李过，他没有大炮轰击清兵，而清兵却用红衣大炮轰击城内。清兵攻破潼关和延安，都得力于火器优势，尤其是拆卸运输的红衣大炮。在大战和攻坚战中，那种单独依靠弓箭和短兵器作战的时代已经过去了。

我们常说，人是决定胜负的主要因素，那我们就看一看人员的条件吧。

从带兵作战的将领看，满洲政权也有为明朝和大顺朝都不能相比的优势。满洲的亲王、郡王、贝勒（约等于郡王）、贝子、公、固山额真，差不多都是从十几岁起就随着努尔哈赤或皇太极率兵作战，努尔哈赤和皇太极称帝后有时也仍然亲临战阵，躬冒炮火矢石危险。所以清朝在入关之前和入关之初，帝王和将领们都是从战争中磨炼出来的，有丰富的带兵和打仗经验，而且令行禁止，要求很严。明朝方面，皇帝毫无作战经验，甚至缺乏知识，居于深宫之中，遥控千里之外。文臣统帅武将，武将骄横跋扈，士兵怕死，没有纪律，唯知殃民。二者相比，恰成对照。李自成的部队由于后期发展很快，缺乏训练，而且降兵很多，所以只有部分精锐，其余多是乌合。退出陕西后，遇清兵一触即溃的情况可以证明。

从清太宗皇太极开始，对汉族的上层人物，有影响的文臣武将，实行一种很有远见的招降政策。汉族上层人物投降满洲，都给予高官厚禄，加以重用。如被俘后不肯投降，有的人也不杀害，养活起来，称为“恩养”。这些早期和后期投降的汉族文臣，都有封建社会所谓“治国平天下”的学问或丰富的从政经验，对满洲人入关前建立和巩固新兴的封建国家以及入关后统一中国都起了很大作用。多尔衮入关之后，在中央政府和各级地方政权，充分利用皇太极留下的招降政策，利用大小降臣。以畿辅开始，每占领一个地方，很快就恢复了地方政权，用新的各级地方政权在中央领导下继续扩大战果，支持战争的胜利前进。这种情况同李自成的忽视建立各级地方政权相比，又成了鲜明对照。

以上我粗浅地分析了李自成由胜利转入失败的各种原因。某些被誉为历史唯物主义的历史学家，并不认真地探索历史事变错综复杂的因果关系，而是甘心做封建文人们野史记载的俘虏，宣传李自成的失败是由于刘宗敏抢去了陈圆圆，激怒了吴三桂。其次归罪于牛金星进北京后忙于为李自成筹备登基大典、坐轿子拜客等，怪牛金星没有抓住重大问题。第三是归罪于牛金星嫉妒李岩，杀了李岩，致河南局势无人扭转，坏了大局。这些论点我在《〈李自成〉第一卷再版前言》和《评〈甲申三百年祭〉》两篇文章中都作了批驳，在这里不用重复。

另外，有些史学工作者在“左”的教条主义影响之下，习惯于不从丰富的具体史料出发，而对于历史的人与事贴上“阶级标签”，然后按照贴过“阶级标签”的抽象的人与事做出推测和评论。例如，李自成后期并没解决农民所迫切需要解决的利害问题，而是锐意建立新的封建王朝。大顺朝的性质是又一个封建朝代，只是尚未站稳脚步就被消灭了。有些史学工作者就是不肯从事实出发，而一口咬定李自成始终代表农民利益，凡是反对李自成的地方零星武装都叫作封建地主武装。其实，李自成并不代表反封建革命，他做的事情触犯了农民和一般地主利益的时候必然遭到反抗。例如派到山东各地的州县官，一到任就急于征粮征款、征骡马、要女人，失去民心，引起反对，于是就使代表明朝的残余政治力量同地方豪绅、正统思想分子以及受到侵犯的士民，包括农民在内，结合起来，在为先帝后复仇、恢复大明江山的号召下，形成一股对抗大顺的反叛势力，很容易就逮捕或驱逐了大顺朝委派的地方官吏。

不能忽视，在封建社会，拥护皇权的正统观念是社会思想很顽强的组成部分，它往往超越了阶级。虽然正统观念是意识形态的东西，但是只要它仍然存在，支配着多数人民的思想，它就会表现为巨大的物质力量和社会力量。一个封建王朝统治的年代愈久，亡国后留下的拥护旧皇统的正统观念愈是根深蒂固。李自成所建立的大顺朝好像是闪电石火，迅速一现，没有留下恩信给广大人民，所以他退出陕西之后，河南、湖广百姓没人相信他是“真命天子”，只认他是逼死帝后的败逃流贼。有些史学论文，按照形而上学的“阶级标签”立论，总认为农民是拥护李自成的，而反对李自成的必然是地主阶级。请想一想，法国大革命时候，巴黎在资产阶级手中，而法国各地农民仍然拥护皇室，同巴黎军队作战，不是可以使我们看出来皇权思想和封建正统思想在一定历史条件下所形成的社会力量?

李自成退出陕西逃往湖广时，据清方估计只有十三万人，这个数据现在看来接近实际，其中应有许多非战斗人员。到湖广后又增加了几万人，仍只有十几万。这时的大顺军是在连败之后，没有根据地，士气低落，遇清兵一触即溃，加上到处掠粮而食，不可能维持较好的军纪。纪律愈坏，愈不能不引起人民反抗，而士气也随着更趋崩解，所以后来李自成只剩下单人独骑，死于九宫山下乡民之手。可是，有的史学论文，为了保护“农民英雄形象”，硬是避开历史的真相，写李自成死前仍然掌握着强大兵力，准备去占领南京，这简直是痴人说梦!

清朝派去进攻陕西的是两支大军，一支是由英王阿济格统率的北路军，穿过蒙古地方，迂回南下，进攻榆林和延安；一路是由豫王多铎统率的东路军，由孟津渡过黄河，通过洛阳、陕州、灵宝，进攻潼关，破了潼关后直奔西安，迫使李自成仓皇放弃陕西，逃往湖广。多尔衮原决定命多铎负责下江南，占领南京，摧毁弘光政权，后因李自成派兵围攻怀庆，仍然是一支值得重视的力量，于是改变战略，暂缓进兵江南，派多铎进攻潼关。等李自成放弃西安，逃往湖广以后，已经成了无足重视的残余力量，便命多铎恢复原任务，迅速由淮、扬下江南，而将追歼李自成的任务交给阿济格。当李自成还逗留在邓州和襄阳一带无处可去的时候，多铎的南征大军为避免道路拥挤，分两路从潼关和商州离开陕西，然后在豫东商丘会师，再分路进入皖北和苏北，沿路势如破竹，杀向扬州。清方在军事部署上的这些重大变化和军事行动，李自成岂能不知?他怎么还会有占领南京的战略计划?他当时首先考虑的问题是如何求生存，而不是进攻性的重大战略。假若不是左良玉因为受了周围群小的怂恿和欺哄，要抢夺南明政权，不顾国家民族危亡，全师东下，李自成也进不了武昌。许多史学论文的作者不从历史实际出发，出于爱护李自成的英雄形象，硬说左良玉的弃武昌全师东下是由于害怕李自成，这是形而上学的思想方法在这些同志们的头脑中作怪。左良玉在崇祯十五年朱仙镇大战时确实害怕李自成，但是此一时也，彼一时也，一切条件都已经发生了根本变化。李自成连续惨败之后，士无斗志，而清兵追赶在后，襄阳、承天、德安全失，无地立足。左良玉为什么还要怕他?

可能在离开西安逃往湖北途中，李自成为了维系军心，声言要去占领南京立国，但仅仅是一句空话而已。

中华人民共和国成立以后，在社会主义改造和社会主义建设事业上取得了巨大成就，但是我们也常常看见，在各种频繁的政治运动和思想斗争中，在处理许多政策或社会事务中，习惯于用所谓“以阶级划线”或所谓“以阶级斗争为纲”的原则解决问题，不可避免地扩大了打击面，挫伤了相当一部分干部和人民群众的积极性。这样的极“左”思潮也反映在意识形态的各个方面，成为时代特点。在史学领域，我们看见，一方面有许多学者做出了新贡献，一方面又有许多人常常对历史问题不依靠大量存在的史料，对史料不作全面的收集、考辨，实事求是地深入研究，而习惯于省事省力的办法，即以贴“阶级标签”代替严肃的科学探讨，倘若不这样简单化地考察历史事变的因果关系，便容易被认为是混淆了阶级关系，是站在封建地主阶级的立场说话。有一个时期我国有不少史学著作不是从史料证据出结论，而是从主观愿望出结论，以论代史，结果只能是糟蹋了历史科学，败坏了历史唯物主义的声誉。归根到底，历史的人物和事件都是过去的客观存在，不是出于后人的愿望和臆造。倘若不尊重历史的客观性，已经落在严肃的封建史学家和资产阶级史学家之下，如何谈得上马克思主义的历史科学？

我听说，有一位大学生向老师问道：“李自成为什么失败？为什么成了悲剧英雄？”老师回答说：“因为当时工人阶级还没有登上政治舞台，农民革命还没有共产党的领导，所以李自成必然失败，变成了悲剧英雄。”这位大学老师回答得多么干脆，多么确信无疑！

其实，对中国通史略有常识的人都知道，远在工人阶级和共产党出现以前的古代历史上，从秦朝末年到元朝末年将近两千年间，不仅有失败的农民起义，也有成功的农民起义。不过成功的起义英雄们不是建立我国当代有些史学家所空想的“农民政权”，而是依照社会史发展的客观规律，建立了强大的封建帝国。在工人阶级登上了政治舞台和有了共产党之后，而且是共产党在一个国家中已经成了执政党之后，也仍然会产生大大小小的悲剧，甚至悲剧出现在最高领导层或领导核心。旷观现代世界，执政的共产党内出现悲剧英雄，绝不是一国独有的现象。可见非常复杂和非常生动的历史现象，绝对不能用简单化的、死板而空洞的思想方法得到答案。

第六章 历史小说家必须学者化

一、一个关于历史题材文学的简略考察

前边已经论述了我的观点，即历史小说家应该具有小说家与史学家的双重身份。为了进一步说明我的观点，还需要作一些补充论述，目的是要打破在写历史小说道路上的糊涂观念和侥幸成功的思想，要提高历史小说的创作水平。关于历史小说与史学的关系问题，在理论上一定要有清楚的认识，避免盲目地写历史小说。首先，请允许我借此机会对我国的历史题材文学（包括小说和戏剧）作一些简要的历史考察。

中国的古典历史小说，包括《三国演义》在内，并没有解决历史与小说之间的关系。其他大量的历史演义小说，有的如《东周列国志》等，比较尊重历史，将史料用故事连缀起来，演义成书，但没有重视艺术，文学价值不高；有的如《说岳传》《杨家将》等，对待历史的态度极不认真，胡编乱造，不能算是严格意义上的历史小说。

《三国演义》虽然是我国的古典文学杰作，一向被认为是古典历史小说的典范，但是它毕竟是六七百年以前的小说作品，历史在发展，文学创作方法在前进，我们只能用今天的眼光给予新的评价，扬其精华，弃其糟粕，盲目推崇并不是学习古典文学的最好态度。《三国演义》出现的时代，我国的长篇小说只善于说故事，还没有发展到描写日常社会生活的阶段。到明朝中叶出现了《金瓶梅》，长篇小说才发展到描写日常社会生活阶段，就古典现实主义长篇小说的创作方法来说是一次飞跃。到了十八世纪，出现了《儒林外史》《歧路灯》和《红楼梦》，而《红楼梦》创造了古典现实主义长篇小说艺术上的新高峰，但是这三部长篇小说都不是历史小说，不在我们要考察的范围之内，所以我只谈《三国演义》。

中国封建时代的正统观念是一种政治哲学，为一定的政权服务。构成正统观念的内容有二：一是血统论，一是地理论。血统论是封建宗法制度的牢固纽带，它尊重和维护一姓的皇统，是帝王世袭制度的理论根据。刘秀并不是西汉皇家的合法继承人，而只是皇家的远族，由于远祖也是同一个血统，所以他所建立的东汉帝国仍然称为汉朝，自认为是西汉皇统的合法继承。根据历史的正统观点，建国十七年的新朝（王莽）在历史上被一笔勾掉了，刘备自称是西汉

景帝的儿子中山靖王刘胜之后，大概不是瞎吹，但是他的家庭已经沦落为平民，而且与刘秀的子孙们只算是同出自景帝一支的远世同宗。他在成都建立了割据政权，国号也叫作汉，算是东汉皇统的继续，十分勉强。构成封建正统观念所依据的第二个条件是中央政府（即朝廷）的所在地，即由周、秦开始的关中，东到洛阳，又到开封。这些建都地都在黄河中游，由关中到中原地区。刘备的割据政权是建立在成都，在地理上失去了正统条件，但是仅仅因为他是出于刘氏的远支血统，所以他自称是继承汉朝皇权的正统。司马光编写《资治通鉴》，依据他当时所能达到的历史科学水平，详细考察和总结了北宋以前的重大政治事件和政权演变历史，以曹魏为正统以继承东汉，而以蜀汉为割据。这不仅符合历史实际，而且从维护“中国大一统”和贬低分裂割据政权这一态度说，也是那个时代的进步历史观。《三国演义》萌芽于口头文学“说三分”，正是南宋朝廷偏安于远离中原的临安（杭州）时代，朝野上下，包括学术思想界的领袖人物（如朱熹），在政治感情和国家利益（也是民族的）上，都愿意将三国时代的蜀汉视为正统。这不能说是史学思想的倒退，而应该说是时代的局限性。《三国演义》正是根据以蜀汉为正统的评论标准，处理小说的主题思想，写出了小说的人物和故事。《三国演义》是经过南宋和元，大约三个世纪，吸收了民间口头文学家集体智慧的文学产物，由罗贯中基本完成了这一历史任务，又过了三百年，由毛宗岗作了修订。我们这一代历史小说家所具备的历史哲学、政治理想，以及关于小说创作的美学思想和创作方法，都比罗贯中前进得多。并不是我们这一代人比罗贯中等古典作家更聪明，而是因为历史前进了。其余不谈，像《三国演义》中写战争的场面我决不效法，又如关于左慈的故事、借东风的故事、陆逊陷于八阵图的故事，以及脍炙人口的空城计故事等，都违反了现实主义的创作美学，我是绝不学的。

从元曲开始，我国即出现了历史剧本，几百年来产出的数量很多，无名氏的《鸣凤记》、李玉的《清忠谱》和孔尚任的《桃花扇》为其中的佼佼者。但是真正尊重历史的为数很少，绝大多数离开历史的本来面貌，随意编造历史人物和故事，实际上不能算是历史剧本。历史剧本中出现过特殊现象，如马致远的《汉宫秋》，完全违背历史事实，通过虚构的情节，反映历史上汉民族在异民族压迫和统治下的悲愤感情，对于不能保卫国家的文臣武将作了痛心的斥责。全剧充满爱国主义，感情热烈，文辞优美，成为我国的古典戏曲名作。另外有白朴的名作《梧桐雨》，写唐玄宗与杨贵妃的爱情悲剧，也是文辞优美，感情浓烈，在文学史上向来与《汉宫秋》并称杰作。但从我们今天的标准说，二者都不是严格意义上的历史剧本。高明的《琵琶记》也是元、明之际的戏曲名作，向来与《西厢记》并称，视为双璧。《琵琶记》反映了封建社会中的夫妻关系问题，对被遗弃的善良妇女寄予深深的同情，文学成就也高。后来从《琵琶记》演变成《秦香莲》，又称《铡美案》，主题思想深化，也很感动人，社会意义强烈。虽然《琵琶记》和《秦香莲》都用了确有的古人名字，但事迹是虚构的，而且朝代也悖谬，不能算是历史剧本。利用历史上确有的古人姓名和一点历史背景的影子，随便编造荒唐的（历史上所不可能有的）故事情节，成为绝大多数京剧和各地方戏曲剧种习见的创作方法，延续到现代。

西方的历史题材文学，如莎士比亚的历史剧并不是遵照历史的本来面貌，虽然莎氏的史剧遗产是世界文学的瑰宝，有很多可供我们学习的地方，但不是我们当代历史小说家要走的创作道路。

司各特的历史小说在英国近代文学史上有光辉的成就，值得我们学习的地方不少，但是司各特的历史小说也不是严格地尊重历史。

列夫·托尔斯泰以法俄战争为题材写出了《战争与和平》，为西洋的历史小说建造了一座高山，也为现代历史小说开辟了一条光辉道路。这是一条现实主义的道路，对现代世界文学产生了巨大影响，而且还将长远地产生影响。同时，波兰的显克微支也为历史小说做出了贡献。

从十九世纪到现代，现实主义的历史小说一直在发展，而且影响到话剧、电影和电视。苏联作家在这方面做出了优异贡献，给中国的读者和观众相当深刻的印象。除列夫·托尔斯泰的《彼得大帝》最为中国读者所熟知外，还有许多翻译到中国来的历史小说和电影，有的小说写蒙古史的英雄人物如成吉思汗、忽必烈和拔都，有的写对拿破仑战争中的英雄将领如巴格拉齐昂，有的写沙皇统治下的农民起义英雄如拉辛，有的写日俄战争的重大战役，如对马海战和旅顺口之战等。上述作品，绝大多数都获了斯大林奖金。虽然苏联的多数历史小说在艺术水平和思想水平上未必使我们满意，但是，可以看见，苏联在发展社会主义文学事业时也重视历史题材的作品。

我曾经说过，文学题材的现实性与历史性，二者的区分只有相对性，没有绝对性。苏联文艺上反映十月革命的作品，包括小说和电影，例如《夏伯阳》和《难忘的一九一九年》等，在作品出现的当时都是现实题材，到目前都变成历史题材的作品了。反映苏联卫国战争时期的题材，由于战争已经过去了四十年，现实题材也变成了历史题材。而且苏联卫国战争时期的生活，苏联文艺至今仍作为创作源泉。

苏联之外，还有东欧、西欧和美洲，亚洲的日本和印度，以及我国的台湾省，都产生了不少历史题材（包括现代史）的文艺作品，表现了各自的成绩，不胜枚举。一部分当代日本作家喜欢以中国古代历史题材写小说，由于对历史资料掌握得不够，研究功夫下得不够，一般来说不能充分运用现实主义创作方法反映出中国历史生活的丰富性、真实性、深刻性，因而不能达到较高的艺术成就。日本作家写中国历史题材的小说所暴露的弱点是一个文学创作规律问题。作家写异国历史生活，除非长期生活在那个国土，而又进行了长期辛勤努力，像该国史学家一样具有多方面的丰富知识。仅仅参考几本历史书籍，加上几次短期旅行，终究是隔雾看山。

有两部外国作家所写的历史小说颇受中国读者欢迎：一部是十九世纪意大利作家拉·乔万尼奥里写的《斯巴达克思》，一部是当代美国作家赫尔曼·沃克写的《战争风云》，都是遵循现实主义的创作道路。前者写的是古罗马奴隶起义的历史题材，后者写的是第二次世界大战。就文学成就来说，后者远胜于前者。

以上我十分简略地谈了些中国和外国的历史题材文学（涉及电影）的发展情况。由此可见，我国当代历史小说的发展，既是植根于中国的民族土壤，开辟了中国历史小说的新道路，同时又与列夫·托尔斯泰以来的西方现实主义历史小说的创作道路有共同之处。从实际情况看，并非我国作家读了许多西方历史小说之后才动笔写历史小说，我自己也读得不多。归根结底地说，是由于“新文学运动”引进了西洋十九世纪兴起的现实主义文学作品和创作方法，在中国生根发芽，成为文艺的主流，所以中国当代的历史小说新道路与列夫·托尔斯泰开辟的西方现实主义历史小说道路就殊途同归了。这一条现实主义道路，要走得畅通并不容易，它需要作家掌握丰富的历史资料，严肃地对待历史，熟悉历史，深入地研究历史，真正懂得历史。不然，必将被读者抛弃，侥幸成功的事是没有的。

二、历史小说家应当亲自研究历史

一位历史小说家能够有较高成就绝非偶然。大致说来，这样的作家必须具备以下五个方面的优越条件：

一是比较广博的古今生活知识。我在前边曾谈到作家的“杂学”修养，就是“博古通今”的知识修养。我们都知道，熟悉历史知识的人对于当代一些重大社会问题和政治斗争容易了解得深一些，反之，对现代生活有丰富经验和知识的人了解历史也比较容易，所以“通今”与“博古”虽是两个方面，但在历史小说家的知识结构上是互相联系的。

二是思想和理论修养。任何杰出的作家都应该是思想家，他的思想深度和思想光辉不一定写为论文，但必须包含于作品之内，形成作品的思想深刻性和先进性。历史小说家对人类各种有益的思想遗产都可以吸收，但是我认为必须对马克思主义哲学修养特别重视。必须以马克思主义哲学为基础，为我们的指导思想，对其他各种有益的古今思想可以自由选择，灵活运用。“君子务本，本立而道生，”“君子”就是历史小说家，“本”就是马克思主义哲学。我指的马克思主义哲学不是教条，不是皮毛，不是在我国多次政治运动中往往被歪曲使用的辩证唯物主义和历史唯物主义，而是马克思、恩格斯、列宁等所倡导的，本来面貌的辩证唯物主义和历史唯物主义。历史小说家必须能够灵活地运用马克思主义的哲学武器解决所遇到的各种复杂历史问题，并且能用来指导作家对文艺理论问题的研究。

在文艺理论上，历史小说家不仅要懂得主要创作方法的理论，了解其源流与发展，能分辨在当前什么是比较正确的、为人民需要的创作方法，什么是不正确的、应该排斥的创作方法，什么是可以部分吸收的创作方法，什么是仅供参考的创作方法。人类社会自从产生了艺术便有创作方法，由创作方法的分化而产生不同流派。一切流派都有其出现、兴盛和衰亡的历史背景，有的流派至今仍在继续发展，充满生命力。为研究各种创作方法出现和发展的规律，历史小说家必须研究文学史，作为理论修养的必修课。首先要立足于现代和近代，然后回顾古代。作家必须熟悉中国古代文学史、近代文学史和五四运动以来的现代文学史，而对西洋文学史也应该有一定常识。对照文学史学习文艺理论，不仅可以明白各种理论的来龙去脉，也能使理论落到实处，还可以为创作活动指明历史的规律。

三是史学修养。关于这个问题，我在前边已经谈了很多，不再重复。

四是掌握小说的写作技巧，有较深的文学功力。作家了解和掌握一般写小说的技术容易，进入较高的美学领域而运用自如，得心应手，方能显出功力。写长篇历史小说，表现复杂的历史生活和众多的人物形象，所谓“鸿篇巨制”，不仅能写出故事，而且使作品成为艺术品，便需要作家有较高的小说美学修养。关于这个问题，我在这里只顺便提一笔，留在另外的地方详谈。

五是语言文字的修养。小说家应该是语言艺术家，必须能够正确地、纯熟地运用祖国的语言文字，最好是能成为青年读者学习的典范，能为提高和纯洁祖国语言起推进作用。但是严格地说，当代许多文学作品，包括有点儿名气的作品，在语言文字上功力不足，语法修辞上的问题，词义的不准确甚至错误，并不少见。在运用语言文字的功力上，当代中青年作家一般赶不上二十世纪二十年代和三十年代的作家，这是一个值得注意的现象。至于写历史小说，在语言文字的修养上要求更高，真正能够过关的作品不多。关于历史小说的语言问题，我将在关于谈历史小说的若干美学问题一章中专节讨论，此处暂且从略。

现在我们将讨论的重点回到历史小说家应该亲自研究历史的问题。

历史小说家不能依靠现代人编写的历史论著进行创作。现代人所写历史论著，第一，不等于小说家自己下苦功研究的心得，不是自己的历史创见；第二，别人所写的史学论著在资料上和见解上未必无误；第三，不可能提供大量历史生活资料。由于以上原因，小说家必须从收集资料开始着手，自己研究，而以别人编写的史学论著作为参考资料。

一部历史小说出版之后，给予各种好评的人未必就是知音，而给予严格要求，以认真态度指出缺点的人未必不是知音。如果作品的艺术粗糙、思想肤浅，以及作者的历史知识缺乏，纵然有时可以用故事性掩饰其短，瞒过编辑和一般读者，但无法瞒过较有修养的读者。后一类读者是历史文学的监督岗，识货的行家，他们读后摇头，作品就站不住了。历史小说家不应该讨厌这类爱挑剔的读者，而应该视为有益的诤友。真正成功的历史小说，既能拥有一般的广大读者群，也能获得较有知识的读者，乃至教授、学者们的赞赏，这才是在社会检验中胜利过关，也才能经受住相当长的时间考验。

当一部作品出版之后，作者由于各方面的修养不够，无力分辨瑕瑜，又因为自己花了不少心血，容易对自己的作品估价过高，巴不得有人在报刊上写文章给予好评，在座谈会上多听到颂扬的话。其实，对一位真正有远大抱负的作家来说，这些事情都是毫无价值的。好的作品本身包含有顽强的生命力，不害怕受冷遇，别人要骂也骂不倒。不好的作品本身没有生命力，纵然宣传得热闹一时也是假象，是骗人的广告，作品本身很快就会被人们忘记。如果有人想起来这些曾受过吹捧的作品，将不是回忆起小说中闪光的艺术细节，而是历史常识的错误。可见，历史小说家必须有严肃的创作态度，对已往的历史负责、对读者负责、对文学事业负责，这三种负责是一致的。

作者从事历史小说创作，首先要研究历史。正如作家要写现实题材的小说，首先要到生活中去，研究现实。研究历史要下笨功夫，首先从掌握史料开始。史料不等于历史知识，更不等于史学，甚至历代公认的历史知识也不一定是史学知识，更不一定是历史科学知识。小说家如何运用这一类不可信的历史知识，可以根据创作需要处理，但必须心中有数，先做到对史料心中有数，然后有艺术取舍。

既要重视史料，又不迷信史料，是求得历史知识的第一步。自古以来，人们对史料的去粗取精，对历史的去伪存真，成为认识历史的基本态度和常用方法，用不着运用更高的历史哲学。例如周武王灭殷之后，周民族成为战胜者和新的统治者，为了向各族（各部落）的奴隶贵族和后世宣传牧野之战的正义性，必然要夸大殷纣王的亡国罪状，绝不会实事求是。纣王成为被批判的箭靶子，他本人已经被杀，殷民族是战败民族，没有人能够为纣王进行申辩，时间愈久，纣王的罪款愈被夸大。“文革”期间任何人如果一旦变成了批斗对象，受到运动领导者指挥下“群众”的揭发和批判，罪款必然会愈来愈多，层层加码，非常严重，例如动不动就在大字报和小报上说某人“罪恶滔天”或“罪该万死”。今日较文明的社会尚且如此，何况是上古时代？然而较有分辨能力的人还是有的，他们对纣王的罪状会产生合乎情理的怀疑。孔子的大弟子子贡对纣王的问题就发过这样的感慨：

“纣之不善，不如是之甚也。是以君子恶居下流，天下之恶皆归焉。”（《论语·子张》）

子贡的这两句话代表孔子弟子的意见，也代表孔子的意见，所以王充在《论衡·语增篇》中就写作孔子的话。《尚书》又称《书经》，在春秋战国时代简称为《书》，是儒家编纂的上古历史文献总集，在儒家和后世儒者的眼里被看得非常重要。可是孟子就不相信《尚书》的史料价值，说道：

“尽信《书》，则不如无《书》。吾于《武成》，取二三策而已矣。仁人无敌于天下，以至仁伐至不仁，而何其血之流杵也？”

虽然孟子怀疑《尚书》史料价值的论据是有问题的，但是他敢于怀疑经典著作的态度是可以学习的。孟子所说的《武成》是《古文尚书》的一个篇名，这一篇古史的原文在东汉初年已经亡佚，如今见到的《武成篇》是伪古文。孟子是一位喜爱辩论的思想家，思想比较活泼。像百里奚出卖自身的故事，在春秋战国已经流传很广，他也表示怀疑，指出了故事本身的漏洞。可见在我国历史上，一方面史学十分发达，一方面对历史的辨伪思想也很发达。

辨别历史真伪的思想，在中国不断发展，给我们留下了许多值得研究的学术遗产。东汉的王充在《论衡》一书中充满了思辨资料，其中如《语增》《儒增》《艺增》等篇提出了不少对历史和传说的辨难质疑，读起来颇为有趣，从我们今天的思想水平看来，他所用的辨别历史和传说真伪的方法不尽是严密的科学思想，但他对古圣先贤和各种传统见解的怀疑精神，跃然纸上。

刘向、刘歆父子，学识渊博，在他们手中完成几部重要的史书，如《烈女传》《新序》《说苑》《七略》和《别录》，实际是系统性的史料著作。史料之学采用各种体裁，继续发展。东晋和刘宋间人裴松之为陈寿的《三国志》作注释，使史料学又有了新的发展。裴松之搜集了许多野史旧闻，引用的书籍多达一百五十余种，弥补了《三国志》的简略和疏漏，对于有些史料，往往汇集异闻，辨别真伪，然后决定取舍。他所引用的各种野史，后世多已散亡，愈显出裴松之注释的史料价值。裴松之死于公元四五一年，一千五百多年来裴松之对《三国志》所作的注释一直受到史学界很高的评价。虽然如刘知几在《史通·补注》和赵翼在《陔余丛考》中《三国志》条所指出的，裴松之的注释也有一些毛病，但是瑕不掩瑜，重大的贡献是主要的。

到了公元十一世纪，司马光同他的助手们费了十九年的心血，完成了卷帙浩繁、体大思精、叙事谨严、条理清楚、前古未有的编年体通史《资治通鉴》。《通鉴》凭借的史料除采自十七史之外，采自杂史诸书有三百二十余种，全部卷数没有统计。司马光自己也说："遍阅旧史，旁采小说，简牍盈积，浩如渊海。"(《进〈资治通鉴〉表》)《通鉴》一书在史学上的崇高地位，主要在著书态度严肃认真，凡所征引的史料都下功夫经过考证，绝不马虎从事。因此，司马光编纂《资治通鉴》时处理史料的态度和方法，为后人树立了典范。

随着史学的发展，如何收集、整理和使用史料，逐渐形成了一门学问，成为史学的一个分支。唐朝的刘知几和南宋的郑樵，都非常重视史料工作，在

《史通》和《通志》中都专立篇章论述，司马光也著了《考异》三十卷，提出了许多十分可贵的意见。随着金石、校雠、目录、方志、谱牒、考证等新学科的兴盛，以及笔记、野乘、回忆录、传记、游记、通信、报道以及各种杂著与小说的兴盛，极大地开拓了史料的范围。近世受到特别重视的文献档案，各种旧的报刊，各种遗留实物，使史料空前丰富。中华人民共和国成立后全国政协和各省市地方政协出版的《文史资料》，为我国近、现代史提供了难得的第一手史料。

以上我十分简略地叙述了古人对待史料的态度和史料学的发展情况，目的是希望有志从事历史小说创作的同志们重视史学修养，首先重视亲自收集史料，也重视和吸收前人的治史经验（态度和方法）。

单从史料条件说，写近代和现代历史小说的史料最丰富，而且容易收集，又没有文字障碍，容易读懂。时间愈古，收集史料愈困难，更需要养成阅读古籍的能力。打算写历史小说的同志，最好将收集史料的难易、自己阅读史料能力的高低，以及自己原有历史知识的深浅，全面冷静地衡量一下，不要以空洞的热情代替冷静地考虑，不要抱盲目从事和侥幸成功的思想，而要抱实事求是的科学态度。真正的历史小说家，应该时刻莫忘“三个一致性”：对历史负责与对今世负责的一致性，对古人负责与对当代读者负责的一致性，深入了解历史与运用现实主义创作方法的一致性。如果根本不打算准确地和深刻地表现历史生活，不赞成现实主义创作方法，认为可以从作家的笔下随意创造历史（有这样一种理论）的一派浪漫主义作家，另当别论。我选择的是比较困难的一条道路，所以我决不强求同志们都赞同我的主张。两种态度（也是创作原则）可以在创作道路上进行比较和竞赛。

关于对待史料的态度，我的经验是重视史料，但是不轻信史料。史料是研究历史的依据，但是不经过比较和考证的史料不一定没有错误。轻易相信某一史料，可能会闹出常识错误。所以一般史料不等于历史知识，一般历史知识不等于史学知识，更不等于历史科学知识。史料不尽可信的原因很多，甚至直接参与其事者所作记载，也不可尽信为实。梁启超曾说：

> 况著书者无论如何纯洁，终不免有主观的感情夹杂其间。例如王闿运之《湘军志》，在理应认为第一等史料者也。试读郭嵩焘之《湘军志曾军篇书后》，则知其不实之处甚多。又如吾二十年前所著《戊戌政变记》，

后之作清史者记戊戌事，谁不认为可贵之史料？然谓所记悉为信史，吾已不敢自承。何哉？感情作用所支配，不免将真迹放大也。治史者明乎此义，处处打几分折头，庶无大过矣。（梁启超《中国历史研究法》第五章　史料之蒐集与鉴别）

我用了一些笔墨谈史料的收集与辨伪，也只是浮光掠影地谈一点表面常识，目的在引起同志们重视这个问题，要亲自广泛地收集史料，研究史料，作为创作的起点。不从史料方面下真功夫，便是缺乏创作基础。凭着空想或凭着对历史的错误认识或仅有一知半解就进行创作，很难有写成功的。历史剧《蔡文姬》虽出于名家之手，由于作者对历史没有作严肃认真的研究，不仅一些关键情节经不起推敲，而且将后人拟作的《胡笳十八拍》当作蔡文姬的作品贯穿全剧，不能不使较有历史（或文学史）知识的观众和读者感到不舒服，破坏了对剧本的欣赏情趣。我私心认为，在我国过去的特殊社会条件下，郭剧《蔡文姬》虽然享有大名，但是剧本没有以坚实的史学为基础，影响到艺术情节缺少真实感，而主题思想也是从历史题材之外加进去的，因而这一作品好似在沙滩上建筑的楼台，很难说能够经得起时间考验。

三、历史小说的主题思想蕴藏在历史题材本身，靠深入的历史研究去发掘

我在前面已经反复地谈到史料的不尽可信，在这一节中还要继续深入地讨论这个问题。为什么还要讨论，因为这个问题同历史小说家的创作准备、作品成败很有关系，不可忽视。

不论是出自野史或正史的记载，在作家的眼中都是史料。我们对待史料，除有些十分明显的荒谬之外，一般说来，我们既要尊重，也不可盲从。尊重，是因为一切史料都是脱离我们主观意志的客观存在，为历史知识所依据；不盲从，是因为我们对任何史料都须要加以证明，经过辨别真伪之后才能成为有用的史料，借以获得历史知识。许多可信史料的综合，构成小说家对某一历史事实和历史人物的全面认识，才能使个别的历史知识上升为史学。小说家的史学知识更加深化、条理化、体系化，能够正确地掌握了历史事变的本质和内在规律，并且正确地掌握了错综复杂的历史因果关系，才能从一般的史学知识上升到历史科学。

有了史学知识，小说家才算具有了创作的基础。史学知识愈丰富，愈深

入，作家愈能掌握创作的“自由”，愈能给创造性的精神劳动提供较好的境界。再进一步，当历史小说家对于所写历史事变和历史人物的全面理解上升到历史科学境界，作品的思想性才能深刻。作品的思想性蕴藏于题材本身，等待小说家通过研究的渠道努力开掘。作品的思想性不立足于历史科学，而依靠小说家从外加进思想性，这样的作品往往艺术性与思想性分离，很难令人满意。这不是现实主义的创作方法。

拿写现实生活的文学作品来说，中华人民共和国成立以后，我们的创作指导思想中有所谓“从主题思想出发”“带着主题去生活”“用创作图解政策”以及“作家出技巧、领导出思想”等谬论，使现实主义的创作原则遭到了严重破坏，在广大读者中败坏了现实主义的声誉。不从历史科学出发而从主题思想出发写历史剧本，在中华人民共和国成立以前和以后的例子不少，都证明这一创作经验不足为训。例如，从汉元帝以后，有几十年的时间汉、匈两民族没有发生过较大战争，基本上可说是和平共处。出现这种历史情况，应该分别从汉、匈两民族的历史条件寻找原因，必然是战争对双方不利，而和平对双方有利，或者没有一方面有力量挑起战争。历史唯物主义地解释汉、匈两民族几十年基本和平共处的重要现象，应该依据现存的历史资料，分析当时汉、匈两个民族内部的、外部的、相互之间的各种因素，分析两个民族所面临的经济、政治、军事、外交等各种因素，分析各种复杂社会因素之间如何互相作用，产生对战争的制约力，促成了汉、匈两民族在几十年间基本上和平共处的历史形势。这种历史形势开始时的客观力量决定了昭君出塞，而不是昭君出塞决定了两大民族和平共处的历史形势。

二十世纪五十年代后期，著名史学家翦伯赞同志从美好的愿望出发，而不是从历史唯物主义出发，发表了他的论点，认为昭君出塞促成了汉、匈两民族几十年的和平共处。二十世纪七十年代末，杰出的戏剧家曹禺同志遵照周总理生前的指示，也依照翦伯赞的论点，着手写史剧《王昭君》，表现女主角“欢欢喜喜地出塞”，完成了职业外交家所不能完成的任务。但是剧本完成之后，在社会上并没有得到肯定，这说明历史文学作品的成败另有规律，并非时时都依照作家的主观心愿。

由此可见，历史小说和戏剧，必须按照唯物主义哲学，也按照现实主义创作原则，作品的主题思想蕴藏在题材本身之内，不是题材外加进去的。离开历史科学研究，谈所谓思想性便是苍白的，既没有深刻性，也没有生命力。

四、从史学和文学的知识修养看历史小说家应该力求自身学者化

我已经反复谈过，历史小说家应该从亲自收集史料和研究历史着手，而不要完全靠史学家的现成著作。我也反复谈过，史料不管是出自正史或野史，在经过别人或作家自己考核证实之前，不一定是可靠的历史知识，更不等于是史学知识。历史小说家如何写历史，有进行虚构的自由，但必须对历史的真实面貌心中有数，摆脱盲目性。而且虚构的情节和细节，必须放在当时的历史条件下是可能产生的，而且地理环境、生活条件和习俗等，都与当时的历史背景相符合，能够使读者感到真实。所以现实主义创作之所谓虚构，仍以深入历史为基础。

进行历史小说的虚构，可以有几种不同的途径，不但都是可以允许的，而且能够写出很成功的、很感人的艺术情节。以深入历史为前提，先了解历史生活的各个方面，掌握了虚构的主动权，然后为了某种目的进行虚构，这也是哲学上的“从必然到自由”。

没有虚构就没有小说。

没有虚构就没有艺术。

没有虚构就没有典型环境和典型人物。

历史小说之不同于历史著作，在于历史著作只能记载和论述历史上确实产生过的人物和事件，而历史小说可以形象地写出历史上曾经产生的和可能产生的人物和事件。纵然是历史上曾经产生过的人物和事件，一旦写进小说中便必然有许多虚构成分，否则就不能完成小说的艺术要求。不加虚构成分，如何能写出栩栩如生的人物性格？写出人物的心理状态？写出完整的故事情节？因此，历史小说不属于历史著作，而属于文学创作。清代章学诚是著名的史学家，但不懂文学创作的道理。他说《三国演义》是“七实三虚”，是一句很有影响的外行话。

关于“没有虚构就没有小说艺术”这句话，我不妨多用几句说清楚这个道理。一切得自正史、野史、文集、方志等的各种文献资料，需要经过历史小说家认真研究、消化、取舍，向深处挖掘，然后再经过集中、概括、组织、剪裁，形成粗糙的故事情节或艺术细节，然后在已经达到的真实性基础上再进一步加以丰富、提高、想象和夸张，也更多地倾注了作家自己的激情，才能够产生感人的小说情节和细节。就一般创作规律（也是美学问题）来说，艺术虚构

依赖于丰富的历史知识为基础，而历史知识以作家所掌握的具体史料为基础。创作的精神劳动必依赖于创作的基础，但是从基础出发之后，创作的进程更依赖于虚构。作家的艺术才华不是表现于史学修养，而是从艺术虚构中表现出来。这就是先由史料进入史学，再由史学跳出来，进入小说。历史小说家依赖艺术虚构进行创作，渐渐地离开了素材的原始基础，离开渐远，反映历史的真实性愈强，人物性格更丰满，更趋于典型化，而小说的情节和细节愈增加感人的艺术魅力。

然而有时并非如此。倘若虚构的情节或细节违背历史生活的常识或不能深刻地反映历史，或某方面缺乏真实性，细节经不起推敲，或写得概念化，缺乏感人力量，都不能达到小说创作的要求。导致这样的失败，与作家自己的企望相违，原因不一，其最主要的原因何在？一句话，在于作家的历史知识缺乏广度与深度。

历史的真实性和思想性植根于小说家的历史知识，小说的光辉艺术（包括人物的典型化）和感人魅力完成于合理的虚构。此一道理，现实题材的小说亦然。

历史小说的虚构有各种不同的途径：有完全虚构的人物和故事情节，有根据一点历史因由进行虚构，有移花接木式的虚构，有利用不可信的历史传说进行虚构，化虚为实。历史小说的读者，包括很有学问的读者，从来不责备作家在小说中的虚构，而只问虚构得是否合理、是否可能、是否经得起推敲。特别对作品中犯了常识性的错误，有知识的读者最为敏感，意见最大。纵然是在学问上较有修养的历史小说家，也难免有偶然失误。读者是通情达理的，他们如果从喜欢的作品中发现了作家的偶然失误，会禁不住热情地写信向作者指出，希望在重印时改正。他们明白这是偶然失误，称之为“笔误”或“失检”，甚至会看出来是校对的责任。读者明白，这种毛病同有些作家所犯的常识性错误在性质上根本不同。

当前历史小说虽然出版了不少，但往往不能获得较有文化修养的读者称赏，原因是多方面的，重要的原因有两方面：一是作品在艺术上不成功，二是作品中常出现常识性的错误，甚至出现了常识性以下的错误。目前，如果我们都赞成发展中国当代历史小说的创作，我认为关键的问题不在繁荣作品的数量，而在提高作品的质量。而争取提高历史小说的质量，满足人民的要求和时代的要求，必须同时提高作家们的小说美学修养和历史等各有关方面的学问修养。

历史小说的读者大致分三个层次：一是人数最多的一般读者，二是较有知识和欣赏水平的读者，三是有较高知识修养的，包括专家学者的读者。作品犯有常识性的错误，有时可以蒙骗一般读者，但不能蒙混住文化修养稍高的读者，更不能逃过专家学者的眼睛。一部历史小说的命运不取决于第一层次的读者，而取决于第二和第三层次的读者。有志于写历史小说的同志，千万要尊重读者，用马虎的态度对待读者，只能葬送作品的前途。

在一般情况下，能够为高水平读者所推崇的作品，也必为广大的普通读者所欢迎。美术的精品和杰作也是如此，自古以来，杰出的文学和美术作品既被专家学者们所珍视，也为广大群众所喜爱，所以是全民的瑰宝。当然古代的文学作品对现代普通读者来说存在着文字障碍，但不是本质问题。我们的作家要尽一切力量提高修养，争取写出当代历史小说的精品和杰作，能受到三个层次读者的共同欢迎。

有些作品犯了较多的常识性错误，不仅是由于作者历史知识修养不够，也由于治学态度和创作态度不严肃认真。倘若是治学态度和创作态度都很严肃认真的作者，他不会下笔乱写，遇到尚没有真正有把握的人名、地名、各种事物和各种典故，绝不肯轻易下笔，必将查找书籍，力求解决。抱着这种严肃认真态度，不仅作品中可以尽量减少常识性的错误，而且作者的知识蓄积量也可以随着不断地解决疑问而增长。

往往创作态度的不严肃和知识修养的欠缺，两种短处是互相结合的。愈是缺乏知识的人，态度愈不严肃。有时，愈是无知的人愈自负，愈不肯听取意见。当别人指出作品中某处常识性错误时，他会悻悻地回答说他是根据某一书所提供的证据写的。其实，他所依据的史料早已失去史料价值，再作为依据就落入常识以下。这说明了一个普通道理：采用史料必须博览史料，不然就犯了俗话所说的“孤陋寡闻”毛病。历史小说家绝不能自我满足于“孤陋寡闻”的水平，而必须自觉地追求学者化，把自己培养为饱学之士，切不要因为出了一两本作品就自我满足，障碍了学者化的进程，学无止境。山不厌高，海不厌深，历史小说家追求博大精深的学者化，道路悠长，终生走不到头。

以上所谈种种，都是就历史小说家与史学的关系问题说出我的粗浅意见。然而历史小说家所需要的修养绝不仅仅是史学修养，还有写小说的基本功修养、语言文字修养、古典文学修养、马克思主义哲学修养、马克思主义文艺理论修养和美学修养、当代社会科学修养等，都应该给予不同程度的重视，使各种修养互相联系，大体上融会贯通，以马克思主义哲学和文艺理论为核心，发挥综合修养的优势。我对历史小说家所建议的学者化道路，指的就是这一条综合修养的道路，单提高史学修养，那只能成为史学家，而不能成为优秀的历史小说家。

附　注

因为时间关系，本论文未能全部写完。还有关于“历史小说如何为当代社会服务问题”“历史小说的几个美学问题”“对历史小说的评论问题”等，都将在本文其余部分写出，后将补寄给出席会议的同志们请教。

一九八六年四月廿八日

（原载《姚雪垠书系》19卷，中国青年出版社2001年10月出版）

《李自成》创作余墨

一、引 子

自从《李自成》第一卷于一九六三年出版之后，我经常接到各地读者的信。就在“江青反革命集团”对文学艺术界进行控制时期，读者依然悬念这部书的以下各卷是否再继续写；还有的读者从工厂、农村、边防前哨，写给我热情如火的信，告诉我他们读了第一卷的激动心情，也说出他们的祝愿和期待。去年春天第二卷出版之后，收到读者的来信更多。给我写信的读者（包括几十年不通音讯的朋友）从八十多岁的老人到十几岁的男女青年，他们的热情书信常常激动着我的心，给我鞭策，使我感奋，也更增添了我对社会主义中国文学事业的责任感。

我在老年的最大幸福有两件事：第一是我写《李自成》这部书曾获得伟大领袖毛主席的两次亲自关怀和支持。在缺乏民主，法制不健全，尤其在“文化大革命”开始后那种极“左”思潮猖獗和社会动乱，随意打、砸、抢、抄的年代里，倘若没有毛主席说过“对姚雪垠要予以保护”的话，则我的情况必将十分不幸，《李自成》的命运也可想而知。第二是我亲眼看到祸国殃民的“江青反革命集团”下场，能够在顺利条件下充分利用我的晚年，为党和人民的文学事业尽我的微薄力量。

在“江青反革命集团”横行霸道的日子里，我像全国绝大多数的老知识分子一样，心中明白祖国的需要和历史前进的必然规律，但不能掌握自己的命运。从一九七二年夏天起，我又获得继续写《李自成》的初步权利，但是很少保障，更谈不上有什么具体支持。到一九七四年初“江青反革命集团”发动所谓“批孔”以后，我写《李自成》又受到难以容忍的歧视、干扰和压制。因此，尽管我不顾一切困难要努力埋头写《李自成》，但对于《李自成》是否能够写下去，是否能够看见第二卷出版，全无把握。我抱的一个坚定不移态度是：活一天就工作一天，有一点工作机会就绝不放过。我不但努力为《李自成》工作，而且还经常为将来有机会写《天京悲剧》而考虑许多历史问题和进行一些艺术构思。我把眼光放得较远，私自认为，纵然生前看不见我的作品出版，但只要写出来，我死后还有出版的机会，可以为祖国做出我的贡献。作为一个已经六十多岁的作家，不顾年龄已老，不顾“江青反革命集团”逆流所造成的困难条件，我依然对历史的未来充满信心，毫不放松我的努力，进行长征，这时候的精神很不轻松，而且是经常怀着一种热烈的悲壮情绪。

我现在可以充满信心来回答广大读者和朋友们的担心：今天，“江青反革命集团”已经被埋葬到历史的垃圾堆中，除非我的生命有偶然意外，否则我不仅可以提前将《李自成》全书五卷写完，还可以争取把《天京悲剧》写出来。今天，上有党和政府的关怀和支持，下有全国各界读者的鼓励和督促，我还不到七十岁，当然可以一部接一部地实现我的多年夙愿。在“江青反革命集团”粉碎后，党和政府已经给我提供了新的条件，便利我加紧工作。别看我的须、眉和头发在灯下银光闪闪，可是我还有一颗火热的心，怀着像青年人一样的进取精神。像《天京悲剧》那样的历史题材，我个人依照历史唯物主义观点对太平天国几个领导人物的评价，对天京内讧的看法，以及根据我的看法所确定的小说主题，在“江青反革命集团”推行封建法西斯专制的年代绝不能写出来，要写也只能绝对保密，等待死后看机会出版。而今天，我这种沉重的心情没有了，纵然可能还会有曲折，但展望前途，无限光明，令我鼓舞。

《李自成》第二卷出版以来，读者向我提出了各种各样的问题，我都没有时间答复。有许多问题，确实是不能够三言两语就回答清楚的。现在因《红旗》杂志约稿，我在这篇《〈李自成〉创作余墨》中写出我的回答来，也算是同大家谈心。如果我谈的有错误，欢迎读者指正。

二、我为什么要写历史小说？

据我看来，一般人对历史都感兴趣，不感兴趣的恐怕很少。从前，在我的童年时代，听老人们说“古今”，给我留下了十分深刻的印象。在那个回想起来已经遥远的时代，如果是太平年景，冬日农闲，天寒地冻，在邻家的牛屋中常常有许多人围着一堆火，坐在草墩或土坯上，吸着旱烟袋，听一个人说“古今”。门关着，屋中光线很暗，燃烧的树根疙瘩冒着红火，也常常冒着烟气，呛得人咳嗽。黄牛卧在地上，慢吞吞地倒沫，挂在脖子下的大铜铃偶尔响动。但人们谁也不去注意它，也没人注意屋外呼啸的狂风，而是被“古今”吸引住了。在早春时候，天气晴和，几个老人无事，靠着墙根晒太阳，有的吸着烟袋，有的将棉袄脱下搜寻虱子，听人谈论“古今”，成为难得的享受，暖烘烘的太阳和有趣的古人古事都令人陶醉。

人们喜爱听一个家族的盛衰史、某一个有名古人的“小出身”，总之是爱听代代口传的神话传说、古人古事，也爱听近人近事以及老年人曾经亲身经见的重大事件。最古的故事是谈的开天辟地、黄土造人、三皇爷穿树叶以及洪水淹没了世界，只剩下兄妹两人，如何成为夫妻，使人类不曾断种……一般人爱听古人古事的兴趣中包含强烈的求知欲，希望知道人类的历史是怎样开始的，一位重要的历史人物是怎样成功的、怎样失败的，以及英雄们不平凡的经历，他们的各种可敬可叹的英雄事迹，甚至一家兴衰、一事经过，也往往引起人们的关怀。这现象是普遍的，各民族都无例外，大概就在这样群众喜爱的基础上产生了以古人古事为题材的叙事诗、民间故事、唱本、戏曲、小说。宋代的“说话人”有专门讲史的，说三分的，我们都知道，《三国演义》和《水浒传》等古代长篇历史小说就是从口头讲史的民间文学演变成的。在文化落后的社会里，民间的历史知识不是通过史书，而是通过口头故事、唱本、小说和戏曲获得的，而统治阶级也利用各种被歪曲了的历史知识为巩固封建社会服务。

我自己对历史也有浓厚兴趣，尤其是对曾经产生过光辉灿烂文化和年代悠久的祖国历史。我不仅常常以此为骄傲，也常常希望和鞭策自己能够做一点对得起祖国历史的工作。我是在新史学运动和普罗文学运动的两股文化思潮高涨时期成长的青年知识分子，当年特定的文化斗争形势和气氛给予我很大的教育和感染。就史学领域说，当时学院派正统史学还有坚固的阵地，“古史辨”派也正在发生影响，而进步史学界已经开始学习掌握马克思主义的社会发展史观点和历史唯物主义的思想方法去探讨我国的历史问题，并且掀起了关于中国社会史问题的大论战。这一新史学运动虽然一般说来不免有粗浅、幼稚的毛病，但是充满着生命力和战斗性，正在猛烈地冲击着传统的史学阵地。如今时隔数十年，我不能不感激新史学运动对我所起的启蒙作用，那时候我既爱好新文艺作品，也注意新史学斗争，同时努力向那些从日本介绍来的马克思主义政治经济学和哲学著作学习。梁启超的《清代学术概论》一书在当时学术界有相当影响，对这本书在青年知识分子中所起的客观作用，要一分为二地看。一方面，它对当时一股提倡埋头读书，整理“国故”，不问政治的倾向起了推动作用，适应了封建资产阶级的需要；另一方面，它简单扼要地介绍了清代朴学家的治学精神，可供我们借鉴。这本书对我的读书也颇有影响，告诉我清代有重要成就的学者们如何严肃地对待研究学问工作。《清代学术概论》不能算是重要的学术著作，但它影响我从青年时代起每读别人的学术著作，尤其是史学著作，总是很注意其引证的材料是否可靠，是否充足，运用材料的态度是否老实。纵然是名震一世的权威，一言而风靡天下，我也是只论其著作本身。我中年以后之所以能够从事《李自成》的写作并有志写《天京悲剧》，追溯到青年时代，既得力于新史学运动的启蒙作用，也得力于对历史问题不抱随波逐流的态度。尽管我对所涉及的历史问题研究不深，但我的态度是严肃的。

我是一个有过多狂妄幻想的人。在青年时期，我曾经希望做一个新的历史学家，后来又想在我国文学史方面做出贡献，但是这希望没法实现。我幼年和少年时代大半在失学中，只读过三年小学和不到一学期的初中，一九二九年从故乡到了开封，由在河南大学读书的同乡学生替我造了一张假文凭考上了河南大学预科。入校后，因经常参加开封的学潮斗争，被捕了一次，又被学校开除，从那以后就以当时的故都北平为生活地，开始了穷困艰苦的投稿生活。研究历史需要一个比较安定的读书条件，而我没有；除依靠图书馆外也需要自己有一定能力购买书籍，这条件我也没有。我只好走写小说这条道路，一年年下去，就成了所谓“专业作家”了。

但是我依然对祖国的历史有浓厚兴趣，也经常留心史学领域中出现的问题和斗争。这样日积月累，就为我后来想写历史小说奠定了基础。假若我对于中国两千多年的封建社会历史没有一点基本知识，临时孤立地抓到明末农民战争这个大题材，要写出《李自成》这样的长篇小说，是根本不可能的。正如想搞好科学（不管是自然科学或社会科学）那样，不搞好基础知识是不行的。想写好一部长篇历史小说，不具备相当广阔的历史知识，好比希望在沙滩上建筑高楼。我看见过不少前例，人们为写一篇历史论文或一个剧本，临时看几本书，抓点材料，用实用主义的态度和方法对待历史，以求古为今用，这一类论文总是经不起科学检验，而这一类文学艺术作品也很难深刻地、正确地反映历史。至于像“江青反革命集团”那样为达到反革命目的而在历史领域中大搞实用主义，那是另外一种性质，我在此只需嗤之以鼻，不用谈它。

抗日战争后期，即二十世纪四十年代开始之后，我开始想到写长篇历史小说，同时想到写明末农民战争的小说。关于我为什么决定以李自成为领导的明末农民战争为题材，暂且留待另个题目去谈，现在只泛谈我想写历史小说的问题。

虽然我当时对祖国历史的重大问题已经具备粗浅常识，有了写历史小说的初步基础，但是要真正着手准备，谈何容易！撇开掌握历史题材的思想武器不谈，单说生活条件，也不允许我去实现这样的创作意图。现在三十岁左右的年轻人很难想象从抗日战争中期到中华人民共和国成立这些年中，国民党统治区的生活情况。那时候除国民党的政治压迫和数不清的苛捐杂税之外，还有通货膨胀，物价天天飞涨，给普通人的日常生活带来极大的困难和忧虑。在抗战后期，我已经出版了几本小说，后来又在一个大学里教课，然而我的收入不足以养家糊口。我们进行任何较大的工作计划，除需要精神条件外，还必须有相应的物质条件作保证。在那些年头，我不得不为生活挣扎，正如龚定庵的诗中所说："著书多为稻粱谋。"我既没有余钱去收集历史资料（那时候在重庆和成都卖古旧书的铺子真多），也没有余力去从事明末历史的专门研究和艺术构思。

中华人民共和国成立以后，条件大变。在《〈李自成〉第一卷修订本前言》中，我已经谈过党和毛主席指引我进行思想改造，给我提供了下厂下乡与工农结合，并通过阶级斗争的实际生活，认真学习马克思主义和毛泽东思想的方便条件，使我获得了新的艺术生命，同时也使我不再为最基本的生活担忧。总之一句话，我要写历史小说的夙愿只有到中华人民共和国成立后才能实现。

在二十世纪五十年代之初，我要写历史小说的兴趣愈来愈强，决心愈来愈大。作家应该无条件地深入生活，改造思想，将现实生活作为文艺创作的源泉，这是毛主席指示的方向道路。但是如果为强调写群众的现实斗争就排斥历史题材，那就成了一个倾向掩盖另一个倾向，不符合毛泽东文艺思想，不符合马、恩、列、斯和毛主席对于历史和历史题材的看法，不符合广大读者的要求，不符合繁荣创作必须百花齐放的规律。我当时私自认为：文学作品永远应当以反映现实生活为主流、为重心，这是毫无问题的，但是在重心之外，还有侧翼，反映历史生活的作品不可偏废。我就抱着这样的见解，不声不响地进行工作，不敢让别人知道。从当时文艺界的具体条件来看，我如果提出写一部长篇历史小说，不仅不会获得支持、批准，而且会被看作是故意逃避现实斗争和不愿意为工农兵服务。关于这个问题，留在《〈李自成〉的艰难历程》题目中去谈，暂且按下不表。总之，在文化和文艺领域中，有许多在今后将被认为是愚昧无知、阻碍发展、十分可叹可笑的思想见解，以及形而上学的条条框框和官僚主义的领导方法和领导作风，在中华人民共和国成立后的二十多年中竟然是冷酷的事实。

在二十世纪五十年代，我经常下工厂、下农村，参加各种重大的阶级斗争，这对我非常必要。没有这些，便不能改造我的立场、观点、思想和感情。也就是在这些年头，我愈来愈希望将下半生的创作重心转移到历史小说方面，我认为这是人民所需要的，祖国所需要的。我一面暗中为写《李自成》做准备，一面也为另外两部希望写的长篇历史小说《天京悲剧》和《大江流日夜》做一些准备工作。我要写历史小说的决心是同准备写《李自成》的工作一起成熟的，当时促使我下这样决心的原因有三：第一，我对历史题材的“古为今用”问题有了自己的认识，正如在《〈李自成〉第一卷修订本前言》中所谈的，所以我希望通过自己的创作实践为历史小说走出一条新的道路。第二，我经过长期作自我分析，明白自己的短处和长处，写历史小说可能会使我的长处得到发挥。第三，我对建设社会主义文学事业怀着强烈的责任心，中华人民共和国成立以后，不管在任何情况下我的责任心都不曾消沉。我在决定写历史小说的开始阶段，具体说就是决定和积极进行写作《李自成》第一卷草稿的几年中，所遇到的条件并不顺利，甚至极不顺利。正是由于马克思主义和毛泽东思想以及我所懂得的文学史的发展规律，给我以信心和勇气，使我认识到社会主义祖国人民的需要，提高和加强了我的责任心。

三、《李自成》题材的形成

远在四十年前，大概是我二十三岁那年，我因失业，在开封暂住，经常到河南省图书馆去看书。该馆设在二曾祠，紧傍龙亭湖的南岸。阅览室很宽敞，但每日进去读书的人寥寥无几，有时只有两三个人在里边看书，甚至只剩下我一个人，檐际小雀啾啾叫，越发显得阅览室中空虚和寂静。我看书很杂，但较多的是文学和历史方面的书，这时我偶然发现了记载李自成三次进攻开封的两本书，一是李光壁的《守汴日志》，一是周在浚的《大梁守城记》。这两本书给我的印象很深，多年不能忘怀，这是我接触明末农民战争史料之始。另外记载开封围城战的书如白愚的《汴围湿襟录》，我是抗战期间才看到的。倘若我后来不想到写李自成所领导的农民战争，《守汴日志》等书对我也不会有多大作用，不料后来它会成为我对明末农民战争史料发生兴趣的引线之一。古人说：“夫江始出于岷山，其源可以滥觞”，人们治学问，中年以后的重要成果往往起于青年早期的“滥觞”之微，这情形并不少见。

抗日战争期间，我又接触到一些明末史料，开始动念写明末农民战争的长篇小说，但力与心违，徒怀虚愿。解放战争期间，我在上海教书，着手研究明代以东厂和锦衣卫为镇压工具的“特务政治”，写了不少笔记，还发表了一篇历史论文《明代的锦衣卫》。同时我研究崇祯及其家族的政治生活，从明武宗研究起，写了不少笔记，曾经以《崇祯皇帝传》为题目在刊物上发表了一部分。以上两件工作虽然都没有做完，但是对写明末农民战争的历史题材来说，不是“闲笔”，毋宁说是有必要的。这一些工作为后来我在小说中刻画崇祯皇帝的生活、性格及其必然亡国的历史命运，打下了初步基础。

另外不妨提一笔的是我本身的生活故事。这故事发生在一九二四年冬天至次年春天，当时，在南方以国共第一次合作为杠杆，正在酝酿着革命风暴，而北方仍在继续着连年不断的军阀混战，遍地土匪如毛。这一年我十四岁，秋季在信阳西门外的信义中学（外国教会办的）读初中，适逢第二次直奉战争爆发。学期尚未结束，直系军阀因内部分化和冯玉祥进入北京而失败，吴佩孚由海道逃到武汉，转回河南，不好立足，又退到鸡公山，信阳一带兵荒马乱，有变为战场的危险。外国人叫学校提前放寒假，命令学生离校。我同我的哥哥，还有别的两个同乡学生，从信阳向北走到了驻马店，再往西转，奔往我的家乡邓县。离我的家还有两百多里，在泌阳境内，我们几个学生被土匪抓去，做了“票子”。由于我比较胆大和其他条件，在杆子（土匪）中被大家所喜欢。过了三天，被一个头目从“票房”中要出，做了他的义子，这个头目不好，不久走了，我又被另一个姓薛的头目要去做义子。在大约一百天中，我既是“票子”，又是“贼娃”，我的义父和那一大群叔叔们待我非常好，都不叫我的名字，而叫我“娃儿”。他们破寨，我随在他们的后边冲进寨去；他们烧房子，我跟着点火。虽然每次看见他们打死抵抗的红枪会农民时心中凄然，但我又认为我的义父和他手下的叔叔们都是好人，心地善良，是迫不得已才拉杆子（当土匪），我从心眼里喜欢他们，敬佩他们作战勇敢。他们向地主们要款子和催促赎“票子”的信，都是我俯在小桌或磨盘上写的。我才进这一杆子时，杆子才成立不久，我看着它由小到大，迅速发展，也看到了大杆子内部的矛盾，杆子与地主豪绅之间又对立又勾结的复杂关系，还看见了大杆子与各派地方小军阀之间的复杂关系。后来两派小军阀争着要收抚这支大杆子以扩充自己的实力，杆子得罪了一派地方小军阀，遭到这个小军阀的部队和几千名红枪会成员的追击和围攻。当被追击时，我为了表现自己勇敢，并不快跑，随时有被流弹射死的可能。“当家的”（总首领）的“二驾”看见我，大声命令：“娃儿，快牵着我的马尾巴！”我又惊慌又快活地对他说“不要紧”，牵着他的马尾巴，渡过了河。我们中了计，被包围在一座大庙中，四面到处是红枪会和地方军阀部队的旗帜。我站在围墙内，探出头向军队辱骂，还放了一串鞭炮装作放机关枪，取笑敌人。我的一位叔叔猛一下将我拉下墙头，骂道：“娃儿！要打死你了！”随即责备我做了军队的靶子，很容易中弹死去。第三天，我随着杆子在黑夜突围，当天夜里，我和两三个叔叔同大股失散，辗转跑到我义父的村子里隐藏起来。几天以后，杆子被打散，许多人死了，而我义父的一小股损失不大，到了一处官僚豪绅的寨中住下，这又是豪绅与土匪的互相勾结、互相利用。我义父将我找去，派人送我回到邓县家中。

一个较大的杆子（土匪团伙）中成分复杂，确实有很多败类，人类的渣滓，但是杆子中也有好人，主要要透过现象去看本质。像我义父和他手下的叔叔们，绝大多数本质上都是好的，被生活所迫，走投无路，才拉杆子。我长成大人以后，常常怀念我的义父和几个叔叔，料想他们都早已死去，不免怆惘。抗日战争后期，我打算写三部小说：《黄昏》《长夜》《黎明》。第一部要写原来交通闭塞的、封建小农经济的农村，如何受到帝国主义经济侵略的影响，“洋货”代替了自给自足的日用商品，主要土特产的销路受到帝国主义买办的控制，而大买办派来的客官又与本地地主豪绅们所办的代理采购土特产的商行狼狈为奸，对农民层层剥削，原来保持表面宁静的农村生活崩溃了，小盗渐起，随后土匪如毛，之后又受到军阀混战的波及，旧的封建社会在动乱中日趋死亡。第二部要写农村经济崩溃使农民大批失业，年轻人有的去吃粮当兵，为军阀混战供给炮灰，有的当土匪，拉杆子，杆子拉大了，受了招抚，变成了军阀部队；农村经历着漫漫长夜，土地荒芜，人口大减。第三部打算写在北伐战争的影响下，黎明开始了。我先将《长夜》写了出来，抗战胜利后在上海一家报纸上连载，没有载完就出了单行本。由于我当时的思想水平较低，虽然几个人物性格活跃纸上，语言运用也有特色，但是我还不能很好地利用这一题材，将社会现实描写得宽阔一点，主题思想提高一点，加上为了拿稿子换钱吃饭，没有条件再展开故事，精雕细刻。出版之后我常常想，这样的题材反映了半封建半殖民地中国农村的一个侧面，过去不曾有人写过，今后也不会有人去写，我应该改写一次，并将我的义父作为主人公，但这样的想法终未实现。

我从前绝没料到，我在少年时代的一段土匪生活和《长夜》的写作，对我中年以后写《李自成》会有帮助。我的义父和几位勇敢的叔叔，在《李自成》的人物身上有着淡淡的影子，比如说，我义父的性格就淡淡地投影到高一功身上，一个名叫赵狮子的叔叔性格也影响我塑造袁宗第。我当然没有机会参加李闯王的孩儿兵营，但是每当构思和描写那些孩儿兵的战斗生活时，我老年的心中不能抑制地奔腾着少年时代的热血，一股古老时代的浪漫主义感情。

但是，上述种种，都仅仅是有助于我写《李自成》这部小说，而不是形成这部小说题材的主要因素或条件。我所说的是狭义上的题材，是众多素材经过提炼，组织，最后在胸中出现的，可以进行创作的故事基础。这一准备工作，只有到中华人民共和国成立后才有条件认真着手，也才能通过持久不懈的努力而逐步成熟。

写历史小说，必须掌握大量的历史文献资料，不应该靠随意空想构成题材。有一种写历史小说的办法比较自由和省力，就是抓取古人古事的一点资料，随意编造，以古喻今，借古人杯酒浇自己胸中块垒，让古人说今人所说之言，想今人之所想。这一种办法我不绝对反对，但绝不采取。在《〈李自成〉第一卷修订本前言》中我谈了我的道理，这里不多絮叨，简言之，我的主张就是作家必须对众多的历史事实进行严肃、认真、细致、全面的分析研究，看清众多历史现象之间的相互联系，互相作用，进而认识历史现象偶然性与必然性的辩证关系。孤立地考察一种历史现象，容易以偏代全，过分强调历史进程中的偶然性，便无法弄清历史运动的客观规律。不真正费力气收集和研究文献资料，而贪图省力，以论代史或者用贴标签的办法对待历史，都不能正确地认识和反映历史。一个态度严肃的历史小说家，既应该要求自己是一个小说艺术家，也应该要求自己是一个历史科学家。当确定写作目标之后，随着对历史资料的不断收集和不断分析研究，他的认识才会不断深入，才会透过历史事变错综复杂的现象认识事件的本质及其规律。只有当他对于想写的重大历史斗争、参与的主要人物、事件的主要脉络，大体认识之后，才能够形成这一部历史小说的题材。

我们在史学领域中之所以能够胜过资产阶级历史学家，仅仅在于我们有马克思主义哲学思想作为武器。倘若丢掉这个武器，我们在某些历史问题上也可以做出成绩，但是如果问题关系着阶级斗争，社会的运动发展，以及从错综复杂的现象中分析出本质和规律，就会感到茫然，或不能识破前人论断之非，盲信盲从，随波逐流。从另一方面来说，史学是一门科学，对待任何问题都必须态度老实，严肃认真，实事求是。特别是在对待史料上，不应该割裂一点，不顾整体；只看对自己有用，不辨真伪；随心曲解，以证明自己的“新鲜”见解；论据不足，便作武断结论，欺己欺人。凡此种种不老实的治学态度和学风，都不能将马克思主义的哲学思想作为科学武器使用，而只能作为论文中的装点词句，实际贩卖的是唯心主义和形而上学。仅仅扛着一个马克思主义和毛泽东思想的红漆牌子，不抱着实事求是的态度，不去辛勤地收集和研究各种有关的历史资料，再好的牌子也是无用的。封建时代的史学家、近代和现代资产阶级的史学家，尽管他们的世界观是错误的，但因为有些人治学态度老实、谨严，通过辛勤努力，也能在史学的特定课题上做出重要贡献，甚至有杰出贡献。林彪和“江青反革命集团”的追随者们害怕承认这种客观事实，正说明他们的无知和心虚。

因为我主张历史小说应该是历史科学与小说艺术的有机结合，所以我不能不重视作家在形成题材和进行创作的全部过程中对待历史的态度、学风和研究方法的问题。不去辛苦地占有大量资料，便不能对历史问题进行仔细的调查研究。不采取科学的态度考订史料真伪，按照史料的本来面目进行分析研究，便不能做到实事求是，摆脱认识上的主观片面之失。不时时坚持历史唯物主义和辩证唯物主义，便不能看清楚历史事变的深刻内容、本质、运动规律。总而言之，一个作家能不能首先将历史作为一门科学对待，关系着他所酝酿成熟的题材是否能正确地、深刻地反映历史，关系着这一题材的思想性，最后还关系着在创作过程中是否能正确地运用革命现实主义和革命浪漫主义的创作方法。随意对待历史，不惜曲解历史以宣传某种意图，名之曰“古为今用”，首先违背历史科学的基本态度，绝不能在创作过程中体现革命现实主义，也不能有真正的革命浪漫主义。

在历史小说作家的劳动中，关于历史事变的科学研究、题材的形成、主题思想的逐渐明确和深化，由简略到比较细密的艺术构思，原是互相伴随着进展的，是辩证统一的。过去有人将逻辑思维与形象思维绝对分开，从而只承认逻辑思维，否定形象思维，这个论断不符合众多文学艺术家的创作实践，是一种形而上学的观点。逻辑思维只能够指导形象思维，不能代替形象思维。形象来源于生活，来源于客观世界在头脑中能动的反映，绝不是来源于逻辑思维。没有形象思维，连最简单最原始的艺术也不会产生。在整个艺术领域中，各种艺术既有共同的规律，也有特殊的规律，即同中有异，以形象思维活动来说，写长篇小说和写短篇小说也是同中有异，善于写短篇小说的人未必善于写长篇小说，善于写散文的人未必善于写小说，善写新体诗的人未必会写旧诗。这是因为除共同的艺术规律外，还各有各的特殊规律。不承认不同事物之间的差异，便是形而上学。

企图用逻辑思维代替形象思维，其结果必然不利于艺术创作，而只会使作品流于简单化、概念化，干巴巴、千篇一律、以图解主题思想为完成任务。如果逻辑思维可以代替形象思维，那么所有的理论家都可以创作出优秀的文学艺术作品，用不着提倡勤学苦练，掌握独特的艺术修养。另外，我们也必须看到，不仅逻辑思维能够指导形象思维，而且伴随着创作实践过程的形象思维也能够反过来影响逻辑思维。由于二者存在辩证关系，我们常常在一部长篇小说的写作过程中会不断修改提纲，会不断地改变原来设计的故事情节、人物活动甚至性格，也会不断地修改、丰富和深化主题思想。特别是写长篇小说的作家都有一种经验：当小说中的某些人物真正“活起来”以后，这些人物会按生活的逻辑向前发展，推动作家改变原来的情节设计，或引导作家想出来更好的情节。

正如以上所说，狭义上《李自成》的小说题材是通过以马克思主义和毛泽东思想为指导，阅读和研究了相当多的历史文献，伴随着艺术构思的草图而逐渐成熟。通过理论分析，我认为这一历史题材是值得写的；通过艺术酝酿即构思，我感到自己可以写好这部小说，可以实现我自己所追求的艺术风格和美学要求。最近有人向我提出一个问题，问我是不是在幼年和少年时代在河南家乡常听到一些关于李自成起义的英雄故事，使我在三十岁以后动了写《李自成》的念头，我回答说绝对不是。我在幼年时听到的李闯王故事都是诬蔑李闯王的，说他在河南杀得十字路上搁元宝没有人拾。大顺朝迅速灭亡，统治阶级把他当“流贼”看待，在野史和戏曲中充满颠倒黑白的侮辱之词，影响了广大人民。起初我只是有一个写作的动念，或者说一种愿望。中华人民共和国成立后，我陆续阅读和研究了相当多的史料，才将《李自成》的题材形成。虽然题材的形成必须依靠阅读明、清之际的大量史料，但是写小说毕竟不同于写历史书，也需要我有其他多方面的历史知识，包括书本知识以及亲身阅历和耳闻目睹的生活知识。至于我在运用历史唯物主义的武器时不免出现这样那样的问题或错误，那是我的能力所限，无碍于我坚持历史唯物主义的愿望和决心。正因为我坚持历史唯物主义的原则，所以敢于将前人颠倒了的历史颠倒过来，也敢于摆脱流行的历史见解，敢于顶住李自成是反孔英雄和没有帝王思想的无稽之谈。我如果没有这种坚持精神和勇气，盲目地随着前人的脚印走，或在复杂的意识形态战线上随风转舵，《李自成》这个题材就不会有多大意义。那样，我将既对不起古人，也对不起今人，我的小说将遭到读者惋惜、嘲笑甚至唾骂。

四、内容和结构

决定写明末以李自成为首的农民战争，这只是一个抽象的想法，并不能指明小说的具体内容。确定具体内容，是我开始写这部长篇小说时必须首先解决的问题。同是这个历史题材，不同的作家由于对历史题材的不同理解和要求，具有不同的历史知识修养，不同的创作才能和创作习惯，会有各种不同的处理方法，产生的作品绝不会雷同，不会有近些年文艺界常说的“撞车”现象。关于这部小说，在开始动笔之前，曾经有各种写法摆在我的面前，供我选择。我可以从李自成幼年写起，也可以从他当驿卒的生活写起，或从他当兵和起义写起，或从他一生中任何一个较有意义的时期写起。拿结尾来说，可以写到他胜利地进入北京为止，也可以写到他失败了，仓皇地退出北京为止，还可以写到他在九宫山牺牲为止。过去有剧本写他失败后出了家，那也是一种结束故事的办法。一部长篇小说的开头和结尾，难关是开头。如何结尾，在创作的进程中还有充分时间进行思考，作出选择，而如何开头的问题必须首先解决，否则就无从动笔。一般说来，如何开头，关系着一部长篇小说的主题思想和题材的具体内容。

在考虑和选定如何开头的问题时，必然同时考虑小说内容的全部轮廓，包括重要的人物活动和重要的故事情节。拿写李自成领导的农民战争来说，可以只着力写几个农民英雄人物，而把其余的人物都放在可有可无的陪衬地位，也可以人物稍多一点，但不要认真写反面人物；可以只写李自成革命活动的一条线，或者再加上张献忠的活动作副线等。在这个问题上，并没有“一定之规”，但不管怎样，创作实践的经验告诉我们，小说的开头有带动全书故事发展的作用，必须认真对待。倘若对全书主要人物活动和主要故事情节心中无数，小说应如何开头便不好决定。小说的开头和全书内容，是部分和全体的有机组成，同时这个问题和小说的主题思想也是互相联系的。孤立地评论一部长篇小说的开头好不好，那是没有意义的。

一部长篇小说的具体内容，必须经过对历史事件、有关的历史人物、当时的各方面历史生活等，作了大量的调查研究以后才能确定。其实，历史事件和历史人物也包括在历史生活之内，不了解历史生活，就不会有小说的内容。更进一层看，必须首先确定了小说的具体内容，然后才能确定小说的艺术结构，前者是创作小说的基础，而后者是通过小说的独特艺术形式反映历史生活的一种手段。我们这样看问题，在哲学上符合唯物主义反映论，在文学上符合现实主义创作方法的基本特点。那种凭着作家的主观要求和感想，先确定小说的主题思想，然后用一些剪裁拼凑的事件，和几个人物的活动和对话，去说明主题思想，也是可以写成作品的，而且比较省力。但是我认为这是一条不可取的道路，在哲学上违背历史唯物主义，在文学上违背现实主义，其结果必然不能够正确地反映历史生活。

历史生活是非常复杂、非常丰富多彩的。如何反映复杂的历史面貌和它的丰富多彩，是我在写《李自成》小说中努力探索的一个重要问题。在初步研究了明末和清初的历史之后，就大致确定了这部长篇小说的内容和结构。从内容方面说，我希望我的小说以李自成所领导的农民战争为主线，写出明、清变动之际各个阶级、阶层、政治集团和军事集团的各种社会力量的复杂关系和动态，同时写出各种力量的代表人物，对其中一部分人物则希望努力把他们放在典型的生活环境中写出他们的典型性格。我一开始就抱着一个不自量力的奢望，即在这部小说中反映明、清之际我国封建社会生活的广阔画面，通过艺术形象使读者能够得到较为广泛的历史知识，并对读者了解全部封建社会有所帮助。因为怀着这么一个奢望，而且伴随着对历史的初步认识进行着形象思维，愈来愈多的故事情节和生活画面在我的心中出现，而且很生动，于是我更加希望自己能够写出规模较大的历史小说来。

生活中充满着不同性质和不同特点的矛盾。如何在生活中观察和选取矛盾，写好矛盾，从而反映生活的本质，写出有积极意义的主题思想，这是每一个小说家的艺术任务。不妨说写小说就是形象地写社会生活矛盾，因为小说是艺术，它所写的社会生活矛盾不仅是形象的，而且是经过集中了的、提炼了的社会生活矛盾。长篇小说故事的发展，有各种写法，我们近些年常见的中篇和长篇小说，多数是采用单线发展的写法。所谓单线发展，当然也不是绝对的，除主线外其他矛盾线都不充分展开，或故事仅仅跟随着主人公向前进行，都算是单线发展，古典名著中如《唐·吉诃德》《西游记》《红与黑》等，都是单线发展。单线发展的结构可以写出很好的中、长篇小说，这是众多古今中外作品已经证明了的。

我在《李自成》的结构问题上不是采取单线发展的方法，为要在一部小说中写出明清之际封建社会的各种矛盾和比较广阔的生活画面，我采取复线发展的结构方法。以李自成为代表的农民革命力量为一方，以崇祯皇帝为代表的封建大地主反动力量为另一方，他们之间的生死斗争是小说中的矛盾主线。明朝和关外清朝的战争是一条重要的副线，到第五卷后半部，这条副线升为主线，而李自成与明朝残余力量的斗争则降居副线。张献忠的活动在小说中构成第二条副线，也是贯穿始终的。另外，以李自成为领袖的这支义军中也有各种矛盾，较重大的矛盾从第三卷逐步展开。以崇祯为首的地主阶级内部也到处充满矛盾，错综复杂，斗争一直深入到宫廷内部。

一部长篇小说不能写得零碎，也不能写得头绪纷乱不清。作家好比一个建筑工程师，要设计一座大城市的建筑，他将先确定一条中轴线，然后各种建筑群围绕中轴线星罗棋布、疏密得体，而每一个建筑群中又自成一个完整的布局。说长篇小说的主要矛盾线如同大大小小建筑群的中轴线，只是打一个比方，长篇小说的主要矛盾线同小说的大小副线互相关联、穿插，在结构上比任何城市建筑更富于有机性。这条主要矛盾线不是从作家凭空设想中出现的，而是反映小说要表现的客观历史运动的主要矛盾，一个时代的根本问题，从而也与长篇小说的总主题不能分开。在一部长篇小说中，主要矛盾线是纲，其他都是目，或者说它是总纲，其他是分支的纲和目。分支的纲就是副线的纲，对它的目来说它是纲，对总纲说它就成了目。辩证关系本来就存在于社会生活中，表现为各阶级、阶层、集团之间错综复杂的矛盾统一关系。但是把社会历史的客观存在反映到长篇小说的内容和结构上，纲目清楚，并非容易，需要发挥作家的主观作用。作家必须对他所写的一代历史或一次历史运动掌握了多方面的知识，进行了充分的分析研究，然后才把握它的主要矛盾和各种次要矛盾，把握各种矛盾性质和互相关系，从各历史运动的现象认识到运动的本质，这样才能将客观历史中纲和目的辩证关系，变为对该时代比较全面和比较深刻的认识。但小说家不能停留在这一点上，作为一个历史科学家，达到这一步就够了，作为小说艺术家，还必须通过创作实践，将一代历史生活中的本质和现象，主要矛盾和各种次要矛盾，艺术地反映到作品中。这不仅需要学问修养、理论修养，还需要艺术实践的修养，倘若没有后一种修养，要写成较好的长篇历史小说是不可能的。单就结构说，一个作家如果不是通常所谓“大手笔”，就不能将一部小说写得波澜起伏、笔力纵横、大起大落、大开大合、变化穿插、左右逢源，放得开、收得住。社会历史生活本来不是平庸和单调的，却往往被修养不足的作家写得平庸和单调了。

我为了避免结构琐碎和头绪不清，在开始动笔前决定采取分单元集中描写的方法。几章（最多的有十几章）为一个单元，单元与单元轻重搭配，努力追求笔墨变化，色彩丰富。上一单元和下一单元可以互相衔接，但一般地不采取衔接办法，而是突然接入另一事件，好像横云断岭，又好像峰回路转，另换一番境界。尽管故事的进程被隔断了，实际靠着故事发展的内在逻辑给观众留下悬念，笔断而意不断。在每一个单元中，甚至在每一章中，我同样追求虚实相间，笔墨变化，色彩丰富。有一句老话说：“文似看山不喜平”，平庸、单调，一览无余，一竿子插到底，这是长篇小说的大忌。要使每一章中呈现笔墨变化，丰富多彩，不仅是一个艺术技巧和艺术匠心的问题，归根结底，依靠作者丰富的生活知识。古话说：“长袖善舞，多财善贾”，生活知识就是本钱，本钱愈多愈容易运筹经营。一个生活知识贫乏的作家在创作过程中往往智尽思枯，捉襟见肘，穷于应付，如何能够在每一单元、每一章中做到笔墨变化、丰富多彩？有人说，这要靠作家的思路活泼、趣味丰富、才华横溢等，不，我们要避免用唯心主义观点去解释创作问题。我承认人们的聪明才智有一定的天赋条件，即人们的神经细胞存在某些差异，但重要的是后天的修养和锻炼。写一部长篇小说和写一首诗的情况不同，一个作家写出一部长篇小说能够使广大读者感到作者“才华横溢”，处处使读者从小说的“笔墨变化、丰富多彩”中获得强烈的、浓郁的艺术享受，又称为美学享受，这样的成果是从艺术的勤学苦练和渊博的生活知识得来的，而不是来自天赋。这里所说的生活知识，包括历史上不同阶级、阶层的广泛的生活知识，也包括作家个人的生活经历、耳闻目睹，以及通过阅览，对同时代的阶级斗争和形形色色生活的了解。对现代社会生活的了解有利于了解近代和古代的历史生活。

我在长篇历史小说美学上所追求的“笔墨变化、丰富多彩”，是以社会主义现实主义（它本身包含着革命浪漫主义）的创作方法为前提，贯串着革命的思想性。倘若仅仅作技巧看，那就会舍本逐末，成了单纯玩弄技巧的艺术，玩弄技巧的艺术是不能真正反映历史生活和感动人的。

总之，我的这些属于长篇小说结构方面的想法，不是抽象的美学问题。美学来源于生活，不管是历史生活或现实生活，都是十分复杂和十分丰富多彩的。我们经过对生活的观察研究，应该寻找一套能够反映复杂生活的方法，包括长篇小说的结构问题，这种方法在古典小说家中已经积累了一些经验，再经过我们亲身创作实践，有意识地作些探索，便会初步解决长篇小说美学问题的一部分。我对于各章的字数比例也注意大体匀称，每章长短的差距不要很大。但这个问题是个末节，在此顺便一提罢了。

关于长篇小说的美学问题我只是有心探索，许多论点还远远没有成熟。我曾经用一首七律概括我对像《李自成》这样长篇小说的内容和布局的追求，不妨抄在下边：

我爱史诗彩色多，缤纷世相入网罗。
英雄痛洒山河泪，儿女悲吟离乱歌。
方看惊涛奔急峡，忽随流水绕芳坡。
丹青欲写风光细，不绘清明上汴河。

这诗的末尾两句是说，像《李自成》这样再现农民战争的小说中也应该有细致的风俗画描写，但不能像《清明上河图》那样替封建社会歌颂太平景象。

一部长篇小说的分卷，是根据小说中主要矛盾线的发展段落决定的，《李自成》就是根据这个道理分为五卷。当然，绝不是说我认为必须分为五卷，不可变更，分卷多一点，少一点，可以灵活掌握。现在我只就第一卷的开头谈一谈我的意图，第一卷我不从李自成幼年写起，也不从他开始起义写起，而从潼关南原大战写起，什么道理？我如果从他幼年或开始起义写起，必然要花去很多笔墨写他的成长过程和前期革命活动，但是这和我希望在书中表现的主题思想关系不大。我希望在小说中写出李自成领导的农民革命战争最值得重视的经验教训，同时也写出封建社会中农民战争的基本规律，所以要集中力量写他的最后几年。写李自成革命的经验教训和农民战争的基本规律是全书的总主题，第一卷还有一个相对独立的主题，即革命运动的领袖人物在遭到严重挫折后应该抱什么态度，是灰心丧气、动摇观望、妥协投降？或者相反，是百折不挠，惨淡经营，用各种办法重整旗鼓，推动革命高潮？从李自成的斗争历程中我采用潼关南原大战作为开始，就是这么考虑的。关于他的前期生活，我当然要向读者作适当交待，但避免用大段倒叙办法，而是分散地化入一些动人的细节描写中。“化入”是生活情节的有机结合，需要作者匠心经营，然而我愿意用这种难度较大的写作方法。另外，从潼关南原大战开始，就会把主人公及其他主要人物放在生活的惊涛骇浪中塑造性格，这种办法也是在典型环境中写典型性格这一现实主义创作理论的运用。但是在第一卷中，小说的实际开头不是从李自成写起，而是从北京写起，写清兵侵入北京附近，崇祯对和与战举棋不定，同时既关心清兵所向，又关心官军是否能将李自成在潼关附近一战消灭。这样开头，我怀着两个目的：第一是从全书五卷的结构考虑，从明朝对清朝的中国内部民族战争开始写，最后以明朝对清朝的中国内部民族战争结束，首尾照应，全书结构会给人一个完整感觉。第二是从北京开始写容易使读者很快就了解全国形势，同时在李自成的出场前就用了些渲染笔墨。

大部头的长篇小说，人物众多，情节繁复，最容易犯的毛病是开始时头绪分支太多，人物只有影子。因此，我到第二卷才使故事和生活领域逐步展开，到第三卷才使清方的主要人物正面出场，同时在书中再现三百多年前关外和江南的生活画面。有少数读者看过第二卷以后说不如第一卷头绪清楚明了，我想之所以有此意见，除我在艺术上没有处理好的问题之外，也可能是有些读者多年来看惯了单线发展的小说，暂时对多头绪的长篇小说不习惯。

谈小说的内容，本来应该谈一谈《李自成》的主题思想。但是篇幅所限，而这个问题又必须作必要的历史分析，才能说明我为什么不同意或不满足于以往的关于李自成进北京后迅速失败的各种论点，提出我自己的具体认识。这个重大问题需要费相当多的笔墨，只好与人物塑造的问题都留待异日漫谈。

五、现实主义和浪漫主义相结合的创作方法

在动笔写《李自成》之前，有一个关于现实主义创作方法在历史小说中如何对待的问题出现在我的面前，即要不要在小说中精细地而不是马马虎虎地写出三百多年前的历史生活。作家写他们的当代生活，中外古典小说大师们给我们树立了许多光辉的典范，但是写几百年以前的生活，令我们满意的榜样不多。列夫·托尔斯泰的《战争与和平》是伟大的历史小说，细致地描写了俄国贵族与士兵生活，但他写的是十九世纪初年的历史，与他的青年时代距离不远。我国的古典长篇历史小说，原是从“说话人”的口传文学发展起来的，面

对听众而不是面对读者，为了面对听众，所以只着重追求故事吸引人，不细讲日常生活。《红楼梦》和《儒林外史》是摆脱了“说话人”的传统之后，写出来让人们读的长篇小说，才将描写生活的语言艺术发展到很高的水平。但是《红楼梦》和《儒林外史》都是写“当代”的生活，不是写历史。《三国演义》《水浒传》等历史小说虽然在写故事和写人物方面给我们留下了十分宝贵的经验，可惜在写历史生活方面留下的经验不多。我没有办法，只好下决心按照现实主义的要求摸索一条新的道路。

我反对违背历史的面貌写历史题材，而主张深入历史，跳出历史，通过艺术手段将历史生活再现于读者面前，通过再现历史生活，艺术地反映历史的经验教训和历史运动的规律。典型人物的塑造绝不能与典型历史生活的描写分割开，因而再现历史生活是现实主义方法处理历史题材的主要原则。历史小说家必须将读者带进特定的历史环境和特定的历史气氛中，才能具有真正的、持久的感人力量。同时，只有如此，我们的作品才能够使读者通过作品认识历史生活，而不是作家随心瞎写的生活。

开始写《李自成》第一卷时，在“再现历史生活”的原则上首先遇到了两个难题：要不要写皇帝的宫廷生活？古代的战争应该如何写？关于前者，虽然古典小说没有提供完整的经验，但是也没有死程式的束缚。关于后者，中国古典小说有一个传统程式，概莫能外。我曾在一组论文律诗中有下面两句概括旧小说的传统之失：“阵前苦斗貔貅将，旗下旁观草木兵。”说的是这种写法完全违背了古代战争的真实面貌。古代战争绝不像俗话说的“将对将，兵对兵”，打仗是集体的行动、集体的厮杀，两将相斗是集体厮杀中的个别现象，而且是集体厮杀中的偶然遭遇。把两将相斗作为两军作战的一般方式，而把士兵群众写得无足轻重和无所作为，这种传统程式不是来源于生活，而是来源于“说话人”容易编述故事，也容易师徒传授，又由“说话”影响到写成文字的章回体小说。这种写法虽然不符合生活真实，却适应封建社会的英雄史观，所以它能够长期存在，成为传统。我从“再现历史生活”的原则出发，写出潼关南原大战的场面来，背叛了这个传统。

没有虚构就没有小说。小说需要虚构情节，但每个情节，每个很小的细节，都必须讲求艺术的真实性，放在具体的历史生活环境中是合情合理的，经得起推敲的。我们是现代人，不仅继承和学习古典现实主义的艺术手法，而且不要忘记是批判地继承，应该有所发展。现在我举出两个例子，说明我们的现实主义与古典现实主义的不同。

诸葛亮的空城计，在《三国演义》中是一个脍炙人口的故事，妇孺皆知。这个故事是虚构的，借以夸张诸葛亮的惊人智谋和勇气。故事的影子出现很早，在裴松之注《三国志》时已经斥其虚妄。问题不在于它是虚构，而在于它的极不合理。写魏军统帅司马懿（实际他未参加这一战役）破了街亭，率领十五万大军进入西城，诸葛亮身边只有两千五百人，来不及撤退，只好使用空城计。司马懿足智多谋，难道连对方还剩下多少兵力都一无所知？西城是弹丸小城，能有多大埋伏？害怕中伏，派一千人冲进去试探一下，岂不明白？或者将西城包围一两天，岂不很好？还有既然已经看清楚诸葛亮“笑容可掬”，何不命将士们用乱箭射死他？另外，在《三国演义》中本来将司马懿写成诸葛亮的劲敌，在这个情节中却将他写成一个蠢材、胆小鬼，破坏了司马懿形象的完整统一。

现实主义文学作家利用艺术虚构的手法，其目的是更典型、更集中、更深刻地反映生活，而绝不应背离生活，对于历史题材，这一原则同样应该遵守。刘备在夷陵战败之后，逃到白帝城，改白帝城为永安，住在那里直到病逝。东吴兵未过巴东，《三国演义》写东吴兵到了夔关，陆逊去看鱼复浦上的八阵图，迷不得出，白帝城就是西汉的鱼复城，鱼复浦就是白帝城附近的长江沙滩。且不说《三国演义》宣扬五行迷信思想，将八阵图写得非常神秘，违背历史真实，而且作者没有想到东吴兵不可能到夔关，陆逊不可能到鱼复浦。虚构的故事情节纵然跳出史实，也必须注意有没有可能性。一部小说是由细节构成情节，由情节构成故事整体，整体与情节或小小的细节，都是有机联系，符合事物的内在逻辑。虚构不可能的情节写入小说，就会歪曲历史，《三国演义》写陆逊进入夔关，观看八阵图，就极大地改变了小说中所写的吴、蜀战争整个局势，违背了历史的可能性。

在其他方面，《三国演义》的虚构情节对我们写小说就很有启发。例如徐庶“走马荐诸葛”的情节是出于虚构，按照历史，徐庶是在诸葛亮之后一同奔往荆州途中离开刘备的，小说将徐庶的离开改在三顾茅庐之前，这样就腾出谋士的位置专门描写诸葛亮。博望坡的战事发生在诸葛亮出山之前，规模很小，新野之战不见于史册，《三国演义》虚构《博望坡军师初用兵》，又虚构了《诸葛亮火烧新野》，这就使诸葛亮一出山就表现出卓越出众的智谋。这些虚构是为塑造诸葛亮这个历史人物所需要的，放在三国那样战争频繁和崇尚智谋的历史背景中合乎情理，能够令人相信。可见现实主义不仅不排斥虚构，反之，虚构为生动而深刻地反映典型环境和典型性格所需要。

近代的现实主义创作方法是古代现实主义创作方法的继承，但这是发展提高中的继承，而不是墨守成规的继承。古代小说家是不自觉或半自觉地运用现实主义方法，而十九世纪以来的近代小说家则是自觉地运用这一方法。由不自觉或半自觉到自觉，是现实主义方法在认识上的飞跃，而这种理论认识指导着创作实践。

革命现实主义的出现，是近代现实主义的新发展、新飞跃，它将现实主义创作方法同无产阶级和一切劳动人民的革命事业结合起来，也同作家的革命世界观结合起来。古代的和近代的现实主义作家，他们的世界观和创作方法往往不是统一的，由于他们通过现实主义方法在不同程度上揭露了社会矛盾，反映了真实生活，塑造了成功的典型人物，所以作出了贡献。革命的现实主义要求作家的世界观与创作方法统一，这包括作家的立场、观点，观察和分析生活的方法，从思想到感情，都必须是无产阶级革命派，离开这个前提，便不能运用革命现实主义的创作方法。“江青反革命集团”提倡的阴谋文学、影射文学以及所谓“三突出”经验，为什么都是对革命现实主义的背叛？就因为他们缺乏那个前提，立场、观点、思想方法和感情，都是反动的，多数跟着这股风走的人当然不能说是反动的，应该说是受毒的或受骗的。写历史小说，必须运用历史唯物主义的方法去分析研究历史事件和人物，但是历史唯物主义是无产阶级的哲学，作家不经过世界观的改造，就不可能运用无产阶级的哲学武器。对什么人同情和拥护，对什么人憎恶和批判，在作品中是没法弄虚作假的，不经过世界观的改造，立场就不清楚，感情就不会纯正。所以说，革命现实主义是旧现实主义的又一次飞跃，更高的发展。

自古以来，在伟大的古典诗人和作家身上，现实主义精神和浪漫主义精神以及与此相应的现实主义表现方法和浪漫主义表现方法，都不是完全绝缘的，而是相互交织的。屈原和李白都是古典浪漫主义的伟大诗人，但是他们的诗歌里带有现实主义成分。杜甫和曹雪芹是伟大的古典现实主义诗人和作家，但是他们的作品中都不缺少浪漫主义成分。我们只是就主要倾向看，划分古典诗人和作家谁是现实主义的，谁是浪漫主义的。往往一位诗人，在他一生中的不同时期，或以浪漫主义精神为主，或以现实主义精神为主，或在某些作品中发挥了浪漫主义精神，也在有的作品中两种精神几乎分不出轻重。这一切变化和差别，取决于诗人所经历的生活条件、时代思潮影响和各种因素形成的个人气质，以及所写的诗歌内容。一句话，一切以条件为转移，完全有规律可循。这种规律，古人并不理解，但我们可以理解它，掌握它，运用它。浪漫主义手法运用适当，可以使作品更加感动人心，色彩更加强烈，也更能启发读者的想象。

从历史上看，浪漫主义有两种：积极的浪漫主义和消极的浪漫主义。积极的浪漫主义代表进取的、革命的、勇于用世的战斗精神，代表崇高理想和向前追求的热情，而消极的浪漫主义代表消沉的、没落的、悲观的、神秘的、逃避现实的出世精神。消极的浪漫主义者也会有愤世嫉俗的表现，态度激烈，但本质上是为旧时代唱挽歌；纵然也鞭挞行将死去的历史，但对未来的态度是消极的，缺乏健康的理想和追求。屈原是积极浪漫主义者，而庄周是消极浪漫主义者。由于阶级的、政治的以及流行的思想潮流等种种客观因素的互相作用，形成了不同的历史背景，产生了不同的浪漫主义思潮，如从东汉末年开始，整个六朝，消极的浪漫主义是主导思潮，构成六朝文学的主要特色；从初唐到盛唐，积极的浪漫主义精神是主导。然而在历史上，总有不同的思潮在进行斗争，在文学上呈现出复杂现象，完全垄断的思潮是没有的。

积极的浪漫主义文学能够在不同程度上反映社会生活的重要问题，反映多数人的爱和憎，愿望和梦想，从而显出其积极的意义、进步的作用。民间文学更喜爱浪漫主义手法，常在悲剧故事中注入理想或梦想，不管是民间文学或文人创作，也是如此，以古诗为例，《孔雀东南飞》是现实主义文学带有浪漫主义手法和色彩，《陌上桑》和《木兰词》都是浪漫主义文学而具有现实的生活基础。民间传说如孟姜女哭长城、梁山伯与祝英台、白蛇传，文人作品如《牡丹亭》（实际也是来源于民间传说）、《西厢记》和《蒋兴哥重会珍珠衫》，都应该归入浪漫主义文学，但带有较多的现实主义色彩。《灌园叟晚逢仙女》是典型的浪漫主义作品，《杨家将》是典型的浪漫主义历史传说，都具有一定的现实意义。

积极的浪漫主义同现实主义作为创作方法看，有互相矛盾的一面，也有相辅相成的一面。至于消极的浪漫主义，它同现实主义的矛盾，一般说来是互相排斥的，没有相辅相成的一面。革命的浪漫主义是历史上积极浪漫主义的批判继承，同消极浪漫主义则没有继承关系，当然这只是就精神实质和主要倾向而言。历史现象是复杂的，消极浪漫主义的某些手法（仅仅是手法而已），也不能说一概不可以批判地借鉴。

我们认识了历史传下来的现实主义和浪漫主义两种创作方法的不同特点，以及它们之间的辩证关系和演变规律，就容易有意识地运用革命现实主义和革命浪漫主义相结合的创作方法。在我们今天的世界和社会生活中，每天都有各种严肃的现实斗争，每天都在产生奇迹般的英雄事业，现实生活充满着时代的激情和革命的理想。因此，在我们今天的诗人和作家身上，经过世界观的改造，就有可能使革命现实主义和革命浪漫主义在笔下更好地结合。在最初提出社会主义现实主义创作方法时，本来就不排斥革命浪漫主义，高尔基是这一创作道路和创作方法的奠基人，在《母亲》这部小说中，就运用了深刻的革命现实主义手法而混合着革命浪漫主义。社会主义现实主义文学在创作方法上既是批判现实主义和积极浪漫主义的合理继承，又是在这个基础上的发展、革命、飞跃。这一发展，体现了我们的时代精神，在美学上是一个具有战斗性和战略性的重大课题。

对于小说来说，现实主义创作方法的一个重要特点是塑造典型人物，即典型环境中的典型性格，批判的现实主义是如此，革命的现实主义也是如此。在一部长篇小说中，不能塑造成功一个或多个典型人物，便没有达到艺术要求，不能算成功作品。作品的思想性、深刻性和巨大的现实意义，不应该通过作家在小说中附加的议论性文字表现出来，也不是依靠随时装点一些天才的警句和哲理性语言，而是依靠塑造成功的典型人物。栩栩如生的典型人物所反映的本质愈有代表性，愈具有普遍的社会意义和历史意义，其艺术成就愈高。

社会主义的现实主义当然以塑造社会主义革命时期的先进典型人物为主要任务，但是不应该排斥塑造其他各种各样的典型人物。社会现实十分复杂，一部长篇小说不能局限于写几个正面英雄，正面人物和反面人物构成社会矛盾的统一，既互相对立，斗争，又互相依存，不论是正面英雄人物或反面人物，都应该写出典型环境中的典型性格。对反面人物写得肤浅，公式化、简单化，便是违背现实主义的创作原则，也不能够正确地反映现实生活，同时由于缺乏矛盾斗争的对立面，正面人物也不可能写得深刻、丰富，写好反面人物，对正面英雄人物也起了必要的衬托和对比作用。我写《李自成》就按照正反两方面人物都恪守现实主义的美学原则，写出不同典型环境中的典型性格。

利用历史题材能不能写成社会主义现实主义的作品？或者说，历史题材能不能使用革命现实主义和革命浪漫主义的创作方法？我的看法是肯定的。问题不取决于题材，而取决于作家处理题材的立场、观点、思想、感情。倘若你是资产阶级的作家，纵然是眼前的现实题材，也不能写成社会主义现实主义的作品。假如你具有社会主义革命立场，具有马克思主义的思想和观点，怀抱着革命激情的作家，你就能运用革命现实主义和革命浪漫主义相结合的创作方法将历史题材写成社会主义现实主义的作品。读者不应该从以往的历史题材中寻找符合社会主义标准的人物影子和情节，而应该从作品中要求作家体现出观察历史和反映历史的先进立场和思想感情，社会主义革命的时代精神。但是，我也反对将我们今天的思想感情硬塞到古人身上。

不管是古典的现实主义、批判的现实主义，还是社会主义的现实主义，都需要作家真正有知识。作家掌握的知识愈丰富、愈深刻，现实主义的创作方法愈能为其所用。对于现实生活的知识是首要的，纵然是历史小说家也需要具有丰富的现代生活知识。对于现代生活的理解，常常可以启发和帮助我们去理解历史生活，特别是重大的、复杂的政治斗争、阶级斗争。反过来看，一个人如果历史知识贫乏，便很难纵深地了解现实，历史与现实，既有区别，又互相联系。现实主义的长篇小说家更需要知识丰富，如果按“再现历史生活”的原则写历史小说，那就需要从各方面了解历史，掌握历史生活的知识。这是一个难题，但非去解决不可，不解决这个难题，就只好瞎写，违背历史生活，这样，现实主义的创作方法也就不存在了。有些小说写现实题材，所写的生活简单、肤浅，人物性格简单，故事情节一般化，使读者不愿意读。产生这种结果的原因不一，而主要原因大概是作者的生活知识贫乏吧。

我在青年时代比较喜爱积极浪漫主义的作品，但在中年以后更偏爱现实主义作品。在写《李自成》的过程中，我试图解决如何用我们的时代精神照亮历史题材，如何将革命现实主义和革命浪漫主义相结合的创作方法运用得浑然一体。在整理完第一卷初稿之后，我自己心中明白我相当多地运用了浪漫主义方法，所以在题第一卷初稿的一组诗中有这样一首：

浪漫精神是耶非？
梦乘彩笔九霄飞。
云霞绮丽兼奇伟，
信手采来补我衣。

试看第一卷中写潼关南原大战的单元，第二卷开头十五章的大单元，都相当充分地试用浪漫主义手法同现实主义手法结合，可以说，在每一个单元中我都追求将浪漫主义手法融合于现实主义的手法之中。小说中的许多人物，也是如此，在刘宗敏、老神仙、高夫人、红娘子、慧英和慧梅等人身上处处可以看到浪漫主义的色彩。拿个别细节来说，李自成与张献忠谷城夜会、刘宗敏马跳汉水、袁宗第独擒周山，如果离开浪漫主义手法，很难达到强烈效果。第二卷写宫廷生活的地方，也是努力运用革命现实主义与革命浪漫主义相结合，又如写卢象升阵亡后的两匹骏马五明骥和千里雪，浪漫主义的色彩也很浓厚。但是所有这些，并不能说明我已经做出成绩，而只能说明我坚决把革命现实主义和革命浪漫主义相结合的创作方法看成指导我创作《李自成》的金科玉律。应该说明的是，我力求以现实主义的方法为主，不是以浪漫主义为主。

（原载《红旗》1978 年第 1 期，同年 12 月作了修改和补充*）

---

* 作者因为赶写《李自成》其他各卷，本文未能抽出时间续完。此为未完稿。——原载编者注

论《圆圆曲》

由于写《李自成》这部小说，我必须将有关的历史问题进行研究，得出我自己的认识。首先求得了对历史事件的认识，然后从事小说情节的艺术构思，进行创作。至于小说的情节如何运用或不采用某一史实或传说，是按照小说的主题思想和艺术需要而定。我将这种写历史小说的原则归结为两句话："深入历史，跳出历史。而深入是基础，没有深入，便无所谓跳出。"根据这一原则，我不得不重新审查明末妓女陈圆圆的故事，细读吴伟业的《圆圆曲》和其他有关资料。陈圆圆的故事关系着我们应如何认识李自成进北京后迅速失败的原因，如何认识吴三桂降清的真正原因，以及对刘宗敏如何评价等重大问题。

三百多年来，在史学家和文人的著作中，绝大多数将吴三桂降清归因于陈圆圆的被夺，这个观点十分出名。陈圆圆的故事之所以流行甚广，深入人心，并不是由于记载在《明史》《清史稿》和《贰臣传》所附的《吴三桂传》中，这三种书只有历史研究者查阅。明清之际的一些野史，一般读者也很少接触。陆次云的《圆圆传》和钮琇的《觚剩·圆圆》，人们只作为传奇小说看。可以说，三百多年间在社会上影响最大的是清初的著名诗篇《圆圆曲》和现代的历史名著《甲申三百年祭》。所以，我今天专论《圆圆曲》的性质和写作背景，辨析这桩家喻户晓的历史旧案，纠正当代学人和喜欢读《圆圆曲》的广大读者。

一、陈圆圆故事的出现和传奇化

历史上许多流传很广、影响深远的故事传说，常常是从简单到复杂，逐步积累完成的。陈圆圆的故事也不例外。

在大顺军占领北京期间，北京社会上还没有出现一个故事将陈圆圆和刘宗敏联系在一起。赵士锦在《甲申纪事》中写他于崇祯十七年三月二十日亲眼看到的一件事："是日，予在宗敏宅前，见一少妇美而艳，数十女人随之而入，系国公家媳妇也。"这里没有提到陈圆圆。可注意的是，当时在北京的、留心时事的人们在他们记述北京事变的著作中都没有提陈圆圆被刘宗敏所得的事。孙承泽在《思陵典礼记》卷二说："田宏遇南京进香回，带茅元仪、杨宛至家，教其次女写字。"此事在当时颇为社会所知，所以谈迁也收入他的《北游录》中。聋道人（徐应芬）在《遇变纪略》中说："二十九日，贼闻平西伯吴三桂请大兵（按：指清兵）十万入关复仇，因令吴三桂父吴襄作书招降。不从，遂禁襄及其家人于狱。"这里写得明白，吴襄全家被拘是因为吴襄不肯作书招吴三桂投降。记载虽有错误，但重要的是对陈圆圆事一字未提。钱邦芑的《甲申纪变实录》中说："宁远总兵平西伯吴三桂拥兵不至，贼挟其父手书招之。三桂得书不发，八拜谢父，咬断中指，扯裂家书，遂约王永吉借清兵十万以图恢复。"这是写当时在北京误传吴三桂是明朝的一个大忠臣，而绝无关于陈圆圆的传说。

仅举以上各书，可证在甲申三月到四月间，北京城内并没有关于陈圆圆的传说。

陈圆圆的传说起初是怎样流传起来的，如今还不清楚。时隔很久，才有关于陈圆圆传说的记载，或说被刘宗敏得去，或说被李自成得去，并不统一。关于陈圆圆为李自成所得的说法，最早见于无名氏的《明亡述略》。后来出现的《四王合传》、陆次云的《圆圆传》、钮琇的《圆圆》，都采用李自成夺去陈圆圆的说法。

另一派说法是将陈圆圆同刘宗敏相联系，比前一派影响更大。这是因为刘宗敏住在田宏遇宅，同陈圆圆的故事联系起来似乎更加合理，而说李自成得到陈圆圆，不管从哪方面看都不合理。最初将陈圆圆与刘宗敏相联系的传说，可以钱軹在其所著《甲申传信录》卷八的一段记载为代表，事情的脉络比较清楚：

> 先是，十六年春，戚畹田宏遇游南京，吴阊歌妓陈沅、顾寿名震一时。宏遇欲之，使人市顾寿，得之，而沅尤幽艳绝世，价最高。客有干宏遇者，以八百金市沅，献之。是岁宏遇还京，病卒。后襄入京，三桂遣人持千金随襄入田宏遇家买沅，即遣人送之平西。
>
> 闯入京师，伪权将军刘宗敏处田宏遇第，闻寿从优人潜遁，而沅先为襄市去，乃枭优人七人而系襄索沅。襄具言遣送宁远，已死。宗敏坚疑不信，故掠襄。

钱䂮字稚农，是一个留心经史的人。他于崇祯十六年八月到北京，甲申三月十五日出朝阳门，二十六日到遵化，复于四月十六日回到北京。在北京住了三年，有许多事是他在北京亲见亲闻。后来他看了十几家关于甲申“国变”的记述，感到都不满意，于是从顺治四年开始写《甲申传信录》，到顺治十年秋天完成，前后经过七年时间。这部书记载大顺军在北京的事有较高参考价值；记载李自成进北京以前的事，因得自道听途说，参考价值较小。另外，此书在清代经过长期手抄流传，错字和后人整段加入的地方都有。例如，吴襄的“襄”字全抄作“勷”，《吴三桂入关之由》整段自别处抄来。又如《滇南潜位》一段，不但与“甲申”无关，而且是该书写成二十年以后的事。就本书所记陈圆圆一段文字看，除说刘宗敏因索陈沅不得而拷掠吴襄系误传外，别的话都值得重视。这里开始将陈圆圆的故事同刘宗敏联系起来，还写明陈圆圆于崇祯十六年田宏遇死后到了宁远，在大顺军进入北京前已经死了。这地方十分重要，后来谈迁在《国榷》卷一百中也基本上采纳此说，只是没有说陈沅已经在宁远病亡。

《鹿樵纪闻》是否为吴伟业所著，一直存在疑问。假若确是吴氏所著，必是他去北京之前写成的，其中与《绥寇纪略》颇有矛盾。对于陈圆圆的故事，也是根据传闻，颇近小说，而在《绥寇纪略》中则对陈圆圆的事一字不提。《鹿樵纪闻》所记陈圆圆故事如下：

> 初，上宠田妃。妃殁，上念之不置。戚畹田宏遇欲娱上意，游吴门，出千金市歌姬陈沅、顾寿等，将以进御。上知为青楼妇，却之。宏遇死，寿随一优人逸去，而沅归三桂。贼据京师，刘宗敏居宏遇故第。因有誉二姬色之都、技之绝者，宗敏于是系襄索沅。三桂闻之，即还兵据山海关，刑牲盟众，誓兴复明室。报至京师，自成切责宗敏，立释襄，厚加抚慰，使作书谕三桂。三桂不从。

从这一段记载看，与刘宗敏联系的陈圆圆故事已经接近完成，与《圆圆曲》基本相合。这段记载只说田宏遇死后陈圆圆归了吴三桂，但没有说她是否留在北京，也没有说她是否被刘宗敏得去。但从文气看，分明刘宗敏只是向吴襄索沅，并未得去。

吴伟业在《绥寇纪略》中写明田妃死于崇祯十五年七月，田宏遇死于崇祯十六年，而《鹿樵纪闻》的这段记载说田宏遇在田妃死后游吴门，买到陈沅。《绥寇纪略》中写到崇祯帝很讨厌田宏遇，几乎要治他的罪，这里却写田宏遇竟敢以妓女献进宫中，极不近理。按田妃有一妹妹，小名淑英，田妃死前曾将她叫进承乾宫，让崇祯一见。崇祯看中了她，亲手摘一朵花插在她的头上，说："这是我家的人。"田妃死后，崇祯曾下旨准备选淑女，目的是想将田妃的妹妹选进宫中，后因大局崩解而停止举行。此事在《烈皇小识》卷七有记载，而吴伟业在《绥寇纪略补遗》中也说田妃死后，"上深思之，心知其女弟殊美，然竟不求也"。假若田宏遇未死，想献美女，他的次女是最好的候选人，用不着买一个妓女献上。况且，明朝"宫闱整肃"(《明史・后妃传》)，"家法"极严，如何敢将妓女送进宫中？有什么途径送进宫中？这种情况，吴伟业完全知道。可见《鹿樵纪闻》一书或系伪托之作，或系吴氏入京以前之作，而《圆圆曲》是有意采取不合理的传闻以写诗抒亡国之愤。

在顺治十年左右，陈圆圆故事在演变过程中完成了一个重要阶段，开始进入传奇化阶段了。

二、互相矛盾的故事传说

在吴伟业的《圆圆曲》之后，到康熙年间出现了陆次云的《圆圆传》和钮琇的《圆圆》两篇散文，继续扩大陈圆圆故事的影响。这两篇散文在重大关键问题上互相矛盾，而陆作《圆圆传》与吴氏《圆圆曲》也有不少相合处。由于吴翌凤对历史的无知，竟然在《梅村诗集笺注》中将陆的《圆圆传》全文录入，殊不知，陆次云的《圆圆传》和钮琇的《圆圆》，都不是纪史之作，而是传奇。纪史和传奇，在性质上截然不同，文学家写传奇，主观目的不在传信史，而是要逞文彩，传奇闻，以供读者欣赏，可以恣意虚构、夸饰，对于历史真伪并不重视。这种短篇传奇文学作品有的就是小说，有的近似小说，盛于唐代，历宋、元、明、清继承不绝。明白了陆次云的《圆圆传》和钮琇的《圆圆》都是传奇之作，就不致受其所惑。

陆次云的《圆圆传》比钮琇的《圆圆》影响更大，现在我先就《圆圆传》的重要荒谬处逐事批驳，其不重要的枝节错误，姑置之不论。《圆圆传》说：

> 田畹者，怀宗妃之父也。甲申春，流氛大炽，怀宗忧废寝食。妃谋所以解帝忧者于父。畹乃以圆圆进。圆圆扫眉而入，冀邀一顾。帝穆然也，旋命之归畹第。

作者陆次云对明朝制度和史实，实在缺乏常识，十分可笑。田妃的父亲名宏遇，并非名畹，畹是戚畹一词之略，意即皇亲。作者见别的书上有田畹一词，即以为田妃的父亲名畹，这是第一个谬误。田妃死于崇祯十五年七月十六日，到甲申春已死去一年零七八个月；田宏遇死于崇祯十六年，也没有活到甲申春，这是第二个谬误。还有第三个谬误是作者不知道明朝选妃规定必须选清白良家姑娘，像崇祯那样的皇帝，田宏遇纵然未死，也绝不敢将妓女送进宫中，如果崇祯知道，定然严加治罪，这问题在前边已经谈过。

再看《圆圆传》还写道：

> 时闯贼将逼京畿矣。帝亟召三桂对平台，赐蟒玉，赐上方，托重案，命守山海关。

甲申春天，大顺军过黄河进入山西，朝堂上为了是否调吴三桂回救北京，争议很久，最后直到三月上旬，才决定命吴三桂放弃宁远，回救北京，但已经来不及了。这里说崇祯帝召见吴三桂于平台云云，如同梦话，不但甲申春天吴三桂没有到过北京，而且在甲申前几年内也没有进京机会。明朝总兵官是方镇统兵大员，俗称镇帅或总镇，不奉召不能进京。崇祯十三年清朝在义州集结重兵，整个辽东军事形势紧张，吴三桂在松山附近同清兵作战。崇祯十四年春天，因祖大寿在锦州被围日久，洪承畴奉命率领八总兵救援锦州，吴三桂为八总兵之一，这年八月，援锦之师溃败，吴三桂突围回到宁远，洪承畴被围松山，宁远直接面对清军，居于边防第一线。我们从文献上找不到这几年中吴三桂曾经奉召进京的任何资料；按照当时军事形势看，也绝无离开防地的可能。《圆圆传》说吴三桂在北京的田府宴席上与陈圆圆相遇，一见钟情，不是很荒唐么！

陆次云接着用纯粹的小说笔法写陈圆圆与吴三桂如何相见，如何到了吴三桂手中，如何又到李自成手中，当李自成打了败仗后，她又如何劝说李自成将她还给吴三桂等。我在前边已经从事实上说明田宏遇早已死去，吴三桂未到北京，所以这些小说故事就不值一驳了。但不妨指出两点，以见作者对明末历史的无知，第一，作者不知吴三桂的父亲名吴襄，全都写作吴骧。第二，他写道："帝促三桂出关。三桂父督理御营名骧者恐帝闻，留圆圆于府第，勿令往。三桂去而闯贼旋拔城矣。"这话不但与吴三桂正在奉诏进关来北京事实相背，而且不知道吴三桂部下眷属多在辽东，他自己将新买的爱妾携至辽东根本不用害怕皇帝知道。

钮琇的《圆圆》也是作为传奇小说写的，所以收入他的笔记小说《觚賸》中，其是前后叙事，中间全录吴伟业的《圆圆曲》。钮琇所写的是另一种曾经流行的传说，将陈圆圆献进宫者不是田宏遇，而是周奎：

> 维时田妃擅宠，两宫不协；烽火羽书，相望于道，宸居为之憔悴。外戚周嘉定伯以营葬归苏，将求色艺兼绝之女，以母后进之，以纾宵旰忧，且分西宫之宠。因出重资购圆圆，载之以北，纳于椒庭。一日侍后侧，上见之，问所从来。后对："左右供御鲜同里顺意者。兹女吴人，且娴昆伎，令侍栉盥耳。"上制于田妃，复念国事，不甚顾，遂命遣还，故圆圆仍入周邸。延陵方为上倚重，奉诏出镇山海……

钮琇同陆次云一样不知道田妃早死，吴三桂不是山海关总兵，而且也不知道大顺军向北京进兵时吴三桂驻守宁远，他不是奉诏出镇山海关，而是奉诏进关勤王。其他违背历史的枝节问题，不值批驳。

按照吴伟业的《圆圆曲》和陆次云的《圆圆传》，都说陈圆圆是在战场上被吴三桂的部队得到，而钮琇的《圆圆》则为另一种说法，写道：

> 延陵追度固关至山西，昼夜不息，尚未知圆圆之存亡也。其部将已于都城搜访得之，飞骑传送。延陵方驻师绛州，将渡河，闻之大喜，遂于玉帐结五彩楼，备翟茀之服，从以香舆，列旌旗三十里，亲往迎迓。虽雾鬓风鬟，不胜掩抑，而翠消红泫，娇态愈增。

这一段传奇小说笔墨，离开史实很远。按之史实，五月初四日大顺军与吴三桂追兵于定州北十里清水铺发生战斗，谷可成阵亡。第二日李自成亲自督战，受了箭伤。第三天一早，李自成拔营西走，度固关，入山西。吴三桂不能进固关，奉多尔衮命，暂回北京。十月间，吴三桂随英王阿济格作为西征军的北路军，走长城以外的路线，称为边外军，进攻榆林和延安。从固城入山西的是叶臣指挥的清军，钮琇文中说吴三桂“追度固关入山西，昼夜不息”，又说他“驻师绛州”，全无其事。

此外还要附带说一下，所谓吴襄因陈圆圆被拷掠，全家被抄，也是无稽之谈。各种野史所提供的追赃拷掠名单中没有吴襄，只在谈到陈圆圆故事时提到此事，陈圆圆故事既属虚构，此事也就无从谈起。李自成后期对明朝的武将采用广泛的招降政策，在陕西时已经招降了朝廷大将左光先、白广恩、马科、陈永福等，在进军北京的路上招降了大将姜瓖、唐通，到北京后又驰檄招降南方诸镇大帅，包括高杰在内。为招降左良玉，他将左良玉的恩人侯恂从狱中放出，特加礼遇。吴三桂更是李自成的重点招降对象，所以派出文武官各一员，携带李自成的敕谕一道，吴襄的书信一封，白银万两、黄金千两、锦缎千匹，前往山海关招降，封吴三桂为侯，比伯提高一级。当然在当时对吴襄及其全家是保护优待的，直到山海关大战之后，才在永平的樊家庄杀掉吴襄，回到北京时杀了吴襄全家。

三百年来我国史学界受陈圆圆故事的影响很深，到了现代，郭沫若同志在这个问题上又继续作了宣传，扩大了错误影响。《甲申三百年祭》论刘宗敏进北京后所犯的两大错误，其一就是索取陈圆圆，郭沫若同志写道：“而且把吴三桂的父亲吴襄绑了来，追求三桂的爱姬陈圆圆，‘不得，拷掠甚酷’。虽然得到了陈圆圆，而终于把吴三桂逼反了的，却也就是这位刘将军。这关系实在是并非浅鲜。”这样评论，不仅错误地断定刘宗敏夺去了陈圆圆，而且错误地断定了吴三桂的降清只是为了陈圆圆，完全上了清朝一部分谣言的当。制造那些谣言的动机既是鞭挞吴三桂，同时也诬蔑刘宗敏，诬蔑刘宗敏也就是诬蔑大顺军。

三、清初人的异议

根据前边的分析考证，我们认为陈圆圆的故事全不可信，而且互相矛盾，迄未统一。其实清初就有人对此事持否定态度，今略举数例如下。

有两个山海关的士绅，亲身参与吴三桂叛闯投清活动。有一个叫佘一元的，在追叙吴三桂的这段历史经过时只说：“甲申之役，流寇陷京师。平西伯中途闻变，旋师山海。”另一个人名叫程儒珍，在《关门举义诸公记》中也只写道：“崇祯甲申四月，吴三桂奉诏入援，兵五万人，号称十五万。进至玉田，闻京师已陷，旋兵山海关，召邑中绅士议之。诸公以大义劝之，于是南郊阅兵。凡一切措饷城守事宜，众慨然任之。歃血定盟，遣人东乞王师，又遣人绐贼缓师。”佘一元在《述旧事五首》中写吴三桂自玉田退回山海关说：

进至无终地，故主已升遐。
顿兵不轻进，旋师渝水涯。

无终地即玉田县，渝水涯指山海关。以上是山海关当时当地和亲身参与其事的人们所写的诗文，不仅对陈圆圆事一字不提，也没提吴襄全家被拘。

顾炎武于顺治十六年到山海关内外考察地理形势，采访历史资料，写过一首政治性很强的咏史诗《山海关》。在这首诗中写到吴三桂降清的事，一字未提陈圆圆，只是说：

神京既颠陨，国势靡所托。
启关元帅降，歃血名王诺。

如果吴三桂确实因陈圆圆降清，顾炎武绝不会不作诛心的鞭挞，而只是写他的降清是因为北京已经失守，“国势靡所托”。

文秉是崇祯朝大臣文震孟的儿子，留心朝政和国故，于明亡后曾著有《烈皇小识》一书，为研究晚明史者所重视。他所写的吴三桂叛闯投清的经过如下：

先是，三桂闻京师失守，先帝殉难，统众入关投降。而三桂父吴襄，故辽东总兵也。逆闯李自成执襄，诛求金宝，索诈甚酷。三桂知之，即时返师出关。适清摄政王统兵将入大同，中途相遇。三桂即剃发诣营，叩头诉冤，愿假大兵复仇，歃血立誓……

这一段记载虽然有许多错误，但有一点很重要，即对陈圆圆事只字未提。文秉是一个有民族气节的人，倘若果真有陈圆圆事，他不会不写出来，狠狠鞭挞吴三桂的投降清朝是为了一个妓女。

彭孙贻别号管葛山人，也生在明末清初，具有强烈的民族感情。他曾经收集资料写了一部满洲兴起和明清之间战争的历史书，叫作《山中闻见录》，又写了一部记载明末国内战争的历史书，叫作《平寇志》。他在《平寇志》卷十写到吴三桂叛闯一事时仅仅说："乙卯，宁前总兵平西伯吴三桂兵入山海关，贼将不能御，三桂移檄远近勤王。"对于陈圆圆，只字不提。最值得注意的是下面一段文字：

> 管葛山人曰：余游江右，德安马大令告余曰，有客平西幕者云，世传提督（吴）襄作书招平西，平西告绝于父，起兵勤王，非也。都城既陷，三桂屯山海。自成遣使招三桂，三桂秘之，大集将士，告之曰："都城失守，先帝宾天。三桂受国厚恩，宜以死报国，然非藉将士力不能以破敌。今将若之何？"将士皆默然，三问不敢应。三桂曰："闯王势大，唐通、姜瓖皆已降。我孤军不能自立。今闯王使至，其斩之乎？抑迎之乎？"诸将同声应曰："今日死生惟将军命！"三桂乃报使于自成，卷甲入朝。至永平，遇父襄苍头与一姬连骑东奔，惊问之（则襄爱姬苍头通焉，乘乱窃而逃焉者也），诡对三桂曰："老将军被收矣。一门皆为虏，独与姬得脱，东归报将军。将军其速为计！"三桂乃翻然复走山海，拥兵自守，使人于本朝乞师共击贼也。

上引一则为"马某"转述一位曾做过吴三桂幕僚的人物所谈实际经过，来源清楚。一般记载都是说吴三桂先决定投降李自成，行至玉田变卦，退回山海关，乞兵清朝，与此人所谈的情况符合。值得注意的一点是：吴家私逃的一对男女对吴三桂只是诡云：老将军被收了，一门都被拘了，一字未涉及陈圆圆。

全祖望平生留心明清之际的史实，富有民族感情。他有几句话很值得我们重视：

> 吴逆进退失据，无所置辩。至谓其以陈沅故叛闯，则亦近乎下流之归。据杨宛叔言，与沅同见系于刘宗敏，既而沅为宗敏所携去，不知所往。则国难时，沅尚未归吴也，其亦安所考而得其实乎？（《鲒埼亭集外编》卷二十九）

全祖望认为投降清朝是由于吴三桂当时“进退失据”，是非不须再说，但是说他是为陈圆圆叛闯投清，那大概是因为他已经做了坏人，人们就把更多的坏事丑闻往他身上加。这个道理，正如子贡说的：“纣之不善，不如是之甚也。是以君子恶居下流，天下之恶皆归焉。”（《论语·子张》）但是全祖望说的另一种情况也不可信：“据杨宛叔言，与沅同见系于刘宗敏，既而沅为宗敏所携去，不知所往。”实际上，刘宗敏并没有见过陈沅。

杨宛叔就是杨宛，宛叔是她的字，也写作宛淑。她是明末江南名妓，归田宏遇之后曾教田妃的妹妹写字。杨宛自北京回到江南，被盗所杀。全祖望生于康熙四十三年（公元一七〇四年），不会见过杨宛。他诞生的这一年与李自成破北京整整相隔六十年，到他懂事的年纪有七十多年。大概他所记载的杨宛的话，是得自辗转误传，不应作为信史看待。

现在剩下一个问题必须解答：关于陈圆圆的传说都互相矛盾，将她与吴三桂联系在一起的说法是怎样出现的？难道也是凭空而起的么？

我认为陈圆圆确实曾被吴三桂买去做妾，但是时间是在崇祯十六年，到宁远不久就病死了，后来出现的种种传奇故事，都是在她曾被吴三桂买去这一历史基础上虚构出来的。我在前边引用了《甲申传信录》的一段记载，说崇祯十六年田宏遇在江南得到顾寿和陈沅的事，接着说明：“是岁宏遇还京，病卒。后襄入京，三桂遣人持千金随襄入田宏遇宅买沅，即遣人送之平西。”后来又说到刘宗敏“系襄索沅。襄具言遣送宁远，已死”。谈迁在《国榷》中也说刘宗敏“系襄索沅。襄言已归宁远”，这一说法为计六奇的《明季北略》和叶梦珠的《续绥寇纪略》所采用。所以，虽然说刘宗敏拷打吴襄要陈圆圆是胡扯，但陈圆圆早去宁远而且已经病故，却是合乎情理的。

吴三桂于陈圆圆死后不久就遇甲申之变，投降清朝，受封王爵，气势煊赫，王府中事外人很难知道，加之他带兵入陕、入川、入滇，后来建藩昆明，陈圆圆事更不易清楚知道。康熙十二年吴三桂举兵叛清，到康熙二十年兵败，清兵打进昆明，查抄伪宫，竟不见陈圆圆踪迹，不知其下落，宫中册籍也不见她的名字，于是又传说她已出了家。其实，她早在三十八年前就已离开人世了。

四、论《圆圆曲》的传奇性质

我已经一层一层地剥去了围绕着陈圆圆故事的迷雾，对论证《圆圆曲》本身就不难了。

清初大诗人吴伟业（即吴梅村。吴伟业，号梅村）的《圆圆曲》自从写成以后，不胫而走，脍炙人口，影响深远。特别是诗中名句："恸哭六军俱缟素，冲冠一怒为红颜"，最为读者欣赏和传诵，这两句是诗篇中画龙点睛之笔，对叛臣的诛心之论，等于为吴三桂的降清原因作了定谳。吴伟业还写了一首七律，也咏陈圆圆事，不像《圆圆曲》那样著名，现在抄录出来，以便与《圆圆曲》一起分析：

武安席上见双鬟，血泪青娥陷贼还。
只为君亲来故国，不因女子下雄关。
取兵辽海哥舒翰，得妇江南谢阿蛮。
快马健儿无限恨，天教红粉定燕山。

这首诗是一组《杂感》的第五首，同《圆圆曲》一样，都写出吴三桂为了陈圆圆被夺而一怒投降清朝，引清兵入关，攻破北京。这诗中说"快马健儿无限恨，天教红粉定燕山"，同《圆圆曲》中的如下四句诗意思一致："尝闻倾国与倾城，翻使周郎受重名。妻子岂应关大计，英雄无奈是多情。"关于吴三桂初见陈圆圆是在田宏遇府中的酒宴上，《杂感》诗的"武安席上见双鬟"说得十分明确。武安是汉景帝王皇后异父同母弟田蚡，后封武安侯，此处借指田宏遇。《圆圆曲》比《杂感》之五写成的时间晚，有四句诗也应该同样理解，这四句诗是：

相见初经田窦家，侯门歌舞出如花。
许将戚里箜篌伎，等取将军油壁车。

"田窦"代表汉朝两家皇亲，但用在此处是修辞学上的"单义复词"，着重在一个"田"字，可见吴伟业在两首诗中都明白地写出陈圆圆是在田宏遇的酒席上同吴三桂初次相见。但《圆圆曲》是七古长诗，七律《杂感》所不能写出的，在《圆圆曲》中则可以写出。关于陈圆圆从江南到北京后的生活经历，在《圆圆曲》中有一段诗代表一种流行的传说，值得注意：

> 前身合是采莲人，门前一片横塘水。
> 横塘双桨去如飞，何处豪客强载归！
> 此际岂知非薄命，此时只有泪沾衣。
> 熏天意气连宫掖，明眸皓齿无人惜。
> 夺归永巷闭良家，教就新声倾座客。
> 座客飞觞红日暮，一曲哀弦向谁诉？
> 白皙通侯最少年，拣取花枝屡回顾。
> 早携娇鸟出樊笼，待得银河几时渡？
> 恨杀军书底死催，苦留后约将人误。
> 相约恩深相见难，一朝蚁贼满长安。
> 可怜思妇楼头柳，认作天边粉絮看。
> 遍索绿珠围内第，强呼绛树出雕阑。
> 若非壮士全师胜，争得蛾眉匹马还？
> 蛾眉马上传呼进，云鬟不整惊魂定。
> 蜡炬迎来在战场，啼妆满面残红印。

这一节诗对于我们研究《圆圆曲》的叙事是否可信，十分重要。按照这一节诗看，陈圆圆的出身并非妓女，而是良家少女。诗中先说她“前身合是采莲人，门前一片横塘水”，后边又说“教我新声倾座客”，这是说陈圆圆原是良家少女，被买到田府以后才教会歌唱。后边又有：“教曲妓师怜尚在，浣纱女伴忆同行”，前一句的“教曲妓师”是指在北京“教就新声”的师傅，后一句的“浣纱女伴”是指苏州家乡的女伴，不是妓女。“浣纱”一词即令不必死看，只看作借用西施的典故，但是西施也是良家出身，所以此诗中说陈圆圆是良家姑娘，完全与事实不符。陈圆圆是苏州的著名歌妓，被称许为“色艺双绝”。吴伟业的朋友冒襄在其所作的《影梅庵忆语》中写到的陈姬就是陈圆圆，说她“擅梨园之胜”。关于她被皇亲强掠而去，曾有两次风波。崇祯十四年八月，冒襄从衡阳省父回来，到了西湖，“便询陈姬，则已为窦霍家掠去，闻之惨然”。等他到了苏州，偶然晤见一个朋友，谈到陈姬的事，“有佳人难再得之叹”，这个朋友告诉他说："你弄错了。前被人以势劫去的是个假的，她本人藏匿的地方距此甚近。我同你去看她！"冒襄同这位朋友前去，果然见到。次年二月，冒襄又去苏州，不料"十日前复为窦霍门下客以势逼去"，这次激起的风浪更大，冒襄写道："先，吴门有匿之者，集千人哗劫之。势家复为大言挟诈，又不惜数千金为贿。地方恐贻伊戚，劫出复纳入。"可见陈圆圆是一位"擅梨园之胜"的名妓，被强迫买走时曾引起不小风波，根本不是无名的良家少女。

这一节诗中有一句是："夺归永巷闭良家"，什么意思？

按"永巷"一词自来都指宫中，这句诗分明说陈圆圆曾经被送进宫中，又从宫中出来，但不是一般地放出，而是"夺归"。清初有一种传说，说周后的父亲将陈圆圆献进宫去，崇祯皇帝因忧劳国事，未曾召见，后来趁放出宫女的机会，田妃让人将陈圆圆的名字写在她父亲家中，于是陈圆圆就归田宏遇所有。吴伟业用的是这个传说，所以诗中用"夺归"一词。"熏天意气连宫掖"，指的是皇后的父亲周奎；"无人惜"的"人"，指崇祯皇帝。

这一句诗所反映的故事是不合情理的，绝无其事。崇祯一朝，从没有一个皇亲和大臣向宫中献过美女，这一类事当时是绝对不允许的，周奎更不敢。有一个传说，说周后为分田妃之宠，叫她的父亲买到陈圆圆送进坤宁宫中，故意让崇祯看见，但崇祯受制于田妃，没有要她。其实，当时崇祯、周后和田妃之间的关系绝对不是这样。第一，周后和田妃之间虽然有矛盾，但田妃并没有专宠后宫。周后生得很美，同田妃的年纪差不多，又与崇祯在魏忠贤擅权时期结婚，共过忧患，所以一般说来崇祯待她相当好。当田妃恃宠骄傲的时候，她就以皇后的身份"裁之以礼"，而当田妃谪居启祥宫的时候，她又设法救她。我在《李自成》中写崇祯、周后、田妃和袁妃这四个人之间的关系，基本上是从史实出发的，将陈圆圆从苏州强买进京的人既不是皇后的父亲周奎，也绝无周后要用陈圆圆分田妃之宠的事。第二，田妃于崇祯十四年五皇子死之后就经常生病，于崇祯十五年七月十六日去世。陈圆圆于崇祯十五年二月间离苏州来北京，当时路上时有阻碍，估计得走一两个月，到北京应是在四月间。此时田妃的病势已经很重了，周后更不需要献美人以分田妃之宠。第三，明朝制度，妃嫔必须选自家世清白的人家，周后绝不敢叫她的父亲将妓女献进宫中。第四，假若陈圆圆进到宫中，后被放出，这是属于司礼监的职掌，田妃绝不敢干预，她既不敢也无权指示司礼监将陈圆圆的名字改写到田家。总之，《圆圆曲》中的这一情节完全不合理，绝无其事。

诗中说："座客飞觞红日暮，一曲哀弦向谁诉？白皙通侯最少年，拣取花枝屡回顾。"这是说吴三桂在田宏遇府中的酒宴上见到歌妓陈圆圆，双方一见倾心。这四句诗也不合史实。

吴三桂是崇祯十七年二月间被封为平西伯的，所以说他是"通侯"，这种用法，吴伟业在《杂感》之六中也用过。瞿式耜被南明永历皇帝封为临桂伯，诗中说："万里从王拥节旄，通侯青史姓名高。"但关键问题是，这时候吴三桂不在北京，朝廷为讨论是否调吴三桂从宁远回救北京，争执甚烈，耽误了时间。不但甲申春天吴三桂没有到过北京，而且以前数年内也没有去北京的可能。甲申二月间，崇祯召见过吴襄，询问他儿子吴三桂的兵力和所需粮饷问题，可见这四句诗跟史实相距多远！同《杂感》之五诗中说"武安席上见双鬟"一样，从历史角度看是荒谬的。

"早携娇鸟出樊笼，待得银河几时渡？"这是从陈圆圆方面着笔，写陈圆圆希望吴三桂赶快将她从田宏遇府中带走，不要让她在田府等待。"恨杀军书底死催，苦留后约将人误"，这是说皇上催吴三桂立即离京，只好将陈圆圆留在田府，铸成大错。也可以解释为留在吴府，但既说是"后约"，可见并未成亲，我们对这个问题且不去管。既然吴三桂不曾到北京，诗中的这些描写自然都是架空虚构之词。

但是如果拿吴诗对照史实，还有更可笑的地方不妨指出。第一，田宏遇死于崇祯十六年，大概是夏天，距甲申春有半年以上，如何设宴请客？第二，甲申春二月，崇祯是催促吴三桂赶快从宁远来北京，而诗中却说是催促吴三桂赶快出京，岂不是驴唇不对马嘴？

"若非壮士全师胜，争得蛾眉匹马还？蛾眉马上传呼进，云鬟不整惊魂定。蜡炬迎来在战场，啼妆满面残红印。"这六句诗是说吴三桂在追击大顺军的路上重新得到陈圆圆，却没有说在什么地方。有关吴三桂在战败大顺军的过程中如何得到陈圆圆，都是出于谣传或文人虚构，并没有史实根据，这问题留到后边去谈。

通过前边的考辨，可以清楚《圆圆曲》的故事跟历史的真实情况完全不符。那么吴伟业是不是对陈圆圆的情况和明清之际的历史事变完全不知？不，我认为除陈圆圆早已去宁远这一个问题外，别的情况他完全清楚。对于《圆圆曲》，只能看作是他的一篇政治抒情诗，而不是纪事写实之作。人们把它当作历史看，所以上了大当。

五、吴伟业写《圆圆曲》的目的和历史背景

要理解吴伟业写《圆圆曲》一诗的目的和使用的艺术手法，我们对吴伟业这个人必须有一点基本了解。《清史稿》对他有一段评价：

> 伟业学问博赡，或从质经史疑义及朝章国故，无不洞悉原委。诗文工丽，蔚为一时之冠，不自标榜。性至孝。生际鼎革，有亲在，不能不依违顾恋。俯仰身世，每自伤也。临殁，顾言："吾一生遭际，万事忧危，无一时一境不历艰苦。死后殓以僧装，葬我邓尉、灵岩之侧。坟前立一圆石，题曰'诗人吴梅村之墓'。勿起祠堂，勿乞铭。"闻其言者皆悲之。(《清史稿·卷四八四》文苑传一)

吴伟业在明清之际是一个著名诗人，也是一个比较有学问的人。崇祯四年中进士后，授翰林院编修，后来充东宫讲官，升为左庶子。崇祯亡国时他已经不在京城做官，住在家乡。他是苏州府太仓县人，距苏州不远。苏州是江南人文荟萃之地，所以他常去苏州。他得到崇祯亡国的消息时，曾打算自杀殉节，被母亲和家人劝住。顺治初，他与其朋友、著名的散文家魏禧约定宁死不做清朝的官。到了顺治九年，终于因为他的文名太大，被清朝的两江总督马国柱荐给朝廷，他不得不同意，终于被迫上道，于顺治十年四月到了北京，还是做史官。顺治十三年升为国子监祭酒，才过几个月，因他母亲亡故，辞官回乡，于顺治十四年二月离京，这一次在北京将近四年。他本来就留心史学，以熟悉朝章国故知名，这次到北京，更有意收集崇祯亡国史料，并与具同样目的的人物经常往还。如孙承泽在当时就有名望，著过《春明梦余录》《思陵典礼记》《宛署杂记》等书，是他的同年朋友。又如布衣谈迁也常去拜望他，后来写成一部一百卷的明代史书《国榷》，两部有史料价值的笔记书《北游录》和《枣林杂俎》。吴伟业也完成了一部重要著作《绥寇纪略》。

他被迫短时期做了清朝的史官和国子监祭酒，抱恨终生。后来在他的诗中流露出的悔恨和痛苦感情，很为感人。例如他说："误尽平生是一官，弃家容易变名难。"(《自叹》) 又如："浮生所欠只一死，尘世无由识九边。我本淮王旧鸡犬，不随仙去落人间。"(《过淮阴有感》) 在他死前不久，写了一首《贺新郎》词，题为《病中有感》，感情十分沉痛，责备自己："故人慷慨多奇节，为

当年沉吟不断，草间偷活。”又说：“脱屣妻孥非易事，竟一钱不值何须说！”他在做人的品格上和钱谦益不同，钱谦益在政治上是一个投机分子，而他则不是。他的这些具有真实感情的诗句和他的临死遗言都能够使人同情。

他是一个有忠君爱国思想的士大夫文人，既痛恨农民起义攻破北京，逼得崇祯帝后上吊，又痛恨吴三桂投降清朝，引清兵入关，统治整个中国。对于农民革命领袖他可以看为流贼，尽情攻击；但是对于满洲统治者他敢怒而不敢言，怕惹灭门之祸。尽管如此，他还是写了一些与故君有关的人物和事件，以志他的亡国之痛，也写诗歌颂抗清殉节的瞿式耜，算是够大胆了。对于满洲入主中原，在当时被汉族有民族思想的士大夫认为是最痛心的事，他不能直接写入诗中，而把一腔忿恨发泄到吴三桂身上。满洲人占领北京后的宣传是说他们的天下是夺自“流贼”，他们的入关是为明朝的臣民“报君父之仇”。吴三桂也宣传他借清兵是为“报君父之仇”，说他为先帝“缟素”发丧，兴兵复仇。甲申四月十二日夜间，“京城之外，遍张吴三桂榜，约士民缟素复仇。一时都人皆密制素帻。”（见《国榷》卷一〇一）这可能是北京郊区的反大顺势力自己搞的宣传，假托吴三桂的名义，但也可见为崇祯帝“缟素复仇”的宣传当时很能够影响人心。吴伟业写《圆圆曲》的用意就是要揭露吴三桂的虚伪宣传，说他什么为先帝复仇，三军缟素，尽是鬼话，而实际情况是“冲冠一怒为红颜”。这一愤怒的揭露就是此诗的写作目的和主题思想所在。

诗人认为单有“冲冠一怒为红颜”一句诗还不够表达他的愤怒感情，也担心读诗的人们不能充分理解，所以诗到将近结束时又痛快地加了几句：

> 尝闻倾国与倾城，翻使周郎受重名。
> 妻子岂应关大计，英雄无奈是多情。
> 全家白骨成灰土，一代红妆照汗青。

诗中的周郎指吴三桂，是说他在田宏遇宅中听陈圆圆歌唱而爱上了她，使她后来出了大名。诗人讽刺说：妻子本来不应该左右军国大计，无奈吴三桂是个多情的人（解作好色的人），不惜使全家被杀，而使一个妓女青史留名。

吴伟业写《圆圆曲》的时间，也需要附带一说。道光年间顾师轼所编的《梅村先生年谱》将《圆圆曲》的写成时间记在顺治元年，是根据吴三桂叛闯降清之年，实在是欠缺常识，连《圆圆曲》也未读懂。按诗中有“传来消息满江乡，乌桕红经十度霜”，可见这诗写于顺治十年左右。诗中提到秦川、金牛道、斜谷、散关四个地名，最南的是金牛道，即陕西沔县至剑门关的一段栈道。诗的结尾又提到一个地名古梁州，今四川和陕西南部一带地方在上古称为梁州，为《禹贡》九州之一，可见吴伟业写《圆圆曲》时，吴三桂已经从陕西进入四川。《梅村诗集笺注》对古梁州加的注释是：“《明史·地理志》：云南，《禹贡》梁州徼外地。”这注释是错误的，这是先认为吴三桂已在云南，然后将云南注为“古梁州徼外地”。其实，吴伟业写此诗时，只知道吴三桂在四川，根本没说云南。

吴三桂于顺治八年九月奉命同李国翰向四川进兵，次年七月，清军占领重庆、成都。但明军尚有几次反攻，与清军争夺四川，曾将吴三桂、李国翰打得大败，后来经保宁一战，明军刘文秀部因疏忽致败，四川才渐次被清军占稳。顺治十四年十二月，清廷命吴三桂自四川、赵布泰自广西、罗托自湖南，三路进攻贵州。估计吴三桂离开四川是在顺治十五年正二月间，当年六月攻占遵义。他与多尼、赵布泰等攻占云南省会是在顺治十六年正月，同年三月，清廷命他镇守云南。据以上史实看，《圆圆曲》大概作于顺治十年之后，尤其以十二年三月以后到十四年冬天之前，较为合理。诗中没有一字提到贵州和云南的地名，也没有牵涉到吴将南征，所以可以判断诗写于顺治十四年冬天以前。

由于《圆圆曲》是顺治十二年以后的作品，所以他将过去十年间已经形成的传说写入他的政治抒情诗。他在北京住了三年多，留意收集明清交替之际的史料，修订了入北京以前所写的《绥寇纪略》。为了证明《圆圆曲》所叙故事不能作历史看，吴伟业有意不按照他所知道的史实写，我有必要谈一谈他的一部重要历史著作《绥寇纪略》。

据朱彝尊《曝书亭集》中跋《绥寇纪略》记载，此书是吴伟业于顺治壬辰（顺治九年）馆于嘉兴万寿宫编纂成书的，这话不完全可信。这部书尽管站在封建统治阶级立场，毛病很多，但它是系统地编纂明末农民战争史事的开创之作，资料相当丰富，绝不可能在短期内编纂成书。谈迁在《北游录·纪邮上》记了一件事：“吴太史示《流寇辑略》。”这件事是记在崇祯十一年三月辛丑，可见此时吴伟业对他的这部著作尚未确定书名，暂时定名为《流寇辑略》，大概此书在嘉兴时只是初稿，到北京后继续补充与订正。由于他曾经用心编纂此书，所以他对明清之际的史料比较熟悉。拿《绥寇纪略》和《圆圆曲》对照研究，越发可以证明他写《圆圆曲》时故意抛开他所熟知的历史事实。《绥寇纪略》是史书，写作目的在“纪实”，所以不采用陈圆圆的传奇故事，而且书中的纪事与《圆圆曲》往往相抵触。《圆圆曲》是文学创作，写作的目的不是著史，故采用社会上的流行传说故事，以抒其亡国之痛和对叛臣的愤恨之情。那首《杂感》七律，也是在这种心情下写出来的。

当吴伟业到北京以后，史学家谈迁也到了北京。谈迁于顺治十年十月到京，顺治十二年十月离去，他在北京努力访求鼎革之际的历史资料，与吴伟业常有来往，颇受吴的重视。吴有重要的新作品都给他看，他就抄录保存，他的《北游录》中全文抄录了吴的《田家铁狮歌》《崔青蚓》《萧史青门曲》《临淮老伎行》《王郎曲》，《枣林杂俎》中全文抄录了吴的《永和宫词》。像《圆圆曲》这样的诗却没被谈迁抄录，值得注意。不过，《枣林杂俎》也有不少甲申以后的材料，不像《北游录》内容在时间上有严格限制。《北游录》不收《圆圆曲》，可以旁证此诗写于顺治十二年三月之后。会不会写于吴梅村到北京之前？也有可能，但可能性较小，因为一则有“乌桕红经十度霜”一句诗，二则吴伟业需要一个敢于用诗歌鞭挞吴三桂的条件才行。而且，诗中所写的情况，显然吴三桂已经在四川取得了胜利，气焰很高。

《圆圆曲》的结尾也值得注意，它是这样几句：

> 君不见？
> 馆娃初起鸳鸯宿，越女如花看不足。
> 香径尘生乌自啼，屧廊人去苔空绿。
> 换羽移宫万里愁，珠歌翠舞古梁州。
> 为君别唱吴宫曲，汉水东南日夜流。

这是用“借古讽今”的手法拿吴王夫差宠爱西施影射吴三桂宠爱陈圆圆。越女指西施，影射陈圆圆。馆娃和屧廊都是春秋时吴王宫中的地方，前者为西施所居之宫，后者为西施在吴宫中穿木跟鞋所走之廊，为名响屧廊。诗中借用春秋时的吴宫影射吴三桂的平西王宫，用“吴”字联系古今。这几句诗不是吊古，而是预言，他故意写出古代吴宫香径尘生、乌自啼、屧廊人杳、苔痕空绿，一片荒凉景象，借以预言今日在四川的吴宫纵然珠歌翠舞，盛极一时，也会像春秋时的吴宫一样，不免落得个“换羽移宫万里愁”。“古梁州”是双关词，既是曲调名称（即《凉州曲》），也是古地名，而诗人的实际用意是指四川。“换羽移宫”也是双关词，表面指乐调变换，实际指人事兴废。“万里愁”点明乐极生悲。诗人要唱出新的“吴宫曲”，像前人凭吊夫差的吴宫遗迹那样凭吊四川的平西王宫。尽管日后新的“吴宫”也将一片荒凉，仅供凭吊，但汉水不管人世沧桑，依然日夜东流。因为吴三桂是从汉中入川，四川靠近汉水，所以诗句中特用汉水这个地名。

像这样影射吴三桂必将失败，同写“冲冠一怒为红颜”一样，需要很大胆量，不怕报复。当时吴三桂正在向极盛的顶峰攀登，儿子也尚了公主，但吴伟业能够预言他的荣华不长，必然在心中有几分把握。写《圆圆曲》时吴伟业在北京做官，名重朝野，吴三桂只能在四川为所欲为，却不可能对他进行报复，所以诗人才敢于写得如此尖锐和露骨。当时，吴三桂同清廷的矛盾已经暴露，北京官场的上层人物是清楚的。他在四川渐见骄横，部下多做出不法的事情，虐害百姓，为担心巡按御史郝浴向朝廷报告，他常常禁止沿路塘报，对朝廷进行封锁，这些情形，朝廷是清楚的。吴三桂在四川的各种不法问题以及拥兵观望情况，经郝浴揭发之后，朝廷只惩治了他麾下的永宁总兵柏永馥、广元副将胡一鹏，而不敢过问吴三桂本身的罪。那时正在对南明作战，清廷迫于形势，只能对吴隐忍；当吴对郝浴反扑时，朝廷便牺牲郝浴，以安其心。郝浴劾奏吴三桂的罪恶一案是公开事件，朝廷对吴三桂的政策也不是秘密，这一切吴伟业全然清楚。这就是吴伟业创作《圆圆曲》的历史背景。

六、结 论

陈圆圆虽然是一个妓女，但因为她的故事混淆了重要史实，掩盖了历史的真实面貌，所以有考辨澄清的必要。

根据史料分析，我们可以断定历史的基本情况如下：陈圆圆大约于崇祯十五年二月间被田宏遇从苏州买去，当年四月间到了北京。崇祯十六年，北京从春末开始大疫，夏天死人极多，田宏遇大概得了传染病，死于夏天或初秋，秋后，疫情稍衰，吴襄从宁远移家北京。吴三桂闻陈圆圆的艳名，派人随吴襄到京，从田府将她买去送往宁远，她到了宁远后，心情抑郁，又过不惯关外生活，不久病死。当时北京人对辽东消息隔膜，偏又值崇祯亡国前夕，局势紧张，社会情况混乱，所以北京士大夫间不仅不知道陈圆圆病死辽东，甚至知道她离开北京的人也不多。她本是江南名妓，被誉为“色艺双绝”，忽然在世上消失了，因此后来容易在她的身上产生谣言，编造传奇故事。

大顺军进入北京时她已在宁远早亡。关于她被李自成或刘宗敏所得，以及刘宗敏为索她拷掠吴襄，全是胡说。

清初大多数士大夫和读书人既痛恨李自成破北京，逼死他们的故君，亡了明朝，又痛恨吴三桂引清兵入关，得了明朝江山，成了中国之主，具有这种心情的人相当普遍。有人不明白吴三桂已经决定投降李自成，走到玉田忽然变卦，返回山海关向多尔衮投降的真实原因。吴三桂借兵为先帝复仇的宣传，起初还骗了些人，随后就被清朝定都北京的事实戳穿，于是就有人说吴三桂是因为陈圆圆被李自成或刘宗敏夺去而投降并引清兵入关。这谣言很投合当时汉族一般人，包括读书人的政治思想和感情，所以容易传播开，容易被偏听偏信，连一部分较有知识的人也不肯考辨真伪。

李自成在士大夫眼中虽然被看作是一个逼死“君父”的“逆贼”，但社会上都知道他有不贪色、不爱财种种美德，说他拷掠吴襄，夺去陈圆圆，与理不合。刘宗敏因受委负责在北京的追赃事，特别为上层社会所切齿，一般人也不明白他是执行大顺军一贯的政策，不是他个人索钱，恰好他又住在田宏遇宅中。因为这些原因，人们在传说中将陈圆圆的故事同刘宗敏联系得比较紧。尽管到康熙年出现了陆次云的《圆圆传》和钮琇的《圆圆》，都写陈圆圆被李自成所得，也不能减弱刘宗敏索取陈圆圆这一传说的影响。

吴伟业的《圆圆曲》带有浓厚的传奇色彩。传奇故事加饱满的政治抒情，这就是《圆圆曲》的基本特色。在《圆圆曲》中所抒写的不仅仅是诗人的个人感情，而是广大汉族（包括读书人）共有的感情，即使是那一类已经投降了清朝、做了大官的人们，内心深处仍不会根除民族感情。谁都不敢直接对清朝发泄不满之情，很多人甚至连想也不敢想，妙的是《圆圆曲》是在吴三桂的身上进行鞭挞，发泄亡国之痛，民族之情，这就唤起了广泛的内心共鸣。而且，《圆圆曲》是一篇艺术性很高的诗，感情充沛、词彩绚丽、用事典雅、音节铿锵流转，在清代就有人说它的艺术性超过《长恨歌》，我也有同样看法。因以上两个原因，所以它在清代读书人中间影响很大；直到今天，在老一代读书人的心中，仍有深刻影响。我虽然论证了它所写的故事与史实不符，但丝毫不贬低它的艺术价值。

一九七八年八月初稿
一九八〇年三月二稿

（原载《文学遗产》1980 年第 8 期）

李自成的归宿问题

一九八五年十月下旬，在湖北通山县举行了“关于李自成归宿问题学术讨论会”，出席的有明史专家及研究者数十人。经过数日充分讨论，锤定李自成死于九宫山北麓牛迹岭毫无疑问，确证“在湖南石门出家说”纯系附会，毫无直接史料依据。我在讨论会上两次即席发言，得到与会专家学者首肯。现将两次发言要点加以补充，撰成此文，就教于关心此一问题的专家和广大读者。

一、混乱议论的出现及问题的必须澄清

关于李自成的结局，当时人的著作中认为是“死于九宫山村民之手”。虽然在具体经过的细节上不统一，但是在记述李自成的结局是死于九宫山这一点上没有分歧。吴伟业因不明地理，将九宫山误为属湖北通城县，他在《绥寇纪略》中专用一卷写李自成的败亡经过，题目就写作《通城击》。由于吴伟业在明清之际的声名很大，《绥寇纪略》也是一部出版较早而影响也较大的记述明末农民战争史事的著作，其他书踵其错误，尤其是清代官修《明史》中的《流贼列传》基本上取材于《绥寇纪略》，所以三百多年来“通城”的误说差不多成为定论。清代较早的《通城县志》不载此事，到同治年间纂修县志时才将《绥寇纪略》的误记加了些附会的话，写了进去。中华人民共和国成立初，通城县根据错误记载在离城五里俗名九宫山的小山脚下，修筑李自成的坟墓，并请郭沫若同志为墓碑题字，遂使这一错误说法，在中华人民共和国成立初进一步得到“确认”。

通山县有一位王如江同志，从一九四八年起任小学历史教师。在当时的小学历史课本上均记载李自成死于通城九宫山，通山县的学生们根据本地代代相传的说法，提出疑问。王如江同志一时不能对学生们作出满意的答复，迫使他搜集并整理了关于李自成殉难通山九宫山下牛迹岭的零星传说，查阅了《通山县志》和杀害李自成的元凶程九伯家族传下来的宗谱，于一九五四年将这些材料整理成文，向《历史教学》编辑部求教。《历史教学》编辑部于一九五五年

秋天回了他一封信，旁征博引，论证了李自成确实死于通山九宫山无疑。不久，这封回信也在《历史教学》上公开发表，题目是《关于李自成殉难地的考证——答读者问》。写这篇考证文章的是李文治同志，他于二十世纪三十年代初专力研究明末农民战争史，一九三七年一月中华书局出版了他的《晚明民变》。虽然中华人民共和国成立后有关资料陆续出现，认识继续发展，但是李文治同志的这本书是将明末头绪纷繁的农民战争史第一次整理得头绪清楚，功不可没。李文治同志的考证文章发表后，郭沫若同志声明否定了他原先的意见，"李自成死于通山说"遂成定论，通城说不再被人称道。

通山说得到确证之后，从一九五七年起，历史课本即依据新的结论修订了课文，而通山县也将李自成草葬处修建了闯王陵和展览馆。通过通山文化馆的努力，陆续搜访到一些有价值的地方文献资料和当地流传的口头史料，进一步丰富了李文治同志的考证。

从清代中叶开始，就出现了两种说法向"李自成死于九宫山说"挑战：一说是在湖南黔阳县罗公山隐居善终；一说是在湖南石门县夹山为僧，法名奉天玉和尚。前一说始终没有什么影响，可以不谈。"夹山为僧说"在晚清人的著作中即受到批判，可以说十分荒唐。但是，在"文革"结束以后，湖南有一些同志，尤其是石门县的同志，对"夹山为僧说"特别感兴趣，利用报纸和刊物，并举办学术座谈会，竭力宣传，使本来很清楚的重大历史定案突然受到了冲击，使一般人的认识发生了混乱，影响了中小学历史课本的编写和历史教员的讲课。这种不正常现象当然应该引起我们文化界和史学界的重视，我们应该对祖国的历史负责，对中小学的历史教育负责，同时对社会主义的健康学风负责。不久前在湖北通山县举行了"关于李自成的归宿问题学术讨论会"，与会的数十位专家学者和青年研究者通过几天的科学论证，重新肯定了李自成确实死于通山县九宫山北麓的牛迹岭。这一结论，湖南石门县出席的同志们也感到无话可说，全体与会者都对讨论会的学风和成果表示满意，认为不仅解决了全国关心的重大历史问题，而且讨论会上所发扬的科学态度和科学方法也使同志们受到教益。

二、李自成悲剧产生的主因及其败亡路线

让我们先从宏观上说明当时的历史形势。

李自成于崇祯十六年（一六四三年）十月间在豫西歼灭了孙传庭所统帅的明朝在中原和北方的最后一支主力部队，乘胜进入潼关，不战而克西安，改西安为长安，决定建为国都。从占领西安到第二年（一六四四年）春天长驱幽燕，攻破北京，是他军事胜利的顶峰，同时在辉煌胜利的掩护下也迅速滋长了失败的严重危险。李自成及其多数文武亲信由于胜利冲昏头脑，误认为一到北京，正式登基之后，江南可传檄而定。但据野史所载，田见秀深为忧虑，只是形势已成，无力扭转。

当李自成军事胜利达到高峰时，所占领的地域包括今陕西、甘肃、宁夏，青海的西宁周围、河南全省、湖北的大部分、山东的大部分，畿辅地区和河北的大部分，还有一部分人马进入苏北。但是除在关中地区之外，没有一个地方建立起稳固的政权，就以关中而言，也没有使人民有机会休养生息，而是依然疮痍未复，为支持战争而负担沉重。这是大顺政权的第一个致命弱点。

由于在各地没有建立稳固的政权，更没有恢复生产，所以不能供养足够的作战部队。所谓有“百万之众”，实际是虚夸之词，连随军眷属包括在内也不会达到百万。据我估计，李自成在武力最盛时可以作战的将士在三十万至五十万之间，而从来没有超过五十万。由于兵力不足，又加以分散于广大地区，所以既不能巩固各地政权，镇压敌对力量，更不能应付骤然出现的重大战役。在清政权与吴三桂联合进攻时，李自成无力抵抗，甚至山海关一败之后不但没有反攻力量，也不能组织有力的阻击战。这是大顺政权的第二个致命弱点。

大顺君臣只看见灭亡明朝已成为摧枯拉朽之势，而对于清政权的强盛和进入中原的野心懵然无知，根本没有应付战局变化的思想准备和物质（包括军事）准备，只以六万孤军进攻北京。假若吴三桂不在路途耽误，提前三天到达北京城下，大顺军绝不会轻易将北京占领。或者没有吴三桂，而清兵按原计划从蓟州和昌平之间越过长城，到达北京城外，大顺军的处境也不容乐观。对宏观局势的无知，在战略上的短见，是大顺政权的第三个致命弱点。

李自成进了北京之后，君臣们忙于两件事，其一是忙于筹备登基大典，其二是忙于拷掠追赃。由于吴三桂不肯投降，据守山海关，对北京威胁很大，使登基事一再延期，损伤了政治威望。最严重的失策是拷掠追赃，使大顺政权在政治上陷于孤立，造成地主阶级广泛的敌对、恐怖和不安。吴三桂的拒降虽然原因复杂，但是也与李自成在北京的政治表现和失去“人心”有一定关系。进北京后由于政治上缺乏远见，不能按照建立新的封建帝国的规律（或需要）制定策略，是大顺政权的第四个致命弱点。

由于以上的致命弱点，就产生了一系列的错误和连锁反应，致使军政两方面迅速崩溃，直至灭亡。

李自成于一六四四年三月十九日破北京，迫使崇祯皇帝自缢，摧毁了二百七十六年的明朝中央政府，从表面看是空前胜利，而实际上一进入北京便因后备力弱，在战争形势上陷于被动。当时即令没有山海关之战，只要清兵自长城某处进来，加上吴三桂的反攻，李自成也必然退出北京，影响全局。

李自成为什么不能够固守北京以维系全国人心呢？原因主要有以下几点。

第一，李自成已经以西安为京城，进北京只是为了摧毁崇祯皇帝的明朝政府、举行登基大典、拷掠钱财，而不打算以北京作为新朝首都，所以目光短浅，在思想上、战略上、兵力上、政策上……都没有通盘筹划，作出相应的妥善安排。

第二，由于兵力不足，李自成率领到北京的兵力虚称二十万，实际只有六万人，是一支远征孤军，而在山西、河南和冀南的兵力都很少。如果清兵与吴三桂合力围攻北京，李自成不可能及时得到强大的援军。

第三，北京的粮食靠江南通过漕运接济。李自成破北京后，江南已成敌国，漕运中断，北京的军粮民食没有来源。只此一点，北京也没有固守条件。

第四，北京人心不稳。进入当年四月份，北京士民对大顺政权的不满日益明显，城内出现了反对大顺政权的无头揭帖；而且受吴三桂的宣传，城郊有不少人暗制白帻，准备一旦吴三桂到来，便为崇祯皇帝服孝。人心如此，没有士民支持，要固守北京是不可能的。

不稳定的局面拖延到四月中旬，李自成可能得到清兵即将南下的探报，决定抢时间亲自去山海关打败吴三桂，然后对付清兵。宋献策看到局势危险，苦谏不听，李自成毅然东征。李自成留守北京约一万人，随他东征的约五万人，另有唐通的降兵数千，战斗力很弱，这是远离根据地和没有预备部队的孤军，在古代军事术语上叫作“悬军远征”，从形势上叫作“孤注一掷”。四月二十日，大顺军与吴三桂的关宁精兵在山海关城西数里处的石河西岸展开激战，大顺军在人数上略占优势，但吴兵以逸待劳，又有雄关可凭，所以这一天不分胜负，恰在当天下午，多尔衮率领的清兵赶到山海关外的欢喜岭了。

满族是女真后裔，清太宗皇太极的夙愿是重现金太宗完颜晟的盛世局面，即进入中原，占领黄河中下游与淮北各地。他于一六四三年秋天突然病故，多尔衮拥立他的幼子福临即位。多尔衮雄才大略，是满族的杰出人物，一听说李自成可能攻破北京，他就决定亲率满、蒙、汉八旗大军南下。当时不知道吴三桂的情况，他决定从中协或西协选择一个地方突破长城口子，进入北京附近。离沈阳后走了四天，忽接吴三桂请求借兵援助的信，遂改变进军路线，直奔山海关，这样既可以乘机迫使吴三桂投降清朝，也可以实现占领山海关的多年梦想。多尔衮于四月二十一日到达欢喜岭的威远堡，吴三桂果然投顺，当夜清兵进入关内，作好部署。二十二日上午，李自成与吴三桂继续在石河西岸大战，战正酣，狂风忽起，飞沙扬尘，移时风止，清骑兵自三桂阵后呐喊杀出，锐不可当。大顺军处于绝对劣势，无兵增援，死伤惨重，步兵几乎被全部歼灭，刘宗敏亦负重伤，李自成先退永平，收集残部。二十六日李自成仅率领残余骑兵七千逃回北京，二十九日在武英殿草草登基。三十日黎明退出北京。吴三桂奉多尔衮之命，并得到孔有德和尚可喜等人所率领的清兵相助，穷追不舍。五月初三，李自成因得到从保定来的援军，在定州清水铺阻击追兵，大败，大将谷可成阵亡，左光先坠马，将士死伤甚重。初五，李自成在真定亲自指挥人马还击，又大败，自成中箭落马，被左右救回营中，伤重，卧于民舍。村民怨恨大顺军，夜间纷纷自焚庐舍，火光烛天。大顺军不断惊慌移营，遂焚辎重，拔营西走，由固关进入山西。当时曾传说自成阵亡，足见失败的严重。

北京是金、元、明三朝首都，历史上的政治名城，政治与军事意义极其重大。李自成不理解包括多年来明清斗争的中国北方的全面形势，没有经营河南、山西和冀南三府作依据，兵力很少，盲目北伐，误以为攻破北京即可以天下大定，战略上一步失误，不可挽回。由于山海关大败和仓皇退出北京，李自成不仅在军事上完全陷入被动，而且在声威上受到了致命挫折，接踵而来的是河南、山东各地纷纷反水，对大顺朝任命的州、县官或杀死，或捉拿，或驱逐，使大顺极不稳定的地方政权迅速瓦解。山西省各州、县地方，反大顺的武装斗争也不断发生，不可遏止。今人多歌颂李自成攻破北京是伟大胜利，我一直持相反意见，认为李自成攻破北京是一种胜利的假象，而实际是一切弱点的总暴露，也是大悲剧的真正开始。

吴三桂追近固关而止，奉命班师回北京休息。到了十月间，清朝已经定都北京，不再满足于仅占领黄河流域，而制定了占领整个中国的战略，并决定命豫王多铎为定远大将军，率师平定江南。因大顺军围攻并占领怀庆，威胁了清兵下江南侧翼，多尔衮临时改变战略，命多铎暂缓南征，先从河南进攻潼关。在多铎入河南之前，已命英王阿济格为靖远大将军，率师出居庸关，自塞外西行，绕过大同之北，大迂回进攻陕北重镇榆林。用现代的军事术语叫作“钳形攻势”，两支大军的战略目标是会师西安。

在两路大军出征的同时，清廷命固山额真叶臣率兵占领山西，一举清除大顺军对北京可能存在的威胁。对多铎和阿济格两路西征大军而言，叶臣征服山西的部队是一支偏师，人数不多，然而李自成竟没有兵力防守太行山的天险固关，叶臣轻易越过固关，进攻太原，将死守太原的陈永福消灭。叶臣分出一支人马作为他自己的偏师，由冀南的饶阳进入豫北，破彰德、怀庆，越太行山进入上党地区，继续北进，与攻陷太原的部队会师，平定全晋。清兵占领山西全省之后，上下千里与陕西只有黄河一线之隔，对李自成的压力很大。到了此时，李自成彻底失败的局势已定，想以多年生产破坏和人力有限的西北地区对抗满汉合流的强大敌人，根本无法取胜，也无法持久。

十二月中旬，多铎的西征大军由孟津渡过黄河，经洛阳、陕州、灵宝、阌乡，于二十二日距潼关二十里扎营，等候红衣大炮。《明史》及有关史书上说李自成命马世耀率六十万大军守潼关，实是捕风捉影之谈，假若李自成当时能调集六十万人马，他就可以在陕州、灵宝之间阻击清兵，与清兵决战，不会使清兵紧逼潼关扎营，他还可以派遣二三十万人马从商州进入河南，从侧翼或背后威胁和牵制清兵，则多铎不可能专力进攻潼关。据我估算，李自成守潼关的步骑兵力总数不超过十万，据各书所记，李自成退出西安时所率领的步骑兵约为十三万，比较近实，而且其中应有一部分非战斗人员。潼关始终没有大战，大顺军每次出击，人数甚少，旋即败退，足见大顺方面因为兵员不多，不能够组织强有力的出击。按照多铎的奏报，有一次大顺派兵出击，清兵派“护军统领图赖率骑兵百余直前掩杀，斩获过半”；又一次是顺治二年正月初四，刘芳亮领兵千余进攻清营，也被打败。从多铎的奏报看，分明由于李自成的兵力不足，在潼关只有小规模接触，没有进行大战。当时刘宗敏负责防守潼关之战，李自成亲临战地，足见他们对守潼关极其重视，而苦于兵力有限，十分被动。刘宗敏在董社原依山布阵，掘了两道壕沟以对抗清兵的红衣大炮。按道理说，清兵想很快攻破潼关也不容易，可是到了乙酉正月十一日，李自成和刘宗敏突然从潼关撤退，奔回西安，紧接着仓皇放弃西安，从蓝田向湖广逃跑，战局恶化急转直下，原因何在？

最危险的问题不是出在潼关，而是出在延安。

英王阿济格率领的一支西征大军，由塞外迂回南下，绕道土默特（今呼和浩特一带）、鄂尔多斯（今伊克昭盟地区）诸部，折而南下，包围榆林，遇到高一功的奋力抵抗，遂采用尚可喜的献计，分兵越过米脂、绥德，围攻延安。驻扎在晋西北保德一带的唐通，投降清朝，引清兵自黄甫川渡过黄河，与路经绥德的南下清兵会合。李过守延安，兵少粮缺，苦守二十日，率数百精骑突围，与高一功合兵一处。由于西安北面无兵防守，延安失守后潼关的军事价值随即失去，所以李自成必须从西安撤退。康熙二十四年纂修的《潼关志》卷下写道："后英王出边，抵延安。自成惧，奔西安。"这部《潼关志》纂修的时间距离李自成守潼关的战役时间较近，又为当地人所修，所以写出了李自成和刘宗敏从潼关仓皇撤退的真正原因。

顺治二年正月十一日，李自成只留给马世耀七千人守潼关，自己率全部人马奔回西安，并于正月十三日放弃西安，由蓝田和商州向湖广逃去。他离开西安逃往湖广时，据清方估计，他所率领的全部人马是十三万，当然包括从潼关撤退下来的，拱卫首都西安城及其附近重要城镇的，再加上从华阴、渭南、临潼等处沿路撤退的，应该还有原来为防备清兵渡河入陕，不得不在韩城和朝邑等地驻守的部队，凡是能带走的全数带走，共约十三万人。我作这样的计算有两个目的：第一，击破所谓马世耀以六十万大军守潼关的习惯谬说。第二，提醒有些同志不要出于爱护李自成英雄形象的善良动机，不肯认真研究李自成败亡时的实际情况。

当李自成退出西安时，皇后高氏并未相随，而是亲赴西北某处等候高一功、李过从榆林撤退的部队，并召集散在西北各地的驻军，组成另一支十万人的大军，奔往汉中，企图进入湖广与李自成会师。但因王光恩兄弟是大顺军的宿敌，据守郧阳和均州，没法通过，于是高李部由汉中和安康之间，向南越过大巴山，进入四川，取道东乡（今宣汉县）、新宁（今开江县）、夔州等地，到达鄂西。这支部队过了长江，到达湖北松滋和湖南常德时，李自成已经牺牲，没有机会会师，对李自成没起到援救作用。

李自成亲自率领的一支部队过蓝田县七盘岭时遇到大风雪，老弱妇孺死者甚多，给已经士气颓丧的部队增加了新的精神挫伤。后来在邓州和襄阳停留多日，竟没有恢复元气，也没有补充人马。崇祯十三年十月间李自成带着很少将士由郧阳一带出来奔入河南境内，豫西百姓视若救星，到处迎降，从者如流，部队发展极快。这种情况再也没有了！在中国长期的封建历史上，一贯讲究“胡汉界限”，痛恨所谓“蛮夷猾夏”。如今满洲人深入内地，李自成竟然不能号召中原人民随他从事反满斗争，原因何在？一句话，两年来他没有顺应人民久乱思治的愿望，解决人民的生活困难，极大地失去了民心。李自成数年来单纯地追求军事胜利，占地而不守，人民不能安居乐业、恢复农桑，而大军的供给依然沉重，所以，失去民心乃是必然的结果，且愈是战败愈是失去号召的力量。

李自成退到邓州和襄阳以后，清朝政府对用兵方略作了调整。命多铎率大军经商丘，趋扬州，下江南，而将追歼李自成的任务交给阿济格。大顺军在邓州和襄阳都没有固守打算，阿济格的清兵一到，稍微接触即败退。李自成放弃了襄阳之后，接着放弃了承天、荆州、德安三府，收集了驻在湖广各重要地方的将士与眷属共约七万人，加上从陕西撤退的人马，共约二十万之众。此时前有左良玉在武汉堵住去路，后有清兵紧追，处境十分危险。左良玉手下有十二个总兵官，号称二十万众，但实际是十几万乌合之众，军纪和战斗力很差。左良玉本人受封为宁南伯，后来又晋封侯爵，声名煊赫，地位崇高，但是他身患重疾，实际上已经不能有效地掌握部队，他的儿子左梦庚继承了“平贼将军”的封号，控制着部队。

当时南京小朝廷的腐败，弘光帝的荒淫糊涂，马士英和阉党阮大铖的擅权乱政，已经暴露得十分充分。左良玉在政治上与东林党有联系，对阉党天然仇恨，加上有一个名叫王之明的少年，受人愚弄，伪称自己是崇祯太子，被弘光帝下入锦衣卫狱中，进行刑讯。当时臣民中有许多人相信是真太子，引起朝野的极大不满，成为厌恶和反对弘光朝廷的新动力。左梦庚与监军御史黄澍沆瀣一气，狼狈为奸，怂恿左良玉去南京“清君侧”，驱除马、阮，实行废立，掌握朝政，他们伪造假太子的手谕，要求左良玉赶快相救。左良玉尽管平日十分骄横，但对于崇祯帝对他的封伯封侯，深感皇恩，所以认为去南京搭救太子是对崇祯效忠，义不容辞。侯方域和何腾蛟虽然地位不同，与左良玉的关系不同，但都是深知内幕的人，侯方域在《宁南侯传》中说：

燕京陷，江南立弘光帝，马士英、阮大铖乱政。良玉乃兴兵清君侧，欲废弘光帝，立楚世子。

何腾蛟在《祭章旷文》中一针见血地说：

乙酉春，左梦庚问鼎留都。

何腾蛟是当时深知内幕的人，他之所以不将左军东下的责任写在左良玉的身上，而直接说“左梦庚问鼎留都”，是因为他知道左良玉在军中已成傀儡，对此事左梦庚负主要罪责，这是他的“春秋笔法”。恰在左梦庚和黄澍等人的阴谋酝酿成熟时，李自成有一支部队乘左军目标东注，对大顺军疏于防备，暗从潜江、沔阳到了沙湖，突然渡过长江，占领牌洲镇，同时另一支部队出左军不意，败左军将领马进忠和王允成于荆河口，也从荆河口渡过长江。武昌和岳阳之间大为震动，这一突然出现的军事形势，对左良玉的东下起了催化作用，四月二十三日，左良玉放弃武昌、汉阳，全师东下，“问鼎南京”。左良玉父子都是武夫，黄澍是个利欲熏心的无耻小人，与马、阮私怨很深，他们对当时全国局势茫然无知，也不晓得清朝要统治全中国的野心和用兵方略，所以有此东下决策。当代有些历史论文，喜欢谈论左良玉畏惧李自成兵力强大，所以放弃武昌东下，这是把历史重大事件的出现原因简单化了，而且忽视了最主要原因。

李自成趁着左军东下之后，进占武昌。武昌有长江天堑，且有大别山（今龟山）为之屏障，自古为军事家视为形胜之地。按道理讲，李自成应该坚守武昌，使将士得到休息，只要能阻敌人前进，稍挫敌锋，即可以稍稍恢复元气。他也曾作这样打算，可以说下过决心，他将江夏县改名瑞符县，可以证明。然而清兵一到，才一接仗，他便大军溃败，一部分投降，一部分向南逃跑，到了蒲圻、通城、崇阳和湖南边境一带，他自己率领主力和老营从水陆两路向东逃。清兵判断很准确，暂时不管向南逃的几支大顺部队，只是向东追赶李自成，到了富池口，是长江南岸的险要地方，李自成驻军休息，载运眷属和辎重的船队也停泊江边。清将得到当地百姓报告，水陆轻兵急追，夜间直冲李自成的寝帐，李自成的三个妃子投江自尽，他自己仓皇逃脱。大概就在这一次作战中，宋献策、刘宗敏及其一妻二妾、左光先及其一妻三妾、张鼐的妻子、谷英的妻子、李自成的两位叔父（赵侯、襄南侯）及其眷属，都被俘了。除宋献策外，都被杀了。

李自成继续往东逃，又在桑家口和九江附近两次被清兵追上，船只完全被清兵夺去，他仅率很少数残兵败将折向南去，在赣西北修水县（明为宁州）境内与白旺相遇。白旺劝其留在军中，李自成不肯，率领很少人马由横路（镇名）转入通山境内，可能是企图到蒲圻一带寻找部队，不幸死于九宫山下，而白旺也在不久后被部将王体中刺杀，挟其部队降于金声桓。

近些年论述李自成结局的同志，总不肯正视李自成后期失败得如何惨，士气如何瓦解，如何失去民心，反而宣传他始终掌握着强大武装，按照既定战略去夺取南京。这是受了“左”的唯心主义影响，谈论者只恐怕自己的“阶级立场”不稳，被别人指责为损伤了李自成的农民革命英雄形象，不敢真正分析史料，面对历史事实说话。其实，李自成逃到湖广以后，惟以逃避被清军彻底消灭为念，已无战略计划可言。大顺军过了长江以后，地理不熟，人情风俗不熟，语言不通，一切消息不明，水田不易驰骋，方向不辨南北，对于屡败之余的北方部队来说，这已经是临近穷途末路，军心和士气都没法继续维持，还有什么重大的战略可言？关于李自成打算占领南京的史料，来源于阿济格给清廷的奏报，原文如下：

> 流贼李自成亲率西安府马步贼十三万，并湖广襄阳、承天、荆州、德安四府所属各州县原守御贼七万，共计二十万。声言欲取南京，水陆并进。

阿济格怎么会知道李自成“声言欲取南京”呢？只有得自俘虏的口供。很显然，李自成在向湖广奔逃途中用攻取南京的空话维系军心。他从西安奔往武昌的路上，包括牛金星在内的众多文臣都已逃光，只有宋献策跟随着他，败势已定，前有左军挡路，后有清军穷追，他不可能幻想进取南京。曾经直接打败了他，攻破潼关，占领西安的豫王多铎，奉清廷之命不再追他，亲率大军去征江南。这是当时的一件大事，他岂有不知之理？况且因为多铎人马众多，为了避免道路壅塞，分作三路东进，其南路一支人马是经内乡、镇平和南阳赴商丘。李自成的一部分人马尚驻邓州，相距很远，更应该十分清楚，他怎能幻想进取南京？

关于李自成后期已经失去民心的问题，我前面已经谈到，现在还应该指出，他进入长江以南地区，不仅仅是失去民心，而且同人民发生了尖锐矛盾，几乎是处处皆敌。他没有根据地，部队只能掠粮而食，掠粮就是抢劫，必然败坏纪律，抢劫成风或遇不如意，烧杀奸淫随之。现代形而上学的阶级论者，对这一类大量史料不肯正视，一概斥之为“地主阶级的诬蔑之词”，实际是不懂历史。一看有百姓同大顺军发生武装斗争，认为进行斗争的都是“地主武装”，其实历史现象并不是那么简单。首先，大顺军到了末期，纪律不能维持，到处掠粮而食，烧杀随之，绝不是仅仅侵犯了地主阶级的生命财产，而是无可奈何地处于与人民对立的地位。其次，在中原，百姓虽然对李自成已经失望，不再拥护，但是还知道他曾经是“吊民伐罪”的、被看成人民救星的起义英雄，有很多人曾受过他的好处，也曾焚香欢迎；在长江以南，人民只认为他是逼死帝后，倾覆明朝的流贼。老百姓是皇权主义者，有强烈的正统观念，正统观念虽然是意识形态的东西，但在封建社会中它能够顽固地掌握群众，转化为物质力量。还有，李自成从崇祯十六年开始，先称王，后称帝，建立起来的是十足的封建政权，并不是有些史学家所想象的“农民政权”，认为他始终处于同地主阶级相对立的地位，不符合历史实际。我们必须打破形而上学的、简单化的阶级论，在历史现象中寻找具体的、生动的、错综复杂的因果关系和深刻的变化规律，才能够解释李自成从鼎盛到失败又到灭亡的悲剧过程。

关于李自成最后的历史情况，我觉得王夫之的论述值得参考。他说：

> 自成既东渡，南望大江沧漭，山川谬错，卒（猝）不知所向。惟见［虏］骑西来，则益东走，遂由巴陵北境奔入江、楚界，南渐浏阳，北迄通山，东抵宁州，鸟惊兽逸，掠食千里。武、岳间居民惊贼猝至，亦不知所自来。(《永历实录·高李列传》)

王夫之写出大顺军当时突然奔散于湘、鄂、赣三省交界一带的情况，而不清楚李自成本人的奔逃路线。其中“惟见［虏］骑西来，则益东走”，以及“鸟惊兽逸，掠食千里”则很准确。

三、李自成死于通山之铁证

关于李自成是否死于通山九宫山的问题，必须由可信的史料证明。史料之所以较有价值，有力量，需要有以下几个条件：

（一）当时和当地人所留下的文字史料。

（二）虽非当地人，但有可能知道实情的当时人所留下的文字史料。

（三）虽然不是当时人，但时代相距较近，有可能知道实情的人留下的文字史料。

（四）有两种以上文字史料，出自不同来源，可以互证，而非孤证，也绝非辗转抄袭。

（五）实物证据。

（六）与可靠的文字、实物资料可以互相印证的当地传说。

依照以上各种标准，“石门出家说”举不出一项史料，全是违背治史常识的荒唐附会，而恰恰相反，“死于通山说”则史证充足，现分述如下。

（一）当时清朝方面留下的文字史料

清朝英王阿济格是奉命专力追击和歼灭李自成的清军统帅，是他首先向朝廷奏报李自成死于九宫山。他说：

> 贼兵尽力穷，窜入九宫山。遂于山中遍索自成不得，又四出搜缉。有降卒及被擒贼兵，俱言自成窜走时携随身步卒仅二十人，为村民所困，不得脱，遂自缢死。因遣素识自成者往认其尸，尸朽莫辨。或存或亡，俟就彼（处）再行察访。(《顺治实录》卷十八）

清初入关，摄政王多尔衮令严，所以阿济格的奏报在态度上还很老实，不敢随便欺饰。他是根据被俘和投降的兵卒口供，知道李自成在九宫山被村民所困，自缢而死，他没有谎称是他的手下将士将李自成杀死。在他的奏报中肯定了两点十分重要：一是李自成已经死了，二是死在九宫山。如果没有把握，他不敢说得如此肯定，毫无游移口吻。当时清朝还没有在通山建立地方政权，通山仍被李自成的溃散人马盘踞，而李自成被杀地小源口一带百姓因惧祸都已逃往别处，阿济格在当时不能将详细情况调查清楚，十分合理。所以我认为阿济格的奏报态度老实。

但是这一件阿济格奏报尚有余波。七月二十日，摄政王因阿济格班师已至河北境内，命阿济格遣来的巴喇章京巴都等返回军中，表示对兵丁迎劳，而不另外遣官迎劳阿济格和随同出征大臣，下谕责备说：

此来遣人迎劳，原以兵丁远行劳苦故也。至于王及行间大臣，本应遣官特迎，但尔等先称流贼已灭，李自成已死，贼兵尽皆剿除，故祭告天地太庙，宣谕中外。后又言自成身死是真，战败贼兵凡十三次，则前称贼兵近歼者竟属虚语。今又闻自成逃遁，现在江西。此等奏报情形，前后互异。以此谕众，已骇听闻。况经祭告天地太庙，岂有如此欺诳之理！又尔等既称在江西候旨，则当于彼处坐候，乃竟启行前来。已经启行，复何诳称候旨？尔等之意，特以奉命剿除流寇，如不称流寇已灭，李自成已死，则难以班师，故行欺诳耳。尔等虽行诳称，其谁信之？以此不遣使迎王及诸大臣也。（《顺治实录》卷十九）

到了八月初四日，阿济格班师回京，到了卢沟桥，多尔衮仍认为阿济格说谎，出现了如下对阿济格的严厉对待：

癸未，靖远大将军和硕英亲王师还，到卢沟桥。摄政王令学士伊图等往谕：“因尔等有罪应议处，故不遣人迎接。尔等可至午门会齐后各自归家。”于是英亲王偕诸王、贝勒、贝子、固山额真等入城，至午门会集，俱各归家。（《顺治实录》卷二十）

宣传李自成在石门出家的同志们看见以上史料如获至宝，认为可以证明李自成并没有死，而是到石门夹山出家了。其实，如果主张李自成在石门夹山出家当和尚，只有直接的史料可以帮助宣传，利用以上史料去随意附会，胡乱猜想，毫无用处。何况，所谓李自成逃往江西的谣传，很快就没人提了。清军后来平定了江西各处，并没有发现李自成的踪迹，也没有再听到李自成活在人间的传说。到了九月间，清朝湖广总督便将杀害李自成的程九伯赏了官做，所以多尔衮责备阿济格的话一风吹了。

李自成死后两个月，即当年的闰六月，李过和高一功等联合九支人马攻破沙市，七月间围攻荆州半月，冬天又一次包围荆州，荆州形势危急。清朝的荆州总兵郑四维发揭帖向朝廷呼救，称李过等为“闯逆余孽”，并说：“皇上止（只）知闯逆已除，不知余孽全在。”这分明说李自成已经死了。倘若清朝仍认为李自成确实尚未死去，郑四维如何敢这样措词？岂非明目张胆地附和阿济格的谎报么？（参看《明清史料》丙编第六本《荆州总兵郑四维揭帖》）

又，《明清史料》丙编第八本中有一组呈报清朝廷的书信稿，作者的姓名不全，但名字中有一个“龙”字，湖南人，官衔是“钦命招抚云、贵地方、兵部右侍郎兼都察院右佥都御史”，若有时间，此人的全姓名是不难查清楚的。书信中提到李自成时，或说“歼灭靡遗”，或说“一鼓殄灭”，或说“幸逢大清，肃将天威，立清凶孽”，还在给何腾蛟的第二封信中说：“加以英王谋勇兼济，立剪渠魁，李自成授首于兴国八功山，无噍类矣。”所谓“渠魁”就是李自成，虽然将通山误为兴国（今阳新，是通山邻县），将九宫山误为八功山，但对李自成已经被杀，说得十分肯定。宣传李自成在石门出家的同志们可曾注意到这些当时清方人物的言论？

（二）当时明朝方面留下的文字史料

进兵江南的清政权和南明政权处于绝对对立的地位，双方文武大臣只有敌对关系，没有互相来往。双方对于李自成如何结局的说法不可能互相抄袭，互相影响。我们已经论证了清方奉命追击李自成的统帅阿济格及其他有关人物的文字资料，下边再举出当时南明方面与李自成牺牲一案直接有关的人物和其他有说话资格的人物留下的文字资料，进行论证。

何腾蛟是明朝湖广总督，原来驻节武昌，左良玉兵变东下时将他挟持上船。他在汉阳门投江自尽，侥幸被渔舟救起，辗转到了湖南，驻节长沙。他在七月间得到李自成已死于九宫山的确实消息，立即向偏安于福建的隆武皇帝奏报。当时隆武小朝廷中的都御史郭维经提出几点疑问，于是隆武帝命何腾蛟重新奏明实情。何腾蛟第二次上疏，说明李自成在武昌只停留两日，害怕清兵追上，拔营而走，在九宫山被乡兵所杀。他说出他所得的确实消息来源如下：“及臣抚刘体纯、郝摇旗于湘阴，抚袁宗第、蔺养臣于长沙，抚王进才、牛有勇于新墙，无不众口同辞。营内有臣晋、豫旧治子衿氓隶，亦无不众口同辞也。张参将久驻湘阴，郝摇旗现在臣标，时时向臣道逆闯之死状。”何腾蛟是从李自成的许多旧部将领口中得到确凿消息，很有把握，所以直率地说：“逆闯若不死，此二十余万之众，伪侯伪伯不相上下，臣亦安能以空拳徒手操纵自如乎？”由于他有十分把握，所以他在疏中说道：

> 伏乞皇上祭告九庙，祭告先帝，使天下后世知十数年之剧寇首逆乃一旦亡于九宫山，以慰二祖列宗之灵，以快普天率土之愿，臣志足矣。

何腾蛟并没有说李自成是他派兵杀死的，只说李自成“误死于乡兵，而乡兵初不知也。使乡兵知其为闯，气反不壮”。所以何腾蛟在奏报李自成被杀的问题上，态度是老实的。

热心为宣传李自成在“石门出家说”的同志们仅仅抓住隆武小朝廷上有人怀疑，便说李自成并没有死。这种读书方法是很荒唐可笑的。何腾蛟不仅在上呈隆武帝的奏疏中说得十分肯定，而且在后来给他亲密同僚都督章旷写的祭文中也说“天骄内肆，逆闯伏诛”，前一句指清兵深入中国内地，后一句言李自成的被杀，将二事联在一起。

何腾蛟说的话之所以有极重要的意义，是因为他是历史的“知情人”。当时还有一位“知情人”是蒙正发，他是与通山紧邻的崇阳人，为永历朝的兵科都给事中，与何腾蛟关系较密，于永历朝败亡后隐居衡阳乡间，著书以终。其所著《三湘从事录》为记载永历朝抗清活动的重要野史，他在该书的《跋》中写道：

> 闯逆初起绿林，渐成巨寇，称兵犯阙，喋血禁廷，禄山、黄巢兵祸不烈于此矣。幸而假手［东虏］，闯遭授首，死于九宫山村民之手。率土痛愤，于兹稍快。

王夫之为永历朝行人，曾有一年之久出入兵间，后又注意收集永历一朝史料，其晚年所著的《永历实录》虽然囿于个人见闻，存在不少缺点，但究竟不失为研究永历朝历史的重要参考书籍。他在该书中为高一功、李锦立传，为李来亨立传，他在《高、李列传》中虽然叙事不尽准确，但对于李自成死于九宫山一事写得十分明白，他说：“五月，自成至九宫山，食绝，自率轻骑野掠，为土人所杀。”《永历实录》写于康熙十年之后，他住在衡阳，对于李自成在石门夹山出家事毫无所闻，显然当时还没有这一传说。

（三）清初人的重要野史记载

顺治和康熙两朝，这七八十年都属于清初阶段，留下的关于明清之际的史料特别重要。距清初时间愈近，史料愈有参考价值。基于这一原则，清初的许多私家著述，通称野史，对于李自成死于九宫山村民之手的说法，基本上是一致的，仅是具体情节有歧异。清初的史料不必全举，其辗转因袭的我都不举，现在只举较有代表性的几种野史为例。

首先出现的，叙事较有系统的野史是谷应泰主编的《明史纪事本末》。该书卷七十八为《李自成之乱》，所记李自成的败逃及被杀情况、死亡地点完全错误，但有一点是明确的，即李自成确实被村民所杀了。另一部较有系统而资料最为丰富，影响较大的野史是吴伟业的《绥寇纪略》。在《明史纪事本末》中，谷应泰全凭道听途说，叙述李自成与何腾蛟作战，退到湖南黔阳罗公山，被村民所杀。《绥寇纪略》已改为李自成偕其妻高氏，李锦、李过、高必正，诸将田见秀、袁宗第、刘芳亮、张鼐、吴汝义、牛万才等犹从之。其众尚数十万，分为四十八部。居武昌五十日，谋夺舟南下取宣、歙。乃以四月二十四日由保安、金牛走延宁、蒲圻，过通城，接着写道：

> 通城有九宫山，一名罗公山。山有元帝庙。山民赛会以盟，谋捍卫闾井。自成止以二十骑殿，又呵其二十骑止于山下，而自以单骑登山。入庙，见帝像，伏谒，若有物击之者，不能起。村人疑以为劫盗，取所荷锸碎其首。既毙，而腰见金印，且有非常衣服，大骇，从山后逃去。二十骑讶［其］久不出，迹而求之，则已血肉离分矣。（《绥寇纪略》卷九）

吴伟业当时所知道的是李自成已死，对其他情况茫然不知，都是捕风捉影之谈。李自成从西安带出来的人马是十三万，加上湖广的四府州县驻军，共约二十万，可能包括一部分随军眷属，这是清方的估计，接近实际。吴伟业说李自成尚有数十万众，分为四十八部，这是第一个无稽之谈。因为清兵追得很急，李自成在武昌只停两日，而吴伟业说“居武昌五十日”，这是第二个无稽之谈。高夫人、李过、高一功是从汉中和安康之间向南，越过大巴山，走达县、夔州奔入鄂西，到巴东、长阳、松滋一带时李自成已经死了，吴伟业说他们同李自成在一起，是第三个无稽之谈。李自成离开武昌后，沿长江水陆东下，在富池口、桑家口和九江附近，接连被清兵水陆追上，溃不成军，最后的覆灭悲剧已经临近，这种历史情况，阿济格的奏报写得分明，基本符合事实，吴伟业不明白李自成最后一段败亡路线，说他从武昌向南逃跑，并将咸宁误为延宁，是第四个无稽之谈。

尽管吴伟业的著作中有以上无稽之谈，但是最主要的一点是有价值的，即肯定李自成“死于村民之手”。

在康熙年间，距离湖北通山较远，但记载李自成之死比较准确的野史是费密的《荒书》。费密是四川新繁县人，曾与张献忠进行武装斗争，失败后携家出川，寄居江苏泰州，著述甚多。他游历的地方多，见闻较广，晚年写成《荒书》一卷，专记张献忠在四川史事，但是也有关于李自成的记载，关于李自成的结局，费密写道：

> 后大清追李自成自湖广，自成尚有贼兵三万，令他贼统之，由兴国州游屯至江西。李自成（率）亲随十八骑，由通山过九宫山岭，即江西界。山民闻有贼至，群登山击石，将十八骑打败。自成独行至小月山牛脊（迹）岭，会大雨，自成拉马登岭。山民程九伯者，下与自成手搏，遂辗转泥泽中。自成坐九伯臀下，抽刀欲杀之，刀血渍又经泥水，不可出。九伯呼救甚急，其甥金姓以铲杀自成，不知其为闯贼也。武昌已系大清总督，自成之亲随十八骑有至武昌出首者，行查到县。九伯不敢出认。县官亲入山，谕以所杀者流贼李自成，奖其有功。九伯始往见总督，委九伯以德安府经历。

读了这一段叙述，我们很高兴地看到，非当地人所写的野史，随着时间的推移，不再单凭混乱时期的道听途说，而是经了一定方式的访问调查，多方了解，其叙事基本符合事实。在费密的这段叙述中，有几点十分重要：第一，李自成率领的不是数十万人，而是三万人，这是武昌溃散后随他东逃的兵力。在富池口之战以前，这估计接近实际。第二，李自成死于九宫山麓的小月山牛脊（迹）岭，指明的被杀地方很具体，也很准确。我疑心费密曾见到康熙四年修的《通山县志》。第三，写明杀李自成的主凶是程九伯，他的外甥金某是帮凶，确有此事。费密必是得自当地人的述说。第四，顺治二年九月间，清朝开始在通山建立政权，知县如何找到程九伯，如何向清方湖广总督报功，总督委任程九伯为德安府经历，与我们今天所掌握的史料完全符合。

（四）通山地方志书与宗谱所记李自成之死

听说中华人民共和国成立初通山县尚保存着清初版的《通山县志》，后来交给中国社会科学院了。目前所容易见到的清同治七年续修的县志中仍保留着康熙四年志书的部分旧文，十分珍贵。关于程九伯杀害李自成事，同治七年《通山县志》卷五有如下记载：

> 程九伯，六都人。顺治二年五月，闯贼万余人至县，蹂躏烧杀为虐，民无宁处。九伯聚众围杀贼首于小源口。本省总督军门佟嘉其勇略，札委德安府经历。

小月山牛迹岭属于小源口。同治《通山县志》于这一条记载的下边注明“录旧志”。按从前续修府、州、县志通例，最早志书中如有重要纪事，在一代代续修志书中抄录保存，注明“录旧志”。所以知道这一条是从康熙四年志书中保留下来的。

各种宗谱（家谱）编纂的通例也如地方志书一样，续修时保留旧谱中的重要史料。一九三六年《程氏宗谱》卷三载：

> 安思，恭达三子，字九伯，号南枝，于万历四十三年乙卯三月九日午时生。顺治元年甲申剿闯贼李延于牛迹岭下，献贼首、珠盔、龙袍于本省都宪军门佟，札委德安府经历。后选陕西西安府守备，未赴任而逝。文林郎知通山县正堂任题赞曰：“仗义勤王，竭毕生之壮胆；挥戈殄逆，建一时之功勋。正拟麟图，何期豹隐。才全德备，式用赞扬。”公于康熙十二年癸丑五月二十三日时殁。葬黄土沴，丙山壬向。

这一段纪事，因系程九伯死后，由子孙写入宗谱，当然事实不误，只是将杀害李自成的年份顺治二年乙酉误为“顺治元年甲申”。又，将李自成的名字写为李延。虽然在别处也看见将李自成写作李延，但迄今我还没有考证出李自成何时和为何改名李延。顾炎武《明季实录》所附的《酉阳杂记》中说：“闯贼一名自成，一名炎，米脂人。”又光绪《湖南通志》卷末之十四也有一句小注云，“闯贼李自成一名李炎”。炎与延同音，以上二书提到的李炎就是《程氏宗谱》的李延，亦即李自成。

《程氏宗谱》除记载程九伯杀害李自成的事迹较详外，还记载程可选、程可开等人都直接参与其事。另外，在当时的《金氏宗谱》《朱氏宗谱》《太原王氏宗谱》对杀害李自成事都有记载。

清初《通山县志》和各种传世宗谱的史料极有价值，可以说铁证如山。请问热衷于宣传“石门出家说”的同志们，你们除用曲解、附会和猜想之外，可曾有一条能够稍微经得起推敲的直接史料？

九宫山道士们编写的《九宫山志》卷十四《闯王墓》条下，对于李自成死于九宫山牛迹岭作了考证，详细批判了各种异说，当然可以作为相当重要的地方文献资料。但因为这部书于光绪八年壬午（一八八二年）编成，非清初人著作，不是我所重视的“原始资料”，故不引用，只顺便提一笔。

（五）正史和一些较重要史书的记载

有些正史，如《明史》和《清史稿》，不管是否出自清初人之手，我们都应该给予一定的重视。例如《清史稿》，编成于民国初年，史学家多有非议。但是编纂时距清初已有两百数十年，清初某些史事的分歧之说，已经得到澄清，在史料取舍上大体说可以择善而从，所以《清史稿》也值得重视。有一些准确正史著作如《东华录》和《贰臣传》，还有一些虽系私家著作如清初的《南疆逸史》、清中叶的《小腆纪年附考》《圣武纪》，影响较大，也要给予一定的重视。所有以上史书，都是写李自成死于九宫山，所不同的是如《明史》因袭《绥寇纪略》，写作通城九宫山，而《东华录》和《清史稿》则根据《顺治实录》，写作通山。

以上各书的具体记载我都不用抄引原文，只想说明，读了这些史书只能得出一个共同的结论：李自成死于顺治乙酉，并无出家之说。《小腆纪年附考》卷十，写明李自成“趋通山之九宫山，乡兵遇之，乱刃交加死”，在附考中否定了“通城罗公山或通城九宫山说”，特别详细介绍了“石门夹山为僧说”，正是将近十年来湖南的一些宣传“为僧说”的同志们所最热心提出的理由：

> 有孙教授言，自成实窜澧州。故老云：自成由公安奔澧，其下多叛亡；至清化驿，随十余骑走牯牛坝，复乘骑去，独窜石门之夹山为僧，今其坟尚在云。江昱又言：亲至夹山，见寺旁有石塔，覆以屋，塔面大写“奉天玉和尚”。寺有遗像，高颧深䫜，鸱目蝎鼻，状貌狰狞，与明史所载相同，遍问寺僧，一老僧年七十余云：和尚顺治初入寺，不言来自何处，其声似西人，自号奉天玉和尚。盖自成僭号奉天倡义大元帅，又

自号新顺王，自寓加点以讳之云。

《小腆纪年附考》的作者徐鼒毕竟是一位较有修养的史学家，在引述以上说法之后，不屑于详细辩驳，仅仅用一句话下了结论：鼒按，为僧说固无足据。当前热衷于引述“出家说”的同志们，为何不考虑徐鼒的这句按语？

（六）《弋闯志》一文的发现

一九七七年秋，小学教师朱型淼同志献出了家藏的旧抄本《弋闯志》，可以说在迄今所有的文字史料中，这是最珍贵的一份地方文献。《弋闯志》中写道：

> 李闯率众自武关出关中，旋战不利，东入襄阳。清师衔纵（踪）追击。仓促退武昌，未几南奔，流占九江，图金陵未逞；折［向］洞庭，倍道宁洲（州），径取横石与部［下］分兵，自率一股，谋占九宫。湘（乡）勇合剿，遁至李家铺饮马，清兵突至遭遇，从者败亡，单骑脱，窜（逃）进黄土洞；得樵夫助，饥疲转跅，误走葫芦造（套），乞樵者食。时源口寨首勇程九百闻［讯］，遂领寨勇剿逐，至牛迹岭下。吾寨百余众亦放弩铳。闯趋林内而避。诸勇奋力，犹未能近。须臾夺路，猝遭弩铳击毙。九百苐其首，尽得剑、骑、缨盔、龙袍、佩玉，献于督宪军门佟。翌日，有庄人怜［之］者，草葬之。时顺治元（二）年甲申（乙酉）五月癸未。呜呼，闯之殄灭，盖时命蹙焉。末，余股几欲犯吾庄。幸本县奏议戍守，方得安宁。秋，督宪军门诰（犒）赏，札封九百君德安府经历，此乃理有固然者矣。……顺治二年丁酉腊［月］万年拙录民国元年仲秋八世孙麟安移录。

《弋闯志》的作者朱万年，从顺治乙酉（顺治二年）腊月写成这篇纪事稿子到一九七七年被发现，相距三百三十二年。我现在顺便将此文的发现经过向读者介绍明白。

一九七七年春天，拙著《李自成》第二卷和第一卷修订本相继出版。这年夏天，湖北省文联邀集一部分文艺理论工作者及武汉师范学院中文系教师王陆才和李悔吾等同志在通山县高湖公社（李自成牺牲地附近）办了个读书班，通山县委和县文化馆热情支持并派人参加读书班。就在这时，当地小学教师朱型淼同志拿出他自己的《弋闯志》抄件给大家看，说原件在“文化大革命”中遗失了，他是凭着记忆默写的。这话中分明有玄虚。学习班结束后，县委和文化馆继续对朱型淼做动员工作，终于劝说成功，他将家藏的原抄件献了出来。这个原抄件是民国元年阴历八月间由朱万年的八世孙朱麟安抄录的，而原稿大概由于纸张腐损，没有保存下来。如此看来这是存世的唯一抄件。

稿子是抄在民国年间常见的毛边纸红格账本纸上。朱麟安在一九三七年修的《朱氏宗谱》中有名字，但是连起码的功名也没有，是一位“粗通文墨”的山村小知识分子，他的八世祖朱万年也是一位没有功名的山村小知识分子，但是大概比朱麟安的文化水平略高。献出《弋闯志》的小学教师朱型淼是朱麟安的孙子，即朱万年的十世孙。

《弋闯志》原稿上的原题一定是《乙酉岁弋闯志》，“甲申岁”是朱麟安的误写。何以知道？证据有二：第一，文件末尾明明写了一行：“顺治二年乙酉腊［月］万年拙录。”前边的题目必然与这一行文字的年份一致。第二，文中记明杀死李自成的日子是“五月癸未”。甲申年五月份没有癸未日，而乙酉年五月初二是癸未。从顺治乙酉到民国元年，经过二百六十七年，原稿上有些字迹或因潮湿，或因虫蛀，已经缺失，因此朱麟安必须重新抄录，以保存先人“手泽”。他看见题目上缺了二字，又没有细读全文，就贸然填补“甲申”二字，遂成为《甲申岁弋闯志》的错误题目。为什么他贸然填上“甲申”二字呢？原因是甲申年春天三月十九日李自成破北京，崇祯吊死煤山，随后满洲人入关，在北京建立清朝，称为顺治元年，开始了对中国二百六十七年的统治，所以“甲申年”给汉民族留下了不能磨灭的历史记忆。朱麟安在抄录时，没有读懂全文，妄将题目上缺少的二字填补“甲申”，因而大误。另一个致误的原因是《弋闯志》首行开始的原文是“顺治元年甲申仲冬”，是指阿济格和多铎奉命向陕西出征的时间，即阴历十一月，而不是清兵占领西安的时间。“冬”字已缺，朱麟安根据原稿开头写的“顺治元年甲申”，更误以为题目上所缺的二字即是“甲申”。“冬”字漶灭，以意误添为“春”，其实，清兵于乙酉正月十八日进入西安，并非“仲春”，可见应是“仲冬”，指阿济格和多铎奉命从北京出征的日期。

让我们再进一步分析。正是由于朱麟安将题目和原文开头的“乙酉”缺字误填为“甲申”，相沿下来，将李自成被杀的日子改为“时顺治元年五月癸未”。古人有以干支纪日的习惯，朱万年是记当年的地方大事，所以他知道顺治乙酉（顺治二年）五月初二是癸未，家家都有皇历，如不清楚，一查便知，因此我认为朱万年的原稿没错，是朱麟安重抄时改错了。虽然民国初年，民间仍有以干支纪日和推算“八字”的风俗，但是民国元年上距顺治乙酉已经二百六十七年，朱麟安不可能保存有顺治乙酉的皇历，也不可能推算出这个具体日子，所以他贸然改为“甲申”，而甲申五月没有癸未日，出了一般人不易觉察的大错，朱麟安本人也不知道。

由于《弋闯志》的发现，使我们确知李自成殉难的日子是顺治二年乙酉五月初二，即公历一六四五年五月二十六日。这真是我们的重要发现，解决了长久不曾解决的历史问题！明白了李自成殉难于乙酉五月初二日，对照康熙四年《通山县志》中下述纪事便完全明白：

> 顺治二年五月初四，闯贼数万入县，毁戮四境。人民如鸟兽散，死于锋镝者数千。蹂躏三月无宁处。幸国朝王师荡除，百姓如解倒悬，渐复故土。

关于乙酉年五月初四日李自成部队数万人进入通山，停留三个月，尤其在牛迹岭一带烧杀最酷，在现存的《金氏宗谱》《朱氏宗谱》《太原王氏宗谱》中都有记载，与康熙四年县志符合。因为大顺军数万进入通山县有“五月初四”的明确日期，使李自成的牺牲日期更加明白。五月初二日李自成牺牲，有一支溃散的大顺军听到消息，前来寻找。当时清兵已经退出通山县境，所以这一支大顺军在通山境内逗留了三个月之久。说有“数万人”，未必真有此数，不必死看。由于小源口到牛迹岭一带的百姓都逃光了，所以他们没有找到李自成的尸首，只好滥用烧杀的办法进行报复。

民国元年朱麟安的手抄本《弋闯志》中有一句是“湘勇合剿”。“湘”字显然是“乡”字之误，朱万年生活于明清之际，当时没有“湘勇”这个名词，所以绝不是朱万年原稿之误。朱麟安生于清末，熟闻湘勇对太平军作战的事，印象很深，当他重抄《弋闯志》时，可能“勇”字前边的一个字已不清楚，他不加深思，填补了一个“湘”字，这种思维方法，恰恰表现出山村中半通不通的小知识分子特点。

朱型淼将《弋闯志》献出之后，史学界也有人如张国光同志疑心这是朱型森伪造的，其理由主要有两条：一是朱型森原来说原件已失，后又交出，其中故弄玄虚，很不诚实。二是文件中有不少互相矛盾的错误，显然符合朱型森本人的文化程度。当然有人（如童恩翼同志）很不同意伪造说。不管他们双方如何辩论，根据我自己的分析，坚信文件的真实性，理由如下：

第一，朱型森同志没有任何必要伪造这一文件。

第二，朱型森起初不肯将原抄件交出而交出自己抄写的一份，诡称原件已在“文化大革命”中失去，是他凭着回忆写出的，到最后又将原件献出，这道理很好解释。湖北省文联在通山县委和文化馆的协助下，利用高湖小学的地方举办《李自成》读书班，并借此机会调查李自成殉难的史迹。此一有意义的活动使朱型森受到感动，忍不住将家中秘藏的《弋闯志》抄一份交给参加学习班的负责同志。原件是他家的先人“手泽”，他也开始明白这是一份有文献价值的“传家宝”。而当时“文化大革命”刚结束，各种政策尚不明确，所以他不肯交出原件。后来经过县委和文化馆以及高湖公社领导人反复讲明政策，多方动员，他终于提高了认识，将原抄件献出，这过程十分自然。

第三，原抄件是民国元年（一九一二年）抄在毛边纸红格账本白页上，经过半个多世纪，纸张和红格的颜色都已经变旧。朱型森如要作伪，他既不容易找到从前民间通用的账本纸，更不可能使纸张和红格的颜色变旧。

第四，《弋闯志》中所记的史事距朱型森献出文件的时间已经三百三十二年。朱型森是一位文化程度不高的山村小学教师，对文件所记录的具体史事不会知道，没有作伪的主观条件。而且《弋闯志》所记李自成被杀情形与《通山县志》以及当地流传说法很不一致，可能最符合真实。《弋闯志》写出当时许多乡勇将李自成包围在树林中，朱姓先用弩铳将自成击毙，然后由程九伯砍掉自成首级，显然程九伯是倚势将杀死李自成攘为己功。这就使朱万年心中不平，作此事实记录，但又畏祸不敢公开，秘藏家中。倘若是朱型森作伪，他只能照着县志和当地流传说法去写，而不能写出不同于一般说法的当时实情。

第五，《弋闯志》中记明李自成被杀的日子是“五月癸未”，这是关键。并不是每年五月都有一个癸未日，更不是每月都有一个癸未日。恰好顺治乙酉年五月初二日是癸未，任何人不能凭空瞎说。这一天李自成被乡勇杀死于牛迹岭下，五月初四日有一万以上的大顺军余部进入通山县境，寻找李自成的下落，在事件的发展过程上十分合拍。朱型森交出《弋闯志》距离顺治乙酉已经有三百三十二年，他怎么能够知道“五月癸未”这个十分准确而且关键的日子？

不要说文化程度不高的朱型森，即令是饱学的历史教授，如果不查阅必要的工具书（如《二十二史朔闰表》）或在史书中找到该月朔日干支，进行推算，也不会知道顺治乙酉五月有个癸未日。单从这一点看，朱型森同志也没有作伪的主观条件。

第六，湘勇即曾国藩统率的湘军前身，所以湘军也习称湘勇。湘军解散于同治年间，但是在光绪年间，湘勇在长江中下游各省留给人民的印象仍然很深。到了民国年间，湘勇在人民中的印象已淡。北伐以后，它已经成为近代史上的名词了。又经过抗日战争，解放战争和中华人民共和国成立以后的漫长岁月，湘勇距人民的记忆更远了。生长在清末的朱麟安将“乡勇”误写为“湘勇”，不足为奇，但朱型森生活在中华人民共和国成立以后，不可能联想到“湘勇”，有此误写。

第七，由于学术界有人疑心《弋闯志》是朱型森伪造的，于是通山县文化局和文化馆为慎重起见，请咸宁地区公安局鉴定笔迹。经过鉴定，判明朱麟安于民国元年重抄的《弋闯志》与朱型森的笔迹不同。

以上是我相信《弋闯志》非伪造的七条理由。

我没有必要费工夫去分析和批判“出家说”本身的荒唐无稽，而是用可信的史料证明李自成确实死于通山九宫山，每一个论证都是在“出家说”的棺材上钉一个铁钉。我不惜笔墨论证《弋闯志》的不伪与其重要史料价值，也是要在“出家说”的棺材上再钉牢一根铁钉。

（七）李自成的遗物与地方传说

李自成牺牲之后，当年九月，清朝在湖北各地建立了初步稳固的政权。程九伯在通山县知县的鼓励下向当时的摄湖广总督佟岱（近几年所见论文均误作佟养甲）报功，被札委为德安府经历，知府衙门中掌管收发“文移”的八品文官，到了十一月间，清政府便正式任命罗绣锦为湖广总督了。

程九伯将李自成的一部分遗物上缴总督，而自己留下了宝剑、马鞍、马镫。宝剑在中华人民共和国成立初被县民兵大队姓苏的副大队长拿去，后来他调到别处工作，将宝剑带走，如今毫无下落。当地有几位老人都看见过这柄宝剑，并且在手中玩过。马鞍上的装饰物被程九伯的后人陆续拆下卖了，最后马鞍不知下落。闯王的马镫，《九宫山志》卷十四《杂记》中有著录，原文如下：

道光间，牛迹岭居民锄地，得马镫二。江北人胡某，营肩挑贸易于其地，洗刷细视作金黄色，上有永昌年号。闯物无疑也。胡某因是居贾致富。

据当地乡民传说，两只马镫只有一只卖给汉口收旧货的商人，另有一只未卖。一九七七年后，通山县文化馆努力征集有关李自成的地方文献，竟然将这一只留在通山的马镫找到，如今珍藏于文化馆中。我有幸细看了这一件闯王遗物，原是镏金（古代的镀金方法）的工艺品，故《九宫山志》说"洗刷细视作金黄色"，但是镀得很薄，所以如今只有部分地方能看出镏金的痕迹。马镫的底盘上边是两条小龙，龙口各衔一珠，可以在龙口滚动，不能取出。在封建社会，龙是皇权的象征，除非皇上，没有人敢用双龙衔珠的精巧样式装饰马镫，踏在脚下，表示自己的身份，李自成是大顺皇帝，所以这是他的马镫无疑。《九宫山志》说马镫"上有永昌年号"，我没有看见，也许是记录有误，也许我没有看清，也许只有一只马镫上有年号，竟被卖给收破烂的商人了。但不管如何，双龙衔珠的装饰就是铁证。

在小源口一带有不少关于李自成的传说，已经由通山县文化馆编为《李闯王传说》出版，关于李自成的传说可以分为两类，一类是关于史迹和遗物的传说，另一类是将李自成神化以后的民间故事，前一类是很有价值的口头史料，可以与文字和实物史料相印证，也可以说明和补充文字与实物史料。例如关于李自成如何在李家铺突然与清军遭遇，人马溃散，只剩单人独骑奔逃，躲入黄土洞，误入葫芦套（当地人按土音写作葫芦造），如何到了小月山牛迹岭被乡勇包围殉难，口头史料几乎完全可以和《荒书》《弋闯志》相印证。关于马镫的口头史料与《九宫山志》的文字记载基本一致。至于宝剑的几次转手经过，形状、大约重量、后来如何烧毁剑柄等，都可以帮助我们了解李自成的遗物情况。

（八）从忠贞营的出现证实李自成之死

清初凡是稍有史料价值的野史，一致认为郝摇旗等人"投降"南明是李自成死后不久的事，出现了忠开营，稍后，李过和高一功等约二十万众，或称三十万，从鄂西渡江，到了长江以南，散布在洞庭湖以西广大地区，包括澧州和常德等地，而老营驻扎在松滋县的草坪，也"投降"了南明，出现了忠贞营。忠贞营和忠开营的情况不同，其领导人同李自成更为密切。倘若李自成不死，不惟忠开营不会出现，忠贞营更是绝对不会出现。

李自成既然已经建立了大顺朝，称了皇帝，他在通山县殉难之后，余部尚有很多兵将进入湖南境内。李过和高一功一支大军从四川东来，未受损失，“器杖精整，旌旗鲜明”(《明季南略》卷十四)。尤其皇后高氏在这一支队伍中，军中大事由她做主，按照封建宗法制度，李自成虽死，大顺国号并未取消，皇统并未断绝，而当时皇后和李过、高一功等也在做继承大顺皇统的准备。上引《明季南略》卷十二说：“时闯逆余众号一只虎者约二十万，屯聚常德间，谋割地自王如殷楚。”殷楚指五代马殷所建立的楚国，地广兵强。当时何腾蛟和堵胤锡都害怕会出现这种情况，而事情紧迫，所以堵胤锡冒着生命危险，亲去高李营中谈判。

我们再看忠贞营未出现前的军中情况。当时部队屯集于长江以南、洞庭以西，直到常德和澧州境内，老营驻在湖北的松滋县草坪镇。如果大顺皇统不能断绝，必须赶快确定由谁来继承皇位。如何继承？李自成没有儿子，李过是他的亲侄，当然应由李过继承皇位，所以李过要向李自成夫妇过继，取得在封建宗法制度中的合法继承资格。履行过继承“手续”以后，高氏和李过就不再是婶侄关系，而是母子关系了。李过与李自成同岁，高氏是李自成的继室（我在小说中故意改为元配），可能比李过小两三岁。在南明隆武的敕书中十分奖誉高氏“淑赞中兴”的功绩。敕谕中写道：“再允督抚之奏，钦旌母德之贞。尔以善教为慈，赤心以遵母为孝。慈孝既萃于尔门，忠义必恒于功业。”敕谕的结语是：“一统功成，尔子拜爵于奉天殿，尔身奉恩于坤宁宫，史册昭然，岂不伟欤！尔母子其钦承朕命！”皇帝的敕书完全将高氏与李过的关系说成是母子关系，难道是误会么？是无意中闹了笑话么？不，绝不是误会！是因为隆武帝根据何腾蛟与堵胤锡的奏报，知道李过已经成为高氏的继子，所以是母子关系。南沙三余氏在《南明野史》中说得明白：“锦即自成嗣侄也。”就是说侄儿过继为嗣子。高氏原是大顺皇后，既然侄儿将成为嗣君，继承皇位，她就被尊为皇太后了。

李过为了继承皇位，就改了个吉利的名字，叫作李锦。我们读读《五代史》，就会看见为了做国君而改名字的颇不乏人。会不会李过在前几年就已经改名为李锦呢？没有。崇祯十六年冬天，李自成一面派兵攻打榆林，一面回米脂修坟墓和祭祖。当时在城中负责支应工作的地方士绅名叫冯起龙，字云潭，在这一段时间共写了五封信，被抄录在《米脂冯氏宗谱》第七卷，其中有一封书札写道：

> 得确息，李王明日起程返省，征榆兵马归补之将军统制出发，后营仍在此驻扎。

李王是李自成，补之是李过的表字，可见直到崇祯十六年冬天李过尚未改名，以后没有机会也没有必要改名。所以李过正式宣布改名李锦是在李自成死后，是继承皇位的一项准备。

大顺将士血战了十七年，李自成刚死就取消大顺国号，在思想上和感情上都是一个非常严重的问题。然而大顺余部在当时四面皆敌，处境万分困难，且与“胡人”绝对势不两立。要抗清就得联明，当时谁能决定这一大事？按照封建宗法制度，只有身为皇太后的高氏说话算数。这就是为什么南明隆武帝那样推崇高氏，以及为什么身为隆武朝的东阁大学士兼兵部尚书、湖广总督何腾蛟去忠贞营见高氏时“再拜，执礼甚恭”。

取消大顺国号，奉南明朝廷为主，但在忠贞营内仍称高氏为太后，在给南明朝廷的书疏中称李自成为先帝，这显然是双方谈判时的“口头协议”，所以南明“朝议隐忍听之”，而堵胤锡也没法制止。请那些热衷于宣传“石门出家说”的同志们思考三个问题：第一，如果李自成未死，高氏也不敢主张取消大顺皇统。第二，如果李自成未死，李过等如何能称他为“先帝”？第三，石门与澧州相邻，都属于常德府，是忠贞营当时分散占据的地盘。如李自成果真在石门夹山，他何不赶快去掌握自己的部队？皇后和高一功、李过等心腹大将何不接他回到军中？有些人为什么不喜欢细读史料，而偏爱“谬悠之说，荒唐之言”？为什么热衷于将李自成打扮成一个毫无心肝、贪生怕死的逃兵？

四、结束语

在这篇论文中，我对于近十年来广为宣传的“李自成石门出家说”除有时顺便扫上一笔之外，没有作为一个讨论对象进行详细批判和分析，原因是这一荒唐妄说根本没有学术讨论的价值，不必为它花费多的笔墨。我在另一篇短文中曾直率地指出：宣传“李自成石门出家说”，第一是缺乏历史常识，第二是缺乏严肃学风，第三是没有掌握读书门径。我的直率批评当然会刺痛一些同志，但是想着十年来“出家说”在社会上、在历史教学上、在学风上，以及在青少年的历史学习中所造成的混乱，我认为一针见血的直率批评是有必要的。

在通山举行“李自成的归宿问题学术讨论会”行将结束的时候，有人告诉我说，从石门去的同志问道：是不是可以两说并存？我认为在学术问题上，有的可以两说并存，也可以多说并存，以待继续研究。但是关于李自成的归宿问题，死于通山说证据确凿，无可驳辩，而“石门出家说”不能举出一个较有意义的史料作证。历史是科学，任何曲解和任意瞎猜都是反科学，在这个问题上，只能存在一说。我们应该对科学负责，对祖国历史负责，对历史教育负责，不能给“石门出家说”以任何学术地位。

“李自成石门出家说”出现于清代中叶，学者们没人重视。近十年来这一谬说竟然有了市场，热闹起来，主要是学风问题。批判这一谬说，史学界人人有责，而湖北史学界更是责无旁贷。在通山县举行学术讨论会，重新锤定了李自成牺牲于九宫山麓的牛迹岭下，这是十分重大的收获，是一九八五年史学界的一项成就。我希望湖北有关方面作出建议，申请中央将牛迹岭的闯王坟墓作为全国第一类文物保护单位，作为湖北省当前建设精神文明的一项工作。

根据《弋闯志》，李自成牺牲于顺治乙酉五月初二日，公历是一六四五年五月二十六日，这是从前不曾明确的历史问题，如今也确定了。

一九八五年十二月二十八日脱稿

（原载《湖北大学学报》1986 年第 2 期）

评《甲申三百年祭》

一

在现代中国学者所写的历史著作中，影响最广泛最巨大的要算《甲申三百年祭》，它不仅影响了历史学界，而且在广大读者中也深入人心。直到郭沫若同志死后，《甲申三百年祭》的影响依然不衰，有的悼念文章仍然将这本小册子作为他在史学上的重要贡献。如今高中的语文课本中还选有《甲申三百年祭》的一部分作为教材。

我因为写《李自成》这部小说，不能不同《甲申三百年祭》发生关系。一九五七年秋天我被错划为“右派”，刚挨过一阵批斗之后，我开始下决心动笔写《李自成》。当时我处于被孤立的境况，没有资格借图书资料，没有资格和别人交换意见，而且也不能让别人知道我又在写小说，会认为我“反党、反社会主义”之心不死。当时摆在我面前的一个重要问题是要不要跟着《甲申三百年祭》的见解走，跟着走，是一条最轻松、最保险的道路。然而我考虑的结果是，决定不跟着《甲申三百年祭》走。

《李自成》第二卷出版之前，中国青年出版社文学编辑室按照当时习惯，将清样送给北京某工厂一有名的工人评论组请提意见。后来在提意见的座谈会上，我看见大约有一半以上的工人同志面前都摆着一本《甲申三百年祭》。大家对我提过意见之后，有一位工人同志问道：“你在小说中的许多看法怎么和郭老的《甲申三百年祭》不一样？”由于《甲申三百年祭》是毛主席肯定的书，我当时还不敢完全说出我对此书的批评意见，但又不能不回答工人同志当面提出的问题，只好简单地说明我的看法。工人同志们没有继续问，看来是他们觉得我的看法也有道理。看当时参加座谈会的工人同志许多人面前都摆着一本《甲申三百年祭》，希望以此书为依据，对照我在小说中如何处理某些人物和事件，可以说明这本小册子在群众中所具有的权威性质。

《李自成》第一卷修订本于一九七七年出版后，有一位读者从福建给我写了一封长信，表示同意我在修订本前言中提出的论点，但是他感到奇怪，向我问道："像李岩和红娘子都是家喻户晓的人物，为什么你对李岩提出疑问而不承认红娘子历史上曾有其人？"我回信说，他所说的"家喻户晓"是一个虚假现象。我青年时期在杞县城内住过三次，长则半年以上，短则三月，从来没听人谈过李岩和红娘子，我那些生长在杞县城内的老朋友也不知道李岩和红娘子的故事。从二十世纪四十年代开始，由于《甲申三百年祭》的发表和流行，李岩和红娘子的故事才变为"家喻户晓"。

一九七七年一月，我将第一卷修订本《前言》的打印稿寄了一份给郭沫若同志，在信中说：

> 今寄上第一卷修订本《前言》一稿，请您看看。其中谈了一些历史问题，我没有十分把握。"江青反革命集团"的御用笔杆子们大谈李自成反孔，实际根本没有那么回事儿。李自成正像朱元璋一样，不惟不反孔，反而尊孔，使孔、孟为其政治斗争服务。《前言》中关于对刘宗敏和李岩的评价，和您从前的意见相违，正如西哲之言曰：我爱我师，我更爱真理。这也算学生同老师争鸣吧。不妥之处，也请赐教，以便改正。

郭沫若同志在病中给我写来热情的回信，说道："《前言》，我一口气读完了。我完全赞成您的观点。祝贺您的成功，感谢您改正了我的错误。"可见，郭沫若同志直到生命的最后一两年，在学术上也不固执己见，只要别人批评得对，他愿意虚心接受，这一点很值得我们学习。在我写这篇批评《甲申三百年祭》的文章时，我对他的勇于承认错误的态度怀着感动和敬佩之情。

二

关于《甲申三百年祭》这本小册子，自从一九四四年在重庆《新华日报》发表以后，我一直认为它是作者在匆忙中赶写成的，不是严肃的历史科学著作。后来随着我读书渐多，才明白作者写这样重要的历史问题竟然所参考的史料很少，而且对翻阅的极少史料也没有认真研究、辨别真伪，轻易相信，随手引用，然后在此基础上抒发主观意见，草率论断。现在我仅就书中几个问题来说明我的看法。

先以李岩的问题为例。作者对李岩推崇备至，评论说："有了他的入伙，明末的农民革命运动才走上了正轨。”又说：“在李岩入伙之后，接着便有牛金星、宋献策、刘宗敏、顾君恩等的加入，这几位都是闯王手下的要角。从此设官分治，守土不流，气象便迥然不同了。”这都是出自作者臆断和捕风捉影的话。实际情况是：刘宗敏是李自成生死与共的多年伙伴，到崇祯十三年冬天才有牛金星和宋献策参加，而顾君恩是在崇祯十六年正月李自成破承天时才加入的。李岩假若确有其人，也应在牛、宋之后。牛金星等参加之后，李自成也没有设官分治，建立根据地，这是李自成失败的主要原因。他真正注意设官分治，是从崇祯十六年春天开始的，但因为军事进展很快，各处地方政权没有机会巩固。

郭沫若同志评价李岩说：“有了他的入伙，明末的农民革命运动才走上了正轨。”这一论断，不仅是没有考察现存的历史资料，而且抛弃了历史唯物主义的起码原则。一九六四年春天我在《羊城晚报》上发表了一篇《我所理解的李自成》，尽管我当时对有关李岩的伪史误传尚未作深入研究，但是我根据史料说明李自成团队在入豫前的成熟情况，然后对郭沫若同志的论断作了如下的批评：

> 在对李岩的评价上，郭老说：“有了他的入伙，明末的农民运动才走上了正轨。”这些意见，二十年来在我国史学界和知识界产生了很大影响，笔者从来不敢赞同。且不说不应该把一代波澜壮阔的阶级斗争和农民战争的发展归功于一个大地主大官僚家庭出身的知识分子的个人作用，更不用说从现存许多文献资料的综合分析中得不出这个结论，我们只谈一个较简单的问题，过分强调个人的作用就没法说通。例如，从李自成入河南到破洛阳，一百天左右时间人马突然扩充到据说五十万，即使打个大折扣，少说也有二三十万。这样新扩充的大军，纪律很不坏。倘若李自成不接近成熟，倘若他没有一群接近成熟的骨干将领，单凭李岩的一句话能做得到么？而且，一支大军纪律的形成，不仅需要它的统帅和大批将校的成熟，也需要广大士兵有一个共同的斗争目标，有一定程度的政治觉醒（请参看上海文艺出版社出版的《关于长篇历史小说〈李自成〉》一三三至一三八页）。

关于这个问题，我在《〈李自成〉第一卷修订本前言》中说得明白：

李自成本人及其部队的成熟，取决于本身的内在条件：李自成和他主要骨干的阶级出身、斗争经历和政治觉悟程度；在长期阶级斗争中广大群众的痛苦、希望、政治动向等对他们的推动力量；他们自己在走向成熟过程中所发挥的主观能动性。

假若李岩实有其人，他投入李自成军中，可以在某个方面起一定的推动作用，但是绝不会成为决定性作用。只有参加农民革命的人民群众创造农民革命战争的历史，决定历史运动的进程。

……

把李自成及其部队贬得很低，认为李岩去了后才使李自成不乱杀人，执行一些新的政策，同时改造了他的部队面貌，这是出于封建地主阶级的偏见和成见，将历史颠倒了。其实，要证明李自成及其老八队早就不同于其他各营起义领袖与部队，而李岩在大顺军中没有建立特殊功勋，没有受到特别重用，史料并不缺少，认真对现存史料进行一番调查研究，就会清楚。

郭沫若同志对于李岩的死，评价得更不实事求是，为后来史学界出现的所谓“以论带史”或“以论代史”开了风气。他说：

这无论怎么说都是一场大悲剧。李自成自然是一位悲剧的主角，而从李岩方面来看，悲剧的意义尤其深刻。假使初进北京时，自成听了李岩的话，使士卒不要懈怠而败了军纪，对于吴三桂等及早采取了牢笼政策，清人断不至于那样快的便入了关。又假使李岩收复河南之议得到实现，以李岩的深得人心，必能独当一面，把农民解放的战斗转化而为种族之间的战争。假使形成了那样的局势，清兵在第二年绝不敢轻易冒险去攻潼关，而在潼关失守之后也绝不敢那样劳师穷追，使自成陷于绝地。假使免掉了这些错误，在种族方面岂不也就可以免掉了二百六十年间为清朝所宰治的命运了吗？就这样，个人的悲剧扩大而成为了种族的悲剧，这意义不能说是不够深刻的。

作者在这段评论中用了四次“假使”，这根本不是严肃的历史科学态度。

一切历史问题的论断只能建立在经过考订无误的历史资料上，而不能建立在史学家随意想象的“假使”上。任何历史上的重大事件都是受当时具体的和复杂的条件所决定、所制约的，形成了围绕事件本身的因果关系，而不能简单化和抽象化，更不能随便地运用“假使”。“假使”不是绝对不可用，但必须有一个前提条件，即是在评论者真正掌握了大量的、具体的、确实无误的与各方面有关的历史资料之后，方可提出来科学性的假设。可惜《甲申三百年祭》并非如此，而是和严肃的历史科学家们所持的治学态度和治学方法背道而驰。

我们暂时不谈李岩这个人物的存在问题，纵然按照郭沫若同志所相信的那一点历史资料，也绝不会得出上述的推论。首先要说明一件史实，多尔衮率清兵入关起初同吴三桂的叛国没有关系，而是按照清朝自己的战略方针行事。在行军路上，多尔衮得到吴三桂乞师的信，才根据新情况修订了原来的战略计划和行军路线。其次，大顺军的失败是由多种因素形成的，出现了不容易挽回的历史形势。给李岩两万人马去河南，断不会扭转当时的历史形势。何况山西很快被清兵占领，豫王多铎的大军很快从孟津过河，加上河南地方势力已经纷起反对大顺军，又很快投降清朝，两万大顺军随李岩（假若确有其人）到河南根本没有机会站立脚跟。这是历史的具体形势，不是空论。

我再谈一个具体问题，说明离开实事求是，单凭主观随意的抽象假设不可能得出正确的结论。郭沫若同志说：假使李岩回到河南，“清兵在第二年绝不敢轻易冒险去攻潼关”等，这样论断，完全不符合当时历史的具体情况。李自成在战场上连续挫败之后，全晋已失，被迫退回陕西，以当时城乡残破而不稳固的陕西一省（包括今甘肃、宁夏和青海东部）对抗清兵（包括汉族投降的力量）的进攻，从人口、经济，现有兵员的人数、装备和士气等各种条件看，都处于绝对劣势。何况大顺军还有一部分被牵制在汉中到广元一带，与张献忠的大西军相持，不断发生战斗，而居住在河套一带的蒙古族也不肯同大顺军合作。从襄阳到承天（今钟祥）虽然尚在大顺军手中，但处于残明势力的包围之中，自救不暇，无力支持陕西。这就是当时的基本形势。郭沫若同志显然不曾研究这一基本形势，凭“假使”，空发议论。

再就具体战守情况看，全不是郭沫若同志所说的那么回事。当时清兵分南北两路对陕西进攻，用现在的术语就是钳形攻势。南路以豫王多铎为主帅，进攻潼关；北路以英王阿济格为主帅，进攻榆林，北路军分出一支偏师，由尚可喜率领，经米脂和绥德南下，进攻延安。李自成和刘宗敏亲自到潼关部署防守，与清兵相持于潼关城东南边的董社原，没有力量作有效的出击。清方有相当长的时间不进行猛攻，等待红衣大炮，等红衣大炮运到，情况对李自成守潼关极为不利。恰在这时，延安失守，被围在延安城中的李过突围，奔往榆林，此时兵力空虚的西安，北面暴露，没有兵力固守从延安到西安一路，而潼关突然在军事上失去作用。李自成在潼关得到延安失守的报告，同刘宗敏赶快将守潼关的部队撤归西安，只留下几千人交给不很重要的将领马世耀守潼关城。豫王多铎的大军没有遇到任何抵抗占领董社原，进驻潼关城西南十里处的金盆坡。马世耀伪降，多铎杀掉马世耀，同时全部消灭了几千大顺军，都没有经过战斗。李自成慌忙撤出西安，出蓝田，沿七盘岭山路向湖广方面逃跑，遇着大雪，行军困难，妇女老弱有不少死在路上。

郭沫若同志对上述情况看来全不了解，更不知道清兵偏师先破延安，使潼关失去军事价值。他关于李岩如回河南，清兵不敢进攻潼关的议论，全是空话。郭文之失，正是写历史论文不以史料为依据的当然结果。

《甲申三百年祭》一文所全面歌颂的英雄人物是李岩，最受作者同情和惋惜的是李岩，可惜作者没有想到李岩这个人物的存在尚有很大疑问，关于他的故事多系虚构。让我们在下边专就李岩的身世作点考察，第一步查一查他的家世。

三

李岩的故事是怎样编造出来的，由于文献缺乏，我现在尚不清楚。许多野史有一个来源，然后都是辗转抄袭，直到抄入《明史》的《流贼传》。假若李精白是一位“正人君子”，大概不会将李岩说成是他的儿子。纵然有了误传，在清初也会有有力者替他大声辩白，那样就不会以讹传讹，最后写入官修《明史》。

关于李岩，《明史》和清初一些较有影响的野史都说他是杞县人，李精白的儿子。其实，李精白根本不是河南杞县人，他也没有一个儿子初名信，后改名岩，投了李自成的义军。据清道光年间纂修的《阜阳县志》卷十二说：李精白字盟素，远祖是山东曹州固村人，名叫李天，从徐达征元有功，授颍川卫右所小旗，升为总镇，后为颍州人。颍川卫籍附河南开封乡试，故精白为开封府籍，却不是杞县人。这部《阜阳县志》的记载是根据“旧志”，而“旧志”是根据《李氏家乘》。又，一九五八年修的《阜阳县志》卷十第十三编说："李精白号盟素，颍州城内人，万历癸丑进士，官至巡抚山东（按即俗谓山东巡抚），都察院右佥都御史，人皆称都堂李家……"颍州的州治就是阜阳县，两部县志并无矛盾。旧志说他的字是盟素，一九五八年的新志说他的号是盟素，这是因中华人民共和国成立后有许多人已经不明白字与号有区别，而号常指"别号"，不指字。根据新旧两志，李精白是阜阳人，家住城内，确凿无疑。

明初建立卫、所兵制，都指挥使司（简称都司）类似现代的省军区。朱元璋故意使都司与布政使司（类似现代省政府）的辖区不一致，以求起到互相牵制的作用。颍州在行政上属于直隶凤阳府，在军制上属于河南都司。李精白世隶军籍，参加乡试另有规定："颍川卫籍附开封府乡试。故精白为开封府籍，非杞县人也。"这是旧《阜阳县志》中所附李祖旦的话。李祖旦是阜阳本地人，康熙甲午年（康熙五十三年）举人，次年成进士，做过知县，他既是本地人，又是科举出身，距明末时间较近，对明末乡试"附籍"的规定清楚，所以他的话应该是可信的。

但是明末的开封是个大府，辖区共有四个州，三十个县。李精白在参加乡试时不是笼统地附籍开封府，而是要具体到开封府所属的某县。因此，康熙四十三年修的《开封府志》卷二十二《选举》中，在万历"癸丑科周延儒榜"一栏中记载："李精白尉氏人，仕至佥都御史。"同样记载也见于《河南通志》卷四十五《选举》二，可见李精白参加乡试是附籍于开封府尉氏县。由于是"附籍"，不是真实籍贯，所以查阅道光十年修的《尉氏县志》卷八《选举表》中就没有李精白的名字。

我对于明代的科举制度没有详细研究，看来属于军籍的诸生在参加乡试时必须报"附籍"，而参加会试时既报"附籍"，也报本籍，以本籍为主。因此，在明代《历科进士题名碑录》中就不再说李精白是河南尉氏人，而明明白白地写道：

> 万历四十一年癸丑科周延儒榜
> 第三甲九十五名进士李精白，河南颍川卫军籍，直隶颍州人。

按李精白世袭的军籍属于河南行省的颍川卫，而按行政辖区则属于直隶的颍州。明代的直隶到清代废除，一般人俗称为南直隶，其辖区约等于今江苏、安徽两省。《历科进士题名碑录》的写法最为合理。李精白做过山东巡抚，所以《山东通志》卷四十九《历代职官》八，在天启朝中有他的名字，但是下注“颍川进士”却将颍州错为颍川。明代只有颍川卫，没有颍川。秦置颍川郡，郡治在今河南许昌一带，管辖区域在今河南省中部和东南部，阜阳也在它的辖区之内。唐朝废除了颍川郡，不应将明代的颍川卫误作颍川。所以“颍川进士”应是“颍州进士”之误。

李精白是不是兵部（或户部）尚书？不是，他是山东巡抚。明代的巡抚为了工作方便，照例挂一个像都察院这样中央政府机关的官衔。李精白挂的是都察院右佥都御史，所以颍州本地人称他的家为都堂李家，这是明代对都察院堂上官的称呼，与尚书没有关系。大概因为他首先为魏忠贤建生祠，肉麻地歌颂功德，得到魏忠贤欢心，使他挂兵部或户部尚书衔。不久天启死，魏阉倒，他的官运也完。《明史·七卿表》中无李精白的名字，也可以证明不是什么真的尚书。

以上说明李精白与杞县毫无关系。那么，他有没有一个儿子名叫信改名岩？我可以肯定回答：绝无其人！

李精白只有两个儿子：长名麟孙，次名鹤孙。鹤孙早死。麟孙后来改名栩，字蘧蘧，不喜读书，只捐个监生的功名。崇祯八年正月间高迎祥率领义军攻破颍州时，他事先逃往山东，事后回来即团练地主武装，同小股农民军作战，成为本地一个有力量的武装头子，名义是“颍营都司”。崇祯十年八月与左衿王（疑即左金王）的义军作战“有功”，被朱大典授予参将衔。崇祯十五年秋袁时中声言受明朝招抚，驻兵阜阳王老人集，请李栩议事，在酒席间杀了李栩。关于李栩的事迹，详见道光年修《阜阳县志》卷十二《李栩传》和所附康熙时人李祖旦所记，以及康熙时人范光阳《双雪堂集》中的《李栩传》。范光阳的《李栩传》全文收入清末人朱兰坡所辑《国朝古文类钞》，以及俞樾的《荟最编》卷三，后来又摘引于俞樾《壶东漫录》中的《李栩事存疑》一条。俞樾对这个问题一直很注意，后来在其所著《右台仙馆笔记》中详为辨析，并推论：“疑李精白为逆案中人，海内之所切齿，故一闻有李氏从贼者，皆曰此必李精白之子也。实则李精白之子是李栩而非李信。在修《明史》诸公，亦未知此耳。”

由于人们从维护封建纲常的正统观念出发，对“从贼”的李岩误为李栩，颇为李栩不平。纪晓岚的《阅微草堂笔记》中就记有李栩阴魂降坛的事，并写出四句十分愤愤不平的诗："此恨竟终古，无人一讨论。由来青史上，大半是冤魂！"（手头无《阅微草堂笔记》，此据《永昌演义》所引）到了道光年间，相传安徽太和县知县某君，幕客中有能扶乩的，长夏无事，与诸友召乩仙以诗歌唱和为乐。有一天，招来一位乩仙，作诗云："城郭人民异昔时，战场衰草尚离离。平生家国无限恨，清颍亭边夜月知。"自署蘧蘧子，众人不知是谁。乩仙又写道："诸君不知有李栩乎？吾即栩也。"众人问道："敢问何时何地人？"于是乩笔写了他的身世，并且又写诗一首，即前所录的五言绝句。这个故事见于俞樾的《右台仙馆笔记》卷十六。扶乩的事当然是荒唐迷信，但是所谓李栩作为乩仙降坛，却包含着一个有实际意义的历史问题。有些人因将李岩混为李精白儿子，写入《明史》，心知其非，且很为李栩不平。他们可能因为《明史》是钦定的官修史书，不敢公然指《明史》之非，就有好事者伪托李栩鬼魂降坛，自述其"冤"。

从以上论证，可见李精白既不是杞县人，也没有儿子名叫李岩，他本人也不曾实任尚书。《甲申三百年祭》轻信某些野史和《明史·流贼传》，在运用史料时未加考订，沿袭荒唐谬说，且加宣扬，并在此基础上发表议论，以论代史，恐怕不能算是史学家应有的严肃态度。

四

我们已经知道李精白没有名叫李岩的儿子，那么，杞县是不是有一个起义投闯的举人名叫李岩？现在同样可以肯定回答：绝无其人。

关于杞县有没有李岩其人，最有说话资格的是当时当地人。杞县的邻县有个睢州（今睢县），睢州有个叫郑廉的人，曾被李自成的部队掳去数月。他后来收集资料，写了一部《豫变纪略》，专记明天启六年到清顺治二年的河南民变，大部是当时河南境内农民战争的有用史料，有些地方敢于不追随已经广为流传的野史之说。他在该书《凡例》中举李岩为例，说道：

> 如杞县李岩，则并无其人矣。予家距杞县仅百余里，知交甚伙，岂无见闻！即不幸而陷贼者（按：包括作者自己），亦未闻贼中有李将军，杞县人。不知《明季遗闻》何所据而为此也。而《流寇志》诸书皆载之，不知其为乌有先生。为一粲然！

清初纂修的《杞县志》中附有一篇《李公子辨》，辨明杞县并无李公子名岩的人。这篇《李公子辨》也附在康熙三十四年纂修的《开封府志》卷四十之后，未署作者为谁，我疑为郑廉所作，但郑廉的文集失传，不敢十分确定。这篇短文也附在郑廉的《豫变纪略》卷三中，但文字有删减，不如《开封府志》完整。现在将《府志》所附《李公子辨》抄在下边，供大家研究：

> 《樵史》谓杞有李公子名岩，与牛金星同为乙卯举人，其父甲科部属也。岩因发廪赈饥，致百姓杀宋知县，劫仓库，奉岩投李自成为谋士。弟牟亦为贼将。果有其人，则宜附贼臣传，夫复何辞！然阅时未久，故老尚存，其人其事影响全无，是不可不辨也。
>
> 谓其为乙卯举人，则乙卯杞惟刘诏一人而已。谓其父为甲科部属，则何部何名，□无凭据。况明季杞人并未有为部属者也。谓所杀宋知县也，则宋玫于崇祯元年自永城调杞，四年行取，仕至工部侍郎，归至莱阳，守城殉难。自后县官并无宋姓。科贡秩官，历历可考，不知《樵史》何所据而言之凿凿也。……或谓书乃一卖国大老雇人代作。果尔，则欲掩滔天，不惜吊诡。金帛可爱，何畏冥诛，遂子虚乌有而不辞也。凡此种种，无耻之徒，亦何足深责。独怪谷应泰作《纪事本末》亦妄行采入。一事失真，举属可疑。如此而乃欲信今而传后乎？然稗官野史，任意荒唐可也。今《明史》正在纂修，倘又不察，公然采录，使忠义之乡受不白之冤，固于杞人无损，一代信史不将来魏收之讥耶？此事有无，问之梁、宋间人，昭然易辨。秉笔者慎勿效《晋书》好用小说之陋，则与董狐并重矣。至于《樵史》诬伪多端，莫可枚举，又在所不屑论也。

这篇比较重要的《李公子辨》也有不准确的地方，如说谷应泰《明史纪事本末》全采入了《樵史》中关于李岩的荒唐传说，实际《明史纪事本末》对李岩的事毫未渲染，只有一句话："杞县诸生李岩为之谋主"。这正是谷应泰和他的助手们比别人审慎的地方，大概他们知道杞县没有这个举人，所以只云"诸生"。又说《樵史》所记李岩事，与今所见的《鹿樵纪闻》不同，但是作者是清初当地人，坚决否定杞县有李岩其人，言之凿凿，不容不信。今人因《甲申三百年祭》的影响，认为李岩的事迹已是"家喻户晓"，不用怀疑，其实在清初时候，当地“故老尚存，其人其事影响全无”。

谷应泰的《明史纪事本末》成书较早，没说李岩是李精白的儿子，也没说他是举人，更没有提红娘子。到吴梅村的《绥寇纪略》和计六奇的《明季北略》，李岩和红娘子的故事便在传说中编造完成。然后在许多野史中辗转抄引，无大变化，最后采入《明史·流贼传》中，便成“铁案”。由于文献不足，如今我对于李岩故事开始是怎样出现的，尚不清楚。大顺军中大概有一个不重要的人物名叫李岩，为什么他变成了“箭垛式的”人物，我也不清楚。不知道就是不知道，我不瞎猜，也不盲从。至于红娘子，我认为全是虚构，有的野史中说她曾经“挟众攻掠开封”，必然实力很强，可是在河南各种地方志书中看不见关于她的一点资料。《豫变纪略》中也没有一个字提到她，说她破杞县救李岩出狱，去投闯王。可是乾隆年间修的《杞县志》卷二照录旧志的大事记，从崇祯十一年到十四年的原文如下：

十一年戊寅，夏四月蝗。秋七月，妖贼以白莲为号，聚众攻城三昼夜，势张甚。知县苏京率士兵御之，擒杀数千人。

十二年己卯，春三月蝗。夏四月，草寇一条龙、袁老山作乱，焚掠县境。杨阁部嗣昌奉命征剿，道经杞，供亿烦扰，居民苦之。

十三年庚辰，春二月，赤风昼晦，其色如血。夏旱。秋八月陨霖。是岁大饥，斗米千钱，人相食。市肆有卖人肉者。冬十月，草寇一条龙复掠邑南，都督陈永福讨平之。

十四年辛巳，春三月大疫，居人死者枕藉。夏六月旱。秋八月大饥。

以上大事表虽然也有个别记误之处，如杨嗣昌去襄阳不走杞县，误将供应军需作为供杨嗣昌本人。杨嗣昌路过河南的时候是九月，表中未记明月份。但是，表中清清楚，根本没有红娘子攻城的事，县境内也没有红娘子的活动影子。

郭沫若同志对李岩和红娘子的故事很感兴趣，曾经打算写一剧本。郭老治学，常从个人兴趣出发，穿凿附会，而不从历史科学出发。像《甲申三百年祭》这样的重要论文，为什么不多找一些资料看看？既然有不少野史和《明史》说李岩是杞县人，李精白的儿子，又说红娘子破城劫狱救出李岩，为什么不找《杞县志》和《开封府志》看看？在抗战时期的重庆，像《杞县志》《开封府志》《豫变纪略》等书，以郭老的声望和地位，都不难从图书馆中借到。我虽然尊敬郭老，但对他在写作这样论文时不肯多看一点历史资料，急于写文，轻作论断，对读书界影响深广，常常感到遗憾。

我们已经根据确凿的文献资料证明李岩的故事基本上都是子虚乌有，所以关于他被杀的问题究竟应不应该由牛金星负责，以及他的被杀对大顺有什么影响，都失去讨论的必要了，而且可以说，连《甲申三百年祭》的种种假设和议论都失去了立论基础，属于空谈。

五

郭沫若同志在《甲申三百年祭》中歌颂李岩，并无科学的历史根据，已如以上论证。另一方面，他将刘宗敏作为一个鞭挞的对象，也没有理由令我们信服。

首先，郭沫若同志对于刘宗敏的名字和出身都没有认真弄清楚。在《甲申三百年祭》中，郭沫若同志自己陷于矛盾，不能自拔，他在《明季北略》卷五看见有这样两句话："一云：自成多力善射，少与衙卒李固、铁冶刘敏政结好，暴于乡里。后随众作贼，其兵尝云：我王原是个打铁的。"接着，郭沫若同志论断说：

> 以刘宗敏为锻工，恐怕就是由于有这位"铁冶刘敏政"而致误（假若《北略》不是讹字），因为姓既相同，名同一字，是很容易引起误会的。

我想，《明季北略》上那两句话在细心的读者眼中，无论如何得不出刘宗敏是由"刘敏政"而致误的结论。《北略》中的那两句话显然是一种误传。李固是李过之误，刘敏政是刘宗敏之误，何以知之？因为各种有关文献中再没有见过李固和刘敏政这两个名字。何况刘宗敏未称过王，也未受封为王，说"我王原是个打铁的"也反映是出于误传。关于明末农民起义的人物和事迹，尤其初期事迹，后来写野史的多是得自辗转传闻，错误百出，已是常事。一般稍微严肃的史学家读了上述几句话会写道："查后来各种史料未见刘敏政其人，应为刘宗敏之误。计氏加一'又云'，盖亦疑似之词。"然而郭沫若同志却写出

“舍本逐末”的奇怪结论。既然认为刘宗敏是刘敏政之讹，却在《甲申三百年祭》中全用刘宗敏的名字，不用刘敏政，自陷矛盾，可见郭老自己也不敢相信自己的意见。

郭沫若同志对于刘宗敏的来历也未弄清楚，作了错误论断。他写道：

> 关于刘宗敏的来历有种种说法，据上引《北略》认为是牛金星的“故知”，他的加入是由牛金星的引荐，并以为山西人。(见卷二十三《宋献策及众贼归自成》条下)《甲申传信录》则谓“攻荆楚，得伪将刘宗敏。”(见《疆埸裹革、李闯纠众》条下)而《明史·李自成传》却以为：“刘宗敏者蓝田锻工也”，其归附在牛、李之前。自成被围于巴西鱼腹山中时，二人曾共患难，竟至杀妻相从。但《明史》恐怕是错误了的。

郭沫若同志认为《明史》是错误的，是说他相信《北略》卷二十三的说法，刘宗敏是牛金星的“故知”，由牛金星引荐给李闯王，或者相信《甲申传信录》中“攻荆楚，得伪将刘宗敏”一句话，而不相信刘宗敏随李自成起义很早。

其实，《北略》中关于这个问题完全是来自道听途说，而《甲申传信录》在“李闯纠众”一部分中十分荒唐。郭沫若同志并未排比众多资料，分析研究，竟随便说出“但《明史》恐怕是错误了”。这是对问题不认真考察，便下判断。如此轻率判断，根据何在？理由何在？全未说明。牛金星是崇祯十三年（一说崇祯十四年）才加入李自成起义集团的，如果刘宗敏是由他引荐的，在大顺军中只是个新手，如何能够马上获得那样高的地位？他因为位居武将之首，俗呼为“总哨刘爷”，向北京进军时代李自成发布文告，名称是“倡义提营首总将军”。换成现代话说，相当于总司令的意思。除非久经考验，屡立大功，为李自成视为心腹，倚为股肱，又为高一功、李过等众将所诚心推重，刘宗敏能得到这样地位么？

郭沫若同志说《明季北略》卷二十三《宋献策及群贼归自成》条下记载有刘宗敏“是牛金星的‘故知’，他的加入是由牛金星引荐的，并以为山西人”。郭老在另一个地方又说是《北略》卷十八，将小题写作《牛宋投归自成》。实际上《北略》卷二十三和卷十八都无此记载，而是在卷十七《牛宋降自成》条下有一句：“金星引故知刘宗敏为将军。”时间是在崇祯十四年辛巳。且不说这一条记载毫无史料价值，倒是可以证明郭沫若同志读书不细心，连卷数和题目都未看清，当然谈不上辨别史料的真伪了。人们在写文章时偶然记错卷数或写错小题目是常有的事，不必深责，但是《甲申三百年祭》从初次出单行本到一九七二年的修订重排本，只将一个地方写的卷十八改正为卷十七，小题目也改正了，然而另一个地方错写为卷二十三则照旧，小题目始终错了一个字，也未改正。这虽然不是我要评论的主要问题，但是它也反映了郭老做学问不够严肃认真的问题。

在《甲申三百年祭》中同样反映郭沫若同志治学态度不够严肃和认真，还可以举出下述一例。郭沫若同志说："自成被困于巴西鱼腹山中时，二人曾共患难，竟至杀妻相从。"（按："竟至"前应加"宗敏"二字）四川并没有鱼腹山，有关李自成的记载中用的"鱼复诸山中"，不是用的鱼腹山。关于所谓李自成被困于"巴西鱼复诸山中"的故事，是一个荒唐的谣言。明清之际的某些士大夫制造这个故事，大概目的是攻击杨嗣昌。我在《历史研究》一九七八年第五期上发表的题为《李自成从何处入豫？》一文，主要内容是考辨这一故事的荒唐。现在不重复这个历史问题，只想指出郭沫若同志将前人所说的"鱼复诸山"改为"鱼腹山"，也是反映一种不严肃的学风。（按：秦置鱼复县，汉仍之，故址在今奉节县东北十余里处，后移白帝城；三国时改称永安）明清之际的士大夫制造谣言时出于对地理的无知，用了一个早已废除的秦汉古地名鱼复。说"鱼复诸山"是泛指鱼复故地的某些山，主要是赤甲山。郭沫若同志不加察考，写成了鱼腹山，不仅将"鱼复"错为"鱼腹"，而且将一个泛指的地方改为特定的山名。其实，四川在历史上从来没有一个鱼腹山！

以上虽都是《甲申三百年祭》的枝节问题，但是反映了一种读书和治学态度。下边，我们谈两个关于刘宗敏的重要问题。

六

刘宗敏在《甲申三百年祭》中被作为贬斥对象，我认为是由于郭沫若同志对有关史料看的太少，没有认真研究，误下论断。郭沫若同志判给刘宗敏的重大罪款有两项：第一，郭老说："将军刘宗敏所忙的是拶夹降官，搜刮赃款，严刑杀人。"第二，郭老说："把吴三桂的父亲吴襄绑了来，追求三桂的爱姬陈圆圆，'不得，拷掠甚酷'。（《北略》卷二十，《吴三桂请兵始末》）虽然得到了陈圆圆，而终于把吴三桂逼反了的，却也就是这位刘将军。这关系实在是并非浅鲜。”这是郭沫若同志判给刘宗敏的两条罪款。关于这两个问题，我在《李自成》第一卷修订本《前言》中都基本上替刘宗敏辩白清楚了。郭沫若同志曾经看过我的那篇稿子，表示同意我的看法。现在我不必重复在《前言》论大顺军在北京“追赃”的一段话，请读者自己看看。我如今须要补充说明的是以下一点意见。

郭沫若同志在《甲申三百年祭》中写道：

> 但当李自成离开北京的时候，却发现皇库扃钥如故，其“旧有镇库金积年不用者三千七百万锭，锭皆五百十（两?），镌有永乐字”(《明季北略》卷二十)。皇家究竟不愧是最大的富家，这样大的积余，如能为天下富家先，施发出来助赈、助饷，尽可以少下两次《罪己诏》，少减两次御膳，少撤两次天乐，也不至于闹出悲剧来了。然而毕竟是文臣做文章容易，而叫皇库出钱困难……

关于所谓宫中存银的问题，从清初开始，许多人做过驳议，其中有的人曾在崇祯朝做过与管理财政有关的官员。关于这方面的有价值文献资料甚多，可以看一看以下几处记载便知：史惇的《痛余杂记》、胡介祉的《茨村咏史新乐府》、王世德的《崇祯遗录》、李清的《三垣笔记》、谈迁的《国榷》、毛奇龄的《后鉴录》。其实，这是个常识问题，倘若崇祯的库中有许多银子，他到不得已时断不会宁肯亡国和置一家一族的性命于不顾，不肯拿出库中银子。关于崇祯朝内帑空虚的事实，胡介祉的《茨村咏史新乐府》卷下有一首诗题为《内帑疑》，其小序云：

> 熹宗在位七年，昏庸侈靡，神宗四十余年积蓄扫地无余矣。兵兴以来，帑藏悬磬，常将累朝所贮银瓮、银盎、尊、鼎重器，输银作局倾销充饷，故饷银多有“银作局”三字，人所共见，空乏可知。而崇祯末年，廷臣动请内帑。按内帑惟承运库。钱粮解承运库者二：一曰金花银，一曰轻赍。金花银所以供后妃金花、宦官宫妾赏赍；轻赍银所以为勋戚及京卫武臣俸禄。随进随出，非如唐德宗私库聚而不散者然。发之屡矣，安有余资？

野史谓贼破京师，大内尚有积金十余库。不知此十余库何名？考承运库外有甲字等十库，贮方物也。天财库贮钱也，以备内外官员军旗赏赐。古今通集库贮书、画、符、券、诰命也。东裕库贮藏珍宝也。外东裕库亦贮方物，无金银也。库尽此矣。城破，惟东裕库珍宝存耳。安得有所谓十余库积金者？而纷纷然谓帝好聚敛，内帑不轻发，岂不冤哉！

其说起于闯贼西奔时，括金银七千余万，声言得自宫中，遂为无知口实。向使宫中有藏若此，足支十年，而顾以二百四十万练饷之加，失天下心，即甚昏愚亦不至此。尝论其故，疑是闯贼谬为此言，冀暴扬帝之失德，且自掩其酷刑勒索。又安知佗佗藉藉者不即内外诸臣聚敛私蓄耳……

胡介祉对于宫中藏有众多金银说的驳议，其主要部分也见于当时人王世德的《崇祯遗录》(或作《烈皇帝遗事》)。史惇在其所著《痛余杂记》中也反驳此说，并引证曾任户部官的吴履中言以证实他的意见：

吴宣山曰："吾尝司计，请发内帑。上令近前，密谕曰：'内库无有矣！'遂堕泪。"

那么，李自成运往西安的七千多万两银子的来源呢？毛奇龄《后鉴录》中有下边一段话是他的粗略估计，可供修考：

共拷索银七千万，侯家十三，阉人十四，宫眷十二，估商十一；余宫中内帑、金银器具，以及鼎耳门环，钿丝装嵌，剔剥殆遍，不及十万。贼声言得自内帑，恶拷索名也。

郭沫若同志在追赃问题上的错误有二：一是不知道追赃是大顺军的政策，所得银子是大顺国库收入，不能作为刘宗敏之罪。对此重大问题，不多看一点史料，误信宫中藏银传说而轻易大发议论。最不应该的是，郭沫若同志引用《明季北略》所记的这个传说，作者计六奇跟着就说明他自己也认为不可信，仅隔两行，而郭沫若同志竟未看见！计六奇说：

予谓果有如此多金，需骡马一千八百五十万方可载之，即循环交负，亦非计月可毕，则知斯言未可信也！

更奇怪的是，郭沫若同志在《甲申三百年祭》初版中将《载金入秦》这一条误为《明季北略》卷五，一九七二年修订本改正为《北略》卷二十，可是计六奇这几句至关重要的话竟然未看见，而他初写《甲申三百年祭》时看见“两”误为“十”字，亦未用他本校对，删去“十”字。像这样读书粗心、即兴命笔的情况，可以说在郭老一生的学术著作中并不是偶然现象。

七

郭沫若同志判给刘宗敏的第二条罪状是说他掠走了陈圆圆，激变了吴三桂投降清朝。关于吴三桂为什么投降清朝的问题，我在《李自成》第一卷修订本的《前言》中扼要地说出了我的基本意见，不再重复。尽管我的每个论点都没有发挥，但是郭沫若同志看了发表前的打印稿以后，回信表示同意我的意见。后来我专门为陈圆圆问题写了一篇《论〈圆圆曲〉》，发表于一九八〇年第一期《文学遗产》上，进一步批判了关于陈圆圆的各种传说，认为《圆圆曲》不是纪实之作，而关于陈圆圆的传奇故事，并不可信。故事本身始终存在着许多矛盾，没有统一，有些是根本违背了历史的真实情况。这些矛盾，概括如下：

（一）陈圆圆究竟是田宏遇或是周奎买到北京，传说互相矛盾。

（二）陈圆圆究竟是被刘宗敏得去或是被李自成得去，传说互相矛盾。

（三）大顺军退出北京之后，陈圆圆究竟是在路上或是在北京城内重归吴三桂手中，传说互相矛盾。

（四）有一种说法，说周后为分田妃之宠，嘱其父周奎从江南买到陈圆圆，送到宫中。这种说法与当时具体的历史情况有矛盾。田妃于五皇子死后即常在病中，到了崇祯十五年七月死去。陈圆圆从江南到北京大概是在四、五月间，田妃已经病重很久，周后用不着拿一个妓女以分田妃之宠。

（五）另一种传说是说田妃的父亲田宏遇买到陈圆圆，献进宫中。这个说法不合情理。田妃有个妹妹，名叫淑英，长得很美，田妃知道自己病不能好，将妹妹叫进宫中。崇祯看见很喜欢，决定将来选她为妃。田妃死后第二年，即崇祯十六年，崇祯已经谕礼部准备选妃之事，随即因国事迅速变化，停止进行。所以说田妃命其父田宏遇买陈圆圆送进宫中，不符合实际历史情况。

（六）还有一种说法，说周后本想将陈圆圆献给崇祯，因崇祯操心国事，对陈圆圆不感兴趣，只好将陈圆圆退还周奎。田妃知道了，将陈圆圆的名籍改为田府，所以陈就到了田宏遇府中。这说法不合道理。田妃明知道皇上不喜欢她的父亲，只是因为她受宠才没有对他治罪，如今她生病将死，为什么要将陈圆圆放到田府？而且陈圆圆如果确实进宫，且有名籍，这是司礼监衙门掌管的事，田妃有什么权力可以指挥司礼监？田妃曾为一句话被谪居启祥宫省愆，经过几个月，得周后的帮助才重回承乾宫，她有何胆量将陈圆圆的名籍改归田府？周后为六宫之主，司礼监怎敢听田妃的话如此作弊？（倘若按《甲申传信录》等野史说法，陈圆圆是崇祯十六年春田宏遇买到北京，则田妃已死去很久了）

（七）明朝宫中制度很严，选妃必选自清白良家。周后或田妃如何敢将一个妓女放进宫中？而且外人进宫，制度极严，周后怎么敢将陈圆圆私自放进坤宁宫中？至于田妃，更不可能。

（八）吴三桂是镇守宁远的总兵官，自从崇祯十三年祖大寿在锦州被围以后，关外的军事形势日趋紧张，到崇祯十四年秋天，洪承畴率领号称十三万大军援救锦州溃败，吴三桂突围逃回宁远。几个月后，松山、锦州、杏山、塔山相继失守，宁远城面对清兵。次年（崇祯十五年）冬天，清军绕过宁远和山海关，从黄岩口进入长城，蹂躏畿辅、冀南、山东，于十六年六月才回师沈阳，宁远所处的严重形势，可想而知。崇祯十六年十月，多尔衮政权确立，出兵破中前所，取前屯卫、中后所，使宁远所处的军事形势更加危险。在平时，镇帅不能随便离开防地，不奉召不能随便进京。按当时军事局势看，在崇祯亡国前的几年内，吴三桂没有机会到北京。有人说，会不会有例外情况？我说：第一，如今还没有看见吴三桂例外的史料证据；第二，下面的情况是不能有“例外”的：田宏遇死于崇祯十六年，可能在夏、秋之间。故事中说吴三桂在田宏遇的酒筵上看见了陈圆圆，一见钟情，这是不可能的。说吴三桂在周奎的酒筵上遇到陈圆圆也同样不可能，因吴三桂身在宁远。

（九）甲申春天，大顺军向北京进兵，朝廷上为了是否应该命吴三桂放弃宁远和关外土地人民，回救北京，争论甚烈，最后不得已下决心调吴三桂入关救北京，但为时已晚。故事中说吴三桂由于朝廷催促他火速出关，将陈圆圆留在北京，这同历史的实际情形全然相反。附带提一笔，有些野史说吴三桂是山海关总兵，也不对，吴三桂是镇守宁远的总兵官。

以上是陈圆圆传说中存在的各种矛盾，而从第五款到第九款最关紧要。我不是将每一种矛盾作为孤立的现象看，而是从它们的内部联系看、从整体看，从而判断陈圆圆的真实故事被传奇化了。整体不同于某一个枝节、要推倒我的判断必须从整体上推倒，至少必须根据经得起推敲的史料，对我指出的主要矛盾予以认真的解决。

我在那篇文章中还说，清初就有人不认为吴三桂是因为陈圆圆投降清朝。我引用全祖望的话，目的也是要说明全祖望不认为吴三桂的降清是为了陈圆圆，重点不在全祖望承认不承认陈圆圆曾一度归刘宗敏，所以我在引用时特别说明全祖望没有见过杨宛，相隔数十年，对杨宛的话“是得自辗转传闻，不应作为信史看待”。

清朝初年，有一些轰传全国的重大故事，例如关于顺治皇帝的母亲下嫁多尔衮的问题，关于顺治皇帝为伤心董小宛的死去而到五台山出家的问题，都不是真有其事。关于陈圆圆的种种传奇故事，我根据故事本身存在的各种矛盾，认为也不可信。我既不是否认陈圆圆的存在，也不是否认陈圆圆被吴三桂买去，而是认为简单的事件被传奇化了。我认为下面史料所云陈圆圆到了宁远，比较合乎情理：

> 先是，十六年春，戚畹田宏遇游南京，吴阊歌妓陈沅、顾寿名震一时。宏遇欲之，使人市顾寿，得之。而沅尤幽艳绝世，价最高。客有干宏遇者，以八百金市沅献之。是岁宏遇还京，病卒。后襄入京，三桂遣人随襄入［京。］［自］宏遇家买沅，即遣人送之平西。闯入京师，伪权将军刘宗敏处田宏遇第，闻寿从优人潜遁，而沅为吴襄市去，乃枭优人七人而系襄索沅。襄具言遣送宁远，已死。宗敏坚疑不信，拷之酷。(《国榷》卷一〇〇)
>
> 宏遇死，寿随一优人逸去，而圆（沅）归三桂。(《鹿樵纪闻》卷下)

我认为以上史料比较真实或接近真实，其他种种都是逐渐添枝加叶，形成为传奇故事。不管陈圆圆是否病死宁远，或随吴进关而死于昆明，我都不相信陈圆圆同大顺军有关系，也不相信吴三桂是因为陈圆圆而投降清朝。

关于陈圆圆的传奇故事已经流传了三百多年，写入各种野史和正史，加上三百多年来脍炙人口的《圆圆曲》和被当代视为权威著作的《甲申三百年祭》为之宣传，现在由我发难，开始指出其不符合事实，并否定吴三桂是因陈圆圆降清之说，当然是一件困难工作，论点难免有不周密和不完善之处。但是我相信经过讨论、修正，最终必能得出合乎科学的结论。我在《论〈圆圆曲〉》的文章中，考证《圆圆曲》写作的时间，陈圆圆故事从开始出现到传奇化的过程，以及陈圆圆故事的本身矛盾。我的论点可能不够严密，但我的治学态度是严肃的，方法是科学的。希望反驳我的文章时不要忽略我所提出的核心问题。

对于所谓刘宗敏为索陈圆圆而拷掠吴襄的事，我也认为并无其事，因为不但在被拷掠的名单中见不到吴襄的名字，而且也不合情理。在《论〈圆圆曲〉》中我已经谈了我的意见，现在再从大顺军后期实行的招降政策方面说充分一点。有同志问我为什么相反的资料我不用，包括某一塘报稿，我简单回答说：我目前还认为那些史料不是确凿可靠的。我对旧史料的态度是分析、批判、利用，而不是轻信盲从。将来我如有时间写一篇讨论吴三桂降清原因和经过的论文，对于一些有关史料我将作分析。

李自成从崇祯十五年冬天起，在政策上有显著变化，必须注意。崇祯十五年十一月破河南汝宁，对捉到的明宗室崇王不加杀害；十六年十月破西安，不杀秦王；崇祯十七年正月破太原，不杀晋王；当年三月进北京，对崇祯三个儿子，即太子和永王、定王都予以优待。从消灭了孙传庭，进入西安以后，不但对明朝的高级文官广施招降政策，对武将也一样，而且执行得更为积极。明朝的有名大将（总兵官一级）如贺珍、马科、白广恩、左光先、陈永福、官抚民等纷纷投降。陈永福原来不敢投降，李自成差白广恩前去劝降，陈永福说：“开封作战的时候，射伤了李王的眼睛。如今我兵败投降，恐怕难保性命。”李自成对白广恩说：“那时候是各尽其事，何必计较？”李自成当即折箭为誓，使陈相信，随后又封他为桃源伯。在进军北京的路上，招降了守大同总兵姜瓖、宣府总兵王承允，到居庸关招降了明朝定西伯、总兵唐通。到北京后，就进行对吴三桂和南方重要将领的招降工作。当大顺军到居庸关和昌平这一天，吴三桂率领的大军到了山海关。吴三桂到了玉田，得到北京失守的消息，退兵山海关。李自成因知吴三桂屯兵山海关，认为是北京的严重威胁，所以一再推迟登基日期。吴三桂距北京较近，又有重兵在手，李自成绝不会不予重视，而是积极地进行招降。对南方招降的重点人物是左良玉、黄得功、刘泽清、高杰等人，而高杰原是拐走自成妾刑氏叛变的人。李自成给左良玉等的招降信是这样写的：

> 大顺国王，应运龙兴，豪杰响附。唐通、吴三桂、左光仙（先）等知天命有在，回心革面。朕嘉其志，俱赐彩缎黄金；所将兵卒，先给四月军粮，俟立功日升赏。抗命周遇吉，身具五刑，全家诛戮。刑赏昭然！尔等当审时度势，弃昏就明。身享令名，功垂奕世，孰与弃身亡虏，妻子戮辱？大福不再，后悔噬脐。檄到须知！

这一招降檄文载于《平寇志》卷十和《国榷》卷一百。当时因尚未举行登基大典，故檄文开始不称大顺皇帝而称大顺国王。据《国榷》等书载，李自成招降吴三桂时派人送去白银万两，黄金千两，锦缎千端，封吴三桂为侯的敕书一道。原来崇祯封吴为伯，李自成给他提高一级。

李自成和他的重要文武不是一群疯子，既然对明朝武将都采用招降政策，招降吴三桂更为急迫，如何能拷掠他的父亲吴襄？为招降左良玉而优待侯恂，为什么要招吴三桂反而拷掠吴襄？关于吴襄被拷掠事，以我判断，最早是吴三桂听到误传。（《国榷》云："吴三桂讹闻父襄被害，即日自玉田还山海关。"）后来因为吴三桂降了清朝，所谓"缟素发丧"的传说起来了，刘宗敏为陈圆圆拷掠吴襄的传说起来了。凡此传说，实无其事，不过为吴三桂减轻叛国的舆论谴责罢了。

我们研究历史问题，一定要将问题放在错综复杂的历史具体条件下进行，然后再分析史料的价值和真伪。我对待陈圆圆的故事是用的这种办法，对待吴三桂的问题也是用的这种办法。黄裳同志在反驳我的文章中，不同意我说吴三桂在崇祯末年不可能到北京，所说的都是抬杠的话，看来很俏皮，但是他并不能就历史科学说出一句有价值的话。历史是科学，靠证据说话，不是抬杠。

八

我围绕着李岩和刘宗敏两个人物的问题，对《甲申三百年祭》的错误进行评论。写到这里，我们对于郭沫若同志这一本影响广泛而深远的小册子大概可以得出基本认识了。还有一些理论性的问题以及一些次要的和枝节的史实问题的错误，我都暂置不论。

郭沫若同志一生，对我国现代学术文化作出了重大贡献，但是也有他的弱点和错误。他留给后人数量很多的遗产，什么是精华，什么是糟粕，应该实事求是地加以分析、评论，而不要空洞地赞扬“伟大”。在郭沫若同志一生的著作中，有发光的著作，有黯然无光的著作，由于他才高，治学态度不够严谨，所以他一生著作好比黄金与泥沙俱下。正因为如此，我们应该对他的著作，首先对影响最广的著作，一部一部进行分析、评价。通过这种工作，最后才能够对他作出全面评价。《甲申三百年祭》无疑是影响最广的一本著作，至今仍选入高中语文课本中。假若《甲申三百年祭》确实宣传了错误的历史知识和代表错误的治学态度，我们能够实事求是地评论其错误，就是对祖国历史负责，对全国读书界负责，对千百万中学生负责，而同时也是对郭沫若同志负责。我很尊敬郭老，在少年和青年时代受过他的影响，但是在历史科学问题上我们应抱着“我爱我师，我更爱真理”的态度，这样才有利于我国学术文化的健康发展。

这两三年来，学术界的争鸣风气逐渐展开，这是非常好的现象，是我国学术文化走上兴旺发达的开始，但是远远不够，还有各种阻力，包括陈旧的习惯势力。对于郭沫若同志的《李白与杜甫》，学术界已经提出了批评，说出了我国知识界早就憋在心里的话。郭沫若同志在晚年写出那样糟糕的著作决非偶然，这同他长期形成的那种不严肃、不严谨的学风（包括治学态度和方法）不能分开。使这种学风能够继续发展，是由于我国的特殊土壤，《甲申三百年祭》就是在中国的特殊土壤中产生，并得到称赞，变成了“权威”著作。

我在《论〈圆圆曲〉》中批判到《甲申三百年祭》。说实话，我是将它作为弄清明末历史问题兼批评《甲申三百年祭》的一组文章之一。一九七九年十一月至十二月份在香港《文汇报》连载发表一篇《李自成为什么失败?》，也属于这一组文章，因为还需要补充资料，所以没有在国内正式发表。《论〈圆圆曲〉》发表之后，黄裳同志写了一篇批评我的文章发表在《读书》一九八〇年十月。黄裳同志的文章中所明确表白的观点和态度，对我们今后应如何对待《甲申三百年祭》很有影响，我不妨顺便说一下我的看法。黄裳同志说：

> 郭沫若同志的论文写于一九四四年。他看到了并大声提醒革命者警惕存在在李自成、刘宗敏身上的局限性和弱点，大胆地摸了他们的屁股，这样做对人民有好处，理所当然地得到了人民的喝彩。当然也有人不舒服，在当时就曾引起一场“轩然大波”。这些往事我们还记得的。在这个

问题上郭沫若同志是看得远、说得对的。今天我们重读此文，依旧感到它有力、有益，也就是说，它不曾过时。

关于郭沫若同志应不应该“摸”李自成和刘宗敏的“屁股”，像“文化大革命”期间红卫兵口口声声要摸“走资派”的屁股那样，以及郭沫若同志在一九四四年就预见到胜利那么快，以及中华人民共和国成立后我国的问题发展得如此严重，这都不是对待学术问题的话，我不想与黄裳同志讨论。我只谈我对历史著作和政治宣传的基本看法。

我认为历史著作渗透着史学家一定的思想见解，所以从广义说，往往起着一定的宣传作用。但是历史学是一门科学，史学著作必须是科学著作，不能同政治宣传品混为一谈，也不能以宣传目的代替科学目的。历史著作的任务，一是要给读者提供正确的历史知识，二是要通过对史料的科学研究，解释历史的规律和前人的经验和教训。科学的历史著作的教育意义不是任何政治宣传可以代替的，也是不能相比的。不将历史问题作为科学课题对待，而过分考虑宣传某一政治思想，不管作者有什么善良动机，他的著作总是反科学的，既不能给人民所需要的历史知识，也不能帮助人民认识历史的规律、经验和教训。而且反科学的历史著作，不管在一定时期影响多大，终究会被推倒。生命长久的不是那些借古喻今的宣传品，而是真正的历史科学著作。解放以后，直到“江青反革命集团”倒台，在将近三十年中，因一时政治斗争需要，对历史任意曲解、歪曲、捏造和篡改的弊病，给我们的教训还小么？在斗争需要的前提下，不仅对现代史、当代史任意颠倒黑白，篡改和伪造，而且对古代史也任意曲解，颠倒黑白。尤其在“文革”中，成天以谎言代替真实，使古今人间充满了冤、假、错案。目前我们研究历史，要提倡对历史负责，提倡实事求是的科学精神。对待别人的历史著作，不强调写作动机，不迷信权威，不崇拜偶像，只能用科学尺度去检验。不然，我们的学风如何能端正？我们的科学文化如何能迅速提高？

一九六九年春天，我在“牛棚”中，“牛鬼蛇神”的同志中有人因我写了《李自成》，闲谈中向我大谈《甲申三百年祭》的不朽价值，使我忍不住简单地说了我的看法，当即有一位同志声色俱厉地批评我：“郭老是党中央委员，《甲申三百年祭》是毛主席肯定的，你有不同意见就是反党！反党！”黄裳同志所说《甲申三百年祭》在重庆发表后，“当然也有人不舒服，在当时就曾引起一场‘轩然大波’。这些往事我们还记得的。”黄裳同志所说的“轩然大波”大概是指国民党反动派在《中央日报》上发表文章攻击《甲申三百年祭》。但是今天我是从学术观点评价《甲申三百年祭》，态度是严肃的。我既不是国民党，更不是国民党反动派，黄裳同志的话不是说过头了么？这种逻辑方法虽然在过去的日子里司空见惯，但是不利于学术争鸣。

郭沫若同志在学术上有光辉贡献，但不是《甲申三百年祭》。由于郭沫若同志在写这篇历史论文时没有认真地收集资料，仅仅凭着两三种野史，也未对所提供的材料辨别真伪，甚至连文字也未细读，就主观地、随心所欲地对重大的历史问题作出论断，所以这篇著作既宣传了错误的历史知识，当然也不可能正确地解释历史事变的规律和经验教训。比如，大顺朝为什么迅速灭亡？大顺军为什么在山海关战败？吴三桂为什么降清？像这些重大问题，郭沫若同志都没有弄清楚，不能将正确的因果关系告诉读者，而他的答案都是错误的。还必须重视，郭沫若同志如此写《甲申三百年祭》不是偶然的，是代表一种不严肃的学风。近三四年来，我国学术界重新提倡实事求是，学风已经沿着健康的道路向前发展，但是也要看到，一种不严肃的，对历史和读者不负责的学风仍然还有市场。所以单单指出《甲申三百年祭》和《李白与杜甫》所代表的一种不足为训的学风，对今后的学术发展也具有积极意义。

其次，《甲申三百年祭》之所以能够长期被视为史学方面的权威著作，是由于我国的“特殊土壤”。这种特殊土壤的特点是：第一,一般说来，学术不发达。第二，过分将政治同学术混在一起。在进步阵营中，往往对某些人的错误言论不加指正，为的是不要影响他们的社会地位和政治影响，而结果使有些地位高的人物可以任意发表错误言论，得不到及时纠正。反之，对于政治上受批判的或不满意的人物，即令他们在学术上做出卓著贡献，也往往熟视无睹，甚且不实事求是地加以轻视或否定。总之，重视政治标准，轻视科学标准。第三，对学术问题的评价，有时不是根据科学标准，而是根据某一领导人物的一句话；权位愈高，愈有发言权，而且一句话便成定论，被奉为真理。判定文学作品的命运，评价学术著作，决定重大的经济建设、文化教育，往往也是如此。不信科学，不依靠科学，而惟层层领导人物的意志为准。人间并没有全知全能的上帝，任何伟大的领袖人物不可能不经过一番调查研究就能掌握他所干预的方面的知识。在社会问题上是如此，而在学术问题上也是如此。但是在我国特定的历史时期，领袖的任何话都具有绝对的权威作用，这是我国现代史上的不正常现象。现在我不揣谫陋，大胆地对《甲申三百年祭》的学术价值提出批评（尚非全面批评），也算是我追随学术界同仁之后，继续做一点解放思想、破除迷信的工作。

我们批评《甲申三百年祭》，丝毫不减低对郭老另外一些著作的高度评价。我们做这件工作，要对祖国的历史负责，对广大读者负责，对郭沫若同志负责。我相信，郭老如果九泉有知，看见我们这种解放思想，打破迷信的精神，定会含笑点头，因为这正是继承了他在五四运动时代的精神。

（原载《文汇月刊》1981 年第 1—3 期，
《新华文摘》1981 年第 5 期刊载时经作者作了若干补充）

下　　篇

关于当代长篇小说的一些认识

一

中国作家协会曾经作了一个统计，从一九七七年到一九八一年止，我国发表和出版了长篇小说四百多部。虽然可能由于在统计时对中篇和长篇的界限没有严格区分，将一小部分中篇小说当作长篇小说计算，但是不得不承认，“文革”之后的五年中出现长篇小说的数量之多是惊人的。从我国新文学运动开始到现在，已经六十多年了，五年中出现如此众多的长篇小说，应该说是空前的繁荣现象。这一新的现象使我们不得不思考一些问题。

在五四新文学运动兴起之后，在新小说方面首先兴起的，是以《狂人日记》为嚆矢的短篇小说，而中篇和长篇小说的兴起则要晚些。伴随着新文学短篇小说的出现，关于短篇小说创作方法的理论也从西洋介绍过来。欧洲人看见近世短篇小说的兴盛，遂认为由于工业发达，一般人的时间紧张，没有多的时间阅读长篇小说，所以长篇必将让位于短篇。这意见在我国曾产生较深的影响，直到《李自成》第二卷出版的时候，还有在大学中教书的个别同志向我善意地提到这个意见。我是在二十世纪二十年代从胡适谈短篇小说作法的文章中读到这个意见的，可是后来逐渐认识了这个著名的论点只有一部分道理，而不是全面地看待长篇小说的问题。

短篇、中篇、长篇小说，这三种文学体裁，艺术功能不同，美学的要求也有所不同。拿艺术功能来说，它们各有所长，不能互相代替。绝不能说，由于短篇小说兴起了、发达了，长篇小说就必将衰败下去。从十九世纪下半叶到现在的欧洲文学史来看，并不能证明上述论点的正确；从我国新文学运动将近七十年的历史看，也是如此。社会实践是理论的检验标准，可见上述论点只有部分道理，而没有决定性的意义。

有人把长篇小说比作重武器，把短篇小说比作轻武器，这比法大体可以。也可以有另外比法：一部长篇小说好比一部宏伟的交响乐。交响乐所反映的内容，所需要的作曲家的特殊修养，以及所需要的听众的欣赏水平，大概都和短曲小调不同。在各种文学体裁中，还没有任何一种体裁，就其反映生活的容量说，能够同长篇小说相比。所谓“生活（或历史）百科全书”的赞誉，只能归于某些成功的长篇小说，而不能归之于中篇或短篇小说。一位小说家，可以在他的作品中写出繁复的生活画卷，各色各样的人物性格或典型，可以做到结构上大开大合，情节上穿插变化，艺术笔墨上丰富多彩，气派宏伟；但是，作家对于他所写的中篇或短篇小说就不应有此追求，读者也不会这样要求。以上所说的，并不意味着写长篇小说伟大，写中篇、短篇小说不伟大，而只是要说明不同的小说体裁的容量不同，艺术功能不同，美学上的要求不同。杜甫的一部分长诗如《北征》《自京赴奉先咏怀五百字》以及“三吏”“三别”是我国古典诗歌的瑰宝，他的律诗和绝句何尝不是？甚至王维的许多五言绝句，单就艺术说，也都是我国古典诗歌的明珠。

人民需要读好的中、短篇小说，也需要读好的长篇小说。好的长篇小说要具备三个条件，一是有深刻的主题思想，二是有厚实的内容（现实生活或历史生活），三是在艺术上是成功的。今天如此，将来也是如此。

有人说，长篇小说代表一个国家的文学水平。这句话有一定道理，但是并不全面。从全面看，杰出的诗歌、散文，中、短篇小说等都代表一个国家的文学水平。契诃夫的短篇小说何尝不代表俄罗斯的水平？鲁迅的一些短篇也是不朽的，何尝不代表现代中国的高水平？我国当代的部分优秀中、短篇小说，何尝不代表我们国家的高水平，值得骄傲？从另一方面看，我们单有唐宋传奇、宋元话本、明人“拟话本”，以及像《聊斋志异》中的许多优秀短篇，还不足以反映中国古典小说在世界文学史上达到的高峰，多亏我们还有《三国演义》《水浒传》《红楼梦》，这些最能代表中国古典小说的辉煌成就。但是，这是个具体问题，不能笼统地说长篇小说代表一个国家的文学水平，而只能拿具体的长篇作品去作具体评价。

二

从文学史的规律看，在某种具体历史条件下，适宜于发展和繁荣短篇小说，未必适宜发展长篇小说。长篇小说的出现和长篇杰作的产生，需要更多的条件。倘若没有唐宋传奇、宋元话本、大量“说话人”的口头文学，以及元代杂剧等作基础，《三国演义》和《水浒传》就很难产生。倘若没有宋元以来直到明代“拟话本”等白话文学的发展，提供深厚的基础，并且没有《三国演义》《水浒传》《金瓶梅》等长篇小说开辟道路，像十八世纪的《儒林外史》《歧路灯》，尤其成为我国古典长篇小说高峰的《红楼梦》，也很难产生。从古至今，在小说发展史上，一切杰出作品的出现都不是历史的偶然现象，而都是有所继承，有所发展。

宋代“说话人”和话本小说的产生有它的物质基础，即城市经济的发展和市民阶层的出现。那么，长篇小说的兴起和发展，则与刻板印刷业的发展有密切关系。《三国演义》和《水浒传》虽然仍保留口头文学的某些形式，也可以供说书人作为说书的底本或依据，但它们毕竟已经不是“话本小说”，而是供阅读的小说。到了《金瓶梅》，再往后到《儒林外史》《歧路灯》《红楼梦》等长篇小说，它们愈来愈成为只供阅读的文学作品。长篇小说从靠听觉欣赏的口头文学到变为靠视觉欣赏的书写文学，是长篇小说在发展历程中的一次解放，极大方便于语言文字的锤炼和文学价值的提高。虽然古典长篇小说常常最初只能在极小范围内用抄本传播，但是或早或迟，就会有刻本流传。只有借助刻板印刷，供阅读的长篇小说才能够不致散失，广为流传，扩大影响。所以，由木刻到活字、铅印……步步发达，书商的有利可图，对长篇小说的发展很有帮助。

自从长篇小说成为供阅读的文学，便同时变为个人的著作。《三国演义》和《水浒传》已经是个人的著作，但是还不是完全个人的，而是继承几代“说话人”的口头创作和戏曲文学的创作，由罗贯中和施耐庵进行取舍、组织、艺术加工，使之成为两部长篇小说。这两部长篇小说的产生过程，是从“历史的集体创作”转化为个人创作的伟大成果。至于像《儒林外史》《歧路灯》《红楼梦》一类作品，其产生过程完全不同，它们彻头彻尾是作家的个人创作。

由于长篇小说完全成为作家的个人创作，所以我们大体上可以说，作家个人所具备的主观条件决定作品的成败和高下。所谓作家的主观条件，包括作家的生活阅历、思想水平、学问修养、写作的功力和才华。古人如此，今人更是如此。为什么说“更是”呢？因为生活在今日社会，对作家的思想水平要求更高，作家所要应付的思想干扰和冲击更多、更复杂，有时甚至更猛烈。近许多年，我思考了许多古代作家，也思考了许多现代作家，得到一个粗浅的认识：凡是有重大成就的作家，尤其是长篇小说家，除应有丰富的生活阅历外，还必须是思想家、语言艺术家、学问家。关于长篇小说应该具备的上述条件，我在别处谈过，将来还要谈，但今天只是附带地提一下，不多谈，避免在这篇短文中分出枝节。

我只说长篇小说作家所具备的主观条件大体上对自己作品的成败高下起决定作用，而不是起完全的决定作用。我们的创作活动不光是个人的事，往往不得不受客观条件的作用。古今都是如此。拿古人来说，曹雪芹是我所景仰的古典小说大师，但是他的不朽杰作并非无可挑剔，《红楼梦》中出现的弱点有各种原因，其中有一个弱点的出现原因是客观条件，绝不是主观条件，例如贾元春的深宫生活并没有写好，从而贾母和王夫人等去宫中探病的细节也写得不够深和细。我认为曹雪芹有能力将贾妃的深宫生活和贾母等进宫探病的情况写得更出色（笔墨不需要很多），但是由于当时的政治条件，他不得不有所回避，收敛了手中的一支彩笔。

以上对于古典长篇小说的意见只是随笔漫谈。有些关于我国古典长篇小说发展历史规律的意见，因为牵涉的范围广、问题多，在这篇短文中不能详谈，所以显得特别粗浅。

三

我国现代文学史上的长篇小说开始出现于二十世纪二十年代下半期。大体说来，五四运动后的二十世纪二十年代是新文学在战斗中披荆斩棘、开疆拓土、奠定大业基础的阶段，而三十年代是新文学在战斗中迅猛发展的阶段。《在延安文艺座谈会上的讲话》以后，直到中华人民共和国成立，是新文学又一个迅猛发展阶段。讲新文学史的，将五四新文学运动到中华人民共和国成立前夕划归现代文学史，而将中华人民共和国成立以后到目前划归当代文学史。

近几年听到有一种论调，说当代文学赶不上二十世纪三十年代，我认为这不是经过比较研究后得出的恰当意见。拿一九七七年以后几年的中、短篇小说和报告文学的创作情况来说，大量好作品不断涌现，其繁荣情况远远超过三十年代。当然，二十世纪三十年代确有优秀之作，但数量上不能同今日相比。再拿长篇小说来看，三十年代产生的比较优秀的长篇小说只有几部，其中杰出的作品首推《子夜》，这是大家所公认的。但是从五十年代起，虽然中间有“文革”，当代长篇小说的重大发展是非常显著的。顺便指出当代长篇的几点重大发展，以证明上述论调是没有根据的。

以二十世纪三十年代较有影响的长篇小说所选取的题材来看，除《子夜》

写上海一群资本家的生活，《骆驼祥子》写北平的洋车夫，其余大多跳不出知识分子范围。到了当代，由于作家深入各条战线生活的结果，长篇小说的题材领域大大开拓，这是我们大家有目共睹，而为三十年代的作家所梦想不到的。

当代长篇小说除写众多方面的现实题材之外，还开拓了历史题材，其意义绝不仅仅在于如大家所说的“填补了五四运动以来历史小说的空白”。

由于在我国当代文学中，长篇小说的好作品不仅相当众多，而且题材范围大大拓展，于是出现了众多现代的、古代的文学典型人物。倘若能将当代比较著名的长篇小说浏览一遍，就会明白当代作家已经塑造了多少比较成功的和十分成功的人物形象，真是琳琅满目、美不胜收。而这种丰硕成就，在二十世纪三十年代是不曾有过的。我们评价某一个时代的小说成就，可以从几个方面评价，但是有一个最重要、最基本的方面，是要看是否塑造了成功的人物形象，塑造了多少成功的典型人物。评价某一部作品的成就高低、历史地位，也是如此。

人们常说，文学是语言的艺术，所以单从语言的运用方面看，也可以衡量当代长篇小说在二十世纪三十年代的发展。三十年代虽然强调地提出“大众语”的问题，进行了热烈讨论，但是直到三十年代末，能够熟练地使用群众口语写作的作家还极少；绝大多数作家，都不能跳出知识分子的白话。可是当代文学则不然，作家们运用群众口语写作已成为主要潮流。在有的长篇小说中，语言的色彩更丰富，将上层封建士大夫的语言、群众口语、江湖语言、通用白话，自由运用，因人而异，错综变化。像这样的运用文学语言，在二十世纪三十年代的小说中是不曾有的，甚至是不曾为当时的作家们考虑到的。

长篇小说的美学问题是一个内容丰富的问题，我现在只拿长篇小说的结构问题来说明当代文学的发展。二十世纪三十年代的长篇小说，从结构上看，一般没有脱离单线发展。以茅盾同志的长篇杰作《子夜》来说，本来有打破单线发展的创作意图，分出一个副线写乡下，但写得并不出色，这条线中途停了，所以《子夜》仍然是单线发展的小说。真正的复线结构，是我国当代一部分长篇小说在写作方法方面（也是个美学问题）的一大发展。复线结构的写作方法，并不是我们这一代长篇小说作家的新发明，而是“古已有之”，古代的《三国演义》，近代的《战争与和平》，都是运用复线结构的代表。问题大概仅仅在于我国二十世纪三十年代是新长篇小说的开创时期，作家们在写长篇小说时，一则不曾有时间认真思考或研究这个问题，二则也缺乏足够的写作经验并且对经验进行总结。我们所读的中外名著绝不会比二十世纪三十年代的几位著名作家多，但是三十年代作家不曾注意的和认真考虑的问题，而我们不但注意，并且作为长篇小说的独特美学问题进行思考；他们无暇在创作实践上进行探索的问题，而我们认真地在创作实践中进行探索，借以提高长篇小说的创作水平。这一情况绝不意味着我们比二十世纪三十年代的作家更博学和更有才华，而是证明了一个普通规律，即在大体正常的情况下，历史总是不断在前进，在发展。少数对当代文学新成就估计不足的论者，他们大概也忽略了这一规律。

长篇小说从摆脱单线发展的结构，走上复线发展的结构，才能够充分发挥这一文学体裁的特殊优势，既能扩大反映生活的艺术功能，也能在小说美学上做到故事情节布局的奇正变化，笔势奔放，纵横穿插，大开大合。当然，最重要的是扩大了反映生活的艺术功能。尤其是我们倘若表现多矛盾、多头绪的一代生活（现实的或历史的），写出如所谓“百科全书”式的大部头长篇小说，就必须采用复线结构，其主要副线可能不止一条，至于次要的小副线可能有若干条。这样的结构方法，在我国当代小说作家中，已经有人在创作实践中进行了辛苦的探索，为长篇小说的美学提供了可资讨论的实例。

另外我还要提一提长篇小说的中国风格和民族气派问题，这也是当代中国文学的重大课题，而且有了新的突破和重要探索。关于这一问题的美学意义和发展我国社会主义文学艺术的关系，我在这里不拟论述，只谈一点这个问题在长篇小说创作实践中的发展情况。

在二十世纪三十年代，长篇小说的作家们还没意识到这个问题。三十年代只讨论过“旧瓶”能否“装新酒”的问题，是限制在通俗文艺的形式方面。四十年代开始有作家用章回体形式写长篇小说。当然，在三十年代，鸳鸯蝴蝶派的作家群一直不断地写章回体小说，其中有的作品销路很广，在群众中影响较大。但是，我们所谈的是新文学战线中的章回体长篇小说，它的出现是在二十世纪四十年代。中华人民共和国建立以后，文学史进入“当代”阶段，直到今天，章回体的长篇小说仍然不断有人写，然而这种写法已经不能代表当代文学发展的水平，实际上反而变成了落后的形式，比较优秀的长篇小说如《青春之歌》《红旗谱》《红岩》《创业史》等，都没有采用章回体。长篇小说的民族气派是一个复杂的美学问题，不能光靠章回体。在探索中国风格和民族气派的艰辛道路上，真正代表新水平的作品是抛弃了章回体，广泛而深入地吸收中国文学的丰富营养，即所谓植根于民族文化的土壤，同时大量借鉴西洋近代小说的写作技巧，探索一条新路。

我是多年从事创作的人，对文学理论修养很浅，对现代文学史和当代文学状况也缺少研究。以上所谈的，只是就临时想到的一些方面写出我简单而不成熟的认识，作为引玉之砖。

四

当代长篇小说虽然总的看来比二十世纪三十年代有重大发展，特别是粉碎“江青反革命集团”以后的短短几年中，发展更快，但是存在的缺点也不少。有一部分作品被称为长篇小说，实际是中篇小说，在故事情节的布局上、人物的处理上，都没有达到长篇小说的要求。还有一部分作品明显地表现出作家写作长篇的功力不足，艺术水平不高，令人看了一少部分章节后不愿再看下去。还有的思想水平较低，实际是平庸之作。

以上现象，不足为奇，在任何正蒸蒸日上发展的历史潮流中都是难免的，无宁说是历史前进中的正常现象。我现在顺便提出来这些存在的问题，用意是积极的，希望能够引起一定关注，努力提高我们当前长篇小说的创作水平。

另有一个现象，我认为特别值得重视，即长篇小说作家特别需要生活的底子厚实，知识学问丰富，而这些重要条件往往被忽略了。知识欠缺的现象不仅是表现历史题材的长篇有，表现现代和当代题材的长篇也有，而尤以一部分历史长篇小说中的问题最为突出。在长篇小说中，作者有时由于笔误或失检，出现个别错误，不足为怪。我所说的问题不属于一时笔误或失检，而是属于常识缺乏、学识贫乏，以及创作的态度不严肃，对读者和对文学事业的责任感不强。至于在某些长篇小说中语法有毛病、修辞不恰当、普通的用词有毛病，更是常见，这类现象不属于创作态度问题，而是由于某些长篇小说作家的功力太浅，通过时间较长的认真努力，不难克服。

从道理上要承认写长篇小说比写中、短篇小说的难度大。能够写好一个中篇或几个短篇小说的生活知识，大概不够作为写长篇小说的基础，有写好中、短篇小说的艺术功力，处理长篇小说未必成功。至于写长篇历史小说，确实比写现实题材长篇小说的难度大得多，所以我希望作家应该尽力写现实题材，不要轻易动手写历史题材。我们常看见某些所谓历史题材的电视片，随心所欲地写故事情节，颠倒歪曲历史事件，可以说是糟蹋祖国历史、糟蹋古人。在近年的长篇历史小说中，不懂历史生活而随意瞎写的现象并非没有。遗憾的是，许多在长篇历史小说中存在的严重缺点和错误，对祖国历史、对读者、对现实主义文学艺术缺少严肃责任心的创作表现，不但没有得到应有的批评帮助，反而在轻描淡写的介绍文章中被掩盖了。当然，批评家必须将那种由于作者知识修养不足而出现的这样那样的常识性错误，同那种由于知识修养不足又加上创作态度不严肃而出现的问题区别开来，进行不同的善意帮助。

我在前边曾经提到，凡是有重大成就的长篇小说作家，除应有丰富的生活阅历外，还必须是思想家、语言艺术家、学问家，这三个条件，对写长篇历史小说的作家来说，尤为重要。不重视这些条件恐怕是不行的，正确对待这些条件，就可以努力争取。近几年有一部分长篇小说和长篇历史小说，不管存在着多少语言上的问题、常识上的错误，甚至故事情节上对于特定历史条件的违背，而发表和出版都不难。但是，读者不会长久满足于这种现状，作者也不应该满足于这种极不可靠的“虚名”。

总之，我们五四新文学在中华人民共和国成立前的三十年中，产生过优秀的和杰出的长篇小说。文学史进入当代，尽管有“文革”，有“左”的思潮和教条主义的干扰，但是将“十七年”和粉碎“江青反革命集团”以后这几年合起来看，我国当代的长篇小说，正如中、短篇小说一样，比之二十世纪三十年代，有了更大的发展，有了更多的成就，不看清这一新发展和新成就是不妥当的。同时，在当代长篇小说欣欣向荣的形势中也有平庸的、存在各种问题的作品，也是事实。我们一方面要明白这种现象是正常的，任何时代的文学发展史都是如此；另一方面，也应该重视这种现象，用积极的态度来纠正这种现象，而不要助长这种现象。我们还要看到，一般文学编辑的业务水平也应该提高，有些长篇作品中的毛病，本来是可以在发表或出版前就被发现和纠正的，遗憾的是，由于“把关”的同志没有尽到职责，而将这些长篇作品带着各种毛病送到读者的面前。

这里顺便提及一个问题，就是我们对当代文学，尤其是对当代长篇小说的研究和评论工作远远落后于创作形势，希望有关领导机关能够重视这一现象，制定切实措施，提高研究和评论水平，使当代长篇小说的成就和缺点获得恰如其分的重视和评价。只有评论界对我们的众多长篇小说有了认真的研究和正确的评价，才能有助于提高创作水平和广大读者的欣赏水平，同时有助于提高全国高等院校中对当代文学的教学水平，这条教学战线人数众多，面对莘莘学子，十分重要，而目前力量最弱，千万不能忽视。虽然我们已经设立了专对当代长篇小说的茅盾文学奖，是一件大好事，但是奖励不等于对作品的认真研究和正确评价，所以我趁着写这篇文章的机会，特别向有关方面提出呼吁。

一九八三年四月二十七日

（原载《十月》1983 年创刊号）

关于革命现实主义的若干问题

一

人类文明进化到一定阶段，便产生了艺术。原始社会阶段，人们开始用极简单的绘画，舞蹈，音乐等手段来反映生活以及人类对客观世界的认识。艺术从一开始，既作为人类对生活和世界的认识手段，也作为精神享受。神话和故事传说，最初以口头文学的形式出现，也是起源很早的。文字出现之后，神话和故事传说继续在产生、在流传，不过，只有一部分被记载下来。

随着艺术的出现，口头文学的出现，便出现了用什么方法反映生活和反映世界的问题，也就产生了最早的浪漫主义和最早的现实主义。这是两种基本的表现方法，是从人类的艺术实践中产生的，两种艺术表现方法往往混在一体，有时可以看出各自的特点。由于上古人类文明的水平不高，偏重于用想象解释人生和反映世界，包括氏族和部落的历史传说，所以浪漫主义实居于统治地位。

我国文学史有三千多年，可以说源远流长。《诗经》有浪漫主义，也有现实主义，而多数诗篇属于或近于浪漫主义。《诗经》之后产生了我国第一个伟大诗人屈原，他是一位伟大的浪漫主义诗人。从《诗经》以后，我国的文学主流是浪漫主义。

浪漫主义不仅统治了诗、赋、六朝志怪小说和唐人传奇小说，而且反映在带有文学性的哲学著作（如《庄子》）和传记文学（如《史记》）中。我国秦汉以来文学中的浪漫主义不仅仅表现为创作方法，而更深刻的意义是反映了诗人和作家们的世界观、人生观，综合成为消极的或积极的浪漫主义精神。浪漫主义精神之所以能够长期成为我国文学的主流，除社会和阶级生活的根源外，还有已经在中国产生了重要影响的道家思想和佛教思想。另外，游侠精神既不属于道家，更不属佛教，在唐代诗歌中也是一股重要的浪漫主义精神。

我国的古典现实主义是同浪漫主义伴随着产生和发展的，但直到杜甫出现，才有伟大的古典现实主义诗人。杜甫的身上也有浪漫主义精神，他也写过浪漫主义诗篇，但代表他的主要精神和主要文学成就的是现实主义。白居易一生既写了许多现实主义诗篇，也写了许多浪漫主义诗篇，但他更多的时候是浪漫主义诗人，而在文学史上最值得重视的却又是他的现实主义贡献。唐代不仅产生了杜甫和白居易，也产生了许多现实主义诗篇和现实主义散文文学作品，还产生了现实主义文学的初步理论，虽然这种理论很不完整，尚不能成为体系，但已经十分珍贵。

现实主义在唐代诗歌和散文中的大发展和获得光辉成就，是我国文学史上的重要现象，深深地影响着宋代和以后的文学。以杜甫为代表的古典现实主义诗歌流派，给我们提供了宝贵的经验：第一，诗人要关心国家兴衰和民生疾苦，寄深刻同情于广大人民，最高的境界是能够像杜甫那样将自己与人民化为一体。元好问在金朝将要亡国前和汴京沦陷后所写的那些“丧乱诗”特别感人，就是因为诗中有这种感情。第二，诗人不仅需要具备上述的思想感情，而且必须有很高的艺术修养，能在表现技巧上臻于完美。历朝诗人写了很多反映人民疾苦的诗，之所以不能与杜诗相比，不仅在感情的真挚方面赶不上，在艺术技巧上也赶不上。白居易虽然也是大诗人，但是他的表现民间疾苦的诗同杜甫诗相比，不仅感情较浅，艺术技巧也较粗。以上两条文学史上的经验，可以供我们今天的诗人和作家思考和借鉴。

二

话本小说和杂剧的兴起，使我国文学史发生了极其重大的变化。宋、元话本小说虽然还粗糙，可以算得上现实主义作品的是少数，但是它开始反映平民的所谓市井生活，开始使用口头白话，这就为古典现实主义的发展起了深远的推动作用。白话短篇小说到明代末叶才有大的发展并且在艺术上臻于成熟，出现了许多十分优秀之作，其中可以算作现实主义名篇的如《卖油郎独占花魁》《蒋兴哥重会珍珠衫》《杜十娘怒沉百宝箱》，以及关汉卿的《窦娥冤》《救风尘》等元杂剧，至今仍脍炙人口。它们都是反映市井生活的古典现实主义代表名作。

宋代是我国长篇小说的酝酿时期，到了元末明初，出现了《水浒传》和《三国演义》，成为古典现实主义在我国散文文学方面的不朽巨著。同一时期，古典现实主义在戏曲方面产生了《琵琶记》，对后代影响深远。直到今日，不同剧种不断上演的《秦香莲》就是脱胎于《琵琶记》，仍然感动着广大观众，足见这一故事所反映的社会问题的典型意义。

明代中叶以后，长篇小说出现了一部《金瓶梅》，开辟了一条新的道路。我们姑且对这部小说的某些严重缺点撇开不论，显然它在描写日常习见的市井人物方面，在描写生活细节方面，在口语的运用方面，都对古典现实主义文学的发展起了深刻影响。

到了十八世纪，先后出现了《儒林外史》《歧路灯》《红楼梦》，构成我国古典现实主 义的灿烂时代，而《红楼梦》成为这一时代的高峰。

回顾从宋代白话小说的出现，发展到十八世纪古典现实主义的灿烂时代，我认为历史的经验很值得深入研究。长篇小说从酝酿到成熟，从说话的文学变成阅读的文学，得力于城市经济的发展以及印刷术的"普及"，这方面可以不谈。值得我们注意的是：

第一，自从白话小说尤其是长篇小说发展成熟以后，文学史的主流不再是以诗为代表的韵文文学，而是以小说为代表的散文文学。

第二，以小说为代表的散文文学更适合现实主义的发展，为现实主义的艺术表现力开拓了无限天地，不仅诗和词无法同它相比，连戏曲也望尘莫及。

第三，生活细节描写的真实性和人物性格的典型性成为现实主义美学要求的重要方面，因此要求作家必须真正熟悉他所描写的生活，深刻了解他所塑造的人物。

第四，明清白话小说继承了"说话"传统的语言特色，即运用朴素的、生动的生活语言，听起来自然，念起来顺口。这种语言风格是一种总的风格，又因作家的不同而互有差异，各具色彩。从《金瓶梅》到十八世纪出现的《儒林外史》《歧路灯》《红楼梦》来看，这种文学语言表现生活和人物性格的能力强，同古典现实主义的大发展有密切关系。也由于使用群众生活中的白话语言，使他们的作品同人民有了更加广泛的联系。

第五，明清时期的古典现实主义小说家虽然都对我国的文学史作出了重要贡献，但是他们的成就各不相同，他们的差别取决于思想水平有高低之别，而描写生活的才能也有高低之差。作家必须在他所处的历史时代中思想较为先进，对他所写的人物和生活较为熟悉，而使用语言艺术的功力和才华较为突出。作家的这三种条件往往互为影响，而思想品质则居于领先地位。《金瓶梅》的糟粕较多，许多内容是糟粕，全书的主题思想也缺乏积极意义。《歧路灯》

的成就之所以远逊于同时代的《红楼梦》，作家思想水平的差别是很重要的决定性原因。可以看出，往往由他们各自的思想水平影响了他们的艺术才能。

以上所指出的几条历史经验很不全面，但是这些大概算得是最主要的经验吧。这些前人的经验和文学史上的道理，对于发展我们的革命现实主义是值得思考的。

三

欧洲十九世纪兴起的现实主义文艺思潮被称作批判现实主义，是在五四运动时期介绍到中国来的。鲁迅和以茅盾、叶圣陶等为代表的文学研究会的一群主要人物结成友军，在提倡和推动我国现实主义文艺运动中作出了不可磨灭的贡献。五四运动和以后一段时间，浪漫主义、象征主义等流派都出现于中国文坛，互相竞赛，但是只有现实主义始终是我国现代文学的主流，给我们当代文学奠定了一个坚实的基础和战斗的传统。诗歌方面的问题我是外行，且不去谈，拿小说来看，主流一直是现实主义，成就最大的是现实主义。浪漫主义的小说作品（话剧方面也是一样）不管从反映社会生活的深度说，从塑造人物典型说，其成就实不能同现实主义一派相比。浪漫主义一派的许多小说和剧本，如今仍被读者记得的愈来愈少，而这一派作品中留下来的典型人物（或较成功的人物），更数不出来几个，也许完全说不出来了。

各种流派在文学史上的出现、竞争，有的有大发展，有的发展不大，有的自然消亡，取决于中国的社会条件、历史条件，也就是取决于广大人民的爱好和社会需要。

中国五四运动的现实主义文学虽然来自欧洲的批判现实主义，但是它是反帝反封建的新文化革命的重要组成部分，所以思想的起点远比欧洲的批判现实主义高。特别是俄国十月革命的成功，对中国思想界（包括文学界）产生了重大影响。五四运动以后，随着中国共产党的出现，新文化运动迅猛前进，现实主义文学运动也在斗争中急速左转，出现了不但完全不同于十九世纪批判现实主义运动时的局面，也不同于五四运动时期的局面，适应无产阶级革命要求的文学运动出现了。

无产阶级革命文学的呼声出现于五四运动时候，而有系统的、有组织的运动是在一九二七年大革命失败之后。在理论上，鲁迅和瞿秋白都努力翻译介绍无产阶级的文学艺术理论，作出了重要贡献。在二十世纪三十年代前期，为了捍卫无产阶级的文学事业，以鲁迅为首的无产阶级作家阵营同各色各样的资产阶级和小资产阶级文艺理论进行了尖锐斗争。虽然今天回顾这一段战斗历程，左翼战线那时曾有过教条主义、关门主义、宗派主义的不同偏差，但是历史地看问题，当时的斗争是非常必要的，成就是巨大的。在创作方面，三十年代初高举无产阶级文学（当时叫作“普罗文学”）运动旗帜的作家，由于在白区缺少深入工农群众的机会，也没有深刻理解改造思想的重要意义，加上对艺术的追求不够重视，所以从历史运动的意义看是一个重要历史阶段，先驱者们的功绩是不可埋没的，但是从作品本身的成就看，除个别情形外，一般说来不能够令人满意，被人们嘲讽为“标语口号文学”。

然而，有一个有趣的历史现象值得我们深思，可以从中得出某种规律。在二十世纪三十年代前期，文学创作方面的真正主流不是打着无产阶级文学运动旗帜的作家群，而是严肃地走着现实主义道路的作家，其中一部分作家属于左翼阵营，一部分是在左翼阵营之外。前一部分作家的贡献以鲁迅的杂文、茅盾的《子夜》和《春蚕》等短篇为代表，后一部分作家的贡献则以沈从文的许多小说和老舍的《骆驼祥子》为代表。当然巴金的长篇小说《家》，曹禺的剧本《雷 雨》和《日出》，这些名作家都出现在三十年代前期，在我国现代文学史上放出光彩。三十年代比较有成就的作家还有很多，我在这里不一一举例。为什么走着不同道路的作家汇合成三十年代前期文学创作的中坚力量？这是因为，当时那些走着不同道路甚至存着门户之见的作家们，在现实主义的总原则下具有较大的一致性。当然，当我们回顾三十年代的现实主义文学发展史时，既要肯定在总的五四运动精神下不同道路作家的不同贡献，也要明确指出，左翼作家阵营是一支坚强的主要力量，决定着中国新文学的发展方向。

一九三四年苏联第一次作家代表大会上提出了社会主义现实主义的口号，以此作为苏联文学创作和文学批评的基本方法。这一口号和理论原则很快传到中国，所以中国的社会主义现实主义文学运动也是从二十世纪三十年代中叶开始的。左翼作家群都奉社会主义现实主义为圭臬，并且为之斗争。当时因为在国民党的统治之下，所以一般不称社会主义现实主义，而称为新现实主义，以别于已往提倡的现实主义，即批判现实主义。

由于日本帝国主义的侵略，国难日深，左翼文艺界积极地投身于抗日救亡斗争。抗日救亡是民族的最大现实，七七事变以后，大批文艺青年和已经成名的作家走上抗日斗争的战场或从事各种抗日工作，这一历史形势，对我国社会主义现实主义文艺运动起了极大的推动作用。一九四二年毛泽东同志《在延安文艺座谈会上的讲话》(以下简称《讲话》)，既是根据解放区文艺所存在的和争论的问题，也是回顾了二十世纪三十年代左翼文艺运动的经验，作了马克思主义的解释。有些问题是在三十年代就提出了的，但是没有解决。《讲话》虽然受历史条件的局限，对某些问题的提法不尽准确，或者在当时是需要的，在今天未必恰当，但是《讲话》的主要精神在今天仍然有重大的指导意义。我们对《讲话》的主要精神必须继承，在继承的前提下进行必要的修正和发展。怀疑《讲话》的重大指导意义当然是错误的，反之，对《讲话》作教条主义的解释也是错误的。我们在谈论和研究中国现代（包括当代）文学发展史的时候，必须重视《讲话》精神所起的重大的积极作用。四十年来我国革命文学和艺术的巨大发展是与《讲话》的指导作用分不开的。

到了一九五八年，毛泽东同志提出革命现实主义与革命浪漫主义相结合的创作方法，简称为“两革”的创作方法，近几年又较多地称为革命现实主义，其实涵义上是相同的。我以为革命现实主义这一名称较为简要，也已经流行开了。我国当代文学正在继续沿着这条克服“左”和“右”干扰的道路向前迈进。

四

革命现实主义，顾名思义，它继承了历史上现实主义创作方法的优良传统，而在无产阶级革命时代有了新的发展。是在无产阶级美学要求的原则中发展，而不是向着资产阶级自由化的方向发展。归纳起来，革命现实主义应包含以下几个要素：

第一，作家应该具备无产阶级的世界观，应该是一个共产主义的思想战士。这一基本要素，在二十世纪三十年代就已经提出来了，当时就指出革命的作家，首先应该是一个革命的人。关于思想改造的问题，我们反对的只是用所谓“思想改造”的名义整人，反对将一部分人看作是天生的“动力”，看成是一生都处于改造别人的地位，而将另一部分人看作永远不变的改造对象。但是，我们绝不反对正常意义上的思想改造，自觉的思想改造，人人都应该重视。没有天生的马克思主义者，任何有志于做一个无产阶级革命作家的人，不认真改造自己的思想怎么能行？有了共产主义的革命世界观，为人民服务和为社会主义服务的问题、立场问题等，都容易解决了。

第二，必须深入生活。没有丰富的生活阅历作基础，革命现实主义的创作方法就是空的，这条创作道路就走不通。不懂生活，或者懂的不深不多，任何天才也不能成为优秀的现实主义作家或诗人，生编硬造的生活情节不能成为好作品。另一方面，作家倘若长期脱离群众，不关心现实，会使眼界狭小，情感偏激，不利于随着社会前进，当然也不利于改造思想。

第三，必须学习马克思主义、毛泽东思想。作家是思想战线上的战士，必须学会掌握马克思主义、毛泽东思想的思想武器。不掌握这套武器，如何提高工作质量？作家单有生活也不行，还要能够深入地认识生活，然后才能运用艺术手段正确地反映生活。我所说的马克思主义、毛泽东思想的学习，不仅是指无产阶级的哲学、政治学、经济学等方面的基础知识，也包括在马克思主义统帅下的历史、文学史、文艺理论、美学理论等方面的基础知识。想成为一个较有成就的作家，缺少必备的知识会限制你的成就，到一定时候会限制你的提高，在复杂的思想斗争中会迷失方向。

第四，要掌握精湛的艺术技巧。回顾几十年来的革命文学发展历程，我们既要肯定巨大的成就，也要承认吃了“左”的教条主义的亏，对作品片面地强调“政治第一”（或所谓“思想性”）而忽略了艺术追求，忽略了思想性与艺术性的统一。在特定的历史斗争条件下，强调“政治第一”有一定的积极意义，但是作为评论文学作品的普遍原则或标准，便要导致文学作品的粗制滥造、公式化、概念化，这实际上不符合无产阶级的美学要求。无产阶级有理由有能力批判地接受人类的优秀文学遗产而发扬光大，在某些艺术成就方面有可能超过古人，甚至大大超过。人类总在不断地追求，不断地进步，不断地达到新的水平，这不仅是历史唯物主义思想，也是起码的进化论思想，在文学上难道不应该作如是观？过去许多年中，由于片面地强调政治标准，使我们许多作品的艺术成就不高，缺乏艺术感染力，不能满足读者的要求，这一历史经验值得总结。

以上是我对革命现实主义所要谈的主要意见，至于我在长篇发言中还谈了些别的问题，以后有机会再另作论述。

一九八二年六月

（据在中国当代文学学会第三次年会上的发言录音整理，原载《芙蓉》1982 年第 6 期）

谈小说创作的中国风格和中国气派问题

我今天来，主要是学习。因为我是搞创作的，理论水平很低。纵然有些经验，也没上升到理论上去。今天谈的题目，我过去没谈过。过去我为了回答一些荒谬的论点，曾谈过历史题材创作问题。今天则想专门谈谈关于中国风格、中国气派的问题。《李自成》第一卷和第二卷出版以来，受到了读者的欢迎。上至八十几岁的老头子，下至十几岁的小娃娃，都爱看；看不懂书的，希望听广播。其中的原因很多，我想这里有一个道理，就是要有中国味道。到底中国味道是什么？理论上有什么根据？是怎么产生的？我想谈点个人的初步认识。今天到会的都是专门研究当代文学的。我难免不说错误话、外行话，如果说错了，希望大家纠正。下面言归正传。

中国风格、中国气派的问题是怎么提出来的？我想先作一些历史追溯，然后谈谈我自己是怎样进行探索的。

先追溯一下历史。五四运动，从五四运动前一两年开始，到现在已经半个多世纪了。当时轰轰烈烈的群众运动解决了很多问题，但也有一些问题没解决，这就是如何把中国丰富的、优秀的民族文化遗产继承下来，特别是文学方面，这个遗产非常丰富。如何把它继承下来，发展中国的新文化？这个问题当时没解决，甚至还没有人想到。为什么没想到？这里有一定的历史条件，因为当时我们面临着反帝反封建的任务。反封建文化与反文言文、旧文体成为文学革命派的双重战斗目标。在斗争中也产生了一些过“左”的倾向和偏激的思想，如钱玄同就反对读中国书，主张根本“废灭汉字”，认为这是社会主义革命“根本之根本”，陈独秀、胡适也都有这种倾向。当时还有人提出过“全盘西化”的口号，胡适就说过：把线装书都烧掉才能闹革命，这是一种小资产阶级的狂热，这就对中国文化产生了一种民族虚无主义。二十世纪三十年代以来，由于中国革命更深入，而且由于日本侵略，加上国民党提出“非礼忽视，非礼勿听，非礼勿言”，斗争格外尖锐复杂。于是，进步的文化阵营在党的领导下，要反击国民党的尊孔读经，又要把抗日救亡争民族生存这些任务推广到人民群众中去。在这样的历史要求下，第一次提出了大众文学的口号，提倡大众语运动。为什么要这样提倡？我们过去写小说、写散文，欧化倾向特别严重，那些句子、词汇，不但一般的工农群众不喜欢，我现在回想起来也觉得别扭。因此，语言必须中国化，词汇必须中国化。于是这又牵涉到一个形式问题，所谓“旧瓶装新酒”这个说法，就是当时提出来的。究竟“旧瓶装新酒”，能装不能装？这里，重要的是语言的大众化。这个问题，对我们这一代人——当时都是青年人，影响很大。大家知道，我写过《差半车麦秸》，在一九三八年冬天发表。很多人喜欢这篇文章，可有一个重要问题也许大家没看到，就是语言实行大众化的艰难过程，这是因为大家对二十世纪三十年代的情况不清楚，二十世纪四十年代、二十世纪五十年代、二十世纪六十年代的人没有这个感觉。经过延安整风后，我们大批青年作家到人民群众中去参加抗日斗争，语言运用起了大变化。但在二十世纪三十年代的“国统区”，情况就不同，青年谁想到抗日第一线，谁就要被捉起来，因此，尽管理论上知道要用活生生的口语，做起来却很难，特别是南方的作家更难，因为南方口语与北方口语差距很大。广东的粤语写出来，到北方就看不懂了。但后来，广东、福建的作家跑到北方去了，生活面广了，另外经过延安整风，理论方面明确了，这个问题就逐渐解决了。二十世纪三十年代却不同，我们主要靠当时大众的口语给我们的启发。“文化大革命”期间，有人要打倒瞿秋白，我思想上很不通，瞿秋白同志在文化上贡献很大，特别是提倡大众语方面。话说回来，《差半车麦秸》，正是在大众文学的口号讨论之下，在一九三八年春天写出来的。我们回顾这段历史，就知道今天不解决语言问题，就解决不了中国文学风格的问题。这个问题本来是毛主席提出来的，《新民主主义论》说得很清楚。由于毛主席提出了号召，于是乎在重庆、国统区和大后方引起了一场民族形式的讨论。从一九四二年到一九四四年，把民族形式的问题提到了群众面前，引起了争论。但这次讨论没有解决问题。为什么没有解决问题？因为争论的焦点没有搞对。有人提出，中国文学应该重新从民歌、小调做起，提出这些意见的人有些是我的老朋友。对此，我是不同意的。为什么要丢掉历史传统呢？尽管五四运动以来的新文学有它的缺陷，但它已战斗了几十年，已经在历史上作出了贡献，不能丢掉五四运动的成果，重新从民歌小调开始。况且民歌本身也还有许多落后的方面，不能不加以考虑。当时很多争论就围绕着这些问题相持不下，这件事情引起了我的深思。我这个人好管闲事，关心各种讨论。我考虑，中国文学一定要继承接受中国的文化遗产，如何继承接受？这是个问题。因为中国这个国家与外国许多国家不同，跟苏联也不同，我们这个国家历史悠久，简直惊人。我们最早的诗，写成文学的诗已经有三千多年的历史，《诗经》只是其中很少的部分。我们散文的发源，也有三千多年了，公元前三世纪以来，散文有些是文学家写的、有些是思想家写的、有些是历史家写的。先秦诸子在散文上是光辉的，而且往后每一代的文章，都有很大的进步。我们的小说起源很早，短篇小说达到成熟完成是在唐朝和宋朝，叫唐宋传奇。在此以前已有小说，而唐宋传奇已有人物、主题思想，结构完整。到了元、明、清，小说更加发展，有些技巧我们今天还赶不上。可见，我们的长篇小说真是了不起。因此，我们不能抛弃丰富的文化遗产，抛弃我们的祖先，这个问题必须重视解决。中华民族历来善于吸收国外文化的精华，我们的文学、音乐、绘画、雕塑艺术的很多方面都受过外国的影响。唐代是吸收外国文化最多的朝代，因此唐代文化发展很快，并且一面吸收，一面向外输出，日本人说：没有中国文化就没有日本文化。我国在历史上的特点就是善于吸收，善于创造自己的文化，为什么今天我们不好好接受中国文化的传统遗产，创造出为人民喜闻乐见的新文学呢？我们的新文学应该像中国画一样，有东方的色彩、东方的样式。

下面，说说我对这个问题的探索。中华人民共和国成立后，从二十世纪五十年代开始，我就想写历史小说。除了写《李自成》以外，我打算写两个题材，都与广东有关。一是写太平天国，这个想法我至今没有放弃，但愿老天爷保佑我长寿，我一定能把它写出来；第二个题材，与广东也有关系，写辛亥革命。我对这方面的历史作过一些研究，作过构思，我和一些人谈过，可也有人说这是一般的构思。写《李自成》的时候我要考虑许多问题，尤其是写的时候不自由。现在大家都知道，一九五七年我被当作“右派”，挨批斗，批斗以后我很难受，怎么办？光哭不行呀！我想，我要写《李自成》。决定写，就得秘密写、偷偷写，别人问，我就说写检讨材料。我买了一个广东产的牛皮夹子，是个活页本。郑重其事的，一听见脚步声就把牛皮夹合起来。别人问就说是写检查材料，人一走，又打开原来的稿子继续写下去。在这种情况下，我坚持几个原则：第一，不管斗争多么复杂，我要坚持历史唯物主义的观点，尽管那时教条主义很厉害，自己的处境很困难，但我要把我的激情倾注到《李自成》上去。第二，我要坚持探索新形式。从一九四二年开始，我就在考虑这个问题，这个探索要从《李自成》开始。当然，事先并没有任何的理论指导，也没有什么先例。文学的规律就在于一切文学形式都需要作家去探索。理论可以推动或影响创作活动，而真正推动创作的是作家们的创造性实践。开始我也没有实践经验，曾经碰到的一个问题是要不要用章回体？许多人到今天还有误解，《李自成》为什么耐看？是因为它把中国章回小说的技巧与西洋小说的技巧相结合。确实，对这个问题我曾经犹豫过，一直到今天，许多热情的读者还为《李自成》没有回目而感到遗憾、惋惜，包括文艺界的一些老兵也给我提过这个意见，说《李自成》好像是中国式的写法，看也好看，但你又说不是章回小说，道理在什么地方？今天我来总结一下，也是向各位请教。

回顾一下章回体，我觉得这并不是中国小说的精华，中国古典小说的成就不在这里。真正中国风格、中国气派并不在于是否章回体。中华人民共和国成立前后，我们也有一些长篇小说用章回体，这大家可能比我要看得多。一些作家怀着良好的愿望，写出章回体小说，这些小说的成就达到了不同的程度，我们要充分肯定。但是否真正达到了中国气派的要求，不一定。中国的长篇小说，据我这个外行人看，可分三个发展阶段：第一个阶段是孕育、萌芽阶段，从宋朝到元朝，也就是“说话人”讲的长篇故事；第二个阶段是元明之际，产生了《三国》《水浒》；第三个阶段开始于《金瓶梅》，完成于《红楼梦》。为什么说是三个阶段呢？我们作家谈文学史都是从自己的经验出发去谈的，可能会有错误。在宋朝的时候，小说是听的小说，而不是看的小说，是由说故事人（或叫“说话人”）口里说出来的小说，类似现在说书的（不是山东快书）。这种小说，我少年的时候也听过，一个老头，手拿一块堂木，在小桌上这么一敲：“话说……”这就开始了，宋朝的“说话人”就类似这一种。《三国演义》的故事经过他们世代相传和口头加工，加上元朝的戏剧也在丰富人物性格，经过长久的口头创作，到最后元末明初，就整理产生了《三国演义》这一本书，《水浒传》也是如此。“说话人”口头说故事时，并没有回目，现在看《三国演义》就没有，但分段是有了。这是因为每说到一个段落就要钱，就停住，让帮场的拿个小篮子去收钱。这样，要钱就把故事打断了，也就产生了自然段。以后，口讲的、听的小说开始变成写的小说，这与印刷术的发展很有关系。整理故事的是知识分子，就加上题目，题目漂亮一些好吸引人。原来的《三国演义》，每一章前面加的只是一句话，以后经过文学加工才变成两句话。现在我们看到的清朝康熙年间的版本，就是两句话的。这就说明回目是在一定条件下产生的，而且和明朝开始形成的对联很有关系。写文章、写诗讲对仗是很久了，南北朝已经有，到唐朝才变成重要的课题。但门上挂对联出现较晚，据说是到明朝才逐渐开始，回目的兴起与对联发展有密切联系。“看的小说”的变化尽管与回目发展有关系，但并不是最重要的联系。“听的小说”讲故事性，但不懂得写生活。有些人把《三国演义》《水浒传》吹得太厉害，说成是伟大的作品，其实《三国演义》《水浒传》还不懂得写生活，或者不重视写生活。这一点《三国演义》很明显，《水浒传》也只有个别地方写生活。这个阶段，我把它叫作“英雄传奇”时期，到了《金瓶梅》，开始写市井生活，也就是小市民生活，接近了大众，这是一大进步，通过日常生活刻画人。可惜《金瓶梅》的作者思想境界不高，两性生活的色情描写太多，这就影响了它的流传，不能扩大影响。

到了清代，出现了三部小说，其中一部被埋没了两百多年，直到现在才被挖掘出来，前不久我为它写了序。第一部是《儒林外史》，它确实写生活，通过写生活写出了几个人，可以说写得很深。今天看来好像没什么，这在当时不得了。“江青反革命集团”时期也是不准写生活，只能写远离生活的“英雄人物”。写生活是从《儒林外史》开始的，是中国古典小说向近代发展的一个开端。第二部写生活的小说出现得比《红楼梦》要早，是一个河南人写的，名叫《歧路灯》。《歧路灯》过去只有抄本流传，民国初年开始有刻本，流传在洛阳一带，但流传不广。一九二七年冯友兰、冯沅君兄妹俩记录整理了二十七回，由北京朴社出版，大概没引起注意，这是为什么？我考虑，这部小说是宣传儒家思想的。从五四运动打倒“孔家店”，到一九二七年大革命时代，宣传儒家思想的作品很难流行。总而言之，当时对宣传儒家的作品是压，我以前没有看过这部小说，河南有人在“文革”十年间，把它重新整理、标点、加上注释。这部小说现在要出版，让我写序，这使我重新考虑了一些问题。这部小说的长处是写了不同阶级、不同行业、不同人物的生活。尽管宣传的是儒家思想，但现实主义的手法打破了它的主观愿望，它写的正派人物都是干巴巴的，它写的非正派人物却是有声有色的。它写的是明末清初的历史，这是一部封建后期的社会风俗史，表现了一种地道的河南风味。它与《儒林外史》不一样，《儒林外史》不懂小说结构，一团一团的，一团写完，丢掉一团，人物有性格，但不丰满，还没发展充分就丢掉了。《歧路灯》则有完整的人物，完整的结构。至于《儒林外史》的进步性，我们也不要夸张得太高，《儒林外史》也宣传正统思想。它嘲笑科举，这是当时一般有识之士都反对的（比如顾炎武）。它反对科举，但并不反对儒家思想。最后一部小说是《红楼梦》，《红楼梦》的伟大就在于它不讲钱、不卖钱。过去的口头文学非要讲故事性不可，不然一放下就没人听了。在当时，说书的请求听众“有钱捧个钱场，没钱捧个人场”，要靠故事性卖钱。“看的文学”就不一样，它不卖钱，所以《红楼梦》的故事性不强（《儒林外史》的故事性也不强），它着重写生活。故事性不强，就靠人物的性格、命运、变化来抓人。虽然《红楼梦》也是章回体，前面有回目，后面有“且听下回分解”，但已成为形式，不起卖关子的作用，这与口头文学不同。口头文学的“且听……”就是卖关子，一到“绿林好汉”的“钢刀插下……”马上打住，好牵住听众。在《红楼梦》里找不到这一点，它是“看的小说”，通过塑造人、通过人物命运的变化来抓人，可见有没有回目并不是主要的。我们今天写的不是口头文学，如果在书上加上对仗的回目，反而容易破坏小说的风格。所以，我坚决反对创作上保守、倒退，反对那种利用读者关心故事的心理，做卖关子的文章。

到底我们对古典小说应该怎样吸收？我是从这几个方面去努力的：一是吸收“英雄传奇”的写法。自然，你要写某个城市两个普通青年的生活，你就不可能用传奇式写法，但写《李自成》可以。二是写生活，大量地写生活。《李自成》第二卷，就是大量写风俗人情，对此我是大大费了脑筋的。这些都不是《三国》《水浒》式的“英雄传奇”所有的，而是《红楼梦》《儒林外史》才开始有的。从古典小说里，我既要吸取“传奇”手法，也要通过写生活表现典型环境的典型性格。第三，是学习古典文学的语言。口头文学的语言特点是明白如画，明清的文人小说继承了这个优点，语言上没有故意雕琢，这个语言问题很重要。中央广播电台播讲《李自成》的是有名的话剧演员，他告诉我，《李自成》播讲时比较顺口。我在《李自成》中用了几种语言：一是利用了大量口语，以河南方言为主的口语，因此河南人读起来特别亲切。《李自成》写陕西，但用的是河南语言，因为我对河南熟悉，有感情；没有河南的生活，我写不出《李自成》。我在湖北生活那么久，湖北的语言我就学不好，因此我充分利用了河南口语，并且力求要琅琅上口。还有一点是注意对话。现代小说的写法，往往“说话人”的名字夹在中间，或留在后头，人物说了好几句话还不清楚是谁说的，这个办法我不采取。我们中国古典小说，不管长篇短篇，“说话人”的名字都写在前面，播讲小说的时候，听众很喜欢名字在前，这样说的好说，听的也好听。另外，因为写的是历史小说，我也不能单纯用白话或者用文言。要“文”还是要“白”？写《李自成》时我注意了对话的阶级色彩和时代色彩。从时代色彩来看，写对话我尽量不用现代语汇，对此我下了很多功夫。当然偶尔也许会露出破绽，特别是“文化大革命”时期写的部分，当时情况非常混乱，以后我就很注意了，甚至清代出现的语言我也不用。其次是阶级色彩，士大夫、读书人是口语和文言分开，近代的“高级华人”说话先用英语，然后再用中国口语。我读中学时教师说话是半文半白，叫“教师语”。士大夫、大官僚各有各的语言习惯。皇帝讲话就不能用白话来写，皇帝下的诏书一般要讲究对仗，词句典雅，我就大体按这个要求去写。另外，还要揣摩各种人物的口气，比如写判决词，只是一两句话，但从唐朝开始，直到明、清，判词要用对仗，要是不知规矩，那是不行的。至于诗词、古文以至祭文，都要学会。为了写皇帝结婚，我翻了大量资料，还专门找过专家。《李自成》里的诗词，有几首是原有的，我改了一下，其余的都是我写的。为什么要这样写？因为古人爱作诗词，你不能回避。所以说，语言问题很重要，这是我从中国古典小说中学到的。总而言之，就是从中国古典文学中继承“英雄传奇”的手法；《红楼梦》写生活的手法；语言上吸收古代文学的语言和五四运动以来的白话文。这对当代文学，对今天的小说创作，会有重要的意义。当然，其他的艺术手段也要吸收，比如《李自成》中那个刘宗敏骑着白马跳下汉江的情节，其中的表现手法，就是从电影镜头的画面中吸取过来的。继承传统并不是排斥新的东西，但必须有一个基础：在民族文化土壤的基础上（绝不仅指章回小说）开放出新的花朵，但也要灌水、浇肥，也就是浇灌西洋的水和肥。此外，要懂历史，要真正懂得中国文化。你写历史，写三百年前，不懂得当时的情况，风土人情，就没法写。第二卷大量写宫廷生活，其中的文件历史上可能没有，但细节（包括其中的礼节）却是真实的。我到故宫去，他们的人说：我们在这儿工作多年，也不知道皇帝走路是从哪边门出哪边门进，你是怎么知道的？只有生活细节真实，才能去虚构，才能让人信服，也才能经得起推敲。

我最后说一遍：是不是提倡中国气派就反对西洋小说呢？不是。我们国家从五四运动以来产生过许多好作品，像二十世纪三十年代的《子夜》，在现代文学史上就有很高的地位。中华人民共和国成立后好的长篇小说也很多，并且与广大知识分子、青年读者的关系和二十世纪三十年代已经大不一样了。时代在发展，创作也要发展，因此像《李自成》这样追求民族风格、民族气派，只能成为一个流派，不能代表文学的全部。作为一个流派，它就具有以上谈到的这么一些特点。

（根据录音整理，原载《当代文学》1981 年第 1 期）

论当前的通俗文学

一

近几年，一种被叫作“通俗文学”的流派突然兴起，十分热闹，迅速占领了文学出版物的大部分市场，冲击了严肃文学的阵地。“传奇文学”是当前“通俗文学”中的重要组成部分，在文学刊物的市场上最受读者喜爱，是热门货，所以有人将这一情况称为“传奇文学热”。总之，所谓通俗文学（包括传奇文学），由于一时刊物泛滥，销数空前，已经引起了各方面的重视，到了必须认真加以讨论的时候。

时至今日，“通俗文学”的作品已经很多，为评论这一文学浪潮而发表的文章也有很多篇。在这些评论文章中，除有少数几篇作出清醒的评价外，大多数都是对这种文学浪潮发表吹捧和维护之词，避开了问题的本质，被五光十色的现象所迷惑，甚至震惊。不论从已经发表的大量所谓通俗文学作品看，或从许多为之宣传和吹捧的论文看，我们对这一突然兴起的浪潮应该有清楚的认识。它的性质，已经由大量作品和许多吹捧的论文本身充分暴露了。

有的论文说当前流行的通俗文学是“新时期的社会主义大众文学”“正在成为社会主义文学运动重要的一翼”。实际上，当前绝大多数的通俗文学作品，尤其是它的主力军传奇文学，既不能反映社会主义的现实生活，也不能反映社会主义的时代精神。许多新历史演义、新公案小说、新武林小说……好的很少，大多数在故事上胡编乱造，思想感情陈腐，或者互相抄袭。近几年历史题材的电影、电视剧对于祖国历史的不尊重，随意瞎编，这是大家有目共睹的坏现象，绝不能说是社会主义的文艺。像《飘然太白》《杨贵妃》《懿贵妃》，以及香港风格的电视系列片如《霍元甲》《陈真传》等，尽管观众很多，能够说是社会主义的文艺么？这一类作品有助于我国社会主义精神文明的建设么？至于新的武侠片，除《武林志》等很少数的以外，大多数是充满着荒诞、离奇、庸俗的情节，加一些廉价的爱国主义“佐料”。与这种电影、电视系列片密切配合的是一部分所谓新传奇小说，这一类历史题材、武侠题材的传奇小说丝毫不新鲜。这种投合落后趣味的小说在二十世纪二十年代和三十年代就有，但不能同五四新文学对抗，更不像目前泛滥。这是在当前历史条件下的沉滓泛起，并不像有的评论者称颂的那样：“它已培养出一种新的、社会化的对通俗文学的审美心理，一种新的大众化的阅读欣赏趣味，并对我们整个文学审美趋向产生着影响。”（滕云《通俗文学正在起新潮》）

什么是我们应该培养的欣赏趣味？且看与当前通俗文学相呼应的是所谓流行音乐。今年中央电视台举办的春节晚会，完全被港风支配，丢掉了我国健康的文艺传统。它的社会效果如何？它所反映的艺术趣味和艺术水平如何？四月上旬，我在杭州观看一次文艺晚会，全部唱的港台歌曲，不停地激光闪闪，身体扭动，既没有中国民族传统的音乐，也没有五四运动以来的中国歌曲。后来我回到北京，从电视上看到国务院办公厅组织的五一节音乐晚会，突然耳目一新，精神为之一振。试问，拿两种音乐会作比较，都有娱乐性，哪一种是健康的？哪一种是社会主义的文艺道路？

二

为当前通俗文学作积极评价的论文中很重视文艺的娱乐性，也注意到文艺的教育作用和娱乐作用的关系，但忽略了对现存的大量通俗文学作品作一番实质考察。从表面看，有一个论点是值得我们重视的，例如：

> 通俗的文艺是重视娱乐性的。优秀的文艺作品都寓教于乐。我们过去只讲文艺的教育作用、认识作用、美感作用，对文艺的娱乐作用讲得很少。而人民大众自发地接触文艺，在通常情况下，为的是消遣、娱乐。他们在消遣、娱乐中潜移默化地受到教育，获得知识和美感熏陶。（滕云《通俗文学正在起新潮》）

这一段话虽然也谈到文艺的教育作用，但最重视的是作品的娱乐性。还有别的论文，对娱乐性的强调更为突出。例如：

> 文学作品具有娱乐性，丝毫也不会减弱它的认识作用、教育作用和审美作用。相反，正是这种娱乐性，吸引了读者，使文学作品能够寓教

于乐，使之更巧妙，更不易令人觉察地将文学作品所带有的倾向性沁入读者的心灵之中，以实现教育感化读者的目的。（庄众《通俗文学浪潮及我们的思考》）

以上论点都有值得商榷的地方。首先，我认为真正好的文艺作品，其审美作用、教育作用、认识作用和娱乐作用常常是浑然一体，并不故意强调娱乐作用。一幅好画、一首好的民歌或诗，人人喜欢，审美作用与娱乐作用是统一的。不管画的是人物、山水、花卉、翎毛、草虫……画家以其成功的艺术作品感染人们，满足人们的审美享受，同时也起到了娱乐作用。有些家庭，当儿童四五岁时就教他们读歌谣体的读物，看“画书”，将知识教育同艺术趣味结合起来。千百年来，在有知识有文化的家庭中有教儿童读唐诗的教育传统，先教五绝，后教七绝，然后教《木兰辞》一类长诗。这都是文学作品，儿童喜欢背诵，主要目的是教育，不是突出娱乐，与儿童游戏不同。《三字经》《百家姓》《千字文》之所以出现和流行，目的在教育，不在娱乐。这三种书以及《七字鉴略》，读起来琅琅上口，带有音乐感，但目的不是娱乐。

拿我国的古典长篇小说看，《三国演义》和《水浒传》都带有英雄传奇色彩，所以有娱乐作用，但是这两部古典小说在文学史上获得崇高地位不是由于娱乐作用，而是由于审美作用和认识作用。到了明朝中叶，出现了《金瓶梅》，不再走英雄传奇的道路，而转入描写日常生活和习见的市井人物，单就创作方法说，这无疑是我国古典现实主义的一大发展。沿着这条道路到了十八世纪，出现了《儒林外史》《歧路灯》《红楼梦》三部小说，而以后者的成就最为辉煌。曹雪芹写《红楼梦》充分运用他对那个时代的生活知识，他所掌握的各种文学表现手段和他的才华，用力描写生活，刻画人物，从封建大家庭的典型环境中塑造一大群典型人物。《红楼梦》非常吸引人，令人百看不厌，但是曹雪芹写作时显然不是将娱乐作用放在第一位，不依靠曲折离奇的情节，更不制造惊险的故事。他的创作态度非常严肃，追求的艺术境界很高，与当前流行的通俗文学或传奇文学根本不同。

三

文艺作品的社会效果是多方面的，娱乐仅仅是一个方面。就这一方面说，也有高尚与庸俗之别，可以对社会起好的效果，也可以起坏的效果。我们当前不再提“文艺为政治服务”的口号，不等于放弃社会主义的方向和共产主义的理想。我们提文艺为人民服务、为社会主义服务，这里边就包含着拿革命的思想，而不是拿腐朽的封建思想或资本主义的思想情趣为人民服务，为社会主义服务。这是必须坚持的根本原则。

为了歌颂通俗文艺，有些论文把五四运动以来新文学的历史贡献和重大成就故意贬低，也对那些不肯同样赞赏通俗文艺的作家表示责备。例如有一篇文章说道：

> 既然我们的文艺方针是为社会主义服务，为人民服务，我们就没有理由对广大人民群众喜闻乐见的东西抱冷漠和轻蔑的态度。归根结底这是有无群众观点的问题。我们的文学完全应该迂（屈）[①]尊降贵，“出了象牙之塔”“走向十字街头”，同广大群众相结合。（浩成《通俗文学漫谈》）

这一段话有两点基本思想：第一是肯定当前流行的通俗文学确实是为广大群众服务，是一条最正确的文学道路；第二是从五四运动以来直到当前，我们现实主义的进步作家都是高踞人民群众之上，活动于资产阶级的或贵族老爷的文艺殿堂，即所谓“象牙之塔”。这两种看法都是错误的，我将在以后论述。

在同一篇文章中，还有一段话也反映了目前较有代表性的意见，抄录于下：

> 把文艺作品的“社会效果”看得过于严重是“左”的指导思想的另一反映。诚然，通俗文学中确有一些宣扬凶杀、色情、迷信等不健康的东西，迎合部分群众的落后心理和低级趣味。某些小报唯利是图，粗制滥造，我们当然不能熟视无睹，放任自流。除了确属内容反动、淫秽、荒诞的应予取缔、禁止外，正确的方法也还是批评和引导，大可不必为此大惊小怪，徨徨（惶惶）不可终日，因为正像廖沫沙同志所说的那样：“若道文章能祸国，兴亡何必动吴钩？”“文艺亡国”的事事实上是不会有的。有些人动辄把青少年犯罪现象归罪于某些小说与电影，其实这只是

① 括号内的字是作者所加，下同。

> 无知妄谈。我这样谈的根据之一就是在“史无前例”的时期，只剩下八个样板戏，应该说纯而又纯了，而犯罪现象却泛滥成灾，这又作如何解释呢？根据之二是我自己，从小就养成杂览的习惯，几乎无书不读，什么《江湖奇侠传》《蜀山剑侠传》《三言二拍》之类都曾寓目，但至今还算好端端地做人，并未堕落成为罪犯。（浩成《通俗文学漫谈》）

文学的“社会效果”是应该重视的，但是什么叫作“看得过于严重”，这是尺度问题，最容易发生争论。很可能，文艺界一批评通俗文学的某些不好的现象，谈一谈正当的“社会效果”，就会被指责为“把文艺作品的‘社会效果’看得过于严重，是‘左’的指导思想的另一反映”。从上一段文字的整个精神看，实际是否定讲究文艺的“社会效果”，一切顺从读者的落后的欣赏趣味，对各种代表“沉滓泛起”的文艺现象不加干涉，否则就是“左”的指导思想。

从实际情况看，自党的十一届三中全会以后，逐渐在排除“左”的干扰，直到近来出现的创作比较繁荣的空前好形势。今后，在文学创作方面，既要继续防“左”，也要防“右”。防“右”就是防封建的和资本主义的腐朽文化的侵蚀，也要警惕这一类文化的沉滓泛起。至于说目前通俗文学的流行已经引起了你们所说的“纯文学”的作家们“惶惶不可终日”，我还没看见有这种情况。这恐怕是有些吹捧通俗文学的人们夸张了形势。其实，凡稍有文学修养和哲学思想的人，都明白目前通俗文学以及其中的传奇文学的泛滥的社会原因和思想原因，它只能冲击和干扰现实主义文学，而绝不会对其健康发展和历史主流地位构成威胁。

至于“文艺亡国”之说更是妄谈，我们的作家们和文艺理论家队伍中也有人有相反的意见。倘若认为作家中有此意见，恐怕是吹捧通俗文学泛滥这一现象的人由于夸张了形势，无的放矢。

但是话要说得合理，不要夸张过火，也不要带有片面性，徒作意气之争。文学虽然不能亡国，却能影响社会风气和社会心理，也能反映国民的精神面貌。所以我们有社会责任感的作家重视文学艺术的“社会效果”是理所当然的，不能一谈到作品的“社会效果”就指责为是“‘左’的指导思想的反映”。

关于重视“社会效果”这一原则，曾对我国的文学发展史起过积极的作用，到今天仍在起作用，成为我们新文学创作的一个指导思想。我们所反对的是来自“左”的干扰和对真正现实主义的破坏，而不是它的基本原则。

早在春秋时代，孔子观察了我国从西周初年到他在世时几百年间各国诗歌的情况，编辑一部诗总集，即流传至今的《诗经》，并且他曾经对诗的社会作用问题总结为四个方面，即："诗可以兴，可以观，可以群，可以怨。"这"兴、观、群、怨"四个字是孔子论诗歌的社会作用的精髓，对后世影响很深。我这里所说的社会作用，实质上也就是"社会效果"。

到了汉朝，出现了一篇为《诗经》作的序，称为《毛诗序》(又称《诗大序》)，作者不可考，后人考证作者可能是东汉卫宏。这篇"序"很精辟地发挥了儒家关于文艺的"社会效果"的理论。它有下边几句最为著名的话：

> 诗者，志之所之也。在心为志，发言为诗。情动于中而形于言，言之不足故嗟叹之，嗟叹之不足故永歌之，永歌之不足，不知手之舞之，足之蹈之也。情发于声，声成文谓之音。治世之音安以乐，其政和；乱世之音怨以怒，其政乖；亡国之音哀以思，其民困。故正得失，动天地，感鬼神，莫近于诗。先王以是经夫妇，成孝敬，厚人伦，美教化，移风俗。

《毛诗序》的这一理论是经春秋、战国到汉朝，逐渐严密起来的，而且是将诗、音乐、舞蹈结合到一起谈的。这一文艺理论遗产，值得我们批判地继承。

五四新文学运动提出来"为人生的艺术"这一现实主义口号，起到划时代的影响。以娱乐为主旨的鸳鸯蝴蝶派受到现实主义和积极浪漫主义并肩作战的进步文学浪潮的冲击，溃不成军。半个多世纪的现实主义新文学虽然不断受到"左"的教条主义的干扰，出现了这样那样的缺点，但是它的主流是健康的，历史已经证明它有强大的生命力。粉碎"江青反革命集团"以后新出现的中青年作家灿若群星，他们在作品中表现的思想的深度，艺术的成熟，形成了一个新的历史阶段。他们都是"为人生"而从事创作，不仅仅为了娱乐。

文学虽然不能亡国，却可以影响社会风气，这情况不能说是"无知妄谈"。三十年代，常有少年儿童因受武侠小说和影片的影响，结伴前往峨眉山、华山和嵩山的新闻，见于报端。前几年，因连续放映《加里森敢死队》，在东北少年儿童中出现了许多秘密结合的"加里森敢死队"。最近一两年也有小学生私自离家前往少林寺的事。我并不是说《加里森敢死队》和有关少林寺的影片都是坏作品，应该禁止，而是说，不论小说、电影片和电视片，只要公开出版和放映，都必然产生不同的客观影响，即不同的“社会效果”。

让我谈一点外国的例子。美国青少年犯罪较多与美国“西部影片”有关系，这是大家都听说了的。太平洋战争结束后，新加坡重新受英国的殖民政府统治，原来从事抗日的、进步运动的作家和知识界人士横遭迫害，有的被投入监狱，有的被驱逐出境，进步的文化活动和出版物被取缔了。于是黄色文化泛滥，社会风气败坏，道德沦丧，白昼大街上强奸少女。这种现象引起新加坡各界和各阶层群众公愤，发动了声势浩大的反黄色文化运动，而这一运动对新加坡反殖民主义的政治独立运动作了有力的配合，起了推动作用。可见，文艺和文化都没有超脱于社会之外的，不能不重视“社会效果”。

《通俗文学漫谈》的作者，为着保卫当前通俗文学的道路，用什么样的逻辑进行论证呢？他说：“在‘史无前例’时期，只剩下八个样板戏，应该说是纯而又纯了，而犯罪现象却泛滥成灾，这又作何解释呢？”其实，这样提出质问是没有道理的。“江青反革命集团”搞得“只剩下八个样板戏”，同你们称为“纯文学”的作家们毫无关系，作家们在当时也是受害者，对“江青反革命集团”在文艺方面的胡作非为是痛恨的，抵制的。怎么能够扯到一起呢？怪论！又，犯罪事件泛滥的现象是“无产阶级文化大革命”造成的严重社会问题之一，但是“只剩下八个样板戏”不是这一现象的产生原因，更与你们所说的“纯文学”风马牛不相及。企图用这样混乱的逻辑来论证文学应当重视“社会效果”以及目前通俗文学走的是康庄大道，恐怕是事与愿违。

虽然吹捧当代流行的通俗文学和传奇文学的论文中也提到作品的教育作用和美感与熏陶作用，但总是不提什么样的教育作用和什么样的美感与熏陶；提到使读者（或观众）获得知识，唯独不提获得什么样的知识。凡遇到这些实质性问题时都放了空炮。这些论文中空谈为人民服务，空谈对读者的潜移默化，唯独不谈以社会主义的文艺为人民服务，以社会主义的思想感情对人民潜移默化。自然，更不敢提社会主义现实主义文艺道路。他们对以上要害问题是必须回避的，免得他们不能够自圆其说，也避免使自己落在“新潮流”的后边。

目前那些为当前的通俗文学唱赞歌的文章中不敢提以上实质性的问题，还有一个原因，即当前的通俗文学的作品并不高明。我很同意孙犁同志的评论：

> 目前通俗文学的特点，不在于形式上的仿古，而在于内容的陈旧，

> 还谈不上什么新的内容和新的创造，它只是把一个时期不许启动的食品橱门，突然打开而已。这一开放，可能使各式各样政治概念化的作品受到冲击，但如果说，它会冲垮传统的现实主义文学，那就是过分夸大了。随着人民群众文化修养的提高，现有的通俗文学，自然要受到历史的检验。（孙犁：《谈通俗文学》）

目前对通俗文学的吹捧，反映了我们文艺评论界一部分人思想理论上的混乱，或者是被通俗文学的销路所震惊，没有将这种一时的历史现象深入分析，自己也跟着吹肥皂泡。

四

通俗文学为什么忽然流行起来？这既是一种文学现象，也是一种社会现象，值得我们思考。但目前称道这种文学的评论文章，多是停留在问题的表面，甚至曲解和贬低五四运动以来新文学的光辉传统。例如浩成在《通俗文学漫谈》一文中写道：

> 对于文坛上这样一种新的趋势，人们的认识是很不一致的。有人认为这是沉滓的泛起，大部分属于“精神污染”，应该加以禁止、取缔，至少是不宜加以提倡。有人（包括我自己）则认为这是我国政治清明、经济繁荣、人民生活改善以后必然出现的情况，是对过去长期实行“左”的禁锢政策的一种抗议、一种反作用，值得我们认真地加以研究，也来一个“再认识”，正视事实，承认通俗文学在百花园中理应占有自己的一席之地。

在这一段文字中包含着两层意思，第一层说的是有人反对目前的通俗文学，主张“加以禁止、取缔，至少是不宜加以提倡”。这一层意见不是我在本文中要讨论的问题，可以置之不论。关于第二层意见，颇值得商榷。试问，目前绝大多数的通俗文学作品在内容上思想陈旧，艺术上粗制滥造，对历史题材随心瞎写，在创作方法上完全背离了现实主义的严肃性，片面地强调娱乐性，用迎合读者或观众的落后趣味以争取销路，这一类文学艺术（包括电影、电视以及其他文艺演出）难道是政治清明和经济繁荣时期的必然产物么？难道是像中国这样有数千年辉煌的文学艺术传统的社会主义国家应该发展的文艺方向么？是应该称颂的所谓“新的趋势”么？

从我国的历史看，唐朝的贞观和开元两个时期，在中国封建社会史上，可以算是政治清明和经济繁荣时期，与之相适应的是文学上由初唐走向盛唐，产生了健康、繁荣与光辉灿烂的盛唐文化，开元时期的诗歌被称为“盛唐之音”。目前的所谓通俗文学虽然不应该不加区别地说成是“精神污染”，可是能够说成是今天的“盛唐之音”么？我们当前全国上下奋发以求的是建设社会主义物质文明和社会主义精神文明。目前的通俗文学，从其思想内容以及其艺术追求，是不是能够符合建设社会主义精神文明的历史任务？

至于说目前通俗文学的流行“是对过去长期实行‘左’的禁锢政策的一种抗议，一种反作用”，这样论断也是值得商榷的。自从打倒了“江青反革命集团”以后，尤其是党的十一届三中全会以后，所谓“左”的禁锢政策已被打破。虽然仍有“左”的干扰，但是主要趋势是向着民主、繁荣的历史新形势发展，中青年作家灿若繁星，各种题材的作品如百花争妍，这种新形势为我国新文学史上未曾有过。为什么通俗文学偏偏在这时候泛滥起来？它是对什么起“反作用”？对什么“抗议”？显而易见，上边所引《通俗文学漫谈》一文中的议论并没有充分理由。

如果就反抗“‘左’的禁锢政策”的斗争说，我应该是有资格说话的作家之一。中华人民共和国成立以后，我国的文学创作的指导思想，长期受“左”的教条主义思想的严重干扰，不仅是思想干扰，而且往往是行政干扰。我于一九五七年秋天被暴风骤雨般地批斗之后，划为“极右派”，坚决不自杀，也不灰心，一边哭一边悄悄地动笔写《李自成》。这部小说的第一卷出版于一九六三年，第二卷和第三卷的一部分写成于“文化大革命”中。在那些年代，文学上“左”的表现最突出在以下几点。

第一，只许写现实，叫作为当前政治服务；不许写历史题材，几乎凡是写历史题材的作品都被曲解和诬陷为“影射现实”“反党反社会主义”。第二，片面地强调写工农兵和先进人物，使文学题材的范围大大缩小，破坏了现实主义创作方法的优越性，损伤了现实主义的名誉。第三，片面地强调作品的政治性，即所谓政治第一，而忽视艺术的重要意义，加上片面地强调文学创作为当前政治服务，为阶级斗争服务，于是乎粗制滥造、图解政策、写中心、演中心、公式化、概念化，各种现象都出现了。第四，强调“歌德”，反对对消极现象的批判和揭露，于是不真实的、浮夸的、粉饰现实的文学作品充斥报刊，却不受读者欢迎。第五，片面地强调写正面人物，而对于反面或落后营垒中的人物不管多么重要都不能写；如果写，也只能简单地写几笔，加以贬词。至于像号召只写“十三年”，以及什么“三突出”、什么“高大全”，还有写什么“评法批儒”、什么“领导出思想，作家出技巧”等，荒唐可笑，更不必提了。

以上种种，都不是革命现实主义本身的东西，而是反现实主义的极“左”思潮加上反民主的政治力量对革命现实主义创作方法的歪曲和破坏。

在党的十一届三中全会前的漫长时代，我是深受“‘左’的禁锢政策”之害的作家之一。我在极其困难的条件下以实际行动进行“抗议”，进行斗争。我创作了规模庞大的历史小说《李自成》，我按照“典型环境中典型人物”的现实主义原则，尽心尽意地塑造了皇帝、后妃、大臣等一系列与农民军对立的反动营垒中有代表性的各色人物，以我的作品维护和发扬真正的革命现实主义的创作方法。我决不迎合读者的某些庸俗和落后的欣赏趣味，不走今日所谓“通俗文学”和“传奇文学”的道路，然而《李自成》依然获得广大读者的欢迎。这总是客观事实吧？

今天既然是“政治清明”的时代，所谓“‘左’的禁锢政策”已不复存在，而且已经涌现了大批优秀的中青年作家，大大扩展了现实主义的创作领域，形成了我国当前的文学主潮，请问，从实质上说，“通俗文学”或“传奇文学”的兴起，究竟对什么进行“抗议”？对什么“起反作用”？

退一步说，纵然我们承认这一股“通俗文学”或“传奇文学”的浪潮是对已经过去的“‘左’的禁锢政策”的“抗议”和“反作用”，请问，将这一浪潮放在五四运动以来的新民主主义和社会主义文化发展的长河中，它能够代表什么进步的思想？它可曾更深刻地反映了当前的建设“四化”的现实生活？它可曾提供了更新颖、完美的艺术技巧？

中国当代文学应该往何处去，这一重大问题难道不应该引起我们的认真深思和重视么？

五

目前，最为通俗文学鼓吹者引为骄傲的是传奇文学。有一篇文章用十分热情的口吻称颂说："以传奇文学为号角吹出了通俗文学的最强音。"什么样的最强音呢？且看作者是这样论述传奇文学的：

> 现时期传奇文学热是一个多指向多层次的文学欣赏热潮。它是在曲艺（主要是评书类）、民间文学（主要是传说、故事类）、电影电视（主要是武林功夫片）、小说（主要是侦破、推理、惊险小说类）的共同影响下出现的一种欣赏旨趣上的一致性在文学上的反映和体现。这种一致性表现在传奇色彩的追求方面。它的形成和展示是文艺进一步从"左"的思想观念束缚下解放出来的集中体现。只有在今天，这种欣赏旨趣才能够得到充分表达和发挥的许可。目前这种传奇文学热的文学现象正在受到社会各界的广泛重视和关注。（任骋：《"传奇文学热"三题》）

这是打着反"左"的旗号为当前的传奇文学热作宣传，而同时也宣传了传奇文学热所集合的是什么旨趣，贩卖的是什么货色。作者更进一步为传奇文学的内容和创作方法作了如下充分介绍：

> 现时期传奇文学的内容包括各种不同的品系，它包括：武林、侠客、侦破、推理、公案、演义、市井、乡土、民风、民俗等，形式主要是小说、评书、故事等散文体通俗化的文学读物……喜好大胆泼辣不拘一格的"泼墨"式的写情画的作品，喜动厌静，追奇求新；不囿于细腻，品滋品味，倒热衷于一目十行，解气过瘾。欣赏者从作品中求的是感情的奔放，关心的是人物的悲欢离合，崇尚的是豁达豪放的性格，喜欢的是巧妙的机警和意料之外的跌宕起伏。这些从美学和心理学方面都可以找到时代的根据。

从这些自我宣传看，通俗文学是大张旗鼓地反对现实主义文学的各种原则，反对表现日常的社会生活，反对对生活和性格的艺术刻画，而以投合庸俗的欣赏趣味为目的，绝没有什么新的追求，也不可能产生什么新的货色。这一点，在前引孙犁同志的文章中已经指明了。

关于传奇文学的写作手法，即它的艺术特点，除上引文章中指出来的以外，还有不断被称道的说故事写法，否定细节描写的艺术价值，例如有一篇文章“貌似雄辩”地说：

> 众所周知，受着十九世纪实验科学方法论影响的批判现实主义的小说艺术，虽然也注重情节的生动性和完整性，但作为它的成熟的艺术表现手法，一般说来，却不以“叙述”故事取胜，而以描写细节见长。因而在五四运动以来现代小说艺术概念中，我们就特别地推崇描写，而比较轻视叙述。在当代文学中，我们之所以要将故事和小说区分开来，而且以故事在小说之下，我想，也许正是出于这个原因。但实际的情形是，有些故事，由于作者能够熟练地运用叙述的技巧，充分地发挥其叙述手法的特长，因而在艺术上比某些虽事描写，但并不熟练的小说高明得多。这毕竟是一个不可否认的事实。（於可训《通俗文学的兴起与文学观念的更新》）

在这一段文章中，有一点是逻辑上的失误。作者不应该拿描写失败的小说同熟练地运用叙述手法的故事相比，证明叙述手法优于描写手法。这种逻辑上的失误，我只提一下，不用多说。作者在理论上的主要失误约有三点：一是文艺美学或小说创作原理上的失误，二是对文学发展史理解上的失误，三是在如何看待现、当代文学作品成就的客观事实上的失误。

文学是语言的艺术，这涵义包括形象化的语言。对于小说来说，不仅是指词句的形象化，更重要是指细节描写。只有成功的细节才表现更深刻更生动的形象。典型环境中的典型人物，是现实主义小说美学的重要课题。没有成功的细节描写就不可能有成功的典型环境，没有成功的细节描写就没有典型的人物形象。有了许多光彩的细节描写，才有辉煌的小说艺术。

由叙述故事到细节描写的小说，是文学史长期发展的结果。从宋代的“说话”到明初的《三国志通俗演义》和《水浒传》，虽然开始有了细节描写，但仍然以叙述为主。经过《金瓶梅》，到了《儒林外史》《歧路灯》《红楼梦》等小说出现，中国长篇小说才完成从说故事到纯以描写为主要表现手法的漫长发展阶段。《红楼梦》丝毫不依靠惊险离奇的情节，纯以细节描写取胜，达到了中国古典长篇小说的高峰。今天我们究竟应该沿着《红楼梦》已经取得的经验继续发展下去呢？还是应该退回到叙述故事的阶段重新向前走？我们是沿着狄更斯、雨果、巴尔扎克、托尔斯泰已经达到的小说艺术阶段向前发展呢？还是退到《天路历程》和《鲁滨孙漂流记》，甚至退到《坎特伯雷故事集》的阶段重新向前走？

五四新文学运动以来，我国的新文学获得了很高的成就。小说始终是新文学的主力军。而且小说的艺术表现手法也不仅仅限于学习欧洲十九世纪的批判现实主义。拿我来说，就从中国古典文学吸取了丰富的营养。从细节描写和性格刻画说，《红楼梦》给予我许多启发。我作为一位有几十年创作实践经验的作家，大概有资格证明艺术的细节描写在小说美学上的重要意义。如果单靠叙述，《李自成》会有什么艺术成就？这是客观事实，不是空谈，你将作何解释呢？

凡是吹嘘通俗文学的文章，一谈到传奇文学就要谈到它的各种优点，无非是追求惊险、离奇、夸张，反对写一般人的日常生活，认为这是新的小说美学、群众的新的欣赏趣味。例如说：

> 它是一种情节新奇、人物行为超越寻常的传说故事，是一种消遣性、娱乐性的通俗化了的文学读物。
>
> ……从本质特性上看，它可以说是通俗文学的一种新的崛起，而称它为“传奇文学热”则更突出地指明了现时期通俗文学所具有的艺术的和审美的特色。（任骋《“传奇文学热”三题》）

前引於可训的论文，其中有一段专谈通俗文学从叙述手法的运用谈追求“奇”的必要性，值得我们玩味：

> 通俗文学既要发挥上述叙事手法的特长，就不能不在题材的选取和情节的安排上能出“奇”，叙述手法才有用武之地，才能发挥它特有的艺术功能而致胜。平凡的故事，平淡的情节，无论怎么叙述，也无法产生艺术的吸引力。（於可训《通俗文学的兴起与文学观念的更新》）

这就是通俗文学吹嘘者们所说的“文学观念的更新”和创作方法的新的“突破”、新的“开拓”。稍有文学史常识的人们都会指出，这是文学观念和创作方法的一大倒退。

在欧洲文学史上，从充满传奇色彩的英雄传说、骑士故事、海盗故事等到写日常生活和普通的人和人民英雄，从以追求惊险和曲折情节为主的传奇到追求深刻反映人生的小说，标志着文学从中世纪跨进现代。请问，你们的所谓“新突破”“新开拓”“新观念”，新在什么地方？难道不是退回到中世纪么？你们为何不谈文学应该深刻地反映生活？在工人、农民、知识分子和干部的日常生活中和先进人物身上，哪有很多的惊险情节和离奇故事？

你们可曾想过作家应该是“人类灵魂的工程师”？你们可曾想过文学作品的先进的思想性与完美的艺术性应该是统一的？你们可曾冷静地想一想，你们所提倡的创作道路要将中国文学引向何处？是引向进步呢还是倒退？

六

为什么近几年所谓新通俗文学和传奇文学突然勃兴，泛滥起来？歌颂这一现象的评论者迄今只谈现象，不曾谈到问题的本质，总是有所回护。虽然有的同志也从我国近几年的社会新形势着眼，解释通俗文学新潮兴起的原因，这种解释值得我们注意，但也值得商榷。例如有一篇文章说道：

> 新时期社会政治、经济、文化生活的新变化，是我国新通俗文学勃兴的现实土壤。神州大地，正开展民富国强、物阜民康的前景。国家政治开明，社会愈来愈具有开放性。经济振兴，四化建设高速而又稳定地进行。人民心情舒畅，并且有可能追求和享受更丰富的物质文化生活。生活节奏的加快，国民收入水平的提高，又使人民群众产生了精神调剂和休息娱乐的愿望。这一切，促成了人民群众对于文化艺术的欣赏、审美心理发生着不同于我国以往任何历史时期的变化。通俗文学的新潮，于是乎应运而起。通俗文学之外，流行歌曲、轻音乐、大众歌舞、大众化的电视连续剧、打斗影片等，也以咄咄逼人的气势，占据歌坛、乐坛、屏幕、银幕、舞台。这是一股泱泱（浩浩）荡荡的大众文艺的潮流。（滕云《通俗文学正在起新潮》）

在这一段论述文字中，值得我们注意的有以下三点：第一，通俗文学勃兴的现象是与我国近几年的“政治清明、社会愈来愈具有开放性”有密切关系。第二，在这一新的历史时期，“人民心情舒畅，并且有可能追求和享受更丰富的物质文化生活”。第三，作者指出了与通俗文学密切联系的另外一股文艺力量：“通俗文学之外，流行歌曲、轻音乐、大众歌舞、大众化的电视连续剧、打斗影片等，也以咄咄逼人的气势，占据歌坛、乐坛、屏幕、银幕、舞台。这是一股泱泱（浩浩）荡荡的大众文艺的潮流。”

以上三点，都是事物的现象，不是本质。新通俗文学和“大众文艺”到底是什么性质？是社会主义性质的么？倘若是的，其根据何在？倘若不是社会主义性质的，那么它代表一种什么样的文化力量？它对我们所要建设的社会主义精神文明究竟起什么作用？这些问题，作者都未作明确解释。

然而在这篇文章中，作者把这一股新浪潮说成是新时期的社会主义文艺发展的新阶段已经明白无误了。作者说：

> 我以为，八十年代通俗文学的勃兴，是我国社会生活从动荡转向国泰民安的一个标志，是社会主义文学运动进入正常的、全方位发展的新时期，走向新的发展历程、新的成熟阶段的一个标志。

这一段文字，不仅明白无误地肯定目前的通俗文学是社会主义文学，而且是社会主义文学“走向新的发展历程、新的成熟阶段的一个标志”。这样的评价是不是准确呢？我看，作这样的高度评价是不妥当的，不严肃的，需要商榷。

社会主义文学应该具有什么特点呢？首先，社会主义是通往共产主义的一个历史阶段，因此它必然反映无产阶级的世界观，用辩证唯物主义和历史唯物主义的哲学思想观察和认识现实生活和历史生活。其次，在作品中要反映出比较先进的思想感情，这种思想感情在一定程度上同共产主义和社会主义思想相联系。第三，在作品中强调反映社会主义的先进人物和事迹，发扬社会主义和爱国主义精神和民族自豪感，表现集体主义精神和社会主义的道德风尚。反之，对于违反上述旨趣的社会现象则予以暴露、讽刺和批判。第四，提倡严肃的创作态度，坚持由深入生活到表现生活的统一性，反对脱离生活，胡编乱造。第五，力求继承中外的优秀文学传统，不断在艺术上进行新的探索。创作出思想深刻、内容充实、形式优美完整的作品。

前边引述的文章中将当前通俗文学吹嘘得那么高，说成是“社会主义文学运动进入正常的……发展历程”，有什么理论根据？难道只是因为它强调了

“娱乐性”和销路好吗?

从新民主主义革命时期直到目前，虽然我国新文学不断地遭到“左”的干扰，并且经历过“史无前例”的严重破坏，但是几十年间曾出现了不少好的和较好的文学作品，有一部分现实主义文学作品包括诗歌、小说、剧本达到了辉煌成就，可以成为文学史上不朽之作，放在世界文学名作画廊中而无愧色。“史无前例”的时代结束以来，我国现实主义的新文学运动继续前进，在有些方面超过了被人们盛称的二十世纪三十年代，而且这种势头方兴未艾，前程似锦。《通俗文学正在起新潮》的作者说当前通俗文学的兴起是社会主义文学达到“新的成熟阶段的一个标志”。既然是“新的成熟阶段”，必然在内容上和艺术上对五四运动迄今的新文学已经达到的水平有所突破，有所超越，否则不能说成是“新的成熟”。为什么不具体地摆出例证?

在吹嘘当前的通俗文学和传奇文学时，常常提到历史题材的传奇文学，还提到民族传统的写作方法如何得到继承，好像真的开辟了新的领域，有了新的建树。倘若果真如此，那当然是值得我们共同庆贺的事。说来惭愧，我也是在这条道路上摸索追求的作家之一，一部《李自成》尚未写完。请恕我孤陋寡闻，不知当前新兴的传奇文学中，有什么作品比拙作《李自成》跨越了一步，成为“新的历史阶段的一个标志”?

我十分同意孙犁同志的论断:“目前的通俗文学的特点，不在于形式上的仿古，而在于内容的陈旧，还谈不上什么新的内容和新的创造。它只是把前一个时期不许启动的食品橱门，突然打开了而已。”(《谈通俗文学》)那么，为什么把前一个时期不许启动的食品橱门突然打开了呢?也就是说，为什么通俗文学在十一届三中全会以后突然兴起并且泛滥起来了呢?

我认为，不能孤立地看通俗文学流行的问题，要把以下几个方面的现象或问题联系起来看，才能清楚:

第一，正如《通俗文学正在起新潮》一文中所说的，“通俗文学之外，流行歌曲、轻音乐、大众歌舞、大众化的电视连续剧、打斗影片等，也以咄咄逼人的气势，占据歌坛、乐坛、屏幕、银幕、舞台。”讨论通俗文学的勃兴，要同这一文艺浪潮联系起来看。作者称赞说，“这是一股泱泱(浩浩)荡荡的大众文艺的潮流”。当然，我们必须将香港传来的歌唱、音乐、跳舞，胡编乱演的电影、电视连续剧、武打片，以及随心糟蹋祖国的历史片都要算在“大众文艺的潮流之中”了。

第二，要和同时兴起的打着“通俗”旗号的庸俗低级小报联系起来看。小报有两种：一种是好的，“以知识性、趣味性、故事性取胜，受到不少读者的欢迎”。（一九八五年一月二十七日《人民日报》评论员：《小报要管理》）另一种是不好的，“以色情、凶杀、内部秘闻等不堪入目的内容吸引读者，并以比一般报刊贵得多的价格出售”。（同上）在讨论通俗文学勃兴的社会原因时，我们既要将黄色小报同通俗文学严格地区别对待，也要从同一时期出现的不同社会现象中考虑其内部联系。这是我们认识复杂问题的一个方法。

第三，我们特别要同香港传过来的音乐、歌曲、舞蹈、电影、电视等资本主义的庸俗的风尚和趣味联系起来看。近几年，这一股庸俗的港风刮得很猛，严重地影响了我国社会主义文学艺术的健康道路，已经引起了有识之士的注意和愤慨。可是在许多吹嘘通俗文学浪潮的论文中对于港风的影响是欢迎的，甚至对电视连续片《霍元甲》大为称赏。我们应该衷心拥护在解决祖国统一问题上“一国两制”的马克思主义的伟大构思，作为一个新的政治原则是我党的一大创造。但是在“一国两制”的历史条件下，在我国大陆不但不能放弃或放松，反而更应该加强社会主义文学艺术的纯洁性。我们一方面要继续纠正和清除历史上遗留的极左思想（或称“左”的教条主义）对文学艺术的干扰，一方面要保卫社会主义文学艺术的健康发展，这是我们当前和今后相当长的时期所担负的历史任务。可惜，目前通俗文学的鼓吹者同时也鼓吹“港风”，根本没有考虑我国当前思想战线上的历史任务。

第四，要同近几年在开放政策与搞活经济等口号下产生的新的社会现象联系起来看。从中国社会主义的发展进程看，目前是一个伟大而复杂的过渡时代，社会制度和力量的新旧交替和激烈斗争的时代。由于当前要早日实现社会主义的四个现代化的战略目标，必须实行开放政策，搞活经济，引进外资和外国的企业管理体制，同外国进行文化交流，发展旅游事业，封闭式的时代一去不复返了。在这一新的历史条件下，虽然历史的积极因素是主流，因而使我们对新时代充满乐观和希望，但是不可否认，消极的因素也随处可见。消极因素有的是历史遗留下来的，有的是受资本主义世界影响的。由于社会上对以往长期“左”的禁锢政策的反感，加上人民经济生活的改善，给上述消极因素提供了广泛的土壤。人们的价值观念和生活要求迅速改变，而且深刻地影响到文学艺术领域。在经济战线上有社会主义力量和反社会主义力量的不断较量和复杂斗争，在文学艺术战线上也是如此。出版业有时离开了社会主义文化的轨道，为着赚钱而出版不好的书籍和刊物，是这种现象之一。有些为通俗文学浪潮吹嘘的文章不能区分社会主义商业和社会主义文艺的不同功用，混淆了不同的价值规律。例如有的文章说：

> 文艺生产要以文艺消费者为中心，文艺生活要受供求规律的影响，文艺事业不能全由国家经费包办，也还要以文养文。通俗文艺在这些方面提醒了我们。实际上，发展通俗文艺在许多地方，在许多文艺部门，已经被率先纳入文艺改革的轨道了。文艺事业的改革，还会从通俗文艺的发展获得直接与间接的有益启示。（滕云《通俗文学正在起新潮》）

在这一段文章中，作者忽略了社会主义文艺是共产党领导的革命事业的一个组成部分，不应该以赚钱为目的，不能退化到资产阶级的原则上。有些文艺事业恐怕必须由国家给予财政补助。例如交响乐团、芭蕾舞剧团、昆剧团，甚至话剧团等，都不能指望赚钱。出版社的社会主义的方向不能背离，应该认真从体制上、经营管理上、发行办法上进行改革。要改变目前编辑出版方面业务人员的素质差、效率低、人浮于事的不合理现象。“一切向钱看”不是方向。通俗文学所谓的赚钱经验，对社会主义的出版方向说，并不是“有益的启示”。

第五，应该同我国有大量的文化落后和思想觉悟落后的社会现象联系起来看。我国原是一个封建的小农经济占绝大比重的国家，文化和思想落后的历史包袱十分沉重。中华人民共和国成立后许多年中，我们的教育和文化比抗战时代有进步，但是仍处于不被重视和很不发达的状况，而在“文革”中又遭到极大破坏。我们在中华人民共和国成立后长期没有社会主义民主，没有社会主义法制，以及对知识和知识分子的轻视与摧残，还有以提倡个人迷信代替共产主义思想教育。中国当代的文化、教育和群众思想水平的不高，也为通俗文学的勃兴提供了土壤。通俗文学的吹嘘者喜欢强调一点，即现在的读者和观赏者比三四十年代的工农大众的文化水平要高得多。这是一种形而上学的论点，只看见空洞的时间，而没有看见历史本质的实际面貌和复杂性。在二十世纪六十年代，我亲眼看见一座大城市的混乱局面和残酷的武斗，多次看见几十辆卡车在马路上示威游行，工人、学生、干部，其中还有党政高级干部拥挤地站在卡车上，头戴柳条帽，手执红缨枪，有的人还口中衔着匕首，使我想到了二十世纪二十年代河南农村中的红枪会。到了二十世纪八十年代，下边干部的不正之风，其普遍性和严重性，令人担忧。我们目前的社会风气、社会道德，党员和干部的革命热情，都不如解放初期。所以，我们不仅要看见现在群众的生活提高、思想活泼解放的积极方面，也要看到许多消极方面，包括思想意识的沉滓泛起，也包括在许多党员身上的党风不正，党性不强。联系这些社会消极因素看通俗文学的勃兴，也可以悟出一点道理。有几个出版机构的领导人和通俗文学刊物的主编人不是共产党员？马克思主义的文艺思想为什么在他们的身上不起作用了？

第六，应该同我们当代文艺在领导思想上的“左”的错误，破坏了自身威信的情况联系起来看。从二十世纪三十年代以来，在我们的党内和党所领导的文艺战线上就存在一股“左”的思潮，但由于一则我国长期处于同反动势力艰苦斗争的历史条件下，二则革命文艺发展的主流是健康的，充满生命力，所以革命文艺运动中的“左”的倾向没有引起特别重视，而在中华人民共和国成立后继续发展。二十世纪五十年代中期的文艺界“右派”言论中有不少是对“左”的教条主义提出批评和责难，可惜缺乏党内民主和社会主义民主，不能展开正常的深入讨论，而以政治运动的方式解决思想领域中的矛盾。接着有“大跃进”，有“反右倾”，又有“无产阶级文化大革命”，如高山滚石，势不可止。“史无前例的”十年虽然对国家破坏严重，但也有非当局预期的一种结果，就是对人民进行了反面教育，也可以说是民主补课。经过“文化大革命”的折腾，社会上产生了“信仰危机”。然而在“信仰危机”中产生了两种相反的情况：一种情况是用力探索马克思主义的真正原理和重新认识革命现实主义的创作方法的基本原则，从而排斥了过去对马克思主义的歪曲和对革命现实主义创作方法的破坏。另一种情况是由怀疑而抛弃了马克思主义和革命现实主义。这后一种情况造成了思想意识领域的混乱现象，从而给通俗文学浪潮的勃兴增添了条件。

第七，“文革”之后，一则社会上出现了相当普遍的信仰危机，二则我们的思想战线和文艺战线上面临着一个反“左”的历史任务。这本来是两种不同性质的问题，然而大概由于缺乏权威性的理论指导，暴露了思想战线上从二十世纪三十年代以来没有过的软弱和混乱。在哲学方面，本来应该更深刻地、准确地，而且富于创造性地解释和宣传马克思主义，同时在文艺理论方面，应该总结社会主义现实主义（二十世纪三十年代称新现实主义）运动以来的经验教训，肃清“左”的教条主义，更高地举起革命现实主义的旗帜，但只作为号召，不排斥其他风格、流派的自由竞赛。我们不但应该做的工作没有做，反而不敢理直气壮地宣传马克思主义哲学，也不敢理直气壮地高举社会主义现实主义的旗帜。有人说，我们要提倡哲学思想的多元化和文学创作方法的多元化，这实际上是主张在思想上和文艺上放弃无产阶级和共产党的领导，走资产阶级自由化的道路。联系这一情况看，对理解通俗文学的泛滥也是有帮助的。

以上是我对通俗文学浪潮的勃兴及其泛滥的原因所做的粗略分析。任聘同志的文章中提出要我们从美学和心理学方面找到时代的根据。我的上述分析，是否可以作为答案？

结束语

目前的通俗文学的勃兴不仅是一个文艺问题，也是一个社会问题。只有作为一个社会问题看，我们对它的产生、泛滥、影响等问题才能够认识清楚。又由于许多出版者、编辑者、撰稿者支持者有许多是共产党员，所以也牵涉到党风问题、党员的思想素质问题。从二十世纪二十年代末开始，我们的党员和党的同路人就为革命文学的发展、前进而战斗，甚至在白色恐怖下被捕，坐牢，献出了生命，使新文学成为新民主主义革命中一支坚强的力量，没有像今天这样不但放弃了思想阵地，而且举手投降。这确实值得深思，应引起全党重视。

通俗文学浪潮到底是什么性质？我认为是新文学运动史上，也是当前建设社会主义精神文明前进道路上出现的一股逆流。为什么说它是一股逆流？因为它彻底背离了社会主义的方向，与革命的文学传统和道路背道而驰。除极少数较好的或无害的作品之外，可以说它是集合一支封建的、资本主义的、粗制滥造的、甚至沉滓泛起的货色，形成一股浪潮，向社会主义文艺阵地猛烈冲击。

由于通俗文学的销路好，夺去了革命现实主义文艺的一部分读者，于是为通俗文学吹嘘的同志们就有些陶醉，误认为会冲垮新文学或改变我国的文学道路。其实，这是不可能的。通俗文学虽然一时畅销，却不能代表新生事物，并没生命力。倘若现在将《江湖奇侠传》重新出版，将《火烧红莲寺》重新放映，读者和观众依然很多。你能说这情况就代表生命力么？一种社会现象或事物，只有符合历史前进的方向，真正代表先进阶级的利益，才具有旺盛的生命力。否则，纵然表面上声势不小，以新浪潮的形式出现，也是没有生命力的，只是腐朽势力在适合的条件下沉滓泛起，暂时成为浪潮。

通俗文学的吹嘘者们喜欢贬低五四运动以来新文学的光辉成就和伟大的历史意义。尽管新文学的发展道路是艰辛的，在三四十年代，内受“左”的教条主义干扰，外受国民党的压迫，然而却在它的周围集结了进步的青年读者，都是国民中的精英。有好几代青年，通过新文学，受到革命思想的感染，进一步认识了现实，憧憬革命，走上革命道路。目前的通俗文学对社会主义革命起的是什么作用？代表什么崇高的理想？

目前我们的文艺界面临着两条战线的斗争：一方面要同“左”的思潮做斗争，一方面要同右的思潮做斗争。通俗文学的兴起是一股右的思潮。人民内部进行思想斗争的方式绝不是行政措施，不是强制，而是互相讨论，互相批评，共同加强学习马克思主义哲学和文艺理论，共同提高，在社会主义旗帜下共同前进。

对通俗文学泛滥的现象漠不关心、蔑视、放任自流，都不是正确态度。

一九八五年六月二十日

（原载《创作实践与创作理论》，红旗出版社 1987 年 10 月出版）

我对于民族风格的认识和追求

一、为什么要重视文学的民族风格

任何一个稍有成就的作家，在作品中都表现出或浓或淡的艺术特色，也就是他的个人风格。成就愈大的作家，个人风格愈为突出。诗人和各种艺术家都是如此。一个时代的文学之所以呈现出百花齐放的局面，正是因为有众多的作家在风格上各有特色，不相雷同。

一群作家由于历史的、地域的、师承的以及互相影响等原因，除有各自的风格，还具有群体间共同的或大致近似的风格，于是就形成流派。再扩大我们的考察，就会发现不同的民族由于各个民族的生活习惯、历史传统、宗教信仰、审美趣味等方面各具自己民族的特色，于是在文学艺术上表现为民族风格。各民族的文化可以移植、混合、融合以至同化，但是就一般历史情况看，一个民族文化的特色的消失是要经历若干时代的长久过程，也许要经过数百年之久。从世界史看，一个有悠久历史的、文化比较发达的、人口比较众多的民族，往往在一个时期成为战败的民族，处于被军事占领和被政治奴役的地位，但是这个民族的文化不会被灭亡，民族精神不会灭亡，民族不但能够重新独立，重新振兴，甚至能够将曾经在军事上战胜过和政治上统治过自己的民族融合和同化。

民族的语言和独特文化，不仅在国内，而且在国际上，都是超越阶级的民族凝聚力。文学是民族文化的最有生命力的组成部分，优秀的文学传统必然是民族的骄傲，也是发展新文学的基础。

中国是一个多民族的国家，汉族以外的兄弟民族有五十多个。汉族在人口上居于压倒优势，在经济和文化上得到数千年比较大的发展。就文学来说，用文学写定的作品已有三千多年历史。三千多年的文学史是代代相承、不断发展的历史。我们所说的文学的民族风格，实际上是指汉民族文学的传统，在讨论中习惯上称为民族形式，也说成是民族气派。“形式”一词的局限性太大，所以我在本文中使用“民族风格”。

一个国家如果由许多民族组成，每个民族的传统文化，包括文学和艺术，都应该受到尊重，有得到充分发展和提高的机会。这也是“百花齐放”的一个内容。国内各民族文化的互相影响，互相补充，互相渗透，互相结合，互相促进，是形成现代民族文化的应由之路，也是发展现代民族文化的一个重大的战略问题。从国际上说，各个民族都能够在政治独立和经济发展的前提下充分发展具有本民族特色的（也就是传统的）文化，便是各民族对于世界文化的独特贡献。只有这样，才有世界文化的“百花齐放”，才有世界文化的丰富多彩和真正的昌盛繁荣。单就文学方面说，走摹仿的道路不会有贡献，而发展具有自己民族特色的文学才是贡献，才能受到国际的重视。

每个有悠久历史和相当高的文化根基的国家，提倡文学的民族风格是提高民族自尊心和发扬爱国主义精神的一个十分重要的问题，也是使文学走入广大人民群众中间去的重要渠道。这简单的真理，已经为我国数十年来的新文学史所反复证明了。

二、简单的历史回顾

文学的民族风格的提出和讨论，开始于一九四〇年，在当时用的是“民族形式”一词，在重庆、成都、桂林和昆明等抗战大后方的中心城市引起文化界和文艺界广泛注意，热烈地讨论了大约三年之久。这是三十年代“大众文艺”运动的新发展，更是一次有意识的理论探讨。

在二十世纪二十年代末，随着第一次国内革命战争形势的发展和群众运动的高涨，新文艺阵营中开始出现了“大众文艺”的口号，并且办了刊物。但当时绝大多数的新文学作家与广大群众的关系很浅，所谓“大众文艺”，从理论到创作实际都没有什么成就。那时关于如何继承民族文学传统的问题还没有提出来。

到了二十世纪三十年代中期，随着抗日救亡运动的高涨，文艺界感到如何运用文艺武器对广大群众进行宣传、教育成了一个迫切问题。同时，南京的汪懋祖、吴梦因等人配合一时兴起的“尊孔读经”逆流，提倡文言文，反对白话文，迫使进步文化和文学阵营必须反击。这两个问题是“大众语文学运动”产生的客观原因。

五四运动到了二十世纪三十年代中期已有十几年的历史，一方面已经在战斗中发展壮大，对推动现代历史进步显示了巨大作用，另一方面也暴露它的一些本身弱点，其中一个具有普遍性的弱点是在文体方面，中心问题是语言的偏于欧化，知识分子腔，脱离群众，脱离生活中的日常口语。在社会的和文化的革命新形势的条件下，进步文化阵营对新文学的不为广大劳动群众所喜爱的现象进行了反思，也可说是反省，有人指责五四运动以后流行的白话文体为“欧化文”或“新文言”。虽然这种对新文学批评意见并没有从全面看问题，但是这一反省和引起的时间达两年左右的热烈讨论是非常有意义的，在新文学运动史上起了划时代的积极作用。它所提出的问题，直到今天还值得我们深思。

“大众语”讨论中提出了一个新问题，即普通话与方言土语二者应以何者为重的争执，派生出口头语（实指普通话）和手头字的提倡。所谓手头字，即民间常用的减笔字，现在叫作简化汉字。当时的左翼文化阵营因感到劳动群众学习汉字的困难，遂有以拼音字代替汉字的设想，并且一度成为实际运动。当时这一运动难免受“左”的思想影响，没有考虑问题的复杂性，以为在较快的时间内可以在劳动人民中用拼音字代替汉字。所以将拉丁化拼音字称为“新文字”，而将几千年传下来的汉字贬称为“方块字”。

差不多在讨论大众语问题的同时还讨论了利用旧形式的问题，当时称为“旧瓶装新酒”。但讨论得不深入，对新文学创作的道路影响甚微。

据以上简单回顾，从二十世纪二十年代末的“大众文艺”运动，到二十世纪三十年代中期的“大众语文学运动”和“旧瓶装新酒”的讨论，都没有接触到文学的民族风格问题。讨论“旧瓶”能不能“装新酒”的问题，似乎与后来关于“民族形式问题”的讨论有点相似，实际是两回事。不但两次所讨论的性质和范围不大相同，而且后者也不是从前者发展起来。为什么到二十世纪三十年代中期还没有发生“民族形式”的问题？我们只能说历史还没有发展到这一步。

五四运动的主要历史方向是反封建，提倡民主新思想。由于反封建，就顾不得考虑如何继承传统的问题，少数人甚至有民族文化的虚无主义思想。像钱玄同这位五四运动健将竟然提出来从小学就学习英文，以英文代替汉文，废弃中国旧书。吴稚辉也有过类似怪论。钱玄同改名疑古玄同，固然与古史辨派史学思想有关，但是与他的民族虚无主义思想有一定联系。五四运动先驱者们对于中医和京戏等传统文艺的认识存在着片面性，这是历史的局限性，不足为怪。五四运动以后有所谓“全盘西化论”，一般评论者斥之为“洋奴买办的资产阶级思想”，这是就其所代表的阶级本质而言。这种思想之所以在当时有一定市场，却与某一部分人对中国民族文化的不理解和虚无主义有关。五四运动时期的先进知识分子锐意引进西洋的民主与科学思想，没有觉悟到应该使新文学建立在本民族的土壤上，开放具有本民族特色的香花。到二十年代末，中国的左翼文艺界又引进了苏联极“左”的流派“拉普”的文艺思想，更加不会想到如何继承和发扬优秀的文化传统了。

一个民族自认为处于落后地位，在历史大转变时期竭力学习外国，走得过头，在近代世界中不乏前例。日本在明治维新以后，文学上竭力学习西洋，也走了弯路，闹了笑话。俄国在十七、十八世纪竭力摹仿法国，甚至在上层社会谈话和写信都用法语。比较起来，中国的弯路走的不算远，也反省的快。

五四运动时期，虽然有个别诗人从民歌学习表现形式，虽然有较多的在文学语言上注意到中国传统的白话文学，但是都没有认识到如何应该有意识地继承民族传统，建立自己民族的文学风格，即所谓“民族形式”或“民族气派”。“文化大革命”期间，我看见有人写文章论证鲁迅的小说如何继承我国古典传统，正如有人拔高鲁迅早期思想一样，其实是不符合历史实际的。鲁迅和茅盾这两位新文学运动主将，他们对中国古典文学修养的渊博和精深，为我这一辈作家所望尘莫及。但是对中国古典文学的修养是一回事，是否在创作实践上有意识地追求民族风格或民族气派，又是一回事。鲁迅用精练的白话深刻地写出当时某些中国人的典型，描写了生活，刻画了精神面貌，所以带有中国民族色彩，但并不是有意识地追求。后来鲁迅用直译办法翻译苏联的新兴文艺理论，违背了普通的语言习惯，令人不易读懂，足见他并没意识到民族化的问题。鲁迅虽是伟大的文化战士，但也不能超脱历史局限性。

顺便谈一下周作人的谬论。一九三二年周作人将他的几篇演讲稿编为一本集子，定名为《新文学的源流》，认为五四运动是直接继承以公安派为代表的明末文学思潮，这一论点在今天似乎还有一些影响。其实周作人的论点是非科学的，曲解了五四运动的性质和真正源流。

以公安派为代表的明末作家，受到新起的市民思想的影响，在文学上反对前后七子复古主义，力主因时创新，“独抒性灵，不拘格套”。公安派的文学主张，与五四运动的意见有某些近似的地方，然而不能因此就认为五四运动来源于晚明文学。实际上，晚明的公安派也好，别的作家也好，他们的散文在清朝都没有大的影响，只在诗歌方面可能影响了袁枚、赵翼二人，至于他们的散文和文学主张，在五四运动时很少受人注意，更莫说新文学运动与公安派有继承关系。胡适在《中国新闻学大系·建设理论集》的《导言》中说："我当时不曾读袁中郎弟兄的集子"，这一句话就把周作人的论点打碎了。

五四运动从思想上和文学形式上都是努力向西方学习，成为中国旧文学的叛逆。如果说有源与流的关系，那是与宋、元以来的"白话"有关系，而不是同公安派有关系。公安派与五四运动在性质上根本不同。第一次国内革命战争以后，五四运动新文学阵营发生了重大分化，它的主流继续向前进，成为新民主主义革命的重要一翼，而分化出来的首先是新月派，其次是"第三种人"，展开了激烈论战。还有以周作人为代表的一部分人，也从五四运动阵营中分化出来，被称为"京派"，对现实的政治状况以及激烈的思想斗争感到害怕和厌倦，于是提倡写具有幽默、冲淡、闲适情趣的小品文。这一派与林语堂代表的幽默小品一派相结合，可以叫作京海合流，对于一定社会层的读者颇有影响。他们的文学趣味与公安派的"性灵说"有接近的地方，所以他们由宣传袁中郎在文学史上的重要地位，进而宣传三袁，宣传晚明的一切反复古主义的散文作家。在上海竞相搜罗他们的作品，标点出版，一时成为风气。随后又由沈启无编成一个选本，分为上下两册出版，书名定为《近代散文钞》，在北京出版，将相隔三百年的晚明称为近代，以证明五四运动的新文学是直接来源于晚明小品。

我现在不惮其烦地谈一些现代文学史上的问题，是要说明文学上的"民族风格"或"民族气派"问题成为一次有意识的运动是通过"民族形式问题"的讨论出现于中国现代文学运动史上，鲁迅生前并没有意识到，二十世纪三十年代没有出现，而是发生在四十年代之初。大众语文学运动的提出，是新文学运动史上的第一次反省，"民族形式"的讨论是第二次反省，对我国现代文学的发展都是因历史形势的需要提出来新的问题，都对中国现代文学史起了巨大的积极作用。

中国现代文学的诞生和在战斗中分阶段地继续发展，都和政治形势的发展，也可以说都和国家、民族的命运密切联系。最早提出来"民族形式"和"中国作风和中国气派"等口号的是毛泽东主席，时间是一九三八年秋天。当时他还没有意识到文艺上同样需要提出这个问题，而是针对政治上和理论上的"左"的教条主义而发。三年后的整风运动，其指导思想就出现在这个时候。

到了一九四〇年一月，在《新民主主义论》中，毛主席才详细地论述了中国现代文化的发展方向，明确指出："中国文化应有自己的形式，这就是民族形式。民族的形式，新民主主义的内容——这就是我们今天的新文化。"当时日寇已经深入中国腹地，抗战领导层的种种弱点全部暴露，民族危机更加深了。可是五四运动以来的革命文学同广大下层群众距离很远，在群众中不能起到宣传、鼓动和教育作用。毛的《新民主主义论》一旦由地下渠道传到大后方的中心城市，在进步的抗日文化界和文艺界的思想上引起巨大反响。这反响的结果就是掀起来"民族形式"问题的热烈讨论。我认为这是我国新文学运动史上的第二次反省，其意义不容忽视。

三、两次讨论给我的启发

二十世纪三十年代中期关于"大众语文学"的讨论，二十世纪四十年代初期关于"民族形式问题"的讨论，对于中国现代文学的发展影响很大，至今仍不失其新鲜意义。尤其是后一问题，不仅仅是文艺领域的重大问题，而且涉及我国新文化建设方向的许多领域。近几年我们提出来建设"中国式的社会主义"，也是个"民族形式问题"。还有，我把"民族形式"问题的讨论看成是中国新文学运动的第二次反省。称为第二次，可能还有第三次、第四次。近几年，首先是推理小说、侦探小说曾经畅销，随后所谓通俗文学畅销，使所谓"纯文学"（即五四运动以来的正统文学）受到冲击。看来，新文学阵营之内，大概也不妨部分地进行第三次反省了。

两次讨论，我都没有参加，但是我从每次讨论中得了重要启发，使我不能不结合我的创作实践思考许多理论上的问题。关于"大众语"的问题，我马上就能够理解它的全部意义，形成我自己的文学语言道路和风格。但是关于"民族形式"问题，其内容要复杂得多，我不能在短期内完全理解。我是多年之后才慢慢理解的，并通过我的创作实践逐步提高了我的认识，在《李自成》的写作中体现了我的关于民族风格或民族气派的成熟了的认识。

现在回顾二十世纪四十年代初期的讨论，大家在许多问题上都有程度不同的不理解。当时还没有一部在运用民族形式方面比较成功的作品可以作为范例供大家分析研究，也没有较多的值得重视的创作经验可以总结。大家空谈理论，其中也有部分参加讨论的人并没有新文学创作经验，或者他们自己的创作经验就是与民族化的方向背道而驰。一个极端的例子是提出民族形式的源泉说，主张民族形式应该直接继承歌谣和简单通俗的民间的说唱文学，不仅抛弃了中国古典文学的历史长河，而且否定了五四运动以来的新文学传统。另一个极端的例子是认为只要作家能够拥抱现实，使现实主义不断深化，就能够产生“民族形式”的作品。这是将唯物辩证法中关于内容与形式的法则作了片面性的而且是绝对化的理解，过分强调“内容决定形式”，而不理解形式有相对独立性，有继承性。这种论点，用“左”的教条主义论点取消对“民族形式”的追求。

提出前一论点的人是我的朋友，一位研究中国哲学史的学者，抗战初期做过一段时期通俗读物的编辑工作，而对于中国各种古典文学和五四运动后新文学很少接触，也没有兴趣，所以有这种“拘虚”之见。提出后一论点的人虽然是一位文艺理论家，但是对于我国光辉而丰富的民族文学传统的修养很浅，没有能力将他的理论植根于民族文学传统的深厚土壤，甚至他自己平日写理论文章也违反语法和修辞习惯，将字句写得佶屈聱牙，将平常道理写得十分艰涩难懂。别的且不说，连他自己的文风也与“民族形式”的精神背道而驰。

总之，二十世纪四十年代初在抗日大后方几个中心城市所讨论的“民族形式”问题，其性质及其内容所涉及的方面比较复杂，比“大众语”的问题复杂，比“旧瓶装新酒”的问题复杂。在讨论中虽然也有精彩意见，但是一般说来，暴露了理论界的弱点不少。

我当时在个别问题上是清楚的，但对一些比较复杂的问题很不清楚，不敢发言。又经过一段时间，我在自己思想中渐渐能够明确认识的问题共有五点：第一，五四运动新文学传统绝对不能丢掉，而只能在继承和发扬的前提下有所取舍，有所改造。第二，“民族形式”的内容比“旧瓶装新酒”丰富得多，追求的目标高得多。第三，“民族形式”的口号大概不准确，因为要向传统文学继承的不仅仅是旧的形式，还要继承各种表现方法，所以应该用“民族风格”或“中国气派”。第四，用什么语言写作是追求“中国气派”的至关重要的问题。第五，在欧化成风的时代，文学作品的“民族风格”或“中国气派”只能通过作家们有意识的追求才能达到，而对祖国的传统文化和文学修养较深的人才能达到“民族化”较高的成就。

四、《李自成》的中国风格的道路

我从青年时代起，就有我自己的学习道路。如果将来“盖棺论定”，有人承认我在文学创作方面还算是有一定的独特成就，那么不妨说，我的微小成就与我的学习道路有密切关系。我的学习道路的特点是：一边在创作的道路上摸索前进，强调苦干，一边不断向自己提出艺术上的新问题和新追求，通过自己的思考和研究，提高认识，指导自己的创作。总之，我常常使创作实践与理论探索互相结合，互为作用，在几十年中形成了我的习惯，也就是我的道路。

现在大概都承认《李自成》在风格上带有中国的民族特色，国外评论者也承认我为中国长篇历史小说开创了一条新路。但是《李自成》绝不是突然从地下冒出来的，而是我长期对文学和史学修养和积累的结果，也是我对长篇历史小说的美学问题思考和追求的结果。在《李自成》动笔之前，我对于《李自成》要表现的风格问题，简言之，也就是它应该带有民族气派的问题，我已向自己提出了要求，作了初步的全面考虑。随后在写作进程中，我的认识逐步加深加细，形成了我自己的关于长篇历史小说的美学体系。虽然这体系还不是最后定型，但是它已经引导我开辟一条创作历史小说的新路，受到海内外读者公认。“民族风格”是我的长篇历史小说美学的组成部分。我现在就有关“民族风格”的几个问题，扼要地汇报出我的意见，请读者批评指正。

（一）我在语言上的学习和追求

如何纯化作家的文学语言，在“民族风格”中是一个带有根本性的问题。在吴敬梓和曹雪芹时代绝不会有这样问题，而在我们的时代必然有这样的问题。我们必须以历史的眼光认识这个问题，同时以严肃的态度对待这个问题，否则就不能成为名副其实的语言艺术家，不能够达到“民族风格”。

经过五四运动的狂飙以后，语法和词汇欧化现象一时泛滥，所以人们称新的白话文为“欧化文”，含有贬义。这是第一个出现在中国现代史上的语文现象，曹雪芹的时代没有。五四运动以后，一般说来，第一代的新文学作家们的中国古典文学修养的根基较深，作品中文法不通和用词不当的现象极少；到第二代、第三代、第四代的作家笔下，这样的现象并不少见。他们有时不能从群众生活口语中找到适当语词，也不能从古典文学中找到借鉴，又不愿花时间查词典和用心推敲，便只好轻率地生编硬造，不但新造了不通的词儿，也不管语法和修辞的毛病。这是第二个出现在中国现代史的语文现象，曹雪芹的时代没有。第二种现象虽然不像前一种带有普遍性，但是也应该重视。对以上两种现象都应该抵制，应该斗争，维护民族语言的纯洁性。不然如何能达到风格的民族化?

二十世纪三十年代中期的“大众语文学”讨论，给我的启发很大。从那时以后，我不但竭力摆脱欧化影响，而且用心收集家乡人民日常生活口语中的精彩词、语。我是河南人，我家乡的生活口语属于普通话区，而不是方言。比较南方的作家说，我籍隶中原，可以说“得天独厚”。我不仅有目的地收集中原词、语，曾有意编一本“中原语汇”，而且注意仔细分析词性、考查词源。这一工作虽然超出了文学范围，但是它对我此后几十年中运用的文学语言关系很大，这是大家都清楚的。

中华人民共和国成立初，我写的《差半车麦秸》和《牛全德与红萝卜》，在语言方面曾受到读者的普遍重视，这是留心现代文学史的同志们都知道的事。我是怎样在文学语言上获得成功的？其实，道理很简单：我是以五四运动兴起的白话文为基础，排除了欧化的词汇和语法上的欧化影响，避免了新知识分子中常有的生造词儿，吸收了河南人民群众的日常口语，但在一般时候避免了很粗俗或低级的话，避免了不易懂的方言，也不滥用河南群众口语中常用的“嵌子”(歇后语)。我是有选择地吸收群众口语以丰富和改造五四运动以来已经用惯了的白话。

在二十世纪三十年代中期进行的大众语讨论，我没有写文章直接参加，但是我有自己的主张，这主张来自我自己的明确认识，指导我自己的写作实践。《差半车麦秸》和《牛全德与红萝卜》的语言运用，是我有意识的探索和追求，并不是一时的偶然现象。

但是我在文学语言问题上并不是仅沿着一条路子探索。我在抗战初期不用河南群众口语也写了不少东西，写了《春暖花开的时候》《戎马恋》《重逢》等小说，也是较有语言特色的作品。有些朋友认为我应该保住《差半车麦秸》和《牛全德与红萝卜》的语言风格，沿着这条道路走下去，他们中有的人甚至为我离开了这条为大家赞赏的道路感到惋惜。

我有自己的想法，但没做任何说明。我是作家，我在考虑问题时都从我的创作实践出发。我认为在文学创作这样复杂的问题上，任何形式、方法、语言运用，不仅要重视取得的成果，也要明白一切经验都有局限性，死守一条道路有时会不能发展。大量运用经过提炼的河南群众口语在写农村人物时很有光彩，但是用来写知识分子就格格不入。我必须善于运用不同语言以适应写不同的题材和不同的人物。

我写《春暖花开的时候》《戎马恋》《重逢》等作品所用的语言，虽然是知识分子的白话，但是有我自己的风格和美学追求。我排除五四运动以后的欧化文风，也不带文言词儿，排除雕琢气和一切矫揉造作，强调“清水出芙蓉，天然去雕饰”的自然美。我从元曲和古典白话小说悟出来一些道理，要求我的文学达到三个条件，即看起来顺眼，念起来顺口，听起来顺耳。那时候我的思想中还没有“民族化”“民族风格”这些概念，我只考虑要写出道地的中国话，优美的中国话。我会写文言文，我也将写文言文的某些道理运用到我的小说中抒情和写景的段落。在这些段落中，文笔洗练，没有芜句，没有废字，读起来十分流畅，如行云流水，甚至音节铿锵，充分发挥了中国语言的散文美，击破了盲目歌颂西洋语言而对汉民族语言十分无知的荒唐意见。这样的段落，在我青年时代的作品如《春暖花开的时候》《戎马恋》和《重逢》中随处可见，而在《长夜》和《李自成》中也有不少。

在写《长夜》时候，我开始将以《差半车麦秸》为代表的和以《春暖花开的时候》为代表的两种语言融合到一起。到了写《李自成》，语言的色彩更复杂了，充分发挥了我在中国语言方面的修养。《李自成》有上层士大夫的语言，有一般小市民和农民群众的语言，有江湖语言，有流氓阶层的语言。除这些以外，还运用了特殊语言，例如诗、词、对联、灯谜、书简、文告、诏书、上谕、祭文等。

我运用如此多种多样的语言手段，当然第一是为了表现不同阶层和不同职业行当的历史人物，其次是使语言丰富多彩，而最后一个目的是使《李自成》达到“中国气派”。

（二）要写出中国的历史生活

一部小说作品的“中国气派”或“民族风格”，绝不仅仅是作品的形式问题，所以我在写《李自成》的过程中不喜欢使用“民族形式”这个曾经热闹一时的词儿。写历史小说，一个根本要求是要写出中国的历史生活，是通过小说艺术再现特定历史时期的中国生活，能够将读者带进特定的历史时代和环境氛围之中。各种违反历史生活和破坏历史气氛的描写，都不能达到“中国气派”。由于我理解到这一点，所以在《李自成》中尽力写出不同的风俗人情，各种典章制度，各种人物的社会生活和精神面貌，道道地地是中国的、历史的社会风貌和典型人物。

（三）关于章回体

我们流行着一个误解，好像中国长篇小说的“民族形式”就是章回体，而这一形式的特点是每一回（章）的前边有对仗工稳的偶句作回目，结尾则用“要知后事如何，且听下回分解”结束，或仅用一句也可。自从“民族形式”问题提出之后，现代的新文学作家们有不少人用章回的旧形式写现代生活题材。最近所谓“通俗文学”流行，采用章回形式的更多了。

我写《李自成》也从章回体小说学习了一些表现手法，但不用回目，也不用“且听下回分解”，而且是坚决不用。起初，在一九五七年开始写《李自成》的时候，我也试拟了许多回目，做到了对仗工稳，略见才思，但只作为玩耍解忧，随即就烧掉了。我自己坚信我写《李自成》是在进行创新性质的精神劳动，在许多方面都是自辟蹊径，对古典长篇小说的艺术遗产只作有选择地学习，而不作盲目因袭。正因为如此，《李自成》能够使人读起来既感到具有浓厚的中国气派和民族风格，又有新鲜之感。倘若因袭传统长篇小说的死形式，在审美趣味上就会减弱了新鲜感。

其实，章回体是一种历史产物，要明白它有一个从产生、发展到衰亡的规律。起初，“说话人”说书的话本，每到一定时间要停下来向听众收钱。在将要停下来的地方，要卖个“关子”，说出一个强烈的悬念，使听众不能散去，所以紧接着以两句话作为结束：“要知后事如何，且听下回分解”。但是这种死格套不适宜于写日常生活的小说。我国的长篇小说到明朝中叶出现了《金瓶梅》，以描摹世态和日常生活取胜，到了十八世纪出现了《红楼梦》，以描摹世态和日常生活取胜的小说达到了高峰。《红楼梦》没有曲折紧张的情节，没有多少戏剧性，没有惊险趣味，所以在每一回结束时完全不依靠故意卖关子的庸俗手法吸引读者，而是靠小说中的生活描写，小说的艺术感染力，小说中令读者关心的人物命运，使读者读完上一回想读下一回，这就是俗话所说的：“爱不释手”。这是我国古典长篇小说在章与章之间的结构美学上达到的新的高度，原来的那一套写作手法已经不足学习了。

另外，小说发展到《红楼梦》时代，已经由话本文学变为阅读文学。欣赏小说的人不再是群聚一起的听众，而是坐在椅子上或躺在床上的单个读者。从前“说话人”担心听众散走的情况没有了，在每回结尾处制造强烈悬念的需要很少了。

至于回目用对仗工稳的偶句，那也是一定历史时期的产物，有它的产生、发展和衰亡的规律。回目在“说话人”并不重要，尤其没有采用一联对句的必要。等到长篇小说成为出版的阅读文学，它就要适应封建社会的文学风尚和读书人欣赏趣味，于是对偶工巧句的回目就风行了。对偶回目的出现和发展不仅受了七言律诗的影响，尤其受了对联这一种文学形式在社会上大为流行的影响。对联出现在生活中虽然萌芽于五代，但是到明代才开始流行，大概真正盛行是在明代中叶以后。所以做对子的趣味影响了小说回目，愈往后影响愈深。从清代到民国年间，对联在人民生活中几乎成为不可缺少部分。现在我们见到明嘉靖本《三国志通俗演义》可能是《三国演义》的最早刻本，大概也是就罗贯中的原著付梓的，回目只用单句，不用偶句。今日通行本《三国演义》是清初的修订本，回目就成为对仗工整的偶句了。还有一个有趣的现象，顺便一提。今本第三十七回，刘备第二次往访孔明，有这样描写：“至中门，只见门上大书一联云：‘淡泊以明志，宁静而致远。’”这一细节却不见于嘉靖本《三国志通俗演义》，可见罗贯中著书的时候还没有贴楹联的习俗，而到清初毛宗岗对《三国演义》进行加工的时候就按照当时的习俗替诸葛的中门上增加了一副对联。清朝是章回体小说最讲究对句回目的时代，这是受社会风气的深刻影响。五四运动后新文学锐意向西洋学习，彻底抛弃了章回体。但是章回体仍有它的社会基础，由“鸳鸯蝴蝶派”产生出来的长篇小说或写艳情，或写武侠，或武侠与艳情结合而增加点社会现实内容，仍拥有数量可观的读者。用文学史的眼光看，这一派已经是末流了。

中华人民共和国成立以后，贴对子和客室里悬挂对联的习俗已经进入衰亡阶段，懂得按照平仄声写作对联的人愈来愈少了。

我认为章回体对偶回目和每章结尾的死程式都没有学习的必要，所以坚决抛弃。但是古典长篇小说某些艺术手法，我是很愿意学习的。《李自成》这部小说，一方面带有英雄传奇的色彩，一方面重视描摹世态，风俗人情，日常生活，因此，《三国演义》《水浒传》《红楼梦》都给我好的启发，而尤以《红楼梦》的启发最大。我写宫廷生活也是写世态人情。从抗战初期起，我写《戎马恋》《重逢》，除注意语言的民族风格之外，也很讲究如何使小说具有吸引读者的魅力。例如《戎马恋》和《重逢》的故事和人物都很简单，毫无离奇与惊险情节，但是能够使读者非读下去不可，这大概也算是我追求民族化的一点试验。

（四）植根于民族土壤

每一个民族，尤其是历史比较悠久的民族，都有本民族的有特色的文化遗产，为人民所熟悉，所喜爱，渗透着人民的感情，成为人民生活中不可缺少的独特精神。这就是民族传统。各个民族的社会生活方面的风俗习惯，精神生活方面的审美习惯，都属于民族传统。民族传统不是表面的，而是渗透于民族成员的精神和心理的深处。民族传统不是简单的现象，而是十分复杂的现象，是各种因素的综合。所以在文学上追求民族风格或中国气派，作家必须对中华民族的历史、社会、文化……具有广博的知识修养。当代许多历史题材的文艺作品（包括历史电影、电视等）常见的缺点是作者（也有导演）不懂得中国历史，不懂得他们所写的历史人物的生活，与生活密切相关的各种习俗，各种阶级关系、阶层关系，地理环境，物质生活与精神生活，总之一句话，不懂得民族生活各个重要方面，就不能达到文学作品的民族风格。以上所说的许多方面是互相交织的，互相渗透的，在学者的眼中呈现出一种综合现象，任何一点都不是孤立的，这种综合现象就是文化的民族土壤。

从《李自成》第一卷问世后，同志们和读者们都认为我是将西洋长篇小说的写作手法同中国古典长篇小说（即章回体小说）的写作手法融化到一起。起初我也同意这种说法，但后来我不断地总结经验，提高认识，常觉得这说法既很表面，也不全面。我对十中国的古典长篇小说，不仅学习，还有很多地方持批判态度。例如第一卷开始后很快就重点写“潼关南原大战”，这是我有意识地对古典小说（以《三国演义》为代表）写战争的程式进行革命，坚持现实主义的创作方法，写出我国明代末年的战争的真实面貌。对于《三国演义》的程式化的战争描写，我认为不符合中国古代战争的实际，曾有两句诗加以批评：“阵前苦斗貔貅将，旗下旁观草木兵。”《李自成》中写了多次战争，各不相同，没有任何程式，唯一要求是能够反映每一具体战役的真实面貌。

在构思“潼关南原大战”的时候，我受了列夫·托尔斯泰的《战争与和平》中战争场面的启发，但是这启发只是使我学习托尔斯泰的现实主义手法，并使我更加坚信只有现实主义的写作方法能够深刻地反映历史的真实。《战争与和平》中的战争活动写得最精彩的是保罗金诺会战，确实给了我启发，但是我写“潼关南原大战”丝毫没有摹仿，所以这启发只是现实主义的方法。潼关南原大战的事虽然在不少书上有记载，而根据我的考证实无其事，故事全是虚构。这个单元写得逼真和动人，是现实主义的胜利，而且是按照中国当时历史的条件描写的，这一株艺术之花是开在民族的历史土壤之上。《李自成》中有些动人的细节也是受了外国历史故事的影响，为什么读者丝毫看不出来？这是因为我将外国的故事加以改造，使其植根于中国的民族土壤。

在写《李自成》的过程中，我不但从西洋近代小说中寻找借鉴，也从话剧和电影中吸收方法，对于这一些学习，我都不是生吞活剥，而是强调中国化，即植根于民族土壤。

我虽是在五四运动以后的新的历史时代中成长起来的作家，但我走了一条稍稍独特的道路，即我重视关于中国社会、中国历史、中国文化、中国古典文学……多方面的修养，使我有可能相当充分地利用我们的民族土壤。

民族的共同生活、历史、环境、道德风尚、风俗习惯……种种因素，形成民族的心理状态，我们可以称之为民族气质。这种民族气质也表现在文学和各种艺术的创作上，同时形成民族的审美趣味或美学思想。民族气质和民族的审美趣味是可以随着时代改变的，但是有很大的稳定性和继承性。中国文学艺术有民族特色，有自己民族的美学思想和审美趣味，一代代继承和丰富，便成了中国文学、艺术和美学思想的民族传统，也成了中国的民族土壤。

我重视继承中国的文学、艺术传统，不自《李自成》始。例如，在《牛全德与红萝卜》这部中篇小说中，我常用一段一段反复重沓（重叠）的章法，也就是下一段对上一段只换了几句话，章法一样，一连几段，使文章摇曳生姿，感情重复加浓，而且带有节奏感。世界许多民歌或民间叙事诗中都有这种表现手法，而我是从《诗经》悟出来的。在《李自成》第三卷中，写开封秀才张存仁的妻子香兰临死之前，精神失常，在黄河岸上哭唤小儿的情形，也使用了一段段重叠的章法。

我青年时代的作品如《春暖花开的时候》《戎马恋》《重逢》等中长篇小说中，有许多写景的段落含有中国人喜欢欣赏的“诗情画意”。到了《李自成》，继续保留了这一风格，有时是几句抒情或写景，有时是大段的抒情或写景，通常是情景融化。例如《李自成》第一卷第三十章，写高夫人率领人马从熊耳山奔往商洛山中的路上，有一些段落的风景描写，就含着诗情画意。这是得益于中国古代的写景诗、六朝以来的写景散文，尤其是中国的山水画给我的长期美学熏陶。倘若有稍微熟悉中国古诗、词和写景散文的同志，就我小说中这一方面进行研究（从《春暖花开的时候》到《李自成》），大概可以发现我的一部分小说美学的思想和审美趣味还是来源于民族土壤。

我在写《李自成》的过程中，逐渐总结经验，形成我自己的关于长篇小说的一套美学思想，其中有两句话是："笔墨变化，丰富多彩。"对于"笔墨变化"的运用，方法很多，几年来颇受注意，美学家朱光潜先生称之为"节奏感"，其他同志用阳刚阴柔的交互为用作解释。不管怎么解释，我确实是在进行一种美的追求，而且收到了成果。茅盾先生对"潼关南原大战"这一单元的称赏，与我的"笔墨变化"有密切关系。其实，这也是从民族土壤中产生的，与西洋小说的艺术源流无关。

大家知道，从宋代以来，人们常常将宋词概括为两种风格流派，即以"大江东去"为代表的豪放派和以"杨柳岸晓风残月"为代表的婉约派。这种概括是否准确，我没有研究。但是它对我写《李自成》有启发。我考虑应该将两种艺术趣味统一起来，变换使用，避免单调。随后，我使用壮美与优美两个词代表两种情趣，但是总觉得不够妥帖，索性什么词儿也不用，只用"笔墨变化，丰富多彩"八个字代表我的追求。

不仅宋词的两种风格流派给我启发，还有更多的启发，都来自民族土壤。

在写《李自成》的长期过程中，我一边研究历史问题，一边思考长篇小说的美学问题。许多从前没有认真注意的和认识的问题恍然领会，悟出了新的道理，提高了我的小说美学思想，又指导了创作实践。例如，我在青年时代很爱读屈原的《离骚》，到这时重新回味，《离骚》在艺术上浑然一体，无所谓阳刚阴柔的交织，只是"笔墨变化，丰富多彩"。杜甫的《北征》，是现实主义的叙事诗，在艺术上不像《离骚》的驰骋想象，光彩瑰丽，但也是"笔墨变化，丰富多彩。"我爱看中国的山水画，一幅山水长卷，在构图上必须有虚有实，有聚有散，富于变化，才能避免单调，才能表现山水之美。俗话说，"文似看山不喜平"，也说的是这个道理。西洋油画没有山水长卷，所以我从山水画悟出的这点道理，也是我们中国特有的审美传统。

我的这篇文章写到这里该结束了，不得不感谢朱光潜先生。是朱先生第一次在文章中指出《李自成》的"节奏感"，也是他第一次指出我"植根于民族土壤"。这"植根于民族土壤"的话，概括得好，我原来没有想到，他说出来正合我心。从那以后，我就跟着使用这一说法了。

一九八五年五月十日

（原载《姚雪垠书系》第18卷，中国青年出版社2001年10月出版）

创作实践与创作理论

——与刘再复同志商榷

党的十一届三中全会以来，我国的文艺战线空前活跃，首先表现在作品繁荣，出现了众多有才能的中青年作家，简直是群星耀眼；其次表现在文艺理论上的思想活跃，百家争鸣。但是，如果我们不是陶醉于表面的活跃现象，认真观察、实事求是地进行分析，就会发现存在的问题确实不少。

作为一个逐渐走向八十岁的老作家，面对文艺界的目前情况，我既感到心情振奋，也感到自己落后。尤其在文艺理论方面，不仅我的认识赶不上，甚至有些理论文章我读不懂，或似懂非懂，但觉玄妙艰深。像这样的情形，在我几十年的学习道路上是很少有的，而今天却成了摆在我面前的新现象，是不能绕过的现实。假若这真是我的落后，我不禁为自己的落后一叹。

处在当前的新形势下，我为在一定程度上挽救自己的落后，决定抱两种态度：一是多向比自己年轻的人学习，二是多向理论家学习。当然学习不是盲从，而是有推敲，有选择，有问难。争鸣即公开向老师问难，是以主动态度进行学习的一种方式。今天我动手写了这篇论文，就创作实践和创作理论的问题，请教于刘再复同志，正是出自上述态度。

一、两个“规律”说与创作实践不相符合

我对文艺理论（其实不限于文艺）有一个简单的基本的要求，即是：一切好的创作理论应该从实践中来，能够再回到实践中去。理论从实践中来，是说理论考察了或总结了前人的和今人的十分丰富的创作实践，然后产生了对某种创作规律的认识，再由一般的认识上升为理论。理论再回到实践中去，是说理论必须是切合实际的、有用的，可以接受社会实践检验的。明确地说，一种新理论提出之后，能不能站住脚跟，不是取决于理论家的主观愿望，而是取决于能不能用它来指导创作实践，能不能帮助我们理解、分析和研究古代或现代、当代作家的作品。这就叫作社会检验。我对文艺理论的这一要求，也可以说是

我衡量理论价值的标准。看起来这是“老生常谈”，然而是我从几十年创作实践经验中得到的结论。所以在目前新学说争奇斗异、令我眼花缭乱的时候，我甘愿不避落后之讥，对自己的经验敝帚自珍。

刘再复同志在谈到近年来文艺理论的新趋向时，认为它的最主要特点是：“由外到内，即由着重考察文学的外部规律向深入研究文学的内在规律转移。”什么是文学的“外部规律”呢？刘再复同志说：

> 我们过去的文学研究，主要侧重于外部规律，即文学与经济基础以及上层建筑中其他意识形态之间的关系，例如文学与政治的关系，文学与社会生活的关系，作家的世界观与创作方法等。

什么是文学的“内部规律”呢？刘再复同志说：

> 近年来研究的重心已转移到内部规律，即研究文学本身的审美特点，文学内部各要素的相互联系，文学各种门类自身的结构方式和运动规律等，总之，是回复到自身。

以上意见是刘再复同志针对过去文学的理论研究的所谓“弊病”和当前文学研究的所谓“新趋向”而说的，不是议论文学的创作方法。但是它关系着文学创作的根本问题，所以我把这个问题首先放在文学创作理论问题的范围内，进行讨论。

将文学规律的整体性剖为两半，分为“外部规律”和“内部规律”，主张从着重研究文学的“外部规律”转移到着重研究“内部规律”，这种观点本身就值得商榷。因为按照马克思主义的观点，文学与经济、文学与政治、文学与生活、作家世界观与创作方法等诸种关系，都规定着文学的本质，从而也都属于文学的自身规律，离开了这些而谈论文学的“回复到自身”和文学的“内部规律”，显然是离开了最根本的东西。

在我看来，刘再复同志所说的文学的“外部规律”和“内部规律”，实际上是一个统一的不可分割的有机整体，从这一基本认识出发，派生了各种指导创作和研究文学作品、文学史的具体理论或方法，而且在实践中是行之有效的。

任何文学作品，都必然有所反映，都是社会的某种生活、情感和思想通过一定的形象语言表现出来的。刘再复同志所说的“内部规律”，实际上是不会单独存在的。上古的各种神话，也都反映着一定社会背景。例如商的始祖名叫契，是简狄吞了玄鸟卵而生的；周的始祖名叫弃，是姜在野外踏到巨人的脚印而怀孕的；满族的始祖是仙女佛库伦吞下神鹊衔来的红果而生的。这类神话都反映各氏族从母系社会刚转入父系社会，又反映各氏族都认为他们的始祖的出身不同于常人。后世有了用文字写成的文学作品，都同人们的社会生活有密切关系。人们不是由于十分无聊才写作品的，都是有所为而从事创作的。有内容便有所反映，便有所为，便有刘再复同志所说的“外部规律”。

我平生除写小说外，学无专长，读书恨少。不反映社会生活的作品有没有呢？刘再复同志可能见过不少，所以主张今后研究文学可以回到文学“自身”，即转移到文学的“内部规律”。怎么转移，他没有举例说明，使我不能理解。在我读过的作品中，只有两篇大致可以说没有刘再复同志所讨厌的“外部规律”。一篇是出现较早的《千字文》，是南朝梁武帝萧衍命周兴嗣编写的。另外一篇是《百家姓》，大概出现于北宋初年，为两浙地区民间的童蒙识字课本。大概当时南唐尚未亡国，吴越已奉大宋正朔，所以第一句是“赵钱孙李”。赵为宋朝国姓，钱为吴越王钱氏，孙为吴越王钱镠皇后的姓，李为南唐李氏。像《千字文》和《百家姓》字句整齐，音节铿锵，韵脚落在平声，可以说具有文学的“内部规律”，但不是文学作品。虽然不是文学作品，但《千字文》反映了一千年前的人们对于宇宙和社会的一些看法，而《百家姓》也反映了宋初的政权变化。

从神话和古史传说开始，不反映一定的社会生活的作品是没有的。洪水的故事，大概是初民社会保留着最后一次冰川过后的某次洪水的陈旧记忆。后羿的原始传说反映了最早发明弓矢的部落的英雄始祖，并且与狩猎经济相适应。到了羿射十日，射封豕、河伯、大风等，农业已经出现了。再说，近世在世界各地发现原始的岩洞壁画，大都是反映着旧石器时代人们的生活。人类的文化愈发展，通过文学反映社会生活的能力愈提高。如今刘再复同志捡来了西洋资产阶级某一流派文艺理论的破烂，要将文学研究课题转移到文学的“内部规律”，即回到文学作品“自身”。倘若刘再复同志对这个问题确实有真知灼见，我希望举出文学作品的实例，用朴素的语言解释清楚，不要故弄玄虚。还有，我们要发展的是社会主义文学，要求文学作品能够深刻地表现社会生活，为人民群众服务，为社会主义服务。这一基本原则和道路，你是否同意？按照你的理论，你要将我国的社会主义文学引向何处？

刘再复同志的理论不从文学史的实践经验出发，我们偏要从历史上的实践经验出发，把理论落到实处，改变一下谈论问题的方法。按照我的看法，从西周初年开始就有了用文字记录的诗歌；至于有文字记录的散文文学，可以从商朝中叶开始。历史证明，中国文学史从上古直到当代，绵延三千多年，各种文学作品之多，可以说浩如烟海。这一切都是古今作者创作实践的成果。我说提出任何新理论都要从实践出发，就包括古今的实践范例和种种经验。

如果我们不将构成文学本身的各种条件作为一个有机整体来看，而是硬要分“外部规律”和“内部规律”，片面强调“内部规律”，追求所谓使文学“回复到自身”，我们就不能理解前人的文学作品。举例来说，倘若不理解战国时期的社会经济的发展情况，不理解在战国纷争的政治条件下策士们的活动与作用，不理解屈原时代秦、齐、楚三大国的纵横关系，不理解当时新兴的“变法”思潮，不理解楚国统治集团中的腐败昏庸以及屈原与这一集团的尖锐矛盾，不理解原是强大的楚国对秦国如何在政治上受张仪欺骗、在军事上吃败仗，不理解屈原在当时的复杂环境中的政治活动、立场态度、思想感情以及所受的打击和挫折，另外，倘若不理解当时楚国文化的特点、意识形态的特点、民间文学的特点，我们怎么能理解屈原的《离骚》《九歌》和《九章》等杰出诗歌的意义、产生的背景，以及它们的艺术特色？我们谈到的以上种种条件，深刻地影响到屈原诗歌创作的内容，也影响到它的艺术形式，屈原正是凭借这些条件才能充分发挥他诗歌天才的“主观能动性”。倘若排除了上述种种条件（在刘再复同志看来都是不值得重视的所谓文学的外部规律），屈原就不能成为中国文学史上第一个伟大诗人。

再举唐代杰出诗人王维为例。王维的一组辋川诗，每一首都是我国诗歌宝库中的晶莹明珠。我们的文学战线虽然出现过庸俗社会学，但我还没有看见过哪一位具有马克思主义文艺理论常识的人，曾经简单化到不分析产生辋川诗的各种条件及其特殊的艺术成就，而只是评论说：由于唐代地主庄园经济的发达，所以产生了王维的辋川诗。王维留下的诗歌遗产不很多，在数量上不能与李白、杜甫、白居易相比。他在前期有歌颂游侠精神的诗，有风格和内容十分雄健的诗，有风格清新活泼、思想感情向往世外桃源的诗等。到晚年才写出辋川诗，自编为《辋川集》。他在蓝田辋口地方的别墅原来是诗人宋之问的产业，后来归到他的手里。为什么宋之问写不出辋川诗而王维能够？我认为是由于如下条件：（一）王维晚年在政治上受到严重挫折，退隐后产生了冲淡的生活情趣。（二）佛学深深地影响他晚年的世界观、人生观和生活态度。（三）他是杰出的山水画家，被后世称为南宗山水画的开创人。他的生活、诗风、画风形成了统一的审美情趣，所谓诗中有画，画中有诗。（四）五言诗体到六朝时候在艺术技巧上，特别是在锤字炼句方面，有较大发展；以谢朓为代表的山水诗，以五言诗体描写景物，也有了较大发展。另外，陶渊明所开创的田园诗派，其冲淡风格在初唐到盛唐受到了重视。王维的辋川诗是在前人所创造的基础上又大大跨进一步。（五）同时代的大诗人孟浩然也写田园诗，被后人并称“王孟”，然而他们在封建地主阶级中不属于一个阶层，社会生活不同、政治遭遇不同、人生观不同、艺术修养不同，使他们的田园诗各具特色。（六）王维的晚年生活在辋口，辋川从他的别墅下边流过，另外有竹洲和花坞。他常与道友裴迪泛舟往来，弹琴赋诗，啸咏终日。（七）王维天赋极高，十几岁就写出了很好的诗，诗与画都是第一流水平，还懂音乐。我们从他的诗中也看出来他的才华。

我举出以上七个方面，每个方面都不是孤立的。我认为研究古今中外任何一个较有成就的作家的思想和艺术成就，都要注意考察他所具有的综合条件，而且把他的实际生活环境、思想感情、文化修养和历史因素放在重要地位。这是近代中国学者研究文学史和古典作家的一般方法，包含着历史唯物主义的思想在内，也包含着文学创作和文学史的客观规律。我希望读者们不要存在什么“创新”“守旧”的先入为主观念，心平气静地将上述一般包含着唯物主义的传统治学方法，同刘再复同志所谓文学的“内部规律”即“回复到文学自身”的理论方法比较一下，到底哪一种能够解决实际问题，经得起社会实践检验？

我举屈原和王维两位古代的诗人为例，是因为他们两人的生活道路、创作道路，从而形成的作品风格，截然不同。既然刘再复同志主张抛掉文学的“外部规律”，使文学回到自身，专研究文学的“内部规律”，就请刘再复同志将屈原的《离骚》和王维的《辋川集》作为实例，对我们做一次示范性的讲解，使我们打开思路、茅塞顿开，不再受旧的治学方法束缚和愚弄，岂不是一件好事？我是诚恳地向刘再复同志提出这个要求！

刘再复同志反对文艺理论上的简单化的经济基础决定论、庸俗社会学和各种“左”的教条主义。对于我国新文学运动半个多世纪以来所犯的这些毛病、所走的各种弯路，我也持批判和反对态度。不同的是，我认为我国现、当代文学运动中虽然受过庸俗社会学和“左”的教条主义的干扰，甚至在某些时期泛滥成灾，但是始终有正确的和比较正确的马克思主义文艺思想同错误的思想在进行抵制和斗争，从来不是一面倒。陈涌同志的文章中举鲁迅为例，鲁迅当然是新文学运动的一面大旗和主帅，然而还有许许多多的作家和理论家在进行抵制和斗争。例如，从一九五六年下半年到一九五七年上半年文艺界的一部分“右派言论”，就可以看到两种思想斗争的深刻性。即使在一九五七年之后到“文化大革命”期间，依然有作家和理论家在极其困难的条件下坚持马克思主义的哲学思想和文艺思想，作出了贡献。在某些历史阶段，虽然庸俗社会学和“左”的教条主义甚嚣尘上，甚至用组织和政治手段推行这种错误思想，但它是不科学的、是不符合发展文学艺术的创作规律的、是不得人心的，所以是没有生命力的。真正的马克思主义文艺思想尽管在某些时候受压抑、受打击，坚持的人不是多数，但它是有生命力的，而且是中国文学运动史的主旋律。以我个人说，我只是一个十分普通的老作家，一九五七年被错划为“极右派”之后，不但不自杀、不灰心丧气，而是偷偷地开始写《李自成》。在没有资格向图书馆借阅参考资料的情况下，在几个月之内，在一九五八年夏天下放“监督劳动”之前，将第一卷的草稿写出来了。我国文学创作在许多年中受到“左”的教条主义影响，凡是写到革命阵营对立面的人物都是简单地写几笔，加以贬斥。但是我在《李自成》中一开始就将崇祯皇帝及其大臣们作为典型环境中的典型人物来刻画。到了“文化大革命”，第二卷正在进行，而我对于崇祯皇帝及其周围的人物塑造得更丰满了。许多人向我建议将崇祯写成儒家，将李自成写成法家。我根本不理会这种意见。从我于一九五七年动笔写《李自成》到现在，虽然全书尚未完成，但已经前后三十年了。我以我自己的实例，证明刘再复同志一笔抹杀文艺界始终存在着两种思想的斗争是缺乏根据的。主观唯心主义的思想不考虑客观事实的复杂性，随心所欲地妄下论断，是经不起社会检验的。

几十年来，我们在文学艺术创作问题上提出过一些原则，经过实践检验证明是合理的，应该坚持。有的提法经过修改，重新获得生命力，也应该坚持。例如生活是文学创作的源泉，作家要深入生活，作家应具有社会主义和共产主义思想觉悟，这些原则并没有过时。过去提出的“政治标准第一，艺术标准第二”的原则，经过实践证明有毛病；但早已提出过“作家应该创造出高度思想性与高度艺术性完美结合的作品”这样的口号，并没有过时。“文艺为政治服务”的口号经过实践，证明是有问题的，后来改为“为人民服务，为社会主义服务”，就完全正确了。这些都是总的原则和号召，另外还有针对特定时期的特定方面的号召和要求。例如，在当前处于改革时代号召写改革生活和改革中的先进人物；对军事文学号召写战斗英雄，塑造爱国主义的英雄典型。对文学提出这些要求都是正确的。然而这些要求的提出，都与经济基础有关系，与社会生活有关系，与作家的世界观和创作方法有关系，与人民群众的需要和根本利益有关系。如果认为这都是文学“自身”以外的“外部规律”，在目前已经失去了重要意义，“研究的重心已转移到内部规律”，那岂不意味着，上述那些社会主义文学创作所不可缺少的原则、要求和号召，可以统统不必考虑了？值得注意的是，现在的创作中确实已经出现了脱离生活、淡化政治、醉心于现代西洋某些流派的追求，写出了一些谁也不懂的或不考虑社会效益的作品。这种情况，也从反面说明，孤立地强调对“内部规律”的探索的不足为法。

二、作品人物绝不能摆脱客观环境的制约

刘再复同志在《论文学的主体性》一文中，有不少新观点，其中一个是他在论到作家以人为主体时，将作家自身的主观能动性作了无限夸张；在论到作家的写作对象，即小说中的人物主体时，又将人物的主观能动性作了无限夸张。例如，他深为感慨地说：

> 我国文学在相当长的一个时期，普遍地发生主体性失落的现象，为此，我们需要探讨一下文学主体性的回归、肯定和实现的途径。

刘再复同志如此论断我国现代和当代文学的发展历史，实在是太主观武断了。那么，刘再复同志认为我们的文学在小说人物方面所需要探讨的“文学主体性的回归、肯定和实现的途径”是什么呢？他在文章里谈了很多，但扼要的几句话是这样说的：

> 作家给笔下的人物以主体的地位，赋予人物以主体的形象，归结为一句通俗的话，就是把人当成人——把笔下的人物当成独立的个性，当

作具有自主意识和自身价值的活生生的人，即按照自己的灵魂和逻辑行动着、实践着的人，而不是任人摆布的玩物与偶像。不管是所谓“正面人物”还是“反面人物”，都承认他们是作为实践主体和精神主体而存在的，即以人为本。

这一段话的道理很玄妙。我仔细读了两三遍之后，才明白其所以玄妙，是由于刘再复同志脱离了创作实践，脱离了文学史提供的应该作为理论基础的实际情况。创立新学说，却凭空出发，把本来极其普通的、简单的、朴素的道理化为玄妙，看来这恐怕是刘再复同志新理论的最大特点，但也是致命弱点。因为，正是在这些玄妙的、貌似新颖的论点中，包含着主观唯心主义的实质。

按照文学史的经验和我们自己的创作实践经验，小说中的人物纵然被作家写活了，“栩栩如生”了，也绝对不可能“按照自己的灵魂和逻辑”自由行动。《红楼梦》中的少男少女被曹雪芹写活了，但是没有一个人物能够脱离他们的历史条件自由行动，甚至只有依靠大观园的具体环境才有性格和生命。袭人和史湘云都是有性格的，被作家写活了的姑娘，但她们是在大观园的具体环境中被写出生命的。贾宝玉、林黛玉、薛宝钗、王熙凤等是富有生命力的人物，他们的行动和思想活动都不能不受制于封建社会的历史条件和贾府的具体环境，没有一个人物能超越特定历史和社会为他准备的条件，连创造这些人物的“上帝”——作者本人也是一样。阿Q并没有自由行动，甚至被糊里糊涂地处决了。吴荪甫没有自由行动，由于资本家之间的钩心斗角，连他的姐夫也将他坑害。难道可以用这些例证论断中国文学中的典型人物不是成功的，而只是作家手中的玩物，失落了人物的主体性么？我认为夸大小说人物的主体性是违背艺术科学的，是一种主观臆造的新论点。

凡读过拙著《李自成》已出版的前三卷和已在刊物上发表的第五卷部分单元的读者，都知道这部小说的人物很多，不少有个性的人物还被读者、评论家称为典型人物。可是我所塑造的人物都不能摆脱两种制约：一是要受错综复杂的历史条件（环境）的制约，二是要受我这个作家的历史知识、哲学思想、创作态度和创作方法的制约。这两种制约力量互相渗透、互相交织，不是单独一方面对人物起制约作用。

例如我塑造崇祯皇帝这个典型，就是将他放在明朝末年特定的、具体的、带着历史特点的宫廷生活环境中，描写他的政治生活、私生活以及各种心理活动和精神面貌。我要使他准确地反映历史，绝不给他过多的“自主性”，不给他超越典型环境条件制约之外的自由行动。不然他就不是在历史上扮演悲剧角色的亡国之君，不是“这一个”崇祯皇帝。我为什么不给我的人物以无限制的自由行动？因为，不论在古代、在现代，都没有超越历史条件制约的人。任何人都不能脱离历史和环境所提供的条件生活。人们的社会生活总是处在特定的历史条件中，而历史总是处在极其复杂的物质的和精神的条件互相制约之中，处在极其复杂的、不断变化着的因果关系的交织影响中。我后半生写历史小说，我的文学创作思想与我的历史哲学思想是统一的。我遵循唯物主义的反映论，而不采纳主观唯心主义。由于我在哲学上坚持历史唯物主义，我才能“深入历史，跳出历史”，才能运用革命现实主义的创作方法于历史题材上。我不知道刘再复同志的新理论如何帮助我进行创作。

刘再复同志不是从认真研究我国古代文学史和现、当代文学史的实际情况出发，而是凭空树立一个主观论点，认为我国过去文学作品存在的严重问题是“文学对象主体性”的失落，首先表现在用“环境决定论”取消人物性格自身的历史。他说得很玄妙：

> 人可以自我完成，自我塑造，自我实现。人的主体性，就是在客观世界所提供的条件下（包括顺境和逆境）最大程度地发挥自身的调节能力和创造能力。人对环境的巨大超越力量，往往表现为主体的怀疑意识、自主意识、创造意识，也表现为不受环境所束缚的想象力、宇宙感、历史感，当然也表现为行动上的改造环境的意志力量和变革精神。但是在这方面，我国当代的文学观念曾机械地强调客体对主体的决定作用，以至用“环境决定论”来解释典型环境中的典型性格。因此，作家笔下的人物大多缺乏自身性格的历史，除了那些被神化了的支配一切的英雄，都是一些被某种外在力量所支配的命定的可怜虫。

乍一看，我感到有点茫然，觉得刘再复同志是无的放矢。从二十世纪三十年代以来，我不记得有哪一个重要作家或理论家发表过重要论文，大谈“环境决定论”。仔细读刘再复同志的文章，才明白是有的放矢，好像针对着恩格斯的名言：“典型环境中的典型性格”。

那么，作家在小说中所塑造的人物，能否超越于他所处的典型环境和时代呢？所谓人物“自身性格的历史”又是怎么一回事呢？按照我的理解，人物的性格是作家赋予的，离开了作家对人物所处的生活环境作纵深和宽广的了解，来进行典型性格的塑造，谁也说不清楚什么是人物“自身性格的历史”。

根据我的创作实践，创作过程大体可分为三个阶段。作家通过各种实践方式，主要是深入生活和观察生活（包括社会上各种活动着的人），使客观的社会生活反映到作家的头脑中，构成初级阶段的创作素材。这是小说创作的第一阶段。作家根据所掌握的创作素材，继续丰富，同时进行研究，加深认识，加以艺术地集中和概括，在头脑中产生了比较确定的人物形象，同时也产生了主要的、生动的故事情节和某些比较突出的艺术细节。这是小说创作过程的第二阶段。在这一阶段中，作家的头脑对反映社会生活的主动性没有停止，表现在两个方面：一方面是作家通过脑力劳动，继续加深和丰富对现实社会生活的认识；另一方面是作家努力使小说中的人物、故事情节、艺术细节，向更加成熟的阶段发展，而许多人物更加立体化，更有个性，更有生命。达到了这一阶段，一般说来，作家就可以动笔写作了。

从作家动笔写作到小说脱稿，是创作过程的第三阶段，也就是最后阶段。作家从事反映社会生活的任务一直在继续着，所以他的头脑里始终保持着活泼的主观能动性。逻辑思维和形象思维一直在结合进行。他总在继续吸收客观社会生活的营养，继续使自己的反映工作向深刻化、丰富化和准确化推进。为要达到这“三化”的目的，作家要在小说完成前不断地进行推敲、修改，有时还得到生活中再体验、再观察、再补充资料。这是坚持唯物主义反映论的必然现象，体现了它的能动性和它在反映客观事物时所具有的认识活动的规律。

在这一创作实践活动中，作家始终是创作的主体，小说人物是作家创作的产物，或者称为对象、客体。小说中的人物被写活之后，也会反过来给作家的艺术构思以影响，但不是主要的。作品中任何人物的能动性都是有限的，从来不会“自我塑造，自我实现”，或者“自我完成”。请问，古今中外，哪一位作家的笔下有过这样的小说人物？

刘再复同志认为人物可以脱离作家的支配而“自我完成，自我塑造，自我实现”，这种说法并不是立足于创作实践经验，而是出自主观臆造。再看，刘再复同志又说：“人对环境的巨大超越力量，往往表现为主体的怀疑意识、自主意识、创造意识，也表现为不受环境所束缚的想象力、宇宙感、历史感，当然也表现为行动上的改造环境的意志力量和变革精神。”通看这一节论文的前后，这些话分明说的是作品中的人物。其实，任何作家都生活于一定的历史条件或一定的环境中，不可能有脱离实际的“巨大超越力量”等属性。我国十亿人民在党中央领导下从事四化建设，志在腾飞，却还要受着形形色色封建主义的拖累和资产阶级思想的侵蚀，受到教育不发达、科学人才不足、社会主义民主不广泛、法制不健全、能源不足等各种条件的制约，只能讲求实事求是，不可能随心所欲地去谈什么“超越力量”。至于小说人物，它是现实生活的反映，由作家取材于现实生活写出来的，更不可能有刘再复同志所说的那些玄妙的属性了。

在这里我们还可以谈谈人与历史条件的问题。

当然，英雄和天才可以创造历史，但是归根结底，他们都要受历史条件的制约。近、现代的历史人物中我非常敬佩孙中山，但孙中山由于受历史条件所制约，奋斗了四十余年，直到他临终之日，革命尚未成功。他这个英雄人物带有相当浓厚的悲剧色彩。毛泽东同志是伟大的思想家、政治家、军事家，还是杰出的诗人，具有卓越才华，但是他摆脱不了小农经济、封建历史以及国际流行的个人崇拜等影响，晚年犯了严重错误，给党和国家造成了很大损失。

在文学艺术领域，我们可以随口说出不胜枚举的事例，来证实天才既创造历史又受制于历史条件。杜甫对于中国诗歌有伟大贡献，但他只能出现在盛唐，而不能出现于初唐，更不能出现于六朝。《红楼梦》只能产生于十八世纪，而不能产生于十六世纪。鲁迅在他那个时代成了伟大的文化战士，作出了不朽贡献。如果早三十年，或晚三十年，大概就不会出现鲁迅。也可以以刘再复同志为例。自认为文艺理论家的刘再复同志，绝不可能崛起于二十世纪三十年代和四十年代，也不能崛起于二十世纪五十年代，他只能崛起于近十年内的历史条件下。一旦大家学习了马克思主义文艺理论、读书多了、是非分清了，思想界回到社会主义应走的康庄大道了，目前这种情况就会改变。这是历史的法则，不以某个人的意志为转移。

不但文学领域的规律如此，各种艺术领域的规律也是如此。拿书法艺术说，由于清代中叶以后，金石之学大兴，秦汉以来的石刻，特别众多的是魏晋南北朝时期的碑刻和造像题记之类，以及较早的石鼓文，受到了空前重视，新发现的日益增多，被学者们搜集、研究，拓本流行，为新的书法艺术流派的兴起提供了条件。所以嘉庆、道光以后，整个晚清时期，书法艺术的特点是帖学衰微，碑学大兴。在历史提供的新条件下，产生了邓石如、赵之谦、包世臣、吴昌硕、张裕钊、康有为等具有创造性的大书法家，其中有的到民国年间才死。他们的书法成就超过了清代前期和明代的书法家。他们都是在历史提供的条件下发挥创造性，而没有超越历史。

刘再复同志从主观唯心主义出发，将作家的主观能动性夸大到无以复加的程度。他说："一个作家，意识到自身的精神主体性是极为重要的。意识到精神主体性，就是意识到自己身上的内宇宙所具有的巨大能动性、意识到这个内宇宙是一个具有无限创造能力的自我调节系统，它的主体力量可以发挥到非常辉煌的程度、可以实现到非常辉煌的程度，而这，正是人的伟大之处。"恕我直言，这样的作家古往今来我们没有见到过。相反，我们所看见的，作家的主观能动性总是有限度的，他所不了解的生活他就写不好。曹雪芹既有学问，又有天才，然而他写不好农村生活，他不能在他不很了解的生活领域发挥无限创造力，并不像刘再复同志所说的那样，人的"主体力量可以发挥到非常辉煌的程度"。当代中国作家，据我看，还没有哪一个能够离开深入生活这条道路，随心所欲地依靠所谓主体的巨大能动性写出好的作品来。

我并不将现实主义创作方法看成是唯一的方法，但是如果就写小说而论，作家要想精细地、深刻地、真实地表现生活，再从生活的细节中表现人物的典型性格，那么不能不承认，现实主义创作方法是各种创作方法中最好的方法。刘再复同志的新理论同现实主义创作方法相比较，哪一种对发展我们的文学创作更有意义呢？

三、是谁主宰着创作进程？

在论及创作方法时，刘再复同志还片面夸大活起来的小说人物"主体"的无限能动性。例如他谈到作家和小说人物的关系时写道：

> 如果作家把自己放在上帝的地位上，只知道摆布笔下人物的命运，不能给予笔下人物以主体的地位，那么，他们在创作中势必只想到所谓"精心设计"，甚至精心设计到每一个细节。笔下人物的一言一行一举一动，都在先验的设计之中，一切都在作家的意料之中，一切都是先验构想的形象注释，这实际上并不是作家用整个心灵去"创造"，而是按照某种观念去刻意"制造"，这样的作家顶多是一个具有某种技巧的艺术匠

人，而不是富有灵性的作家。他们的创作势必不能得其道、得其神、得其灵性，势必缺乏创造性。

刘再复同志的这一观点，完全否定了唯物主义反映论。

我在上一节已经论述了小说创作过程的三个阶段，虽然并不细致，但也大体上说明了创作实践的必由阶段。刘再复同志批评的“精心设计”，实际上就是小说的酝酿过程，也就是将来自客观存在的社会生活和人物反映到作家的头脑中成为素材，又在头脑中不断加工，使人物形象逐渐丰满、深化，同时出现了小说的大体完整的艺术结构和主要的故事情节。任何创作态度比较严肃的小说家，都有必要在动笔之前进行“精心设计”。有的作家写小说，连写几次开头才能确定他认为比较满意的开头。这一次次的重新开头，不就是作家对小说开头的反复设计么？

刘再复同志批评作家不能给予笔下人物以“主体地位”，认为只想到“精心设计”的作家不是“用整个心灵去‘创造’”，而这样的作家“顶多是一个具有某种技巧的艺术匠人，而不是富有灵性的作家”。我不无遗憾的是：刘再复同志不肯虚心地研究古代、现代和当代众多作家的创作实践，当然只能依靠一堆非科学的名词术语来建立他的理论体系。

长篇小说，一般在二三十万字以上，长的在五十万字以上，更长的在一百万字以上。以拙著《李自成》来说，已经出版的前三卷将近两百三十万字。哪有一位长篇小说作家在动笔之前将每一个细节、将笔下人物的一举一动都设计好？这样的情况可能有么？刘再复同志对作家发出这样的严厉批评，不知依据的是什么资料？

至于讲到“精心设计”，曹雪芹对《红楼梦》就有过精心设计，他设计的小说结局与目前见到的高鹗续书不同。《红楼梦》中的主、次要人物的命运和结局，作者也都有过匠心独运的设计。请问，曹雪芹难道不是一位用“整个心灵去创造”的伟大作家，而“顶多是一个具有某种技巧的艺术匠人”吗？

我国从二十世纪二十年代至今，曾经产生了许多受到读者重视的优秀作品和作家。我在文学创作界滚了几十年，还没听说过有哪一部作品不是经过作者在动笔前反复酝酿的。反复酝酿就是刘再复同志所说的“精心设计”。难道这些闪耀在现、当代文学史上的众多作家都如刘再复同志所说的，“顶多是一个具有某种技巧的艺术匠人”么？显然，事实并非如此！

人为万物之灵，只有人能够创造世界，包括文学艺术。只有人可以从事有思想、有意志的体力活动和精神活动。但是，读了刘再复同志的下边一段高论，我不能不感到茫然了。

> 作家对描写对象的尊重，就是赋予对象以人的灵魂，即赋予人物以精神主体性，允许人物具有不以作家意志为转移的精神机制，允许他们按照自己灵魂的启示独立活动，按照自己的性格逻辑和情感逻辑发展。作家处于最佳心理状态时，也是自己的人物充满着主体意识，充满着生命活力的时候，此时，作家不是受自己的意志所支配，而是受到充分调动起来的主体（引者按：指小说人物）潜在力量的支配，并沿着潜意识的导向前行，在可感知的范围内，造成了“意外”的效果，即愈有才能的作家，愈能赋予人物以主体能力，他笔下的人物的自主性就愈强，而作家在自己的笔下人物面前，就愈显得无能为力。这样，就发生一种有趣的、作家创造的人物把作家引向自身的意志之外的现象。这种有趣的现象使很多文学理论家，批评家感到困惑，笔者也曾久久地陷入困惑与迷惘之中。

这一段文字玄妙极了。竟然把小说中被写活了的人物看成了客观存在的、不以作家意志为转移的主体，具有自身的主体意识，能够按照自己灵魂的启示独立活动，按照自己的性格逻辑和情感逻辑发展。作家的创作活动愈是达到最佳状态，愈不受自己的意志支配，而是受人物（此时是主体）的潜在力量支配。平心而论，从五四运动以来，我还没有看见过哪一篇文艺理论文章将主观唯心主义表现得这么充分！

我认为，刘再复同志将“主体”和“客体”的概念完全搞乱了。主体和客体的对立统一关系，是辩证唯物主义认识论的一个基本范畴。主体就是在进行着认识活动的人，就文学创作而言，指的是在进行着对客体反映活动的作家。人具有认识和改造客观世界的主观意志，具有对客观世界进行认识和改造活动的主动性、目的性。世界上的各种事物都是客观存在，但只有同人的认识活动发生关系即联系在一起时，才能称作客体。具有认识主动性的人同被认识的事物，构成了主体和客体的矛盾统一，成为认识论的一个范畴。总之，在具有马克思主义观点的人看来，这种主体和客体的哲学概念，是简单而清楚的，丝毫也不神秘，只是被刘再复同志搞乱了。

在文学创作上也是如此。作家在社会生活中对于现实生活（包括人物）产生了接触，主体对客体的认识过程就开始了。作家对客观事物的认识，是依照辩证唯物主义的规律进行的。从作家最初同社会生活和人的接触，到形成素材，然后在头脑中形成生动的人物形象，最后转化为小说中写定的人物，都是认识过程，也是活泼的反映过程。在全部过程中，作家始终是主体，人物是被认识、被反映的客体。在认识和反映过程中，不存在客体变为主体甚至代替作家主宰反映活动（文学创作）的事情。在一部长篇小说中，总是有许多被写出个性、被写活了的人物，倘若按照刘再复同志的理论，在一部长篇小说中，除作家自身是主体外，岂不另外有许多甚至几十个主体了？倘若每一个人物都具有能动的主体性，能够不受作家的支配，能够按他们自己的意志进行活动，创作将怎样进行？

我从事文学创作实践活动数十年，像刘再复同志所说的对人物无能为力、任人物自由活动的奇妙现象，一次也没有遇到过。我也没有听说五四运动以来任何有成就的作家有过这种现象。谁能够从我们大家熟知的作家的创作活动中举出一个实例么？

可是，刘再复同志却说他为“这种有趣的现象”“也曾久久地陷入困惑与迷惘之中”，这应该怎么解释呢？

据我看，刘再复同志所用的思想方法，根本背离了辩证唯物主义和历史唯物主义。天下本无其事，却用主观唯心主义的方法凭空设置问题，扰乱自己，而又夸大其词，说“这种有趣的现象使很多文学理论家，批评家感到困惑”。在我国，究竟是哪几位文学理论家和批评家，在哪几位作家的创作实践中发现这样“有趣的现象”，使他们感到困惑？

据刘再复同志说，现在，他“终于了解：这种状况，正是作家在创作中的自由状态”。这种“自由状态”太不可思议啦。在此基础上，刘再复同志将他的新理论推演成如下公式：

作家愈有才能	作家（对人物）愈是无能为力
作家愈是蹩脚	作家（对人物）愈是具有控制力
作品愈是成功	作家愈是受役于自己的人物
作品愈是失败	作家愈能摆布自己的人物

这论点新则新矣，只是不符合创作规律！古今中外，作家在写作过程中对自己作品中人物无能为力，这算做什么文学创作？这算做什么有才华的作家？许多伟大作家，如曹雪芹、托尔斯泰等，对他们的长篇小说《红楼梦》《战争与和平》和《安娜·卡列尼娜》都进行过反复修改。作品由作家自己反复修改，可见伟大作家也是始终驾驭着他们的作品的创作进程。关于修改，即使不是直接修改小说人物的重大活动，只是部分地修改小说的情节和细节、人物对话等，也莫不与作家掌握人物的塑造过程有关。可见作家并没有“受役于自己的人物”，而始终是小说人物的主人。刘再复同志引述法国著名作家、诺贝尔文学奖获得者弗朗索瓦·莫里亚克的话作为证明。其实，我对待诺贝尔文学奖的态度是尊重而不迷信，对待外国名作家的态度也是如此。外国名作家的话要看在什么情况下针对什么问题说的，还要看他是否说得真有道理，是否适合于中国的众多作家的创作实践经验。名作家有时也会说出片面性的话，甚至荒唐的话，必须经过鉴别，决定取舍，甚至应该受到批判。我们不能因为某人是获得诺贝尔文学奖的外国著名作家，就把他很带片面性和在理论上荒唐的话也奉为圭臬。难道受过马克思主义熏陶的，堂堂中国的作家和理论家应该如此崇洋么？

作家在写长篇小说的时候，也会出现这种情况：即某个人物在作家笔下逐渐“活了起来”；本来在最初的创作构思中并没有计划写他（她）死，但是后来不得不让他（她）死了，甚至作家写他（她）死时自己还流了眼泪。长篇小说的创作过程中有时出现这种现象，并不意味着小说人物变成了创作活动的主人，如刘再复同志所解释的，有才能的作家对人物无能为力。我认为当作家最初考虑小说中各种人物时，抽象的成分居多，通过写作的逐步进展，通过各种生活细节描写，在人物身上开始起了质的变化。从此，人物有了性格，有了生命；不再是抽象的，而是具体的；不再是平面的，而是立体的。人物不仅要依照作家原来的方案发展，还要按小说所提供的生活环境发展，我把后者叫做“小说中的生活逻辑”。“小说中的生活逻辑”是社会真实生活的反映，但是不等于真实生活，因为它是小说家创作的结果，是一个一个细节累积的结果。细节是小说艺术构成的基本要素，也是典型环境中典型性格构成的基本要素。小说人物的生命是作家给的，作家控制着他（她）的成长，这是创作过程的第一阶段。当小说人物有了生命之后，他（她）既要按照作家的创作意图发展，也要按照生活逻辑发展，有时因此而产生了人物发展的矛盾。但是小说中的生活场景和人物都是小说家创造的，所以很容易处理，绝不会发展到矛盾不可调和的地步，连作家自己也无能为力。那么，原来设计的人物在小说中是不死的，而写到中途，竟然不依照原来的设计死了，这难道不是作家服从人物的摆布么？不是的。当作家认为人物按照生活的逻辑应该去死，他就修订了原来的设计，让他（她）死去。但是人物在什么情况和什么气氛中死去，用什么方式死去等细节，作家依旧牢牢掌握，以完成作家自己的艺术（小说美学）要求。在这里，完全不是作家对他笔下的人物无能为力，而是作家不得不服从客观的生活逻辑，及时修正他不合实际的主观设想。刘再复同志将作家对小说的“精心设计”说成是“先验的”，恰恰是认识错了。

我从一九五七年秋天被错划为“极右派”之后，开始一边痛哭一边悄悄地写《李自成》，至今全书尚未脱稿，已经二十九年了。亲近我的人都知道，我常常为我自己所创造的故事情节和大小人物的遭遇痛哭。拿慧梅这个人物说，书上没有记载，完全是我创造的。她开始出现于第一卷的“潼关南原大战”，我很喜欢她，写得她英勇、天真、漂亮，对义军无限忠心，十分可爱。但是我为着通过慧梅表现我的历史哲学和小说美学思想，从第二卷开始，就决定她必须在中途死去。从我决定她必须中途死去的那个时候起，在许多年中，我每次同别人谈起她日后自尽的小说情节，便禁不住热泪纵横，有时竟不免当众呜咽。当创作进行到慧梅自尽的时候，我忍不住由哽咽变成痛哭。《李自成》第三卷出版之后，许多读者对“慧梅之死”感动得流下眼泪，以至恸哭，说明这个人物还是写活了的。作家写小说进入这一境界，是不是让人物主宰了创作进程，作家反而无能为力呢？不，绝对不是！我始终牢牢地驾驭着我的人物，甚至连个别地方最细微的细节处理，都按照我多年来考虑成熟的计划完成。只有这样，才能达到我自己的美学要求。这是我的创作实践，是千真万确的事实，它与刘再复同志的理论是完全不符合的。不精心设计就不能完成我反映历史生活和历史规律的任务，也不能完成我对小说美学追求的目的。当然，用刘再复同志的话也可以解释这个问题：我是一个没有灵性的蹩脚作家。

以我这个不研究文学理论的人看来，文学理论家要想发展社会主义文学理论，就应该深入地总结古今中外文学发展史的实际情况，把中国从古代到现代的文化史和文学史多下功夫研究一下，同时总结古今许多较有成就的作家的创作经验，在此基础上，发展原有文学理论成果，或者另外建立新的带有较多科学性的文学理论，以指导文学的创作实践。舍此别无良策。

结束语

近几年来，刘再复同志连续发表了几篇谈作品人物性格的二重组合和文学主体性的论文，受到文艺界的重视，尤其在中青年中影响较大。他的新理论已经形成了体系，和过去出现的一般不成体系的理论文章不同。虽然刘再复同志声称在文艺理论上坚持和发展马克思主义的观点，并在他的新理论的有些地方点缀着马克思主义经典著作的词句，但是我不能不指出，他的理论是从主观唯心主义出发的，吸收了西方人本主义思想，同马克思主义并没有共同之处。也就是说，我认为他的文艺创作理论，基本上是背离了马克思主义的。

刘再复同志几篇论文的陆续发表，在一些中青年作家和文艺理论工作者中已经产生了不良影响。对此，较有马克思主义理论修养的老理论家和老作家长久保持着沉默。直到《红旗》今年第八期上发表了陈涌同志的文章《文艺学方法论问题》，才打破了这种沉默局面。我认为，陈涌同志的文章是近几年来关于马克思主义的文艺理论方面少见的力作，文风也朴实严谨。他的文章结尾处有这样一段话，十分值得重视：

> 文学观念的更新，只有在马克思主义思想指导下，或者说在马克思主义思想基础上的更新，才有可能有正确的方向。现在确有少数人，在“发展”马克思主义或者在“文学观念更新”的名义下，对马克思主义的原理弃置不顾，甚至加以贬斥。这不是一个小问题，这是一个关系到马克思主义在中国的命运，关系到社会主义文艺在中国的命运问题。

他的这几句话，说出了当前论争的基本性质和重要意义。现在提倡百家争鸣、自由讨论，不揭示双方理论与马克思主义的关系，不指出双方思想方法的实质，不重视这次论争的社会意义，如何能使讨论深入？又如何能达到明辨是非的目的？所以，这一次论争对于社会主义文艺健康的发展具有重要的意义，应该引起从事文艺及其他思想理论工作同志的重视。

从二十世纪五十年代中期以后，随着毛泽东同志进入晚年，他的思想逐渐发生变化，在有些方面不自觉地以主观唯心主义代替生动活泼的辩证唯物主义和历史唯物主义。在文艺界中，一部分中青年作者、理论工作者也对马克思主义文艺理论产生了模糊认识，以至怀疑、动摇。

近几年，我们的经济改革收到了显著成效，教育的改革和建设也进步很快。由于我国从封闭型的社会突然变成了开放型的社会，思想文化由禁锢主义的统治转化为日益重视发扬社会主义民主，出现了创作自由和学术自由，多年来留下的历史背景加上新出现的现实变化，使得意识形态领域出现了复杂情况。这是不可避免的，也是正常的，我们绝不能因噎废食。在任何时代，思想活跃，众说纷纭，百家并兴，各以其道争鸣，竞相探索和追求，都是一种兴旺发达的大好景象，值得高兴。在这种情况下，倘若在哲学和文艺思想领域中出现了贬低、歪曲或否定马克思主义的某种思潮，我们的态度应该是：第一，看成是必然现象，不必大惊小怪；第二，马克思主义者不应沉默，要进行理直气壮的论争，通过论争，共同提高对马克思主义理论的认识，并在广大读者中传播马克思主义理论。

从二十世纪二十年代开始，我国人民在马克思主义指导下，经过二十多年艰苦卓绝的浴血奋斗，使中国获得解放。中华人民共和国成立以后，我们什么时候只要背离了马克思主义基本原理，或将马克思主义的某些只言片语作为教条，就会犯错误，甚至犯严重错误。今后，我们要建设拥有十多亿人口的社会主义现代化强国，马克思主义仍然是我们的指导思想。没有马克思主义就没有新中国，也不会有真正的社会主义。马克思主义当然要发展，但是一百多年来被革命实践证明是真理的基本原理，一定要学习和坚持，在此前提下慎重地从事发展。目前全世界都在注视我国经济体制、政治体制方面的各种改革和迅速进步，我们的文艺创作和理论动向，也必然愈来愈为世界所注目。我希望通过目前文艺理论战线上的这一论争，会对建设具有中国特色的社会主义文艺理论产生良好的影响。

我本来不是搞理论工作的，而且年事已高，既定的创作任务完不成，日夜心焦如焚，原本不愿陷于理论之争。但是我读了刘再复同志的论文后，有如骨鲠在喉，不吐不快。我觉得，不仅刘再复同志的《论文学的主体性》贯穿着主观唯心主义，而且他的被许多人称道的、在文艺界颇有影响的“人物性格的二重组合原理”说，同样是如此。他所说的“人物性格的二重组合原理”，从理论上说，抛开了唯物主义反映论，抛开了实践是认识的源泉的基本原则，从概念到概念。以此解决复杂的文学创作现象和解释作品，如同隔靴搔痒。用“二重组合论”怎么能指导创作？作家怎么能从一切英雄人物、先进人物身上寻找正反两种性格的组合？我不揣冒昧，在对所谓“人物性格的二重组合原理”的不少喝彩声中决定采取否定态度。但是关于这个理论问题，我今天不多谈了。

最后重申一句：尽管我对刘再复同志的理论提出了不同意见，但是，我主张专业作家应该向理论家学习的基本态度没有变。韩愈说：“师者，所以传道授业解惑也。”向理论家提问题，也是大有益的学习。

一九八六年九月于湖北通山凤池山庄

（原载《红旗》1986 年第 21 期）

附　记

近几年来，由于一些复杂的社会原因，资产阶级自由化思潮渗透到许多领域，一向被认为敏感的文艺界受到的冲击比较严重。我看过香港某些报刊，几乎把刘再复同志吹捧为新兴文艺理论的了不得人物。我本来不是搞理论工作的，但是我有是非心和责任感，忍耐不住，投入到这一次比较深刻的思想斗争。由于时间条件关系，有些话我在这篇文章中没有说出，说出的一些话也只好在发表时予以删略。现在乘红旗出版社编印集子的机会，我将本文稍加补充。我一方面从事这场斗争，一方面也想从这次斗争得到提高，所以我热诚欢迎刘再复同志不吝赐教，纵然用尖锐的语言驳斥我的错误论点也好。真理与谬误，不取决于“起哄”，而取决于态度严肃的互相辩难。

一九八七年三月七日于北京

（原载《创作实践与创作理论》，红旗出版社 1987 年 10 月出版）

继承和发扬祖国文学史的光辉传统
——再与刘再复同志商榷

一、我为什么要写这篇论文?

我已经在去年第二十一期的《红旗》上发表过一篇论文《创作实践与创作理论》，引起了不同层次读者的兴趣。现在，我忍不住向《红旗》提出要求，再给一角园地，让我谈一谈我对中国文学史的若干看法，再与刘再复同志商榷。为什么要谈中国文学史？因为近几年来有一种“崛起”的文艺新思潮，对中国古典文学和五四运动以来的革命新文学抱着历史虚无主义态度，提出中国当代文学的发展道路不应该向纵看，只应该向横看。意思是说，要蔑视和否定传统，努力向西方现代的各种流派学习。由于这种主张泛滥一时，我们的文学创作领域和理论领域出现的种种现象，大家都已经看见了，我今天不作分析。这里我只想说，否定文学传统的论调，是和所谓社会思想方面出现的“全盘西化”论密切联系、彼此呼应的，不能不引起我们的特别重视。

如何对待民族传统，承认不承认中国上下三千多年以汉民族为主的文学史对人类文化的伟大贡献，是一个大是大非问题，也是一个是不是科学地对待历史的问题。不仅所有有知识的中国人都重视这个问题，就是散居世界各地的炎黄子孙，也都会重视国内关于这个问题的讨论。所以我虽然不是马克思主义文艺理论家，也不是文学史家，还是不揣简陋，参与争鸣。

我对这个问题的争鸣对象，为什么仍然是刘再复同志？这要略作说明。我也知道，近一两年有一批新“崛起”的“理论家”，即刘再复同志所说的“年轻的学者”，比他走得更远。请看刘再复同志答《华声报》记者的如下谈话：

> 我的另一重苦恼，是觉得自己夹在两代学者之间。有一些老先生，他们觉得我走得太远。而一些年轻的学者，却觉得我不“够味”，我常受到两面的夹击。这种代沟，大约是一种“知识结构差”和“心理结构差”。（海峡文艺出版社：《当前文学主体性问题论争》第三八七页）

尽管刘再复同志有上述苦恼，但是我看得很清楚，他的苦恼与这几年坚持马克思主义理论原则的“老先生”不大相同。他是处于被鼓掌称赞之中，他的言论经常受到某些报刊的宣扬，除他自己掌握着发表文章的阵地之外，国内许多很重要的报刊都愿意发表他的言论，而他所说的“老先生”们的处境恰恰相反。像陈涌同志的文章《文艺学方法论问题》和拙文《创作实践和创作理论》，除《红旗》愿意发表之外，很难找到另外的发表阵地。总之，他是在十分得意的情况下稍有苦恼，并不为马克思主义文艺理论阵地被资产阶级自由化思潮所冲击而担忧。他于一九八六年七月对《华声报》记者的谈话足以说明这一点：

> 《红旗》发表了陈涌的文章之后，我每天都收到许多电话、来信，对我表示热烈的支持，海外一些作家、学者也来函向我表达他们的关切。我还读到在海外工作的朋友寄来的报刊，知道海外对我的情况非常关注。这使我深为感动，今天，我想通过贵报向海内外关心我的朋友致以衷心的谢意。(《当前文学主体性问题论争》第三八五页。着重号是引者加的)

中国共产党是中国工人阶级的先锋队，是用马克思主义武装起来的，领导中国人民进行社会主义建设的革命政党。党对于中国社会主义文学的方向道路既不能用行政手段进行干预，也不应放任自流、置身局外，使资产阶级自由化思潮到处泛滥。由于种种原因，在党的许多报刊上，非马克思主义的理论文章和种种反现实主义的作品有发表的充分自由，而宣传马克思主义文艺理论的文章和坚持革命现实主义的作品却较难有发表机会，这是近几年的反常现象。马克思主义哲学，包括以这一哲学为指导的文艺理论，本来就带有阶级性和斗争性，是从同资本主义和封建主义各种思想流派的斗争中产生、成长、发展、壮大的。你想存在和发展，又想一切方面都宽松、和谐，各种敌对的思想就要联合起来向你进攻，同你争夺群众、争夺阵地、争夺领导权。五四运动以来近七十年，自来如此；今天由于我国执行对外开放政策，情况更有甚焉。我们反对将文艺思想斗争的问题简单化，反对用政治运动的方式解决文艺思想的分歧问题。我们主张在不违反宪法的范围内百家争鸣，认为通过互相争鸣、充分辩论，是进行文艺思想斗争，提高广大读者思想理论水平的最好途径。

由于特殊的历史条件，复杂的时代因素，刘再复同志及其“新理论”应运而生，在海内外的影响确实不可轻视。我认为五四运动以来，还没有像这一次文艺界的思想斗争情况复杂和意义深刻。在此中华人民共和国成立以来从未有过的反常情况下，马克思主义阵营中有少数同志被迫起而应战，但一些捍卫马克思主义的文章没有发表的充分自由，运用自由的权利掌握在热衷于宣扬各种西洋资产阶级文艺思潮的人手中。某些同志在极其复杂汹涌的浪潮中所念念不忘的“宽松”“宽容”“宽厚”的口号，虽然被抽空了阶级性，却恰恰被有阶级性的“理论家”所利用。他们对马克思主义者并不讲“宽松”“宽容”和“宽厚”。这一现实，对我国知识界的广大共产党员来说，不能不说是严峻的。

在这一思想斗争中，某些人利用他们占领的关键性阵地，海内外相呼应，造成一种貌似强大的声势。请看《华声报》记者的介绍：

> 出生在闽南侨乡的刘再复，从静幽幽的山庄出发，为推进我国文艺理论的发展而奋力开拓。……他的名字已载入伦敦剑桥大学世界传记中心所编撰的《世界名人词典》。今年四月底，中国社会科学院破格提升他为研究员。（同上书，第三八九页）

据我所知，拟收入伦敦的《世界名人词典》的当代中国名人相当多，都不像刘再复这样一再被宣传。对于这个问题，我的想法很简单：我们中国作家的文学声誉和我们将来的历史地位，主要取决于中国的广大读者，而不取决于伦敦的《世界名人词典》。

又，引起社会注意的是香港《九十年代》月刊发表的一篇访问记，称赞刘再复的理论“自成体系”“实在是不可多得的一个开拓型理论人才”。（同上书，第四〇九页）

在对刘再复的各种宣传中，有一点使我感到不伦不类，例如香港《大公报》的一位记者写道：

> 刘再复是中国社会科学院文学研究所所长，全国政协委员，被列入世界名人录。他和钱钟书被认为是可以参加竞选诺贝尔奖的中国文艺理论家。（同上书，第四三二页。着重号是引者加的）

这种心愿十分美妙，既要获得无产阶级的马克思主义文艺理论家的崇高荣誉，还要戴上诺贝尔文学奖的桂冠。邯郸梦虽然并非现实，但也深刻地反映了刘再复同志及其一部分拥护者的精神世界。

关于诺贝尔奖的问题，我顺便谈一谈我的肤浅看法和所抱的态度。我认为诺贝尔文学奖与各种自然科学奖、医学奖有所不同。各种自然科学奖和医学奖等，都不涉及政治倾向性。然而掌握文学评奖大权的委员们，则向来具有他们的思想标准和审美标准，很注意作家和作品的政治倾向性。获得诺贝尔文学奖的作品未必就有艺术生命力；有艺术生命力的、可以流传百世的作品，未必能得诺贝尔奖。中国作家，应该是为什么努力工作？难道最高的奋斗目标不是为祖国人民，为实现社会主义、共产主义的崇高理想，而仅仅是为争取获得诺贝尔奖么？

曾经有两位在大学教书的朋友告我说：刘再复的《论文学的主体性》发表之后，在大学中文系有些教古典文学的老师觉得不好讲课了。鉴于这一实际问题，我在上一篇与刘再复同志商榷的文章中有意识地拿屈原的《离骚》和王维的《辋川集》作为实例，略作分析。为着面向不同层次的广大读者，我现在写这篇论文，不限于《论文学的主体性》一文提出的一些问题，而是要涉及中国三千多年文学史知识，还要涉及文化史和思想史的问题。我力求写得通俗明白，绝不跟着刘再复同志的文风走，那样会使读者如堕五里雾中，觉得高深莫测。我希望通过这篇文章同海内外真正爱护祖国文化的读者谈心，也和目前在大学中文系从事中国文学史教学工作的中青年同志谈心。我要与读者沟通认识，也同时诚恳地向刘再复同志求教。

二、我们为什么要重视祖国的文化历史？

为着与刘再复同志讨论中国文学史上的几个重要问题，我先谈一谈中国的文化史问题。文学史是文化史的一个重要组成部分，所以先谈文化史，接着谈文学史，虽然兜了点圈子，但对于我们深入地认识和解决问题是必要的。

我们伟大的祖国，是世界上极少数有几千年文化史的国家之一。世界上有些文明古国，或因受比较野蛮民族的长期占领和统治，或因中世纪的天主教统治，或因其他原因，使文化的发展中断了。而中国的文化却是一脉相承，继续发展了四五千年。对中国的悠久而光辉的文化史应该如何评价，应该抱什么态度，这是一个所有的中国人，以及散居在全世界的炎黄子孙都关心的问题。中国几千年的文化传统，究竟是我们的民族所特有的无限财富，还是民族的沉重包袱？中国的传统文化是对全人类文化的伟大贡献，还是根本没有成就，谈不上对人类作出过贡献？中国要建设当代社会主义的新文学，应不应该继承和发扬中国的历史传统（包括新文学史的革命传统）？这都是当前需要正确回答的重大问题。

我先谈中国传统文化同中华民族的生存、壮大、发展的极其重要的关系，以及在当前的世界意义。

我们的中华民族，是一个现代的民族名称。它是除汉民族外，包括几十个少数民族共同组成的一个大家庭。由于人口和文化历史关系，汉族在中华民族大家庭中居于特别重要的地位。汉族之名，来源于西汉帝国的强大，使东方许多与中国发生关系的民族将中国人称为汉人。在西汉以前的上古时代，中国人称自己的民族为诸夏，或称华夏，都与夏朝有关。夏朝是中国历史上第一个朝代，也是最早在黄河流域建立的国家。夏朝文化的直接继承者是商朝，而周朝则是商朝文化的继承者。每一个朝代的文化，不但有继承，而且有发展。周朝发展起来的文化对以后三千年的中华民族历史和文化的发展影响最大。

上古的夏、商、周三个朝代，华夏民族比起亚洲东方的众多民族，无疑是文化最发达的先进民族。从使用的生产工具说，最先由石器进入青铜器。商朝的青铜器已经十分发达，广泛利用，制造的工艺精致。中国文字是何时发明的，现在还说不清楚。现在所见到的最早的文字是甲骨文，但甲骨文绝不是汉字的萌芽，在它进入这一阶段之前，必然还有漫长的萌芽和成长阶段。新中国成立后，有的学者发现大汶口出土的陶器上画着一个象形花纹，认为那是最早的汉字，距今大约有五六千年。虽然这论断有一定的合理性，但是要证明汉字的萌芽历史可以上溯到五六千年前，还有待于更多的出土文物证明。不管怎么说，在三千四五百年前的东亚大陆上，居住在黄河中游地区的华夏民族使用了象形文字，同时生产有了较大的发展，这是事实。在殷商社会中，出现了巫和史两种职业，专门从事精神劳动，对于发展文化大为有利。

在夏、商两代经济、文化发展的基础上，周文化才能够获得很大发展，大大地超过了商。周的始祖名叫弃，相传他没有父亲，他的母亲名叫姜，在野外踏到巨人的脚印上，发生特殊感觉，随即怀了孕，生下以后就把他抛弃了，先扔到隘巷中的路上，牛羊走过时都避开他，不肯践踏他；姜又把他扔到冰上，要将他冻死，可是有飞鸟用翅膀保护他。于是姜改变主意，将他抱回去养起来，给他起了个名儿叫作弃。相传帝尧叫他做管理农事的官，称为后稷。他是上古的“农业专家”，作出了突出贡献，被后世歌颂。虽然古史多混杂着浪漫主义的夸张和传说，但是关于后稷的传说确实反映了这一民族或部落在农业上比较进步，比较发达。到了周文王的祖父古公父的时候，迁到了岐山之下的周原，定国号为周。从古史传说中的后稷开始，经过了十几代人的辛勤努力，这个部落已经发展成一个古代民族，而且到了后稷的十四世孙子姬昌（称为文王）时候，在商朝内部形成了一支重要的、对商王国构成威胁的政治力量，即所谓“三分天下有其二”。文王的儿子名叫姬发，即历史上的周武王，是后稷的第十五代继承人。大概是公元前一〇六六年，他看见夺取“天下”的时机完全成熟，兴师伐纣。殷纣王虽然动员了很大的人力（基本上都是奴隶）在朝歌进行抵抗，但因为奴隶在战场上起义，投降了周武王，所以殷朝灭亡，纣王自杀，称为周的新朝代在这一年开始了。

中国古史的分期问题，即什么时候从奴隶制变为封建制，是半个多世纪以来学者们争论不休的重要问题。在中国学者中分为两派：一派主张从西周开始进入封建制，一派主张到了东周进入封建制。我从青年时代起就重视这个问题的讨论，但是没有花功夫进行研究。比较各派学说，我觉得许多外国学者谈中国的历史分期问题好似“瞎子摸象”，而中国学者的说法比较言之成理。我自己是调和派，一方面比较赞同范文澜的西周说，一方面又认为中国幅员辽阔，各地的发展很不平衡，有的地方直到战国末期甚至秦汉以后才进入封建制。

文王和周公，都是中国历史上的杰出人物，而后者深受孔子的崇拜，被后世推崇为儒家道统中的一位圣人。他对封建的政治制度、社会伦理思想和各种上层文化的缔造作出了贡献，对中国封建社会有过很大的影响。

华夏民族的封建文化，在西周时候对当时周围的许多落后民族而言，无疑的是一种新兴的进步文化，具有旺盛的生命力。在西周时代，华夏文化第一次对巩固和发展本民族发挥了伟大力量。西周时候，华夏民族跟同时存在的众多民族小国的总和比起来，人口并非最多，地区也不是最大。简单说来，当时民族的分布情况如下：

在东方，主要在今山东省境内有许多小国，统称为东夷。在南方的长江和汉水流域以及沅湘地方，也就是今湖北、湖南两省境内，有许多小国，统称为南蛮。楚国又被称为荆蛮。在东南方的淮河流域，主要在今安徽省境内，有许多小国，统称为淮夷。其中一个较大的徐国，在今安徽省泗县一带，被叫作徐夷。在北方，主要在现今河北省境内，有许多小国，统称为北狄。在今陕西省、甘肃省境内，还有今河南省、山西省、青海省的一些地方，有许多小国，称作戎。戎与狄又被合称为戎狄。

戎狄在西周时候，势力最为强大，灭亡了西周，杀了幽王，迫使周王室东迁，在洛阳附近建立东周。但是华夏民族经济、文化在继续发展。到了战国时代结束，所有处于黄河和长江中下游以及淮河流域的古代民族国家都消失了，而出现大一统的秦帝国。西汉帝国继续开辟这大一统的伟大事业，基本上为我们奠定了伟大国家的局面。这种大一统的局面并不完全依靠武力，毋宁说更重要的是依靠在黄河中下游高度发展起来的华夏文化。依靠华夏文化，才能带领居住在广大中国土地上的众多古代民族，包括距黄河流域较远的闽越和百越各地，有的被称为“断发文身之邦”，都随着华夏文化主流，或速或缓地共同进步，融化为一个华夏民族，也就是从西汉开始闻名于世界的汉族。

在世界历史的长河中有一种通例，也可以说是一种历史规律：一个文化落后而军事力量强大的民族，可以用军事力量征服人口众多、文化较高、政治上严重腐败和内争不息的民族，并进行高压统治。经过长时间以后，进行统治的民族反而被遭受统治的民族同化。这种同化是非常深刻的：首先是改变原有比较落后的生产方式、政治组织形式、生活习惯、传统礼俗，跟着是被遭受统治的民族的比较发达的上层文化所陶醉，不但有一部分人争相学习，而且还争相提倡、争相“附庸风雅”，希望赶快改变本民族的文化落后状态。在文化落后民族对文化先进民族经过几代高压统治之后，统治者将会丧失本民族原有的各种特性，甚至连本民族的语言、文字和原始宗教也丧失了。

前一段，理论界、文艺界一些人旗帜鲜明地宣传主观唯心主义，否定历史唯物主义的科学性。但是，我在上边所谈到的从西周到秦汉，华夏文化对中国各族人民的凝聚力，以及指出的历史通例，却说明了历史上一切民族关系的变化，物质的和精神的文化条件是重要因素，而归根结底，取决于社会的经济基础。

在中国历史上，有几次重大的历史现象，影响到我们整个民族的历史进程。第一次出现在东、西晋和南北朝时期。三一一年，刘聪的匈奴军队攻入洛阳，俘虏了晋怀帝；三一六年，匈奴军队攻入长安，俘虏了晋愍帝，西晋至此灭亡。司马懿的曾孙琅琊王司马睿在南京建立朝廷，史称东晋。与东晋政权相对立的，在黄河流域曾有五个少数民族，即匈奴、鲜卑、氐、羌、羯，先后建立过十六个国家，进行割据战争。在封建时代的“正统”史书上统称为“五胡十六国”。这个时期继续到四二〇年，进入所谓南北朝时期。在南方，东晋灭亡，代之而起的是宋、齐、梁、陈四朝。在北方，经过了长时期的互相攻战和吞灭过程，到了第四世纪末年，鲜卑族的拓跋部强盛起来，拓跋建立了北魏政权。北方的少数民族政权，逐渐被拓跋魏吞灭。到了四九三年，魏孝文帝自平城（在今大同附近）迁都洛阳。后来拓跋魏分裂为东魏和西魏，东魏政权落入高洋手中，国号北齐；西魏政权落入宇文觉手中，国号北周。五七七年，北周灭了北齐。五八一年，隋文帝夺取了北周政权，称为隋朝。五八九年，陈被隋灭亡，结束了南北朝的历史。从第三世纪初，到第五世纪末，在这近三个世纪中，是中国民族矛盾和战争最为纷乱的时期，也是各民族大融合的时期。居住在华北和黄河流域的汉族人民，虽然饱受少数民族的压迫，有时惨遭屠杀，但是凭借着比较发达的文化，使割据北方和中原的各族以汉族为主，互相吸收，互相融汇，成为以后中华民族大家族的基本组成部分。用不着全部细谈，我现在只略举几个有趣的史例，以说明华夏（汉）文化对周围民族的融合力量。

匈奴人刘渊、刘曜，是呼韩邪单于的后代。从东汉时起，呼韩邪的旧部就分布于今山西省北部，与汉人杂处，早已汉化，从事农耕。这一部匈奴人都改用汉姓，采用汉语。刘渊师事上党儒生崔游，学习《易》《诗》《书》三经，尤好《春秋左氏传》，熟读孙、吴兵法，博览《史记》《汉书》和诸子的书。他的儿子刘聪博通经史和诸子百家，擅长草书和隶书，尤其长于文学，曾写了不少诗篇和赋颂。刘渊的侄儿名叫刘曜，也好读书，尤其好读兵书。趁着西晋朝政混乱的机会，刘渊攻陷太原，进据河东，建立汉国，建都平阳（今临汾），称为皇帝，开始了中国历史上所谓“五胡乱华”的局面。刘曜继刘聪做皇帝，建都长安，改国号为赵，史称前赵。

在中国中古史上赫赫有名的人物苻坚，是居住在中国西部的氐族人。氐族是一个古老民族，秦汉时就出现于中国西部的历史舞台。氐族从魏晋时代起就积极地吸收汉文化。苻坚的祖父苻洪是十三岁开始读书（儒家经典），他自己是八岁开始读书，后来成为前秦皇帝，统治黄河流域，对儒学和佛学都用力提倡。羯族人石勒建立后赵，在政治制度上效法西汉、吸取魏晋，而且有意思的是设立太学一所，小学十余所，又在各郡设立官学，学习儒家经典。他还亲自到太学和小学主持考试，按经学程度的高低给予赏赐。

进入南北朝时期，在这一类人物中有一个对中国北方的历史进程影响较深较大的，那就是鲜卑族的拓跋元宏，即北魏的孝文帝。孝文帝非常倾慕汉族文化，要按照汉族的模式改造鲜卑族的生活和风俗。不管孝文帝的动机如何，在使鲜卑族与汉族同化这一历史性重大问题上，他确实下了很大决心才付诸实施。四九三年，孝文帝自平城迁都洛阳。迁都以后，孝文帝不顾鲜卑贵族的反对和人民保守思想的阻挠，实行彻底的汉化政策，主要方面有：（一）按照汉族礼俗，下诏禁止鲜卑人同姓婚配。（二）禁止使用鲜卑语及其他各民族语言，以汉语作为北魏唯一通用的语言，称为“正音”。“不得以北俗之语言用于朝廷，若有违者，免所居官。”（《魏书·高祖纪第七下》）（三）改鲜卑复姓为汉字单姓。连皇族拓跋氏也改为元氏，所以拓跋魏又称元魏。皇族共有九氏，北魏初期所统辖的部落共有一百八十氏，因为鲜卑语是多缀音的，所以全是复姓，后来全都改为汉姓，连名字也改为汉名。（四）禁止编发和左衽的传统胡服，按照魏晋以来中原传统礼制，制定朝廷礼服和官吏冠服，对妇女服饰也做了规定。一切仿效南朝，禁止保持胡风。（五）废除鲜卑族比较原始的祭天、祭神仪式，改从汉族礼仪，又按照汉族礼制建立太庙。（六）依照两晋和南朝制度改定文武官制，名称悉依两晋、南朝。（七）吸收汉族较发达的文化，改定律令。《魏律》显然比文化落后的其他民族的法律（不成文的）有很大进步，对以后的《隋律》《唐律》都有很大影响。（八）兴建学校，营建洛阳城市。（九）为适应当时战乱频繁、地广人稀的客观条件，采纳汉族文臣的建议，制定一套比较完整的均田制，以利于恢复生产，增加人口。北魏孝文帝的具有创造性的均田制，为唐太宗所继承。这一均田制思想以后虽然不能再实行，但是对历代政治家在思想上的影响极深。

由于汉民族文化比较发达，使得进入中原并建立了统治政权的各民族不得不接受汉文化，融化进中华民族的大家庭中。当时的所谓胡人，除少数部落退出塞外，绝大部分留在中原，泯灭了胡汉界限。进入塞内建立了国家政权的各少数民族，有的还没有摆脱氏族制社会，有的刚进入奴隶制社会，由于受了汉文化的影响，都跃进到封建社会；而且有的民族国家（例如北魏）由于胡汉民族通力合作，在文化上作出了伟大贡献。

隋、唐，尤其是享国较久的唐朝，是汉民族继续融化兄弟民族的时代，也是大大吸收西域和印度文化而将高度发达的唐文化向周围邻国传播的伟大时代。日本文化就是因得到唐文化的滋养而有了空前发展。朝鲜和越南都受到唐文化的巨大影响。唐朝是一个多民族混合的国家，大臣名将中有少数民族，由于唐高祖皇后窦氏（鲜卑族）、太宗皇后长孙氏（祖上也是鲜卑族）都是少数民族血统，所以大唐帝国的皇室血统中也混有少数民族血统。天宝末年，发生了安史之乱。安禄山是柳城（在今河北省昌黎县境内）杂种胡人，通晓六种蕃语。史思明也是杂种胡人。他们的部下除部分汉人外，多是东胡的奚族、契丹族和与突厥族有种族关系的杂种胡人。安史之乱时，唐朝廷因兵力不足，借调了回纥兵和吐蕃兵，事定之后，吐蕃人和回纥人退出唐朝疆域的内地，但是随安禄山进入内地的“胡人”，包括奚族人和契丹族人，没有退出，都投降了，这与随后而出现了北方藩镇割据的局面有相当大的关系。晚唐发生庞勋起义、黄巢起义。平定这两次起义的，除唐朝的汉族军队外，还借调了少数民族如沙陀（突厥族别部）、吐谷浑（鲜卑族的后裔）和党项族（鲜卑族拓跋部的后裔）的部队。参加这次平乱的少数民族，沙陀和党项的人都留在内地，改了汉姓，俨然以汉人自居。有的在五代时期建立了政权，而且被认为是五代十国中的“正统”；有的在北宋时建立了国家，时间很长。前者如李存勖建立后唐，石敬瑭建立后晋，刘知远建立后汉，他们都是沙陀族人。后者如李元昊建立西夏国，他是党项族人，祖先本姓拓跋，因为他的九世祖拓跋思恭帮助唐朝镇压黄巢起义，赐姓李，封夏国公。到李元昊的祖父李继迁，自称夏国王。李元昊在一〇三二年正式建立西夏国，称皇帝，改元显道，制定官制，创制文字，刻印书籍。从李元昊称帝到西夏国被蒙古所灭，共存在一百九十六年。西夏灭亡以后，经过几代人，曾经雄踞西北的党项族同汉族融化为一，党项语消失了，西夏的文字到如今也只有极少数学者去研究了。

五代初期，北方的契丹族出现了一位英雄人物，名叫耶律阿保机。在汉文化的影响下，凭着他的智慧和魄力，经过多年惨淡经营，于公元九一六年将契丹族在氏族联盟的基础上建立了奴隶制国家，称契丹国。到他的儿子耶律德光时代改称辽国。辽国疆域辽阔，国力强大，对五代政权和北宋帝国构成了严重威胁。经过近两个世纪，辽被金灭亡了。金是女真族完颜部建立的国家，灭亡了北宋，打过长江。经过一百二十余年，蒙古人灭了夏、金，不久又灭了南宋，建立元朝，统一了全中国。元朝统治全中国九十七年，朱元璋创建明朝，灭了元朝，将元顺帝赶往漠北。

中国史学家喜欢将辽、金、元三个朝代合并研究，是有道理的。因为从汉族观点说，这都是异民族统治中国。辽、金两朝是统治中国的一部分，而元朝是统治中国的全部。这三个朝代在中国文化史上都有重要贡献，汇入中国文化史的发展主流，而汉民族文化在其中特别表现出伟大的领导作用和融化力量。契丹族和女真族都是在汉族文化的带动下摆脱了游牧生活，发展了封建文化。在辽、金亡国之后，留在内地的契丹人和女真人都失去了本民族的全部特色，融化入华夏民族的大家庭了。元亡之后，散布在内地和中国西南省份的蒙古人，逐渐失去了民族特色。他们不是从语言文字、风俗习惯，而仅仅是从父系的血统考察，知道自己原来是蒙古族。由此可见，中国文化，主要指华夏文化，是中国历史发展中永远不可战胜的伟大力量。

金朝灭亡之后，大部分女真族人仍居住在中国的东北部，从辽河流域直至黑龙江和鸭绿江流域，停留在氏族社会，过着游牧、渔猎生活。清太祖努尔哈赤于十六世纪后半叶出生于建州女真的斡朵里氏族，自幼受到汉族文化的影响，后来被推举为部落首领，一面反对明朝的民族压迫，一面用武力统一不相统属的女真各部，于一六一六年称“汗”，建立“金”国，史称“后金”。一六二六年努尔哈赤去逝，皇太极继位，后金文治武功都进入一个大发展的时期，也是更加重用汉人和锐意向汉族文化学习的时期。到一六三六年，皇太极为避免刺激汉人感情，索性废除“后金”国号，改称“大清”。在皇太极时代，由于加速吸收汉族的生产方式和精神文明，使满洲由畜牧、渔猎经济发展成为以农耕生产为主的经济，并发展了手工业生产；社会组织由氏族制进入奴隶制，并在某些地方初步进入封建制；使部落纷纭的满洲全境和蒙古各处统一在一个政权之下。这就为多尔衮进入关内，将清政权移到北京奠定了基础。而皇太极对满洲和蒙古的统一，使辽阔的塞外成了伟大中国的稳固疆土，同时增加和繁衍了中国人口。所以皇太极虽然是明朝的死敌，却又是对中华民族颇有贡献的杰出人物。

从一六四四年多尔衮迎接顺治帝离开沈阳，定都北京算起，清朝统治中国长达二百六十七年。到了清朝末叶，从满洲贵族到平民，不仅失去了满族人原有的游牧民族的健康浑朴的风俗习惯，勇敢好战精神，也失去了本民族的语言和文字。不仅关内的满族人如此，东北各地的满族人也是一样。满族人征服中国后所发生的重大变化，再一次证明中国文化在历史上对于中华民族的发展所起的伟大作用，也同样证明了我在前边所提出的历史通例。

由此可见，我们的民族文化非常值得我们珍视，值得我们继承和发扬。三千多年的中国文学史是中国民族文化的重要组成部分。我相信，不管我与刘再复同志对文学史的认识有多大差距，他同我一样，都不肯做祖国历史的不肖子孙。通过共同讨论，也就是我在前边所说的娓娓谈心，我们一定会共同提高，一定会寻找到共同的认识！

三千多年的华夏文化，不但使中国成为永远不可征服的国家，而且具有伟大的融合力，凭着这种融合力，才有今天伟大的中华民族。今天，炎黄子孙散布在五大洲，有很多早已成为别的国家的公民。但是，中国的传统文化，在国内是爱国主义的源泉，对散布在世界各地的炎黄子孙来说，则是一种不可磨灭的凝聚力，也是对祖国的向心力，这叫作民族感情，使全世界炎黄子孙的心都联系着中国。他们如果寻根，就必须到产生中华文化的中国来。这真是我们的无限财富！

作为有出息的中国现代知识分子，应该真正了解中国的社会情况和中国的历史，还应该学一点马克思主义理论。具备了这些条件，才能够在对外开放的时代不至于迷失方向。我们既不能将向外国学习与“崇洋”混为一谈，也不能将“崇洋”与“媚外”看成是截然无关的。不了解中国历史，首先导致“崇洋”，而后导致“全盘西化”思想。我们要建立有中国特色的社会主义，应该重视中国的现实条件和历史条件，绝不能照搬外国经验。文化建设，更不能脱离无比深厚的中国民族土壤，这道理无须多说。发展我国的社会主义文学创作，或建立有中国特色的社会主义文艺理论新体系，理所当然，更不能不植根于中国的民族土壤。没有任何理由轻视三千多年中国文学的光辉成就。我们从来不轻视，如今仍很重视向西洋文学借鉴，但是第一，根子在中国，不在西洋；第二，必然借鉴西洋文学的优秀成果，而不是盲目向西方“朝圣”，或者去捡破烂。

关于祖国三千多年的文学史，我和刘再复同志的根本态度不同，认识方法不同，得出的结论完全相反。以下专谈文学史的问题。

三、刘再复同志对于中国文学史的错误认识

（一）所谓“人的个性也被消灭了”

刘再复同志在《论文学的主体性》一文中是怎样评价我国的古代和现代文学史呢？因为要谈的问题太多，让我们专商榷古代文学史吧。请看，刘再复同志说：

> 我国封建社会要求人“非礼勿视，非礼勿听，非礼勿言，非礼勿动”，就是把“礼”当成一种不可变易的规范，一切以“礼”为转移、一切以“礼”为依归，“礼”成了一条公律，人的一切思想和行为被全部纳入“礼”的固定模式中，因此，人的个性也被消灭了。（红旗出版社《文学主体性论争集》第十三页）

根据上述认识，刘再复同志自然不承认古代作家的笔下会有创造性。然而，在认识方法上他却犯了错误：他不是根据文学史本身所提供的实际情况，而是根据《论语》上的几句话作为立论根据，大谈作家的主体性、创造性。这种治学态度和认识事物的方法，并非实事求是的，而是架空的。刘再复同志所引用的孔子的话出自《论语·颜渊》第一章，全文如下：

> 颜渊问仁。子曰：“克己复礼为仁。一日克己复礼，天下归仁焉。为仁由己，而由人乎哉？”
>
> 颜渊曰：“请问其目。”
>
> 子曰：“非礼勿视，非礼勿听，非礼勿言，非礼勿动。”
>
> 颜渊曰：“回虽不敏，请事斯语矣。”

颜渊就是颜回，是孔子最喜欢的学生。孔子回答门人的问话都有针对性。颜回的性格恬淡，安贫乐道，注重修养德行，但是在事业上没有较大作为。所以孔子回答颜回的话，指的是一个人应如何修养德行，孔子说：“为仁由己，而由人乎哉？”就足证是指个人修养德行而言。人总是生活在社会中，而不是生活在真空中。视、听、言、动，不能由某个人自己决定，而必然由他所接触的生活决定，这就是主体与客体的辩证关系。

从中国历史看，刘再复同志说孔子的“四非”的话就是“一切以‘礼’为转移、一切以‘礼’为依归，‘礼’成了一条公律，人的一切思想和行为被全部纳入‘礼’的固定模式中”。这样的论断并不符合历史发展的实际情况。虽然汉武帝罢黜百家、独尊儒术，但是严格说来，儒家的思想成为封建社会中的统治思想，是从宋代理学兴起以后开始。汉儒的主要努力方向是编定和训诂儒家经典，而不在思想发挥。从西汉末到东汉，谶纬迷信思想对于社会的影响大过正统的儒家思想，而在个别地区，道教思想兴起，成为地区（如汉中地区）

的统治思想。就以汉武帝时代说，皇室和上层贵族尊重方士和神仙，而民间重视游侠精神。儒家思想远没有取得统治地位。三国时代，儒家思想虽然有重要性，但不是统治思想，所以三国的代表人物如曹操和诸葛亮，从他们的思想看，都不是儒家，而是法家。魏晋时代，儒家思想虽然仍有一定的重要性，但是占统治地位的是老庄思想。士人相聚不是讨论孔孟，而是挥麈谈玄；名士行为不重视拘守礼法，而是纵情任诞。任诞作风在后世看来就是有意识地破坏礼法。南北朝时期，表现为儒、释、道三派并存的现象，但是最为昌盛的是佛教，所以出现了梁武帝三次离开皇帝宝座，舍身佛寺，由群臣赎回的怪现象。唐朝，一方面以韩愈为代表的儒家思想较前发展，另一方面佛、道两家也有发展，而佛教的发展更大，曾经威胁了国家的财政经济收入和户口兵役。韩愈的谏迎佛骨，几乎惹杀身之祸，实质上是一次代表世俗地主利益的社会政治斗争。根据以上的历史事实，不应该把儒家所说的“礼”在宋以前的封建历史上的社会实际作用看得过分强大，竟然说它能够在长期封建社会中消灭人的个性。

《论语》是四书的组成部分，而四书是由南宋的朱熹编定并注释的。因此，到南宋以后，朱注的四书才在宣扬儒家思想中获得特别重要的地位。明、清两代的五百多年中，朱注的四书不仅是法定的童蒙必读书，而且是参加各级科举考试的必修书。所以孔子的记载于《论语》中的每一句话，只有到了明、清两代才成为读书人的（不是一般下层群众的）思想规范。然而，我们既要承认“礼教”思想在明、清两代五百多年间对封建社会的重大影响，也要看到真正决定人们思想意识的是社会生活，而不是孔子的任何言语。在阶级社会中，只有各种阶级、阶层的物质条件和社会意识所构成的社会生活才是真正起决定作用的。即以所谓“书香门第”而论，越出“礼教”，打人骂人的事，为争家产兴讼为仇，不再讲兄友弟恭的现象比比皆是，无从禁止，而且乱伦败德的事层出不穷。“非礼勿视，非礼勿听，非礼勿言，非礼勿动”四句话，在“书香人家”也从来没有实现，何况在广大群众之中！

在封建社会，地主阶级对农民和官僚对百姓的言行，从来不受“四非”限制，而呻吟辗转在压迫和剥削的水深火热之中的穷苦百姓，为生存而进行各种方式的斗争，直至武装骚乱和大规模起义，从来不理会孔子说过什么话。

从宋以后的文学史看，不同时期的历史现实，人们的社会生活，决定着文学史的发展，儒家的“礼教”思想虽然在一定条件下起过或深或浅的作用，但不是文学史发展的决定因素，更没有消灭人的个性。这个朴素的道理，宋词、元曲，明、清小说和大量的民间文学，都可以充分证明。将社会生活同文学的发展联系起来看问题，文学史就被看活了。抛开这一观点，而将儒家的任何教条看成文学史的决定因素，文学史就被看死了，就成一片空白了。

明、清两代，可以说，没有哪一个较好的诗人是被“四非”拘束了创作思想的。多的例子不谈，我只举两三个诗人作例。张煌言是民族主义诗人，他的诗里充满抗清热情，没有别的考虑，连当时哄传清朝皇太后下嫁摄政王多尔衮的事也写进他的诗里。黄景仁（仲则）写过一组题为《绮怀》的十六首七律诗，写他青年时在家乡的一段爱情，后来那位姑娘嫁人了，生了孩子，他还赴汤饼筵。这不是违背“四非”么？可见“礼教”没有消灭他的个性，这一组诗偏偏写得极有感情，极有才华。张问陶是清朝的文臣，他写了一组反映嘉庆初年清军在四川同白莲教农民军作战的诗，写出了一些清朝官员和军队腐败的情况。当时，他所感受的社会现实，在一定程度上使他不能不违背他自己的政治立场，揭露一些事实真相，“礼教”的影响淡薄了。我不是理论家，也不是文学史家，我只是将历史的、社会的、实际的生活背景作为决定因素，考察古人的文学创作，是耶非耶？谨以请教。

近几年以刘再复同志为代表的一种新思潮，企图以批判儒家思想来否定中国古代文学史的光辉成就，又以儒家思想对古人的思想束缚比拟他们所认为的马克思主义对现代中国作家的束缚，从而否定五四运动以来革命文学史的光辉传统。按照他们的“理论”，中国封建时代的文学因受儒家思想的束缚不能有较好成就，而几十年来的中国现代文学又受马克思主义的束缚，也没有较好成就。用这种反传统、反科学、哗众取宠的论调各鸣一家，淆乱论坛，将广大求知欲强，但是读书较少也缺乏马克思主义修养的中青年引上歧路，为文艺领域中的资产阶级自由化思潮制造理论根据，以便将西方资产阶级的乌七八糟的东西欢迎进来，代替社会主义的文艺方向。

这一阵新“崛起”的文艺理论家们多数有四个相同的特点：第一是厌恶马克思主义的哲学和文艺思想；第二是缺乏创作的实践经验，不真正懂得创作道理；第三是不懂得中国历史，包括文化史、思想史、文学史；第四是自视甚高，目空一切，建立新理论的胆子很大。在这一群新“崛起”的理论家中，刘再复同志的唯心主义文艺理论较有体系，影响较大。

（二）对“存天理，灭人欲”的错误解释

刘再复同志在《论文学的主体性》一文中写道：

> 贯穿整个封建社会的愚民政策和奴化政策，正是为了消灭人的精神主体性，使人成为无知无欲的工具。“存天理，灭人欲”，典型地表现出它的本质。“人欲”就是人的欲望、情感、意志、创造力，总之，就是人的精神力量，就是人的精神主体性，在封建统治阶级看来，它们都属于应被剿灭的对象。人的精神主体的价值，在封建统治者看来是危险的，因此，他们不能容忍作家、艺术家表现人的精神世界的丰富性，表现人的精神力量，而只允许把人作为某种天理的符号，即使写到人的精神活动，也只允许描写这些精神活动如何最后被克服，回归到某种政治的或道德的理念上来。总之，人的精神的主体性，被一笔勾销了。（《文学主体性论争集》第九页）

刘再复同志仍然不是从考察中国文学史的具体情况出发，得出实事求是的、能揭示文学史发展变化规律的正确认识，而是根据宋儒的一句话，就将中国三千多年文学史的光辉成就“一笔勾销了”。

实际上，宋儒所说的天理，是指封建的伦理规范，认为是与生俱来、不可改变的道理。人欲是指起自各种生活的、生理的要求和欲念。关于天理与人欲的关系问题，先由北宋初年的“理学三先生”（孙复、胡瑗、石介）提出，到了“二程”，提法逐渐明确，又经过四传，到了南宋的朱熹，才发展成为一套完整的学说，在中国思想史上影响深远。朱熹曾说：“人心，私欲，故危殆；道心，天理，故精微。灭私欲，则天理明矣。”（《朱子遗书》卷二四）但是我们今天见到的我国用文字记录的散文出现在商朝初期，用文字记录的诗歌出现在西周中叶，都在朱熹之前两千多年。我们谈历史必须有时间观念，而时间观念是构成理论科学性的一个要素。刘再复同志将完成于十二世纪的“天理人欲”说当作贯穿整个中国封建社会的统治思想，理论上能站得住脚吗？

何况，在宋儒理学开始和正在盛行的时候，也没有获得绝对的统治地位。在中国文化史和文学史上很有贡献的欧阳修，在学术上他是儒家，但他也是有名的散文家、史学家、诗人、词人。在他的作品中，尤其是词中所表现的感情与理学家的要求完全不同。在“二程”看来，“视听言动，非礼不为”，这个

“礼”也是“天理”。一个人的视听言动最容易被人欲诱惑，所以只有灭人欲，才能够存天理。男女之情是最大的人欲。可是欧阳修的词，主要内容就是写男女恋情（包括离情），而且写得极好。请看：

> 候馆梅残，溪桥柳细，草熏风暖摇征辔。离愁渐远渐无穷，迢迢不断如春水。寸寸柔肠，盈盈粉泪，楼高莫近危栏倚。平芜尽处是春山，行人更在春山外。(《踏莎行》)

欧阳修虽然比“二程”略早，但他与宋初“理学三先生”同时或稍晚。他本人也是宋儒，但不是理学家，《宋元学案》中专设一卷《庐陵学案》介绍他的儒学思想。当程颐做宋仁宗的讲官时，苏东坡正在做翰林学士，他也是儒家，可是就有一批在朝中的文臣团结在他的周围，抵制程颐的理学。为什么？据《宋元学案·伊川学案》说：“文士不乐拘检，迂先生（指程颐）所为。两家门下，迭起标榜，遂分党为洛、蜀。”这一有趣的历史事实说明那种要消灭人的生活要求，窒塞人的感情和欲望，不仅在广大群众中行不通，在儒家阵营内也行不通。在朱熹生前，上层儒家学者中同理学思想公开进行斗争的大有人在，主要的有以陈亮为代表的永康学派和以叶适为代表的永嘉学派。关于哲学上的反理学斗争，我也缺乏研究，在此仅仅提一笔。让我将商榷的问题拉回到文学史上吧。

在两宋统治的三百多年中，虽然儒家理学的势力正在兴起和扩大，但我国仍然产生了许多艺术家、散文家、诗人和词人，有的是身兼众长，并且有很大的创造性。苏东坡的诗、词、散文、书法都是第一流的，也是绘画名家，在不同方面都表现出他是创造性天才，可算是最典型的代表人物。按照刘再复同志的理论，儒家思想把人的个性、创造性都消灭了，人变成了天理的符号，那么，对这种不可否认的历史现象，又将如何解释呢？我们应该承认客观存在的历史事实，还是承认刘再复同志的主观主义论断？而且在两宋文学史上，词是主流，所以自来有“唐诗宋词”的说法。对于诗来说，词在内容上、形式上、表现手法上都有很大解放。词的内容更多写男女之情，而且表现的感情更丰富了。可见，主观想象的理论可以暂时唬住一些读书较少的人，但经不起历史的事实检验。

拿北宋的大词人说，柳永的词风我们都是熟悉的，可以不谈。苏轼的人品和学问，都是深受后人敬仰的，可是他也写出来这样源于生活而悖于礼教的著名词句：

> 墙里秋千墙外道。墙外行人，墙里佳人笑。笑渐不闻声渐悄，多情却被无情恼。(《蝶恋花·花褪残红青杏小》)

苏东坡自幼饱读孔、孟圣贤的书，二十二岁中进士，做过翰林学士，却偏偏不受礼教约束，隔着墙偷看良家姑娘们在院里打秋千，偷听姑娘们的笑声，自称多情，因听不见姑娘们的笑声而心中懊恼。非礼勿言嘛，偏要把懊恼写在词中！

北宋末到南宋初叶，产生了一位杰出的词人李清照。在理学昌盛时代，按照刘再复同志的意见，封建统治者“不能容忍作家、艺术家表现人的精神世界的丰富性，表现人的精神力量，而只允许把人作为某种天理的符号，即使写到人的精神活动，也只允许描写这些精神活动如何最后被克服，回归到某种政治的或道德的理念上来。总之，人的精神的主体性，被一笔勾销了”。对于男子如此，对于女子，当然统治更严厉了。请读者想一想，如果刘再复同志的理论能够站住脚，我国文学史上就不会有杰出的女词人李清照出现了。

大约跟李清照同时，还有另外一个女词人名叫朱淑真，她写了一首传诵千古的艳词《生查子》。这首词也有许多人认为是欧阳修的作品，我认为很像青年女子的口吻，倾向于它是朱词。这首词写道：

> 去年元夜时，花市灯如昼。月上柳梢头，人约黄昏后。今年元夜时，月与灯依旧。不见去年人，泪湿春衫袖。

这是理学昌盛时代，一位青年女子写的艳词，传诵千古。请问，刘再复同志对上述文学现象与他的主观论断之间的矛盾如何解释？退一步说，即使这是欧词，不也是悖于礼教么？

还有一个大家熟知的关于大诗人陆游爱情悲剧的故事，我也顺便引来作例。陆游原来与表妹唐琬结婚，因陆母不喜欢唐琬，逼令离异。后来陆游另娶，唐琬也改嫁赵士程。有一次陆游春日出游，在绍兴禹迹寺南的沈园与唐琬夫妇相遇。唐琬夫妇以酒肴殷勤款待陆游。陆游非常感动，事后在沈园的墙壁上题了一首《钗头凤》词。奠定宋儒理学的大师程颐曾经说过“饿死事极小，失节事极大”的话，十分有名。按照此说，贫穷无依的寡妇尚且不能改嫁，唐琬没有饥寒之忧，更只能住在娘家“守节”终身了。然而她生活在礼教大兴的时代，竟然改嫁了。不仅如此，当唐琬知道前夫也在沈园（仆婢们会告诉她的）时，不但不回避，还商请后夫同意，用酒肴殷勤地款待前夫。由此可见，我们读书，要从历史生活的实际出发，不能把儒家的任何一句话看绝对了。这才是活读书，也叫作熟悉历史，不为教条所囿。

附带声明：我所举的文学史上的实例有严格限制。第一，我不举宋儒理学兴起以前的例子，甚至连时间相接近的五代文学的例子也不举。较早的只举欧阳修，略早于“二程”，但与宋代理学前驱者“宋初三先生”大致同时或稍晚，也被后世学者尊为宋儒一家。第二，我所举的宋词例证，虽是写男女之情，甚至被目为艳词，但都是格调很高，受人称颂的。柳永也有写男女之情的词，但是有的词格调不高，我不引以为例。至于元人杂剧，明人传奇，明、清两代的小说和诗词，尽管处在礼教思想比较强化的时代，却出现了许多突破礼教思想局限的佳作和杰作。我不举多的例子，单举《西厢记》《牡丹亭》《金瓶梅》和《红楼梦》，请问刘再复同志，在强调提倡礼教的时代出现这样的文学作品，这将如何解释？特别请大家回想一下，《西厢记》中的《酬简》一折，《牡丹亭》中的《惊梦》一出，几百年来脍炙人口，难道不是完全背离了宋儒所宣扬的礼教思想，用天才的文笔写出来青年男女“不正当”的幽会情景？还有，短篇小说出现了同情妓女的《卖油郎独占花魁》和《杜十娘怒沉百宝箱》，写婚姻问题而反映了新的伦理思想如《乔太守乱点鸳鸯谱》和《蒋兴哥重会珍珠衫》等，这类文学现象不胜列举，又将何以解释？由此可见，宋儒所提倡的礼教思想虽然对文学有不可忽视的影响，但是归根结底，文学发展的真正决定因素是与经济发展相联系的社会生活，以及总在发展着的社会意识形态。

刘再复同志在谈到“存天理，灭人欲”的问题时，表现出他的治学态度很不认真，治学方法也很不严谨。我上边所举例说明的具体史料，已经可以证明不研究文学史而空谈儒家思想对文学创作的绝对束缚作用，只不过是主观唯心主义的空谈，而且暴露了历史知识的贫乏。尤其不严谨的是，误将宋儒程朱学派提出的理学思想看成为贯穿着整个的封建社会的思想。这不仅缺乏思想史的常识，也是不讲治史的时间观念了。

所谓“存天理，灭人欲”，在宋儒看来，最重要的是男女问题，是“严男女之大防”。妇女必须守节，不能改嫁，宋以前不很讲究。卓文君私奔司马相如，卓王孙之所以生气，不是因为文君“不守妇道”，而是因为当时司马相如是个穷光蛋，尚未发迹。甄后原是袁绍二子袁熙的妻子。曹操灭袁绍，曹丕收甄氏为妃。曹丕称帝，立为皇后。若在明、清两代，一个失节的女人不管多美，是绝不可能立为皇后的。可见在汉、魏时代，没有这种观念。西晋的潘岳是一个美男子，青少年时他曾经挟着弹弓出洛阳郊游。妇女们看见了他，手拉手挡住他的车子，争着将水果扔进车子。等他回来时，车中满是水果。如果是在宋代以后，中青年妇女可以隔帘子偷看潘岳，但不会成群地在大街上拦住道路看他，热情地投掷水果。南朝宋有一位山阴公主，已经有了丈夫，认为不满足，对她的做皇帝的弟弟说：“妾与陛下，男女虽殊，俱托体先帝。陛下六宫数百，而妾惟驸马一人，事太不均。”皇帝给她挑选了三十个面孔美、头发美的男子供她玩弄，称作“面首”。公主向皇帝提出如此的无耻要求，而皇帝竟然同意，在后世是不可能想象的。

为着说明宋儒理学家们的言论并非中国两三千年的封建社会一贯的社会道德规范，我再举两三个例子。当隋文帝杨坚派大军去统一江南的时候，陈朝的一位太子舍人名叫徐德言的，知道国家必亡，同他的妻子诀别。他的妻子是陈后主的妹妹乐昌公主，才色双绝。徐德言对她说：“以你的才貌，国亡之后，必定进入隋朝的权贵之家，我们只能永别了。倘若情缘未断，还能相见，我们应该有一件信物才好。”于是他将一面铜镜破开，同妻子各执一半，约定以后遇到正月十五日，公主派仆人将一半破镜拿到长安街上去卖，他在街上等待。果然陈亡之后，乐昌公主被隋兵掳去，献进越国公杨素府中，成了杨素的宠妾。徐德言经过流离辛苦，到了长安。正月十五这天，他到街上查访，果然看见一个老苍头拿着半个破铜镜在人群中叫卖，索价很高，不但没人肯买，反而引起人们的讥笑。徐德言将老苍头引到自己的住处，招待吃饭，将他同妻子在陈朝亡国时分离的情况告诉了老苍头，然后将自己保存的半块铜镜拿出来与老苍头拿的破镜对到一起，果然相合。徐德言随即写了一首诗，交给老苍头带回，那首诗是这样写的：

> 镜与人俱去，镜归人不归。
> 无复嫦娥影，空留明月辉。

他的妻子陈氏得诗，涕泣不食。杨素知道以后，将徐德言召进府中，使他们夫妻团圆，又厚赠钱物，让他们返回江南，幸福终老。这就是大家常说的“破镜重圆”的典故。

为什么唐朝的武后和韦后在性生活方面公然那样混乱，毫无忌讳，而清朝的慈禧太后不敢有淫乱之事？虽然原因是多方面的，但有一个重要原因是宋代以前的妇女在贞操观念上同宋代以后的妇女大不相同。还有，元稹的《会真记》(又称《莺莺传》)写莺莺后来同别人结婚了，她的丈夫也不曾因她已非处女而待她不好。甚至张生托她的丈夫向她传言，希望以表兄的身份同她一见。她的丈夫竟然转达了张生的要求，只是她自己不肯出见。这事也反映了唐代的道德观念与宋代以后不同。

以上论述，与一般理论文章的体例不合。例如关于“面首”和“破镜重圆”两事，在一般理论性的文章中，只指出这两个典故的题目就行了，用不着详细写出。我采取这样写法，是为着我的这篇文章发表后不仅是向刘再复同志请教、向学术界同仁请教，而同时希望广大中青年读者读了我的文章后能够平心静气地进行思考。我认为刘再复同志的文艺新论点，既不是建立在学术研究的成果上，也不是建立在中国历史常识的基础上，请恕我直言，只是摭拾儒家一两句话或某些词儿，不求甚解，便据以自由发挥，对中国古典文学史大胆臆断、信口开河。难道不是这样么？

（三）中庸主义阻止了中国文学的发展吗？

在刘再复同志的文学理论中，避而不谈作家应如何提高思想和品格修养，应如何深入生活等问题，而这是五四运动以来进步文学的主要传统，也是发展社会主义文学的方向道路问题。也许在刘再复同志看来，所谓五四运动以来的革命文学传统，已经过时了，成了当代文学发展的顽固阻力。这是近七八年来否定马克思主义文艺思想和社会主义现实主义创作方法的各种新“理论”流派的共同之处。刘再复同志最反对用阶级分析方法谈文学。但是我们没有办法“超然物外”，当前世界上确实有阶级存在，各种文艺的和哲学的思想流派，都有一定的阶级属性。至于刘再复同志的文艺理论是否只有所谓超常性而没有阶级性，这也是马克思主义者的常识问题，请读者思考好了。

刘再复同志很强调作家和作品的超常性，他在《论文学的主体性》一文中写道：

> 所谓超常性，就是超越世俗的观念、生活的常规、传统的习惯性偏见的束缚。一个有作为的作家，他绝不会陷入中庸主义。相反，他必定有一般人所没有的超常的智慧力量和人格力量，必定有强烈的超常的审美意识，必定不甘心重复前人已有的构思，不愿意落入前人的窠臼和重复前人习惯使用的思维方式甚至语言方式，而追求着“人人意中所有，人人笔下所无”的东西，在没有路的地方硬走出一条路。(《文学主体性论争集》第二十六页)

这一段文字的本身就带有超常性，十分玄妙。不但我过去没有看见过，在今天也没有看见过有一个作家或文艺理论家，能够不生活在一定的由物质文明和精神文明的具体条件所构成的社会之中。任何人都不能超越社会物质条件所允许的生活水平，不能超越由民族的、历史的、社会的各种因素所形成的风俗习惯、道德规范、法律制约而生活。如果是共产党员，他也不能超越党的利益和党纪所允许的范围之外。一个理论家的创造性不是表现在他的超常性，而是表现在在前人所提供的知识基础上进行新的发展。刘再复同志所说的“不愿意……重复前人习惯使用的思维方式甚至语言方式”，如今也有了结果，就是刘再复同志的论文让一般读者看不懂，连我这个读了一辈子书的人也不容易看懂。请问，提倡这种超常性的目的是什么？岂不是故弄玄虚？至于说刘再复同志所追求的是“‘人人意中所有，人人笔下所无’的东西”，果真如此吗？你所宣扬的文艺理论，为什么在我的心中没有呢？

在刘再复同志的代表著作《论文学的主体性》一文中，经常使用“超越”一词，将主观超越精神发挥到极致。比如他认为：

> 作家主体性的真正实现，就是作家的自我实现。而自我实现的过程就是作家对低境界的超越过程。超越的结果，导致作家的内在自由。因此，作家的主体意识，首先是作家的超越意识所造成的内在自由意识。(同上书，第二十五至二十六页)

这些关于超越的意见，我反复阅读，总觉得不着边际。一切有用的、有实际意义的理论，应该来自社会实践。包括天才的、有创造性的杰出作家，都是生活在具体的时代、具体的社会环境、具体的物质和精神文明条件下的人，从来不曾有一个是不食人间烟火的人，也不曾有一个能够自由超越的人，连刘再复同志自己也不能自由超越。刘再复同志的理论，对我们理解以往的作家和指导今天的文学创作，能够起什么积极作用呢？

下面再谈谈刘再复同志所说的儒家中庸之道对中国古典文学的束缚作用。他说：

> 由于历史上的种种原因，我国知识分子形成了一种普遍性的心理，即通过自省而进行残酷的自我抑制、无情地窒息精神上的自由意识和创新意识，这种自我抑制造成了自我实现的最大心理障碍。（同上书，第二十六页）

这是议论我国的知识分子和作家，而且谈的是一种所谓带有普遍性的历史现象，那么，就应当抱实事求是的态度，按照治学态度要严肃认真的基本原则，做到言之有据，而不是信口开河。可是，中国历史上的作家和诗人很多，刘再复同志说他们“通过自省而进行残酷的自我抑制、无情地窒息精神上的自由意识和创新意识”，到底是根据什么而言的？据我所知，处在封建时代的作家和诗人，不可能像刘再复同志那样有自由意识和超越意识，也说不上所谓“残酷的自我抑制、无情地窒息精神上的自由意识和创新意识”。在我国历史上，每一代比较优秀的（不用说杰出的）作家和诗人都有不可抹杀的创造性成就，不然怎么会有中国的光辉灿烂的古代文学史呢？

我认为，刘再复同志将儒家的中庸思想对中国古代文学的发展所起的作用，夸大得远离历史实际了。请看刘再复同志说：

> 流行于我国的“中庸”哲学，也使一些作家受到影响，缺少突破意识。因为任何突破都是反中庸的，反常规的。被中庸哲学所主宰的作家，总是处于自我满足的盲目状态，任何平庸的表现和无所作为的表现，都可以找到精神的逃路，一切创造的闪光都会被自我所扑灭。（同上书，第二十六页）

关于儒家的中庸思想在中国文学史上的作用问题，我在以后的讨论中还要涉及，所以在这里不花费多的篇幅去谈。我只提出以下几点看法：

第一，中庸思想在中国文学思想史中确实存在，不但在科举时代经常看到这种影响，在科举时代之前也可以看见。例如班固批评屈原“露才扬己”，又批评司马迁的《史记》“其是非颇缪于圣人”，就是出于儒家的正统思想和中庸主义。但是班固的批评无碍于《离骚》和《史记》都是伟大作品。

第二，在封建社会，并不是每首诗都能离开所谓常规的社会生活和感情。文学作品总是表现人的生活、思想、感情，而人总是生活于特定社会环境、特定历史条件中的，没有一个超越时空的人，所以刘再复同志所设想的时时突破常规是不可能的。表现常规的社会生活和感情永远是大量的和主要的，大量的优秀作品都是表现人们的常规生活和感情，然而各自闪光，各具创造性。不然，怎么解释一部内容极其丰富的中国文学史？

第三，中庸思想在有才能的、有较大成就的作家身上从来不是主宰力量，他们从来不是处于“自我满足的盲目状态”中。如果中国历史上确实有这样的作家，我很希望刘再复同志举出例子，既可以证实你的论点，也可以使我和广大读者长长见识。

第四，任何哲学思想都只能给文学创作或多或少的影响，而不能成为决定性因素。文学创作的决定因素是作家和诗人的社会生活及其对社会生活的态度，以及表现生活的深度和艺术才能。这大概才是普遍性的规律，偏偏被刘再复同志忽略了。例如杜甫是真正的儒家，被后人尊为诗圣。他的《兵车行》反对唐玄宗的开边黩武战争，十分感人，没有一点中庸思想。他在《自京赴奉先县咏怀五百字》中写道：“彤庭所分帛，本自寒女出。鞭挞其夫家，聚敛贡城阙。”“朱门酒肉臭，路有冻死骨。荣枯咫尺异，惆怅难再述。”这些诗句对朝廷进行了深刻的揭露，有一点中庸主义么？又如柳宗元的《捕蛇者说》，白居易的一部分讽喻诗，陆游的那些充满爱国激情的诗，能够说它是中庸主义的么？

从历史上看，儒家思想比起佛、道两家思想，有积极的一面，即孟子所说的“达则兼善天下”的思想。而这种积极的济世思想，同近几年有些同志常提到的“忧患意识”有密切关系。不仅杜甫是一位具有强烈“忧患意识”的诗人，历史上很多儒家出身的较有成就的诗人和文学家都具有“忧患意识”。愈是成就大的诗人和文学家，例如“唐宋八大家”，哪一位不是有强烈的“忧患意识”？每当社会动荡和国家危亡的时候，忧患意识就成了诗歌的主旋律。由此可见，既不能说中庸思想毁灭了封建时代诗人们的个性和创造性，也不能用中庸思想概括全部的儒家思想。

（四）刘再复同志没有提到的一个重要文艺理论问题

儒家本来有一套文艺理论，有时将诗、礼、乐合在一起谈，有时专谈诗。在《论语》中，记录孔子谈论诗与乐的话有好几处，特别有四处论诗的话，十分重要，摘引于下：

> 子曰："《诗》三百，一言以蔽之，曰，'思无邪'。"（《论语·为政》）
>
> 子曰："《关雎》乐而不淫，哀而不伤。"（《论语·八佾》）
>
> 子曰："小子，何莫学夫《诗》?《诗》可以兴，可以观，可以群，可以怨，迩之事父，远之事君，多识于鸟兽草木之名。"（《论语·阳货》）
>
> 子谓伯鱼曰："女为《周南》《召南》矣乎？人而不为《周南》《召南》，其犹正墙面而立也与。"（《论语·阳货》）

以上四处孔子的话都十分重要，且为我国文学史和思想史方面的普通常识。第三条提出的"兴、观、群、怨"四字，尤其被认为是孔子论诗的精髓，对现在的中国作家也有启发教育意义。

儒家的文艺理论中还提出来"诗言志"这句话，也很重要。所谓"志"，包括两方面的意思：一是人的思想感情。这是"志"的本来涵义，但是同社会相联系，就产生了第二层意义，即诗对人有启发、感染和教育等方面的社会作用。在我国上古时代，诗、乐、舞三种艺术密切结合，所以诗的社会功能是多方面的。孔子提出的关于诗的四大社会作用（即兴、观、群、怨），与"诗言志"说有密切关系。"诗言志"说，对我国两千多年来的文艺思想有很深远的影响，经过《诗大序》的阐述，这一思想（学说）被儒家补充得相当充分：

> 风，风也，教也；风以动之，教以化之。诗者，志之所之也，在心为志，发言为诗。情动于中而形于言，言之不足故嗟叹之，嗟叹之不足故永歌之，永歌之不足，不知手之舞之，足之蹈之也。情发于声，声成文谓之音。治世之音安以乐，其政和；乱世之音怨以怒，其政乖；亡国之音哀以思，其民困。故正得失，动天地，感鬼神，莫近于诗。先王以是经夫妇，成孝敬，厚人伦，美教化，移风俗。

这是《诗大序》，相传是孔子门人子夏作的，但是宋代以来就受到怀疑，认为可能是东汉卫宏所作，托名子夏。这一段话也是将诗、乐、舞三者结合而论，对东汉以后的儒家文艺思想影响极深。在明、清到民国初年的私塾中，少年儿童读《诗经》，是连《大序》《小序》都要背诵烂熟的。

还有一个在中国文艺思想史上影响很大的儒家的"诗教"说。这"诗教"一词的来源比《诗大序》还要早得多，见于《礼记·经解》：

> 孔子曰："入其国，其教可知也。其为人也温柔敦厚，诗教也……其为人也，温柔敦厚而不愚，则深于诗者也。"

虽然这可能是伪托孔子的话，但是确实反映了儒家的文艺思想，与《诗大序》相一致。我认为"温柔敦厚"作为道德伦理原则和作为美学原则，都具有两重性。它既有消极方面，如不利于揭露尖锐的社会矛盾，压抑反抗意识之类，又是中国传统美学的一个内容丰富而宽广的理论范畴，与它相联系的哲学是中庸主义，诗中的含蓄美、词中的婉约美，与它都有关系。无名氏《皋兰课业诗品解》对"含蓄"一品解释说："此言造物之功，发泄不尽，正以其有含蓄也。若浮躁浅露，竭尽无余，岂复有宏深境界，故写难状之景，仍含不尽之情，宛转悠扬，方得温柔敦厚之遗旨耳。"（转引自郭绍虞《诗品集解》）而司空图《诗品》的"含蓄"一品，第一句就是："不著一字，尽得风流。"所以对"温柔敦厚"作为一个传统的美学范畴，不应简单地加以否定。其理由之一，"温柔敦厚"虽有消极的一面，但不是它的全部美学含义。我国文学史中极其众多的诗词，字数很少，蕴义很深，情意浓厚，对生活的概括性强，历代传诵不歇，都属于温柔敦厚。其理由之二，文学作品的成就高下，最终取决于作家社会生活的深浅、生活的态度、艺术的表现才能。艺术的生命就在这里。例如沈德潜生活于清朝乾隆时期，认为妇女守节是自古的纲常名教，他又最尊奉"温柔敦厚"的"诗教"，可是他对蔡琰的《悲愤诗》不能不评价极高：

> 激昂酸楚，读去如惊蓬坐振，沙砾自飞。在东汉人中，力量最大。使人忘其失节，而只觉可怜，由情真，亦由情深也。
>
> （《古诗源》卷三《悲愤诗》评语）

由此可知，诗歌的成功与否、成就高低，其决定因素到底是什么了。

以上所介绍的儒家的文艺思想当然并不全面。使我百思不解的是，《论文学的主体性》一文为什么对上述儒家经典中十分著名的语言，连一个字也不曾提到？刘再复同志是有意避开，还是不晓得这些为大家熟知的文字资料呢？

四、我们应该如何对待祖国的文学史？

我们中华民族是一个历史悠久的优秀民族，为人类文明作出了伟大贡献，包括文学和艺术在内。我们既要反对国粹主义，也要反对民族虚无主义。国粹主义者容易将民族的文化糟粕当作精华，盲目自尊、抱残守缺，不肯吸收外国的优秀文化归我所用。民族虚无主义者容易否定祖国文化的光辉成就，盲目否定传统，抱着民族自卑心理，认为西洋的一切都好，外国的月亮比中国的圆。这种崇洋媚外心态，是“全盘西化”论的思想基础。国粹主义和民族虚无主义都不利于建设有中国特色的社会主义现代文化。

我在前边已经说过，根据文献保存的确凿资料，商朝中叶的《盘庚》三篇是我国最早的散文，《诗经》中的一部分颂诗是西周初期的作品，距今都在三千年以上。《诗经》中最晚的诗写于春秋时代，时间也在两千六百年前。以《诗经》而论，对我们生活在二十世纪末叶的中国作家来说，绝不是无用的东西，也绝不是仅仅供我们研究上古历史的资料，而是直接给我们提供了文学创作方法上的借鉴，也告诉我们文学发展的客观规律。撇开《诗经》所表现的丰富内容，我想从艺术手法上谈一点肤浅看法。

《秦风》中的《蒹葭》一诗，在艺术上委婉含蓄，音韵铿锵，使人百读不厌，回味无穷。例如开头第一章的八句诗：

> 蒹葭苍苍，白露为霜。所谓伊人，在水一方。
> 溯洄从之，道阻且长。溯游从之，宛在水中央。

请比较一下，我们今天有些新诗或失之浅露，或令人看不懂，或不能使人朗朗上口；难道像《蒹葭》这首诗，在艺术上不是仍然值得我们当代的诗人借鉴么？又如《小雅》中的《采薇》一诗，写周民族的将士去同玁狁（即后来的匈奴）作战，春天出征，冬天回来。诗人用形象的语言写出出征和班师的时间：

昔我往矣，杨柳依依。今我来思，雨雪霏霏。

上古的诗人用这样的形象语言写时间，能够不使你感到惊奇么？当你回想到五十年代在小说中常看到的写女青年的积极分子老是重复着“一双水渌渌（或虎灵灵的）大眼睛”和“一双又黑又粗的小辫子”的陈词滥调时，请你翻开《诗经》，读一读《卫风》中的《硕人》一诗，看一位春秋时代不知名的诗人竟然用下边的一连串排比句来描写卫侯夫人庄姜的美丽：

手如柔荑，肤如凝脂，领如蝤蛴，齿如瓠犀，螓首蛾眉，巧笑倩兮，美目盼兮。

如果你把这些诗句中使用的词儿都懂了，你对于这位上古无名诗人的描写的精细，比喻的新鲜和恰当，不感到惊奇才怪呢。你大概也喜欢读白居易的《长恨歌》。你读过《硕人》一诗之后，会无意中发现，原来唐代大诗人用“温泉水滑洗凝脂”的诗句形容杨贵妃的皮肤的洁白柔嫩，原是从《硕人》一诗中“偷来”的！

请再读一读《氓》这首诗，它用朴素生动的语言，写一个普通女子如何同一个不相识的男人相见、恋爱、结婚，几年后被丈夫抛弃，笔墨生动、感情真挚，是一首很有特色的叙事诗。我国现在那班所谓“崛起”的、竭力反对现实主义创作方法的现代派诗人们，读一读这首诗，深刻地反思一下，难道没有一点益处么？

西洋文学史家追溯短篇小说的起源，往往引证《路迦福音》第十五章中耶稣所讲的“浪子的比喻”，认为这个比喻开始具备了短篇小说的要素。但是《左传》中叙述郑庄公同他的母亲、弟弟之间的一场斗争的事情，发生在公元前七二二年（鲁隐公元年），在古文选本中题作《郑伯克段于鄢》。不但故事完整，而且将郑庄公的性格刻画得很深刻。《左传》这部书大概编定于战国初年，即公元前四百多年。相比之下，《新约》一书出现的时间就晚得多了。公元一世纪到二世纪，基督教在罗马处于地下状态，关于耶稣的生平故事在各地信徒间产生了不同的传说，有各种互异的手抄本流传。到了三世纪，基督教成为罗马国教，在沿地中海国家中建立了统一的教会，出现了较有才能的大主教，这才具备了统一《新约全书》和《旧约全书》(即《圣经》)的政治条件。《旧约全书》是从犹太教继承来的，原有希伯来文抄写本，问题不大，所以最大的问题是如何编定耶稣降生以后的各种口头传说和歧异的文字资料，即《圣经》中的《新约全书》部分。经过几次重要的宗教会议，大约到第四世纪或稍晚一点，《新约全书》才被编订完成，而载“浪子的比喻”的《路迦福音》在四福音书中是最后编完的，恐怕已在四世纪了。由此可见，“浪子的比喻”比《左传》中的《郑伯克段于鄢》要晚近一千年。

公元四世纪下半叶到五世纪初，正是我国不朽诗人陶潜生活的时代。他的《桃花源记》是一篇十分完整的寓言小说。欧洲的寓言小说都不讲究描写人物性格，《桃花源记》也是如此。欧洲近代短篇小说的奠基人是乔叟和薄伽丘，他们都生活在十四世纪，是人文主义的前驱者。中国文化史没有中世纪，也没有文艺复兴，与欧洲不是同一种历史类型，不应该互相比附。单从短篇小说这一门艺术的发展情况考察，在中国通过两条不同道路和三个兴盛时期，发展了这门独特的文学体裁。第一个兴盛时期是在中、晚唐，相当于第八、九两个世纪，比欧洲短篇小说的奠基时代大约早六百年。这一时期，在中国产生了光彩夺目的唐人传奇。第二个兴盛时期是在南宋到元朝，尤其是南宋时期，约在十二到十三世纪，是以反映市民生活为主的白话通俗短篇小说的发展时期。这是中国短篇小说发展的第二条道路。这一时期的短篇小说以“说话人”口讲故事的方式在民间流传。今天用文字保存下来的都是“说话人”用的底本。话就是故事，所以“说话人”使用的底本或概要称作“话本”。第三个兴盛时期是在明朝末叶，相当于十六世纪下半叶到十七世纪上半叶。这一时期兴盛起来的白话短篇小说，是沿着宋元话本的道路发展起来的，所以现代的文学史家称这一派小说为“拟话本”。拟话本中有不少杰作，至今仍脍炙人口，在欧洲同时代的短篇小说中恐无其匹。

从我国的长篇小说考察，宋、元时代是酝酿期，到十四世纪的明代初叶产生了不朽巨著《水浒传》和《三国演义》。大约在十六世纪，出现了《西游记》和《金瓶梅》。十八世纪出现了《儒林外史》《歧路灯》，尤其是光照千古的《红楼梦》。短篇小说方面也出现了《聊斋志异》。这些中国文学史的知识都是大家所熟知的，我不详谈。

中国的诗歌史，源远流长，堪为中华民族的历史骄傲。像屈原、曹植、陶潜、李白、杜甫、王维、白居易、李商隐、苏东坡、李清照、陆游、元好问等等，众多诗人给我们留下的诗歌遗产，至今都对我们不仅有很高的欣赏价值，而且有很高的学习价值。

我们的戏曲，在元代的杂剧和明代的传奇中，也是佳作如林，美不胜收。如关汉卿、王实甫、汤显祖这些大家，在世界文学史中也应有崇高地位。以狭义的散文文学说，我国历代名家辈出，各显光彩，难道不是事实?

我国的古典文学史是一座蕴藏丰富的文学艺术矿山，我们今天的作家还很少加以利用。它不仅能够在艺术上给我们取之不尽的资源，而且中国文学史所包含的许多创作规律，文学史发展变化的规律，都给我们提供了极其丰富的经验，可以提炼出许多科学性的文艺理论。这些对当代很有意义的问题，如果让我作出扼要的总结，可以写成一本书，但不在我这篇论文的讨论范围之内，可以不谈。我认为，要建设有中国特色的社会主义文学，必须重视祖国文学的历史传统，充分利用极其丰富的文学遗产，还要充分理解中国的社会生活、风土人情、民族的历史、民族的审美习惯、民族的语言规范等，在此基础上，再向外国的优秀文学借鉴，而不是随随便便地向外国学习。所谓发展中国当代文学“不要向纵的看，只要向横的看”，是完全错误的说法。中华民族是一个有五千年文化史，三千多年光辉的文学史，十亿多人口的伟大民族。建设社会主义的精神文明，开创社会主义的文学新道路，必须考虑中国的特殊条件，必须植根于中国的民族土壤，必须走中国自己的道路。这不是我们要不要考虑的问题，而是中国的历史决定我们非考虑不可的问题。只有充分利用中国的文化和文学的民族土壤，走中国自己的道路，创作出有中国特色的文学作品，我们才能对世界文学作出真正的贡献。毛泽东同志的“古为今用，洋为中用”的提法，在今天是真理，到将来还是真理。刘再复同志不从中国的文化史和文学史的研究作出发点，企图用批判儒家思想为武器，批评中国三千多年的文学史没有成就，作家们都失去了创造性，他的论断毫无历史根据，这样的“新理论”怎么能叫人心服?岂不是“数典忘祖”么?

五、结束语

对漫长的中国文化史和文学史进行深入研究，得出应有结论，是发展我国的文学理论所不可缺少的工作。但这需要有科学的世界观和方法论。其中，如何理解儒家在中国历史上起的作用，又是一个十分复杂的学术问题，不能简单对待。从西汉到唐代中叶之前，可以说是中国封建社会的上升期。如果儒家思想全是消极性质，怎么能够同漫长的封建社会上升期的历史相适应？我们今天确实还存在许多封建社会遗留的消极影响，但这种封建社会遗留的消极影响不等于就是儒家思想。例如，官僚主义作风严重的人、任人唯亲的人，虽然有浓厚的封建意识，难道能说他们是完全受儒家思想的影响？

我很希望，作为中国的文艺理论家，应该了解中国的现代和古代社会史、文化史、文学史，具有比较广泛而深厚的知识基础，同时能够运用马克思主义的哲学思想和文艺理论，科学地驾驭他所拥有的丰富知识。外国人的理论，当然要学习、要吸收，但是要选择，既不是赶时髦，也不是捡破烂。借鉴外国，立足中国；崇尚实学，不务空谈。通过这一途径，建立当代中国的文艺理论。这样的理论，朴实无华，不弄玄虚，不玩弄概念游戏，不故意使写出来的文章令人似懂非懂，读后如堕五里雾中。这样的理论，不是讲什么“超越”，而是讲结合实际。所谓结合实际，即是从大量的、经得起推敲的实际资料中来，可以重回到具体的社会实践中去。这样的理论，能够帮助我们解决遇到的实际问题，才算是既有学术性，也有科学性。这样的理论，能够帮助我们开拓理论研究的新途径，能够有益于大学中文系的教研工作，能够引导从事文学创作的中青年作者们走一条康庄大道。

目前在文艺理论界，我认为要旗帜鲜明地提倡两件大事：一是提倡学习马克思主义（我个人一向将毛泽东思想包含在内）理论；二是提倡严肃的学风，也就是实事求是的科学学风。刘再复同志在理论上的致命弱点就是既背离了马克思主义，也缺少严肃的学风。有此二失，所以这几年他的理论尽管名噪一时，海内外都有人鼓掌喝彩，但是经不起推敲，正如古人说的：“如七宝楼台，炫人眼目，碎拆下来，不成片段。”（宋代张炎语）此种虚名，对祖国何用？对人民何用？对“理论家”本人何用？

我们要提倡在马克思主义指导下认真读书，认真研究问题，不懂得的不要目空一切地任意论断，误人误己。“知之为知之，不知为不知，是知也。”（《论语·为政》）由于从一九五七年以后一个运动接着一个运动，又经十年“文革”，几乎毁了一代人。今天的中年文学理论家，有许多人的学问基础很差，在治学上又缺乏严格的方法锻炼；愈是如此，有的人愈加胆大气粗，敢于妄下论断。“当此之时，人人自谓握灵蛇之珠，家家自谓抱荆山之玉。”（曹植《与杨德祖书》）我们有些“崛起”的新理论家也是如此，然而在他们身上存在的急迫问题不是建立新的理论体系，不是争取做世界名人；而是端正学风，忘掉虚名，埋下头去，认真读书，从端正治学态度和方法，并从蓄积常识，打好基础开始。孔子说：“益者三友，友直、友谅、友多闻。”（《论语·季氏》）为着发展我们社会主义祖国的文艺事业，也是我们的共同事业，我愿意做刘再复同志的“益友”，而不做他的吹吹捧捧的庸俗朋友。我平生读书较少，不能成为他的一个“多闻”的朋友，但在“直”和“谅”（诚恳）两个字上，庶几近之。

今天处在文艺理论界众说纷纭、真伪杂陈的时候，我虽然知道正是真正的马克思主义的文艺理论家们“铁肩担道义，妙手著文章”的时候，然而我深感在学问和理论上修养皆浅，不能发挥一个老作家应该起的作用。如今我已经进入高龄，有心继续学习，但恨时间已晚，对学问唯有望洋兴叹而已。如今我写这篇文章，除与刘再复同志商榷之外，更重要的一点心愿是面向海内外文艺界朋友、大学中文系的中青年教师和高年级学生，引起大家重新进行思考、提高认识、打开思路。我从来不承认自己是理论家，如今仍然不敢承认。倘若这篇论文对大家能够起一点积极作用，引起大家讨论，重新对以刘再复同志为代表的“新理论”作出认识，我的愿望就算达到了。

一九八七年三月四日

（原载《红旗》1987年第8、9期）

革命英雄主义的千古绝唱

——重读七律《长征》

一

老友臧克家同志主编《毛泽东诗词鉴赏》一书，要我自选一个题目，写篇稿子。我，一再婉辞。婉辞不准，便选了七律《长征》一诗，谈一谈我重读《长征》后的粗浅意见。正好今年是毛主席创作《长征》五十五周年，谨以此文作为纪念。

由于过去几年，我国文艺理论战线被资产阶级自由化思潮搞乱了方向，抛弃了马克思主义的文艺理论和正确的创作原则，使文艺理论园地被糟蹋成了重灾区。我趁此理论战线上正本清源的时候，也趁着重读毛泽东诗词的机会，谈一谈有关文学创作的一些基本道理，以及文学史发展的若干基本规律，就教于广大读者。出于这一意图，所以我的这篇文章不局限于对《长征》一诗的鉴赏。又鉴于有些文艺界的“精英”们犯了民族虚无主义的错误，缺乏关于中国历史和中国文学史的常识，对中青年发生了很坏影响，所以必要时我兼谈常识。

二

毛泽东同志身兼伟大的政治家和革命家、伟大的马克思主义思想家、伟大的军事家、伟大的诗人。他身上的这几个特点是统一的。如果没有前几个伟大作为条件，他不可能写出光辉夺目的革命诗篇。他不是为写诗而写诗，而是由他在长期革命斗争的大风大浪中培养成的革命乐观主义与革命英雄主义的伟大人格，以及蓄积于胸中的革命激情，喷发而为诗，加上他对诗词艺术有深厚修养兼有天赋的过人才华，所以能写出光辉夺目的诗词。由此可见，曾被视为文艺界理论“精英”的弄潮儿，鼓吹作家要超越社会，超越阶级，超越时代，超越历史等谬说，全是缺乏常识之谈。在中国历史上，以工人阶级为领导，以工农联盟为主力的新民主主义革命是一个伟大时代，历史会使各种杰出的人物“应运而生”，而毛泽东只能产生于这一时代的革命洪流之中。他的革命生活培养出他的革命人格，产生了他的革命激情，表现为他的革命的诗歌，这种有机联系，会给我们从事文学创作的人很大启发，从中悟出来一个关于文艺创作的根本道理。近几年来，在文艺战线上自诩为“雏凤清于老凤声”的“精英”之流，热衷于鼓吹作家应该淡化主题，脱离社会，离开政治斗争……种种谬论，请你们读一读毛泽东的光辉诗词，可以休矣。

我国文艺界在二十世纪八十年代有不少党内党外的作家和诗人，一面醉心向西洋资产阶级现代流派学习，一面提出了并实践着他们的文艺主张，既否定马克思主义、毛泽东思想对文艺创作和研究的指导作用，又反对文艺为广大人民服务的革命传统，蔑视从五四运动到《讲话》的革命现实主义（包含革命浪漫主义）的创作道路，抛掉文艺与人民革命的宏伟事业血肉相连的关系。他们讲什么文学的主体论，作家的内宇宙，要为二十一世纪写作，还有什么诺贝尔文学奖情结等，混淆视听，迷惑青年，误己误人。事物的兴衰存亡，都有其必然规律。经过去年春夏的政治风波之后，我们不能不在各条战线上进行反思与总结。我们要总结党在文艺领导工作中放弃思想教育和思想斗争的严重失误。我们要总结二十世纪八十年代的经验教训，进行治理整顿。文艺界必然会有些人突然停笔，也没有机会像从前一样随心所欲地拾取西洋资产阶级现代流派的牙慧，宣传谬误理论。他们对此新形势，心有不甘，气犹未平。我奉劝文艺界这些同事，首先是冷静下来，消一消心中的没有必要的不服之气，认真读一点书，学一点马克思主义哲学和文艺理论，再读一读毛泽东的诗词，反复思考文学创作的根本道理。倘若你们能够摆脱当代某些以反马克思文艺思想为能事而又偏偏十分不学无术的，在文艺界的所谓“精英”的影响，研究一点中国国情（即社会的，政治的现实）和中国现代文学发展史，你就容易进行有益的反思了。

三

毛泽东的诗词，并不是篇篇都达到同样水平。单就其若干首脍炙人口的代表作品说，可以说前无古人。这一产生于现代文学史上的现象，给我们十分有益的思想启发。在我国上下三千年绵延不断的文学史中，产生了许多伟大的和杰出的诗人，给我们留下了众多经典性的不朽作品。例如屈原的《离骚》，杜甫的一部分古近体诗，毛泽东的一部分诗词，都是我国文学宝库中的不朽之作。凡是杰出的和伟大的作品，都是较有深度地反映一个历史时代的社会生活，体现人民的思想感情，而且在艺术上有较高的创造性。社会生活在不断地发展变化，人民的思想感情在不断变化，而表现生活的艺术形式和方法也在不断前进，于是不同时代产生不同的文学，在文学史上既相连续，又分阶段。伟大的作家既表现他那个时代（历史阶段）的高峰，又不会结束文学史的发展进程。屈原是奴隶制时代的诗人高峰，但这不妨碍产生作为封建制时代高峰的杜甫，而毛泽东同志是在我国进行新民主主义和社会主义革命时代的诗人高峰。

诗歌的发展如此，小说及其他文学的发展莫不如此。以我国的长篇小说而言，施耐庵和罗贯中都创造了他们的高峰。曹雪芹又创造了一个高峰。但是《三国演义》《水浒传》（指七十回本）、《红楼梦》（指前八十回），都只是在所描写的特定的题材领域和作者所处的历史时代获得了各自的光辉成就，达到了历史发展阶段的高峰，都没有结束我国长篇小说的继续发展。对我国历史上曾经产生的伟大作品我们都应该认真研究，学习，但不能盲目崇拜。对古典小说中的伟大作品，例如《红楼梦》，我们当然要学习和称颂，但不要抱着“叹观止矣”的思想，从五四运动到今天的七十年间，我们有许多作家受到马克思主义的哺育，掌握了观察社会生活与历史生活的先进的哲学思想，发展了新的小说美学思想，也发展了小说的写作技巧。我们毕竟比曹雪芹晚生了两百多年，应该既虚心向他的名著学习，也敢于指出《红楼梦》在艺术上的不足与失误之处。

这是我对待中国文学史上经典作品的态度，也是我对待毛泽东诗词的态度。

在二十世纪六十年代的前半期，也就是“文革”之前的两三年中，伴随着反科学的，反马克思主义的个人迷信的冒头，在我国出现了一股所谓“顶峰论”的浪潮。当时主要是说，毛泽东思想是马克思主义发展的顶峰。所谓“顶峰”，其涵义是非常绝对的，意味着毛泽东以后不能再有发展了。

在武汉地区，随着“顶峰论”的甚嚣尘上，出现了这样一个论调：毛主席的诗词是中国文学史的顶峰，并且说，不仅是过去几千年文学史的顶峰，而且也是今后的顶峰。用一句老话说，就是“空前绝后”。这显然是以唯心主义代替历史唯物主义。在当时的一次小组学习会上，我在这个问题上说了点不同意见，几乎惹出大祸。今天我们重读毛泽东同志的诗词，应当汲取历史教训。我们既要承认他是我们这个时代的一位伟大诗人，也要给他在中国文学史上一个适当的光辉地位，既没有“空前”，也不会“绝后”。文学史还在继续发展，永远不会停止。

四

毛泽东同志的诗词遗产，词的成就大于诗，数量亦多于诗。他于一九六五年七月给陈毅同志谈诗的一封信中，说他自己对“五言律，从来没有学习过，也没有发表过一首五言律”。又说：“我偶尔写过几首七律，没有一首是我满意的。如同你会写自由诗一样，我则对于长短句的词学稍懂一点。”虽然毛泽东同志的这几句话含有谦逊之意，但基本上相当真实。看他在“没有一首是我自己满意的”一句加了着重点，足见他的话出于真意。

在毛的为数不多的七律中，我较为喜爱的是《长征》一诗，从思想内容到艺术形式，和谐统一，十分完美。为着欣赏《长征》的艺术技巧，我先谈一点关于七律这一诗体的基本知识。

毛主席没有写过古体诗，只写过近体诗。对于近体诗，他只写过几首七律和两首七绝。五律和五绝都没写过。对于律诗这种兴起于盛唐的诗歌形式，我们应该如何给以历史唯物主义的认识？

明朝曾经有人说过，由于人事日繁，语言也由简单变向复杂，于是在诗体方面，由四言变为五言，五言又变为七言。这一说法，到现代尚受重视，曾被日本学者盐谷温博士所采用，加以宣传。我在青年时代也相信这一说法，但是读书渐多，又学了历史唯物主义的思维方法，我开始对这一种简单的社会生活决定论的说法产生了怀疑，认为这种说法解释不了以下几个问题：第一，当四言体尚在黄河流域流行的时候，在江汉流域已经崛起了楚辞文学，以七字句为主调。为什么在诗歌领域不直接以七言代替四言体？第二,七古比七律更为活泼，表现 力更强，五古的表现力也强，何以在七古和五古流行的唐代又产生了五、七言律体？而且伟大的诗人杜甫很擅长五古诗体，曾经写出《自京赴奉先咏怀五百字》《北征》《羌村三首》“三吏”“三别”前后《出塞》等不朽的五古诗篇，为什么在他的手中又发展了七律的诗体，使七律的美学特性达到了辉煌水平？他曾不无自负地说：“为人性僻耽佳句，语不惊人死不休。”这两句诗主要是指他在律体诗方面的创作苦心和下的苦功。

要解释近体诗产生的根本原因，就要从中国诗歌形式的美学要求和中国封建社会的历史发展两方面进行思考。

中国文字（指汉字）是单音字，过去许多人认为它是一种落后的文字。近来许多比较语言学家，经过科学的研究之后，认为汉字不但不比西洋的拼音文字落后，而且有许多独具的优点。它的单字和词，既精炼又准确，又涵义丰富。

我国的古典诗，建筑在单音字和词上，很自然地产生了字数整齐的叶韵偶句，自然地产生对仗之美，自然地由运用平仄变化与双声叠韵而产生音调与音韵之美。偶句对仗，逐渐发展为律诗的美学基础之一。单就偶句对仗的美学现象说，在上古的《诗经》和《楚辞》中就频频出现。自然地运用平仄谐调与双声叠韵之美，也开始于《诗经》。《诗经》和《楚辞》中出现的对仗句，可称为自然对仗。自然对仗与律诗不同，但前者是后者的萌芽和起源。“昔我往矣，杨柳依依。今我来思，雨雪霏霏”，这是诗经中自然对仗的一例。“制芰荷以为衣兮，集芙蓉以为裳”，这是《离骚》中自然对仗的一例。明白了汉语和汉字的特点，汉字单字（或词）具有平仄和偶句的讲究对仗，就可以理解律诗在我国文学发展史上出现的自然规律。

这种为中国古典诗特有的美学现象，经过六朝和隋，到唐初有了更大发展，这就为近体诗（开始时称为今体诗）的出现做好了历史准备。可以说，五言、七言律诗是根据中国语言文字的特点，在古典诗形式方面出现的美学追求，最后达到的一种结果，即中国古典诗歌美学方面的独特成就。这一历史运动，是在长期中由无意识到有意识，从不自觉到自觉，逐步地发展为一个飞跃。一般地说，这一历史运动的最后阶段，是经过初唐时期的杜审言、沈期、宋之问到盛唐时期的王维、孟浩然等，向近体诗的格律化步步前进，成为风气。在盛唐诗人中，如王湾的五律《次北固山下》，李白的五律《秋登宣城谢北楼》，又如崔颢的七律《黄鹤楼》，李白的七律《登金陵凤凰台》，都是近体诗进入成熟时期的千古名作，标志着一次历史飞跃的完成。至于绝句方面，不用说了。在这次历史飞跃中，贡献最大的莫过杜甫。他写的近体诗不仅在当时数量最多，而且艺术的锤炼最精，所包含的思想感情最深，对后世的影响最大。

文学史上的所谓初唐，是近体诗产生的前夜，也是摆脱不健康的齐、梁以来柔靡文风和诗风而向刚健的“唐音”转变的过渡阶段，而四六句的骈体文也有了新的发展。王勃的骈体文就比较刚健，例如他的对仗名句“落霞与孤鹜齐飞，秋水共长天一色”，不惟格调刚健，而且对仗有惊人之美。骈体文与近体诗，在发展上互为影响。

以上是从我国古典诗体的本身（汉民族语言文字的）因素略谈向近体诗演变的内在规律。另外，我也要简略地谈一谈产生近体诗的社会（也是政治的）原因。

以汉字为统一文字的中国，幅员辽阔，方音复杂，必须有统一规定的音韵，才能有全国遵守的近体诗格律。隋、唐是中国第二次大一统国家出现的朝代。这一次的大一统不是秦汉大一统的还原，而是更高一级的发展。在北方的许多较重要的少数民族，从第四世纪开始，分别在黄河流域相继建立政权，经过十六国纷争，前后一百三十五年，在经济生产和文化生活上逐渐发展，也逐渐汉化，到隋朝，统一到中国的民族混合的大家庭中。在长江中下游，即所谓江南地区，经过东晋和宋、齐、梁、陈，经济和文化也有了较大的发展。隋、唐两朝是在这样新的社会基础上完成了中国第二次大一统的伟大事业。

由于大一统国家的历史条件和文化上的要求，从隋朝的《切韵》作为雏形，到盛唐的《唐韵》出现，完成了统一的韵书。而在《唐韵》成书之前，在诗人（或有志于写诗的人）中必然对全国统一的音韵已经有了共识，否则将没法写近体诗。由此可见，近体诗的格律是建立在大唐帝国全国统一的音韵上，它是中国第二次大一统国家出现后的产物。

唐朝打破了六朝门阀世族专政，改为庶民地主参政，创立科举制度，通过考试选拔官吏，一般人考中了进士即可做官，可以逐步成为显宦。这一政治制度的改变，适应着南北大一统国家的社会基础的变化，在中国封建社会的历史发展中无疑是一个巨大进步。在这新的政治制度中，广大中小地主阶级出身的知识分子在政治上和文化艺术上成为主要力量，也大大地释放了他们的创造力。

在中国历史的长河中，凡是社会动乱，战争频繁，政治黑暗的时代，社会经济和文化的发展都遭到全面或局部破坏，至少是不能够正常发展。经过隋唐之际的战乱之后，接着出现了“贞观之治”，政治开明，百姓安居，物产丰富，社会矛盾大大缓和，为唐代封建文化的全面发展提供了极其有利的条件。从唐高宗到中宗，虽然国内发生过短暂的局部战争，宫廷中也发生两三次激烈的政权斗争，甚至武则天改国号为周，但全国形势基本安定，生产没有破坏，户口没有减少，所以接着出现了“开元之治”，可与贞观媲美。从贞观元年到开元末年，将近百年，是中国封建文化的大发展时期，一面吸收西域和印度佛教文化，一面又以长安为中心，将中国灿烂的封建文化辐射到临近各国。以各种艺术来说，诗歌、散文、音乐、舞蹈、建筑、雕塑、书法、绘画等，都有较大发展。近体诗的出现不是孤立现象，它是在从初唐到盛唐笼罩着大唐帝国的文化与艺术的繁荣气氛（或历史条件）中形成的。而且诗在唐代，上有帝王和宫廷的爱好与提倡，下有人民群众的热爱与重视，加上为科目之一，上下结合，成为社会风气。社会风气又成为诗歌发展的推动力量。唐代楷书艺术的空前发展，情况也近于此。律诗和绝句，是近体诗的两大支柱。由于皇帝和宫廷的提倡，民间的吟诵和传播，绝句且用于俳优歌唱，自然在平仄和押韵上有了规范化的要求，从而也推动了格律的讲究。

有人抱着民族虚无主义的文艺理论“精英”，缺乏对祖国文学史的常识，断言儒家的中庸思想使中国的知识分子失去了创造性。还有人出于偏激，否定律诗在中国诗史上的重要地位，说律诗是一种文字游戏。为着正确地对待毛泽东的七律《长征》的艺术成就，我根据自己对祖国历史和文学史的粗浅常识，对近体诗的产生和历史意义，作如上简单论述。当然，单有这点还不够，让我在下边略谈一点关于所谓格律的问题。

五

律诗是一种很讲究格律的诗，每首诗规定八句，超过八句的称为排律。八句之中，一韵到底，两句成偶，共分四联，每联第二句押韵，韵脚押在平声上。不论全国的方言多么复杂，统一分为四声，又统一归入韵部。除平声分为三十韵部外，上去入都称为仄声。为使诗句具有音乐感，句中的平仄配合，既有严格规律，又有变化。律体既是偶句成联，上下句要讲究对仗。四联之中，除首联和尾联可以不讲对仗外，中间两联四句必须对仗。中间四句不讲对仗便不是律诗。写律诗的人，他的学问修养，写诗的艺术功力，才华高低，以及他的苦心琢磨，务求练字练句警策，不同凡响，都表现在这中间的两联上。

律诗有七律与五律之分。七律虽然每句比五律只多了两个字，但音韵的变化，对仗的运用，比五律丰富，表现力较强，音乐性也较强。因此，毛主席只写七律，不写五律。绝句也只写七绝，不写五绝。

词的形式比律诗活泼得多，用韵也宽。“古风”比“近体”自由得多。毛泽东既然是填词大家，从青年时期即已经精于其事，运用词的形式如驾轻就熟。为什么他有时遇到重大题材，又要用七律这种格律很严的诗体表达他的汹涌喷发的革命激情呢？关于这个问题，也只能从七律体所包含的特别诱人的（引人入胜的）美学力量作出解释。关于一首好诗必须有深刻的思想性和丰富的内容，以及美妙的意境来说，对任何诗歌作品都是一样的，但七律具有独特的美学要求。它要求在很严的格律限制中做到和谐，对仗精切，并于对仗中求警策。惯于写律诗的人都明白，一首律诗写成之后，必须要反复推敲，往往时隔数月或数年，重新吟咏，还要推敲和修改一字，方才达到稳定。（《长征》的写成也是如此）这一创作现象，既说明律诗写好不易，也说明创作艰苦中有无穷乐趣。毛主席为什么爱写七律，也许道理在此。

我国有三千多年连绵不断的、光辉灿烂的文学史，其中蕴藏着极其丰富的美学思想。上边所谈的是律诗这一诗体的美学思想，当然不是全部，只是关于律诗的所谓格律。明白了这一部分道理之后，我们更会容易欣赏毛主席的七律《长征》。

毛泽东同志写七律诗是很重视由唐朝诗人手中所形成的格律，决不马虎。他在给陈毅同志谈诗的信中说：“你的大作，大气磅礴，只是在字面上（形式上）感觉于律诗稍有未合。因律诗要讲平仄，不讲平仄，即非律诗。”他的《长征》，严格遵守由盛唐诗人所确立的近体诗格律，达到内容和形式谐和与完美的地步。

六

毛泽东同志的七律《长征》，写于他率领中央红军，经过死伤惨重、艰苦卓绝、震动世界的二万五千里长征，到达陕北根据地。关于这样的题材，可以有不同写法。在多数诗人，大概会着眼于写长征的艰苦成功，写得沉郁顿挫或慷慨悲歌，然而毛泽东毕竟不同于一般诗人，而是一座“横空出世”的昆仑山，在《长征》一诗中，他全是用轻快的笔调写出胜利的喜悦，以千古少有的英雄豪迈之气，极端蔑视了长征途中的巨大困难。像这样写法，完全出乎我的意料之外，而且在中国三千年的诗歌史上，从无先例。

在毛泽东的身上，呈现出历史上伟人们常有的复杂性格。大体说来，他的性格包含着两个主要方面：深刻而清醒的现实主义精神和想象丰富而乐观的浪漫主义精神。有时两种精神分开，有时混而为一。由于清醒的现实主义精神在他的性格中居于主导地位，加上他掌握了马克思主义的思想武器，所以他比别人更善于分析形势。当革命形势尚在很不利的时候，当革命武装尚在微弱时候，他坚信红色政权可以存在下去，坚决在湘赣边区建立割据政权，坚信星星之火可以燎原。当党内有人提出夺取南昌、长沙、武汉等大城市作为作战目标时，毛泽东正在建立他的“农村包围城市”的伟大战略。当党内有人主张对国民党的“围剿”进行寸土必争的阵地战，“拒敌于国门之外”的时候，毛泽东清醒地看到这一军事思想的错误，主张在反“围剿”中应该以灵活的运动战配合游击战，诱敌深入，聚而歼之。自从遵义会议之后，毛泽东掌握了红军的领导权，也很快奠定了他在党中央的领导地位，在毛泽东的一生中，靠他的清醒的现实主义精神和马克思主义的哲学修养，一次次拨正了航线，挽救了党，挽救了中国革命。

他的清醒的现实主义精神与马克思主义相结合，使他领导中国的新民主主义和中华人民共和国成立后一段时间的革命事业，一步接一步取得胜利，使他写出了光辉的理论文章，包括政治的、经济的、文化的、军事的、哲学的等不同方面，大大丰富和发展了马克思主义的理论宝库。而他身上的革命浪漫主义精神和革命战争的生活经历，再加上他丰富的文学修养和对填词一道的深厚功力，再加上天赋的才华，使他成了以写词为主的伟大的革命浪漫主义诗人。

革命战争，不管是对统帅或是对广大的指战员说，既是铁与血的冷酷现实，又是充满革命激情的，带有浪漫主义色彩的英雄事业。长期的革命战争和政治斗争生活，既锻炼了毛泽东的革命人格，激发了他的文学（尤其是词）创作热情，成为他开放天才之花的土壤。

据说，毛泽东在唐代诗人中偏爱“三李”，但是据我看，他在中国古典诗人中广泛地吸取营养，而对于苏东坡、辛稼轩的词更为熟读。由于他具有古人所不可能有的革命人格，所以他的词继承了“苏辛”豪放派而青胜于蓝。这是诗人的人格与作品的血肉关系问题，不是也可以给我们一种很有益的启发么？

毛泽东与屈原是楚地同乡。他在青年时代既然广泛地吸收古典诗人的遗产，不可能不爱读屈原的作品。我每读《蝶恋花·答李淑一》，常不免使我想到这首词似乎受了《九歌》的某些影响。总之，广泛地吸收中国古典诗歌的营养，是毛泽东能成为现代最杰出诗人的条件之一。

七

《长征》一诗，来源于生活而远远高于生活。这首诗的题材是从二万五千里长征生活概括和提炼出来的，但是一切艰难和牺牲都不提了，只表胜利的喜悦和对艰难的蔑视。全诗八句，一气贯穿，感情一泄直下，调子轻快，全用白描，十分自然。初读这首诗，使我立刻想到杜甫的《闻官军收河南河北》。我们学过写律诗的人，都明白全用白描，字句如行云流水，音节上轻松谐和，十分不易，弄不好会犯了打油诗的毛病。《长征》的艺术既有朴素流畅之美，又含工整高华之美，使两种美如水乳交融，毫无人工痕迹。可以理解，毛主席在动笔写这首诗之前，一定为艺术构思花费了许多心血，到考虑完全成熟之后，以其由自身生活经历所蓄积的革命激情，从笔端汹涌喷薄而出。这感情绝不是挤出来的，不是逼出来的，更不是凑出来的。"生活是创作的源泉"的真理，于此又得一证明。

律诗必须讲究对仗，尤以中间四句很严。就艺术技巧说，这四句是一首诗的成败的关键所在。《长征》的中间四句，不仅对仗工稳，而三、四句颇为警策。红军穿过五岭山脉进军，天上有国民党的飞机，后边有国民党的追兵，前边还堵截，十分艰苦，但是"五岭逶迤腾细浪"一句诗中，敌人不在话下，只从绵延于江西、湖南、广东、广西四省之间的五岭山脉来说，在红军眼中也不算一回事儿。那一座座高山就像是在大地上起伏着细微的波浪罢了。至于横亘在贵州和云南两省之间的乌蒙山脉，说起来气势雄浑（磅礴），其实那一座座高峰并不可怕，不过像在大地上滚动着一些泥丸罢了。这"腾细浪""走泥丸"，诗人是怎么想象的，令我不禁拍案叫绝，愿为这两句痛饮一杯！

第五、六句是红军过金沙江和大渡河天险，诗人蔑视了两处困难，只用"云崖暖""铁索寒"写到这两道天险的抢渡成功，其他都不提了。何等轻松！

红军在极其困难的情况下，被迫翻过终年积雪的大雪山（岷山），到达甘肃境内，真不容易，而过草地和激烈战斗还在前边。诗人既不叹息过去的困难，当然也不必写后边剩下的困难，《长征》一诗到此用这样的感情轻快的诗句煞尾："更喜岷山千里雪，三军过后尽开颜。"为什么诗人用"更喜"两个字呢？因为沿路已经战胜的种种艰难困苦，在英雄的红军看来还觉得不够味儿，又兴致勃勃（更喜）翻过了一次大雪山，这才使全军开颜了。

我们回头去再看看《长征》一诗是怎样开头的。它一开头就定了调子：“红军不怕远征难，万水千山只等闲。”好啊，他只用“只等闲”三个字，简直是将千山万水不放在眼中！全诗从开头到结束，首尾照应，在结构上十分完美，天衣无缝。

在我国文学史上，写行军打仗的诗很多，都是着眼于写军旅之苦。像红军的二万五千里长征，其行程之远，牺牲之大，经历之苦，不仅在中国历史上是空前的，在世界史上也不曾有过。歌咏长征的诗人就是三军统帅，历史上不曾有过。诗人以如此革命英雄主义和革命乐观主义写艰苦卓绝的长征，而且艺术上达到如此高的成功，不仅历史上未曾有过，而且今后也不会再有。此诗可谓千古绝唱。

在《长征》一诗中，诗人以前无古人的夸张手法表现革命英雄主义。反复吟诵，只觉鼓舞人心，丝毫不使人有浮夸感觉。我们不妨回想一下，在“大跃进”时期，我们常读到一些歌颂“大跃进”成就的仿民歌体的诗，使我们初读时莞尔而笑，再读之后，便不喜爱。大胆的夸张，本来是浪漫主义文学的艺术手法之一，但是倘若不从生活出发，连诗人所写的生活也是虚假的，艺术夸张的社会效果适得其反。《长征》极大地夸张了统帅与三军将士的大无畏的革命英雄主义，我们却百读不厌，认为是千古杰作，道理就在于诗人确实从二万五千里长征生活中提炼出诗，深刻地概括了红军的革命精神，浓缩为七言八句。这一创作上的道理，对我们的作家和诗人很有启发。因限于篇幅，我不作详细分析了。

一九九〇年四月二日

（本文原题目《重读七律〈长征〉》，发表于 1990 年 6 月 23 日《文艺报》。收入《毛泽东诗词鉴赏》一书时作者易名《革命英雄主义的千古绝唱》，河北人民出版社 1990 年 8 月出版，这次选编本书时将两题目合二为一）

屈原的文学遗产
——安徽省文化界举行的第二届诗人节纪念会中的演讲

一

今天是中国历史上一位最伟大的诗人屈原投水自杀的忌日，也是国际上一位伟大小说家即高尔基逝世的六周年忌日，这使得我们这个纪念会就带有更多意义。关于这位小说家，我们可以不谈，现在专讲我们的这位诗人。屈原的作品我是在十年以前读过的，不过那时候可算是擀面杖吹火——杠眼儿不通。如今找到一部《楚辞》来预备这个讲题，等于临时抱佛脚。又因为我们是处在大别山中，参考材料极缺，结果连佛脚也并没有抱住，只抱住佛的一个脚趾头。我今天晚上要发表的意见，不过是从佛的脚趾头上弄下来一点儿灰垢而已，真对不起！

大家可以闭着眼睛想一想，在两千二百年以前，有一年农历的五月五日，也就是今天，在湖南的汨罗江岸上，有一个老头子神经失常地走来走去。这个老头子有政治家的思想，文学家的情感，超过常人的天才，然而却面色憔悴，形容枯槁，须发苍白，脸上网满了深深的皱纹。这时候，他对于政治上的一切都绝望了，许多年来时时盘旋在心里的自杀念头完全的决定了。绝命诗已经作好，放在家里，同以前的许多首诗放在一起。他很爱惜自己的诗，这些都是他半生的心血结晶。现在一面在江岸上走着，一面喃喃地，用苍哑的哭声背诵着绝命诗的末尾四句：

> 知死不可让，愿勿爱兮。
> 明告君子，吾将以为类兮。

后来这位老头子忽然站住脚步，久久地注视着奔流的江水，胸口微微刺痛起来。最后，他迅速的弯下腰去，从地上拾起来一块石头抱在怀里，牙一咬，眼一闭，投进水里。又过了半天或者一天，有许多老百姓划着渔船，在这里打捞他的尸首。尸首并没有打捞上来。到黄昏时候，幽静的江岸上可以听见他的仆人或家人们的悲哀的哭声，中间夹杂着老年农夫的叹息。江岸上，芦苇丛边，有几点火光，那是人们在祭吊他的鬼魂。

这位投水自杀的老头子就是屈原，也就是中国最早的一位诗人。在他之前没有诗人，在他之后两千年间没有一个诗人如他伟大。我说他是中国最早的一位诗人，这句话并不过火，《诗经》三百篇诗虽然有几篇可以找出作者，甚至其中还有一位女作家被后人考证出来，但这些诗人只是偶然写一首两首，严格地说来实不能算做诗人。历史上，屈原是第一个有目的的拿诗来表现他自己的生活、思想和感情的诗人。他有自己的独创的风格，在产量上也证明他绝不是出于偶然的吟咏，而是长期的从事创作。他把火一般的热情，悲愤，希望，幻想，统统的表现在自己的作品里面。所以，我们应该给屈原上一个尊号，称他为“中国诗人之父”。

各位写诗的朋友不要误会我在开玩笑，给大家找出来这位父亲。实际说，我们有这么一位光荣的父亲，实在是值得骄傲。他比传说中的荷马晚不了多少，比但丁要早一千年，是世界上最古的诗人之一，而且是最伟大的诗人之一。孔夫子说：“父在观其志，父殁观其行，三年无改于父之道，可谓孝矣。”屈原的“志”和“行”我们观察得很清楚，正如汉朝淮南王刘安所说的：“其志洁，其行廉。”像这样的父亲，不要说三年不改他的“道”，就是三千年不改他的“道”，也是应该的。

屈原是一位伟大的爱国诗人，他的自杀的日子永远被中华民族所普遍纪念。现在把他的忌日正式改名做诗人节，其意义就是不仅要纪念他，而且要承继他的遗产，发扬他的精神。在今日以前，中国只有一个屈原；在今日以后，我们应该有很多屈原。特别是今日中国，更需要产生屈原，愈多愈好。说不定在我们这个纪念会上，就有屈原参加，但愿我们的诗人，不得已时宁可“上山”，千万别再跳水。

下边是“闲言归正”开始来研究屈原的文学遗产。

二

关于屈原的文学作品，从汉朝王逸以来一千多年，学者只做了不完全的注释工作，而谈不到系统的研究工作。对于屈原生平及其作品的系统研究是五四运动以后才开始的，是伴随着新文化运动的成长而出现的事情。这些研究屈原的学者之中，除郭沫若先生之外，在方法上差不多都受了胡适之先生的影响。胡先生的方法是美国的实验主义的方法中吸收了清代朴学家们的治学方法，他重视实际证据，没有证据不妄发议论，有了证据就死咬着证据不放。但是实验主义的方法是不可靠的，他们的“证据”也是带有极大的局限性的，弄得好，也解释不了事物发展变化的真正原因，弄得不好，不是引导学者钻进牛角尖里，便是走向庸俗化。以胡先生那样博学，还竟然否定屈原的存在，岂不是吃了他死咬着“证据”的亏吗？现在为明白胡先生及其门徒们在方法上的错误起见，我们看看近二十年来的文学史家们对屈原所承受的文学影响是怎样解释的。

一般文学史家都站在进化论的观点上替屈原的作品追本求源，非替《楚辞》找出来可靠的祖先不可。他们找来找去，找出来两代祖宗，一代是诗经中的《二南》，一代是《楚辞》中的《九歌》；另外还有一些不很惹人注意的祖先，如像《接舆歌》《沧浪歌》和《越人歌》等，都写在屈原作品的家谱上。他们认为假若没有这些先行的文学成就，则屈原写的《离骚》和《九章》是不可想象的；反过来，只要把握住这“来龙去脉”，别的什么也可以不管了。我们不妨替他们的意见说得明显一点，他们好像根据这一“来龙去脉”的发现，认为即让没有黄河流域的文化发展，在江汉流域也同样会产生屈原。同样的错误他们也犯得很严重，那就是他们只看见诗歌方面的遗产，而没有注意到屈原所接受的学术思想遗产和当时已经有高度发展的散文遗产。他们所犯的这些严重错误，是由于方法的局限性，只可能使进化的观念庸俗化。

同上述一般学者的研究方法相反，我们首先不要在楚民族的文学遗产里打圈子，也不要在楚民族的诗歌里打圈子，假若只在楚民族文学里打圈子，那是忽略了当时全中国各民族，各地方，在文化上的交流性，统一性，而闭着眼睛把楚国从大中国的整体中割断关系，把她作为一个绝然孤立的东西去考察，倘若只在楚民族的诗歌里打圈子，那是忽略了在文化领域中各部门的发展都是互相关联的，而闭着眼睛把诗歌的发展孤立起来。就像我这个不提气的小说作者吧，如果我只读过一些前人的小说而没有把现代文化的广泛遗产多吸收一点，我只可以住在家里替太太抱孩子，绝不会在创作上有什么成就。屈原是两千多年来中国文学史上最光芒的巨星，是古往今来无数人崇拜的伟大诗人，他的文学成就绝不仅仅是从楚民族的诗歌中养育出来的。我敢说，如果单靠着战国以前楚民族的诗歌作滋养料，不惟产生不出屈原，连屈原的一半也产生不出来。但丁的成就不是因为他读熟了维吉尔等人的诗歌遗产，而是由于他除此之外还有渊博的学问和深刻而丰富的人生经验。何况在我们的屈原以前，连给维吉尔荷马诸人提鞋带的诗人也不曾产生过。倘若我们只在战国以前楚民族贫弱的诗史上去研究屈原成为伟大诗人的原因，那是存着一腔热诚和敬意来侮辱这位巨星，永远对他也得不到正确理解。

在批评了一般文学史家们的方法之后，我们是不是要跟着否认楚民族的诗遗产对于屈原的影响呢？不，我们一点也没有否认的意思。我们不过不把楚民族的诗遗产看作是唯一的遗产，不把屈原所承受的文学遗产或文化遗产看得那么单纯，不把楚辞的“来龙去脉”看作一条孤立的直线发展罢了。不仅我们在逻辑上应该如此理解，而且还有着充分证据。

我们要知道屈原是一个博学多才的人，读的书非常之多。史记上说他“博闻强志，明于治乱，娴于辞令；入则与王图议国事，以出号令；出则接遇宾客，应对诸侯。”因此上官大夫靳尚非常嫉妒他，在怀王的面前谗言他。尤其屈原是一个在政治上很有眼光，怀抱理想的人，曾经到外国作过特使，所以绝不是只读过一些诗歌的诗人。这样只读诗歌的诗人在目前很多，为着想作诗而去读别人诗，除诗之外很少读别的东西。但是屈原那时候还没有拿写诗来出风头和卖稿费的事情，他是为政治上的实践而读了很多的书，后来在政治上失败了才去写诗，但至死都没有忘掉政治。屈原在自己的作品中，特别是在《离骚》里边，常常提到他非常看重自己的修养。这所谓“修养”是分两方面的：一方面是人格修养，一方面是能力修养。在这两方面的修养上，屈原的成就都非常之高，他自己的生活与作品就是证明。在《离骚》中有两句是：“纷吾既有此内美兮，又重之以修能。”这两句是屈原的自白，而事实上也确是如此。人格修养与能力修养，在屈原是不可分的。这一点也是屈原能成为伟大诗人的条件之一，很值得我们学习。不用书籍来武装头脑，是谈不到这两种修养的。我们知道屈原在诗中常常引用历史，他的修养得力于历史的一定很大。并且屈原拿儒家思想来武装自己头脑，从这里又产生出他的人生观与政治理想。屈原既是“博闻强志”，对于当时各派思想一定都很知道。老庄思想是南方产物，儒家的思想是北方的产物。屈原在思想上既可受北方思想的影响，为什么一定说他在文学技巧上就只受“楚诗”的影响呢？屈原本来不曾为他自己的学习划一个很窄狭的范围，那范围是两千年以后的文学史家们给他划的！

从西汉的淮南王刘安起，一直到清朝的戴东原，没有人把屈原所接受的文学遗产限定在“楚诗”的狭小天地内。我们现代的文学史家们因为在治学方法上多了一套实验主义，所以才往牛角尖里拼命地钻。实验主义和朴学家的怀疑精神结合起来，笼罩了从五四运动到北伐这十年间的历史学界，其影响到今天还是存在。怀疑精神是好的，实验主义却靠不住。胡适之先生因为《史记》上《屈原贾生列传》有些地方出于后人伪造，便大胆的否定屈原这个人的存在。他的学生们虽不敢否定屈原的存在，却否定《九歌》是屈原作的，同时还否认《招魂》和一部分《九章》是屈原的作品，他们否定《九歌》是有很大野心的，因为否定了《九歌》是屈原的作品，才能够把楚民族文学的发展构成一个独立的完整系统。这系统就是从《二南》到《九歌》，到屈原，孤立发展，与全中国的文学无关。他们这样的强调民族性，显然是受了泰纳的影响；但泰纳的方法在现在已经陈旧了，何况我们的文学史家们只学了一点泰纳的皮毛。在我们看来，问题不在《九歌》是不是出自屈原之手，而在当时楚民族的民间诗歌是不是屈原诗形式的唯一源泉。王逸把《九歌》写在屈原的账上，固然很牵强；但近来文学史家们完全不承认《九歌》的出现与屈原有关系，理由也并不充分。《九歌》是民间祭神歌经过有修养的文人之手，予以写定，而且在写定时大加修改，这一点是不成问题的。至于这些祭神歌的写定者究竟是谁，在目前谁都不应该作肯定的判断。在小枝节上找出一些不充分的证据，像煞有介事夸大起来，而忽略了对象本身所包含的种种可能性，这是学院派的一贯作风。反对《九歌》经过屈原修改的最有力的人是陆侃如先生，他在《中国诗史》中举出来三大理由如下：

（一）依王（逸）朱（熹）说，“修改”的动机是因为原文有淫鄙的话。然而现在的《九歌》依然、充满了言情的话。如《湘君》《湘夫人》《大司命》《少司命》《河伯》《山鬼》等篇，祭歌几乎变成恋歌了。

（二）依王朱说，“修改”的目的是表明自己的冤结，自己的忠心，然而现在的《九歌》便没有这一类话。各篇或言情，或写祭祀，或述歌舞，但绝对的没有说到屈原自己身上去。

（三）依王朱说，“修改”是在屈原放逐到江南的时候。他的《涉江》《哀郢》等篇，纪放逐的路程、地点、年月，以及沿途景色至为详尽，但其中绝对的没有说及士人祭祀及作歌词之事。

在上面三大理由之后，陆侃如先生就跟着写出他的结论道："修改"之说既不能成立，则《九歌》与屈原可说绝对的没有关系了。你们看，陆侃如先生的"理由"能不能站得住呢？一般人都觉得他的"理由"很充足，许多文学史家也都是这样看法。但是，我觉得他的"理由"肤浅得怪可笑。王逸和朱熹所说的"动机"，大概都是瞎猜，我们说他们猜得不对是可以的，却不能因他们猜得不对，就否认了屈原曾"修改"民间的祭神歌子，这好像有一个人看见我的名字和我的原稿上的字迹，猜我是一位女作家；另一个人仔细地读了我的小说之后，从里边没有发现一点女性气息，于是就肯定地说道："哈哈，那篇小说和姚雪垠绝对没有关系！"陆侃如先生和许多文学史家都是用的这一套治学方法，你们看，不是很可笑吗？实验主义派（一般称作"古史辨派"）史学家们在辩论古史最热闹的时候，他们有一个最风行的骂人话："瞎子断匾。"这意思就是说：有两个瞎子走到一个大门口，甲说这大门上挂了一个匾，匾上写的是"急公好义"四个字，乙看了看，摇着头说：哪里！上边写的是"乐善好施"。于是两个人抬起杠来，几乎打架。第三个人从旁边走过，他们请他证明谁是谁非。这人不是瞎子，他向大门上一望，忽然笑道："见鬼，大门上根本就没有挂匾！"现在我们就把"瞎子断匾"这句话还给实验主义的文学史家们。

而且，王逸和朱熹固然是瞎猜，陆侃如先生实际上连他们的瞎猜也没有驳倒，这就更有趣了。王逸说原来的祭神歌是"其词鄙陋"，所以屈原才加以改作；朱熹说原来的祭神歌是"词既鄙俚，而其阴阳人鬼之间，又不能无亵漫荒淫之杂"，所以屈原才加以改作。王逸和朱熹所说的"鄙陋""鄙俚""荒淫"，被陆侃如先生归结为"淫鄙"一词。陆先生因见现在《九歌》中仍然充满了言情的话，便说《九歌》并没有经过修改，这是把"淫鄙"和"言情"两个词儿看成了同样的含义。实际上，"淫鄙"和"言情"完全不同，这是谁都知道的，难道我们能把但丁，普希金，李商隐，温庭筠，以及徐志摩等中外诗人的"言情"诗也看是"淫鄙"的吗？再说，陆侃如先生把"鄙陋""鄙俚"和"荒淫"，归结为"淫鄙"这一个词儿也就失去了王逸和朱熹的原来意思。他们所说的"鄙陋"和"鄙俚"是指修辞而言，"荒淫"是指内容而言，这比"淫鄙"一词具体得多，和"言情"一词简直是毫无共同之处。至于陆侃如先生因为《涉江》和《哀郢》等篇中"没有说及士人祭祀及改作歌词之事"，便否定《九歌》曾经过屈原修改，更不成理由。《涉江》和《哀郢》等诗并不是包罗一切的回忆录，甚至也不是叙事诗，为什么一定要提到这些无关重要的事情？屈原一生中有很多重大事情，都没在诗中提到一句。他曾经到齐国做过特使，负有建立国际反侵略阵线的任务，在《离骚》和《九章》中都没有提到过，难道你能说没有这回事么？两年前我同诗人臧克家从老河口到皖北，又来到大别山，兜一个大圈子回到河口。臧克家写了一首长诗《淮上吟》，路上的琐事和景物都尽可能地写入诗中，比屈原的《涉江》和《哀郢》要详细无数倍，然而没有写进去的事情至少有十分之九。《淮上吟》是一首纪事诗尚且如此，何况《九章》诸篇都是抒情诗。陆侃如先生的这种不合理的要求，只证明他在创作上完全是一个门外汉。

《九歌》可能是经过屈原改作的，也可能没有经过屈原改作，假若真是经过屈原改作的，则屈原改作的动机当然不一定是王逸、朱熹所推测的那两种，在时间上也可能不是在放逐以后。一般文学史家们否认屈原曾经改作《九歌》，无非想给屈原的诗形式找一个直接来源。但是他们不晓得即让在屈原之前没有文人写定的《九歌》先行存在，仍然无碍于屈原的文学成就。因为当屈原自己动手去修改那些没有被写定的民间祭神歌时，这些祭神歌对他依然是一部重要遗产。我们认为他是从民间祭神歌得到一部分新的启示，而又加上当时的各种文学遗产，特别重要的是当时全中国诗歌与散文的发展成果。战国是诗与散文的解放时代，屈原应运而生，消化了当时各种文学遗产，通过自己的天才和努力，配合着丰富的生活内容，才能创造出一种崭新的诗形式。这种新形式在当时是一种革命的形式，在历史上具有划时代的意义，对后来的诗歌发展起着伟大的影响。当时楚国的民间祭神歌只是给了他重要启示，而不是这新形式的产生的决定力量。对这种新形式的产生起决定作用的，是屈原诗的内容，其中包含着所反映的关于诗人的生活，思想和感情；而这些东西同他的政治生活、个性、气质、文化教养、社会意识，又是相关联而不可分的。我们的这种看法是非常合乎逻辑的，因为第一，我们不把所谓南方的诗歌发展看作是孤立的东西；第二，我们认为形式不能决定形式的发展，只有内容才决定形式的发展；第三，我们以十分坚决的态度把屈原的社会生活与文学创作联在一起，不单从文学去研究文学；第四，我们把屈原的诗歌看作是当时中国的时代产物，认为当时中国诗歌形式已经发展到不得不彻底变革的时候，而屈原就是这变革时代的英雄，他所创造的诗形式绝不是从南方诗歌中静静儿进化出来的。

讲到此处，我个人同一般文学史家们在方法上的不同之处，以及我对于这问题的主要观点，已经明白。在下一节里，我们对于这问题将做进一步的分析工作。

三

屈原诗是整个中华民族的文化产物，绝不仅仅是楚民族的文化产物。在上一节中我已经很鲜明地提出了两个基本观点：一个是屈原是一个博学的人，广泛的承受了中国当时的文化遗产；另一个是当时中国各地文化互相交流，互相联结，绝没有独立发展的情形存在。前一点十分简单，不必再去讨论；后一点还需要稍加发挥。

中国文化往上追溯到新石器时代，也就是所谓胚胎时期，可以找出来两个来源。一个是西北来的夏民族文化，以仰韶文化为代表；一个是由东北来的殷民族文化，以城子崖与沙锅屯文化为代表。这两种文化交流以后，使中国文化获得了飞跃的发展，产生了殷朝文化。中国文字是殷朝文化的伟大产物，这从殷墟甲骨文字出土以后，已为学者所公认。以后定居在黄河长江流域的各民族，即古人所说的“诸夏”或我们所说的“黄帝子孙”，亦即所谓“汉族”，从没有再造过新的文字，以后的文字都是继承殷朝的甲骨文字而予以发展。殷民族在政治上失败以后，一部分作了周民族的奴隶；一部分回头向渤海一带移动，一直移到朝鲜；一部分往长江流域逃避，征服了南方的土著民族，而发展为后来的楚民族及吴越民族。我们固然不否认地理条件对于文化发展的作用性，但我们却不像机械论者们一样的把地理条件的作用性夸大起来。我们认为，在春秋战国时代，各国的文化发展情形虽具有差别性，不平衡性，然而整个说起来却是统一的，是统一中显出来大同小异，愈到战国末期，各地文化交流愈密，统一的情形愈见显著。儒家的大一统思想就是当时全中国政治文化趋向统一的一种反映。秦朝的废封建为郡县，以及所谓“车同轨，书同文”的大变革，都是逐渐地被历史准备好了的事情。李斯的作小篆与“书同文”是一个问题的两方面，所以我认为李斯的作小篆也是由于字体发展的结果，李斯只是使文字的发展实现“质变”的过程。

在春秋战国时代，虽然还没有人开书店、开报馆、办杂志，但各地文化的沟通交流是非常密切的。拿思想来说，当时的各个思想流派，如儒，如老庄，如杨，如墨，全都有普遍的国际性，拥有广大的信徒。在孟子时代，除儒家思想在国际上很占势力外，杨朱墨翟的信徒也是到处都有。所以孟子曾经带着慨叹的口气说过：“杨朱墨翟之言盈天下，天下之言不归于杨，则归于墨。”当时到外国求学和做事情的风气非常盛，文化的传播跟这种情形很有关系。所以那时候虽然没有商务印书馆和生活书店，手抄本的书籍却可以流传各地。《史记》上记载吕不韦著《吕氏春秋》的动机也是看见别人著书风行天下，眼热起来。《史记》上写当时书籍风行的情形道：“是时诸侯多辩士，如荀卿之徒，著书布天下。”《吕氏春秋》是中国最早一部集体写作的书籍，书成之后，“布咸阳市门，悬千金其上，延诸侯游士宾客，有能增损一字者予千金。”（以上均引自《吕不韦列传》）当时一方面是各国诸侯及大政治家需要人才，不限籍贯，不限资格，广事延揽，另一方面是学问已经不为贵族所专有，平民只要读过几句书，都可以找到官做。所以，当时各地学术思想的交流，十分密切，绝没有孤立发展的情形存在。

当时各国文学的交流，也非常密切。特别是在诗一方面，更为全中国上层社会必读的东西。要想到外国去作使臣，更应该多读诗，读了诗之后，一则可以知道各国的民情风俗，二则可以帮助说话。孔子最重视读诗，说道：“小子，何莫学夫诗?”又说：“不学诗，无以言。”所谓“学诗”，并不是楚国人只读楚国的诗，秦国人只读秦国的诗，郑国人只读郑国的诗。诗是没有国界的，这国的人在说话时不妨引证那国的诗。三百篇的诗选集在孔子时候就已经出现，是否真是他老先生编定的，不得而知，现在也无须乎在此地研究。但有一点很值得注意，这三百篇的诗集子的《国风》部分包括全中国各主要国家的民间诗歌，楚国的诗歌也包括在内。屈原是一位博学而“娴于辞令”的人，曾经替怀王“接遇宾客，应对诸侯”，还到外国去做过特使，我相信他不仅读过这一部诗选集，一定还读过许多为我们所不知道的诗。所以我们认为屈原在诗歌方面所接受的遗产是全国性的，极其丰富，绝不仅仅是楚国一国的诗。一般人看见当时楚国同中原尖锐对立，于是就夸大了这种政治现象，认为在文化方面也是对立的，这样理解历史的方法未免机械。

屈原的诗体并不是楚民族原有的诗体，这一点正表现屈原的独创性，伟大性。人们往往因误解“楚辞”这个名字，便以为楚民族有一种独立的诗形式，和北方的诗完全不同。我们的许多文学史家们也总在字面上打圈子，企图找出来屈原以前的楚诗与北方诗歌在形式上的差别之点。有的瞎子摸象，摸到音乐方面。有的从楚诗或屈原诗句中找出来一个“兮”字，认为是楚民族文学的特点，实际上“兮”字的应用不仅楚诗中有，在北方的诗中也不少，读过《诗经》的人都会晓得。中国的学术界很奇怪，研究文学史的人往往连起码的文学理论都不懂得，只会记流水账，而且有时还记错账。他们不知道所谓文学形式是包括作品的语言、结构、表现手法，种种复杂的外的组成，而与内容相结托。单从一个字着眼去研究形式，不是白费力气吗？实际上在屈原之前，楚国的诗同北方诗在形式上并没有差别，《二南》同其他《国风》都是一样形式。《国风》比较《雅》《颂》，在形式上活泼得多。《雅》《颂》代表贵族文学，形式最呆板，也可以说是一种死的诗形式。这些诗差不多都是四字一句，抒情的成分极少，多陈述而少表现。据郭沫若先生说，从近年长江流域发掘出来的铜器铭文研究，南方的贵族诗也是用的这同样形式。可见把屈原以前的楚诗看作有特别形式，是不合事实的，屈原诗中如《天问》《橘颂》《招魂》都没有摆脱净贵族形式的影响。真正的“屈原形式”，应以《离骚》为代表，所以后来凡是摹仿《离骚》体的诗都叫作“骚体”。古人并没有把屈原的诗体看作楚民族的诗体，而是把它看成为《国风》《小雅》的继承。《国风》完全是各国的民间诗歌，《小雅》里面有些诗与《国风》很接近，大概搀杂有民间诗歌在内。把屈原的诗和摹仿“屈原形式”的后人作品统名之曰“楚辞”，是从刘向开始的。名之曰“楚辞”本不恰当，不过刘向的用意只是认为这一种诗体是屈原创造的，而屈原是楚人。后人把“楚辞”当作楚民族的诗体，就大大的错误了。

现在我们已经看见了“屈原形式”的一个来源，那便是当时的民间诗歌。郭沫若先生说屈原是民间诗歌的集大成者，这看法是非常深刻的。如今，我再把这意见进一步的加以发挥。

文学形式的变化，被文学内容所决定；而文学内容则随着社会生活的发展而发展。社会生活向前发展之后，文学的内容也跟着发展，这种发展是沿着由单纯向复杂的路线前进。但是文学形式的发展总落在内容之后，于是旧形式与新内容不能相容，前者变成后者的桎梏。到这时候，就需要文体变化，亦即是新形式的产生。中国文学史上有一个通例，即任何重要文体，如像五言诗、七言诗、长短句、戏曲、弹词，都是发生于民众之手，完成于贵族之手，而完成后就跟着僵化。这道理我曾经在一篇文章中解释过，现在可以不谈。且说旧文体僵化之后，新文体就代之而起，实际上新文体在旧文体僵化之前就已逐渐的成长起来，而不是旧文体僵化后才开始成长。古人说“物方生方死，日方中方

（昵，日斜也）”，就是这个道理。四言诗是不是从民众手里发生的？我认为是的，因为这是一个规律，四言诗不应例外。你如果再问：为什么《诗经》中时代最早的是贵族诗，而不见四言诗在民间的萌芽材料呢？我的答复是在西周时代，特别是比《周颂》更早的殷周之际，采集民间诗歌的制度还没有，文学的应用范围也非常狭窄，所以只有朝廷和上层贵族们所用的祭歌和舞歌保存下来。四言体到西周末年已经开始僵化，轻松活泼的诗形式便跟着从民间成长起来，这从《国风》《接舆歌》《孺子歌》《越人歌》等可以看得清楚。但倘若没有屈原，新形式大概不能够如此光辉。倘若屈原是头脑顽固，抱残守缺的人，像我们现在所看见的许多开倒车的家伙们一样，那他在诗上的成就大概比荀卿好不多，绝不会值得我们如此的崇拜他，纪念他。屈原在诗体上的成就是两千多年来无与伦比的，他结束了四言诗的历史，而创造出新鲜活泼的诗形式，所以他在文学史上应该被看作是一个伟大的革命诗人。

我们曾说过他的新形式的来源很复杂，并且已经指出来当时全中国的民间诗与贵族诗的对立，屈原是接受了民间诗的总遗产而创造出新的形式。那么所谓楚国的民间祭神歌曾经给屈原重要启示是不成问题的，然而却不是他的新形式的“中心源泉”也是非常显然的。除这些民间诗歌之外，屈原在创作上一定还很受当时的散文影响。一般文学史家把散文和诗歌的发展各自独立起来，是不合道理的。比如汉朝司马相如等人的赋，便是从诗与散文中发展出来的；六朝的诗渐走向雕琢风气，与当时散文的趋向是一致的；韩愈的诗风格与其散文风格，是有着共同之点的；宋朝理学家们的说理诗及其散文著述，晚明公安派的散文解放及其性灵诗，都相一致。再拿最近期例子来说，五四运动，同时产生了白话文与白话诗，是散文与诗的同时革命，而不是一方面作孤立的解放。屈原的诗体解放与战国的散文发展，是否也有互相关联的意义呢？我认为是绝对有的，请听我下面解释。

第一步，我们先从问题的表面现象来考察一下。在古代，散文和韵文的关系，比近代的更为密切，散文在形式上深受韵文的影响，西洋文学如此，中国文学也是如此。像我国的戏曲和小说所受韵文的影响，是大家都很清楚的。在春秋战国时代，散文往往都有韵，《易经》中的《文言》和《系词》有韵，《老子》有韵，《庄子》有韵，《列子》和《墨子》有韵。

特别是《老子》这部书，它的句子的结构有些简直同诗差不多。比如《老子》上有：“唯之与阿，相去几何？善之与恶，相去若何？”这不是很像屈原的《天问》上的句子吗？也许你们有人没有读过《天问》，我现在再念两句《天问》上的句子你们听听："东西南北，其修孰多？南北顺椭，其衍几何？"你们比一比，像不像呢？再如《老子》上有这样的句子："祸兮福所倚，福兮祸所伏。"这句子就有点儿像《九章》中的句子。只要是有关联的事物，变化都是互相影响的。比如，我接到一千元稿费，忽然高兴起来，对太太说："昨天我穷得空空如也，今天可变了样儿了。"太太拿到我的稿费，到街上买一些衣服料子，买一些化妆品，打扮得像一朵花儿似的，快活地叫道："你看，我也变了！"太太高兴，不再对我噘着嘴，也不再埋怨我一天到晚写文章，于是我就感到幸福甜蜜，简直想把太太抱起来扔到天上去。诗与散文的关系也是如此，这是法则，这是哲学。现在我可以下一个结论说：在春秋战国时代，韵文既然浓厚的影响散文，散文按道理讲也应该或多或少的影响韵文，这在哲学上讲就叫作"反拨作用"。

再继续考察表面现象，我们可以从赋这门文体上得到许多启示，特别是以司马相如的赋作为范例。司马相如的赋，如《子虚赋》《大人赋》等，受《庄子》的影响是很显然的。假若《战国策》中的文章在秦以前已经产生，那么我敢说司马相如一定还受了《战国策》的影响。从前人只认为赋是从《楚辞》变出来的，而没有指出它的散文成分，这是大错而特错的。荀子也作过赋，但为什么荀子的赋不像赋呢？我的解释是：荀子太受诗的形式所拘束，而不知道加进去散文成分，所以他做出来的赋只像诗而不像赋。那么为什么像贾谊，司马相如，不拿四言诗形式去跟散文手法结合一起，而要拿《楚辞》形式去结合散文手法呢？我回答说，因为《楚辞》是一种新鲜活泼的诗体，而这种诗体中本来就含有散文的手法在内。

现在我们再进一步，从屈原诗的本身上来作个考察。郭沫若先生曾经说过，春秋战国时代的散文，是一种解放的文体，"之乎者也"都是当时的口语。胡适之先生在《白话文学史》中也谈到过当时散文中采用白话的问题，并且说这风气一直影响到司马迁。因十来年不看胡先生的原书，记得不很详细了。郭沫若先生去年在重庆作过一次演讲，是关于屈原诗中的语言问题。这篇讲稿没有看到，很觉遗憾，不过我最近借到了一部《楚辞》，虽然没有郭先生的文章，也不妨碍我们今天的研究。为预备今天的演讲稿，我又将屈原的诗从头到尾细读一遍。我可以告诉你们，屈原的诗之所以成为革命的诗形式，大量地采用民间口语也是一个重要原因。他所用的民间口语多得很，汉朝的王逸曾经注解了一小部分，清朝的戴震注解出来的更多。戴震的主要根据是汉朝杨雄所著的那本《方言》，所以可想而知一定还有许多土语没有被戴震注明出来。根据戴震注释，我们知道屈原所采用的口气大部分是南楚方言，也就是沅湘流域的湖南土话。为恐怕大家听不明白，我不必多举这种方言的例子，现在我只举一个有趣的例子让大家瞧瞧。十年以前我在开封读书的时候，有一位同学是商城人，他每次说“圆圆的”总是“抟抟（团团）的”，我常常好笑。商城就是离咱们这儿一百多里地的商城，这一带在战国时代都是楚国的领土。我想把“圆”字念做“抟”字，一定不仅商城如此，豫南和鄂东大概都是如此，说不定湖南人也有一部分如此。我们再看屈原《橘颂》里边有两句是：“曾枝剡棘，圆果抟兮。”“曾”就当“重重叠叠”的“重”字讲，读若“增”。“剡”字当“利”字讲。“棘”就是茨，是当时湖南的土话。“抟”也就是圆，王逸注明是楚国人的方言。班诗：“裁为合欢扇，团团似明月。”古书上有时写成“团”，有时写“抟”，有时写成“专”，实际都是一个字。那么屈原的这句诗译成现在的白话，就是：“圆的果实抟抟的呵。”抟既然就是圆，这句话不是很可笑吗？也许这两个字在用法上稍有差别，我们不知道；不过也可能是字写颠倒，原来的句子应该是‘果圆抟兮’，这就通了。总之，这些都是枝节问题，就此打住。现在我可以把屈原诗的语言问题作个结论如下：第一，屈原诗采用当时的民间口语非常之多，这是他的诗形式的一个主要的构成要素；第二，他的采用口语，一部分是受了民间诗歌影响，一部分是受了生活的影响，而另一部分则是受了当时散文口语化运动（虽然是不彻底的）的影响。

屈原代表作品是《离骚》，这首二千四百多字的古代第一首长诗，在组织上很复杂，绝不像《国风》或《九歌》那么单纯，《九歌》的结构虽然比较《国风》复杂，但比之《离骚》仍然相差甚远。不过这一点还不能就认为《离骚》就受有当时的散文影响。从技巧上说，《离骚》使用了各种各样的比喻，暗示，甚至是象征手法，这是表现手法的更高发展，在中国文学史上可算是空前成就。由于灵活的使用着这些表现手法，所以在气势上就极其纵横变化。

倘若我们稍留意一下战国时代的散文，就可以看出来当时优秀的散文都是如此。《孟子》这部书出自北方，按道理讲它的文笔应该十分质朴。但我们如今读《孟子》，总不能不惊叹其使用比喻手法的高明。再看一看南方散文的代表作《庄子》这本书，里边充满了各种生动的比喻抒情的句子，以及丰富的故事描写。所以《孟子》是好散文，而《庄子》更是好散文。《庄子》因为使用了上述的文学手法，所以气势也极尽纵横变化之能事。至于《战国策》的文章，也是以比喻丰富与气势纵横见长。可见在战国中叶以后，使用比喻成了一种风气，而这种风气也影响到新诗歌形式的创造上来。

最值得注意的是，屈原是第一个在抒情诗中驰骋幻想的人，这一点同庄周的散文很相接近。诗人如果不能利用超出常人的想象力，就很难把一首抒情诗写得深刻而丰富。屈原的想象力，是《离骚》的艺术美的一个构成要素，庄周的想象力，也是《庄子》的散文美的构成要素。《离骚》同《庄子》还有一个接近之点，是它们都利用神话来表现作者的想象天才。从《天问》看来，屈原对于神话是抱着怀疑态度的；从他所受儒家思想的影响来说，他对神话应该是完全否定的。儒家和庄子都不相信神话，但表现的态度却不同：儒家神话想干脆不谈；庄子却利用神话来表现自己的思想感情。屈原是接近庄周的，他们的态度是诗人的态度，古希腊的戏曲家与诗人们也是这态度，所以最爱拿神话来作为写作题材。屈原的利用神话显然是受了民间口传文学的影响，这从《九歌》和《天问》的本身上看得最清楚。但是我觉得也许除了民间的口传文学的影响之外，屈原还受有《庄子》及其他南方散文的多少影响。这些所谓“其他南方散文”，正如屈原本身的散文作品一样，早就失传了。

在此地我顺便谈一谈屈原时候神话的流传情形。中国各地神话，到春秋战国时代在北方被保存的没有南方的多，像女娲氏炼石补天及造人神话，盘古氏的开天辟地神话，都是较完整的，也都是南方产物。秦汉人著述之中，除掉《山海经》这部稀奇古怪的书以外，要算《淮南子》中记载的神话最多。在屈原前后虽然还没有记载神话的专书出现，但零星的记录，一定很多。《天问》中的许多神话同《吕氏春秋》和《山海经》中的是相同的。《山海经》的神话有一个系统，那便是昆仑山系，有一点类似欧洲神话的奥林匹斯山系，不过还没有发展到那么完全。在屈原的《离骚》里边，可以看出来昆仑山系神话的已经形成。中国诗史最光芒的收获是《离骚》，而《离骚》中最辉耀千古的是“跪敷衽以陈词兮”下面一段。这一段文字很长，现在背出来如果不详细解释，大家也听不懂的，我希望大家有工夫时不妨读一读原文，对于学写诗的朋友们尤其是一个宝贵遗产。这一大段中的地名、神名、鸟名，《山海经》中差不多全有，而且也是以西方的昆仑山为中心。最后在“历吉日乎吾将行”下面，也有一段，在写法上大致和上一段相同。这一段中有“麾蛟龙使梁津兮，诏西皇使涉予”两句，所有的注释家都把西皇注成少，完全错了。西皇实际上就是西王母，是昆仑山系神话的最大之神，像奥林匹斯系神话中的宙斯一样。屈原说他忽然走到流沙，就顺着赤水慢慢前进；但是赤水在昆仑山的东南，他还要过赤水往西走走，所以就招呼蛟龙给他架桥，并命令西王母接他过去。把少当做西方神祇，大概是秦汉以后阴阳五行之说。屈原对于传说中的上古皇帝都是相当尊敬的，怎么会向少下命令呢？我们知道了当时神话的流传情形，便懂得屈原在创作上的一个秘密，就是把天才，想象，神话，沟通起来。这秘密后来中国的诗人们都不懂得，只有少数的小说家们懂得一点。希腊的悲剧家和诗人荷马，都是利用神话和传说创造出不朽的作品。中国的神话远不如希腊神话的丰富和完整，所以中国不能产生荷马，只能产生屈原，我们不管读荷马，读屈原，总觉得他们的天才和想象力是超人的，实际上他们并不超人，只不过他们肯接受民间的口传文学的丰富遗产，而我们现在的许多诗人简直连报纸都不愿去读。我们现在的许多诗人们把所谓“想象”当作闭着眼睛瞎想，不知道“想象”必须有知识和经验作基础才行。歌德如果没有丰富的学问，如果不注意民间流传的古老故事，绝写不出《浮士德》来；屈原如果像我们现在的许多诗人们一样的不多读书，不向民间学习，怎么能写出来《九歌》《招魂》和《离骚》？又怎么能使他的作品的内容和形式异常丰富而多彩呢？

最后，我们要谈一个重要问题，就是屈原诗的形式与屈原的社会生活的关联问题。我曾经着重的提过屈原的人格修养与能力修养，这些都是他的社会生活的构成部分。他在政治上遭了打击，被放逐出去，因而更能够接近民众，吸收民间文学遗产，这一方面可说是属于社会生活，同时又属于文艺生活。所以像屈原这样的伟大作家，我们是不应该单从“文学成就”来把握他的伟大的。作家的社会生活，人格修养，思想意识，同他的作品有机的统一着，而后者是受前者所决定的。宋玉是一个没落的无聊文人，所以他的《九辩》也是无聊文学的开山祖。但我们这样的来考察屈原，仍然不够深刻，我们必须更深一层的去发现诗人社会生活的矛盾是怎样的反映到作品上来。

古人有一句话：“文穷而后工。”这句话不幸被一般人们误解，认为文学家活该受饿，不受饿就写不出好文章。其实穷不一定是指没有钱，稿费不能糊口。没有钱，稿费不能糊口，这只算是物质的穷；另外还有一种穷比饥饿同样可怕，有时甚且过之，那就是精神的穷。物质的穷和精神的穷是互相联结，互相影响的，但有时也可以只表现在一方面。在理想社会实现之前，每个有良心的真正作家，同他所属的社会都有矛盾，结果他不能征服这种矛盾，便有了苦闷，有了感慨，有了批评。矛盾愈深，苦闷愈多，他的文学作品愈易成功。陶潜，杜甫，施耐庵，曹雪芹，都有社会矛盾，精神苦闷，也可以说都是“穷”的。像司马相如那样的侍奉文人，和他的社会环境很少矛盾，所以也只可写一些帮闲文学。但一个作家的矛盾非常复杂，有的是永远的，有的是暂时的，有的深，有的浅，有的带有社会性，有的不带有社会性。政治的矛盾或思想的矛盾，是带有社会性的；在恋爱上碰了钉子，或身体上发生毛病因而造成一种精神矛盾，这些多半都不带有社会性。优秀的文学作品，都是作家内部矛盾与外部矛盾的反映：这些矛盾愈带有社会性，愈能使作品有价值。拿屈原同宋玉一比较，便知道屈原的矛盾具有广大而深刻的社会性，而宋玉的就较少。所以屈原是伟大的，而宋玉便不是伟大的。以前人们解释不出来这一秘密，便只好抽象地说屈原的赋是诗人之赋，宋玉的赋是词人之赋。

由政治生活的矛盾而使人向文学方面发展，在历史上是一种普遍现象，现代中国作家的产生固然如此，旧俄时代作家的产生也是如此。元朝人的致力戏曲，清朝人的致力朴学，也是根源于政治生活的矛盾。司马迁在《自序》里写有下面一段话：“昔，西伯拘里，演《周易》；孔子厄陈蔡，作《春秋》；屈原放逐，著《离骚》；左丘失明，厥有《国语》；孙子膑脚，而论《兵法》；不韦迁蜀，世传《吕览》；韩非囚秦，《说难》《孤愤》；《诗》三百篇，大抵圣贤发愤之所为作也。此人皆意有所郁结，不得通其道也，故述往事，思来者。”司马迁所举的例子虽然不尽对，但原则是对的，和我所说的意见是一致的。屈原是一个有良心、热情、正义感，并有远大眼光的政治家，同当时楚国上层社会的腐化，堕落，昏庸情形，不仅是矛盾，而且成为一种鲜明的对立。由于黑暗的势力太大，他在政治上失败了，眼看着君亡国破，自己不唯不能出一点力，并且长期的被放逐出去了。然而这种政治上的矛盾和失败，却成了他的文学创作的“中心源泉”，使他成功了文学方面的不朽事业。

屈原同当时楚国上层社会的对立是一种大而主要的矛盾，是他与客观环境的显然矛盾，此外还有许多不易看见的内心矛盾，也非常重要，这些内心的矛盾在《离骚》和《九章》里流露了一部分，在《卜居》和《渔父》里也流露了一部分。《卜居》和《渔父》虽不会是屈原自己作的，但可以作为研究屈原内心矛盾的材料。另外有一篇奇特的长诗，便是《天问》，把屈原的内心矛盾与精神苦闷表现得更为彻底。关于屈原的外部矛盾与内部矛盾，等我讲到屈原自杀问题时还要谈到，现在我们不必扯得太远。屈原的政治失败（外部矛盾）使屈原走上创作之路，那么他的内部矛盾对他的作品起什么影响呢？我说，这也是他的诗在形式上复杂化的一个主要原因。内部矛盾决定其创作时的情绪变化，情绪有变化，内容就复杂，所表现的形式也跟着变化多彩。把不同的情绪组织在一首诗中，这诗的内容就丰富起来；内容丰富起来，形式上当然复杂起来。比如小说，结构复杂的小说，必定是小说中所包含的纠葛也复杂，纠葛复杂就是交织的矛盾复杂。自来的文学史家们都不懂得这一点创作哲学，所以他们在考察“屈原形式”时只在寻找外在的形式影响，或只在进化论上打圈子。

更进一步，我认为屈原用各种明喻、隐喻、象征手法，表现他的思想感情，这现象也可以用“政治矛盾”来解释。他一方面痛愤在朝的那班奸臣小人，怨怀王父子的不能用他，但同时他又希望自己能回到楚国京城，同朝廷合作。这是他采用委婉讽喻以表达自己思想感情的原因之一。屈原一方面对怀王父子的昏庸非常伤心，悲愤达到极点，一方面他又生在人臣不应该怨刺君上的时代，前者是现实生活，后者是社会意识，这自然也是一个矛盾。有了这一矛盾，屈原也只好采用委婉讽喻，不采用直接的抨击。还有一个矛盾，就是屈原那时候的言论也不自由，他既不愿到外国去，而楚国里边又没有租界可以存身，你们想一想，事实上能允许他骂得过火吗？所以汉朝淮南王刘安批评《离骚》说：“《国风》好色而不淫，《小雅》怨诽而不乱，若《离骚》者可谓兼之矣。”不过到屈原晚年，对楚王绝望，对恢复其政治生活绝望，决心一死，口气就大不相同了。在《惜往日》中他骂楚王为“壅君”，在绝命诗《怀沙》里边更骂得痛快淋漓。比如《怀沙》中有这样的句子：

变白而为黑兮，
倒上以为下。
凤凰在兮，
鸡鹜翔舞。
……
邑犬群吠兮
吠所怪也！
非俊疑杰兮
固庸态也！

你们看，这几句不是骂得很痛快吗？“凤凰在兮”那一句中的“兮”字是当时楚国南部的方言，就是我们所说的“笼子”；鹜是野鸭子。把这两句诗译成现在的白话，就是“凤凰囚在笼子里，鸡子野鸭满天飞”。好了，屈原诗中的好句子多得很，你们有工夫时自己去读一读吧。

四

屈原的死不是偶然的，不是因一时感情冲动去投水自杀。在好多年前，他自己就看出来这一种绝望的归宿，决意拿一死来完成他的理想和节操。这些时时盘绕心中的念头，从他的作品中清楚地表现出来。在《离骚》中他就说过：“亦予心之所善兮，虽九死其犹未悔。”又说：“伏清白以死直兮，固前圣之所厚。”这可以看出来他对于节操看得多么神圣，而对于死亡是看得多么不足畏惧，倘一班注释家的话是可靠的，我们可以说，屈原在很久以前就想到投水而死：因为他好几次在作品中提到彭咸，据说彭咸就是一个投水自杀的殷朝贤人。我认为一个作家的人格同他的艺术成就是不能分开的，所以我们必须看重屈原的节操，认为这是构成他的文学遗产的重要部分。宋玉和司马相如都没有这把骨头，这种光辉人格，所以一个表现为没落的无聊文人，一个表现为宫廷的帮闲文人。他们在文学形式上向前发展了一步，在内容上却堕落了一步，简直不能同屈原比拟。而且，屈原的节操在目前更显得光辉，像周作人、张资平一流人物，能够写出来一篇富于正义感的诗吗？

一个人因一时感情冲动而去自杀是容易的，考虑了许多年而去自杀是非常不容易的。我们固然不赞成自杀这种办法，但对于这种至死不屈的殉道精神却崇拜万分。在屈原那个时代，如果不愿自杀，也有别的办法，或到外国，或者妥协，或者消极隐遁。到外国做官是一种时髦办法，以屈原的才能，离开楚国以后一定会被别国重用。当时也一定有人劝过屈原到外国去，屈原也在心里盘算过，但盘算的结果是宁死也不离开祖国。为什么不出去呢？因为他抱有自己的政治理想，对于祖国具有热爱，不是抱的做官主义，混世主义。至于妥协，屈原也在心中盘算过，而且女就一再的劝过他，但他抱定决心至死也不妥协。在那时想妥协也很好办，大概并不要办什么悔过书之类的手续。屈原因有一把硬骨头，宁死也不肯向敌人低头，这比之韩愈要高出万倍。韩愈被贬之后就向朝廷递悔过书，固然由于时代不同，但骨头不硬也是真的。最后讲到消极隐遁，屈原也想到过好些回，劝他这样做的人也有，可是他不干，他要同奸人斗争到底。在春秋以后，南方隐士最多，消极的思想最盛，所谓老庄学派便是代表着这一倾向，屈原不受这思想影响，反而抱着积极的入世主义，心像一团火似的热烈。他的事业心非常强，时时怕老而无成，时时痛苦着不能为朝廷所用。说实话，一个文学家如果没有积极的入世精神，没有改造社会的热情，永远不会写出伟大作品的。巴尔扎克与托尔斯泰虽然世界观是落后的，但积极的入世精神及其丰富的正义感是同屈原一致的；至于像周作人那样的逃避现实，即让不做汉奸，也没有什么出息。

上一节我讲过诗人与当时楚国上层社会的基本矛盾，这一点在屈原作品中就表现为忠奸不并立，善恶不妥协。屈原的性格在他的作品中表现得非常鲜明，处处表现出他非常倔强，热情，不肯同流合污。特别是《橘颂》这篇作品，恰是为他的性格写照。他认为橘子树不可随便迁移，外面光彩，内面纯洁，迕世独立，秉德无私。他非常赞美橘子树，愿意以它为师。古来有修养的人们，往往可以从他最爱的植物或动物上，窥看出他的性格，如像陶潜爱菊，周敦颐爱莲，苏东坡爱竹，林和靖爱梅爱鹤。屈原不仅爱橘子树，还爱各种香草，这些行为上的现象正可以说明他的性格的本质。这种性格也使得他既不妥协，也不“出洋”，只好自杀。但屈原性格上另有一个深刻矛盾，必须注意，那就是：他一身具备着政治家的思想，文学家的感情。许多人都是因为有这种矛盾，在政治方面没有成就。屈原的失败，这也许是主观方面的一个重要原因。政治家的斗争方式和诗人的斗争方式完全不同：一个政治家如果带有浓厚的诗人气质，他的政治活动往往会遭到失败。诗人的感情是丰富的，当他在政治上遭遇到打击，被长期放逐之后，想找个表白自己心迹的机会也没有，简直是进退两难，动辄得咎，而同时又眼看着朝廷之上，小人当道，弄得国亡无日，于是，诗人心中便交织着愤慨悲痛，焦灼，幻想，各种情绪，而在作品上就表现为一唱三叹，极其变化多彩。在屈原的政治活动期间（放逐期间也包括在内），正是楚国日趋崩溃的时代：始而是怀王上了“第五纵队”的当，被秦国俘虏去，死在秦国；继而是怀王的孩子襄王忘掉父仇，对秦国作屈辱妥协；后是秦将白起大举伐楚，破了楚国京城，扒了楚王的祖坟，百姓流离失所，襄王君臣狼狈逃迁。屈原到这时候便怀疑一切，绝望万分，悲愤万分。怀疑，绝望和悲愤的结果，便决定实行他考虑过多次的最后办法，投水自杀了。

另外一个很重要的问题我现在还没有研究清楚，就是屈原同他那个时代的矛盾问题，从屈原的诗句中，如像：

“謇吾法夫前修兮，非世俗之所服。虽不周于今之人兮，愿依彭咸之遗则。”“固时俗之工巧兮，规矩而改错……”

“曾歔余郁悒兮，哀朕时之不当。”

“世幽昧以眩曜兮，孰云察予之善恶？民好恶其不同兮，唯此党人其独异？……”

以上仅是从《离骚》中举几条例子，倘若把《惜诵》细细一读，引起我们怀疑的地方更多。要研究这问题，需要更渊博的学问和更充足的材料，我现在力有未逮，只好暂不作大胆的探讨。至于侯外庐先生最近在重庆发表的两篇研究文章，在态度上似乎不够谨严，往往抓住屈原诗的一些句子引申曲解，望文生义，以求符合他的历史看法。不过侯先生提到屈原与时代的矛盾，又注意到诗人的世界观与创作方法的矛盾，这些地方都是深值得我们注意并继续研究的。

与这问题有密切关系，而同时也是使屈原痛苦绝望的最大原因，是屈原的“干部政策”的失败。手头缺乏参考资料，我不晓得从前是否已经有人注意到这个问题。倘若还没有人注意过这个问题，那么这倒是一个有趣的新鲜问题。为什么我说屈原也有“干部政策”呢？第一，从常理上讲，屈原既是反秦派的领袖人物，当然有他的拥护者，有他的党羽，有他的干部。第二，屈原在诗中时时提到别人变节，这些“别人”大部分应看作本来很好，而后来转到另一方面去了，所以才更令人伤心。第三，最重要的，屈原在《离骚》中曾有下面两段：

余既滋兰之九畹兮，又树蕙之百亩。畦留夷与揭车兮，杂杜衡与芳芷。冀枝叶之峻茂兮，愿俟时乎吾将刈。虽萎绝其亦何伤兮，哀众芳之芜秽！

时缤纷其变易兮，又何可以淹留？兰芷变而不芳兮，荃蕙化而为茅。何昔日之芳草兮，今直为此萧艾也！岂其有他故兮，莫好修之害也。余以兰为可恃兮，羌无实而容长。委厥美以从俗兮，苟得列乎众芳。椒专佞以慢兮，又欲充夫佩帏。既干进而务入兮，又何芳之能祗？固时俗之从流兮，又孰能无变化？览椒兰其若兹兮，又况揭车与江离！

前一节分明地说他是怎样用心培养"干部"，希望"干部"成长，发挥力量。并且说他自己遭受打击不足伤心，令人伤心的却是这一班"干部"(众芳)堕落变节。后一节他很清楚的说到这班人怎样转变，并且为什么转变。他分析这班人的变节有三种原因：第一是修养不够，不长进；第二是热衷名利，做官心切；第三是时势所趋，年头不是好年头了。最后两句是说重要的或得意的"干部"都变了，其他就更无希望！

在《惜诵》里边，他又一次提到同志们的不可靠，说道：

> 昔余梦登天兮，魂中道而无杭（航）。吾使厉神占之兮，曰：有志极而无旁……众骇惧以离心兮，又何以为此伴也！同极而异路兮，又何以为此援也！

这一节是说他从前曾希望干一番大事业，到中途却走不通了。为什么走不通呢？因为他没有同志帮助。同志们到哪里去了呢？同志们没有骨头，怕受打击，变了！

世界在变，同志在变，一切都在变，一切都令他绝望。《天问》中充分地表现出屈原到最后对于一切的怀疑，而《离骚》和《九章》中又处处流露出他的绝望心情。逼到这步田地，诗人既不能像盗跖一样"上梁山"，又不愿"出洋"，更不肯妥协或隐遁，便只好自杀。南方水多，跳水大概是自杀的普通办法，正像北方人的上吊，日本人的切腹或跳火山一样。在传说中有许多古代贤人，如狐不偕、务光、纪他、申徒狄等，都是投水自杀的，而我们的大诗人也就采取了这一办法，结束他的悲剧生涯了。米尔敦说过："诗人的自身应该是一首诗。"屈原的生活不就是一首动人的史诗么？我的话说完了，请大家有工夫时读一读他的作品！

（原载《文艺生活》1942年第3卷第2期）

试论《儒林外史》的思想性

——吴敬梓逝世二百周年纪念

近日重读《儒林外史》[①]，写了几条札记。因手边找不到多的参考书，又缺乏学问根底，这些意见当然都很粗浅。现在将这几条有关《儒林外史》思想性的札记发表出来，向爱读《儒林外史》的同志们请教。

一

吴敬梓生于清康熙四十年（一七〇一年），死于乾隆十九年（一七五四年）。这时清朝的统治已经巩固，汉人的反抗斗争转入低潮，但并没有停止。斗争大体分为三种方式：第一种是思想斗争。清初那些有血性、有骨头的知识分子抱着不妥协的态度，著书立说，暗暗地散播民族思想的种子。这方面的主要人物是顾炎武（亭林）、黄宗羲（梨洲）、王夫之（船山）、吕留良、阎古古等。现在这一班大师们虽然已经死去，但其中有些人的思想影响却在继续扩大。如吕留良死于一六八三年（康熙二十二年），他的反抗思想却由他的学生严鸿逵以及鸿逵的学生沈在宽继续发扬和传播。一七二九年（雍正七年），吕留良的学生们（包括私淑弟子曾静等）因运动川陕总督岳钟琪起义被出卖，形成大狱，吕留良剖棺戮尸，族人俱被屠杀和充军为奴。

由于明亡以后满汉间存在着不可调和的矛盾，所以有些人已经做了清朝的官，仍怀着反清的思想情绪。在吴敬梓的童年，一七一一年发生了《南山集》案，一七一三年结束，牵连了几百人，是清朝皇帝镇压知识分子反抗思想的最大一次屠杀案。《南山集》案的主角是方孝标和戴名世，他们都是桐城人，和吴敬梓是近同乡。

汉人的第二种斗争方式是武装起义。在吴敬梓活着时代，大规模的武装起

---

① 《儒林外史》版本很多，有的连回目也不统一。我所根据的是商务印书馆铅印的天目山樵评本和亚东图书馆的汪原放标点本。

义已经没有了，最著名的只有一七二一年（康熙六十年）朱一贵“台湾起义”。公开的武装斗争处于退潮形势，代之而起的是第三种斗争方式，即是在下层群众中进行秘密的组织活动。三合会和哥老会的反清复明运动，以及白莲教和天理教的秘密活动，都是替大规模的群众武装起义做准备工作。

清朝皇帝利用四种办法对付汉族的知识分子：第一种用屠杀，大兴文字狱。第二种用利诱，设博学鸿词科，征天下名儒学者到京做官。知道这办法不完全有效，又开明史馆，吸引一部分怀着故国之思的学者们出来纂修《明史》。第三种是继承明代办法举行科举，使天下读书人只读《五经》《四书》，尤其只读四书朱注和墨卷，换取功名利禄。第四种是提倡理学，删改古书中的字句，企图统一思想，并于一七一四年（康熙五十三年）严禁淫词小说。这四种办法中尤以博学鸿词科和八股考试制度为主要办法，务使天下英雄尽入彀中。以博学鸿词科和八股考试制度比较，前者是收买汉族知识分子的临时性的补充办法，只能对待少数在学问上有点成就的人，而后者却是一种永久性的、彻底的收买办法，从童蒙到老头子都要坠进利禄的圈套中，不再去研究学问、增长知识，也不会有民族思想。这本是明朝皇帝统治人民的办法，现在被清朝皇帝采用了。

明白清初历史的具体情况，我们就能明白那时代一个读书人肯不肯接受荐举和征辟，具有特殊的政治意义。像黄宗羲、顾炎武、吕留良、孙奇峰、李颙、傅山、魏禧、万斯同、应拊谦等誓死不受荐举，能够确保名节，永远受后人崇敬。不肯受荐举和征辟的人，他们同时也是当时八股考试制度的反对者。不过有的人敢公然批评明清的科举制度，有的人不公然批评，而以他们的行动表示出不妥协的精神。在清初这个历史阶段里，有些学者坚决的不受荐举和征辟，反对八股文，就是民族思想和理性主义的具体表现。

吴敬梓比上述大师们晚了一个时代。他是生在一般士大夫的民族思想开始淡化的时期，因此我们不能完全拿顾炎武等大师们的生活态度要求吴敬梓。但吴敬梓在《儒林外史》中推崇了王冕，着重地写了杜少卿的拒绝荐举，庄绍光的拒绝征辟，无情地嘲讽了利禄熏心的人们，从作品的客观影响看，是跟人民的（也就是民族的）利益一致的。从作品所表现的思想、内容看，是继承了清初大师们的理性主义的光辉。

《儒林外史》中的杜少卿就是吴敬梓自己的影子。据吴敬梓的朋友程晋芳给他作的传和《全椒志》，都说安徽巡抚赵国麟曾经荐举他应博学鸿词科的考试，他不肯去。但根据吴敬梓文集中的材料和唐时琳替他的文集所作的序看，他是因为生了病，不能上路，才没去成。比较可靠的判断：吴敬梓确曾接受过荐举，因生病没有去成，从此也就不再应举了。吴敬梓二十岁进了秀才，之后痛恨八股文，痛恨科举制度；曾接受过博学鸿词科的荐举，以后坚决的不再想这事情，要做一个自由自在的人。这是吴敬梓的思想和人格的发展历程。在《儒林外史》第三十四回中，杜少卿说："好了，我做秀才有了这一场结局，将来乡试也不应，科岁也不考，逍遥自在，做些自己的事罢。"我们知道《儒林外史》是吴敬梓三十五岁以后写成的作品，大概写成后又经过多次的修改和补充，其中有些材料是四十岁以后才补写进去的。所以，上边引的几句话，正好表现出作者三十五岁以后已经成熟的思想。

吴敬梓是一个杰出的古典现实主义作家。尽管他受着阶级的和历史的局限，但通过他的亲身阅历，通过他对于当时社会，特别是对于庸俗无耻的士大夫阶层的深刻理解，使他变成了反对科举制度和斗方名士的思想战士。这种现实主义精神发展的结果，必然使他的思想不知不觉地同人民的利益接近起来，使他不知不觉地在一定程度上成了封建制度的逆子。又因为当时人民同封建统治阶级之间的矛盾和民族之间矛盾是分不开的，所以一个同人民利益比较接近的思想家，往往或多或少的带有民族思想。吴敬梓的民族思想尽管不像上一代大师们那样强烈，但在《儒林外史》中也偶然流露一些，像火花一般的闪烁。

二

吴敬梓的理想人格是王冕，所以拿王冕传作为全书的楔子，隐括全文。吴敬梓对于王冕的生平的描写并非照抄事实，而是有取舍、有夸张，因而是一篇很好的创作。正因为它是一篇很好的创作，所以反映了作者的思想感情。

根据《明史》，王冕在元朝屡次应举不中，才放弃应举，到北京去做泰不花的食客。泰不花是蒙古人，做元朝的大官，后又做浙江东路宣慰使都元帅，被汉人的起义部队打死。最早给王冕做传记的是宋濂。根据宋濂所写的《王冕传》，王冕虽然个性突出，活跃纸上，但有些行为很怪僻，被人们看成怪人，或斥为"狂奴"。清初所修《明史》中的《王冕传》是根据宋濂的文章写成的，文字比较简略，还保留着狂和怪的特殊个性。朱彝尊所写的《王冕传》，比《明史》详细，人物的品质也写得比较可爱一些。但朱彝尊笔下的王冕一则仍是一个怪人，二则仍然和北京城的大官们发生若即若离的关系。朱彝尊写的是历史事实，目的在“上之史馆，冀编纂者择焉”。

吴敬梓是小说家，他写《王冕传》的目的在表现自己的理想人格，所以他把王冕的怪僻行为删去了，又把王冕同北京城大官们的关系也完全删去了。王冕在吴敬梓的笔下成了一个十分朴素的，有血有肉的，自食其力，同地方官也没有任何来往，人格无瑕的人物。从作者对于这个人物的提高和创造上，我们可以看出来他虽然生在清初这一历史时代的末期，却很不愿同清朝统治集团有所牵涉。在《王冕传》中用侧笔写了一个危素，故意把危素改为王冕的同县人，写危素回到故乡来，县官和乡绅们如何巴结，但他想同王冕一见而不可得。后来又用寥寥几句点出这个大汉奸降明之后的下场。王冕是浙江诸暨人，危素是江西金溪人，吴敬梓对这两个有名人物的籍贯当然很清楚。他把这两个人物改为同县人，以便发生对比作用，一定含着一个积极的创作目的。作者拿危素来陪衬王冕，一方面更显出王冕的人格高洁，一方面表示他对那些身事异族的人物的鄙薄情绪。至于那些地方官吏和乡绅们连危素这样的人物也谄媚，那就更加可鄙。

危素在《明史》中列入《儒林传》，不但没受到一句贬词，反而全传中充满着褒扬词句。我们不要忘记了吴敬梓生在这样的时代：庄廷鑨因修《明史》而获罪，戴名世因《南山集》中写到采访明末史料而酿成灭族大祸。在这样的时代，吴敬梓在自己的作品中采取了跟官修《明史》不同的态度，从侧面否定了像危素这样的大学者兼大官僚的汉奸角色，这就是中国读书人所讲究的“春秋笔法”，这就是他的无限勇气，这就是他的民族思想闪光的地方。

如果单有《儒林外史》第一回流露出作者的“微言大义”，那他的民族思想就很不容易被我们发现。偏偏作者在第二十九回有一段话，使我读的时候特别地感到惊奇。这段小穿插同上下文的关系很不密切，显然是作者故意借杜慎卿的话来说出他自己对历史的看法：

诸葛天申见远远的一座小碑，跑去看了回来，坐下说道：“那碑上刻的是‘夷十族处’。”

杜慎卿道：“列位先生，这‘夷十族’的话是没有的。汉法最重夷三族，是父党、母党、妻党。这方正学（即方孝孺）所说的九族，乃是高、曾、祖、考、子、孙、曾、元，只是一族。母党、妻党还不曾及，哪里诛得到门生上？况且永乐皇帝也不如此惨毒。本朝若不是永乐振作一番，信着建文软弱，久已弄成个齐、梁世界了。”

萧金铉道：“先生，据你说，方先生何如？”

杜慎卿道：“方先生迂而无当。天下多少大事，讲那皋门雉门怎么[1]！这人朝服斩于市，不为冤枉的。”

在吴敬梓时代，这见解是非常大胆的。自来读书人对于这件事都是同情方孝孺而不同情朱棣（明成祖），但吴敬梓借杜慎卿的口说出来相反的见解。他对于“靖难之役”谁是谁非并不关心，对于朱棣的残酷也不愿承认，而只着眼于整个的民族利益。原来明朝把元顺帝赶走以后，蒙古的势力仍很强大，直到万历初年才衰败下去，不再为中国大患。明成祖迁都北京，以北京作为全国军事核心，从山海关到宁夏布置重兵，防守九边，对抗蒙古的势力。所以《儒林外史》中说：“若不是永乐振作一番，信着建文软弱，久已弄成个齐、梁世界了。”既然作者连半壁江山的“齐、梁世界”已经觉得十分可悲，那么对于全部中国沦入异族之手，自然更觉得不能忍受。这是一种强烈的民族思想，沉痛的爱国情绪。吴敬梓不会看见王船山的《读通鉴论》，但这位清初积极从事反清斗争的爱国学者却有两句话跟《儒林外史》中的这两句话一般的深刻，一般的热烈：

鸣呼！天下之大防，夷夏之大辨，五帝三王之大统，即使桓温辈成功而篡，尤贤于戴异族以为中国主！（《读通鉴论》卷十三）

王船山认为东晋的桓温虽然在历史上不是一个好人，但他究竟还有驱逐异族，恢复中原的雄心。假若桓温伐慕容燕得到成功，即让篡了晋室，那也比拥戴异族统治中国强得多。这种论点打破了以往的正统观念，认为在特定的历史情况下，只要能够拯救民族的人物就值得肯定。《儒林外史》中论永乐皇帝的一段话和王船山论桓温的一段话，在实质上完全一样。

我们知道明亡以后，中国有民族思想的知识分子在异族的血腥镇压下，言

① 皋门、雉门是古代帝王宫门的名称。这里的意思是不要管什么正统，不要管他是不是长门长孙继承皇位。

论无丝毫自由，总是拿蒙古影射满族，或者拿历史上一切北方文化落后的民族来影射满族，特别强调夷夏之间的对立，借以散布反清的思想种子。清朝皇帝，从玄烨（康熙帝）开始，一面用屠杀和利诱来消灭知识分子的反抗思想，一面修改以前书上字眼，不准称蒙古和女真等民族为胡人，企图用这种办法逐渐使中国读书人忘掉了夷夏界限。到雍正年间，吕留良案发生之后，胤祯（雍正帝）编了一本《大义觉迷录》颁行天下，其中包括本案中的口供和上谕。他还恐怕他的历次谕旨不能驳倒汉人的反清思想，在颁行《大义觉迷录》时又下了一道很长的上谕，编造各种理由，歪曲历史，企图利用狡辩来使读书人忘掉民族界限，不再反清。例如他说："不知本朝之为满洲，犹中国之有籍贯。舜为东夷之人，文王为西夷之人，曾何损于圣德乎？"又如说："盖从来华夷之说，乃在晋、宋六朝偏安之时，彼此地丑（相等）德齐，莫能相尚，是以北人诋南人为岛夷，南人指北人为索虏。在当日之人，不务修德行仁，而徒事口舌相讥，已为至卑至陋之见。今逆贼等（指吕留良、曾静等）于天下一统，华夷一家之时，而妄判中外，谬生忿戾，岂非逆天悖理，无父无君？"像这样民族斗争在思想战线上表现的极端尖锐情形，还是历史上从来没有过的。

胤祯颁行《大义觉迷录》的时候，吴敬梓已经二十九岁。在文网严密的黑暗时代，在中国士大夫们的民族意识逐渐淡化的时代，吴敬梓能够在自己的著作中流露出和清朝皇帝针锋相对的思想，流露出和王船山（他是人民的优秀代表）同样的见解，这正是作家的良心，这正是思想闪光的地方。

也许有人认为既然论永乐皇帝的那段话是杜慎卿说的，不是杜少卿说的，所以它不能代表吴敬梓自己的思想。甚至认为作者写出杜慎卿的这番议论，目的在于讽刺杜慎卿（实即作者的堂兄）对于历史看法的荒唐。其实，《儒林外史》中有许多正面议论并不是都用少卿的口说出来，我们仍须承认是作者的思想表现。问题不在于议论是不是杜少卿发的，而在于这议论是否和作者的思想一致或接近。首先，我们从大的方面看，这议论和作者的思想毫不矛盾；其次，从具体描写看，我们看不出作者在这里有嘲讽慎卿的意思。固然，在《儒林外史》中，慎卿也是一个讽刺对象，但作者笔下的慎卿不但远比严贡生和张静斋等高出许多倍，也远比范进和周进一流人物可爱，而且比参加祭泰伯祠大礼的季苇萧和金东崖之流也可爱得多。吴敬梓对于有些人物加以无情的讽刺，对于另一些人物则只给以温婉的嘲笑。杜慎卿是属于后边的一类。对于这类人物，吴敬梓不是单纯地嘲笑他们，也肯定他们的某些行为或见解。不把两种不同的讽刺分开，我们不但不理解他怎样描写杜慎卿，也不理解他怎样创造马纯上的典型形象。我们绝不能因为作者在书中讽刺过杜慎卿，就以为作者写出论永乐皇帝的那些话也是讽刺慎卿的。在莎士比亚的戏曲中，我们不是也看见莎士比亚有时借丑角的口批评现实么？何况杜慎卿在《儒林外史》中并非丑角，也非真正的讽刺对象。

有的同志看见《文木山房集》中有极少数的诗文对皇帝有些歌功颂德的词句，认为吴敬梓不可能有较多的民族思想。这是没有把历史人物放在具体的历史环境中去分析，因而不知道这种矛盾在当时地主阶级出身的知识分子中是一种典型现象。较早的顾炎武、黄宗羲、王夫之等绝不对清朝皇帝写一句歌功颂德的话，但吴伟业（梅村）既做了清朝的祭酒，又至死怀着亡国之痛。稍后，庄廷鑨和戴名世等都是已经做了清朝的官，又怀着民族思想。全祖望是乾隆进士，做过县官，而《鲒埼亭集》中所含的民族思想就十分显然。顾炎武等是一种类型，吴伟业等又是一种类型。前一种类型在人格上是统一的，在态度上是十分坚决的。后一种类型在人格上是矛盾的、二重性的，在态度上是既妥协而又不甘心忘掉满汉界限，时时流露出民族思想。吴敬梓大体上可归入后一种类型，所不同的是他根本就没做过清朝的官。

在《儒林外史》第三十五回中，吴敬梓写嘉靖三十五年冬天（距高青邱被杀已经过了一百八十二年），庄绍光搬在玄武湖里住，有一天正在同卢信侯谈话，忽然一位总兵带着几百名队伍把玄武湖包围起来，要捉拿私藏《高青邱集》的罪犯卢信侯。按高青邱（名启）于洪武七年（一三七五年）因苏州知府魏观的案子牵连被杀。魏观死得很冤枉，而他更冤枉。魏观的冤枉很快就昭雪了。朱元璋虽然没承认不该杀了高青邱，但士大夫没人不替高启抱不平。他被推崇为明初的最大诗人，一部分诗稿在他生前就有刻本，死后被大家传抄，到永乐元年（一四〇三年）又有刻版流行，而且此后版本种类不一：在明朝中期以前除永乐元年本之外，有景泰元年（一四五〇年）本；成化五年（一四七〇年）本。这都是全集本。至于部分诗歌，除生前刻版外，洪武三十一年就有刻本。他的集子只在他刚被杀以后几年中，不敢公开出版，到洪武晚年就开始印刷流传，根本不是禁书，用不着写得那样严重。看吴敬梓写得那么严重，可见卢信侯所藏的绝不是《高青邱集》。

据同治八年金和的跋语，《儒林外史》中的高青邱是影射的戴名世，凤四老爹就是甘凤池。金和是听他母亲说的，他母亲是吴敬梓的侄孙女。起初我根据这个跋语，认为既然高青邱是影射戴名世，那么《高青邱集》实际上就是《南山集》。吴敬梓写成《儒林外史》大概在乾隆初年，离《南山集》案只有二十来年，所以有人敢冒着生命危险收藏这部禁书绝不仅仅是由于好奇，而是具有强烈的民族意识。

后来接到吴组缃同志信，才知道北京大学图书馆藏有程绵庄的《青溪集》抄本，那上说被搜查的是顾祖禹的《读史方舆纪要》。程绵庄就是《儒林外史》中的庄绍光，他的话自然较金和的话可靠。

吴敬梓为什么要在《儒林外史》中写出这个小插曲呢？关于这个问题，我们要看作者对收藏禁书的卢信侯是嘲讽还是同情。

卢信侯在《儒林外史》中虽然很不重要，但作者并没有对他加一句贬词，倒是把他始终当成一个正派人物。在三十五回，作者写卢信侯临被捕时是个硬汉，不肯带累别人，要自投监去。在三十七回，卢信侯是祭泰伯祠的参与人之一。在四十一回，我们又看见卢信侯同庄绍光在一起，是相当好的朋友，而庄绍光是《儒林外史》中被颂扬的正面人物之一。再进一步看，吴敬梓对于卢信侯收藏禁书的事情，基本上是同情的，所以始终对这件事没有一字嘲讽。庄绍光在旅店里对卢信侯说："像先生如此读书好古，岂不是个极讲求学问的。但国家禁令所在，也不可不知避忌。青邱文字，虽其中并无毁谤朝廷的言语，既然太祖恶其为人，且现在又是禁书，先生就不看他的著作也罢。"这是一种"明哲保身"的态度，大概吴敬梓自己也是这样看法。不过吴敬梓写出来这段小插曲，却似乎有意地暴露满清政府用恐怖手段统制思想的一个侧面。

《儒林外史》中讽刺了一些江湖骗子，像假神仙洪憨仙和假侠客张铁臂。但在后半部却写了一个真正的侠客凤鸣歧，不但有真武艺，并且真正喜欢帮助人。他不但不骗人钱，并且连一文不是自己应得的钱也不取。他不招摇，但在江湖上很有声望。虽然我们觉得他帮助万中书未免不值得，但这并不影响他在吴敬梓的笔下是一个被肯定的人物。吴敬梓为什么把凤四老爹写得那样了不起呢？因为据金和的跋语和《松风阁笔乘》上说，这位凤四老爹就是甘凤池。甘凤池是谁？他是一个有名的爱国志士，是一个一心要刺杀雍正皇帝的人。自从吕留良之狱发生以后，不但没有压下去汉人的民族思想，反而更激发了汉人的义愤，以甘凤池为首的许多江湖豪杰日夜想办法刺杀胤祯。满清朝廷极力搜捕他们，一直没有捕获。胤祯的突然死去，到今天还是历史上一个疑案。在胤祯死后，有一个很普遍流行的传说，说胤祯是被侠客进到宫里刺死的，甚至说刺杀他的人就是吕留良的一个孙女吕四娘。这事情虽然未必真，但反映出广大人民的心愿。

清朝皇帝是最不喜欢侠客的，尤其不喜欢甘凤池。吴敬梓用肯定的态度写甘凤池（凤四老爹），通过两三件小事情使人忘不下这一位侠客的形象，这不是很明显地流露着民族思想么？这不是符合了广大人民的心愿么？总之，在清初这一个历史时期，文学家们歌颂侠客和刺客，往往都隐含有民族思想，并非毫无寄托。魏禧的《大铁椎传》，吴伟业的歌咏刺客，蒲松龄的写《林四娘》，都是有所为而作的。吴敬梓的写凤四老爹，也是一样。

关于《儒林外史》中流露的民族思想，过去不曾有人注意过。我现在发表这一段读书札记，只是作为一个新的问题提出来，目的是“抛砖引玉”，希望能引起对清初历史素有研究的同志们的兴趣，在这个问题上作进一步的发掘。

三

旧本《儒林外史》前面有一篇闲斋老人的序。从各方面看来，这位闲斋老人很可能就是作者的化名。大概吴敬梓在这部杰作的初稿写成之后，假托一个闲斋老人的假名写了这篇序，说明他写《儒林外史》的宗旨：

> 夫曰“外史”，原不自居正史之列也；曰“儒林”，迥异玄虚荒渺之谈也。其书以功名富贵为一篇之骨：有心艳（羡慕）功名富贵而媚人下人者；有倚仗功名富贵而骄人傲人者；有假托无意功名富贵以自为高，被人看破耻笑者；终乃以辞却功名富贵，品地最上一层，为中流砥柱。篇中所载之人，不可枚举，而其人之性情（性格），心术（思想），一一活现纸上。读之者，无论是何人品，无不可取以自镜。
>
> “传”云：“善者，感发人之善心；恶者，惩创人之逸志。”是书有焉。

这一段文章有几层重要意思：第一，他说他的书是写实的，绝不是“玄虚荒渺”之谈。第二，他说他主要的写出四种类型的读书人，其中三种类型都是鞭打的对象，只有最后一种类型是肯定的对象。第三，他说他在书中写了很多人物，都写得活灵活现，有血有肉，因此他的书实际是一面镜子，不管什么人都可以从这面镜子里照出来自己的影子。第四，他说他要拿书中所写的正面感发人们，叫大家学习；拿反面人物惩创人们的不好思想，叫大家警戒。

从这一段话里，我们看见了吴敬梓的写作态度是如何严肃。用现在的话说，他不但要求自己的作品有高度的艺术性，写出来活的形象，并且要求自己的作品有教育性、思想性，对社会发生转移风气的效果。他的作品确实是反映明清两代社会生活的一面镜子（当然任何镜子都不能包罗万象），尤其是十八世纪中叶知识分子的一面镜子。为认识《儒林外史》是一面镜子，我们先看看那个时代，再看看作品本身。

我所说的十八世纪中叶，主要是指三十年代到五十年代，就是从雍正初年到乾隆十几年。这时候，清初的那一批杰出的思想家和学问家都已死去，而一批朴学大师们还没有成长起来，形成转移风气的强大力量。清朝廷经过康熙朝和雍正初年的收买政策和几次文字狱，民族思想在地主阶级的知识分子中逐渐地销蚀下去，绝大多数人都把做八股文考取功名当作唯一出路。这是清朝皇帝的一大胜利。这是清朝统治中国二百多年中知识分子表现得最没有出息的时代。章学诚（实斋）在《答沈枫墀论学书》中说：

> ……自雍正初年至乾隆十许年，学士又以四书文义相为矜尚。仆年十五六时，犹闻老生宿儒自尊所业，至目通经服古谓之杂学，诗古文辞谓之杂作。士不工四书文（即八股文）不得为通：又成不可药之蛊矣。

章学诚十五六岁的时候正是吴敬梓将死的前一二年，可见直到十八世纪六十年代，这种风气还没有得到扭转。

吴敬梓进过秀才，参加过的考试不止一次。通过他的亲身经历，又加上他半生在那个极其庸俗无耻的社会圈子里耳濡目染，对于明清两代八股取士制度的罪恶认识得非常深刻。他决心要写一部书来鞭打当时的科举制度，鞭打他同时代的那班利禄熏心的读书人。在《儒林外史》中，吴敬梓确实极其深刻地刻画出当时的社会风尚，读书人们的生活、作风和精神世界。

由于作者写《儒林外史》的主要目的在批判科举制度，所以在《儒林外史》第一回中，王冕看见“邸抄”上边有一条是礼部议定的取士办法：三年一科举，用的是《五经》《四书》八股文，王冕指与秦老看，道：“这个法却定的不好。将来读书人既有此一条荣身之路，把那‘文行出处’都看得轻了。”在这里，作者提出来“文行出处”四个字作为读书人应该讲究的基本问题，而反对做八股文追求利禄。“文”就是实际学问，儒家的术语叫作“道艺”。“行”是好品行，是实践功夫。“出”是做好官，立功业。“处”是在野或在家生活。“出”和“处”就是《论语》上说的：“用之则行，舍之则藏。”这是正统儒家所讲的立身行事的基本问题，比较具体一点的说法就是：“达则兼济天下，穷则独善其身。”作者拿“文行出处”四个字作为衡量人物的尺度。凡讲究“文行出处”的，他就表扬；凡不讲究“文行出处”而只追求科举进身的，他就给以鞭打。

从《儒林外史》第二回开始，通过周进和范进等人物，他使我们看见了科举时代的那种头脑冬烘得十分可怜的读书人，他们活在世上没有第二种目的，也没有任何乐趣，整个的生命都为着科举。周进因为到老年尚未进学，游贡院时触景生情，哭死过去。后来一群商人们答应凑银子替他捐个监生，他爬下地就磕头。范进因为中了举，听到喜报后猛一高兴，竟然疯了。周进在薛家集观音庵里教私塾的时候，不但生活困难，并且没有人瞧得起，受秀才梅玖的奚落。等他中了进士，做了官以后，观音庵里供着他的长生牌。原来比他进学早的梅玖也对别人说是他的门生，以冒认师生关系为荣，并嘱咐和尚把他多年前贴在墙上的一副对联小心的揭下来拿去裱褙。范进没有中举的时候，丈人郑屠看他没出息，骂他骂得十分难听；一旦中了举，立刻称呼他老爷，素不相识的张乡绅白送他住宅和田地。吴敬梓选择最有典型性的，十分突出的生活细节，表现出人们为什么热衷功名，和如何的醉心功名。他不是单写几个热衷功名的读书人，而是同时写了一个科举时代的社会环境，这环境使一个读书人不得不走科举的道路。要是有人反抗这种庸俗的社会势力，那就像杜少卿的命运一样，被人们作为教训子弟的鉴戒。

当八股取士制度极盛时候，连像马二先生（马纯上）那样的忠厚的正人君子也只看见“举业”，只看见做官，只能靠八股吃饭。作者借马二先生的嘴表达出当时一般读书人对于科举的看法：

> ……“举业”二字，是从古及今人人必要做的。就如孔子生在春秋时候，那时用“言扬行举”做官，故孔子只讲得个“言寡尤，行寡悔，禄在其中”。这便是孔子的举业。讲到战国时，以游说做官，所以孟子历说齐、梁。这便是孟子的举业。到汉朝，用贤良方正开科，所以公孙弘、

董仲舒举贤良方正。这便是汉人的举业。到唐朝用诗赋取士，他们若讲孔孟的话，就没有官做了，所以唐人都曾做几句诗。到宋朝又好了，都用的是些理学的人做官，所以程朱就讲理学。这便是宋人的举业。到本朝，用文章取士，这是极好的法则。就是夫子在而今，也要念文章，做举业，断不讲那“言寡尤，行寡悔”的话。何也？就日日讲“言寡尤，行寡悔”，哪个给你官做？孔子的道也就不行了。

这是当时知识分子们的典型思想。封建政权利用八股取士制度统制思想和收买读书人的目的达到了。

像周进和范进那样人物，在本质上还不能算是坏的。另外有一种像严贡生、张静斋、梅玖、王德和王仁之流，都是卑鄙无耻之极。但是周进一类人物和严贡生一类人物尽管品质相差很远，却都是不学无术。汤知县也是进士出身，他同两个举人（张静斋和范进）谈刘基的那段话，连起码的历史常识也没有，而又都装作熟悉本朝掌故。

张静斋道：“想起洪武年间，刘老先生——”

汤知县道：“哪个刘老先生？”

静斋道：“讳基的了。他是洪武三年开科的进士，‘天下有道’三句中的第五名。”

范进插口道：“想是第三名？”

静斋道：“是第五名。那墨卷是弟读过的。后来入了翰林，洪武私行到他家，就如雪夜访普①的一般。恰好江南张王（指张士诚）送了他一坛小菜，当面打开，都是些瓜子金。洪武圣上恼了，说道：‘他以为天下事都靠着你们书生！’到第二日，把刘老先生贬为青田县知县，又用毒药摆杀了……”

知县见他说的口若悬河，又是本朝确切典故，不由得不信。

刘基就是中国妇孺皆知的刘伯温。他是在元朝至元年间中的进士。明太祖克服金华以后，听说刘基和宋濂的名望很高，派人拿钱去聘他，他不肯来。后

① 普是赵普，宋初宰相，一天雪夜里宋太祖到他家里访他。

来总制孙炎写信去邀他很坚决，他才出来。太祖因非常看重他，在南京建筑了一座礼贤馆，让他同宋濂住。刘基是青田县人，所以人们称他青田先生，并非贬到青田做知县。张王送瓜子金的事情，也是赵普的故事。我们把这一历史的真实情形同汤知县和两位举人的谈话一对照，就明白吴敬梓笔下的进士、举人们是多么的无知可笑。

周进中了进士，做了广东学道。有一个浅薄无聊的童生要求他出题面试诗词歌赋，他变了脸说："当今天子重文章，足下何须讲汉、唐？像你做童生的人，只该用心做文章；那些杂览，学他做什么？况且本道奉旨到此衡文，难道是来同你谈杂学的么？看你这样务名不务实，那正务自然荒废。都是些粗心浮气的话，看不得了。左右的！赶了出去！"后来他又对魏好古勉励了几句"用心举业，休学杂览"的话。从这一件事情可以看出来他是除做八股文以外什么都不懂。范进后来也中了进士，做了山东学道，但竟然不知道苏轼是谁。像这样的描写进士和举人们的不学无术，正是在群众面前推倒进士、举人的偶像，使大家认识八股取士制度的应该打倒。

吴敬梓是从儒家的经世致用思想和讲究"文行出处"四个字出发，反对八股取士制度。因为进士、举人们不学无术，所以他们既无文，也无行。汤知县听了张静斋的话把一个回民枷死，说明了这种人就是做官也只能做糊涂官。至于祖国的灿烂历史，丰富的文化遗产，经世致用的学问，这班人更不注意，因为他们把一切知识都目为杂学。

《儒林外史》嘲笑进士、举人们的不通，完全符合历史的真实情形，毫不夸张过火。在明末清初的时候，顾炎武在《日知录》中说明朝的举人、秀才们有的"不知史册名目，朝代先后，字书偏旁"。又说他们应考时做的八股文章是"成于剿袭，得于假倩（请人代做）。卒而问其所未读之经，有茫然不知为何书者。"这是说那些搞举业的人竟然连有些经书的名儿都不知道。他不胜慨叹说："嗟乎！八股盛而六经微，十八房（指刻版流行的进士考卷）兴而二十一史废。昔闵子骞以原伯鲁之不说（同悦）学而卜周之衰。余少时见有一二好学者，欲通旁经而涉古书，则父师交相谯呵，以为必不得颛（专）业于帖括（即试帖诗和八股文），而将为坎坷不利之人：岂非所谓大人患失而惑欤？若乃国之盛衰，时之治乱，则亦可知也已！"这是说，明朝的政治腐败，国运衰亡，都直接和八股文有关。他是一个爱国主义的思想家，非常沉痛地批评八股取士制度说：

> 此法不变，则人才日至于消耗，学术日至於荒陋，而五帝三王以来之天下将不知其所终矣。

顾炎武又批评说：八股文的祸害等于秦始皇的焚书，而八股文的败坏人才比秦始皇在咸阳郊外坑儒的事情还厉害，因为被秦始皇活埋的只有四百六十多人，被八股文活埋的却成千上万。

吴敬梓虽然没有说八股考试制度比焚书坑儒还害人，但他也直接说这个考试制度是文人的厄运。《儒林外史》第一回中王冕左手持杯，右手指着天上的星，对秦老说："你看，贯索犯文昌，一代文人有厄！"这句话就是说的科举制度。至于那些维持文运的小星，是指不肯为时代恶劣风气所染，少数讲究"文行出处"的读书人。我们可以体会出来，吴敬梓写这一节小说的时候，那心情是非常沉痛的。

到清朝末年，中国已经变成了一个半殖民地国家，但以清朝皇帝和大官僚地主所代表的中央政府仍然不肯改变这种万恶的八股取士制度。一八九四年中日开战，中国惨败，割地赔款，证明了以"中学为体，西学为用"的洋务运动完全破产，于是维新运动跟着起来。在维新运动中，废除八股考试制度是重要的内容之一，成为当时的共同主张。康有为的《请废八股、试帖、楷法试士，改用策论折》，对于这一制度的批评最为淋漓痛快，其中也说到翰林、进士老爷们不学无术的可怜情形：

> 翰苑清才，而竟有不知司马迁、范仲淹为何代人，汉祖、唐宗为何朝帝者。若问以亚、非之舆地，欧、美之政学，张口瞠目，不知何语矣。（按：在王士祯的《香祖笔记》中也记载着进士不知道《史记》是什么书，司马迁是谁。）

科举制度不仅束缚了人的知识不能发展，而且它是制造贪官污吏和乡绅的一架机器。吴敬梓特别憎恨的是乡绅。这种人既有土地，又有功名，出则为官吏，回则为乡绅，或者像严贡生那样到处撞骗、敲诈。在八股科举制极盛时代，这种人都和八股文有关系，拿八股作为往上爬的梯子，所以吴敬梓在批判八股文和科举制度时不能不把他们作为主要的讽刺对象。对于这个问题的认识，吴敬梓和顾炎武也是一致的。顾炎武在《日知录》中说：

> 若今之所谓时文（即八股文），既非经传，复非子史；辗转相承，皆杜撰无根之语。以是，科名所得十人之中，其八九皆为白徒，而一举于乡，即以营求关说为治生之计。于是在州里则无人非势豪，适四方则无地非游客。欲求天下之安宁，斯民（指读书人）之淳厚，岂非却行（倒退）而求及前人者哉！

和顾炎武同时的爱国学者朱舜水甚至说科举制度是明朝亡国的重要原因。虽然他站在自己阶级的立场上痛恨明末的农民起义，但他认为农民起义是由于政治太坏，而政治太坏是由于科举制度。黄宗羲没有很具体的批评八股取士的坏处，但他在《明夷待访录》中说："取士之弊，至今日制科而极矣！"可见反对八股考试制度是清初几位思想大师们的一致主张，而这一主张是和他们的爱国思想分不开的。

关于反对八股取士制度问题，我认为吴敬梓在思想上一定受顾炎武的影响不小。顾炎武是清代经学和考据学的奠基人，是一个主张"通经致用"的人。吴敬梓所重视的"文行出处"虽然和"通经致用"不完全符合，但本质上是一致的。《儒林外史》中很推崇迟衡山（即樊南仲、圣谟）和庄绍光（即程廷祚）：前者喜欢考据学，后者是清代很有名的经学家，并且是特别着重实践的颜李学派的信徒。吴敬梓和他们做朋友，又十分推崇他们，是因为他同他们的思想一致。吴敬梓同他们都是顾炎武和颜习斋的后辈，又是乾嘉经学的前驱。据程晋芳所写的《吴敬梓传》说："与余祖绵庄（即程廷祚）为至契。绵庄好治经，先生晚年亦好治经，曰，'此人生立命处也。'"吴敬梓的好朋友程晋芳也是一个经学家兼诗人，并且和绵庄都同戴震很有关系。

吴敬梓受到清初大师们，特别是顾炎武的影响，从正统的儒家思想出发，对封建社会的若干重要现象进行了无情的批判，这种批判精神基本上同人民的利益是一致的，所以使他成为杰出的古典现实主义的作家。吴敬梓虽然是乾嘉学者的前驱，但同乾嘉精神并不全同。乾嘉学者一般的缺乏政治热情，为考据而考据，为经学而经学。吴敬梓则不然。他的精神更接近于清初的大师们：具有一定的民族思想，具有清醒的现实主义，具有斗争勇气。就乾嘉学者说，他同戴震（东原）的精神较接近。程晋芳给他写的传里说："生平见才士，汲引如不及。独嫉时文士如雠；其尤工者，则尤嫉之，余恒以为过，然莫之能禁。缘此，所遇益穷！”他这种不怕犯众怒，不怕穷困，坚持战斗的不妥协精神，多么的叫人敬佩！

清初的顾炎武在他的学术著作中抨击八股取士制度；爱国主义文学家魏禧在他的有名的散文作品中（《江天一传》）鄙视八股；戊戌时期的民主主义者在文章中、言论中，上光绪皇帝的呈文（折）中反对八股文；而吴敬梓是用自己的长篇小说同八股取士制度战斗，创造一批人物形象暴露这一制度的本质和祸害。他在思想上是清初大师们的继承人，是晚清反八股运动的前驱。当八股文极盛时期，当清朝皇帝正着力利用八股取士制度对知识分子进行收买和思想统治时期，吴敬梓写出来《儒林外史》这部书，不但有过人的识见，而且有无限的勇气。

四

《儒林外史》另一个闪着思想光辉的地方，是它揭发了礼教的虚伪和违反人性。

五四运动以后，有些人读到王玉辉女儿殉节一段，发现吴敬梓有人道主义思想，反对吃人的礼教。其实吴敬梓在书中有好几个地方的描写都跟礼教有关，对于礼教主义者的虚伪讽刺得十分辛辣。举几个例子如下。

范进中举几个月后便死了母亲。七七过后，他换掉孝服同张静斋一道去高要县找汤知县打秋风，已经是不合礼教。汤知县在请他们吃酒的时候，忘掉了范进是“遵制丁忧”，用的都是银镶杯箸。范进退前缩后的不举杯箸，知县不解其故。张静斋笑着说：“世先生因遵制，想是不用这个杯箸。”知县忙叫换了一个瓷杯，一双象牙箸来。范进又不肯举动。静斋道：“这个箸也不用。”随即换了一双白颜色竹子的来，方才罢了。知县疑惑他居丧如此尽礼，倘或不用荤酒，却是不曾备办。落后看见他在燕窝碗里拣了一个大虾元子送在嘴里，方才放心。——这是写范进拿守礼教做幌子，装模作样，企图在汤知县眼睛里博得一个孝子的好印象。

严监生的大太太王氏死的时候，他想把妾扶正，怕两个舅子（王德、王仁）不同意，就送给他们每人一百两银子。他们都是卫道的秀才，接到银子以后，哭得眼睛红红的，劝严监生赶快把妾赵氏扶正。王仁拍着桌子说：“我们念书的人，全在纲常上做工夫。就是做文章代孔子说话，也不过是这个理。你若不依，我们就不上门了！”随即由他们做主，在王氏临死的时候，热热闹闹地办起喜事来。严监生同赵氏拜过天地，又拜了祖宗。“王于依（仁）广有才学，又替他做了一篇告祖先的文，甚是恳切。告过祖宗，转了下来，两位舅爷叫丫鬟在房里请出两位舅奶奶来，夫妻四个齐铺铺请妹夫、妹妹（赵氏）转在上边，磕下头去，以叙姐妹之礼。众亲眷都分了大小。便是管事的、管家、家人、媳妇、丫鬟、使女，黑压压的几十个人，都来磕了主人、主母的头。赵氏又独自走进房内拜王氏做姐姐，那时王氏已发昏去了。行礼已毕，大厅、二厅、书房、内堂屋，官客（男）并堂客（女），共摆了二十多桌酒席。吃到三更时分，严监生正在大厅陪着客，奶妈慌忙走了出来说道：‘奶奶断了气了！’”我们读了这一段描写，觉得严监生、王德和王仁懂得礼教的人连一点人心也没有！

荀玫中了进士，做了工部员外。得到母亲病故的消息以后，哭倒在地。救醒转来，就要到堂上递呈丁忧。王员外劝他说：“年长兄，这事且再商议。现在考选科道在即，你我的资格，都是有指望的，若是报明了丁忧家去，再迟三年，如何了得？不如且将这事瞒下，候考选过了再处。”荀员外道：“年老先生极是相爱之意，但这件事恐瞒不下。”王员外道：“快吩咐来的家人把孝服作速换了。这事不许通知外面人知道。明早我自有道理。”这事情竟然周司业（进）和范通政（进）都同意，替他活动“夺情”。明朝宰辅和九卿一级的官，父母去世，由朝廷留住不辞官回家守孝，叫作“夺情”。后来因为荀玫的官太小，不合“夺情”的条例，没活动成。可见这班卫道的人只要有官做，守孝不守孝都没关系。

吴敬梓生在二百年前，又是一个儒者，不可能希望他从根本上全面的反对礼教。从上面几段看，他不是反对整个礼教，而是反对虚伪的礼教主义者。这是和五四运动的反礼教在本质上不相同的。但吴敬梓揭发了礼教主义者的虚伪，在客观上就暴露了礼教本身存在着严重问题。

《儒林外史》第四十八回中写王玉辉的女儿要殉节，公婆都惊得泪下如雨，劝她不要这样。这时王玉辉不但对女儿不加劝阻，反而为着博一个“好名声”，鼓励他女儿自杀：

王玉辉道：“亲家，我仔细想来，我这小女要殉节的真切，倒也由着她行罢；自古‘心去意难留’。”因向女儿道：“我儿，你既如此，这是青史上留名的事，我难道反拦阻你？你竟是这样做罢。我今日就回家去，叫你母亲来和你作别。”

亲家再三不肯。王玉辉执意，一经来到家里，把这话向老孺人说了。老孺人道：“你怎的越老越呆了！一个女儿要死，你该劝她，怎么倒叫她死？这是甚么话说！”王玉辉道：“这样事，你们是不晓得的。”

老孺人听见，痛哭流涕，连忙叫了轿子去劝女儿，到亲家家去了。

王玉辉在家，依旧看书写字，候女儿的信息。

老孺人劝女儿，那里劝的转！一般每日梳洗，陪着母亲坐，只是茶饭全然不吃。母亲和婆婆着实劝着，千方百计，总不肯吃。饿到六天上，不能起床。母亲看着伤心惨目，痛入心脾，也就病倒了，抬了回来，在家睡着。

又过了三日，二更天气，几个火把，几个人来打门，报道：“三姑娘饿了八日，在今日午时去世了。”老孺人听见，哭死了过去，灌醒回来，大哭不止。

王玉辉走到床面前，说道：“你这老人家真正是个呆子！三女儿她而今已是成了仙了，你哭她怎的？她这死的好，只怕我将来不能像她这一个好题目死哩！”因仰天大笑道：“死的好！死的好！”大笑着走出房门去了。

这一段写出三姑娘因受了礼教的荼毒，活活饿死殉节，王玉辉因受了礼教的毒，怂恿女儿去死，只有老孺人和亲家母还有人性。这就是中国文学中第一次通过艺术形象刻画出礼教吃人的情形。

在三姑娘的神主入节孝祠那日，全县官、绅和士子们大祭了一天。祭毕，“在明伦堂摆席，通学人要请了王玉辉来上坐，说他生这样好女儿，为伦纪生色。王玉辉到了此时，转觉伤心，辞了不肯来。”王玉辉“在家日日看见老妻悲恸，心下不忍，意思要到外面去作游几时”。后来在坐船往南京的路上，“一路看着水色山光，悲悼女儿，凄凄惶惶”。在苏州游玩时候，“见船上一个少年穿白的妇人，他又想起女儿，心里哽咽，那热泪直滚出来”。

可见王玉辉毕竟是个人，到底也会天良发现，感到痛苦。通过王玉辉的内心痛苦，作者刻画出礼教同人性之间的深刻矛盾。

吴敬梓写三姑娘殉节这件事，是直接批判礼教的本身，比描写范进等人的拿礼教作幌子更进一层。这种人道主义的思想同五四运动时期反礼教的精神非常接近。但作者毕竟不是一个完全从根本上否定礼教的人，所以他对于三姑娘本人写得很少，对于余大先生等也缺乏抨击。不过，虽然如此，吴敬梓仍不失为一个封建时代非常杰出的人道主义者，是五四运动反礼教的一位前驱。

为了更进一步地认识吴敬梓批判礼教是一种积极的人民精神，我需要把礼教问题稍加阐释。平常我们都以为宋朝的礼教最严，而实际上清朝的礼教比宋朝更严，这是由于清朝的统治者比宋朝的更加不人道。礼教的核心问题是孝与贞操问题。以妇女的贞操问题看，清朝的统治者要求的更为严格。如在宋朝楼钥的《玫瑰集》中，有许多妇女的墓志铭，记载死者改嫁，并且写明前后丈夫的官衔。至于把她归于哪个丈夫，则往往以官阶的大小而定：前夫官大则使她始终从前夫；后夫官大则使她始终从后夫。到了清乾隆时候，四库馆中人以为女子改嫁是违反礼教的，修改了《玫瑰集》中的这类文章，使每个女子从一而终。从宋朝到清朝，上层统治阶级竭力的提倡礼教，一般庶民百姓则有自己的道德观点，形成社会意识领域中的尖锐斗争。代表庶民百姓的道德观点的文学作品，在宋朝有小说《冯玉梅团圆》，在明朝有《蒋兴哥重会珍珠衫》等，在清初有《聊斋志异》中许多小说对女性大胆追求爱情的描写，而在民间流传的《义妖传》(即《白蛇传》)更直接冲击封建的精神堡垒。像这样反抗礼教的文艺作品，例子太多，举不胜举。明白了这一斗争的历史情况，我们就可以明白吴敬梓写出三姑娘殉节故事，尽管在思想上有相当大的局限性，但归根结底，它同人民的精神有一定联系，客观上成为反礼教斗争的有力描写。

除吴敬梓写的三姑娘殉节一段故事外，还有写杜少卿带着娘子游清凉山的一段描写，使我们看出来他的带有浪漫精神的生活作风，这作风也是在一定程度上对礼教的反抗。“这日杜少卿大醉了，”吴敬梓写道，“竟携着娘子的手出了园门，一手拿着金杯，在清凉山岗子上走了一里多路。背后三四个妇女嘻嘻笑笑跟着。两边看的人目眩神摇，不敢仰视。”他的夫妻生活在礼教主义者看起来很不顺眼，所以翰林院侍读高老先生骂他的罪状里边就有一条是：“日日携着乃眷上酒馆吃酒。”我觉得吴敬梓大概主张一种合乎人性的生活；认为合乎人性的生活就是合理的。因此在一定程度上他能打破礼教的虚伪，发挥真正的人的感情。他在那样的时代，做出一首想念儿子的诗，把儿子比作朋友，说：“又如别良友，独念少寒衣。”(《病中忆儿烺》)这是了不起的勇敢。我认为他的人道主义的基本精神就是如此。他拿这种精神批判了王玉辉，肯定了杜少卿。

戴东原是吴敬梓同时代稍晚一点的伟大思想家和学问家，比吴敬梓小二十二岁，同吴敬梓的好朋友程廷祚和程晋芳有密切关系。因为材料不足，我们还不能说吴、戴二人在思想上有直接接触，也不敢肯定说他们之间有相互影响，但我们很可以拿戴东原在哲学方面的极富于战争性的光辉见解来阐释吴敬梓的人道主义。戴氏认为人们的饥寒号呼、男女哀怨，以及临死时希望活着，都是人性的自然，用戴氏的哲学术语说就是“人欲”或“情欲”。离开了人情的自然而讲“理”，小之一人受其祸，大之天下国家受其祸。他说：“今之言理也，离人之情欲求之，使之忍（忍心地）而不愿之为理。此理、欲之辨，适以穷天下之人尽转移为欺伪之人，为祸何可胜言哉！”这就是说，现在这些讲理（即指礼教）的人，离开人性的自然，忍心不看人们的“饥寒愁怨，饮食男女（如三姑娘的痛苦），常情隐曲之感”，在那里讲什么违背人性的理，使天下人都变得很虚伪，真是祸害不浅！他有一段痛斥“理”的罪恶极有名的、类似革命宣言的话，我不必抄录，在这段话将结束时，他愤怒地说：

> 人死于法，犹有怜之者。死于理，其谁怜之！（均引自《孟子字义疏证》一书）

这两句话，也就是吴敬梓写三姑娘殉节故事的动机。他对死于礼教的三姑娘充满怜悯，怀着同情！

五

《儒林外史》创造了许多人物，描绘出一幅明清封建社会阶级生活的缩图。这里边不但有翰林、进士、举人、贡生、秀才和斗方名士等，还有官吏、乡绅、衙役、书办和豪奴，有扬州的大奸商，还有农村里的总甲和一般地主。这些人互相间发生着错综复杂的关系，构成了压迫和剥削人民的封建势力。

在农村，以薛家集为例，申祥甫和荀老爹都是地主，处处捧着夏总甲说话。夏总甲之所以有地位，不但因为他是个总甲，还因为他同西班的黄老爹，快班的李老爹都认识。黄和李都是城里的衙役头子。在小城市中，有霸占别人田地的举人张静斋；有霸占别人的猪，欺负船家，动不动要写帖子送人的严贡生；另外还有王德和王仁一流人物。娄三公子和娄四公子看起来不是欺压百姓的人，但家人晋爵既然能拿着他们的名义向县衙门要出杨执中，就看出来乡绅的力量。刘知府的家人利用娄府的灯笼在河里乱打人，更证明了娄家的威风。至于五河县的方家和彭家，更代表了地主、官僚、绅士和典当商业资本的四位一体，构成了地方上封建统治势力的核心。地方上的封建势力不但同省城有联系，也同京城有联系。那些斗方名士都是些帮闲人物，依靠官吏、乡绅和盐商吃饭。吴敬梓对于这些人物或采取无情的揭发，或采取火焰一般讽刺，或采取温和而谐谑的嘲笑，归根结底，使他的作品像镜子似的反映出当时各封建统治阶层的真实面貌。

吴敬梓是地主阶级出身的知识分子。尽管他受着时代的和阶级的局限，但由于他有正义感，对人民有同情心，深刻地描写出历史的真实，结果就批判和讽刺了封建社会。

我们稍微想一想历史上的农民起义的情形，就知道了吴敬梓所批判和讽刺的这些人也正是人民所最痛恨的人。例如明朝末年，四川彭县农民起义，提出"除五蠹"的口号，立刻蔓延各州县。据明末清初人顾山贞的《客滇述》，所谓五蠹就是："一曰衙蠹，谓州县吏胥皂快也。二曰府蠹，谓投献王府（明宗室，封在成都）武断乡曲者也。三曰豪蠹，谓民间强悍者也。四曰宦蠹，谓缙绅家豪奴恶仆也。五曰学蠹，谓生员包揽词讼，生事害人者也。"他说老百姓抓到五蠹之后，把他们或者打死，或者用锅煮烂，或者活埋。清乾隆时人彭遵泗所著的《蜀碧》一书也载着这件事情，说当时"川南川北畏土暴子（起义的农民）甚于流贼（指张献忠）"。顾山贞所说的衙蠹，就是《儒林外史》中的黄老爹、李老爹、潘三等。《儒林外史》中没有府蠹，但多了一种盐蠹。豪蠹就是土豪，像夏总甲那类人物。宦蠹不仅指缙绅家的豪奴恶仆，也包括缙绅在内，《儒林外史》中的乡绅和晋爵之流都是。学蠹不但包括王德、王仁，连被大家认为是正人君子的余大先生也包括在内。

《儒林外史》对于名士也加以无情的嘲讽，那是因为名士的可恶往往仅次于乡绅。他们一方面依附达官贵人和富商巨贾，一方面自命清高、卖弄风雅。他们既无真实学问，又无品格，是社会上的寄生阶级，靠直接或间接剥削劳动人民生活。《儒林外史》中的名士都是比较小的。但问题不在名士的大小，其本质是一样的。吴敬梓笔下的名士，有的是无耻的招摇撞骗者，如牛浦郎；有的是商人，如景兰江等；有的是一事无成，惯会骗人的不第秀才，如权勿用。这班名士是不讲究“文行出处”的，所以就成了他的揭发和嘲讽对象。在封建时代，我们不可能要求地主阶级出身的知识分子会反对他的本阶级（虽然在一定条件下会产生例外），但倘若这些知识分子多讲究“文行出处”，就会对社会起一些好的作用，也就在一定程度上符合了人民的要求。因此，吴敬梓从“文行出处”，就会对社会起一些好的作用，也就在一定程度上符合了人民的要求。因此，吴敬梓从“文行出处”四个字出发来批判一群小名士、假名士，这精神是和人民的利益一致的。

特别是从明朝以来，上流社会很看重名士，形成一种很坏的风气。到吴敬梓时代，这种坏风气还在继续发展。所以《儒林外史》中对名士的抨击应该看做是对一种腐朽的社会力量的斗争。比吴敬梓小二十四岁的大作家蒋士铨在《临川梦》传奇中嘲讽陈眉公的那首诗①之所以被人们热烈传诵，也正是因为它打击了一种坏风气，揭发了所谓名士的无耻人格，使大家感到痛快。

在《儒林外史》中，吴敬梓也写了些肯定的人物，这些人物有的有真实学问；有的心怀冲淡，安贫乐道；有的本质很忠厚，很讲义气。通过这些人物，吴敬梓使读者知道什么是“文行出处”的道理。

但作者思想的光芒处不在他写出来虞博士、庄绍光、迟衡山、武正宇等人物，而他带着无限的同情心，带着真诚的爱，刻画出许多劳动人民的形象，并且写出来他们的生活和善良品质。作者写这些人物时，打破了传统的阶级观点，表现出浓厚的民主思想。

《儒林外史》一开始就写出一个放牛的孩子王冕，又写出王冕的母亲和秦老爹。根据所有的王冕的传记资料，王冕并不是幼年丧父，也不曾替别家做牧童，而是他父亲命他去放牛。吴敬梓把王冕写成幼年丧父，从十岁上雇给人家做牧童；这样的一改造，使王冕自小就是一个贫苦的劳动人民，形象更加可爱。在宋濂所写的《王冕传》（见《芝园后集》卷十）里，王冕起小喜读书，但不爱劳动，所以几次放牛都把牛忘了。王冕长大后有策士的抱负，侠客的慷慨激烈，又有魏晋人的放诞。说他的奇特和放诞处，如：“母思还故里，冕买白牛驾母车，自披古冠服随车后。乡里小儿竟遮道讪笑。冕亦笑。”“人至不为

① 蒋士铨嘲讽陈眉公的原诗如下：“妆点山林大架子，附庸风雅小名家。终南捷径无心走，处士虚声尽力夸。獭祭诗书充著作，蝇营钟鼎润烟霞。翩然一只云间鹤，飞去飞来宰相衙。”

宾主礼，清谈终日不倦。”又说他大雪天赤着脚上到潜岳峰上，四面一望，大叫说：“遍天地间皆白玉合成，使人心胆澄澈，欲仙去！”进到城里后，戴着一顶极大的帽子，穿一件曳在地上的大袍子，一面走一面哗笑，满街都是他的声音。这样的性格，吴敬梓并不喜欢。吴敬梓所喜欢的是朴实的，真正能够同人民生活在一起，被人民所喜欢的性格。经过他的改造，王冕的性格完全变了。在宋濂的《王冕传》中，王冕在隐居的地方“树梅花千，桃杏居其半。芋一区，薤韭各百本。引水为池，种鱼千余头。”并且写明王冕有家童供使唤。到吴敬梓的笔下，王冕既没有家童，也没有这些舒服布置，生活过得十分简单，同一般小百姓比起来毫无特色。村里有一个池塘，种有荷花，但不属于王冕所私有。从这些改变中，我们可以明白作者所向往的人格和生活是什么。作者在第一回中写出了他的十分分明的爱和憎。他所爱的是简单朴素、牧童出身的王冕，是务农为业、待人厚道的秦老，是给过县太爷和翟买办软钉子、临死时嘱咐儿子不要做官的母亲。他所憎恶的是大官僚危素，是谄媚危素并一心想沽名钓誉的时知县，是狐假虎威的翟买办，是那两位不知名的乡绅胖子和瘦子。总之，他所爱的是正派的读书人和善良的劳动人民，而憎恶的是官僚、乡绅、名士等骑在人民脖子上的人物。

在全书中，吴敬梓写出了许多小人物的忠厚形象。鲍文卿是一个领戏班子的人，邹吉甫老头子是娄家的看坟的，南京修理乐器的倪老爹，第二十一回中的牛老和卜老，在吴敬梓的笔下都写得十分可爱，比那班进士、举人、斗方名士们的人格高尚得多。第十六回里，吴敬梓很细致深刻地描写了匡超人的家庭（贫农）生活，使我们读的时候非常感动，非常关心他们的命运。匡超人的哥哥虽然相当自私，同父母分了锅灶，但本质上也是朴实老诚的。从第十七回以后，匡超人因为进了学，认识了一些名士和官吏，认识了潘三，才慢慢变坏，后来完全丧失了劳动人民的优良品质。第五十五回是本书的“尾声”，吴敬梓又给我们写出几个人物和第一回中的王冕呼应。这几个人物：第一个是城市贫民，很会写字，有独创风格，瞧不起有钱有势的人。第二个是卖火纸筒子的，很会下棋。他家祖宗三代都种菜，到了他这一代穷得只能卖火纸筒子。第三个是卖茶的，会诗，会画。第四个是裁缝，会弹琴、写字，也极喜欢作诗。前四个人是作者着力要创造的形象，都写得栩栩如生。第五个是浇菜园的，喜欢养些花卉，别的都不会，但人品很高。这个“尾声”表现出作者对士大夫阶层十分憎恶，认为高尚的人格只能往这种默默无闻的渺小人物身上去找。

领戏班的和做裁缝的在封建社会都是低微的行业，看坟的人也是奴仆身份。作者生在封建时代，把这类被社会上一般人所不齿的人物都写得品质很高，而对于上流人物却冷嘲热讽，最后不屑一顾，这是一种很不平凡的思想。二百年前，吴敬梓借裁缝荆元的嘴说出来这样的话："至于我们这个贱行，是祖父遗留下来的，难道读书识字做了裁缝就玷污了不成？"这不是对传统的阶级观念挑战么？

六

吴敬梓，这位十八世纪中叶伟大的现实主义者，尽管受着历史的局限，但他的思想光辉却照耀着五四运动那个时代。当时的新文化战士们从吴敬梓吸取了反封建礼教的思想遗产，同时也第一次给了他高的估价。但吴敬梓在《儒林外史》中所表现的现实主义精神不仅是反礼教，而是囊括许多方面，不为五四运动那个时代的人们所注意。除我在上面已经谈到的那些方面之外，还可以补充几点，供读《儒林外史》的同志参考。

《儒林外史》第四十四回，吴敬梓借迟衡山、武正宇和杜少卿的嘴，严厉地批判了一千多年来的风水迷信思想。杜少卿甚至说最好请朝廷立个法律：将那些骗人的风水先生的头砍下来，将那些因迷信而迁移祖宗坟墓的人凌迟处死。我们知道，风水迷信思想是宿命思想的一种，是封建统治阶级对劳动人民进行统治的精神武器。这种迷信思想只有到中华人民共和国成立以后，才彻底推翻。我们不能要求吴敬梓像我们今天一样深刻地认识风水迷信的本质，但吴敬梓本着儒家的实事求是精神，反对了这一根深蒂固的思想。虽然吴敬梓的反风水迷信是同"孝"的思想结合着，但这里的"孝"是从人情出发，和一般礼教主义者所讲的"孝"不同。我们看作者借迟衡山的嘴说道："先生，只要地下干暖，无风无蚁，得安先人，足矣。那些'发富发贵'的话，都听不得。"这种反风水迷信的实事求是精神虽然不是《儒林外史》所独有的，唐朝的白居易和宋朝的司马光都已经对风水迷信思想进行过批判，但这不能减少《儒林外史》在当时对风水迷信思想的战斗意义，而且更可以说明吴敬梓在这问题上发扬了历史上反对迷信思想的优良传统。

吴敬梓的现实主义精神也表现在他对于人物的实事求是的看法。他从生活的真实出发，并不套死公式。他反对八股文，但对于八股选家马纯上有批评，也有表扬。八股取士是一种制度，不能跟马纯上个人混为一谈。马纯上受了八股的荼毒，替科举制度宣传，不懂生活的风趣，这些地方都受到吴敬梓的含蓄的讽刺。但他的对人诚恳，急人之难，做人朴实，却受到作者表扬。匡超人原来是一个被肯定的人物，但后来受了一班名士的影响，受了潘三的影响，尤其在科举时代受了升官发财思想的影响，变成了被否定的人物。使他转变的是一种社会力量，作者非常深刻而又形象地写出了这种力量。潘三不是一个好人，但在作者把他同后来的匡二比较起来，匡二就远不如他。这是就事论事，不套公式。同样的例子，余大先生是一个被肯定的人物，但在无为州替人家说官司受贿，却是白璧之玷。作者并不讳言余大先生的这一缺点，所以使我们更觉得余大先生是一个真实人物。这一类创作上的例子很多，不必再举。总之，《儒林外史》不但没有完整的结构，而且事件不相连贯；它之所以能吸引读者的兴趣，只是因为它描写了真实的社会生活，刻画了活生生的人物形象。这就是吴敬梓的现实主义在艺术上所收到的效果。

《儒林外史》中很多光辉的思想，因限于时间和学力，不能详细论究。至于吴敬梓思想上的局限性，例如在《儒林外史》中所表现的对于兄弟民族的不正确态度等，也无暇分析了。以上只是我读《儒林外史》的几条札记，挂一漏万，在所难免。

一九五四年二至三月

（原载《长江文艺》1954 年第 4 期，

修订后收入《〈儒林外史〉研究论集》，作家出版社 1955 年 1 月出版）